MÉMOIRES

D'HISTOIRE ANCIENNE

ET

DE PHILOLOGIE

Paris. — Typographie HENNUYER, rue du Boulevard, 7.

MÉMOIRES

D'HISTOIRE ANCIENNE

ET

DE PHILOLOGIE

PAR

ÉMILE EGGER

Membre de l'Institut (Académie des Inscriptions et Belles-Lettres),

Professeur à la Faculté des Lettres,

Maître de conférences honoraire à l'École normale supérieure.

PARIS

AUGUSTE DURAND, LIBRAIRE-ÉDITEUR,

RUE DES GRÈS, 7.

—

MDCCCLXIII.

TABLE DES MATIÈRES

AVANT–PROPOS.

La Préface qu'on a lue en tête des *Mémoires de littérature ancienne* suffit, je pense, à faire connaître les principes qui m'ont dirigé dans la composition de ce second
volume ; mais elle ne me dispense pas d'y joindre quelques observations préliminaires.

D'abord, je dois remercier le public de l'accueil bienveillant qu'il a fait au premier volume. Cette bienveillance a été si grande jusqu'ici, que, sauf quelques avis
d'un caractère tout intime, la critique s'est abstenue de
m'éclairer sur les fautes que j'ai dû commettre, et que
je me serais empressé de corriger. Je n'en ai pas fait
moins d'efforts pour rendre mon nouveau recueil digne
des témoignages encourageants que le précédent a reçus.

J'ai sévèrement choisi et sévèrement revu les vingt et
un morceaux que je réunis dans ce volume ; je les ai
souvent augmentés, plus souvent améliorés par d'utiles
suppressions. Autant qu'il m'a été possible, je me suis
tenu, pour chaque question, au courant des derniers
travaux dont elle a été l'objet. Quelquefois, ces travaux

dépassaient de beaucoup mes premières études ; je n'aurais pu en consigner ici les résultats sous forme de simple addition à d'anciens travaux [1]. D'autres fois, les décisions de la critique moderne confirmaient mes premières vues, comme cela m'est arrivé à propos d'anciennes inscriptions latines dont j'essayais de fixer l'âge longtemps avant qu'elles eussent pris place dans le premier volume du *Corpus inscriptionum latinarum*, et sur lesquelles je suis heureux de me trouver d'accord avec les habiles éditeurs de ce recueil [2]. Quelque labeur que coûtent souvent ces sortes de développements et de vérifications, c'est à peine si je demande au lecteur de m'en savoir gré, tant il se mêle naturellement de plaisir à la fatigue d'une telle révision ! En effet, plus j'avance dans ma vie studieuse, plus je reconnais que la science est toujours en mouvement, et que, même sur de petits sujets, son œuvre n'est jamais achevée. Poursuivre la vérité, la saisir d'une prise chaque jour plus complète et plus sûre, c'est la condition même de nos travaux, c'est notre premier devoir, mais aussi c'est un devoir qui porte avec lui sa plus douce récompense. On est quelquefois un peu humilié de reconnaître ses propres fautes ; on s'étonne d'avoir compris si tard une vérité dont l'évidence nous frappe maintenant les yeux. Mais quelle joie de corriger l'erreur et de pouvoir se dire que l'on a enfin marqué d'un trait juste le fait ou la pensée qu'il fallait mettre en lumière ! A aucun âge de la vie l'attention n'est infaillible ; résignons-nous à sa faiblesse et ne désespérons pas de ses progrès.

[1] Voir, par exemple, p. 260, note 4, et p. 285.
[2] Par exemple, p. 380, au sujet de l'inscription archaïque du temple de Cora.

Que ces réflexions, qui m'ont soutenu dans un travail souvent plein de regrets et de scrupules, soient ma seule excuse auprès de la critique, si elle veut bien s'occuper du présent volume, et si, comme je n'en doute guère, elle trouve beaucoup à y reprendre.

Elle trouvera, je puis le dire d'avance, d'inévitables lacunes dans certains morceaux destinés à faire connaître des textes inédits et souvent très-obscurs. En pareil cas, le premier éditeur d'un texte ancien fait toujours preuve de quelque abnégation ; car il est à peu près sûr de se voir dépassé bien vite par ceux qui reviendront après lui sur ses traces. Par exemple, les observations relatives au fragment d'Alcman que je déchiffrai naguère sur un papyrus, n'étaient pas plutôt imprimées au viie chapitre de ce volume, qu'une révision nouvelle du manuscrit, par mon ami M. Brunet de Presle, m'y a fait reconnaître quelques leçons qui m'avaient jusqu'ici échappé. La planche qui représente l'état actuel du déchiffrement[1], n'ayant été tirée qu'après les dernières feuilles du présent volume, se trouve en désaccord pour quelques mots avec la dissertation correspondante, ce que verra de lui-même un lecteur attentif. Il est probable que le texte du poëte dorien sera encore amélioré par des révisions successives. Mais, après bien des délais, il fallait nous résoudre à livrer aux amateurs d'antiquité grecque ce résultat de notre travail, tout imparfait qu'il fût. Nous applaudirons

---

[1] Un *fac-simile* de ce papyrus, dû aux soins de M. Théodule Devéria, sera joint à l'édition que nous en donnerons, comme complément aux Papyrus du Louvre, préparés par M. Letronne, pour le tome XVIII, deuxième partie, des *Notices et Extraits des manuscrits de la Bibliothèque impériale* (Planche L de l'Atlas).

les premiers au succès des recherches que d'autres pourront faire après nous sur ce terrain dont nous aurons au
moins facilité les abords.

Maintenant, je voudrais répondre en quelques mots à
certains appels obligeants qui me sont adressés au sujet
des *Mémoires de littérature ancienne*. En reconnaissant
que ces Mémoires touchent à presque toutes les grandes
questions dans l'histoire des lettres grecques, on m'invite à écrire enfin cette histoire en un ouvrage propor-
tionné à son importance et fondé sur les études que je
poursuis depuis plus de vingt ans pour les leçons que
je professe à la Sorbonne. Rien ne peut me toucher plus
qu'un appel si honorable; deux raisons surtout m'em-
pêchent d'y faire droit.

La première, tout extérieure et sur laquelle je n'ai pas
besoin d'insister, est dans la variété des devoirs auxquels
ma profession m'attache. La seconde, plus délicate et
non moins grave, c'est que les vérités banales et les lieux
communs tiennent nécessairement une place considérable dans un ouvrage d'ensemble. Or, sans méconnaître
l'utilité des lieux communs (loin de là, je la défendrais
si elle était méconnue), j'avoue qu'ils m'attirent peu.
Surtout en dehors de l'enseignement public, je préfère
l'étude des questions nouvelles. Les travaux académiques
entretiennent volontiers l'esprit dans cette préférence.
Choisir un sujet étroit, mais peu connu, l'explorer dans
tous les sens avec toute la pénétration dont on est capable, me paraît déjà un bon emploi de la critique. Dans
tous les cas, on m'accordera sans peine que ce genre de
travail aura été pour moi une préparation efficace à
l'œuvre autrement difficile d'une histoire générale de la

littérature grecque, si, comme je l'espère, il m'est permis un jour de l'entreprendre.

La table alphabétique des matières que j'ai cru devoir joindre à ce volume, comme j'en avais fait une pour le précédent, paraîtra peut-être surabondante pour un livre qui ne renferme, après tout, que des morceaux assez courts et d'une importance secondaire. Mais, en cela, il vaut mieux pécher par excès que par défaut. Quoi qu'ait pu dire là-dessus un ingénieux et trop dédaigneux philologue[1], de bonnes tables alphabétiques ne servent pas seulement à ceux qui veulent se dispenser de lire les livres; elles servent à tous les amateurs de recherches sérieuses.

[1] F.-A. Wolf, note sur l'*Index scriptorum ab Apollonio Dyscolo* (*de Pronomine*, Berolini, 1813) *laudatorum* : « Indicem hunc nec plenum neque omnibus rebus satis accuratum promittere possumus. Ab auctore editionis (J. Bekkero) primum ad Parisini codicis foliorum numeros factus, deinde mutatis impressi libri numeris aptandus fuit, quæ res passim molestior fuit quam merentur ii qui ex indicibus sapiunt. »

ERRATA

POUR LES *MÉMOIRES DE LITTÉRATURE ANCIENNE.*

Pages 71, lignes 27, *lisez* : dans aucune contrée.
 — 103, — 17, — comme pour l'Homère des Alexandrins.
 — 144, — 20, — pendant six siècles.
 — 192, —   7, — traduisant Tacite, prétendait.
 — 336, — 16, — par ses conquêtes.
 — 370, —   1, — la clepsydre.
 — 383, —   2, — bonne chose.
 — 426, — 30, — confitentibus magis hominibus.

DE LA VIE ET DES TRAVAUX

DE

M. A.-J. LETRONNE [1]

Messieurs, depuis notre dernière réunion, un grand deuil est venu affliger le monde savant, la France, l'Université. Le premier critique de ce temps, M. Letronne, est mort, emporté par une courte maladie, à un âge qui, pour tout autre, eût été le déclin de la vie, et qui, chez lui, rappelait encore la jeunesse par la verdeur obstinée du corps et de l'esprit. L'un de ses disciples, disciple tardif mais plein d'ardeur, l'un de

---

[1] Le mercredi 20 décembre 1848, en reprenant, quelques jours après la mort de M Letronne, le cours de mes leçons sur l'histoire de la littérature grecque, je crus devoir consacrer cette séance au souvenir du savant illustre que la France venait de perdre. Le *Journal général de l'Instruction publique* du 30 décembre reproduisit la plus grande partie de ce discours. Je n'y ai fait ici qu'un très-petit nombre de changements et d'additions. On peut aujourd'hui consulter, pour plus de détails sur notre célèbre critique : 1° la *Notice historique* de M. Walckenaer, lue dans la séance publique de l'Académie des Inscriptions du 16 août 1850, réimprimée récemment en tête des *Mélanges d'érudition et de critique historique* de A.-J. Letronne, par la librairie E. Ducrocq; 2° la *Notice* de M. A. Maury, en tête des *Mémoires et documents publiés dans la Revue archéologique par A.-J. Letronne,* et les deux articles du même auteur dans le *Moniteur* du 4 et du 5 mai 1855, 3° le recueil intitulé : *Notices sur A.-J. Letronne et discours prononcé à ses funérailles,* Paris, Leleux, 1849, in-8; 4° l'article *Letronne,* par M. F. Dehèque, dans l'Encyclopédie des gens du monde; 5° l'article *Letronne,* par M. Barthélemy Saint-Hilaire dans la Biographie universelle de Michaud.

1

ceux qu'il encourageait de sa bienveillance, qu'il soutenait et dirigeait par la salutaire sévérité de ses conseils, je ne puis me résoudre à continuer ici avec vous nos communes études sans rendre à cet homme illustre un hommage public de reconnaissance. Je voudrais essayer de faire revivre sous vos yeux, en quelques traits, la vive originalité de son talent : aussi bien, peindre et définir un si éminent esprit, c'est la plus digne manière de le louer.

Si je pouvais vous raconter aujourd'hui l'histoire de son enfance et de sa première jeunesse, elle aurait, je vous assure, un merveilleux à-propos dans ces jours d'enthousiasme réformateur, où nous avons tous hâte de réaliser pour les plus petits le droit de grandir vite, malgré les obstacles que peut leur opposer la société, pourvu que Dieu les ait doués de facultés brillantes. On verrait qu'une grande capacité triomphe toujours de ces conditions défavorables où tant d'esprits chagrins ne voient qu'une sorte de condamnation fatale et sans appel

M. Letronne est né loin, bien loin des chaires de grec et d'archéologie, dans une position très-humble, et qui le devint plus encore par la mort prématurée de son père. Il débuta donc dans la vie par toutes les gênes de la pauvreté, avec deux consolations toutefois; et deux consolations puissantes : l'amour d'une mère tendre et dévouée, qui a eu la douleur de lui survivre, et son génie, qui lui valut promptement l'appui de quelques savants protecteurs avec leur amitié. En même temps qu'il donnait des leçons d'écriture et de dessin pour gagner sa vie, il compilait des livres d'histoire et de géographie, soit pour M. Mentelle, soit pour le compte d'un libraire. Il s'aperçut bien vite que répéter sans cesse les assertions d'autrui, sans les vérifier, transcrire après tant d'autres des banalités historiques, copier, en un mot, sans penser par soi-même, était un exercice indigne de lui. Il y avait d'ailleurs compromis sa santé par des travaux excessifs.

Il saisit donc avec empressement l'occasion qui lui fut offerte de parcourir l'Europe avec une famille distinguée; et, à son retour, se trouvant, grâce à ses laborieux efforts, assuré de quelque indépendance, il refit son éducation, mal ébauchée dans les écoles centrales et dans le cabinet de M. Mentelle: il la refit avec la conscience de son vrai talent, celui de la critique savante, et une prévision modeste, mais ferme, de la carrière qu'il était appelé à parcourir. Il se perfectionna dans la connaissance des principales langues modernes, et, comme Fréret, ce maître de la critique historique au dix-huitième siècle, il s'imposa de lire, la plume à la main, les auteurs classiques de l'antiquité, se fit des règles pour leur interprétation, pour la correction des textes mutilés ou corrompus, soumit, en un mot, son esprit à l'exacte et rigoureuse discipline qui fait de la philologie une science régulière dans ses procédés, efficace et sûre dans ses résultats.

Les premiers fruits de cette éducation réfléchie furent une *Lettre* à M. Gail *sur la situation du cap Malée*, et l'*Essai sur la topographie de Syracuse*, où sa critique, appliquée à un point spécial et fort restreint de l'histoire grecque, se montre déjà pourvue de toutes ses qualités essentielles, telle qu'il l'appliqua ensuite aux problèmes les plus divers, avec une brillante vigueur de raisonnement et un savoir chaque jour plus étendu. La même méthode se retrouve deux ans plus tard dans ses recherches sur la géographie du moyen âge, à propos d'un petit livre du moine Dicuil, *de Mensura orbis*, qui, avec son Mémoire, resté inédit [1], sur le mathématicien Héron d'Alexandrie, lui fit ouvrir en 1816 les portes de l'Institut ; puis dans ses innombrables explications des mo-

[1] Il a été publié, en 1851, avec quelques modifications conformes au vœu bien connu de l'auteur, par notre confrère M. Vincent (Paris, imprim nat. 1 vol in-4°). Mais il en faut rapprocher le mémoire de M. Th.-H Martin, intitulé : *Examen d'un mémoire posthume de M. Letronne sur la géographie des Anciens.* Paris, 1852, in-8.

numents de l'épigraphie grecque et latine ; dans sa récension
du poëme géographique de Scymnus de Chio ; enfin (car
nous prenons à dessein nos exemples à de grands intervalles
parmi ses nombreux travaux), dans son Mémoire récent *sur
les noms propres grecs*, où nous l'avons vu rattacher cette
branche, jusqu'ici stérile, de la lexicologie à l'histoire des
mœurs et de la religion par des conjectures de la plus heureuse sagacité.

Ce n'est pas, du reste, que cette critique prétendît à l'in-
faillibilité ; comme les Scaliger, comme les Fréret, M. Letronne pensait que la science humaine doit être plus modeste.
Il réclamait le droit de se tromper souvent, mais il en usait
peu, et s'il lui arrivait, par suite de l'infirmité humaine, de
commettre quelque erreur, il était jaloux du moins que cette
erreur fût utile (*felix culpa*, a-t-il dit lui-même quelque part)
en provoquant de la part des autres un contrôle sévère et des
recherches profitables aux progrès de la vérité. Singulièrement habile à choisir son point de vue, à déterminer le terrain de ses observations, à s'assurer d'avance de la justesse
de ses instruments, il atteignait presque toujours le but avec
une précision à rendre jaloux les esprits habitués aux rigoureux procédés de l'analyse mathématique ; aussi a-t-il été
donné à peu de philologues de voir plus souvent les résultats
de leurs inductions confirmés par le témoignage unanime des
juges compétents, et leurs conjectures même démontrées
par des découvertes aussi imprévues qu'authentiques.

Quelques exemples ici parleront plus haut que nos éloges.

Les monuments de l'architecture égyptienne offrent à première vue une telle uniformité de style et d'exécution, qu'on
les croirait tous contemporains. D'ailleurs, des témoignages
anciens affirment qu'en Egypte les artistes étaient astreints
de père en fils à reproduire les mêmes types généraux. Seulement, une opinion, à cet égard, s'était généralement répandue, c'est que la conquête persane avait interrompu le déve-

loppement des arts nationaux dans la vallée du Nil ; que ni la conquête macédonienne, ni la conquête romaine n'avaient pu en favoriser la renaissance, et que, par conséquent, sauf de bien rares exceptions, les monuments de l'Egypte devaient avoir tous une date antérieure au cinquième siècle avant l'ère chrétienne. La langue des hiéroglyphes était encore inexpliquée. Le petit nombre d'inscriptions grecques et latines recueillies sur les monuments égyptiens étaient restées enfouies sans explication dans les relations des voyageurs qui les avaient transcrites. L'imagination et l'esprit de système profitaient largement du bénéfice de cette ignorance pour produire, sur l'histoire des sciences et des arts en Egypte, les hypothèses les plus hardies et les plus étranges. C'est malheureusement sous l'influence de ces préoccupations et de ces erreurs que s'accomplirent et la grande exploration scientifique de 98 et la publication des travaux de l'Institut égyptien ; si bien que, sept ans à peine avant l'*Essai sur la topographie de Syracuse*, le paradoxal Dupuis avait pu, dans un mémoire académique, faire remonter à douze ou quinze mille ans avant notre ère le zodiaque de Dendérah. M. Letronne fit le premier observer qu'au milieu de tant d'incertitudes répandues sur toutes les parties de l'antiquité égyptienne, il convenait de demander avant tout aux inscriptions grecques, dont le sens ne pouvait soulever de doutes sérieux, puisque la langue en était bien connue, des renseignements sur la chronologie et l'histoire de ce mystérieux pays. Restitués et interprétés avec finesse, mais en dehors de toute préoccupation systématique, ces textes lui fournirent des indications aussi sûres que neuves sur la date et l'origine de plusieurs monuments. Elles lui apprirent, par exemple, qu'un des temples ornés de ces zodiaques auxquels on attribuait complaisamment une antiquité prodigieuse, ne remontait pas plus haut qu'au temps des Antonins, et que, par conséquent, les procédés de la sculpture et de la peinture égyptienne s'étaient perpétués, sans beaucoup d'altération, depuis les Pharaons jusqu'aux Césars.

Ces résultats étaient à peine publiés, qu'une double et éclatante confirmation leur vint par la découverte de l'alphabet phonétique des hiéroglyphes, et par les observations des plus habiles artistes sur les divers types de l'architecture et de la sculpture égyptiennes aux époques pharaonique, persane, macédonienne et romaine. D'une part, Champollion déchiffra les noms des Ptolémées et des Césars sur les monuments mêmes que les inscriptions grecques attribuaient aux premiers siècles avant ou après l'ère chrétienne. D'autre part, l'œil des architectes, en s'exerçant par de nombreuses comparaisons, parvint à reconnaître et à signaler les progrès et la décadence de l'art, depuis ses commencements jusqu'à la destruction du paganisme en Egypte; et il se trouva que, sans rien comprendre ni aux hiéroglyphes ni aux inscriptions grecques, sans rien prévoir des découvertes qui se faisaient alors même à Paris, un artiste avait rapporté soit aux temps des Lagides, soit à César, soit à Trajan, tel temple qui offrait justement le nom de ces princes écrit en grec et en caractères hiéroglyphiques.

Depuis les mémorables aperçus publiés, en 1824, dans les *Recherches pour servir à l'histoire de l'Egypte*, l'archéologie égyptienne a fait d'immenses progrès, et cela dans la direction même où l'esprit sagace et pénétrant de M. Letronne avait devancé quelquefois et toujours secondé l'immortel génie de Champollion.

Le monument d'Osymandias, les conjectures erronées dont il a été longtemps l'objet, offrirent au savant français une nouvelle occasion d'appliquer les principes si sûrs de sa méthode.

Jablonski, Zoëga, les membres de l'Institut d'Egypte, avaient cru reconnaître, dans un des nombreux édifices dont les ruines couvrent la plaine de Thèbes, le célèbre tombeau d'Osymandias, décrit par Diodore de Sicile. Un voyageur plus moderne, M. Hamilton, soutenait, au contraire, que la description de l'historien grec était une pure fiction et que le prétendu tombeau n'avait jamais existé. M. Letronne, en soumettant la question à un nouvel examen, constata qu'il était impossible d'admettre l'identité du monument de Thèbes avec celui que décrit Diodore; mais en même temps, par une analyse ingénieuse du texte grec, il rejeta la principale responsabilité de ce mensonge d'abord sur un historien plus ancien, Hécatée d'Abdère, ensuite sur les prêtres thébains eux-mêmes, qui s'étaient complu à humilier la vanité grecque, non-seulement par le spectacle de la magnifique civilisation pharaonique, mais par des récits tout fabuleux sur des monuments sans aucune réalité. La même confirmation qu'avaient obtenue les conjectures de M. Letronne sur un temple d'Esné, était réservée aux conclusions de son Mémoire sur Osymandias; en effet, M. Huyot rapporta d'Egypte des dessins qui faisaient ressortir évidemment l'impossibilité de concilier la description de Diodore avec les ruines observées à Thèbes. Champollion le jeune lut les cartouches royaux gravés sur ces ruines ; il n'y trouva pas une seule fois le nom d'Osymandias ; mais, tout au contraire, le nom d'un roi, son vingt-septième successeur, celui de Ramsès II ou Sésostris le Grand [1].

On a souvent remarqué, surtout à propos de ces observations sur le tombeau d'Osymandias, que les résultats de la critique de M. Letronne étaient tout négatifs, et on lui en fait un reproche. On oubliait que, sur un terrain scientifique encombré de notions fausses et trompeuses, c'est toujours au profit de la vérité qu'on détruit une erreur.

[1] *Mémoire sur le monument d'Osymandias de Thèbes,* Paris, 1831, in 4° (extrait du tome IX des Mémoires de l'Académie des Inscriptions, nouvelle série) réimprimé dans le Recueil que nous citons plus haut, page 1, note 1, sous le n° 1°.

Ce serait assurément une étude intéressante que de suivre M. Letronne dans ses recherches sur tant d'autres monuments de l'antiquité égyptienne, dont il a retrouvé la date et la destination par un rapprochement habile des données de l'architecture et de l'épigraphie. Ne pouvant céder à cette tentation, qui m'entraînerait bien loin, je veux pourtant rappeler deux épisodes encore dans la longue suite de ces découvertes. Un voyageur communique à notre philologue une inscription relevée sur la base du petit obélisque qui se voyait encore en 1820 dans l'île de Philes. En expliquant ce texte, qu'il publie avec l'autorisation de M. Cailliaud, M. Letronne reconnaît et affirme que la pièce sculptée sur la base de l'obélisque ne peut pas s'y trouver seule; qu'elle devait y être accompagnée de quelque pièce relative à la même affaire. Le monument venait d'être transporté en Angleterre; quand on en nettoya la base, on y reconnut, en effet, les caractères demi-effacés des deux pièces dont M. Letronne n'avait pas craint d'affirmer l'existence, et le possesseur de l'obélisque eut la généreuse impartialité d'envoyer à notre compatriote une copie des deux nouveaux textes dont celui-ci méritait si bien d'être le premier éditeur, puisqu'il les avait en quelque sorte découverts à Paris, du fond de son cabinet[1].

La statue vocale de Memnon, cette mystérieuse merveille qui, pendant deux siècles, valut à une ville d'Egypte la visite de tant de voyageurs obscurs ou illustres, était restée une énigme pour les historiens. En marquant, à l'aide de déductions ingénieuses, la date où commença le merveilleux phénomène et celle où il disparut; en le ramenant à des causes purement physiques; en montrant quelle part eurent dans sa célébrité la superstition naïve des *touristes* de l'ancien monde et l'habileté des prêtres égyptiens; enfin, en expliquant comment un mot propre à la religion égyptienne s'est

---

[1] Voir le *Recueil des Inscriptions de l'Egypte*, Tome I, n°° 26 et 27.

confondu avec le nom d'un héros de la mythologie grecque,
M. Letronne a su composer, sous la forme la plus instructive à la fois et la plus piquante, un des meilleurs chapitres
de l'histoire philosophique de l'esprit humain[1].

On voit que les prédilections de M. Letronne se concen-
traient volontiers dans la vallée du Nil. Sans l'avoir jamais
visitée, il en avait pourtant exploré de loin tous les monuments, fouillé tous les tombeaux, restitué, commenté toutes
les inscriptions grecques et latines, depuis le fameux texte
de Rosette jusqu'aux simples *actes d'adoration* inscrits sur
les murs des temples par de pieux voyageurs; il savait à
merveille, et souvent pour les avoir lui-même découverts,
les détails de la généalogie des Ptolémées. Mais ces études
ne l'absorbaient pas tout entier; il y avait mêlé bien d'autres
travaux, dont les résultats ont été consignés, tantôt dans les
Mémoires de l'Académie des Inscriptions, tantôt dans le *Journal
des Savants*, dont il était l'un des plus actifs collaborateurs,
enfin dans les *Annales de l'Institut archéologique* et dans la
Revue archéologique, fondée, il y a cinq ans, sous son patro-
nage Quelques-unes mêmes de ces discussions nous ont valu
de véritables volumes; par exemple, les questions relatives
à la peinture murale chez les anciens[2] et à la découverte du
prétendu cœur de saint Louis à la Sainte-Chapelle[3].

De ces travaux si divers, les plus étendus ne sont pas les
seuls où brillent la sûreté d'intuition et la finesse de dialec-

----

[1] *La Statue vocale de Memnon considérée dans ses rapports avec l'E-
gypte et la Grèce*. Paris, 1833, in-4; la partie épigraphique de cette etude
avait paru d'abord dans les Transactions de la Société royale de Londres;
elle se retrouve, complétée et améliorée, dans le *Recueil des Inscriptions
de l'Egypte*. Tome II, n°s 325-410.

[2] *Lettres d'un antiquaire à un artiste*. Paris, 1835, avec un Appendice
publié en 1837.

[3] *Examen critique de la découverte du cœur de saint Louis faite à la
Sainte-Chapelle*. Paris, 1844, in-8; 1846, in-4; ouvrage que complète un
mémoire spécial *sur l'Authenticité de la lettre de Thibaud, roi de Navarre,
relative à la mort de saint Louis*.

tique qui caractérisaient M. Letronne. Il lui est quelquefois
arrivé d'exposer en trois pages une découverte importante
pour l'archéologie. C'est ainsi que, en 1846, une copie nouvelle lui étant parvenue d'une inscription grecque en vers
trouvée près de Beyrouth, et déjà publiée deux fois, il re-
marqua, dans cette copie, l'obliquité d'un jambage que les
éditeurs avaient jusqu'alors donné comme perpendiculaire.
Au lieu d'un *iota* (I), il vit dans ce jambage incliné à gauche
le reste d'un *alpha* (A), mutilé par le temps, ce qui le con-
duisit à changer l'ancienne leçon du dernier vers ἱεροδρόμον
ὕδωρ en ἀεροδρόμον ὕδωρ, et à conjecturer que le monument
formait la tête de quelque *aqueduc aérien*, semblable à notre
pont du Gard. Comme les voyageurs ne lui disaient rien de
cet aqueduc, il consulta son ami le colonel Callier, qui revenait d'un voyage en Syrie, et qui se souvint parfaitement
d'avoir vu le monument en question. Quelque mois après,
un autre voyageur, M. de Bertou, en envoyait à M. Letronne
une description détaillée et un magnifique dessin, qui fut
publié par la *Revue archéologique* [1].

On a reproché à M. Letronne d'avoir apporté dans les disputes littéraires une vivacité excessive. C'est que la critique,

---

[1] Voir l'ancien texte de cette inscription dans le *Corpus inscriptionum
græcarum* n° 4535, puis la *Notice sur une inscription grecque de Beyrout
en Syrie et sur un grand aqueduc romain analogue au pont du Gard*, ex-
traite de la *Revue archéologique* de 1846, notice dont les principaux résultats sont admis et complétés dans les *Addenda* du *Corpus*. M. Le Bas, reproduisant comme l'inscription d'un seul monument les deux inscriptions
n 4536 et 4535 du *Corpus*, maintient formellement dans la première la leçon ἱεροδρόμον ὕδωρ (*Voyage archéologique*, V, n° 1855). Mais M Le Bas
n'avait pas, je crois, vu le monument original; peut-être a-t-il eu des
scrupules sur l'abrégement de l'α initial dans le mot ἀεροδρόμον. Un autre
voyageur, notre confrère M. Ch. Texier, qui a vu les lieux et les monuments dont il s'agit, m'assure aujourd'hui (1862), en ce qui concerne l'inscription, que la pierre porte ἱεροδρόμον. Il demeure certain, néanmoins,
que la sagacité de M. Letronne, même égarée par un faux renseignement,
aura produit un résultat utile.

pour lui, ne fut pas seulement un talent, mais une passion.
Il était amoureux de la vérité historique, et cet amour le
rendait intolérant pour les abus d'imagination et les fautes
de raisonnement qui la compromettent. L'esprit de la critique, après tout, ne peut pas être celui même de l'indulgence. Aristote a-t-il tant ménagé Platon, son maître et son
ami? On doit dire, d'ailleurs, à l'honneur de M. Letronne,
que cette sévérité pétulante (qu'on nous pardonne une alliance de mots qui représente bien deux côtés étroitement
unis de son caractère) fut rarement agressive, et que, même
dans ses excès regrettables, elle reste loin des violences un
peu pédantesques qui, chez nos voisins, rappellent quelquefois, en plein dix-neuvième siècle, les disputes orageuses de
la renaissance. D'ailleurs, le monde en général, et en particulier les corps savants sont moins troublés qu'ils ne sont
excités par ces mouvements, même intempérants, de la polémique. Un peu de passion n'est pas inutile au succès des plus
sérieux débats de la science. Quelque soit le parti qui triomphe, et ce ne fut pas toujours celui de M. Letronne qui
triompha, les vaincus comme les vainqueurs, s'ils ont souci
des intérêts de la vérité, reconnaissent qu'on leur a rendu
service en les animant à l'étude par l'ardeur même de la contradiction.

Quant à la parole de M. Letronne, comme professeur, elle
avait toutes les qualités de cet esprit si net et si ferme : simple, familière, nerveuse, allant droit au fait, sans autre éclat
que sa clarté même, elle séduisait à force de convaincre.
Avec de telles qualités, si son enseignement au collège de
France n'a pas directement contribué au progrès de la grande
découverte de Champollion, il a du moins affermi et complété sur bien des points la connaissance de l'histoire ancienne de l'Egypte ; il a familiarisé le public avec les résultats que la critique venait d'obtenir en ces études brillamment
renouvelées ; il a donné l'excellent modèle d'une discussion

toujours rationnelle et d'une exposition toujours lumi-
neuse.
                                    •
Maintenant, un esprit de cette trempe, avec cette curiosité,
cette sagacité historique et ce besoin de minutieuse exactitude, était-il naturellement appelé à écrire un grand livre
d'histoire? On nous permettra d'en douter. Il est si difficile
de construire un vaste édifice sans se faire aider par la main
d'autrui, si difficile de raconter une période un peu étendue
des annales du monde sans accepter sur quelques points des
autorités que l'on ne contrôle pas soi-même. Or, c'est là une
espèce de sacrifice auquel M. Letronne se serait mal résigné.
Le livre de Montesquieu n'offre-t-il pas bien des assertions
erronées, reproduites avec trop de confiance d'après des témoignages trompeurs? De telles négligences répugnaient à
la méthode sévère de M. Letronne. Non pas qu'il eût exclu-
sivement ce que l'on appelle aujourd'hui le culte des faits
pour eux-mêmes ; au contraire, il répétait souvent que les
faits n'ont pas de valeur sans un rapport aux idées philosophiques qui les résument et les dominent. On peut même
voir dans quelques-uns de ses écrits et notamment dans le
tableau qu'il a tracé de la civilisation égyptienne[1], qu'il était
fort capable d'exposer largement de grandes vues historiques.
Mais ces vues générales, il aimait à les tirer de ses observations et de ses recherches personnelles, ou, s'il les devait à des
devanciers, il voulait en pouvoir apprécier par ses yeux la rigoureuse exactitude. Il avait néanmoins entrepris de ras-
sembler, en les résumant et en les perfectionnant, toutes ses
recherches sur l'Egypte, et deux volumes ont déjà paru de son
grand Recueil des inscriptions grecques et latines de l'Egypte
et de la Nubie, recueil qui devait comprendre, non-seulement
toute la matière épigraphique proprement dite, mais aussi
tous ces textes grecs sur papyrus dont nos musées se sont

[1] Mémoires de l'Académie des Inscriptions, t XVII, nouvelle série, et
Revue des Deux-Mondes du 1er fevrier et du 1er avril 1845.

enrichis depuis trente ans, et qui jettent tant de lumière sur
la constitution politique et civile de l'Egypte ptolémaïque [1].
Il poursuivait son œuvre, à travers mille interruptions, sans
jamais en perdre le fil, grâce à l'heureuse facilité qu'il avait
de se posséder toujours lui-même et de rejoindre ses idées, à
quelque distance qu'il les eût laissées, sur une route pleine de
distractions inévitables. Doué d'une trop généreuse confiance
dans l'avenir, il avait, disait-il souvent, arrangé sa vie pour
de longues années encore ; il se croyait assuré de mener à fin
tous ses projets scientifiques, sans négliger aucun de ses nombreux devoirs de professeur, d'administrateur et d'académicien. Et cependant, de sinistres avertissements ne lui avaient
pas manqué ; pour ne rappeler que le plus douloureux, il s'é-
tait vu enlever, en 1838, une femme à juste titre chérie et
honorée. Mais de tels coups l'agitaient sans lui faire perdre
le ferme équilibre, qui fut toujours le caractère de son tem-
pérament et de son esprit. Un mal qui le minait sourdement
et que sa verte vigueur dissimulait à la sollicitude de ses
amis et d'une jeune famille dont il était l'idole, l'a enlevé
en quelques jours. Il n'avait pas soixante et un ans.

C'était mourir jeune, sans doute ; mais, pour me servir de
l'expression éloquente et simple du biographe de Fréret (Fréret mourut aussi à cet âge), « si c'est vivre que de penser,
personne n'a vécu plus longtemps que lui. »

Messieurs, le 13 mai 1832, quand on apprit la mort de
Georges Cuvier, l'un de ses plus illustres confrères s'écria :
« Voilà un événement bien cruel ; il nous rapetisse tous ! »
Nous, interprètes d'une science plus modeste que celle qui
immortalisa Cuvier ; nous, simples historiens des antiquités
humaines, nous pouvons dire aussi que la mort de Letronne

---

[1] Les *Papyrus* vont être prochainement publiés, sous les auspices de
l'Académie, par notre confrère M. Brunet de Presle. Quant au *Recueil des
Inscriptions de l'Egypte*, je m'occupe en ce moment même d'en préparer un
supplément.

nous rapetisse tous. Ce sera dire en même temps qu'elle nous
impose un grand devoir. Quelques éminents esprits qu'il
comptât parmi ses collègues de l'Institut et du collège de
France, M. Letronne, par la grandeur de son talent, comme
par sa facilité communicative, était, en Europe, le principal
représentant de la critique française. Sa mort amoindrit la
France aux yeux du monde savant; c'est là un malheur pour
longtemps irréparable. Que du moins nos efforts, animés par
son souvenir et ses exemples, lui préparent non des rivaux,
mais de laborieux continuateurs, et contribuent aux progrès
d'une science qui est l'une des plus belles portions de notre
patrimoine intellectuel. Naguère encore, à l'ouverture de ce
cours, je vous conviais, par le spectacle de la décadence des
lettres pendant le moyen âge, à l'étude persévérante de l'antiquité. Je vous montrais comment le monde fut alors puni
d'avoir laissé dépérir le noble héritage de la science et du
goût classiques. Aujourd'hui, c'est devant cette leçon de la
mort, devant cet échec à notre gloire nationale, que je vous
appelle de toute la chaleur de mon âme aux nobles études
de l'érudition et de la critique; je vous y appelle, messieurs,
au nom des plus pures ambitions dont se puisse inspirer le
patriotisme

MÉMOIRES

D'HISTOIRE ANCIENNE

ET

DE PHILOLOGIE

I

POLÉMON, LE VOYAGEUR ARCHÉOLOGUE [1].

I

Nous nous étonnons de voir sur le sol de la France certains monuments bâtis au moyen âge avec des ruines romaines; mais on a découvert en Égypte des temples construits

[1] Publié dans la *Revue archéologique* des 15 octobre et 15 novembre 1846.
— En publiant la présente esquisse dans une Revue spécialement consacrée a l'exposition des découvertes et des recherches nouvelles, nous croyons
devoir avertir le lecteur savant qu'il n'y trouvera pas ce genre d'intérêt, et
que notre intention a été simplement de réunir dans un cadre historique
quelques traits propres a caractériser et à faire aimer les études d'archéologie. Notre Polémon d'ailleurs n'est pas un personnage imaginaire, comme
le jeune Anacharsis; et, dans cet essai d'une restauration de son œuvre,
nous avons toujours distingué avec soin les conjectures et les rapprochements artificiels des faits établis sur les témoignages anciens. Quant aux
citations, qu'il était facile de multiplier en un pareil sujet, on nous par-
donnera de les avoir ménagées. Pour les inscriptions surtout, l'ordre géographique que nous suivons permettra de retrouver sans peine dans les
recueils les principaux textes qui ont servi à notre travail (1846).

dans le seizième siècle avant notre ère, avec les débris d'édifices plus anciens encore. Aux temps de Salamine et de Platée,
Troie n'était plus qu'un amas de poussière, entouré de souvenirs glorieux. Des peuples entiers avaient disparu de la
Grèce, n'y laissant d'autre trace de leur séjour que des con-
structions informes, mais d'une masse en quelque sorte
impérissable. A Athènes, il y avait le *Pelasgicon,* monument
mystérieux d'un âge sans histoire. Ailleurs c'étaient des figures
de dieux en bois ou en pierre, hideusement informes; c'é-
taient des plaques d'airain couvertes de caractères étranges
qu'on ne savait plus lire, ou qu'une vanité complaisante re-
portait jusqu'aux origines de la nation. Hérodote, dans un
de ses voyages, avait vu à Delphes quelques-uns de ces vieux
textes sur des trépieds, déposés là, disait-on, dès les temps
héroïques; il y croyait reconnaître les traits de l'alphabet
phénicien, de cet alphabet primitivement commun à la Grèce
et à l'Italie, et qui de l'Italie s'est répandu avec la civilisation
sur toute une moitié du globe. Quatre siècles plus tard, un
ami de Cicéron, le jurisconsulte Sulpicius, longeant par mer
les côtes de la Grèce méridionale, y contemplait avec mélan-
colie ce qu'il appelle éloquemment « des cadavres de cités, »
oppidorum cadavera projecta [1].

Peu de mois avant la mort du grand César, des colons romains découvrirent à Capoue, dans un tombeau, une inscription grecque où l'assassinat du dictateur sembla clairement
annoncé; or, quelle fut l'occasion de cette découverte? Des
fouilles, d'abord entreprises pour les fondements d'une villa,
puis continuées avec plus d'ardeur dans un autre intérêt : on
avait rencontré d'anciens tombeaux d'où l'on tirait des vases
peints qui, sans doute, se vendaient à grands prix aux *amateurs* [2]. Ces fouilles ont été reprises sur plusieurs points de

---

[1] Cicéron, *Epistolæ ad Diversos,* IV, 5.

[2] Suétone, *Cæsar,* c. 18. Cf. Gerhard, *Rapporto intorno i vasi volcenti*
(1831), et l'*Elite des Monuments céramographiques,* par MM. Lenormant et

l'Italie et elles ont enrichi nos musées de véritables trésors.

Il y avait donc une antiquité pour l'antiquité elle-même, et l'*archéologie* n'est pas une invention de la curiosité moderne.

Toutefois l'archéologie n'a pris qu'assez tard une place dans l'encyclopédie des sciences et des lettres grecques. Les premiers historiens, préoccupés surtout du spectacle des grands événements politiques, n'ont guère décrit que les luttes de la tribune et les champs de bataille, ou, s'ils ont quelquefois peint les mœurs et les institutions d'un peuple, c'était moins d'après les monuments de l'art que d'après le témoignage des personnes qu'ils avaient pu consulter. Qu'on lise le second livre d'Hérodote, on y sera frappé de ce singulier caractère. L'historien veut nous faire connaître l'Egypte, et il est incroyable avec quelle insouciance il a souvent passé devant les plus curieux monuments de sa civilisation. Il semble devoir à l'observation des hommes, à la tradition, presque tout ce qu'il nous apprend des sciences, des arts et de la religion pharaoniques. Thucydide, Xénophon, tous deux Athéniens de naissance, n'ont peut-être jamais écrit dans leurs histoires le nom d'un artiste ou d'un poète contemporain. Cette école d'écrivains éminents s'attache avec prédilection à certains faits, à certains personnages d'un caractère solennel et en quelque sorte héroïque ; elle a honte, nonseulement des vérités triviales, mais des curiosités de l'art et de la littérature. On dirait qu'elle ne compte même pas parmi les titres d'un peuple à l'immortalité les œuvres peu bruyantes, fussent-ce des tragédies comme l'*Œdipe roi* ou des temples comme le *Parthénon*. Mais, après les Xénophon et les Thucydide, il s'est formé en Grèce une école d'écrivains plus mo-

de Witte, recueil qui vient d'être heureusement achevé après la mort de M. Lenormant, par son digne collaborateur et ami.

destes, qui, comme Philochore [1], ont pris pour tâche d'exposer
sans réticence, sans omission dédaigneuse, la vie tout entière
d'un peuple. Ces recueils où la géographie de l'Attique, la chronologie de son histoire, tout le détail de ses institutions et de
ses mœurs, sont traités avec le même respect, avec la même
exactitude, s'appellent des *Atthides ;* leurs auteurs ne sont
pas des historiens orateurs, mais de simples grammairiens.
Ils n'ont pas eu sans doute, comme le montre ce qui reste
de leurs ouvrages, cette haute intelligence des affaires de la
Grèce, cet art d'expression éloquente que Démosthène étu-
diait dans Thucydide. Peut-être cependant ne seraient-ils pas
moins lus aujourd'hui, parce qu'ils satisferaient, sur bien des
points, notre curiosité devenue exigeante à l'endroit des petites choses méprisées par les écrivains de génie. On en peut
juger par la *Lettre* de Denys d'Halicarnasse *à Ammœus*, où
un intéressant problème d'histoire littéraire est discuté surtout d'après le témoignage des *Atthides.*

Après les compilateurs de chroniques locales, il y a des
écrivains plus modestes encore et de plus humble origine. Ce
sont les *périégètes.* Sous ce nom de *périégètes* ou *exégètes* ou
mystagogues, on désigna d'abord les gens dont la fonction
était de guider les étrangers dans une ville, dans un lieu
sacré, de leur montrer, de leur expliquer les antiquités, les
monuments, les traditions relatives aux vieux héros du pays.
Ce sont les *ciceroni* de ce temps, babillards, à l'érudition
aventureuse et imperturbable, sachant la date et l'auteur des
statues, des peintures, l'âge des moindres pierres, la généalogie de tout personnage dont ils rencontraient le nom ou la
figure ; exerçant d'ailleurs cet honnête métier sans nul souci
de l'avenir ni de l'histoire. La crédulité des *touristes* les
faisait vivre : « Si l'on avait ôté, dit Lucien, toutes les fables
dont s'amusait la Grèce, les guides seraient morts de faim,

---

[1] Voy. *Philochori fragmenta,* par Lenz et Siebelis. Lips., 1811.

car pas un voyageur n'eût voulu, même pour rien, entendre
d'eux la vérité [1]. »

Quelques *périégètes* cependant se sont élevés au-dessus de
leur condition, ils sont sortis de leur petite ville, pour visiter
le monde, c'est-à-dire le monde connu, les peuples civilisés ;
ils ont écrit et publié la relation de leurs voyages. Alors on
a eu des *Guides du voyageur en Grèce*, des *Conducteurs dans
les rues d'Athènes*, chose, comme on le voit, bien peu nouvelle
au dix-neuvième siècle. Enfin, dans cette foule de petits archéologues et de collecteurs d'anecdotes, il s'est trouvé de véritables savants. Partis d'un peu plus bas, les *guides pittoresques*
ont rejoint l'*histoire*, non pas à ses plus hautes régions, mais
dans la sphère où nous avons vu briller tout à l'heure les
écrivains d'*Atthides* ; à côté de Philochore est venu se placer
Polémon, son successeur dans l'ordre des temps, comme il
fut son rival de célébrité [2].

Polémon, fils d'Évégétus, naquit vers la fin du troisième
siècle avant notre ère, dans un bourg du territoire de la Nouvelle-Ilion. On ne sait rien de son éducation, et c'est par
conjectures qu'on a fait de lui un élève des grammairiens de
Pergame ou d'Alexandrie. Il eut de bonne heure sans doute
le goût des voyages, il y consacra la plus grande partie de
sa vie, et recueillit d'honorables distinctions dans les villes
qu'il parcourut; c'est ainsi qu'on le voit tour à tour appelé
citoyen d'Athènes, de Samos, de Sicyone. Il connaissait sans

[1] On retrouve la fonction d'*exégète* encore mentionnée parmi les fonctions sacrées d'Olympie dans les inscriptions du milieu du troisième siècle
après J.-C. Voir M. Beulé, *Archives des Missions scient. et litt.* 1852,
p. 579 et suiv , et *Études sur le Péloponnèse* (1857) p. 268 et suiv.

[2] Voir *Polemonis periegetæ fragmenta. Collegit, digessit, notis auxit*
L. Preller. *Accedunt de Polemonis vita et scriptis et de historia atque arte
periegetarum commentationes.* Lipsiæ, 1838, in-8º de 200 pages. C'est le
travail qui a servi de fond à celui de M. C. Muller dans les *Fragmenta
historic. græc.* t. III, p. 108 et suiv., et dont nous nous autorisons ici à
notre tour.

doute ces villes aussi bien que la Nouvelle-Ilion [1], et par ses
recherches il avait répandu quelque jour sur leurs antiquités ;
de tels services touchaient vivement la vanité grecque, fort
prodigue de récompenses envers ceux qui savaient la flatter [2].

Les nombreux ouvrages de notre voyageur offrent à première vue des titres très-variés. C'est d'abord son *Voyage autour du monde* (titre que les anciens entendaient dans un sens
beaucoup plus restreint que nous), qui comprenait depuis
l'Asie Mineure et le Pont jusqu'à Carthage ; puis des livres
de polémique contre l'historien Timée, contre le géographe
et astronome Eratosthène, contre l'historien Ister (que, pour
le dire en passant, il proposait de jeter dans le ·fleuve du
même nom, sans doute en punition de quelque grosse méprise) ; des lettres à divers personnages, dont l'une à un certain Attale, en qui l'on a cru reconnaître le troisième roi de
Pergame ; des mémoires sur divers points d'antiquité ou
de géographie. Mais en regardant de près les cent fragments ou environ qui nous restent de ces diverses compositions, on y retrouve partout le même caractère ; c'est partout
de la science recueillie sur les lieux mêmes, d'après les monuments ou les traditions locales ; c'est l'histoire des inventions, des arts, des mœurs, des institutions, rattachée à la
topographie. Que Polémon ait dédié à un protecteur, à un
ami tel ou tel de ses Mémoires, ou qu'il ait particulièrement
attaqué sur tel ou tel sujet quelque savant de ses prédécesseurs, comme étaient Eratosthène et Timée, cela est fort naturel, sans doute, et fort convenable au rôle d'un voyageur
érudit, qui avait pu apprendre, en parcourant le théâtre de
grands événements, combien il est difficile d'être exact dans

[1] Exemples dans le *Corpus* n° 3057, et dans Rangabé, *Antiq hellén.*
n°s 741 *et* 742.

[2] Un ancien a dit de lui, comme nous dirions en français, qu'*il savait
bien sa ville de Dodone* (fragment 30, dans le recueil de Preller). Quant au
titre de citoyen obtenu dans plusieurs villes par la même personne, on en a
des exemples dans le *Corpus inscript. græc.*, n° 2811b, 5674, et ailleurs.

la description des lieux que l'on n'a point vus. Eratosthène,
écrivain honnête et laborieux, avait vécu à Athènes, on n'en
saurait douter; mais il en parlait trop légèrement, de souvenir; de là bien des erreurs dont s'irritait Polémon, jusqu'à
dire que le savant astronome n'était pas même allé à Athènes,
hyperbole de colère qu'on a eu tort de prendre au mot.
Timée le Sicilien était un grand érudit sans jugement, pui-
sant à toutes les sources le vrai comme le faux, crédule jusqu'à la puérilité, rhéteur à l'excès dans son style. Polybe,
dans son douzième livre, a cruellement relevé les méprises
grossières dont ses histoires étaient semées; il lui reproche
surtout d'ignorer la géographie; il trouve fort impertinent
qu'on décrive les lieux qu'on n'a pu visiter et qu'on fasse de
la stratégie d'après des cartes. Polémon, un siècle avant,
relevait sans doute les mêmes impertinences. Mais, comme
on le voit, c'étaient là autant d'épisodes dans la rédaction de
ses voyages. En réalité, il semble, toute sa vie, n'avoir fait
qu'une chose, observer, et recueillir des documents, en recti-
fiant çà et là les fautes de ses devanciers. Nous pouvons donc
renvoyer les amateurs d'un plus exact détail à l'excellent travail de M. Preller, sur la vie et les ouvrages de Polémon, et,
quant à nous, suivre simplement ce voyageur sur les divers
points de la Grèce où il reste des traces de son passage;
comme ces traces d'ailleurs sont rares et souvent à demi
effacées, nous nous permettrons d'y suppléer par des témoignages plus récents, mais non moins dignes de foi. Strabon,
Plutarque, Pausanias, plusieurs siècles après Polémon, vi-
sitant les mêmes lieux que lui, y rencontraient de nouvelles
villes, de nouveaux chefs-d'œuvre; mais ils y rencontraient
aussi d'autres ruines; et les voyageurs modernes, sur un
sol tant de fois exploré, découvrent encore chaque jour des
objets d'art, des inscriptions qui confirment ou complètent
les récits de notre voyageur. Nous nous aiderons de ces secours pour faire comprendre tout ce que, dès l'antiquité,

l'archéologie prêtait de lumières à l'histoire ; car tel est en
réalité l'objet principal de cette esquisse. Aussi bien le nom
même de Polémon étant devenu celui du voyageur par ex-
cellence, ce n'est pas une grave licence de personnifier en
lui la recherche de ces faits historiques qui n'ont guère
d'autres historiens que les antiquaires.

II

Il y a des lieux prédestinés à la gloire des lettres et des
sciences, comme il y en a de prédestinés à la prospérité com-
merciale ou maritime. Dans la plaine de Troie on devait naître antiquaire et mythologue, et si quelque chose m'étonne,
c'est de ne trouver dans l'histoire des lettres anciennes que
deux ou trois savants natifs de ce pays. Là, en effet, on n'a-
vait qu'à choisir entre les plus belles et les plus piquantes
études. Aimez-vous les grands problèmes et les conjectures
hardies sur l'origine des sociétés ? Contemplez ces ruines éche-
lonnées à diverses hauteurs sur les flancs du mont Ida et du
mont Olympe. Les plus hautes appartiennent aux villes primitives : tout l'atteste ; à mesure qu'on descend vers la plaine,
on s'approche en même temps des époques historiques. Platon avait jadis remarqué ce fait, et le rattachant au souvenir
des déluges qui jadis couvrirent le monde, il supposait que
les hommes, alors réduits à n'habiter que le sommet des montagnes, avaient peu à peu suivi la retraite des eaux ; ainsi les
villes maritimes auraient été fondées les dernières, lorsque
l'océan fut rentré dans son lit. D'autres expliquaient plus sa-
gement, par les progrès de la civilisation et par ceux de la sécurité publique, cette tendance des hommes à quitter les
montagnes pour s'établir dans la plaine, sur le bord des fleu-
ves et de la mer [1] ; on a souvent de nos jours observé le

---

[1] Platon (*Lois*, livre III), cité par Strabon, *Géogr.*, XIII, c. 1.

même phénomène, et Vico en a fait une des lois de sa *Science nouvelle* [1].

Voulez-vous, le vieil Homère à la main, étudier les champs de bataille de l'*Iliade* ? Pas un monticule, dans cet espace de quelques lieues, pas une source, pas un ruisseau qui n'ait son nom et sa légende. Seulement il ne faut pas trop se montrer sévère sur le menu détail, ni chercher une trop juste coïncidence entre l'état présent des lieux et les descriptions du poète. La topographie homérique est chose fort satisfaisante pour l'antiquaire, à une condition toutefois, c'est qu'il ne consultera là-dessus qu'un seul auteur ; dès qu'on en rapproche deux, les débats commencent, et voilà des siècles qu'ils durent. Démétrius, natif de Scepsis (c'était une ville de la Troade), avait son système sur l'application des vers homériques aux diverses localités de la plaine de Troie ; Strabon a le sien ; chez les modernes, autant de voyageurs, autant de systèmes. Dans ce dédale, à défaut d'inscriptions, les monuments fourniraient d'utiles indices. Mais, dès le temps de Polémon, sans doute, il ne restait plus une seule pierre authentique de l'ancienne Troie. C'est pis encore aujourd'hui : ce qu'on avait longtemps pris pour le tombeau d'Achille, et où l'on déterrait encore il y a cinquante ans, pour M. de Choiseul, des curiosités d'un âge prétendu homérique [2], s'est trouvé le tombeau d'un favori de Caracalla ; une tour grecque, où l'on avait mis l'espoir de belles découvertes, s'est trouvée n'être que la base toute moderne d'un moulin à vent.

Recherchez-vous les questions moins générales dans la critique des monuments d'antiquité ? La plaine de Troie est couverte de petites villes assez riches en vieux débris et en

[1] Fin du livre II, p. 292 de la traduction publiée par l'auteur de l'*Essai sur la formation du dogme catholique.*

[2] Voir Le Chevalier, *Voyage dans la Troade*, t. II, p. 315, et le t. III du *Voyage* de Choiseul-Gouffier, éd. in-8.

inscriptions curieuses. Sigée, par exemple, renferme une
pierre qui devait faire un jour le désespoir des érudits euro-
péens. On y a vu longtemps l'un des premiers monuments
de l'art d'écrire ; puis, regardée de plus près, la double inscription de cette pierre a laissé deviner quelque supercherie,
une supercherie déjà ancienne, contemporaine peut-être de
Polémon ; en effet, chez les Grecs, certains] amateurs ont eu
cette manie du *faux antique;* un avocat millionnaire du siècle
des Antonins, Hérode Atticus, faisait graver pour ses villas
des inscriptions en lettres du temps de Lycurgue ; on en possède au musée de Naples quelques échantillons [1].

Enfin l'histoire seule de Troie offrait, au milieu d'obscuri-
tés dignes d'exciter l'attention curieuse d'un philologue, les
plus intéressantes vicissitudes. Durant deux ou trois siècles
après la victoire des Grecs, Troie paraît être demeurée sans
habitants ; une sorte de malédiction plana longtemps sur les
lieux profanés par l'adultère de Pâris et ensanglantés par la
vengeance des Grecs. C'est seulement sous la domination des
Lydiens qu'on voit se former, auprès du lieu jadis occupé par
la ville de Priam, un pauvre village sous le nom d'Ilion. Là
était un temple de Minerve, où les Locriens envoyaient tous
les ans deux jeunes filles choisies dans les cent plus nobles
familles pour expier le crime d'Ajax, qui avait souillé le
sanctuaire de la déesse en y violant Cassandre. Ces jeunes
filles, dit un ancien poëte, « le corps et les pieds nus, ba-
layaient dès l'aurore le pavé du temple, toujours esclaves jusqu'à la vieillesse. » Un oracle avait prononcé que l'expiation
durerait dix siècles ; elle finit vers le temps de Plutarque. Un
grave témoignage, celui de l'historien Hellanicus, se mêle à
ces fables qui entourent le berceau obscur de la nouvelle ville;

---

[1] Franz, *Elementa epigr. gr.*, n° 33. Nous avons à Paris même, dans
notre Musée du Louvre, d'autres monuments du luxe d'Hérode Atticus en
ce genre de curiosités. Voir les *Inscriptions du Musée du Louvre*, par M. de
Clarac, planches VII-IX.

sans doute pour flatter la vanité de ses voisins, Hellanicus
de Lesbos reconnaissait en eux les descendants directs de
Priam et d'Hector. Décidément Troie allait revivre : Xerxès,
passant en Grèce, s'arrêtait pour sacrifier à Minerve *Iliade* ;
Alexandre, en partant pour la conquête de l'Asie, venait s'incliner devant le tombeau d'Achille et accordait aux gardiens
de ces ruines des priviléges importants avec une sorte de liberté. Les successeurs du conquérant macédonien se firent un
honneur de continuer la protection généreuse dont il avait
donné l'exemple. Un décret des Iliens, parvenu jusqu'à nous,
témoigne de leur reconnaissance envers Antiochus Soter,
vainqueur et pacificateur de l'Asie. Du temps même de notre
Polémon, le frère d'Antiochus le Grand ayant été blessé à la
guerre et guéri par un médecin d'Amphipolis, nommé Métrodore, un autre décret des Iliens conférait des distinctions
honorifiques à Métrodore, en souvenir de cet insigne service[1].
On voit quels liens étroits de clientèle et d'amitié unissaient
les nouveaux Troyens avec la dynastie macédonienne; mais
cette prospérité devait durer peu. Déjà Polémon avait pu voir
Lucius Scipion sacrifier, après Xerxès, après Alexandre, après
les rois de Syrie, sur l'autel de Minerve ; de tels hommages
étaient des menaces. Ilion fut bientôt enveloppée dans la
ruine d'Antiochus ; au milieu du deuxième siècle elle n'offrait
plus que des cabanes couvertes de chaume. On dit que les
Gaulois nos ancêtres l'avaient prise pour but d'une expédition, espérant s'en faire une place forte ; mais la voyant faible
et sans remparts, ils l'eurent bientôt abandonnée. Dans la
guerre contre Mithridate, Fimbria s'en empara après onze
jours de siége ; comme il se vantait d'avoir en onze jours fait
plus que n'avait fait Agamemnon en dix ans avec mille vaisseaux, « C'est, lui répondirent les Iliens, que nous n'avions
pas Hector pour nous défendre. » Le farouche Sylla fut tou-

[1] *Corpus inscr. græc.*, n° 3596.

ché apparemment des malheurs d'Ilion et de son imperturbable patriotisme : il la releva une fois encore. César, puis Auguste, ajoutèrent aux bienfaits de Sylla, en mémoire d'Alexandre, sans doute, et aussi en mémoire de Vénus et d'Énée que, de jour en jour, on s'habituait mieux à considérer comme les auteurs du peuple romain. C'est, en effet, vers le temps de notre voyageur que se répandent et s'établissent, moitié par le zèle des Grecs érudits et flatteurs, moitié par la crédulité du peuple, les traditions qui rattachaient les origines de Rome à celles de Troie. César les invoquait sérieusement dans l'oraison funèbre de sa tante Julia ; Tite-Live, qui doutait peut-être de la vérité de ces fables séduisantes, affirmait du moins que Rome avait le droit de les imposer au monde, comme elle lui imposait ses lois. Après l'*Enéide* on ne douta même plus, et Troie fut désormais considérée comme le berceau de Rome. A seize ans, Néron, à titre de descendant d'Énée, plaidait devant le tribunal de Claude en faveur des Iliens [1], et leur faisait restituer de vieux priviléges. Au temps de Pline, Troie était redevenue la ville des souvenirs et des reliques : on y montrait la lyre de Pâris, l'échiquier de Palamède [2] et une lettre écrite sur *papyrus* par Sarpédon le Lycien, l'un des héros de l'*Iliade* [3].

On ne saurait dire aujourd'hui si Polémon se laissa séduire à ces complaisances envers les vainqueurs de la Grèce, ni s'il croyait bien sérieusement comme quelques-uns de ses contemporains, à l'origine grecque de Romulus ; mais je pense qu'il écoutait volontiers les contes où se reflète, au moins, d'une manière naïve, la croyance vulgaire, et à ce titre il avait pu recueillir, avec une exactitude qui n'était pas de la crédu-

---

[1] Tacite, *Annales*, XII, 58.

[2] Voir, dans la *Revue archéol.*, t. III, p. 303, la Lettre de M. Rangabé à M. Letronne *sur une Inscription grecque du Parthénon*.

[3] La plupart de ces faits sont réunis, soit dans Strabon, soit dans l'Introduction de M. Boeckh, en tête des inscriptions de la *Nouvelle Troie*.

lité, certains mensonges qui se propageaient par le monde, au temps de la conquête romaine, pour la favoriser ou la consacrer.

Voici d'autres traditions du même genre, qu'il recueillait sans y croire. A Smintho, dans la Troade, était un temple d'Apollon *Sminthien*, c'est-à-dire *Dieu des rats*. Selon les gens du lieu, un certain Crinis, prêtre d'Apollon à Chrysé, s'était attiré la colère de ce dieu ; celui-ci envoya dans les champs de Crinis une armée de rats qui les ravagèrent ; puis, voulant arrêter le fléau, il vint sans se faire connaître chez Ordès, chef des troupeaux de son prêtre, tua tous les rats à coups de flèches, puis se découvrit à Ordès et lui ordonna d'annoncer ce miracle à Crinis. Justement reconnaissant, Crinis fit construire en l'honneur d'Apollon, vainqueur des rats, le temple que desservait ce Chrysès dont l'imprécation ouvre si dramatiquement l'*Iliade*.

Ailleurs Polémon notait que la statue de Bacchus, à Chio, se voyait enchaînée, comme à Erythres celle de Diane, parce que, selon l'opinion vulgaire, les statues des dieux s'évadaient quelquefois et couraient le monde. Ainsi les Romains croyaient par des formules religieuses décider les dieux d'une ville ennemie à la quitter pour se rendre dans leur camp [1]. Polémon avait vu quelque part une statue d'Apollon *gastronome* ; une autre d'Apollon *béant* ; cette dernière avait sa légende, que Pline nous a conservée, en la rapportant à Bacchus au lieu d'Apollon. Elpis de Samos étant débarqué en Afrique, un lion se présente à lui, la gueule béante. Elpis s'élance sur un arbre en invoquant le secours de Bacchus, alors le lion se couche au pied de l'arbre, toujours la gueule béante, mais cette fois avec une expression pitoyable ; le pauvre animal avait un os engagé dans la mâchoire. Elpis des-

[1] Voir sur ce sujet la dissertation spéciale d'Ansaldi : *De Romana tutelarium deorum in oppugnationibus urbium evocatione*, 2e éd., Venise, 1756.

cend de l'arbre et lui arrache cet os; le lion reconnaissant,
tant que le navire d'Elpis resta sur le rivage, apportait chaque jour à son bienfaiteur le produit de sa chasse. De retour
à Samos, Elpis y consacra la statue de Bacchus *béant*. Changez les noms des divinités, ne dirait-on pas quelque légende
chrétienne du moyen âge?

Enfin Polémon, apparemment, ne dédaignait pas même les
contes de bonne femme, quand il écrivait que la poule d'eau
est douée d'une telle sensibilité à l'endroit de l'adultère, que
si son maître est menacé de certain malheur conjugal, elle
s'étrangle pour l'en avertir. Nous irions loin à vouloir le suivre dans ces petites digressions. Revenons à l'histoire sérieuse
dont les monuments abondent à chaque pas que va faire notre archéologue hors de son glorieux pays.

S'il n'admet pas le fabuleux blason qui rattache la généalogie des Romains à celle de Vénus et d'Enée, il y a du moins
des pièces authentiques où les rapports présents de Rome et
de la Grèce se montrent au grand jour. A Téos, en Ionie, on
lit sur la place publique le dossier presque complet d'une négociation concernant le droit d'asile dont jouissent les Téiens.
L'affaire se traite en 193, lorsque Polémon a vingt ans peut-
être ou environ. Vingt villes grecques ont, par autant de décrets confirmé ce droit d'asile. Le roi Antiochus le confirme
également; mais que seront les vingt décrets et l'autorisation
du roi Antiochus, si les Romains n'y consentent? Heureusement Rome a parlé Par une lettre aux Téiens, lettre dont
nous avons la traduction grecque, M. Valérius Messala, préteur, les tribuns et le sénat ont promis de respecter et de
faire respecter l'asile. Malgré la dignité affectueuse du langage, on sent dans cette dépêche la puissante main du peuple qui ne protége que pour dominer [1]. Rome n'a pas plutôt

---

[1] Voir, pour plus de détails sur ce sujet, notre Mémoire *sur les Traités
publics chez les Grecs et les Romains*, dans le t. XXIV, 1re partie, du Recueil
de l'Académie des Inscriptions (nouvelle série).

paru en Grèce, qu'elle y a pris le premier rang, et pourtant Carthage la menace toujours, malgré sa défaite à Zama. Que Carthage succombe, Rome n'aura plus de rivale. On proclame déjà ses généraux *sauveurs* du pays qu'ils oppriment [1]; on élèvera bientôt des autels *à Rome et au peuple romain* [2]; il sera même permis d'offrir les honneurs divins aux gouverneurs proconsuls, à de simples citoyens romains. Mais, chose remarquable, dans leur humiliation, souvent volontaire, les Grecs seront traités encore avec quelque respect. Un siècle après cette lettre de Messala aux Téiens, je vois le sénat traiter comme de puissance à puissance avec une toute petite île des Sporades. Les habitants d'Astypalée envoient en Italie des commissaires pour conclure une *alliance*; un sénatus-consulte décrète l'*alliance* dont les termes sont acceptés par Astypalée; on croirait voir la république de Saint-Marin concluant un traité avec la France ou avec la Grande-Bretagne.

Toutefois, les mœurs de l'Italie s'imposent moins vite que ses armes à la Grèce conquise. Dès le temps de Ménandre on avait entendu parler à Athènes de ces combats de gladiateurs récemment introduits dans les fêtes de Rome : « Nous sommes plus malheureux que les gladiateurs en champ clos, » disait alors un personnage de comédie; mais il se passe plus d'un siècle avant que ces jeux barbares s'établissent dans les pays grecs, et c'est toujours par les Romains qu'ils y sont introduits. Entre autres spectacles offerts par Sylla aux Asiatiques réunis dans Ephèse, on trouve des combats de gladiateurs et d'athlètes; on en trouve à Corinthe, avec la colonie qu'y envoie Jules César; et là ils devinrent l'objet d'une vive passion. Il paraît même que l'émulation gagna un jour le peuple d'Athènes. Lorsqu'un orateur lui proposa d'imiterles

[1] Inscription en l'honneur de T. Quinctius Flamininus, à Gythéa, dans le Péloponnèse. *Corpus inscr. græc.*, n° 1325. Cf. ci-après, p. 78 et suiv.

[2] Voir Le Bas, *Explication d'une inscription grecque de l'île d'Egine.* Paris, 1842, in-8.

fêtes sanguinaires de Corinthe, un philosophe s'écria, dit-on, dans l'assemblée : « Athéniens, avant d'appeler les gladiateurs, renversez donc l'autel de la Pitié. » L'autel resta debout, et Athènes eut des gladiateurs ; mais cela se passait seulement au premier siècle de l'empire.

Les Athéniens n'aimaient pas le sang ; et s'ils l'avaient plus d'une fois versé, c'était du moins pour d'apparentes raisons d'Etat Les jeux mêmes d'athlètes répugnaient à leur humanité, ou, si l'on veut, à leur élégante mollesse. J'en juge par l'amère dérision qu'en a faite un poëte de la comédie nouvelle ; il fallut trois cents ans, le contact et presque l'invasion d'une société toute romaine pour leur faire accepter les divertissements du cirque. C'est à la même date que se rapportent le petit nombre de monuments où sont mentionnés des jeux de gladiateurs à Mégare, à Milet, à Aphrodisias en Carie, à Ancyre en Galatie, où on les voit aussi joints à des combats de taureaux. Mais on n'a pas, que je sache, trouvé les traces d'un seul amphithéâtre construit par des Grecs et pour eux avant la conquête des Romains ; c'est là un fait honorable pour les mœurs grecques et que l'on ne saurait trop remarquer [1].

Au contraire, dès le temps de Polémon, la Grèce était couverte de théâtres. On en peut compter plus de cent connus par les ruines qui en restent ou par des témoignages certains [2]. Rien n'égalait l'émulation des cités helléniques pour les exer-

---

[1] *Corpus inscr. græc.*, nos 1035, 2511, 2719, 2880, 2889, 2759b, 4037, où la mention des jeux de gladiateurs est presque toujours accompagnée de quelque nom romain, preuve que les Grecs y avaient rarement l'initiative. Les autres textes relatifs à ces jeux en Grèce sont réunis par M. Welcker, *Sylloge*, p. 62, 63 ; et par M. Letronne, à l'occasion d'un monument inédit, dans un article de la *Revue archéologique* du 15 avril 1846. Comparez quelques faits réunis par M. Wallon, *Histoire de l'Esclavage*, II, p. 132.

[2] Voir Welcker, *la Tragédie grecque dans ses rapports avec le Cycle*, p. 1298 et suiv.

cices du gymnase et surtout pour les fêtes de l'intelligence. Sur les côtes seules de l'Asie Mineure d'innombrables fragments d'archives municipales attestent quelles dépenses s'imposaient les habitants des plus humbles villes pour honorer leurs fêtes par la lutte des artistes les plus distingués. La seule Téos, patrie d'Anacréon, nous en fournira des exemples. Elle avait des concours de musique, de déclamation pour tous les genres, et elle était même devenue le chef-lieu d'une corporation d'artistes dont l'existence nous serait à peine connue sans le témoignage des monuments [1]. Cette corporation renfermait des musiciens et des acteurs. Placée sous la tutelle particulière du dieu Bacchus, dont les fêtes se célébraient ordinairement par des représentations dramatiques, elle s'intitulait *Synode des artistes de Bacchus pour l'Ionie et l'Hellespont;* mais on voit qu'en réalité ses services s'étendaient au delà de ces deux pays. En effet, d'autres confréries analogues se rattachaient au synode de Téos, d'abord à Téos même celle des *artistes auxiliaires,* sans doute recrutée tous les ans par de nouveaux venus de diverses écoles grecques ; puis à Pergame, celle des *attalistes* plus spécialement placée sous la protection des Eumènes et des Attales; celle de l'Isthme, de Némée, de Delphes, de Thespies. Toutes étaient, en vertu d'un oracle d'Apollon, également inviolables, en temps de paix comme en temps de guerre; chacune avait ses fonctionnaires, ses règlements, ses revenus ; elle pouvait décréter des distinctions honorifiques à ses protecteurs et à ses bienfaiteurs.

[1] Les principaux textes relatifs aux artistes de Bacchus sont réunis par Crysar, *de Tragœdia circum tempora Demosthenis* (Cologne, 1830, in-4); et par M. Boeckh, dans son riche commentaire sur la première des inscriptions relatives à Craton, *Corpus,* n° 3067 (voir aussi nos *Mémoires de litt. anc.*, n. XVII, p. 409). Quant au dernier trait de notre esquisse, voir le fragment 95° de Polémon. Sur la mise en scène chez les anciens, on peut lire trois savants articles de M. Magnin, dans la *Revue des Deux-Mondes* (1er septembre 1839, 1er avril et 1er novembre 1840).

Ainsi un joueur de flûte, natif de Chalcédoine et nommé Craton, deux fois prêtre du synode de Téos et ordonnateur des
jeux, d'ailleurs bon chef de troupe, ayant rendu à ses confrères et administrés d'éminents services par sa générosité
personnelle et en appelant sur eux les bienfaits des Attales,
les artistes du grand synode lui ont successivement voté des
couronnes avec proclamation au théâtre et dans les repas de
corps, trois statues, dont une à Téos, l'autre à Délos, la troisième au lieu qu'il choisira lui-même, enfin un trépied destiné à être placé sous sa statue, dans le temple de Bacchus, à
Téos. Les attalistes ont ajouté, pour leur part, à ces honneurs,
et l'exemple a été suivi par ceux de l'Isthme et ceux de Némée. Tant de reconnaissance stimula sans doute le zèle bien-
faisant de Craton. En mourant il légua aux attalistes des
sommes considérables pour les dépenses de leurs fêtes ; l'emploi de ces sommes était réglé par un acte spécial qu'ap-
prouva le roi de Pergame. Craton laissait encore à ses anciens confrères un mobilier dont l'inventaire minutieux était
annexé aux deux pièces précédentes. Il s'est conservé de cet
inventaire quelques lignes où je remarque, entre autres curiosités, des *tapis*, une *lampe à deux mèches*, un *bouclier* et
une *lance;* c'étaient donc, à n'en pas douter, des ustensiles de
théâtre. Polémon s'intéressait dans ses visites à tous ces détails, et c'est peut-être dans le magasin de quelque théâtre
comme celui de Craton qu'il avait vu ces épées, qu'il nous
montre fabriquées tout exprès pour que la lame, au moindre
effort, rentrât dans le fourreau. Ajax en avait une ainsi faite
lorsqu'il se donnait la mort dans la pièce de Sophocle. Combien est vieux le secret de se tuer au théâtre sans danger pour
la vie !

Cette société des artistes, que Polémon avait vue si florissante sous la protection des Attales, changea plusieurs fois
de chef-lieu et aussi de fortune, pendant les révolutions qui
ravagèrent l'Asie avant l'établissement définitif des Romains,

mais il ne paraît pas qu'elle ait un instant cessé de desservir
les théâtres grecs de l'Orient ; on la retrouve sous les empereurs à Smyrne, à Aphrodisias, à Athènes ; elle avait alors
des affiliés dans les artistes latins, et le féroce Commode
compte parmi ses derniers protecteurs. C'était, à ne partir
que du temps des Attales, cinq siècles de durée. D'abord sala-
riés par les républiques comme jadis chez les Athéniens, puis
constitués en corps presque indépendants, les artistes allaient
retomber sous l'étroite dépendance du despotisme impérial [1].
L'époque des *synodes* est peut-être la plus brillante de leur
histoire, comme c'est la plus négligée par les historiens. Nos
confréries dramatiques du moyen âge eurent une vie moins
longue et moins glorieuse ; et quant à la Société du Théâtre-
Français, si riche en noms illustres, sommes-nous sûrs que
dans vingt siècles la postérité lise encore les registres de ses
délibérations, comme nous lisons aujourd'hui dans le Musée
du Louvre [2] le décret rédigé en l'honneur de Craton par les
ancêtres de Lekain et de Talma ?

III.

La Carie et les provinces les plus méridionales de la mer
Égée, Rhodes, la Crète, la Syrie, n'étaient guère moins riches
en monuments et en souvenirs que les villes ioniennes ; mais
de cette partie du journal de notre voyageur il reste à peine
deux lignes. Je ne vois pas même sûrement qu'il ait été en
Égypte. Comment croire pourtant, s'il ne fut point élevé à

[1] Voir Orelli, *Inscr. lat.*, nᵒˢ 884, 2203, 2625, 2627. Le Beau, dans les
Mémoires de l'Académie des Inscriptions t. XXXI, p. 58-61, et, pour plus de
détail sur ce sujet, nos *Mémoires de littérature ancienne*, nᵒ XVII, p. 409.

[2] Voir le *fac-simile* de ce marbre précieux dans le recueil de M. de
Clarac, *Inscriptions du Musée du Louvre*, pl. XXXIV.

Alexandrie, qu'il n'ait pas du moins visité l'école où brillaient alors tant de personnages célèbres : Hipparque et Eratosthène dans les sciences ; Aristophane dans l'érudition ; Apollonius et Nicandre dans la poésie? Alexandrie d'ailleurs était sur la route de Carthage, où nous le verrons tout à l'heure. Entre ces deux villes Cyrène offrait un repos utile avec une ample collection d'œuvres curieuses à observer pour un antiquaire. Au reste, même à Alexandrie, la bibliothèque du Musée ne devait pas seule retenir notre voyageur ; il aimait à déchiffrer sur le marbre ou l'airain les vieux textes de lois, les traités, les dédicaces, les épitaphes, et en Egypte le contact de deux civilisations donnait un double intérêt aux monuments de ce genre ; ils étaient souvent bilingues ou même trilingues, comme la fameuse inscription de Rosette, qui fut gravée précisément vers cette époque [1]. Qui nous dira aujourd'hui si l'attention des touristes philologues allait jusqu'à recueillir à côté des textes grecs les traductions hiéroglyphiques et démotiques ; s'ils consultaient quelquefois le collége des interprètes sur le secret de ces langues mystérieuses? Pour ma part, j'en doute fort ; telle était l'insouciance des Grecs pour les langues barbares, telle était l'inclination des autres peuples à se faire grecs pour comprendre Homère dans sa langue! Dans la foule d'écrits sur la grammaire qu'ont produits les écoles grecques, je n'en vois qu'un seul qui semble attester quelque souci de cette comparaison entre les idiomes, devenue aujourd'hui une branche nouvelle et féconde des connaissances humaines : c'est le traité de Didyme *sur la langue des Romains*, dont il reste quelques fragments ; mais le latin avait pris, grâce à la conquête romaine, une si grande importance dans le monde, qu'il fallait bien se relâcher un peu

---

[1] Nous possédons à Paris le fragment d'un monument semblable, mais trop mutilé pour offrir un sérieux secours à la philologie égyptienne. Voir la *Notice des monuments égyptiens du Louvre*, par M. de Rougé (2e éd., 1852), p. 96, n. 122.

à son égard du dédain où l'on enveloppait tous les autres idiomes étrangers [1]. D'ailleurs, chose remarquable et trop peu remarquée, dans l'antiquité comme de nos jours, ce n'est pas d'ordinaire par les savants que se développe cette connaissance des langues ; les relations du commerce en font naître le premier besoin. Les grammairiens ne viennent que bien longtemps après les *interprètes*. Ceux-ci sont constitués en Égypte dès le sixième siècle avant notre ère ; on en retrouve plus tard sur toutes les frontières grecques ou romaines, dans tous les comptoirs où s'échangeaient les marchandises de l'Europe, de l'Asie et de l'Afrique ; on cite même une ville de la Colchide, où cent trente interprètes desservaient le commerce romain avec soixante et dix ou, selon d'autres, trois cents nations de l'Orient. En Italie, où le latin s'était formé de divers idiomes primitifs, l'osque était familier à beaucoup de Romains ; l'étrusque était appris par quelques jeunes citoyens comme langue des vieux rituels. Le grec, plus tard, remplaça l'osque et l'étrusque, et les grammairiens romains nous laissent voir quelque chose de l'heureuse influence que ces études exerçaient naturellement sur le progrès des théories grammaticales. La traduction des livres hébreux, dès le temps des Ptolémées en Égypte, celle des livres hébreux et chrétiens sous l'empire, mettaient en contact des langues bien autrement diverses de génie : c'était à renverser les petites théories des grammairiens occidentaux. Il n'en fut rien cependant ; on n'apprit de l'hébreu que tout juste ce qu'il en fallait pour le métier de traducteur. On n'y chercha pas de quoi éclairer les procédés généraux de l'esprit humain dans la formation du langage ; cette insouciance devait durer jusqu'à la renaissance des lettres [2].

[1] « Opera data est, » dit noblement saint Augustin (*de Civitate Dei,* xix, 7), « ut imperiosa civitas non solum jugum, verum etiam linguam suam, « domitis gentibus per pacem societatis imponeret. »

[2] Tous les textes relatifs à la connaissance des langues étrangères chez

Si Polémon ne savait rien des idiomes nationaux de l'E-
gypte, sans doute il ne savait pas mieux le phénicien ou le
numide de Carthage ; heureusement cette ville lui réservait
d'autres sujets d'études que les livres de Magon sur l'agriculture et les autres richesses des bibliothèques que les Romains
distribuèrent, quelques années après, *aux petits rois de l'A-
frique*[1]. L'autre partie du butin de Carthage, les objets d'art,
les offrandes de tout genre ornaient encore la puissante cité
dans l'intervalle des deux dernières guerres puniques. C'é-
taient rarement des œuvres d'artistes carthaginois, presque
toujours des statues ou des peintures enlevées aux villes
grecques. Scipion Emilien, après sa victoire, convia les Sici-
liens et les Italiens à venir reprendre ce qui avait pu échapper
aux flammes. Himère y retrouva sa statue personnifiée sous
les traits d'une femme, et celle du poëte Stésichore ; Ségeste,
sa Diane ; Agrigente, le fameux taureau de Phalaris. « La
destinée de ces admirables statues de la Sicile, dit un savant
écrivain, est tout à fait singulière. Transportées de Sicile
à Carthage par la victoire, une autre victoire les rend à la
Sicile ; le pillard Verrès les conduit à Rome, d'où un autre
pillard, Genséric, les emporte et les ramène à Carthage, d'où
elles avaient été enlevées six siècles auparavant[2]. »

La seule note qui nous reste des observations de Polémon,
à Carthage, prouve à quelles minuties descendait sa curiosité ;
il avait consacré un chapitre, peut-être tout un livre, aux
péplus, c'est-à-dire à ces longs voiles ou manteaux dont les
Grecs, dès le temps d'Homère, décoraient souvent les statues
de leurs divinités. L'un de ces péplus, orné de figures en bro-

les anciens sont réunis dans une dissertation intéressante de M. J. F. Cramer sur ce sujet. Stralsund, 1844, in-4. Comparez ci-après le morceau
sur l'*Etude de la langue latine chez les Grecs dans l'antiquité.*

[1] Pline, *Hist. nat.*, l. XVIII. c. v, p. 204, éd. Sillig.

[2] Dureau de La Malle, *Recherches sur la topographie de Carthage* (Paris,
1835, in-8), p. 99 et 100.

derie qu'Aristote avait brièvement dépeintes dans des épigrammes en distiques réunies sous le titre collectif de Πέπλος,
était l'ouvrage d'un artiste de Sybaris. Celui-ci l'exposa dans
le temple de Junon Lacinienne, dont la fête réunissait tous les
habitants de l'Italie. Là, Denys l'Ancien s'en empara un jour
et le vendit aux Carthaginois, pour le prix énorme de cent
vingt talents. On ignore si les Romains restituèrent à la déesse
ce précieux tissu. Ainsi Polémon ne s'est pas seulement occupé des peintres et des statuaires : les artistes de tout genre
obtenaient quelque mention dans son journal, et, en chaque
genre, les plus humbles comme les plus illustres apparemment; car ceux que nous trouvons nommés dans ses fragments
sont tout à fait inconnus; mais rien n'est petit pour les amateurs d'antiquités.

En Sicile, où nous pouvons sans invraisemblance le faire
aborder après une excursion dans la capitale des Carthaginois, Polémon retrouvait bien des souvenirs de Carthage et
de ses conquêtes, mais encore plus de fables et de monuments
grecs. Ici encore j'admire la profondeur et la variété de son
érudition, qui s'étend depuis la plus ancienne histoire des
villes et la description des lieux célèbres jusqu'aux petites
superstitions locales. Pourquoi ne pouvons-nous lire aujour-
d'hui de sa relation pittoresque qu'une page sur les dieux
Palici? Pourquoi faut-il que l'on ne sache plus comment
Polémon retrouvait, dans la patrie même de Théocrite, les
origines du poëme bucolique, et ce qu'il pensait des traditions
relatives au Sicilien Daphnis? On aimerait aussi à le suivre
au tombeau d'Archimède, à lire avec lui l'inscription alors
récente, qu'un siècle et demi plus tard Cicéron y recherchait
avec peine sous les broussailles[1]. Rome alors occupait déjà
Syracuse, mais Archimède n'y était pas encore oublié.

Rome, toujours Rome! Ce nom fatal que, dès son enfance,.

---

[1] *Tusculanæ quæstiones*, V. 23.

Polémon devait entendre prononcer avec terreur, ce nom le
poursuit partout, à Téos, à Alexandrie, à Carthage, en Sicile.
Le voilà près du centre de la puissance romaine; s'y laissera-
t-il attirer par cet invincible charme qui nous entraîne au
spectacle des grandes choses, même quand ces grandes choses
sont pour nous un reproche ou une humiliation? Quelques
traits de ses ouvrages le montrent si bien instruit des fables
du Latium, qu'il faut croire du moins qu'il séjourna beaucoup
en Italie. C'est le temps où y vieillissaient, comme otages,
mille Achéens et parmi eux Polybe, que Polémon avait déjà
pu voir, dans Alexandrie, à la cour du roi Ptolémée Épiphane.
Voilà pour notre archéologue un digne introducteur auprès
des Scipions; mais aussi le vieux Caton est là, avec sa haine
contre les Grecs et contre leur langue qu'il n'a pas encore
apprise. Pour lui, tous ces hommes sont des *brigands* et des
empoisonneurs[1]. Il paraît peu sensible au service que leur
érudition veut rendre à Rome en décorant son berceau des
glorieuses fables de Troie. Polémon fera bien de descendre
vers la grande Grèce à Rhégium, à Sybaris, à Tarente, à Héraclée, il y trouvera une hospitalité plus sûre. Ces cités sont
demeurées toutes grecques, avec la permission de leurs vainqueurs; elles rédigent en grec leurs actes publics, elles adorent leurs héros fondateurs, qui sont quelquefois des capitaines
d'Agamemnon. Arrivé en Messapie, Polémon n'a plus qu'à
traverser un étroit bras de mer, le voici à Ithaque, dans le
royaume d'Ulysse. Encore quelques heures, et il touchera la
côte d'Épire; c'est l'un des plus vénérables lieux de la Grèce,
celui peut-être où parurent les premiers Hellènes. L'oracle
de Dodone est un de ceux d'où partirent, dès la plus haute
antiquité, ces voix mystérieuses qui lançaient les peuples

---

[1] Voir surtout les curieuses paroles citées par Pline, *Hist. nat.*, XXIX,
7. Cf. Van Bolhuis, *Diatribe litt. in M. P. Catonis Censorii quæ supersunt
scripta et fragmenta*, p. 194.

helléniques sur les pays ouverts à leur génie civilisateur [1]. Mais à Dodone comme à Carthage, c'est nous qui cherchons les secrets de l'histoire; Polémon tout simplement observe et recueille des faits.

Voici, par exemple, une œuvre d'art assez étrange, qu'il a ainsi décrite sans emphase : « Il y a, dit-il, à Dodone (dans le temple de Jupiter) deux colonnes voisines et de même hauteur ; sur l'une des deux est un vase d'airain à peu près de la dimension de nos chaudrons, sur l'autre une statue d'enfant tenant un fouet à la main droite ; c'est à la droite de cet enfant qu'est située la seconde colonne. Quand le vent souffle, les lanières du fouet, qui sont cependant en métal, sont soulevées comme des lanières en cuir, et vont frapper le vase ; cela dure tant que le vent souffle. » Cette œuvre était une offrande de Corcyréens. Du temps de Strabon, soit qu'on l'eût en effet changée en quelque partie, soit que l'imagination du narrateur ait augmenté le fait de quelques accessoires fabuleux, il n'est plus question de deux colonnes. La statue repose sur le vase même (apparemment renversé); le fouet qu'elle porte se compose de trois chaînes de métal terminées par un bouton et un osselet, et la durée du son est telle, que l'on peut, avant qu'il cesse, compter jusqu'au nombre de quatre cents. De là est venu le proverbe : *C'est un fouet de Corcyre*, pour désigner les gens babillards. Trois siècles plus tard, la tradition s'est encore altérée. Des Pères de l'Eglise font de l'offrande des Corcyréens une machine sacrée dont les sons inspiraient la prophétesse de Dodone. On se souvenait vaguement alors que jadis, dans le même temple, des cloches disposées d'une certaine façon servaient au charlatanisme des prêtres pour rendre au peuple de prétendus oracles. Des deux récits confondus s'est formé le troisième, qui les défigure

---

[1] Voir là-dessus les observations de M Brunet de Presle, dans son Mémoire *sur les Etablissements des Grecs en Sicile* (Paris, 1845, in-8), p. 75.

également l'un et l'autre. C'est ainsi que souvent les chefs-
d'œuvre de l'art deviennent peu à peu des merveilles, ou,
pour mieux dire, des miracles. Nous ne savons pas assez aujourd'hui combien l'histoire des temps primitifs est pleine de
ces métamorphoses.

Si, au lieu de gagner par le continent Delphes, cet autre sanctuaire des superstitions grecques, nous redescendons par mer
dans le Péloponnèse, nous trouverons parmi les notes de notre
voyageur certains traits de mœurs plus caractéristiques encore.
Ce sont des épigrammes comme celle-ci sur la ville d'Élis :
« Élis boit et ment ; ainsi fait chaque Élien chez lui, ainsi toute
la ville ; » et cette autre, probablement relative à quelque habitant d'Élis : « Au buveur Arcadion, ses fils Dorcon et Charmyle
ont élevé ce tombeau près du chemin que tu vois. Le bon-
homme est mort, ô passant, en buvant tout pur en une large
coupe. » On croira peut-être que de telles plaisanteries couraient les almanachs poétiques du temps, mais ne s'inscri-
vaient pas sur les monuments ; ce serait une erreur. Les
marbres nous en ont conservé d'aussi étranges, et que la volonté même du mort a souvent fait inscrire sur son tombeau.
Ici c'est un mari qui se plaint d'avoir été tué par l'amant
de sa femme (le monument est à Paris, au Musée du Louvre[1]) ;
là, un élégant à bonnes fortunes qui se vante de mourir *regretté des belles;* ailleurs, c'est un épicurien qui traite de
vaine chimère la croyance aux dieux. Mais souvent aussi, il
faut le dire, des pensées nobles et touchantes ont traversé
les siècles sur la pierre où une main obscure les avait gravées.
Au premier rang je citerai celle de l'immortalité de l'âme,
qui se renouvelle sous cent formes diverses ; puis ces pieuses
formules, sur la tombe d'un jeune homme de vingt ans :
« Eutychus, jadis l'espoir de ses parents, maintenant leur

---

[1] *Corpus inscr. græc.*, nº 3588 ; de Clarac, *Inscriptions du Musée du
Louvre,* pl. LI.

chagrin ; » sur celle d'un enfant de trois ans : « Heureuse
pierre qui renferme un tel trésor ! » Un mari compare en vers
élégants les vertus de sa femme à celles de Pénélope ; une
jeune esclave, une pauvre nourrice reçoivent des hommages
qui respirent la tendresse chrétienne. « Il n'y a qu'une belle
chose en la vie, dit un de ces païens dont nous parcourons les
tombes, c'est la bienfaisance [1]. » J'aime encore mieux cela
que l'emphase de Pline : « *Deus est mortali juvare mortalem,*
C'est être Dieu que secourir les hommes [2]. »

Beaucoup d'humbles sépultures ne se distinguent que par
la brièveté, par la recherche malheureuse ou par la barbarie
du style ; il n'importe, qualités ou défauts, ce sont des traits
dignes de l'observateur. « L'homme, dit un célèbre archéologue, ne croit pas mourir tout entier s'il laisse de lui-même
quelque souvenir, et quand il ne l'attend pas du témoignage
de l'histoire ou des productions de son génie, il veut au moins
qu'un marbre annonce à la postérité quelque édifice élevé
par ses soins, quelque présent de sa munificence, ou qu'une
inscription gravée sur l'urne funéraire y fasse foi de son existence passée [3]. »

L'Anthologie grecque contient plusieurs centaines de ces
pièces qui, sans doute, ne sont pas toutes des jeux d'esprit.
Les successeurs modernes de Polémon en ont recueilli un
grand nombre dans les cimetières de l'ancien monde. Ce
n'est pas, à mon sens, la moins intéressante partie de leurs
recueils. Le testament des hommes d'Etat est dans Thucydide

---

[1] *Corpus*, n° 5545, inscription de Pergame. Pour les épigrammes qui
précèdent, voir la *Sylloge* de Welcker, n°ˢ 8, 14-16, 56, 59, 60, 75, 186.
Je ne parle pas des épitaphes d'animaux, bien qu'on en ait d'assez nombreux exemples. Voir le même recueil, n° 102. — Ai-je besoin d'ajouter
que ma traduction de ces petites pièces émousse tristement, quelque effort
que j'y mette, les traits de l'original ?

[2] *Hist. nat.* II, c. V.

[3] Lanzi, *Saggio di lingua etrusca.* t. I, p. 1.

et dans Tacite; mais le testament du peuple est sur ces pierres, non moins honorable pour l'antiquité que bien des pages de ses historiens [1].

Nous sommes bien près d'Olympie, ou plutôt, puisqu'il n'y avait point de ville de ce nom, nous sommes près du temple de Jupiter Olympien, ce grand rendez-vous de toutes les vanités, de toutes les ambitions de la Grèce. Polémon faisait l'histoire des jeux divers que comprenait la solennité olympique; il décrivait les merveilles des arts déposés dans le temple et dans les édifices voisins. A Sicyone, il visita une riche galerie de tableaux; c'était le moment favorable pour étudier la peinture grecque, car elle venait d'atteindre, sous Alexandre et ses successeurs, le plus haut point de perfection, et les Romains, peu curieux de beaux-arts, ne dépeuplaient pas encore les musées de l'Orient pour enrichir leurs monuments publics où leurs villas. En sortant de Sicyone, Polémon put admirer, à Corinthe, les nombreuses merveilles de l'art que bientôt après dévastèrent les soldats de Mummius. J'ai hâte d'entrer avec lui dans Athènes, mais je ne puis m'empêcher de transcrire auparavant, d'après la relation de notre antiquaire, cette anecdote qui peint au naturel l'admirable enthousiasme des Grecs pour les chefs-d'œuvre : « Alors florissait l'école de Sicyone, et on la regardait comme seule dépositaire des traditions du beau, au point que le

---

[1] Sur ce point il y aurait à faire de curieuses comparaisons avec les monuments modernes. L'histoire des morts a eu des vicissitudes intéressantes et tout à fait dignes de trouver un historien. Qu'il me suffise de renvoyer ici à quelques ouvrages où l'on peut se faire une idée de notre épigraphie funéraire : 1° Le Champ du repos ou Cimetière Mont-Louis, par MM. Roger père et fils, 1816, 2 vol. in-8; 2° Recueil de tombeaux des quatre cimetières de Paris, par C.-P. Arnand, 1817, 2 vol. in-8. L'ouvrage est dédié aux âmes sensibles ; 3° Promenade aux cimetières de Paris, par P. de S.A., 2e éd., 1825, in-12; 4° Promenade aux sépultures royales de Saint-Denis et aux Catacombes, par le même, 1825, in-12.

grand Apelles, déjà célèbre, y vint et fréquenta pour un talent
(plus de cinq mille francs) les ateliers de ses artistes, moins
pour s'instruire que pour en partager la gloire. Aussi Aratus,
rendant la liberté à la ville de Sicyone, lorsqu'il détruisit les
portraits et les statues des tyrans, délibéra longtemps sur celui d'Aristratus, le contemporain de Philippe ; le tyran y était
représenté debout derrière un char portant une Victoire.
Toute l'école de Mélanthe avait travaillé à cette œuvre. Apelles
même y avait mis la main. Partagé entre son admiration pour
une si belle œuvre et sa haine contre les tyrans, Aratus finit
par condamner le tableau. Alors le peintre Néalcès, qui était
de ses amis, intercéda avec des larmes. Aratus restait inflexi-
ble. Néalcès s'écria qu'il était bon de faire la guerre aux tyrans, mais non pas à leur cortége : « Laissons le char et la
Victoire ; je me charge de faire sortir Aristratus du tableau. »
Cette fois le terrible Aratus se laissa vaincre ; Néalcès effaça
la figure d'Aristratus, et peignit à la place une palme (ou un
palmier), n'osant faire plus à côté de telles merveilles. « On dit
même que les pieds du tyran s'aperçoivent encore derrière le
char [1]. » Ce n'est pas la seule fois que le fanatisme des révolutions a fait main basse sur les monuments des arts. Le
moyen âge et la réforme ont eu leurs iconoclastes, et le temps
n'est pas seul coupable de la destruction de nombreux chefs-
d'œuvre.

IV.

A mesure qu'on approche de l'Attique et de sa capitale, les
monuments se pressent sur la route, soit que de Mégare on

---

[1] Plutarque, *Vie d'Aratus*, c. xiii. Il ne cite Polémon que pour une circonstance particulière de cette petite histoire, mais il est évident qu'il lui
emprunte davantage.

gagne Eleusis, soit qu'on passe à Salamine pour se rendre par
mer de cette île au Pirée. Il paraît que Polémon suivit de
préférence le premier de ces deux chemins, puisqu'il avait
écrit un livre entier sur la seule *voie sacrée*, par où se ren-
daient d'Athènes à Eleusis les processions en l'honneur de
Cérès. Malheureusement il ne reste de ce livre que le titre, et
une perte aussi regrettable est mal compensée par les deux
maigres chapitres que Pausanias consacre au même sujet et
par les documents épigraphiques recueillis dans cette région[1].
Entrons dans Athènes. Partout, comme l'a dit Cicéron, partout le pied du voyageur y foule quelque souvenir[2]. C'est le
musée national de la Grèce ; chaque page de son histoire re-
vit en traits immortels, ici sur les murs d'un portique ou d'un
temple, là sur un tombeau, à la citadelle, au Pirée, dans les
bibliothèques, par la main des Sophocle, des Thucydide, des
Praxitèle et des Parrhasius. Strabon[3] nous dépeint l'enthousiasme et aussi l'embarras d'un historien, esprit médiocre
d'ailleurs, en présence de cet éblouissant panorama. Ne sachant par où commencer, par où finir, Hégésias (c'est l'historien dont il nous parle) se borna à décrire *un seul des monuments qui se voyaient dans la citadelle*. Mais Polémon n'était
pas un historien occupé à faire des harangues pour Miltiade
ou Périclès, à étudier les grands secrets de la politique d'A-
thènes et de Lacédémone. C'était un antiquaire ; il avait tout
son temps à lui pour se promener et pour prendre des notes ;
aussi écrivait-il, dans sa relation, quatre livres *sur les offran-*

---

[1] On a aujourd'hui un recueil spécial et complet de ces documents dans
le livre que M. Fr. Lenormant a intitulé : *Recherches archéologiques à
Eleusis* (Paris, 1862, in-8).

[2] *De Finibus*, V, 2 : « Modo etiam paulum ad dexteram de via declinavi,
« ut ad Pericli sepulcrum accederem. Quanquam id quidem infinitum est in
« hac urbe; quacunque enim ingredimur, in aliquam historiam vestigium
« ponimus. »

[3] Ce passage du célèbre géographe est malheureusement fort mutilé.

des consacrés dans l'Acropole; un autre *sur les héros qui ont donné leur nom aux tribus et aux bourgs de l'Attique;* un, enfin, *sur les peintures des Propylées.*

Les offrandes déposées dans le temple de Minerve étaient de tout genre, de tout prix, et de dates fort diverses. C'étaient tantôt des hommages volontaires, tantôt des curiosités prises parmi le butin que rapportaient de leurs guerres les armées athéniennes. On en dressait annuellement l'inventaire, que les gardiens du temple se transmettaient avec les clefs du trésor. On lit dans les recueils de M. Boeckh, de M. Rangabé, de M. Le Bas, d'assez longs fragments de ces inventaires, où quelques noms historiques se distinguent dans la foule des donateurs obscurs. C'est par exemple le nom de la femme ou de la fille de Cimon, celui de Lysandre, dans un inventaire postérieur de cinq ans à la prise d'Athènes par le général lacédémonien [1]. Ainsi celui qui écrivait fièrement en trois mots à ses concitoyens : *Athènes est prise,* quelques jours peut-être après avoir fait raser les murailles d'Athènes et brûler ses vaisseaux au son de la flûte, venait s'incliner devant la déesse protectrice du peuple vaincu, et il signait de son nom l'humble offrande d'une petite couronne d'or; ce trait-là manque aux récits de Xénophon et de Plutarque [2].

Les trésors de quelques églises chrétiennes se peuvent seuls comparer à ces riches collections déposées dans l'Acropole d'Athènes, dans le temple d'Apollon Pythien à Delphes, dans celui d'Apollon Didyméen à Milet [3]. De tant d'objets, bien peu sont parvenus jusqu'à nous, bien peu surtout de ceux

[1] Boeckh, nº 150; Franz, nº 58; inscription qui confirme la restitution proposée pour le nom du père de Lysandre dans le texte de Plutarque, *Lysandre,* c. ii, p. 322, éd. Sintenis.

[2] Comparez nos *Mémoires de littérature ancienne,* p. 454.

[3] Voir, par exemple, l'inventaire de la Sainte-Chapelle, publié par M. Douet d'Arcq, dans la *Revue archéologique,* t. V, p. 168 (Cf. t. II, p. 526, divers fragments de ces inventaires athéniens).

que la matière rendait doublement précieux. On sait qu'il
faut fabriquer en airain les statues, les monnaies, les ustensiles, où l'on veut que la beauté du travail soit longtemps respectée. Quelquefois le bronze même n'a pas aussi bien protégé que la pierre les inscriptions qu'on lui avait confiées. Si
nos musées comptent aujourd'hui à peine un texte sur bronze
contre cent textes sur pierre, cela tient non-seulement à
la cherté relative de ces deux substances chez les anciens,
mais encore à ce que l'on trouva plus facilement des pierres
neuves pour construire[1], que du métal pour fabriquer des
armes ou des instruments d'agriculture. La conquête romaine commença le ravage dans les trésors des temples
grecs, et Polémon arrivait à temps pour jouir encore des richesses qui allaient bientôt être dispersées. Titus Flamininus,
Manius Acilius, Paul Emile, [chassant de la Grèce Antiochus
ou ruinant les rois de Macédoine, s'abstinrent de violer les
lieux sacrés : ils commandaient encore à des soldats bien disciplinés. Mais lorsque la corruption eut relâché les liens de
cette vieille discipline qui avait fait tant de miracles, les généraux, trop souvent, n'achetèrent que par de honteux sacrifices l'obéissance de leurs armées. Sylla fut (le croirait-on si
l'aveu ne s'en lisait dans Plutarque[2]) un des premiers qui
subirent cette nécessité. Après la prise d'Athènes, manquant
de ressources pour continuer la guerre, il fit argent des opulentes offrandes arrachées aux sanctuaires des dieux d'Épidaure et d'Olympie. Il écrivit même aux amphictions de
Delphes que les trésors d'Apollon seraient mieux dans son

---

[1] Il est vrai pourtant que l'industrie exercée, chez nous, par la *bande
noire* n'était pas inconnue à l'antiquité, comme le témoignent explicitement
deux inscriptions latines du temps de l'empire, dont l'une ne renferme rien
moins qu'un sénatus-consulte sur ce sujet. (Voir Orelli, n° 5115 et 3316.)
Mais la pierre qui porte une inscription la conserve d'ordinaire plus ou
moins intacte dans la nouvelle construction dont elle fait partie.

[2] Plutarque, *Vie de Sylla.*

camp; en effet, ou il n'en aurait pas besoin, et alors personne
mieux que lui n'était capable de les garder; ou il s'en servirait, mais alors c'était pour les rendre avec usure. Deux
Grecs, amis de Sylla, vinrent bientôt appuyer de leur présence ces paroles hautaines; on leur raconta, comme un pro-
dige menaçant, qu'on avait entendu la lyre du dieu résonner
d'elle-même au fond du sanctuaire; l'un des honnêtes députés crut devoir en référer à Sylla, qui répondit en badinant :
« Eh! ne voyez vous pas que le dieu abandonne gaiement
ce que je lui demande? » Nous sommes loin du temps où le
Dorien, vainqueur de la métropole de l'Ionie, laissait à Minerve un témoignage de respect et, pour ainsi dire, de réconciliation. Quelque chose de fraternel tempère les inimitiés
d'Athènes et de Lacédémone : on voit que vainqueurs et
vaincus adorent les mêmes dieux; mais quel autre dieu que
leur ambition adorent ces Romains qui promènent avec une
si impitoyable énergie sur le front des peuples un niveau de
servitude? Et pourtant ce Sylla, en ses jours de bataille, portait sur lui, comme fit plus tard notre Louis XI, des reliques et des amulettes!

Toutefois les Romains ne détruisaient pas pour le plaisir de
détruire; ils ne pillaient les temples que pour payer les frais
de la guerre; ils ne brisaient les constitutions nationales que
si elles répugnaient absolûment aux convenances du nouveau
gouvernement. En tout cas ils laissaient volontiers subsister
les monuments législatifs qui rappelaient dans leurs anciennes vicissitudes des libertés abolies. Il faut que ces monuments
aient été bien nombreux, à Athènes surtout, pour qu'après
tant de ravages de la barbarie on les retrouve encore par centaines, souvent mutilés, il est vrai, mais encore assez riches
pour doubler presque nos connaissances sur l'histoire ancienne de la Grèce.

Je ne finirais pas si je voulais relever seulement les plus
remarquables des pièces officielles qui se disputent ici l'at-

tention de notre antiquaire ; car on gravait alors sur le marbre
tout ce qu'on imprime aujourd'hui dans le *Bulletin des lois,*
dans les *Almanachs royaux*, dans les *Annuaires,* dans le *Mo-*
niteur enfin ; c'étaient les décrets du sénat et du peuple, les
comptes de finances, les listes de soldats morts pour la défense
d'Athènes, les procès-verbaux d'installation, de concours dramatiques, etc. Nous avons quelques fragments, mais très-mu-
tilés, des registres de la comédie athénienne ; je voudrais en
voir une copie sous le vestibule du Théâtre-Français. Nous
avons une liste de dépenses pour la construction du temple de
Minerve Poliade, morceau qui a besoin d'être commenté par
les architectes autant que par les philologues ; un compte
pareil pour la dépense des murailles d'Athènes ; une liste
des tributs que payaient aux Athéniens leurs prétendus *alliés*
(il y a là tel nom de peuple qui ne se retrouve nulle part ailleurs sur les monuments, ni dans les livres, et qui ne figure
ainsi dans l'histoire que par un souvenir de sa servitude) ; un
traité d'alliance et d'amitié avec Denys, le fameux tyran de
Syracuse. Mais au milieu de ces richesses, il faut choisir, et
je choisirai celles que me signalent les fragments du voyage
de Polémon, je veux dire les lois de Solon et les règlements
relatifs aux parasites.

On écrivait peu du temps de Solon, parce qu'on manquait
d'une matière commode pour écrire [1]. Les lois alors étaient
donc en petit nombre et fort concises. Solon avait fait graver
les siennes sur des pièces de bois carrées, selon les uns, trian-
gulaires, selon les autres (ἄξονες ou κύρβεις), et Polémon les
lut dans le Prytanée. Mais, comme on le pense bien, ce n'é-
taient pas les seuls exemplaires de ces lois. Outre que le
temps avait dû agir sur la matière de ces pièces de bois, l'alphabet et le dialecte attiques avaient changé à tel point, sur-

---

[1] Voir ci-après, dans le présent volume, la note *sur le prix du papier*
au temps de Périclès.

tout vers l'époque de Périclès, que les vieux textes devaient
être fort difficiles à lire. Chez nous ce qu'on *imprime*, on le
réimprime, quand les exemplaires d'une première édition sont
devenus trop rares ou d'une lecture incommode. A Athènes,
en pareil cas, on. *regravait* les lois et autres actes, sans parler des copies qui se répandaient dans les livres quand on eut
des livres, et c'est une chose curieuse combien souvent ces
transcriptions se renouvelaient, dans la mobilité perpétuelle
de la législation. A Athènes on ignorait l'art que les Romains,
et, à leur exemple, les modernes ont poussé si loin, de coordonner et de concilier les vieilles lois dans un ensemble ap-
proprié aux mœurs nouvelles, en un mot l'art de *codifier*.
Aussi on était sans cesse forcé de reproduire sous leur forme
primitive, ou avec les seuls changements nécessités par le
progrès de la langue, une foule de lois à demi abrogées par
l'oubli plutôt que par des lois contraires. Tout simple qu'il
paraisse, ce travail ne se faisait pas quelquefois sans d'étranges infidélités au texte original, comme nous le voyons dans
un curieux plaidoyer de Lysias contre un citoyen accusé de ce
délit [1]. La sévère rigueur de nos procédés d'impression ren-
drait aujourd'hui impossibles de pareils désordres. Tant de
nouvelles causes de procès sont dues aux progrès mêmes de
la civilisation, qu'on est heureux de reconnaître que celle-là
du moins a disparu.

Pour revenir aux lois de Solon, dont la sagesse profonde
pour le temps où elles parurent contrastait avec le style bref
et naïf du législateur, il en est une surtout qu'un Grec ne
devait pas relire sans tristesse au temps de Polémon : c'est

---

[1] Voir Weijers, *Diatribe in Lysiæ orationem 'in Nicomachum,* Leyde,
1839, in-8, surtout p. 43-60. Nous possédons quelques exemples d'inscriptions recopiées. Boeckh, nᵒˢ 1050 (le monument est à Paris, à la Bibliothèque
impériale, vestibule qui mène à l'escalier de la salle de lecture, mur de
droite), 1051 et 2655. Orelli, nᵒ 4409. Cf. J. V. Le Clerc, *des Journaux
chez les Romains,* p. 77 et suiv.

celle qui déclarait infâme le citoyen coupable d'être resté
neutre dans une sédition. Tout l'esprit des républiques anciennes est dans ces deux lignes. La neutralité, c'est le calcul
des intérêts privés au milieu des troubles publics ; c'est la
mort d'un Etat populaire. Solon avait résumé d'avance le
génie des trois siècles où la gloire d'Athènes se répandit si
loin et s'éleva si haut ; il excitait cette noble émulation qui
arme tous les citoyens pour la défense commune, à la tribune, devant les tribunaux ; il préparait de loin cette école
de grands orateurs couronnée par le nom de Démosthène.
Aucune démocratie ne fut plus vivace que celle d'Athènes, et
c'est aussi la seule où l'éloquence ait jeté un grand éclat ;
Cicéron[1] a remarqué avant nous que ni Thèbes, ni Argos, ni
Corinthe, n'ont produit d'orateurs célèbres. Au deuxième
siècle avant notre ère, la loi de Solon n'était plus qu'un beau
souvenir, comme la liberté.

On s'étonnera peut-être que Solon ait parlé des *parasites*.
C'est que ce nom, devenu plus tard une injure, désignait dans
l'origine une espèce de dignité religieuse. Laissons témoigner
là-dessus un parasite de la comédie athénienne, donnant
l'histoire et la théorie de son métier : « Je veux vous montrer
clairement que c'est là une grande institution, une invention
des dieux, oui des dieux, tandis que tous les autres arts sont
nés de l'industrie humaine. L'inventeur de notre métier, c'est .
Jupiter Philius (dieu de l'amitié), le plus grand de tous les
dieux, chacun le sait. C'est lui qui entre dans les maisons,
pauvres ou riches, peu lui importe, et partout où il voit un lit
bien couvert et, devant, une table bien pourvue, il se couche
proprement avec les convives, prend sa part du dîner, boit
et mange, et s'en retourne chez lui sans rien payer. C'est là
précisément ce que je fais. Quand je vois les lits couverts, la
table servie et la porte ouverte, j'entre en silence, je me fais

---

[1] *Brutus*, c. XIII.

petit pour ne pas gêner mon voisin, et quand j'ai pris ma
part de tout le service, quand j'ai bien bu, je me retire chez
moi à la façon de Jupiter Philius. Veut-on une preuve plus
claire encore que ce métier fut de tout temps glorieux et es-
timé ? Notre ville, honorant Hercule par de brillants sacrifices
dans tous les bourgs, n'a jamais exclu de ces sacrifices les
parasites du dieu, et pour ces fonctions elle ne prend même
pas les premiers venus ; elle choisit avec soin douze citoyens
de haute naissance, ayant biens-fonds et bonne renommée.
Depuis, à l'exemple d'Hercule, de riches citoyens ont invité
à leur table des parasites choisis, non parmi les plus beaux,
mais parmi les plus habiles à flatter, à louer toujours, etc.[1]. »
Tout n'est pas plaisanterie dans cette page plaisante ; plusieurs
textes de lois réunis par Athénée et dont quelques-uns sont
dus au recueil de Polémon, prouvent qu'en effet les parasites d'Hercule et d'Apollon remplissaient, dans les repas
célébrés en l'honneur de ces dieux, l'étrange fonction de bien
boire et de bien manger. Une loi de Solon, citée par Plutarque,
leur infligeait même une amende, s'ils ne faisaient honneur
à ce devoir. Les parasites avaient à Athènes un lieu officiel
de réunion ; ils étaient régulièrement inscrits, comme les plus
honorés d'entre les magistrats, sur les registres publics, et ils
signaient ce titre avec leur nom sur les offrandes qu'ils faisaient aux dieux. De tout temps, à ce qu'il semble, on a fait
de bons repas dans les temples. A Rome, certains ministres
du culte s'appelaient *epulones*, comme qui dirait *ministres des
repas*. La cuisine des prêtres saliens était proverbiale. En
France, nous avons eu les ordres mendiants et les chanoines
fainéants qui ont aussi laissé dans la langue du peuple un
proverbe ineffaçable. Mais ce qui ne s'est pas vu ailleurs que
chez les Athéniens, c'est la *bombance* érigée en acte de dévo-
tion, c'est l'obligation de se régaler sous peine d'amende. Il se

[1] Diodorus, dans un fragment de sa comédie intitulée Ἐπίκληρος.

cache sans doute derrière ce bizarre usage quelque ancien
mystère de superstition, je voudrais pouvoir dire de charité.

Les inscriptions qui révèlent tant de traits des mœurs grecques ne sont pas sans fruit non plus pour l'histoire des lettres;
or, Polémon aimait aussi les recherches littéraires; nous lui
devons à peu près tout ce qu'on sait aujourd'hui sur la parodie
dramatique en Grèce. A Corinthe, je vois qu'il avait recueilli
un chant religieux et populaire; en Béotie, l'épitaphe d'un
chanteur, nommé Cléon, avec une petite légende qui s'y
rapportait; à Sicyone, il remarquait l'offrande faite par une
femme poëte couronnée aux jeux isthmiques.

Nous pourrions aller plus loin que lui sur les mêmes traces,
et, par exemple, relever un peu la Béotie de l'injuste renommée qui pèse sur elle, comme si son peuple eût été sans goût
et sans vocation pour les arts [1]. Les traditions qui placent
dans ce pays le séjour des Muses passeront facilement pour
des fables; Pindare et Corinne avec Épaminondas, pour de
brillantes exceptions. Mais quand on suit sur les monuments,
depuis l'époque de Polémon jusqu'à celle de Plutarque, la
célébration des jeux de Thèbes, d'Orchomène, de Thespies,
où figurent les exercices les plus variés de poésie et de musique, et où les vainqueurs sont souvent natifs de Béotie, on
n'hésite pas à rendre aux Béotiens une place honorable dans
la grande famille hellénique [2]. Ceux qui couronnaient annuellement des poëtes épiques et lyriques, des rhapsodes,

[1] « Thebis crassum cœlum, itaque pingues Thebani et valentes. » Cicéron, de Fato, c. iv. L'influence fatale des climats préoccupait dès l'antiquité, les philosophes observateurs. On le sait par le témoignage, bien plus
ancien que Cicéron, d'Hippocrate, dans le célèbre Traité des airs, des
eaux et des lieux.

[2] Cf. sur les fêtes béotiennes, Plutarque, de Sera numinis vindicta, p. 55,
56, éd. de Wyttenbach. Le sensualisme béotien se déploie avec complaisance dans un décret de la ville d'Acræphion en l'honneur d'un de ses citoyens, nommé Épaminondas, qui avait dépensé beaucoup d'argent en fêtes
et en festins publics. Corpus inscr. græc., n° 1625. Cf. ci-après, p. 75.

des auteurs de *satyres* (ou drames satyriques), de tragédies,
de comédies, des acteurs et des musiciens de tout genre, et
qui ouvraient des concours aux talents de tous les pays grecs,
n'étaient certainement pas insensibles aux nobles plaisirs de
l'imagination. Ceux qui conservaient comme une relique précieuse les vers d'Hésiode gravés sur des plaques de plomb,
et qui, dans leurs édifices publics, gardaient encore, lorsque
les visita Pausanias, tant d'exquises productions de l'art, méritaient sans doute une mention d'honneur dans le récit de
notre archéologue.

Le style seul des inscriptions béotiennes offrait à Polémon
un bien curieux phénomène. Elles étaient la plupart écrites
en dialecte du pays, c'est-à-dire en un patois de famille
éolienne et fort éloigné de la belle langue de Pindare le
Thébain; d'autre part, cette langue même ne diffère pas
moins du dorien de la Phocide ou de Lacédémone, comprise
à Thèbes comme à Delphes ou à Sparte, parce qu'elle se
compose, outre le fond commun à toute la Grèce, de formes
empruntées aux idiomes de ces diverses localités : c'est avant
tout la langue d'un poète. Hérodote, natif d'une ville dorienne,
n'écrit pas non plus le dialecte dorien; c'est l'ionien qu'il
a choisi comme plus convenable à la prose, mais non pas
l'ionien de telle ville de l'Asie Mineure où il signalait lui-
même dans des limites assez étroites quatre variétés de ce
dialecte. Comme celle de Pindare, la langue d'Hérodote s'est
faite d'éléments pris aux dialectes de plusieurs petits peuples
pour être ensuite fondus avec un art à la fois savant et populaire qui est le secret du génie. A Lesbos, Sapho n'écrit pas
le pur dialecte de sa patrie ; elle a pris mainte licence pour
l'embellir. Ainsi le patois grossier qu'on déchiffre sur les
marbres de Thèbes et d'Orchomène dans des contrats de vente
ou des comptes de finances, l'idiome roide et grave où les
amphictions rédigeaient leurs décrets, les formes archaïques
et sévères du lesbien, les formes traînantes et molles qui

allongent le style des Ioniens asiatiques, tout cela constituait
en quelque sorte le fond nourricier du beau langage qu'im-
mortalisent les chants de Pindare, d'Eschyle et de Sapho, la
prose d'Hérodote et de Platon. Ainsi chacun de ces dialectes
littéraires dont nous admirons dans leurs œuvres l'éclatante
variété, avait ses racines au sein du peuple, et c'est par la
merveille d'une culture industrieuse qu'il venait s'épanouir
aux plus hautes régions de l'art et de la pensée. Voilà ce
qu'on soupçonnait à peine avant les découvertes récentes et
les travaux qui ont jeté tant de jour sur l'étude des dialectes
grecs; voilà ce qui nous apparaît aujourd'hui avec toute l'é-
vidence d'un fait démontré [1].

On ose maintenant aller plus loin; on compare la création
des quatre langues littéraires de la Grèce avec les procédés
qui, en Italie, au treizième siècle, ont fait naître de plusieurs
idiomes vulgaires l'*eloquio illustre* de la *Divine Comédie* [2].
Mais pourquoi s'arrêter à cette comparaison, et ne pas voir
là quelque chose de plus encore, une véritable loi du développement des langues humaines? Le peuple prépare sa
langue, elle s'achève par les écrivains créateurs, qui seuls
la rendent capable de vivre jusqu'à la postérité. Chez le
peuple, elle a tous les charmes de l'invention naïve, mais
aussi toutes les infirmités du désordre et du morcellement.
La littérature, qui est une expression plus générale de la vie
intellectuelle, a besoin d'un instrument plus régulier, plus
étendu que ne sont tous ces petits idiomes de villages; aussi

[1] Voir G. Hermann, *Opuscula*, t. I, p. 132, 133 et p. 246. C'est aussi
l'esprit des savantes recherches de M. Ahrens sur les dialectes éolien et
dorien, bien qu'il ne distingue pas avec assez de précision la part du travail
populaire et la part des écoles littéraires. (Voir pourtant *de Dial. Dorica*,
§ 2, p. 19, 20 et § 48, p. 410.)

[2] Voir un très-ingénieux Mémoire de M. A. Peyron, dans le recueil de
l'Académie de Turin, série II, vol. I · *Origine dei tre illustri dialetti greci
parangonata con quella dell' eloquio illustre italiano.*

quand une littérature commence, et qu'avec elle paraît une
langue proprement dite, c'est qu'une grande nationalité se
forme, c'est que du sein des *provinces*, il est sorti des hommes
supérieurs qui en ont résumé les caractères communs en
leur laissant à chacune ce qu'elles ont d'étroit et de mesquin,
qui ont su ressembler un peu à tout le monde sans reproduire
les traits de personne. Ce travail est plus ou moins long,
et l'œuvre qu'il produit est plus ou moins brillante, selon les
facultés qu'un peuple a reçues de la nature. Tantôt c'est
(comme en Grèce, Homère, ou comme en Italie, Dante) un
seul homme qui fonde l'unité du langage en produisant un
modèle sublime; tantôt ce sont des écoles entières qui tra-
vaillent lentement, comme dans la France du moyen âge, à
rapprocher et à fondre les éléments épars dont se formera
un jour la langue nationale. D'abord il y a vingt idiomes
voisins et presque étrangers l'un à l'autre; puis ces vingt
idiomes se ramènent à deux variétés principales, celle du
nord et celle du midi, dont chacune peut avoir une littérature; mais c'est seulement quand les troubadours et les
trouvères ne feront plus qu'une seule école qu'il y aura vraiment une langue et une littérature françaises [1]; c'est aussi le
moment où se constitue la monarchie, splendide et vivante
image, sous Louis XIV, de l'unité du grand peuple. En
Grèce, cette unité ne put devenir parfaite comme nous voudrions l'entendre; il n'y eut jamais de capitale, jamais de
monarchie hellénique; partout de petits Etats souvent en
guerre : Athènes et Sparte tour à tour prédominantes; mais
dans ces discordes passionnées un vif sentiment de la famille
commune, une vive opposition aux idées, au langage des
barbares; des rendez-vous où se rencontrent sans se méconnaître, malgré bien des divergences, tous les dialectes du

[1] Voir sur ce sujet les textes cités note 107 de nos *Notions élémentaires
de Grammaire comparée* (5ᵉ éd , 1857).

monde grec, où toutes les sympathies se resserrent et se raniment. Olympie, Delphes, Némée, c'étaient comme les mobiles capitales de la Grèce ; aux jours de fêtes elles avaient cent mille habitants, et le lendemain elles restaient presque vides avec leurs magnifiques monuments, avec leurs registres de victoires où des rois étaient venus conquérir une place. Quant à la ville d'Athènes, c'était, disent les historiens et les rhéteurs, un théâtre perpétuellement ouvert aux fêtes de la civilisation [1], son génie était celui même de l'hellénisme ; son dialecte servait et à la politique et aux relations commerciales. Aussi, quand s'affaiblirent, pour s'éteindre peu à peu sous le gouvernement romain, les différentes nationalités dont la lutte anime si vivement l'ancienne histoire grecque, c'est du dialecte attique corrompu que sortit la langue commune, parlée en Grèce depuis les Césars jusque sous la domination ottomane ; long et pacifique triomphe d'Athènes et de son génie.

Soit que je ramène Polémon dans sa patrie par la Macédoine et la Thrace, soit que je traverse avec lui pour la seconde fois l'Archipel, où nous avons fait à sa suite une rapide excursion, les monuments vont encore se presser sur notre passage. En Macédoine, ce sont les antiquités de cette nation devenue en un demi-siècle maîtresse de la Grèce ; en Thrace, ce sont les colonies d'Athènes, les petites royautés demi-barbares qui briguaient l'honneur de son amitié, en lui assurant l'avantage de certaines importations dont l'Attique avait grand besoin [2]. A Samothrace, ce sont ces mystères les plus anciens peut-être du monde grec, laissés là, comme en passant, par quelques-unes des premières peuplades qui émi-

---

[1] C'est la pensée qui respire dans le *Panégyrique* d'Isocrate (voir surtout les paragraphes 43 et suivants) et dans l'Oraison funèbre que Thucydide fait prononcer à Périclès au II° livre de son *Histoire de la guerre du Péloponnèse*.

[2] Voir ci après, n° II, le morceau qui traite *des Honneurs publics chez les Athéniens*.

graient de l'Asie vers l'Occident et conservés presque dans leur rudesse originelle, au milieu des progrès de la religion et du symbolisme païens. Mais il faut résister à la tentation de tout observer avec notre voyageur : il avait rempli de ses notes et de ses récits quarante volume ou plus, et nous ne pouvons ici étendre davantage un cadre où la multiplicité des sujets fatiguerait l'attention.

II

DES HONNEURS PUBLICS CHEZ LES ATHÉNIENS

À PROPOS

D'UN DÉCRET INÉDIT DE L'ORATEUR LYCURGUE [1].

Malgré les éclatantes conquêtes par lesquelles les antiquaires et les philologues ont agrandi pour nous le champ de l'histoire en Egypte et en Asie, notre sympathie curieuse ne se lasse pas d'interroger les souvenirs de Rome et de la Grèce. Vingt pages des discours d'Hypéride, récemment déchiffrées sur les papyrus, ont passionné l'Europe savante, autant que les merveilles d'art ou les trésors historiques que nous ont rendus les ruines de Ninive et de Memphis.

Pour ma part, je n'ouvre guère sans une curiosité mêlée d'émotion les journaux d'Athènes, qui nous apportent si souvent encore des pages inédites de l'histoire grecque, arrachées par les antiquaires hellènes au sol presque inépuisable de leur patrie : tantôt un traité de paix entre des villes du Péloponnèse [2], ou les règlements d'une corporation religieuse de la Messénie [3]; tantôt quelque débris nouveau des inven-

---

[1] Morceau lu, le 4 juillet 1861, à la réunion trimestrielle des cinq Académies de l'Institut, et publié dans le *Journal général de l'instruction publique*.

[2] *Ephéméride archéologique d'Athènes*, n° 3493.

[3] Le *Philopatris* du 1er juillet 1859, texte expliqué par notre confrère M. Brunet de Presle, dans un Mémoire lu devant l'Académie au mois

taires de l'Acropole[1], ou bien un décret daté d'une époque mémorable dans les annales du monde ancien[2].

En 1859, on a retrouvé près du Parthénon[3] la base d'une statue malheureusement détruite, qui était l'hommage des Athéniens à leur compatriote Lycurgue, administrateur habile et intègre, justement honoré pour sa vertu et ses longs services, orateur aussi, et dont le talent nous est connu par son prolixe mais généreux plaidoyer *contre Léocrate*. Tout près de là, vers le même temps, reparaissait à la lumière un décret voté, en 330 avant Jésus-Christ, sur la proposition de cet éminent citoyen[4]. On avait déjà recueilli, dans de précédentes fouilles, divers fragments de textes relatifs à l'administration de Lycurgue, entre autres ceux qui concernent la reconstruction des murailles d'Athènes et qu'a savamment commentés l'immortel Ottfried Müller[5]. Mais, cette fois, il s'agit d'un marbre presque intact, auquel manquent seulement quelques lettres faciles à restituer ; document fort court, il est vrai, mais qui rappelle de graves souvenirs et qui soulève d'intéressantes questions d'histoire.

J'ai pensé qu'une telle découverte méritait d'occuper pen-

---

d'août 1859. M. H. Sauppe vient d'en donner une édition spéciale (Gottingue, 1860, in-4).

[1] *Ephém. arch.*, n° 3368.

[2] *Ephém. arch.*, n° 3555, décret contemporain de la paix de Nicias (425 av. J.-C.).

[3] *Ephém. arch.*, n° 3702. Cf. Pausanias, I, 8, § 2.

[4] *Ephém. arch.*, n° 3455 ; cette découverte, comme tant d'autres, est due à M. Pittakis, conservateur des antiquités à Athènes.

[5] *De munimentis Athenarum* (Gottingue, 1836, in-4°). Cf. *Corpus inscr. græc.*, n° 157 (fragment relatif aux finances d'Athènes) ; *Ephém. arch.*, n° 1428 (fragment d'un décret rédigé par Lycurgue). Le premier fascicule (Athènes, 1860, in-4) d'une collection nouvelle d'inscriptions presque toutes inédites, que publie la Société archéologique d'Athènes, m'apporte encore quelques lignes d'un décret des Athéniens en l'honneur de Lycurgue.

dant quelques instants cette assemblée et qu'on me permettrait d'en faire ressortir l'importance par de rapides observations.

Voici d'abord le texte du décret, suivi d'une traduction
française :

[Ε Υ Δ ΗΜ]ΟΥ ΠΛΑΤΑΙ[ΕΩΣ] [1]

[Ἐπὶ Ἀριστ]οφῶντος ἄρχοντ[ος, ἐπὶ τῆς Λ]εωντίδος ἐνάτης
π[ρυτανεία]ς, ᾗ Ἀντίδωρος Ἀν[τιδώρου Ὀα]εὺς ἐγραμμάτευεν,
ἕ]κτῃ Θαργηλιῶνος, ἐνάτῃ [καὶ δε]κάτῃ τῆς πρυτανείας. [Τῶν
π]ροέδρων ἐπεψήφιζεν Ἀν[τίδωρος] Εὐωνυμεύς· Ἔδοξεν τῷ [δήμῳ.]
Λυκοῦργος Λυκόφρονος [Βουτά]δης εἶπεν. Ἐπειδὴ [Εὔδημ]ος πρότε-
ρόν τε ἐνή[γγειλεν τ]ῷ Δήμῳ ἐπιδώσει[ν εἰς τὸν π]όλεμον, εἴ τ[ι]
δέο[ι τ]ο [....δ]ραχμὰς καὶ νῦν [ὑπ]έ[σχετ]ο εἰς τὴν ποίησιν τοῦ
σταδί[ου] καὶ τοῦ θεάτρου τοῦ Παναθη[ναϊ]κοῦ χίλια ζεύγη, καὶ ταῦτα
πέπομφεν ἅπαντα π[ρὸ] Παναθηναίων καθ' ἃ ὑπέσ[χετο]· δεδόχθ[αι]
τῷ δήμῳ ἐπαινέ[σαι Εὔ]δημο[ν Φι]λούργου Πλατ[αίέα], καὶ στεφα-
νῶσαι αὐτὸν [θαλλοῦ στεφάν[ῳ] εὐνοίας ἕνεκα τῆ[ς εἰς τὸν δῆμον
τὸν Ἀθηναίων, καὶ εἶν[αι] αὐτὸν ἐν τοῖς εὐεργέταις τ[οῦ] δήμου τοῦ
Ἀθηναίων αὐτὸν καὶ ἐκγόνους, καὶ εἶναι αὐτῷ ἔγκτησιν γῆς καὶ
οἰκίας, κα[ὶ] στρατεύεσθαι αὐτὸν τὰς στρατιὰς καὶ τὰς εἰσ[φ]ορὰς
εἰσφέρειν μετὰ Ἀθηναίων· ἀναγράψαι δὲ τόδε τὸ ψήφισμα τὸν γραμ-
ματέα τῆς βουλῆς κ[αὶ] στῆσαι ἐν Ἀκροπόλει· εἰς [δὲ] τ[ὴν] ἀνα-
γραφὴν τῆς στήλης [δοῦν]αι τὸν ταμίαν τοῦ δήμου [ΔΔΔ] δραχμὰς
ἐκ τῶν εἰς τὰ ψηφίσματα ἀναλισκομέν[ων τῷ] δήμῳ [2].

---

[1] Ces mots, écrits en gros caractères, sur le haut de la stèle, sont comme
un titre qui en résumait le contenu.

[2] Simple variante orthographique pour ἔγκτησις.

[3] Les restitutions, à peu près certaines sur tous les points (particulièrement celle de l'avant-dernière ligne), sont dues à M. Pittakis, d'ai... ... rtant
dû admettre trois corrections de M. Cobet (Mnémosyne ... ... ti 1,
p. 95). Quant à la quatrième correction de l'habile ... ... dais
(ΧΧΧ, au lieu de ΔΔΔ ... ... ant δραχμάς), elle ne peut être que l'effet d'une
inadvertance; car comment croire qu'une petite stèle comme celle-ci ait pu

(*Décret en l'honneur*) D'EUDÉMUS DE PLATÉE.

« Sous l'archonte Aristophon, la tribu Léontide exerçant la prytanie, qui est la neuvième de l'année, Antidore, fils d'Antidore, du bourg d'OEa, étant greffier, le sixième jour du mois de Thargélion et le dix-neuvième de la prytanie, Antidore, du bourg d'Evonymie, un des proèdres, a mis aux voix. Décret du peuple, selon la proposition de Lycurgue, fils de Lycophron, du bourg des Butades. Considérant qu'Eudémus a autrefois promis au peuple que, s'il lui manquait quelque chose pour la guerre, il lui fournirait... [1000 ou 2000] drachmes; que, depuis, il lui a promis, pour faire construire le stade et le théâtre Panathénaïque, mille chariots attelés, et qu'il les lui a envoyés tous avant les Panathénées, selon sa promesse : le peuple a résolu d'honorer Eudémus de Platée, fils de Philurgus, en lui accordant une couronne de feuillage, pour le dévouement qu'il a montré au peuple ; en le comptant, lui et ses descendants, parmi les bienfaiteurs des Athéniens, et en lui accordant le droit d'acquérir des terres et des maisons (sur le territoire de l'Attique), de servir dans les armées (d'Athènes) et de payer l'impôt avec les Athéniens. Ce décret sera gravé par le scribe du sénat et déposé dans l'Acropole; le trésorier du peuple fournira [trente] drachmes, pour la gravure de la stèle, sur l'argent consacré par le peuple à la publication des décrets. »

Je n'insisterai pas sur le formulaire officiel du préambule, formulaire tout semblable à celui que nous offrent beaucoup de décrets conservés sur les marbres de ce temps[1]. Mais la

---

coûter 5000 drachmes? D'ailleurs ce chiffre de 50 drachmes est confirmé par beaucoup d'exemples semblables dans les inscriptions attiques. (Voir Rangabé, *Antiq. hell.*, nᵒˢ 580, 588, et l'*Ephém. arch.*, nᵒˢ 1955 et 3114, etc.

[1] *Corpus inscr. græc.*, nᵒˢ 96, 105, 108, etc. Cf. Franz, *Elem. epigraphices græcæ*, Appendice 1, p. 319, *de Præscriptis actorum Atticorum*.

date du monument, date que détermine le nom de l'archonte
Aristophon, est fort remarquable; c'est l'année même où,
après de longs retards, fut enfin plaidée par Démosthène
et par Eschine la fameuse affaire de la Couronne[1]. Alexandre
était en Asie, déjà trois fois vainqueur de Darius, qu'il poursuivait dans sa retraite[2]; la Grèce respirait pour quelque
temps, partagée entre l'orgueil de succès militaires bien glorieux pour son patriotisme et la crainte de voir s'agrandir
une puissance déjà menaçante pour son indépendance. Im-
prudemment enhardi par une défaite passagère des lieute-
nants macédoniens sur les bords du Danube, le Péloponnèse
essayait de s'affranchir, et le roi Agis tombait vaincu dans
une rencontre avec Antipater. Alors, comme toujours depuis
plus d'un siècle, à travers les alternatives de sa fortune,
Athènes poursuivait dans les arts de l'esprit son œuvre de
culture savante. Elle écoutait les comédies de Philémon et de
Ménandre; elle élevait des statues à ses trois grands tragiques, et, dans une pensée plus digne encore de leur génie, elle faisait rédiger de leurs tragédies une édition officielle qu'elle déposait au Parthénon, sous la tutelle de
Minerve. Alors elle achevait, enfin, le fameux théâtre en
marbre où désormais allaient être dignement représentés
tant de chefs-d'œuvre auxquels avaient suffi jusque-là des
théâtres temporaires et plus modestes. Alors enfin elle con-
struisait sur le sol comblé d'un ravin, au pied du mont
Hymette, ce stade panathénaïque qui fut pendant plusieurs

[1] Denys d'Halicarnasse, Lettre à Ammœus, c. xii; Plutarque, Démosthène, c. xxiv; argument grec anonyme du discours sur la Couronne, et surtout Théophraste, Caractères, c. vi (al. vii). Passages classiques au sujet
de ce synchronisme, et que pourtant on ne cite plus avec confiance après
avoir lu les objections auxquelles ils ont donné lieu dans l'ingénieuse dissertation de A. Westermann, de Æschinis oratione adversus Ctesiphontem
(Lipsiæ, 1833, in-8).

[2] Arrien, Expéd. d'Alex., III, 22.

siècles un de ses plus beaux ornements[1]. Tout cela s'accomplissait sous l'inspiration et sous la direction de Lycurgue, dont la probité bien connue était comme une richesse pour le trésor public, car elle y faisait affluer les prêts et les dons, non-seulement des riches Athéniens, mais encore des étrangers. Tel avait cédé gratuitement le terrain où fut construit le stade, déclarant en propres termes qu'il le cédait en considération de Lycurgue ; tel autre s'engageait à payer la dorure d'un autel d'Apollon, pour satisfaire au désir du dieu, exprimé dans un oracle ; Euclide d'Olynthe se montrait toujours empressé à prêter au peuple l'argent dont il avait besoin pour tant de dépenses. A tous ces bienfaiteurs, que citait déjà l'ancien biographe de Lycurgue, nous pouvons joindre aujourd'hui, sur l'autorité du décret retrouvé en 1859, Eudémus de Platée, et, par une précieuse coïncidence, l'un des services dont le décret remercie Eudémus se rapporte précisément aux travaux du stade, c'est-à-dire au nivellement préalable du terrain ravineux qu'avait cédé Dinias. Les architectes qui construisaient le célèbre théâtre de Bacchus profitèrent aussi, pour le charroi des matériaux, de ces mille attelages mis par le riche Platéen à la disposition de Lycurgue[2].

Si Athènes songeait à ses plaisirs, elle ne songeait pas moins à sa sécurité. Quand les historiens ne nous apprendraient pas ce qu'elle faisait, même après Chéronée, pour soutenir son rang parmi les puissances grecques, nous aurions sur les monuments le témoignage d'une activité que rien ne

---

[1] Pausanias, I, 29, § 16.

[2] Les biographes modernes de Lycurgue, M. Nissen (Kiel, 1833), M. H. E. Meier (Hales, 1847), et M. A. Westermann, dans son édition de la *Vie des dix orateurs*, attribuée à Plutarque (Quedlinburg et Leipzig, 1833), enfin M. A. Boeckh, dans l'*Économie politique des Athéniens* (2e éd., Berlin, 1851), ont réuni et commenté les renseignements jusqu'ici connus sur cette administration mémorable.

décourageait. N'a-t-on pas, il y a vingt-cinq ans, extrait des
fouilles du Pirée vingt pièces provenant des archives de la
marine athénienne entre la 100ᵉ et la 114ᵉ olympiade, c'est-
à-dire pendant les guerres avec la Macédoine, documents
précieux à tant d'égards, où, entre autres mentions de ce
genre, figure deux fois, comme armateur, le célèbre Hypéride, le plus brillant émule de Démosthène après Eschine?
Sur l'un de ces marbres ne lisons-nous pas, précisément vers
la date marquée par le nom de l'archonte Aristophon, le
compte des galères athéniennes alors en mer ou dans les
ports, compte qui nous donne un total de 382 navires[1]? Tant
de dépenses et tant d'efforts ne sont pas d'un peuple qui
s'abandonne, ni d'une liberté qui abdique ; et voilà bien le
commentaire du témoignage de Lycurgue dans son décret,
quand il nous montre Eudémus promettant aux Athéniens de
l'argent pour *les frais de la guerre*. Athènes usait largement,
abusait même de la fortune de ses citoyens pour l'entretien
de ses armées et de ses flottes. Outre d'utiles alliances avec
les peuples étrangers, il était bon que des particuliers quelquefois lui apportassent le tribut de leur dévouement. Or,
nul plus qu'un Platéen ne semble appelé à cette sorte de
contribution volontaire, car, depuis le temps de leur commune victoire sur les Mèdes, les Athéniens et les Platéens
avaient toujours vécu dans une étroite union de sentiments
et d'intérêts[2].

D'un autre côté, Athènes eût été ingrate, si elle n'eût
récompensé, au moins par quelques honneurs, de si géné-

---

[1] Le décret en l'honneur de Lycurgue, conservé par le faux Plutarque
à la suite de sa biographie de cet orateur, porte à 400 (en nombre rond,
sans doute) le chiffre des galères qu'il avait fait soit réparer, soit construire à neuf.

[2] Voir : 1° le *Plataïque* d'Isocrate et surtout le paragraphe 51 de ce
discours; 2° parmi les œuvres de Démosthène, la seconde partie du discours
contre Néèra.

reux sacrifices. Elle n'y manquait pas d'ordinaire, et, dans
la circonstance qui nous occupe, il appartenait naturellement
à Lycurgue de rédiger le décret honorifique. Durant sa longue et laborieuse carrière, il eut souvent à en rédiger de
semblables, comme on l'a vu plus haut; mais, à vrai dire, la
plupart de ses confrères, pour peu qu'ils fussent en renom,
n'en avaient pas de moins fréquentes occasions. Ceci mérite
que nous nous y arrêtions quelques instants.

« Toutes les institutions d'Athènes, a dit Mme de Stael[1] dans
un passage qui semble traduit de Xénophon, toutes les
institutions d'Athènes excitaient l'émulation. Les Athéniens
n'ont pas toujours été libres; mais l'esprit d'encouragement
n'a jamais cessé d'exercer parmi eux la plus grande force...
Ils étaient peu nombreux, mais l'univers les regardait. Ils
réunissaient le double avantage des petits États et des grands
théâtres : l'émulation qui naît de la certitude de se faire connaître parmi les siens et celle que doit produire la possibilité d'une gloire sans bornes. »

Ceux que n'effraye pas trop l'érudition trouveront de ces
lignes brillantes une paraphrase latine et fort érudite dans
deux ouvrages de mes confrères d'outre-Rhin[2]. Ils y verront
énumérés, avec les pièces à l'appui, tous les honneurs que
les Athéniens prodiguaient pour les services rendus à leur
république : immunités de diverses charges, éloges gravés
sur une plaque de marbre que l'on déposait dans un monument, statue avec inscription, droit de préséance dans les
fêtes civiles ou religieuses, couronnes que le héraut procla-
mait en plein théâtre, le jour même des représentations dramatiques qui y rassemblaient des milliers d'auditeurs; entre-

---

[1] *De la Littérature*, partie I, c. 1er; comparez Xénophon, *Mémoires sur
Socrate*, III, 5, § 3.

[2] A. Westermann, *de Publicis Atheniensium honoribus ac præmiis*
(Lipsiæ, 1830); H. E. Meier, *de Proxenia sive de publico Græcorum ho-
spitio* (Halis, 1843).

5

tien, aux frais de l'État, dans le Prytanée, inscription au
registre spécial des *bienfaiteurs* de l'État; puis, pour les
étrangers en particulier, le titre de *proxène* ou *hôte public* des
Athéniens, c'est-à-dire le droit de se ruiner en recevant avec
magnificence les ambassadeurs ou même les simples citoyens
d'Athènes qui voyageaient à l'étranger pour leurs affaires ou
pour leur plaisir; enfin, le droit plus utile de posséder des
immeubles, de contracter mariage en Attique, autant de priviléges qui, réunis, faisaient presque de l'étranger un véritable Athénien. C'était à qui obtiendrait, pour lui-même ou
pour les siens, tout ou partie de ces distinctions honorables
et souvent onéreuses. On compterait aujourd'hui jusqu'à deux
cents peut-être de ces collations d'honneurs qui nous sont parvenues, plus ou moins mutilées par les injures du temps, sur
les seuls monuments d'Athènes. Si le petit monument dont
j'ai traduit le texte ne venait qu'augmenter ce nombre, il
semblerait avec raison d'un intérêt médiocre pour l'histoire.
Mais plusieurs traits singuliers le signalent à notre attention,
entre autres les clauses qui le terminent. En effet, aux priviléges purement honorifiques que reçoit le Platéen Eudémus,
le décret de Lycurgue en ajoute deux plus réels, que je ne
me souviens pas encore d'avoir vu mentionnés dans les autres
pièces du même genre. Je veux dire le droit de contribuer par
l'impôt aux dépenses de la république, et celui de combattre
dans les rangs de ses armées : deux choses bien dignes des
beaux temps de la Grèce ! On a beaucoup déploré, et qui l'a
déploré plus éloquemment que Démosthène? l'affaiblisse-
ment de l'esprit militaire chez les Athéniens, et cette mollesse qui trop souvent confiait leur fortune à des armées mercenaires. Mais tout le monde, apparemment, n'oubliait pas
alors les vieilles traditions du patriotisme : ni Phocion, qui
était bien, je crois, un véritable Athénien, quoique peu ami
des aventures guerrières, ni le vertueux Lycurgue, qui, sans
sortir d'Athènes, faisait beaucoup pour les succès de la guerre

en assurant la prospérité des finances ; et c'était par surcroît
un bel exemple que celui de ces étrangers qui au sacrifice de
leur fortune ajoutaient l'offre d'exposer leur vie pour défendre la patrie de Miltiade et de Périclès.

Cette clause du décret de Lycurgue me touche encore pour
une autre raison. Elle garantit, si cela était nécessaire, la
parfaite honnêteté des motifs que pouvait avoir l'auteur de
la proposition. Or, la défense de tels décrets était une des occupations, j'ai presque dit une des fonctions habituelles de
ces orateurs hommes d'Etat qui, sous le nom de *démagogues*,
comme les journalistes chez quelques nations modernes, entretenaient chaque jour le peuple de ses intérêts et de ses
devoirs. Certaines passions et certains calculs sordides se
mêlaient, dit-on, aux motifs spécieux que laisse seuls voir le
texte officiel des actes parvenus jusqu'à nous. Les orateurs
contemporains de Démosthène se renvoient souvent le reproche de malversation en ce genre d'affaires [1], affirmant
d'ailleurs, comme c'est leur usage, plus souvent qu'ils ne
prouvent, mais, dans leurs assertions contradictoires, trahis-
sant, en définitive, une trop réelle décadence des institutions
et des mœurs. Athènes avait bien le droit, sans doute, de
traiter avec honneur de petits princes barbares, tels que ces
rois du Bosphore [2], dont les Etats, riches en blé, approvi-
sionnaient l'Attique, comme ces mêmes régions approvision-
nent encore de céréales une partie de notre Occident. Du

---

[1] Hypéride, *contre Démosthène*, fragm. 110 B. C.; Dinarque, *contre
Démosthène*, § 41 ; Démosthène, *contre la loi de Leptine*, § 132.

[2] Sur Leucon, voir la *Leptinienne* de Démosthène, et sur Spartocus,
l'inscription qui est au *Corpus inscr. græc.*, n° 107 (dans Franz, *Elem.
epigr. gr.*, n° 69); autres exemples dans Rangabé, *Antiq. hell.*, n°s 446 et
447. Le numéro 87 du *Corpus* se rapporte à un règlement d'alliance entre les
Athéniens et un roi de Sidon nommé Straton, règlement voté sur la proposition d'un certain Céphisodote, qui paraît être l'orateur contemporain de
Démosthène.

moins fallait-il, comme Polybe le dit un jour, mais tardive-
ment, à ses compatriotes [1], ne pas descendre trop bas en ce
genre d'alliances et de flatteries intéressées. Surtout il était
honteux que, pour un cadeau de quelque mille mesures de
blé, un orateur en crédit abusât de son éloquence jusqu'à
faire décréter des statues d'airain à d'obscurs tyrans [2], acquit-
tant ainsi, aux frais de la république, les dettes de son propre ménage. Athènes pouvait se montrer généreuse, prodigue
même d'honneurs envers de puissants banquiers qui lui
avaient prêté secours dans l'embarras de ses finances; mais
il ne fallait pas qu'un parleur vénal spéculât, pour sa part,
sur la vanité du financier qui voulait obtenir une récompense
officielle de ses services [3]. Malheureusement ces abus paraissent avoir été fort communs : et le misérable Démade et (si
nous en pouvions croire là-dessus la parole de ses ennemis)
le grand Démosthène s'étaient enrichis par le trafic des *décrets* et des *proxénies*. Toutefois (il est juste de ne pas l'oublier) la liberté qui domine alors dans les lois athéniennes
plaçait, là comme en bien d'autres choses, le remède à côté
du mal. Il y avait action régulière contre ces décrets empor-
tés par la brigue et la corruption. L'auteur de la mesure
pouvait être puni d'amende, la faveur elle-même pouvait
être révoquée, et si elle était maintenue après débat contra-
dictoire, elle n'acquérait ainsi que plus d'éclat et plus d'autorité.

Démade avait, un jour, réussi à faire déclarer *proxène* Eu-
thycrate d'Olynthe, l'un des traîtres les plus notoires, l'un
des membres du parti macédonien qui avaient le plus nui à
la cause nationale dans la lutte contre Philippe. Hypéride in-
tente à Démade une action d'*illégalité*. Quelques lignes de son

---

[1] *Hist.*, V, 90.

[2] Dinarque, *contre Démosthène*, § 41.

[3] Epigène et Conon, cités à ce titre même par Dinarque, *contre Démosthène*, § 41.

discours se sont conservées, où l'orateur, parodiant, avec une sanglante ironie, les termes mêmes du décret rédigé par Démade, s'écriait : « On le juge digne de la proxénie, parce qu'il parle et agit toujours dans l'intérêt de Philippe; parce que, nommé chef de la cavalerie, il livra ses cavaliers à Philippe et causa ainsi la perte de Chalcis; parce que, après la prise d'Olynthe, il fut chargé de l'estimation des captifs; parce que, dans l'affaire du temple de Délos, il a sans cesse agi pour nos adversaires; parce que, après notre défaite à Chéronée, il n'a ni enterré un seul de nos morts, ni protégé la vie des prisonniers athéniens [1]. »

L'ironie semble sans réplique, et l'on peut croire que Démade, condamné à cette occasion, rendit quelque chose au moins des sommes qu'il avait pu gagner en défendant d'aussi mauvaises causes.

On aime à croire aussi que, dans une cause toute contraire, l'éloquence d'Hypéride triompha, lorsqu'il défendit Lycurgue dans la personne de ses enfants, justes héritiers des honneurs paternels qu'une obscure jalousie venait leur contester. Le peuple athénien ne pouvait entendre froidement ce simple et saisissant résumé des preuves de la défense :

« Que dira donc le passant à la vue du tombeau de Lycurgue ? Cet homme a vécu comme un sage. Placé à la tête de vos finances, il a trouvé des ressources; il a construit le théâtre, l'odéon, des arsenaux, des ports; il a augmenté le nombre de vos galères..... Et le peuple le déclare infâme, et ses enfants sont en prison [2] ! »

Plusieurs discours de Démosthène traitent, à des points de vue divers, cette grande question des honneurs publics chez les Athéniens. Dans l'un, il s'agit d'un armateur qui réclame la couronne à laquelle il a droit pour avoir devancé tous ses

[1] Fragment conservé par le rhéteur Apsine, t. IX, p. 547, des *Rhetores græci* de Walz.

[2] Fragment conservé par le même rhéteur, t. IX, p. 545.

collègues par l'exactitude et la rapidité de ses préparatifs.
Apollodore, le citoyen pour qui, selon un usage alors général, Démosthène avait écrit ce discours, Apollodore dit dès
son début : « La conduite de mes adversaires est étrange; ils
ont négligé leurs navires et acheté des orateurs. » Trait de
mœurs qui nous rappelle plusieurs invectives, soit de Démosthène, soit d'Hypéride, réclamant, au nom de la morale,
contre la vénalité de leurs propres confrères [1].

Le plaidoyer *contre Androtion*, orateur alors célèbre, a
précisément pour objet de convaincre d'illégalité un décret honorifique en faveur du Sénat qui sortait de charge sans avoir
rempli l'obligation légale d'armer un certain nombre de galères. Il nous montre l'usage, attesté par d'autres exemples,
de couronner certains corps politiques comme on couronnait
des particuliers [2].

Le discours *contre Aristocrate* attaque un privilége énorme
par lequel les Athéniens voulaient récompenser les prétendus
exploits de Charidème, chef d'une bande de mercenaires à
leur service. En un sens tout différent, l'orateur, qui combat-
tait la loi de Leptine, voulait défendre contre d'injustes attaques les immunités conférées par le peuple à de bons citoyens
ou à des étrangers bienveillants. Il fait ressortir la puissance
de ces encouragements, qui sans cesse animent et renouvellent
le dévouement à l'Etat; et même, comme il ne peut nier, à
ce propos, de fâcheux abus, il s'engage à présenter une loi
qui permette de poursuivre toute personne coupable de s'être
fait accorder injustement quelque immunité. « Cela vaudra
mieux, dit-il avec force, que de supprimer une liberté à cause
de l'abus qu'on en peut faire. »

Nul débat sur ces sujets si familiers, comme on le voit, à

[1] Démosthène, *contre Androtion* § 37; *contre Timocrate*, § 123. —
Hypéride, *contre Démosthène*, fragm. 110. B. C. (T. II, p. 404, des *Oratores
græci*, dans la Bibliothèque grecque de F. Didot.)

[2] *Ephém. arch.*, n° 725. •

l'éloquence attique n'a jeté un plus grand éclat, dans l'histoire, que le procès soulevé par Eschine à propos de la *couronne* décernée à Démosthène, sur la proposition de Ctésiphon. Il suffit d'en rappeler ici le souvenir, qui, par un retour naturel, nous ramène à la date et au contenu du décret de Lycurgue.

Quelle était cette couronne de feuillage, ou plutôt de feuilles d'olivier, décernée par le peuple d'Athènes au Platéen Eudémus ? Au premier abord, on croit volontiers que c'était une couronne de feuillage vert, comme celles que remportaient les vainqueurs d'Olympie [1]. Cela siérait bien à l'austérité de sentiments et de langage qui caractérise ce décret. Il n'en est rien cependant, et la couronne en question a dû être, comme celle de Démosthène, une *couronne d'or*, qui n'avait que la forme du feuillage. Beaucoup de monuments, parmi lesquels nous en possédons plusieurs au Musée du Louvre [2], reproduisent l'image sculptée de ces sortes de couronnes. Une inscription de Rhodes nous montre le bienfaiteur d'une corporation honoré par elle de plusieurs couronnes, à feuillages divers, qu'il fait toutes sculpter sur un monument commémoratif [3]. Maint témoignage nous prouve clairement que la couronne originale était en or [4]; nous savons même quelle en était d'ordinaire la valeur, c'est-à-dire 1000 drachmes, ou environ 900 francs de notre monnaie, rarement plus, rarement moins que cette somme [5].

---

[1] Voir Pollux, *Onomasticon*, III, 153. avec la note des interprètes.

[2] Voir de Clarac, *Inscriptions grecques et romaines du Musée royal du Louvre*, planches XLII et XLIV.

[3] *Corpus inscr. græc.*, n° 2525 b.

[4] *Corpus inscr. græc.*, n° 85 et 98 ; Rangabé, *Antiquités helléniques*, n° 425. Plusieurs de ces couronnes figurent sur les inventaires du Parthénon (*Corpus*, n° 150. Cf. Boeckh, *Econ. pol. des Athéniens*, II, p. 274, 2ᵉ édit.).

[5] 500 drachmes dans le *Corpus*, n° 85, et dans Rangabé, n° 425;

Quand Montesquieu traçait sa fameuse théorie sur le principe des gouvernements, attribuant la *crainte* aux gouvernements despotiques, l'*honneur* aux monarchies, et réservant
la *vertu* aux républiques, il protestait d'avance contre bien
des objections : « Je supplie, écrivait-il, qu'on ne s'offense
pas de ce que j'ai dit : je parle après toutes les histoires[1]. »
Parole plus fière que juste, ce semble, du moins en ce qui
concerne l'histoire des démocraties grecques. Là, en effet, la
vertu ne paraît pas être le seul mobile des bonnes actions. La
vanité, de bonne heure, et, de bonne heure aussi, des motifs
moins purs encore comptaient pour une certaine part dans
l'émulation que l'Etat entretenait à son profit, soit chez ses
citoyens, soit au dehors. A l'origine, les récompenses publiques furent très-simples : quand on peignit sur les murs d'un
portique d'Athènes la bataille de Marathon, Miltiade ne put
obtenir de voir son nom inscrit sur le tableau; on lui permit
seulement de se faire peindre en tête des Grecs qu'il avait
conduits à la victoire. Plus tard, en souvenir d'exploits semblables, je vois des inscriptions gravées sur des *hermès*, mais
des inscriptions où ne figure aucun nom propre, comme s'il
appartenait à la seule reconnaissance publique de suppléer
au silence discret du monument. C'est l'âge d'or de la démocratie, c'est le temps des vieilles mœurs. Mais bientôt après,
on trouve un bienfaiteur de la patrie récompensé par des
concessions de terrain, par une somme de cent mines et par
une pension journalière de quatre drachmes. Les couronnes
de feuillage qui, après la chute des Trente, avaient suffi aux
libérateurs d'Athènes, sont bientôt remplacées par des couronnes de métal. L'athlète même, qui a conquis dans le stade
olympique la palme verte décernée au nom de toute la

2000 drachmes dans une inscription de Mytilène (*Corpus*, nº 2167 *d*) où
il s'agit d'une couronne destinée à l'empereur Auguste.

[1] Montesquieu, *Esprit des lois*, III, 5. Le germe de cette théorie est déjà
dans la 90º des *Lettres persanes*.

Grèce, vient ensuite recevoir dans sa patrie une récompense moins brillante, mais plus solide [1]. Il faut donc que la théorie se résigne ; l'histoire ne la justifie pas de tout point. Comme le dit sensément Démosthène : « Les récompenses, ainsi que tout le reste, suivent le changement des mœurs [2]. » Pour être de grands citoyens, Démosthène et Lycurgue ne sont pas moins de leur siècle, d'un siècle qui ouvre pour la Grèce l'ère de la décadence. Alors le dévouement ne se payait plus seulement par un austère témoignage de l'estime nationale. On appréciait l'honneur d'être couronné par le héraut de la ville au milieu d'une assemblée nombreuse ; on appréciait aussi le métal de la couronne. Cinq cents ou bien mille drachmes d'argent, et surtout mille pièces d'or, comme je le vois sur quelques monuments [3], étaient un utile surcroît à l'éclat d'une proclamation solennelle. Il y a même tel cas où l'on dirait que cette somme représente comme l'intérêt du capital qu'un riche bienfaiteur avait versé dans la caisse publique. En effet, quoique la *fabrication* de la couronne soit attestée par plusieurs exemples [4], quoiqu'on trouve mentionnée l'autorisation formelle de porter les couronnes honorifiques [5], cependant il n'arrivait pas toujours que l'or coronaire passât par

---

[1] Pour tous les faits qui précèdent, voir Démosthène, *contre la loi de Leptine,* § 112 et suiv. ; Eschine, *contre Ctésiphon,* § 181 et suiv. Le même Eschine, il est vrai (*ibid.*, § 46), mentionne une remarquable précaution de la loi athénienne contre l'abus des couronnes d'or décernées à un Athénien par une cité étrangère.

[2] Démosthène, *contre la loi de Leptine,* § 114.

[3] Voir, par exemple, Ouvaroff, *Recherches sur les antiquités de la Russie méridionale,* p 53-56 (pl. XXIV, 2). La formule ordinaire pour désigner le prix de la couronne est ἀπὸ δραχμῶν suivi du chiffre. Voir des exemples dans Franz, *Elem. epigr. gr.*, no 92, et dans l'*Ephém. arch.* d'Athènes, nos 321, 424, 671.

[4] *Corpus inscr. græc.*, nos 107, 112, et ailleurs.

[5] Inscription d'Aphrodisias, en Carie, dans Le Bas, *Voyage archéologique,* partie V, no 1601.

les mains de l'orfévre pour venir orner la tête du citoyen
couronné. Une inscription de Scyros nous montre le bienfaiteur que cette ville récompense allant tout droit chez le cais-
sier municipal pour y toucher la somme fixée par les règlements [1], à peu près comme la chose se passe chez nous pour·
les couronnes académiques. Un décret récemment découvert,
dans les ruines d'une ville grecque de la Russie méridionale,
contient l'expression plus naïve encore de ce que j'appellerais
volontiers ce matérialisme de la gloire. Il y est dit, en propres termes, que tel citoyen sera « couronné de mille pièces
d'or [2]. » Le style grec, comme on le voit, se déforme en
même temps que les sentiments s'abaissent; et ce n'est peut-
être pas la moindre utilité de ces textes lapidaires que de représenter aussi, en une certaine mesure, les révolutions de la
langue et du goût dans les cités grecques de l'antiquité. Là,
comme dans les lettres, Athènes ne parle pas précisément le
même langage que les républiques de l'Archipel ou les aristocraties du Péloponnèse ; là, comme dans les lettres, l'atticisme
des grands siècles garde les priviléges de clarté, d'élégance et
de sobriété qui l'ont rendu classique. Par ces caractères aussi,
comme par leur contenu, les décrets athéniens signés des
noms d'un Périclès, d'un Lycurgue ou d'un Démosthène,
étaient bien dignes d'orner les murs des temples élevés par
Ictinus et décorés par Phidias.

Si l'on veut en ce genre apprécier mieux encore la haute
bienséance du langage attique, on n'a qu'à parcourir, dans les

---

[1] *Corpus*, n° 2347 *e*, où M. Boeckh remarque la singularité du fait.

[2] Στεφανωθῆναι αὐτὸν χρυσοῖς χιλίοις. Dans l'ouvrage de M. Ouvaroff, cité
ci-dessus Cf. des exemples semblables de Polybe et de Plutarque dans le
Thesaurus linguæ græcæ d'H. Estienne, au mot Στεφανόω, p. 742, édition
Didot. De même dans un papyrus du Musée du Louvre (n° XLII de la collection préparée par M. Letronne, et qui va être prochainement publiée par
M. Brunet de Presle), le mot στεφάνιον (comparez en latin *aurum corona-
rium*) désigne une simple récompense, qui est de trois talents.

recueils d'inscriptions, quelques décrets honorifiques des municipalités de l'Archipel ou des villes de la Béotie. Comme la reconnaissance du peuple de Scyros, ou celle du peuple de Ténos[1] s'exprime en longues et laborieuses périodes ! Que de *répétitions*, que de mots inutiles, que d'oiseux détails ! Il faut une page aux *secrétaires ioniens* pour dire ce qu'un Athénien exprimerait en dix lignes. C'est pis encore quand, ces petits peuples ayant subi l'autorité de Rome, leur indépendance illusoire ne s'exerce plus que dans les plus étroites limites de la vie municipale. Au commencement de l'ère chrétienne, dans une petite ville, voisine de Chéronée où allait naître Plutarque, un citoyen avait mérité les éloges et les remercîments de sa patrie pour avoir rempli gratuitement une ambassade qui portait au jeune Caligula, *nouveau César*, les félicitations de la province ; puis pour avoir célébré avec magnificence certains sacrifices tombés en désuétude ; pour avoir, dans mainte fête religieuse ou civile, hébergé, régalé de vieux vins et de friandises tous ses concitoyens des deux sexes et de tout âge, et par surcroît les esclaves du municipe. Il faut voir avec quelle naïve et prolixe effusion s'exprime, dans un décret en son honneur, la gratitude des bourgeois béotiens, en quel style ils décernent à *cet excellent citoyen,* comme ils l'appellent, une couronne d'or, la préséance dans les jeux, deux statues, l'une dans le temple d'Apollon, une autre sur la place publique, des portraits dorés (sans doute des bustes) avec inscription commémorative de ses bienfaits, enfin, ce qui achève l'œuvre, « un *bon* portrait peint. » (Que je voudrais savoir le nom du peintre qui en fut chargé !) Par une sorte de dérision du sort, le citoyen d'Acræphion qui est le héros de cette solennité nationale portait le nom glorieux d'Epaminondas[2] !

---

[1] *Corpus inscr. græc.*, nᵒˢ 2335 et 2347 ᶜ.

[2] *Corpus inscr. græc.*, nᵒ 1625 ; Keil, *Inscr. Bœot.*, nᵒ 31.

Quand on voit Cicéron, dans un de ses plaidoyers [1], tourner
en ridicule la vanité des cités grecques, de leurs délibérations, de leurs décrets et particulièrement de leurs décrets
honorifiques, on taxe volontiers d'injustice la verve mali-
cieuse de l'orateur romain. Mais à lire quelques-unes de ces
pièces que les marbres de la Grèce ont conservées jusqu'à
nous, on reconnaît que le défenseur de Flaccus exagérait seulement, pour le besoin de sa cause, un mal d'ailleurs incontestable. Au temps même de Plutarque, le rhéteur Dion
Chrysostome, dans sa jolie nouvelle connue sous le nom
d'*Euboïque*, touche agréablement ce ridicule de ses contemporains en résumant les termes d'un décret honorifique où
les honneurs décernés sont d'une modestie digne des siècles
antiques [2]. Plus les Grecs s'habituaient au joug de Rome, plus
s'affaiblissaient chez eux les sentiments du vrai patriotisme,
plus s'avilissaient des honneurs et des récompenses prodigués
souvent aux moins dignes citoyens et pour de futiles motifs.
Le décret des Béotiens d'Acræphion ne marque, à vrai dire,
que le dernier terme d'un abaissement déjà trop sensible dès
le temps même où nous reportent les souvenirs de l'orateur
Lycurgue. Dès ce temps Athènes agitait de décerner une statue
au roi Alexandre [3], et bientôt elle allait voter des honneurs
divins aux capitaines du conquérant [4].

Il me reste quelques mots à dire sur le décret qui m'a suggéré ces rapprochements historiques et ces réflexions. On

---

[1] Cicéron, *pro Flacco*, c. VII, XV, XVI, XXIII, XXXI. Il est curieux de comparer avec ces passages les aveux du même orateur, dans un autre plaidoyer
(*pro Plancio*, c. IV-VI) sur les comices du peuple romain.

[2] Discours VIIe, p. 242, éd Reiske ; p 127, éd. Empérius.

[3] Voir les fragments 151 C du discours d'Hypéride *contre Démosthène* ;
Dinarque, *contre Démosthene*, § 94; le fragment 9[a] de Démade, et le frag-
ment 12e de Pythéas, dans la collection des *Oratores attici* de C. Müller
(Bibl. F. Didot, 1858).

[4] Plutarque, *Vie de Démétrius*, c. X-XIV. Plutarque transcrit même
(c. XIII) le texte d'un de ces honteux décrets.

voit que le prix de la *stèle*, c'est-à-dire de la plaque de marbre
qui nous est parvenue, y compris la gravure des caractères,
est de 30 drachmes ou 27 francs de notre monnaie. Cette
dépense, régulièrement attestée dans les pièces du même
genre, est presque toujours, comme ici, de 30 drachmes [1].
Ainsi 27 francs de notre monnaie, valant trois ou quatre
fois plus alors que de nos jours, vu le rapport de l'argent
aux choses vénales, par conséquent 100 francs ou environ,
voilà le prix d'un de ces actes authentiques que le peuple
d'Athènes déposait par milliers dans ses monuments publics
et dont un si grand nombre encore, à travers les ravages du
temps, ont porté jusqu'à nous le témoignage de sa vie journalière. Avec nos moyens économiques, avec l'imprimerie et
le papier, sommes-nous bien sûrs aujourd'hui de porter aussi
loin l'exact témoignage de nos misères ou de nos gloires ?

APPENDICE.

Les considérations qui terminent le morceau précédent
nous amenaient naturellement à traiter des honneurs publics
chez les autres peuples de la Grèce. C'est un sujet que je
n'ai pu traiter dans son ensemble; le morceau suivant
montrera du moins par un exemple l'intérêt historique que
peuvent offrir ces études, surtout grâce aux lumières abon-
dantes qu'y répand chaque jour l'épigraphie [2].

---

[1] Voir plus haut, p. 60-61, note 3.
[2] Cet essai résume, avec quelques observations nouvelles, une leçon de
mon cours philologique à la Faculté des lettres, en 1844-1845. Il a été publié dans le *Journal général de l'instruction publique* du 30 juillet 1845.

ESSAI CRITIQUE

SUR UNE INSCRIPTION GRECQUE DE CYME EN ÉOLIDE.

Décret en l'honneur du Romain Vaccius Labéon.

Le monument que nous nous proposons d'examiner ici est
du nombre de ceux qui, découverts par Peysonnel, consul de
France à Smyrne, dans le milieu du dernier siècle, furent
achetés et transportés du Levant en France, par les ordres de
M. de Maurepas. On le voit aujourd'hui à la Bibliothèque
royale, escalier de la salle de lecture, mur de droite. Il se
compose de soixante lignes en petits caractères, d'un fort bon
style. Les premières lignes sont mutilées, et l'on peut s'assurer que plusieurs ont péri complétement par une fracture
du marbre à la partie supérieure.

Ce texte a été publié deux fois seulement, à notre connaissance : la première fois par Caylus, dans son *Recueil d'Antiquités*, t. II, partie III, pl. LVI-LVIII, avec une traduction et un commentaire de l'abbé Belley; la seconde
par M. Boeckh, n° 3524 du *Corpus inscriptionum græcarum*,
où le *fac-simile* de l'inscription est exécuté d'une manière
plus conforme au style du marbre original. C'est d'après
Belley et M. Boeckh que nous en donnerons une explication,
augmentée de remarques et de considérations nouvelles.

Commençons par transcrire le texte original, puis, avec
quelques changements, la traduction de l'abbé Belley, excellente pour l'époque où elle a paru, mais qui exige aujourd'hui des corrections dont nous aurons soin de justifier
les principales.

. . . .
. . . . [δαμ]οσίαις? . . . .

[ταῖς ὑπαρχοί]σαις αὐτῷ κτή[σιας ἐν τῷ Ζμαραγήῳ]. . . . . .

. . . . ἢ τούτοισι τῶ δά[μῳ].

ονια πασσυδιάσαντος καὶ [μεγάλο] πρεπεστάταις τείμαις δογματίζοντος, καὶ ναῦ[ον] ἐν τῷ γυμ[ν]ασίῳ κατειρῶν προαγρημμένω (sic),
ἐν ᾧ ταῖς τείμαις αὐτῷ κατιδρύσει; κτίσταν τε καὶ εὐεργέταν προσονυ-
μάσδεσθαι, εἰκονάς τε χρυσίαις ὀντέθην κάθα τοῖς τὰ μέγιστα τὸν
δᾶμον εὐεργετησάντεσσι νόμιμόν ἐστι, μετά τε τὰν ἐξ ἀνθρώπων
αὕτω μετάστασιν καὶ τὰν ἐντάφαν καὶ θέσιν τῶ σώματος ἐν τῷ
γυμνασίῳ γενήθην· ἀποδεξάμενος ὑπερθύμως τὰν κρίσιν τᾶς πόλιος
Λαβέων, στοίχεις τοῖς προϋπαργμένοισι αὐτῷ καὶ προσμέτρεις τὰν
ἑαύτω τύχαν τοῖς ἐφίκτοισιν ἀνθρώπῳ, τὰν μὲν ὑπερβάρεα καὶ
θέοισι καὶ τοῖς ἰσοθέοισι ἁρμόζοισαν τᾶς τε τῶ ναίω κατειρώσιος
τᾶς τε τῶ κτίστα προσονυμασίας τείμαν παρητήσατο, ἀρκέην νομίζων τὰν κρίσιν τῶ πλάθεος καὶ τὰν εὔνόαν ἐπιτεθεωρήκην, ταῖς
δὲ τοῖς ἀγάθοισι τῶν ἄνδρων πρεποίσαις ἀσμενιζοίσα χάρα συνεπέ-
νευσε τείμαις· ἐφ' οἷσιν πρεπωδέστατόν ἐστι, τῶν ἐννόμων ἐόντων
χρόνων, τὰν παντέλεα τῶν εἰς ἀμοίβαν ἀνηκόντων ἐπαίνων τε
καὶ τειμίων περὶ τᾶς καλοκἀγαθίας αὐτῷ μαρτυρίαν ἀποδέδοσθαι·
δι' ἃ καί, Τύχα ἀγάθα, δέδοχθαι τᾷ βόλλα καὶ τῷ δάμῳ, ἐπαινήν
Λαβέωνα παῖσας ἔοντα τείμας ἄξιον καὶ διὰ τὰν λοίπαν μὲν περὶ
τὸν βίον σεμνότατα καὶ διὰ τὰν φιλοδοξίαν δὲ καὶ τὰν μεγαλοδάπανον εἰς τὰν πόλιν διάθεσιν, καὶ ἔχην ἐν τᾷ καλλίστᾳ διαλάμψει τε
καὶ ἀπυδόχᾳ, καὶ καλὴν εἰς προεδρίαν, καὶ στεφανῶν ἐν πάντεσσι
τοῖς ἀγώνεσσιν, οἷς κεν ἁ πόλις συντελέῃ, ἐν τᾷ τᾶν κατευχᾶν ἀμέρα
ἐπὶ τὰν σπονδᾶν κατ τάδε·

Ὁ δᾶμος στεφανοῖ Λεύκιον Ολάκκιον Λευκίω υἱὸν, Αἰμιλίᾳ,
Λαβέωνα, φιλοκύμαιον, εὐεργέταν, στεφάνῳ χρυσίῳ ἀρέτας ἕνεκα
καὶ φιλαγαθίας τᾶς εἰς ἑαυτον.

Ὀντέθην δὲ αὐτῷ καὶ εἰκονάς γράπταν τε ἐν ὅπλῳ ἐνχρύσῳ καὶ
χαλκίαν, κάττα αὖτα δὲ καὶ μαρμαρίαν καὶ χρυσίαν ἐν τῷ γυμνασίῳ, ἐφ' ἃν ἐπιγράφην·

Ὁ δᾶμος ἐτείμασεν Λεύκιον Ολάκκιον Λευκίω υἱὸν, Αἰμιλίᾳ,
Λαβέωνα, φιλοκύμαιον, εὐεργέταν, γυμνασιαρχήσαντα κάλως καὶ
μεγαλοδόξως, ἔνθεντα δὲ καὶ τὸ βαλανῆον τοῖς νέοισι καὶ πρὸς τὰν

εἰς αὖτο χοραγίαν (sic) ταῖς ὑπαρχοίσαις (sic) [1] αὖτῳ κτήσιας ἐν Σμαραγήῳ, καὶ ἐπισκεάσαντα τὸ γυμνάσιον καὶ ἕκαστα ἐπιτελέσαντα λάμπρως καὶ μεγαλοψύχως, ἀρέτας ἕνεκα καὶ εὐνόας τᾶς εἰς ἔαυτον.

Καὶ ἐπεί κε δὲ τελευτάσῃ, κατενέχθεντα αὖτον ὑπὸ τῶν ἐφάβων καὶ τῶν νέων εἰς τὰν ἀγόραν στεφανώθην διὰ τῶ τᾶς πόλιος κάρυκος καττάδε·

Ὁ δᾶμος στεφανοῖ Λεύκιον Οὐάκκιον Λευκίω υἱον, Αἰμιλίᾳ, Λαβέωνα, φιλοκύμαιον, εὐεργέταν, στεφάνῳ χρυσίῳ ἀρέτας ἕνεκα καὶ εὐνόας τᾶς εἰς ἔαυτον.

Εἰσενέχθην δὲ αὖτον εἰς τὸ γυμνάσιον ὑπό τε τῶν ἐφάβων καὶ τῶν νέων καὶ ἐντάφην ἐν ᾧ κεν ἂν εὔθετον ἔμμεναι φαίνηται τόπῳ. Τὸ δὲ ψάφισμα τόδε ἀνάγραψαι εἰς στάλαν λίθω λεύκω [2] καὶ ἐνθέμεναι εἰς τὸ γυμνάσιον πὰρ ταῖς δεδογματισμέναις αὖτῳ τείμαις.

Μῆνος φρατρίω δεκάτᾳ ἀπίοντος, ἐπὶ ἱερέως τᾶς Ῥώμας καὶ αὐτοκράτορος Καίσαρος, θεῶ υἵω, θεῶ σεβάστω, ἀρχιέρεος μεγίστω καὶ πατρὸς τᾶς πάτριδος, Πολέμωνος τῶ Ζήνωνος Λαοδίκεος, πρυτάνιος δὲ Λευκίω Οὐακκίω Λευκίω υἵω, Αἰμιλίᾳ, Λαβέωνος, φιλοκυμαίω, εὐεργέτα, στεφανηφόρω δὲ Στράτωνος τῶ Ἡρακλείδα.

Il me paraît utile de transcrire ce texte en dialecte vulgaire, transcription qui équivaut, sur plusieurs points, à un commentaire grammatical.

. . . . . . [δημ]οσίαις. . . . .
[τὰς ὑπαρχού]σας αὐτῷ κτή[σεις ἐν τῷ Σμαραγείῳ]

[1] On remarquera cette inconséquence d'orthographe, la seule que j'aie cru devoir noter ici, parce que l'édition du *Corpus* porte χοραγίαν contrairement à la leçon bien certaine du monument original.

[2] Le monument, que nous possédons à Paris, est en marbre rouge. Ce n'est donc pas le texte officiel dont on parle ici; c'en est seulement une copie, peut-être celle des archives publiques, qui est quelquefois mentionnée en pareille circonstance (Voir Franz, *Elementa epigr græc.*, p 316 et 342); peut-être celle qu'on avait offerte à Vaccius Labéon.

. . . . . . η τούτοισι τοῦ δή[μου]. . . . . . .

ονια πασσυδιάσαντος καὶ [μεγαλο]πρεπεστάτας τιμὰς δογματίζοντος, καὶ να[ὸν] ἐν τῷ γυμ[ν]ασίῳ καθιεροῦν προῃρημένου, ἐν ᾧ καὶ τὰς τιμὰς αὐτοῦ καθιδρύσει, κτίστην τε καὶ εὐεργέτην προσονομάζεσθαι εἰκόνας τε χρυσᾶς ἀνατεθῆναι καθὰ τοῖς τὰ μέγιστα τὸν δῆμον εὐεργετήσασι νομιμόν ἐστι· μετά τε τὴν ἐξ ἀνθρώπων αὐτοῦ μετάστασιν καὶ τὴν ἐνταφὴν καὶ θέσιν τοῦ σώματος ἐν τῷ γυμνασίῳ γενηθῆναι· ἀποδεξάμενος ὑπερθύμως τὴν κρίσιν τῆς πόλεως Λαβέων, ἀρκῶν τοῖς ὑπάρχουσιν αὐτῷ καὶ προσμετρῶν τὴν ἑαυτοῦ τύχην τοῖς ἀνθρώπῳ ἐφικτοῖς, τὴν μὲν ὑπερβαρέα καὶ (τοῖς) θεοῖς καὶ τοῖς ἰσοθέοις ἁρμόζουσαν τῆς τε τοῦ ναοῦ καθιερώσεως τῆς τε τοῦ κτίστου προσωνομασίας τιμὴν παρῃτήσατο, ἀρκεῖν νομίζων τὴν κρίσιν τοῦ πλήθους καὶ τὴν εὔνοιαν ἐπιτεθεωρηκέναι, ταῖς δὲ τοῖς ἀγαθοῖς τῶν ἀνδρῶν πρεπούσαις ἀσμενίζουσα χαρᾷ συνέπευσε τιμαῖς· ἐφ' οἷς πρεπωδέστατόν ἐστι, τῶν ἐννόμων ὄντων χρόνων, τὴν παντελῆ τῶν εἰς ἀμοιβὴν ἀνηκόντων ἐπαίνων τε καὶ τιμίων περὶ τῆς καλοκἀγαθίας αὐτῷ μαρτυρίαν ἀποδίδοσθαι· δι' ἃ καί, ἀγαθῇ Τύχῃ, δεδόχθαι τῇ βουλῇ καὶ τῷ δήμῳ ἐπαινεῖν Λαβέωνα πάσης ὄντα τιμῆς ἄξιον καὶ διὰ τὴν λοιπὴν μὲν περὶ τὸν βίον σεμνότητα, καὶ διὰ τὴν φιλοδοξίαν δὲ καὶ τὴν μεγαλοδάπανον εἰς τὴν πόλιν διάθεσιν, καὶ ἔχειν ἐν τῇ καλλίστῃ διαλάμψει τε καὶ ἀποδοχῇ, καὶ καλεῖν εἰς προεδρίαν καὶ στεφανοῦν ἐν πᾶσι τοῖς ἀγῶσιν, οἷς ἂν ἡ πόλις συντελῇ ἐν τῇ τῶν κατευχῶν ἡμέρᾳ ἐπὶ τῶν σπονδῶν κατὰ τάδε·

Ὁ δῆμος στεφανοῖ Λεύκιον, Οὐάκκιον Λευκίου υἱὸν, Αἰμιλίᾳ, Λαβέωνα, φιλοκύμαιον, εὐεργέτην, στεφάνῳ χρυσῷ ἀρετῆς ἕνεκα καὶ φιλαγαθίας τῆς εἰς ἑαυτόν.

Ἀνατίθεσθαι δὲ αὐτοῦ καὶ εἰκόνας, γραπτήν τε ἐν ὅπλῳ ἐγχρύσῳ καὶ χαλκῆν, κατὰ τὰ αὐτὰ δὲ καὶ μαρμαρέην καὶ χρυσῆν ἐν τῷ γυμνασίῳ, ἐφ' ἧς ἐπιγράφεσθαι·

Ὁ δῆμος ἐτίμησεν Λεύκιον Οὐάκκιον, Λευκίου υἱὸν, Αἰμιλίᾳ, Λαβέωνα, φιλοκύμαιον, εὐεργέτην, γυμνασιαρχήσαντα καλῶς καὶ μεγαλοδόξως, ἀναθέντα δὲ καὶ τὸ βαλανεῖον τοῖς νέοις καὶ πρὸς τὴν εἰς αὐτὸ χορηγίαν τὰς ὑπαρχούσας αὐτῷ κτήσεις ἐν Σμαραγείῳ, καὶ ἐπισκευάσαντα τὸ γυμνάσιον καὶ ἕκαστα ἐπιτελέσαντα λαμπρῶς καὶ μεγαλοψύχως, ἀρετῆς ἕνεκα καὶ εὐνοίας τῆς εἰς ἑαυτόν.

Καὶ ἐπειδὰν τελευτήσῃ, κατενεχθέντα αὐτὸν ὑπὸ τῶν ἐφήβων καὶ τῶν νέων εἰς τὴν ἀγορὰν στεφανοῦσθαι διὰ τοῦ τῆς πόλεως κήρυκος κατὰ τάδε·

Ὁ δῆμος στεφανοῖ Λ. κ. τ. λ. — στεφάνῳ χρυσῷ ἀρετῆς ἕνεκα καὶ εὐνοίας τῆς εἰς ἑαυτόν.

Εἰσφέρεσθαι δ' αὐτὸν εἰς τὸ γυμνάσιον ὑπό τε τῶν ἐφήβων καὶ τῶν νέων καὶ ἐνθάπτεσθαι ἐν ᾧ καὶ εὔθετον εἶναι φαίνηται τόπῳ. Τὸ δὲ ψήφισμα τόδε ἀναγράψαι εἰς στήλην λίθου λευκοῦ καὶ ἀναθεῖναι εἰς τὸ γυμνάσιον παρὰ ταῖς δεδογματισμέναις αὐτῷ τιμαῖς.

Μηνὸς φρατρίου δεκάτῃ ἀπίοντος, ἐπὶ ἱερέως τῆς Ῥώμης καὶ αὐτοκράτορος Καίσαρος, θεοῦ υἱοῦ, θεοῦ σεβαστοῦ, ἀρχιερέως μεγίστου καὶ πατρὸς τῆς πατρίδος, Πολέμωνος τοῦ Ζήνωνος Λαοδικέως, πρυτανέως δὲ Λευκίου Ὀυακκίου, Λευκίου υἱοῦ, Αἰμιλίᾳ, Λαβέωνος, φιλοκυμαίου, εὐεργέτου, στεφανηφόρου δὲ Στράτωνος τοῦ Ἡρακλείδου.

« . . . . . . Le peuple, dans une assemblée générale, voulant, par un décret public, rendre à Labéon les honneurs les plus distingués, et ayant résolu[1] de lui consacrer d'abord dans le gymnase un temple dans lequel il éleverait ensuite des monuments en son honneur, de le proclamer fondateur et bienfaiteur, de lui dédier des statues d'or, comme il est d'usage à l'égard des plus grands bienfaiteurs du peuple ; et,

---

[1] *Ayant résolu*, προαγρημένω pour προαιρημένω, en dialecte vulgaire προῃρημένου. Ce mot est omis dans la traduction de Belley, qui, dans ses notes, le prend pour une métathèse de προηγερμένω (parfait de προσαγείρω). M. Boeckh a montré, par des rapprochements décisifs, à quel verbe il fallait le rapporter. Cf. n° 2166 ἀγρεθέντες, p. αἱρεθέντες. Le participe parfait du verbe simple αἱρημένος se lit, comme ici, sans redoublement, dans une inscription dorienne de Géla (*Corpus inscr. græc.*, n° 5475). On peut comparer plusieurs formes analogues dans le texte grec des tables dites d'Héraclée, *Corpus inscr. græc.*, n° 5773.

après sa mort, de lui donner un lieu de sépulture dans le gymnase ; Labéon, ayant reçu avec beaucoup de joie la décision de la ville, content des honneurs qu'il a jusqu'ici obtenus[1], et proportionnant sa fortune à la portée de la condition humaine, a refusé l'hommage extraordinaire de la consécration du temple et du titre de fondateur qui ne convient qu'aux dieux et aux héros; satisfait d'avoir eu cette preuve du jugement et de la bienveillance des Cyméens, il a toutefois accepté avec joie et empressement[2] les honneurs qui conviennent aux hommes de bien; en conséquence, il est très-convenable de rendre à Labéon, dans le temps fixé par la loi, le témoignage éclatant de louanges et d'honneurs qui est dû à la reconnaissance de ses bienfaits. A ces causes (que la fortune nous favorise[3]), il a plu au sénat et au peuple de louer Labéon, personnage en tout honorable, tant pour la gravité de ses mœurs que pour ses nobles sentiments et son inclination très-libérale à l'égard de la ville; de lui accorder les distinctions les plus brillantes, et de l'inviter aux premières places, et de le couronner en ces termes, dans tous

[1] *Content*, στοίχεις pour στοίχενς, forme dorienne du participe de στοιχέω, verbe rare, mais d'un usage ancien et classique en ce sens; voir Koen *ad Greg. Cor.*, p. 372, éd. Schaefer, note à laquelle on peut ajouter un exemple qui se trouve dans l'inscription crétoise, nº 2561 *b*, du *Corpus* (époque romaine). Comparez les participes parfaits féminins en εῖα pour υῖα (Ahrens, *de Dial. dor.*, p. 331).

[2] Ἀσμενιζοίσα χαρᾷ, *avec une joie bienveillante*, qui *va au-devant des hommages*. Belley avait traduit d'après la leçon évidemment fautive : μενίζαις pour μενέζοις, *viventibus, in vita permanentibus*. Un peu plus loin le mot ἐπιτεθεωρήκην paraît être pour ἐπιτεθεωρηκέναι.

[3] Ἀγαθᾷ τύχᾳ. C'est la formule initiale de tous les décrets de ce genre, intraduisible, à vrai dire, en français, et répondant au latin : *Quod bonum faustumque sit*. M. Le Bas propose de la traduire par : *à la fortune propice*, contre l'usage qui a presque consacré les mots *à la bonne fortune* (*Examen d'une inscription d'Egine*, p. 24). Nous essayons de nous rapprocher encore plus du sens *précatif* que cette formule doit avoir dans le protocole d'un décret.

les jeux publics que cette ville pourra faire célébrer, le jour
des prières solennelles, au moment des sacrifices : « *Le
peuple couronne d'une couronne d'or Lucius Vaccius Labéon,
fils de Lucius, de la tribu Emilia, ami et bienfaiteur de Cyme,
en considération de sa vertu et de sa bienveillance envers la
ville.* »

« Il a été, en outre, résolu de consacrer aussi sa figure par
un portrait peint sur médaillon doré[1], par une statue de
bronze, de même aussi par une statue de marbre doré dans
le gymnase[2], avec cette inscription : « *Le peuple a honoré
Lucius Vaccius Labéon, fils de Lucius, de la tribu Emilia,
ami[3] et bienfaiteur de Cyme, pour avoir rempli la charge de
gymnasiarque avec beaucoup d'éclat et de gloire, pour avoir
fondé des bains à l'usage des jeunes athlètes, et consacré aux
dépenses de ces fondations ses biens situés dans le Zmaragium[4];*

---

[1] Belley : *sur une arme en or.* Il se corrige dans sa note. Sur cet usage
du mot ὅπλον dans les consécrations de bustes ou de portraits, usage aujourd'hui démontré par de nombreux exemples, voir Boeckh, nᵒˢ 124,
2775ᵈ, et surtout 5085 avec le commentaire. J'ai le regret de n'avoir pas
restitué à propos ce mot ὅπλον dans un passage du texte du monument
d'Ancyre, où il répond justement au mot *clupeus* du texte latin, et comble
la lacune qu'offre la copie de M. Hamilton (Voir *Reliquiæ latini sermonis*,
p. 388. Cf. *Corpus*, nᵒ 4040, où M. Franz a donné une meilleure restitution
de ce beau monument).

[2] Ou bien : *une statue de marbre et une d'or.* Mais le premier sens paraît plus naturel.

[3] *Ami de Cyme*, φιλοκύμαιον, mot de circonstance. En sens inverse on
voit se multiplier, à l'époque romaine, les mots de φιλορώμαιος (nᵒ 337),
φιλόκαισαρ (nᵒˢ 2975, 2108*f*, 2124), φιλοσέβαστος (nᵒˢ 2464, 5083.) — Au
numéro 5865 un certain Marcus Polletes est appelé sur son tombeau πάντων
φίλος : cela était plus difficile. Voir ci-après, dans ce volume, notre Commentaire sur l'inscription latine d'Atilius Evbodus, et dans le savant recueil
des *Inscriptions chrétiennes de la Gaule*, par M. E. Le Blant, t. I, p. 43,
des exemples de sentiments analogues exprimés sur des tombeaux chrétiens.

[4] *Zmaragium.* C'était sans doute le nom d'une terre que possédait Labéon. On peut voir le détail d'un engagement analogue dans une inscription
latine de Strongili (Orelli, nᵒ 3678).

pour avoir réparé et orné le gymnase, et accompli toutes ces dépenses avec magnificence et générosité ; en considération de sa vertu et de sa bienveillance envers la ville. »

« Qu'après sa mort, il soit porté par les éphèbes et les jeunes gens dans la place publique, et qu'il y soit couronné en ces termes par le héraut de la ville : « *Le peuple honore d'une couronne d'or Lucius Vaccius Labéon, fils de Lucius, de la tribu Emilia, ami et bienfaiteur de Cyme, en considération de sa vertu et de sa bienveillance envers la ville.* » Puis qu'il soit porté au gymnase par les éphèbes et les jeunes gens [1], et qu'il y ait sa sépulture dans le lieu qui paraîtra le plus convenable ; que le décret soit gravé sur une table de marbre blanc et placé dans le gymnase, à côté des monuments honorifiques qui lui ont été décernés [2]. »

« Le 30 du mois phratrius, Polémon, fils de Zénon, de Laodicée, étant prêtre de Rome et de l'empereur César [3], fils du dieu, dieu auguste, souverain pontife, père de la patrie [4]; étant prytane [5] Lucius Vaccius Labéon, fils de Lucius, de

---

[1] De même dans l'inscription de Géla, citée plus haut, on trouve distinctement les ἔφηβοι et les νεώτεροι. Cf Boeckh, nᵒˢ 1997 ᶜ, 2715, 3665. Les *éphèbes* étaient, selon toute apparence, ceux des *jeunes gens* qu'on enrôlait chaque année pour les exercices gymniques : c'était une élite annuellement renouvelée de la jeunesse dans chaque ville. Cf., sur cet usage, Pausanias, VII, 27, § 5, où l'on voit qu'à Pellène, en Achaïe, il fallait avoir été éphèbe pour être inscrit au nombre des citoyens.»

[2] *Conformément aux honneurs qui lui ont été décernés*, Belley. Nous ne relevons pas d'autres différences de notre traduction, qui intéresseraient peu le lecteur, et qui n'ont pas besoin d'être justifiées Quant aux remarques grammaticales sur le texte grec, elles nous entraîneraient beaucoup trop loin.

[3] Même notation de la date dans une inscription de Nysa, en Carie, *Corpus*, nᵒ 2943.

[4] Ce titre a été imité dans les villes grecques : nᵒ 1223, à Hermione, un citoyen est appelé πατὴρ τῆς πόλεως; nᵒ 1370, nous trouvons un υἱὸς βουλῆς; nᵒ 1446 une μήτηρ βουλῆς, etc.

[5] Cette *prytanie* ne paraît pas correspondre, comme chez les Athéniens

la tribu Emilia, ami et bienfaiteur de Cyme; étant stépha-

La date de cette inscription ne peut être aujourd'hui rigou-
reusement déterminée, parce que nous ne possédons pas une
liste des magistrats éponymes de Cyme en rapport avec les
fastes consulaires de Rome, ou avec la série des olympiades,
ou enfin avec toute autre liste connue d'événements et de
dates historiques. A vrai dire, quoique la plupart des décrets
de ce genre conservés sur le marbre, portent, dans le nom
d'un magistrat éponyme l'indication de l'année où ils ont été
rédigés, cette indication demeure presque toujours stérile, et
cela pour la même cause. On peut du moins affirmer que le
décret de Cyme est de l'une des années comprises entre 751
et 766 de Rome, puisque Auguste y paraît comme vivant encore, et comme portant déjà le titre de père de la patrie, qu'il
ne reçut qu'en 751. Nous disons qu'Auguste vivait encore,
quoiqu'il soit appelé ici *dieu*, 1° parce que le titre de père de
la patrie n'est jamais donné qu'à un empereur vivant, et
qu'Auguste cesse en effet de le recevoir sur les monuments
notoirement postérieurs à sa mort; 2° parce que le titre de
dieu que lui donnent les Cyméens témoigne seulement d'une
apothéose anticipée que ce prince refusa toujours dans Rome,
mais qu'il permit de son vivant dans les provinces.[2] En effet,
avant 766, non-seulement on trouve le nom d'Auguste associé
à celui de la déesse *Rome* dans de nombreuses dédicaces, mais
à une division de la ville en tribus. Voir Boeckh, n° 2905, à Samos; 2909,
Lébédos; 2953, 2982 à Éphèse; 3500, à Téos; 3655, à Cyzique, etc.

1 Sur les Stéphanéphores, consultez surtout Van Dale, *Dissert.* V, 1,
p. 165 ; Franz ... épigr. ...

2 Outre ... Aurélius Victor, ... Bailly ... Tacite, *Ann.*,
IV, 37; Suétone, *Auguste* ... « Templa, quamvis sciret etiam procon-
sulibus decerni solere, in nulla tamen provincia nisi communi suo Ro-
mæque nomine recepit; nam in Urbe quidem pertinacissime abstinuit hoc
honore. »

encore on y voit joint le titre de dieu, par exemple à Olbia (Boeckh, n° 2087), à Paphos (— n° 2629), à Aphrodisias (— n° 2738), à Nisa (— n° 2943), à Ilium (— n° 3604). Ailleurs, comme à Mylasa (— n° 2696), le titre de dieu n'est pas joint à celui de σεβαστός, mais dans une inscription placée sur le frontispice d'un temple dédié à Auguste, l'intention de l'apothéose est assez évidente pour n'avoir pas besoin d'être attestée par cette épithète.

Le nom de Lucius Vaccius Labéon ne fournit pas de lumières nouvelles sur la date de l'inscription; on ne l'a trouvé jusqu'ici dans aucun auteur, grec ou latin, sur aucun autre monument. On voit seulement qu'il est de bonne origine romaine, et écrit selon l'ordre déterminé pour les actes officiels et démontré par des milliers d'exemples.[1]

Les considérants du décret sont incomplets et ne laissent pas voir au juste de quelle nature étaient toutes les libéralités de Labéon envers les Cyméens. Nous savons seulement que Labéon avait beaucoup dépensé pour le gymnase de la ville, et ces libéralités, consacrées au plaisir du peuple, aux fêtes agonistiques, aux concours littéraires, étaient toujours, dans l'antiquité, l'objet d'une reconnaissance riche en formules d'éloge. Les inscriptions abondent en témoignages bien curieux sur cette espèce de sensualisme, relevé du moins par l'élégance, qui de tout temps a caractérisé la nation grecque, mais qui, à de certaines époques, et en certains pays, descend jusqu'à une plaisante naiveté. J'en citerai seulement un exemple dans l'inscription d'Acræphion, où sont pompeusement énumérées les dépenses d'un citoyen nommé Epaminondas, en festins, pâtisseries et douceurs de toute espèce pour la population des deux sexes.[2] Rien n'est plus fréquent

[1] Loi *Julia municipalis*, § 2, éd. Savigny (*Reliq. lat. serm.*, p. 307) « Quei... censum aget... eorum nomina, prænomina, patres aut patronos, « tribus, cognomina,... accipito. » Cf. Orelli, *Inscr. lat.*, c. vin.

[2] Boeckh, n° 1625. Cf. plus haut, p. 75.

encore que de rencontrer des honneurs décernés à un citoyen
pour des distributions d'huile aux athlètes. C'étaient évidemment là des intérêts graves et journaliers pour la population
des petites villes grecques [1]. Mais quels qu'aient été envers
une cité grecque les bienfaits de ce Labéon, si inconnu dans
l'histoire, la récompense qu'on lui décerne semble bien dis-
proportionnée avec de tels mérites. Qu'il ait reçu le titre officiel de *bienfaiteur* [2], et que son nom ait figuré à ce titre sur
une liste publique, qu'il ait exercé, en outre, la magistrature
temporaire de prytane, il n'y a rien là qui ne soit très-con-
forme aux usages de la Grèce à l'égard des Romains sous la
domination de la république. L'érection d'une statue, à part
la richesse du métal, n'est pas non plus chose étrange ni sans
exemple : les inscriptions seules de Délos le montrent suffisamment [3]. Cicéron se moque, dans son discours pour Flaccus,
des honneurs décernés par la ville de Smyrne à un certain
Castricius, et il relève dans le décret des Smyrnéens de puériles hyperboles dont aucune pourtant n'approche du décret
des Cyméens [4]. Mais l'offre du titre de *fondateur* et surtout
de l'érection d'un temple, voilà deux exagérations de la flatterie grecque dont je ne connais pas d'exemple avant Auguste.
Ce prince lui-même, très-réellement fondateur ou restaura-
teur de plusieurs villes, est honoré, sans raison connue, de la
même épithète par d'autres cités qui n'avaient peut-être reçu
de lui que des faveurs passagères et peu importantes, comme

---

[1] Voir un exemple curieux dans Boeckh, n° 2336, et M. Le Bas, *Inscriptions de Morée*, n° 149.

[2] Εὐεργέτην. Voir Boeckh, n°ˢ 84, 2450 et *passim*. La collation de ce
titre paraît, chez les Grecs, une imitation des usages de la Perse. Voir Thucydide, I, 137; Hérodote, VIII, 85, et le livre d'Esther, c. vi. Cf. Ed. Meier,
de Proxenia. Hales, 1843, in 4.

[3] Boeckh, n°ˢ 2282, 2283.

[4] *Pro Flacco* xxxi : « Castricium *decus patriæ, ornamentum populi
romani, florem juventutis* appellant. »

sont, par exemple, Téos, Clazomène et Tlos [1]. Le gendre
d'Auguste, Agrippa, reçoit le même honneur à Mytilène [2].
Quant aux honneurs divins, César n'en reçut qu'après sa
mort. Auguste, nous venons de le voir, permit que dans les
provinces on anticipât sur cette apothéose ; il eut des temples
et des prêtres. Du vivant d'Auguste, un de ses petits-fils, C. César, est qualifié de *nouveau Mars* à Athènes [3]. Vers la même
époque, un Drusus, consul (était-ce le fils adoptif d'Auguste
ou le fils de Tibère ?), a aussi un prêtre dans la même ville
(Boeckh, n°s 181, 264). C'est ainsi qu'en Egypte les Ptolémées
étaient divinisés avec leurs femmes dès leur avénement au
trône, et le respect des peuples étendait facilement cette apothéose jusqu'à leurs enfants. Un roi de Pergame, Eumène,
paraît aussi avoir été adoré de son vivant [4]. Mais quelle distance entre ces actes où l'obéissance traditionnelle se change
presque naturellement en hommage religieux chez des peuples habitués aux pratiques du polythéisme, et l'étrange
abaissement des Cyméens offrant un temple à ce citoyen romain dont on ne trouve le nom chez aucun historien, sur
aucune liste des magistrats de sa patrie ! Labéon refuse, il est
vrai, ces honneurs excessifs : c'était sagesse ; il se souvenait
sans doute de l'exemple récent de Cornélius Gallus, réduit au
suicide pour avoir, comme gouverneur de l'Egypte, fait
craindre un rival à Octave par son imprudente vanité. Un
siècle plus tard, un Grec de Chéronée donnera dans le même
sens des conseils de modération aux archontes des petites
villes ; il leur rappellera de ne pas trop prendre au sérieux
leur robe de magistrat, et de songer toujours à cet autre ma-

---

[1] Pour les deux premières villes, voir les médailles citées par Belley,
et pour la troisième, le *Corpus*, n° 4236.

[2] *Corpus inscr. græc.*, n° 2176.

[3] *Corpus inscr. græc.* n° 311.

[4] *Corpus inscr. græc.*, n° 3068. Cf. 2804, 2812, 2843, 2880, des exemples du même honneur conféré à des particuliers.

gistrat suprême, qui, du centre de l'empire, exerce au loin et en maître la justice du peuple romain [1].

Encore un trait caractéristique dans ce tableau des humiliations de la Grèce soumise. Ce Polémon, fils de Zénon, natif de Laodicée, qui figure à la fin de notre inscription comme prêtre de Rome et de l'empereur César, c'est, selon toute apparence (deux critiques habiles l'ont pensé, Eckhel et Belley), le rhéteur dont Antoine avait fait un roi de Pont, et dont le royaume fut augmenté par Auguste de tout l'Etat du Bosphore [2]. Ainsi, c'était pour un *roi* un honneur digne d'être accepté, brigué peut-être dans quelque ville étrangère à son royaume, que celui de desservir un temple de l'empereur divinisé.

La république sans doute avait préparé par la violence et l'éclat de ses triomphes cette adoration servile du nom romain ; elle avait fondé cette solidarité puissante par laquelle un citoyen de Rome, sur quelque point du monde soumis qu'il eût élu son domicile, représentait dans son inviolabilité Rome tout entière. On avait, même avant César, élevé un autel à Rome et au Peuple romain [3], et les proconsuls romains étaient autorisés à se laisser élever des temples [4]. Mais en même temps, on voit que le sénat traitait encore la Grèce comme une nation ; il concluait une alliance, comme de pair à égal, avec Astypalée, la plus humble des villes doriennes des Sporades [5] ; à la même époque, il portait un long décret en faveur de quelques citoyens de Clazomène [6]. Combien d'idées sont confondues, lorsque, au premier siècle de l'empire, une

---

[1] Dion Cassius, LIII, 25. Cf. Plutarque, *Préceptes politiques*, c. XIII.

[2] Belley, p. 190; Eckhel. *Doctr. num.*, t. II, p. 569.

[3] Boeckh, nᵒ 2140. Cf. nᵒ 2270, et Le Bas, *Explic. d'une inscr. de l'île d'Egine*, p. 105.

[4] Cicéron, *ad Quintum*, I, 1, § 9. Cf. *ad Attic.*, V, 21.

[5] Boeckh, nᵒ 2485.

[6] Haubold, *Ant. rom. mon. legalia*, nᵒ XV ; *Corpus inscr. græc.* nᵒ 5879.

ville grecque tout entière est à genoux devant un simple citoyen de Rome !

En présence de faits si étranges est-ce abuser des rapprochements que de songer aux *Géorgiques*, à l'*Enéide*, à la
Pharsale ? On a bien souvent reproché aux poëtes favoris
d'Auguste, et plus encore à celui qui devait périr victime de
Néron, leurs complaisantes apothéoses des Césars. Virgile et
Lucain sont, en vérité, peu coupables de ces flatteries. Depuis la mort de César le peuple romain croyait à l'astre divin
des Jules. Auguste usa discrètement à Rome, plus librement
dans les provinces, de la disposition générale des esprits à
confondre l'obéissance avec le respect religieux. Par une réserve habile, en restaurant le culte des dieux Lares à Rome,
il associa au nom de ces vieilles divinités celui d'*Auguste*, que
le sénat lui avait décerné à lui-même vingt ans auparavant,
et que portait déjà un mois de l'année romaine, recueillant
ainsi, sans provoquer de légitimes répugnances, les hommages de toutes les cités latines [1]. Ailleurs, il permit d'ériger des
temples de Rome et d'Auguste qui eurent leurs prêtres ou fla-
mines. Enfin sur le territoire grec, il se laissa souvent adorer
seul, sans cette précaution de partager les honneurs avec les
dieux Lares ou avec la déesse Rome. Il réalisait ainsi dans le
monde conquis ce que la politique d'Alexandre et des Ptolémées avait su faire dans le royaume des Pharaons. Au milieu
d'une société depuis si longtemps préparée à la servitude, à
l'adoration de ses maîtres, l'illusion de Virgile et de Lucain
n'est pas un fait isolé, une erreur de l'âme et du génie ; c'est
l'expression d'une pensée universelle, contre laquelle pro-
teste seulement çà et là le scepticisme philosophique ou
l'obstination républicaine. Le temps n'est pas loin où Pline
donnera franchement la formule de cette religion nouvelle

[1] Voir les *Recherches sur les Augustales* à la suite de notre *Examen des historiens d'Auguste.*

et commode qui divinise la bienfaisance en laissant aux flatteurs des Césars le soin de la définir : *Deus est juvare mortalem.* Après tout, cette emphase exprime une noble idée, et il n'a rien moins fallu que le christianisme pour la rendre sacrilége. Mais revenons à notre monument.

Dans ce prolixe hommage de la reconnaissance publique, que reste-t-il donc aux Cyméens qui rappelle leur ancienne liberté? Une seule chose : leur dialecte, le dialecte d'Alcée et de Sappho, qui, par une singulière destinée, semble n'avoir pas eu un seul écrivain en prose, et qui, à part quelques fragments de poètes, ne se montre à nous aujourd'hui que sur d'anciennes inscriptions. C'est un droit réel que celui de prendre des décisions communes, comme le décret dont il s'agit ; mais quand ce droit s'exerce pour de tels hommages, il perd beaucoup de sa valeur politique et morale. C'est un droit encore que celui de choisir parmi les citoyens mêmes de Cyme le *stéphanéphore,* ou grand prêtre, qui semble en plusieurs pays grecs avoir exercé une véritable magistrature. Mais je crois voir dans l'usage du dialecte national un témoignage plus réel encore de la prétention des Cyméens à l'autonomie. De bonne heure, même avant la conquête romaine, certaines cités grecques abandonnent dans les actes publics pour la langue commune le dialecte qui leur était propre. Cela se voit, par exemple, en Béotie, dès la 145ᵉ olympiade [1]. D'ailleurs il semble que, dans leurs relations avec les autorités romaines, les Grecs aient dû, soit de leur propre gré, soit par ordre, simplifier et faciliter la tâche des interprètes en employant du moins une langue uniforme, ce dialecte attique dégénéré que l'on connaît vulgairement sous le nom de langue commune. C'est, en effet, ce qu'on remarque dans les dix ou douze actes romains antérieurs à notre ère, dont la traduction grecque nous est parvenue ; et l'un de ces actes, le mo-

---

[1] Voir M. Boeckh, notes sur les numéros 1583 et 1584 du *Corpus.*

nument d'Astypalée, que je citais tout à l'heure, nous révèle
à cet égard une précaution curieuse. Il se compose de trois
pièces : 1° un sénatus-consulte sur l'alliance proposée au nom
d'Astypalée par un commissaire de cette ville ; 2° le traité
d'alliance avec Astypalée ; 3° le décret des Astypaléens qui
sanctionne les résultats de cette négociation et qui honore le
commissaire accrédité auprès des Romains pour la conclusion
de l'alliance. Les deux premières pièces, dont l'original était
évidemment écrit en latin, sont traduites en dialecte vulgaire. La troisième, d'un intérêt tout local pour les Astypaléens, est écrite en dorien, dans le dialecte particulier à cette
petite île. Le hasard ne suffit pas pour expliquer cette singulière différence : il y a évidemment là un trait d'indépendance
et de vanité municipale qui caractérise assez bien ces rapports
délicats de la république victorieuse avec les chétives libertés
qu'elle ne daignait pas opprimer [1].

Un scrupule nous arrête en terminant cet examen. En nous
parlant de la prospérité de Cyme qui, avec Lesbos, comptait
comme métropole parmi les trente villes éoliennes de l'Asie,
Strabon ajoute que les Cyméens passaient pour gens peu spi-
rituels. On citait de leur simplicité deux exemples passés en
proverbe : d'abord ils n'avaient pensé qu'au bout de trois
cents ans à tirer parti du droit d'entrée dans leur port,
comme si, disaient les méchants, ils ne se fussent pas aperçus
qu'ils habitaient une ville maritime ; second trait, ayant contracté un emprunt, ils mirent en gage les portiques publics,
lieu de promenade couvert, où l'on se réfugiait surtout en cas
d'orage ; de sorte que l'État n'ayant pu payer au jour de l'é-
chéance, il fallut que la compassion des créanciers rouvrît au
peuple ces portiques où il n'avait plus le droit de chercher un
abri. Enfin, il est remarquable que les Cyméens figurent

---

[1] Voir plus bas, dans ce volume, le morceau qui traite de l'*Etude de la langue latine chez les Grecs, dans l'antiquité.*

parmi les personnages du *Philogelos* d'Hiéroclès, recueil de facéties plus ou moins niaises, qui remonte à une assez haute antiquité [1].

Faut-il, sans rappeler tant de souvenirs historiques, compter tout simplement comme un nouveau trait du *béotisme* des Cyméens leur hommage à Vaccius Labéon ? Le lecteur en décidera : il se rappellera toutefois, avant de décider, ce que Strabon aussi ne manque pas de nous dire, que Cyme avait donné naissance à l'historien Éphore, l'un des plus ingénieux disciples d'Isocrate [2].

[1] Voir le volume publié en 1848, par M. Boissonade, sous ce titre : *G. Pachymeris declamationes XIII. — Hieroclis et Philagrii grammaticorum Φιλόγελως longe maximam partem ineditus*, p. 298-302.

[2] Strabon, *Geogr.*, XIII, 3. Cf. Plutarque, *Banquet des sept sages*, p. 208, éd. du Theil, où il parle avec mépris des *Éoliens et des insulaires.*

III

RÉVISION CRITIQUE D'UN TÉMOIGNAGE
DE CICÉRON

CONCERNANT LES ARTISTES GRECS [1].

———

Le passage de Cicéron que je me propose de soumettre ici à un nouvel examen est depuis longtemps célèbre, et il a figuré, entre autres occasions, dans une controverse suscitée entre M. Letronne et M. R. Rochette à propos de l'inscription découverte dans le corps du Bacchus en bronze qui fait partie de la collection du Louvre. Néanmoins, et même après tant de discussions savantes, les courtes observations qui vont suivre me paraissent avoir encore quelque nouveauté; c'est ce qui m'encourage à les soumettre au jugement de mes confrères.

Cicéron, dans un chapitre de ses *Tusculanes* [2], parlant du désir de l'immortalité chez les guerriers, les hommes d'Etat, les poetes, ajoute : « Mais les artistes aussi veulent qu'on parle d'eux après leur mort. Autrement, pourquoi Phidias aurait-il enfermé son portrait dans le bouclier de Minerve, faute de pouvoir y inscrire... (*quum inscribere non liceret*). Et nos philosophes, est-ce que dans les livres mêmes qu'ils

[1] Note communiquée à l'Académie des Inscriptions et Belles-Lettres dans sa séance du 18 octobre 1861, et à l'Académie des Beaux-Arts, dans la séance du 19 ; publiee dans la *Revue archéologique* de la même année.

[2] *Tusculanæ quæst.*, I, 15, texte que je ne vois pas modifié dans les éditions critiques les plus récentes de Cicéron.

écrivent sur le mépris de la gloire, ils n'écrivent pas leur nom en tête (*sua nomina inscribunt*) ? » On a souvent cité ce passage pour établir que les artistes grecs n'avaient pas la permission de graver leur nom sur leurs œuvres, ou, tout au moins, que Phidias, par quelque motif de jalousie politique ou de superstition religieuse, n'avait pu obtenir des Athéniens cette permission pour sa Minerve; et, afin de prouver mieux une exception si étrange, on a remarqué que, selon un témoignage de Plutarque, le nom de Phidias se lisait seulement sur la base de l'immortel colosse [1]. Mais, dans la préoccupation où l'on était de concilier les deux écrivains, je crains que l'on n'ait méconnu le vrai sens du texte de Plutarque. Ce dernier, en effet, dit simplement, après avoir rappelé l'érection d'une statue à Pallas Hygie, que « *le siége en or de la déesse* était l'œuvre de Phidias, dont le nom se lisait, à ce titre, *sur la stèle*, » c'est-à-dire probablement, et selon l'opinion d'Ott. Muller, sur l'acte d'érection, sur quelque plaque de marbre semblable à celles que nous ont rendues les ruines de l'Acropole, procès-verbaux officiels, ou comptes de dépense, comme la pièce que nous a récemment fait connaître une communication de notre correspondant d'Athènes, M. Rangabé. A supposer d'ailleurs que la *stèle* soit ici la *base*, toujours est-il probable que le passage cité de Plutarque se rapporte, comme les lignes immédiatement précédentes, à la Pallas Hygie, non à celle du Parthénon. Le statuaire, auteur

---

[1] *Périclès*, c. xiii : Ἐπὶ τούτῳ δὲ καὶ τὸ χαλκοῦν ἄγαλμα τῆς Ὑγείας Ἀθηνᾶ· ἀνέστησεν ἐν Ἀκροπόλει παρὰ τὸν βωμὸν, ὃς καὶ πρότερον ἦν, ὡς λέγουσι. Ὁ δὲ Φειδίας εἰργάζετο μὲν τῆς θεοῦ τὸ χρυσοῦν ἕδος, καὶ τούτου δημιουργὸς ἐν τῇ στήλῃ εἶναι γέγραπται. La note de Sintenis sur ce passage (Cf. ad cap. xxxi), les observations de M. Rossignol (*Trois dissertations*, p. 172) et l'autorité des deux traducteurs français, Amyot et Ricard, n'ont pu, je l'avoue, me convaincre que le mot ἕδος désigne ici la statue (une statue debout) de la Minerve du Parthénon. Le sens que j'adopte, parce qu'il me paraît le plus simple, est déjà adopté par M. Sillig, *Catalogus artificum*, p. 347, n° xxxiv.

de la Pallas Hygie, se nommait Pyrrhus ; son nom, déjà connu
par un témoignage de Pline [1], se lit aujourd'hui sur la base
même de la statue, base que l'on a retrouvée presque intacte
parmi les ruines des Propylées [2] ; et il est assez naturel que
Plutarque ait mentionné la coopération, même accessoire, de
Phidias à l'œuvre d'un artiste de second ordre. Tout cela est
intéressant pour l'histoire de l'art, mais est sans rapport avec
le texte de Cicéron, qui demeure l'unique témoignage ancien
à l'appui du fait attesté, et n'est pas, comme on l'a déjà
souvent reconnu, un témoignage rassurant.

D'abord, en effet, le texte par lui-même présente quelque
difficulté. *Inscribere* ne peut guère, à lui seul, signifier
« inscrire son nom ; » c'est là une ellipse dont on n'a pas pu
jusqu'ici citer un second exemple, et il est d'autant plus difficile de l'admettre dans le texte en question, que, deux
lignes plus loin, Cicéron emploie l'expression complète *sua
nomina inscribunt*, qui rappelle précisément celle du poëte :
flores inscripti nomina regum [3]. Il en est de même pour le
mot *inscriptio*, qui ne se passe de complément que si le complément est très-facile à sous-entendre [4]. Le verbe *inscribere*
peut avoir aussi pour régime le nom de l'objet ou de la matière sur laquelle des caractères sont écrits ; mais on n'a pas
démontré non plus que le nom de cet objet puisse être, à
volonté, sous-entendu. Enfin les manuscrits n'offrent, en cet
endroit, aucune variante qui nous importe. Mais, de bonne
heure, il s'est produit une conjecture qui remonte au moins
jusqu'à Ernesti, et qui substitue le mot *nomen* à la négation
non. Or, d'une part, la paléographie admet sans peine cette

---

[1] *Hist. nat.*, XXXIV, c. viii, § 17. Comparez les textes réunis par M. Sillig,
Catalogus artificum, au mot *Stipax*.

[2] Voir le dessin de ce monument dans le *Voyage archéologique* de
M. Ph. Le Bas, pl. VIII des inscriptions.

[3] Virgile, *Ecloga* III, v. 106.

[4] Voir ci-après, p. 104, et la note 1.

7

substitution, puisque *non*, avec une barre sur la voyelle, peut
être l'abréviation de *nomen ;* d'autre part, il faut avouer que
le texte de Cicéron, ainsi corrigé, s'accorde beaucoup mieux
d'abord avec divers renseignements parvenus jusqu'à nous
au sujet du procédé de Phidias, puis avec les exemples de
signatures d'artistes que nous offrent les monuments de l'antiquité.

On sait que Phidias s'était représenté lui-même sur le
bouclier de la déesse, « sous les traits d'un vieillard chauve
qui lance une pierre des deux mains, » et qu'il avait disposé
ce portrait de façon qu'on ne le pût enlever sans déranger
et désunir toutes les parties de l'œuvre[1]. Ces précautions
attestent beaucoup plus que le désir d'attacher son nom au colosse de Pallas. La simple inscription de ce nom, à supposer
qu'elle fût permise, comme on sait qu'elle le fut pour Phidias
dans d'autres circonstances[2], peut-être, il est vrai, moins
solennelles, n'était pas pour sa vanité une garantie suffisante ;
il eût été si facile d'effacer quelques lettres grecques sur
une partie quelconque de la statue ! Ainsi, c'est *malgré cette
permission* que Phidias jugea utile de prendre d'autres assu-
rances contre l'ingratitude ou l'oubli de la postérité. Son
ambitieuse défiance, ayant blessé les Athéniens, nous explique
assez bien, si je ne me trompe, les attaques dont il fut l'objet,
à cause du fameux bouclier de Minerve, et dont Plutarque
nous a raconté l'histoire. De ce côté donc, là conjecture
d'Ernesti s'accorde avec les faits d'une manière bien séduisante, et je ne m'étonne pas qu'elle ait séduit un de nos plus
savants antiquaires, M. Raoul Rochette[3]. Mais l'accord que
je signale entre les faits et ce texte ainsi corrigé prend un

---

[1] Voir les textes réunis dans *l'Acropole d'Athènes* de M. Beulé, t. II,
p. 188 et suiv.

[2] Voir l'anecdote racontée d'après des auteurs plus anciens, à ce qu'il
semble, par Tzetzès, *Chiliade* VII, *hist.* 154 ; et Pausanias, V, x, § 2.

[3] *Questions de l'histoire de l'art*, p. 20-22.

surcroît de force, et, s'il m'est permis de parler ainsi, d'évidence, quand on songe au nombre considérable, et chaque
jour augmenté par les découvertes archéologiques, des monuments grecs appartenant à toutes les époques de l'art,
même aux plus anciennes, où le nom de l'artiste accompagne
son œuvre [1], soit sur la statue même, comme sur la fameuse
statue vulgairement appelée *le Gladiateur*, par Agésias, ou
plutôt Hégésias d'Éphèse, et sur une Pallas de la *villa Lu-
dovisi*, par Antiochus ou Métiochus [2]; soit sur la plinthe qui
fait corps avec le bloc de la figure même, comme sur une
statue d'athlète ou de héros grec par Antiphane [3], et sur le
bas-relief attique que l'on est convenu d'appeler le *Soldat de
Marathon* [4]; soit enfin sur la base de la statue ou du bas-
relief, comme cela se voit pour l'Hercule dit *Hercule Farnèse*,
par Glycon l'Athénien [5].

Dans ces derniers cas, l'inscription du nom de l'artiste perd
un peu le caractère d'une signature, et il est, le plus souvent, précédé d'une formule de dédicace soit collective [6], soit
individuelle [7]. On pourrait donc, à la rigueur, comme l'a fait

[1] Exemples réunis aujourd'hui dans le *Corpus inscr. græc.*, n°s 6152 et
suiv. Cf. les exemples cités par Pausanias et que réunit M. R. Rochette,
dans une note de ses *Questions de l'histoire de l'art*, p. 53.

[2] R. Rochette, *Lettre à M. Schorn*, p .207 ; autre exemple dans Cicéron, *de Signis*, c. XLIII. Je choisis, dans cette note et dans les suivantes,
parmi les exemples, souvent très-nombreux, que l'on pourrait citer.

[3] R. Rochette, *Lettre à M. Schorn*, p. 209, et *Corpus inscr. græc.*,
n° 2435.

[4] Rangabé, *Antiq. hellén.*, t. I, p 18, et *Revue archéol.*, 1re année, p 49.

[5] R. Rochette, *Lettre à M. Schorn*, p. 306 ; autre exemple dans Martial,
Epigr. IX, 43.

[6] Inscription de la Pallas Hygie, citée plus haut, et qu'on trouvera aussi
dans Rangabé, *Antiq. hellén.*, t. I, p. 56, n° 43; *Corpus inscr. græc.*,
n°s 412, 2285 *b*, 2488; R. Rochette, *Lettre à M. Schorn*, p. 248, 265,
341, etc.

[7] *Corpus inscr. græc*, n°s 470, 1194, 2293, 2984; R. Rochette, *Lettre
à M. Schorn*, p. 262, 293, etc.

un de nos confrères [1], distinguer formellement entre l'inscription d'un nom sur le corps de la statue et l'inscription sur
la base. Ainsi l'usage ou la loi aurait interdit sur une partie
du monument ce qu'elle autorisait sur une autre. Mais cette
distinction peut-elle se soutenir devant des monuments
comme le guerrier, tout archaïque, de Marathon, où les
mots ΕΡΓΟΝ ΑΡΙΣΤΟΚΛΕΟΣ (sic) se lisent sur la plinthe
du bas-relief, tandis que le mot ΑΡΙΣΤΙΟΝΟΣ (sic), nom du
père de l'artiste, se lit sur la base même?

D'ailleurs, permettre à l'artiste d'inscrire son nom sur la
base de l'œuvre, c'est-à-dire à côté de la dédicace, c'était lui
faire encore plus d'honneur que de lui permettre une simple
signature sur le corps de la statue.

Mais, en général, la défense dont il s'agit serait peu conforme aux mœurs et à l'esprit des institutions athéniennes.
Un peuple chez qui l'art était si honoré, que des comédiens
pouvaient y être choisis pour ambassadeurs auprès des nations étrangères, devait-il interdire à des artistes l'honneur
de voir leurs noms inscrits sur leur œuvre? Même quand la
formule : *Un tel a fait*, ὁ δεῖνα ἐποίησε ou ἐποίει, se lit en plus
petits caractères après le verbe ἀνέθηκεν ou ἀνέθηκαν, qui
exprime la dédicace [2], il m'est difficile de voir là autre chose
qu'un accident ou tout au plus un simple calcul du graveur
pour l'effet général de l'inscription dont il était chargé.

Si ce qu'on pourrait appeler la publicité monumentale des
noms d'artistes semble un droit attesté, en Grèce, par les
exemples les plus divers, soit pour les temps de l'autonomie
hellénique, soit sous l'administration romaine [3], le même

[1] M. Rossignol, *Trois dissertations*, p. 172, suivi, quant à l'interprétation des textes de Cicéron et de Plutarque, par M. Fr. Lenormant, *la Minerve du Parthénon*, p. 7.

[2] Exemples dans l'*Ephéméride archéologique d'Athènes*, nᵒˢ 3799 et
3800.

[3] Exemples de monuments grecs elevés à des Romains : *Corpus inscr.*

droit ne se montre pas, à beaucoup près, aussi clairement
sur les monuments qui portent des inscriptions latines; bien
plus, sur ces derniers, les exemples de noms d'artistes, soit
sur le corps de l'œuvre, soit sur les pièces accessoires, sont
si rares [1], que j'ai entendu un très-habile connaisseur contester qu'il y en eût un seul bien authentique. C'est là un
doute exagéré, je pense ; mais la rareté des mentions d'artistes sur des œuvres toutes romaines par leur date et leur
destination, ne s'accorde que trop clairement avec ce que
nous savons du peu de prix que les Romains attachaient à
l'étude des beaux-arts. Sans descendre jusqu'à la grossiè-
reté, devenue proverbiale, d'un Mummius, dans le discours
de Cicéron en faveur de Licinius Archias et la célèbre Verrine
de Signis [2], ne voyons-nous pas, à cet égard, la profonde différence des mœurs grecques et des mœurs romaines? Un
siècle après Cicéron, Pline témoigne encore dans le même
sens, parmi les nombreuses preuves qu'il nous donne du zèle
des empereurs et des riches Romains pour les chefs-d'œuvre
de l'architecture, de la peinture et de l'art plastique. Enfin,
dans l'intervalle qui sépare Cicéron et Pline, un moraliste
latin témoigne expressément de ce contraste entre les mœurs
des deux peuples, et cela tout juste à propos de Phidias. « De
grands hommes, dit Valère Maxime, ont quelquefois cherché
la gloire par les plus humbles moyens. En effet, pourquoi
C. Fabius, ce citoyen illustre, ayant peint des murailles dans
le temple de Salus, dédié par C. Junius Bubulcus, y inscri-

græc., nos 364, 399, 2285 *b* ; — R. Rochette, *Lettre à M. Schorn*, p. 342,
355 ; — Inscription de Samos, publiée dans le *Monatsbericht* de l'Académie
royale de Berlin, décembre 1859, p. 759.

[1] Voir des exemples de ces signatures d'artistes romains dans Morcelli,
de Stylo inscriptionum, p. 474 et suiv.

[2] Discours spécialement commenté au point de vue des arts dans la traduction anglaise de Kelsal (Londres, 1812), et dans la dissertation de
M. L. Maignen : *Quid de signis tabulisque pictis senserit M. Tullius*. (Paris,
1856, in-8.)

vit-il son nom ? C'était le seul bonneur qui manquât à une famille illustrée par tant de consulats, de sacerdoces et de triomphes. En tout cas, ce noble talent, en se consacrant à une étude vulgaire (*sordido studio*), ne voulait pas que son œuvre, quelle qu'elle fût, eût à souffrir de l'oubli ; et sans doute il voulait imiter Phidias, qui, dans le bouclier de sa Minerve, avait enfermé son propre portrait de telle façon qu'on ne pût le détacher sans désunir les parties de l'œuvre tout entière[1]. »

Assurément voilà un récit qui montre bien quel cas un Romain faisait des beaux-arts, surtout quand il les comparait aux fonctions de la vie publique. Virgile avait déjà dit :

> Excudent alii spirantia mollius æra,
> Credo equidem, ac vivos ducent de marmore vultus ; ...,
> Tu regere imperio populos, Romane, memento.

Poètes, historiens, philosophes, tous les écrivains de l'ancienne Rome sont là-dessus unanimes. Dans le passage même de Cicéron, auquel ces réflexions nous ramènent, il est remarquable que les artistes sont mentionnés après les généraux et les hommes d'État, après les poètes, et qu'ils sont désignés, non sans quelque dédain, par le mot *opifices*, au lieu du mot *artifices*.

On peut donc, ce me semble, en ce qui concerne l'inscription des noms d'artistes sur leurs œuvres, reconnaître, dans l'antiquité, deux traditions très-distinctes : la tradition grecque, qui consacre par une large publicité l'estime accordée au talent, et la tradition romaine, qui nous montre la publicité sinon refusée, du moins ménagée avec avarice, comme l'était l'estime.

Il y aurait plusieurs conséquences à tirer du contraste que

---

[1] *Factorum et dictorum memorabilium* lib. VIII, c. xiv, § 2 : *de Cupiditate gloriæ*. Cf. Cicéron, *Orator*, c. lxxi.

nous venons de signaler; nous en montrerons une seule. Les
bronzes et les marbres de l'ancienne Grèce, bien que souvent
mutilés par le temps ou par la main des hommes, sont encore
pleins d'instruction pour les historiens modernes de l'art;
les précieux livres XXXV et XXXVI de l'*Historia naturalis*
de Pline sont, à chaque page et quelquefois à chaque ligne,
confirmés, complétés ou corrigés à l'aide des nombreuses
inscriptions qui subsistent sur les diverses parties des monuments de l'art grec. L'histoire de l'art chez les Romains
manque pour nous de cette lumière des témoignages épigraphiques et de l'intérêt qui, par là, s'ajoute à l'étude des monuments. Si humble que fût le personnage de l'artiste
romain, le plus souvent simple affranchi, et de naissance
étrangère; si peu original que soit le talent de ces hommes
qui ont travaillé à la splendeur des édifices de l'Occident
latin, sous l'autorité des magistrats ou avec les encouragements d'un Lucullus ou d'un Pline, on aimerait à mieux
connaître et leur nom et la date de leurs œuvres. Dans l'inscription monumentale telle que les Romains la conçoivent
et l'exécutent, ce qui domine, c'est la personne, collective
ou individuelle, du consécrateur; c'est la pensée de sa munificence. L'usage, suivi en Grèce, d'associer sur la même ligne
d'honneur les noms de l'artiste et ceux des autres personnes
qui ont concouru à l'exécution de l'œuvre, a certainement
quelque chose de plus libéral; il est plus digne du génie qui
a tant fait pour fonder et perpétuer la religion du beau dans
le monde civilisé.

P. S. Les observations qui précèdent pourraient bien jeter
un jour nouveau sur l'anecdote relative aux deux artistes
grecs Saurus et Batrachus, où l'on serait tenté de trouver à
première vue un argument à l'appui du texte de Cicéron, tel
que les manuscrits nous le transmettent : « Je ne laisserai
pas non plus oublier, dit Pline, à la fin de son énumération

des sculpteurs [1], Saurus et Batrachus, deux Laconiens aussi (comme Canachus qu'il vient de citer), qui ont fait les temples renfermés dans les portiques d'Octavie. Quelques-uns pensent qu'étant fort riches, ils firent cette construction à leurs frais, espérant que leurs noms y seraient inscrits (*inscriptionem sperantes*), et que, comme on le leur refusa, ils y réussirent d'une autre façon. Ce qui est certain, c'est qu'on voit encore dans les spirales des colonnes une figure de lézard (*sauros*) et une figure de grenouille (*batrachos*), indice du nom des deux artistes. » Ces deux artistes étaient probablement, comme leur nom l'indique [2], de simples affranchis. Ils savaient que, surtout à propos d'un temple, ils n'obtiendraient pas de l'orgueil romain l'inscription de leur nom, s'ils ne méritaient cette faveur par quelque dévouement particulier : voilà pourquoi, je suppose, ils prirent sur eux la dépense de l'édifice. Trompés dans leur espoir, ils recoururent au subterfuge que Pline raconte, sans paraître d'ailleurs bien sûr que l'anecdote fût authentique. En tout cas, cette histoire, s'il faut l'admettre comme vraie, ne prouve rien contre nos conclusions ; elle les confirme plutôt en marquant, par un exemple de plus, le contraste que présentaient, à cet égard, les mœurs des Grecs et celles des Romains.

[1] *Hist. nat.*, XXXVI, c. v, § 14. Avec la locution *inscriptionem sperantes*, on comparera utilement deux passages du texte latin du monument d'Ancyre, 4° colonne : 1° *Sine ulla inscriptione nominis mei* (à propos de deux édifices publics); 2° *Basilicam... sub titulo nominis filiorum* [meo- rum] *inchoavi*.

[2] Le Βάτραχος que Lysias nous représente comme un coquin, dans son cinquième discours, § 45, pourrait bien n'être qu'un esclave affranchi à la suite des dénonciations mêmes que Lysias lui reproche. Quant au mot Σαῦρος avec le sens d'un nom propre, il manque dans nos lexiques des noms propres grecs, comme tant d'autres qui ne se sont conservés avec ce sens que dans des transcriptions latines, par exemple : *Epicletus*, dans le Recueil d'Orelli, n° 2922; *Menomachus*, n° 3824; *Plocamus*, n° 4277; *Onésime* (au féminin), n° 4285, etc.

IV

OBSERVATIONS HISTORIQUES

SUR LES FORMALITÉS DE L'ÉTAT CIVIL CHEZ LES ATHÉNIENS

A PROPOS DE L'INSCRIPTION INÉDITE
D'UNE PLAQUE DE BRONZE QUI PARAIT PROVENIR D'ATHÈNES [1].

Il y a, dans les langues qui ont vieilli, des mots dont l'histoire touche souvent aux vicissitudes des institutions et des mœurs pendant plusieurs siècles.

Tel est, en grec, le mot σύμβολον, dont j'ai eu naguère l'occasion de rechercher et d'expliquer une signification curieuse, à propos du texte conservé sur un papyrus de la deuxième collection d'Anastasy [2].

Ce mot σύμβολον [3] n'a que bien rarement, dans l'antiquité,

---

[1] Publié dans la *Revue archéologique* du mois de septembre 1861. Une rédaction un peu abrégée de ce mémoire, destinée à la séance publique (9 août 1861) de l'Académie des Inscriptions et Belles-Lettres, a paru dans les actes de cette séance, et a été reproduite dans les Comptes rendus de l'Académie des Sciences morales, en souvenir de la lecture que j'avais eu l'honneur de faire, devant cette Académie, d'une première rédaction de mes recherches sur la plaque d'Apollophane.

[2] *De quelques textes inédits récemment trouvés sur des papyrus grecs qui proviennent de l'Egypte*, 1858, in-8 (lu à la réunion trimestrielle des cinq Académies, le 7 octobre 1857).

[3] Ne pas confondre avec συμβολή, qui se rapporte au sens du verbe moyen συμβάλλεσθαι. H. Estienne a là-dessus un chapitre excellent, dans son opuscule *de Abusu linguæ græcæ in quibusdam vocibus quas latina usurpat* (1563), réimprimé à Berlin, en 1736, avec des notes utiles de Kromayer.

le sens philosophique et théologique qui s'est attaché à sa transcription française *symbole* [1]. Dérivé du verbe συμβάλλειν, il désigne, au sens propre, le rapprochement ou la jonction de deux pièces d'un ensemble ou de deux parties d'un tout. C'est ainsi qu'on nommait σύμβολα ou ἄμβολα, dans la marine athénienne, la rencontre du mât et de la grande vergue [2] ; et c'est ainsi encore qu'on nommait σύμβολα des poids et mesures étalons, parce qu'on en rapprochait les autres poids et mesures pour en vérifier l'exactitude [3].

La même idée de rapprochement domine : 1° Quand σύμβολον est employé pour le signe de reconnaissance dont on déposait une moitié dans le berceau d'un enfant exposé. C'est une pièce de ce genre qui amène le dénoûment de la célèbre tragédie d'Euripide intitulée *Ion* [4] ;

2° Quand il désigne la pièce de monnaie coupée en deux, suivant un usage athénien, pour consacrer la conclusion d'un marché [5] ;

3° Quand il désigne ce que les antiquaires appellent ordinairement une tessère d'hospitalité ; (mais, à vrai dire, tous les petits monuments de ce genre qui nous sont parvenus, soit avec texte grec, soit avec texte latin, forment chacun un tout complet ; ils sont d'une date où l'on avait renoncé à l'usage primitif de couper en deux morceaux la pièce destinée à servir de gage entre les personnes ou les familles unies par l'hospitalité [6].)

---

[1] Par exemple, les σύμβολα de Pythagore ; autres exemples dans Proclus, éd. Cousin, t. IV, p. 89, 91, 92, 93, 116, 126 ; t. V, p. 50 ; t. VI, p. 57, etc.

[2] Pollux, *Onomasticon*, I, 91.

[3] *Corpus inscr. græc.*, t I, p. 165. De là l'expression ἀσύμβλητος pour une mesure qui n'a pas été vérifiée sur l'étalon.

[4] *Ion*, v. 1386 Cf. l'*Hélène* du même poete, v. 291, et Xénophon, *Cyropédie*, VI, 1, § 46.

[5] Pollux, IX, 71, texte encore assez obscur pour le détail, malgré les corrections et les explications des interprètes.

[6] Aristote, *Politique*, IV, 9 ; *De la génération des animaux*. I, 18.

4° Quand il désigne une carte donnant droit de transport gratuit dans les voitures et sur les chemins publics dans l'empire romain, comme cela ressort d'un texte de Caton l'Ancien conservé par Fronton [1].

5° Il en est de même pour le σύμβολον attesté par quelques textes sur papyrus égyptien ; il peut n'avoir été qu'à l'origine une *carta partita*, comme celles dont l'usage se conserva si longtemps dans la diplomatie et la comptabilité chez les peuples de l'Occident chrétien [2]. De bonne heure, en effet, le sens de titre authentique a pu s'étendre à des σύμβολα ou pièces auxquelles d'autres signes attachaient ce caractère d'authenticité.

6° Ainsi encore ce que nous appelons aujourd'hui le *mot d'ordre* dans le service militaire a pu être représenté jadis par une tessère brisée en deux morceaux ; mais ce σύμβολον ou σύνθημα primitif est devenu d'assez bonne heure le simple échange de paroles convenues [3].

L'idée d'une convention, d'un moyen de reconnaissance domine désormais seule, quand σύμβολον désigne :

7° Un traité destiné à régler soit des relations de commerce, soit l'organisation de tribunaux neutres entre deux peuples,

---

Cf. le scholiaste sur la *Médée* d'Euripide, v. 612. — Exemples de ces tessères d'hospitalité dans le *Corpus inscr. græc.*, n° 5496, et dans les *Inscr. latines* d'Orelli, n° 1079. Cf. dans le *Corpus inscr. græc.*, le n° 545, inscription d'un vase qui était un *présent d'hospitalité*.

[1] *De Sumtu suo*, cité par Fronton, p. 140, éd. Rom.

[2] Voir en général, sur les *chartæ partitæ*, le *Nouveau traité de diplomatique*, par les Bénédictins, t. 1, p. 355 et suiv. ; plusieurs exemples sont réunis sur la planche XXVII, fig. 2, 3, 4, 5, du *Recueil de sceaux normands et anglo-normands*, par M. d'Anisy. Caen, 1834, in-4.

[3] Scholiaste sur le *Rhésus*, v. 573, et Servius, *ad Æneidem*, VII, 637. Ce rapprochement peut éclairer le sens de ξύνθημα dans l'*Œdipe à Colone* de Sophocle, v. 46 : ξυμφορᾶς ξύνθημ' ἐμῆς. « C'est le mot d'ordre de ma destinée, » le signalement du lieu où doivent finir mes malheurs.

comme il en reste quelques exemples sur les marbres de l'ancienne Grèce [1];

8° Une lettre de crédit, comme cela se voit dans un passage de l'orateur Lysias [2]; et peut-être une lettre ou plutôt une marque de créance, comme il semble ressortir du témoignage d'un traité entre Athènes et Straton, roi des Sidoniens, vers le temps de Démosthène [3];

9° Un billet d'entrée soit au théâtre, usage attesté par un texte de Théophraste et par un assez grand nombre de monuments [4], soit à l'assemblée du peuple, soit enfin dans un tribunal, comme cela se voit par deux témoignages des comédies d'Aristophane [5];

10° Une espèce de. cachet de famille, sens attesté par la lettre, sur papyrus, de Timoxène à Moschion, que publia en 1826 M. Letronne, dans le Catalogue de la collection Passalacqua [6].

11° Une dernière espèce de σύμβολον paraît avoir eu pour objet, chez les Athéniens, l'attestation d'identité personnelle, avec les garanties qui s'attachent à cette attestation. Dans

---

[1] Voir notre Mémoire *sur les Traités publics dans l'antiquité.* Nouvelle série, t. XXIV, p. 6, du Recueil de l'Académie des Inscriptions.

[2] *Sur les biens d'Aristophane,* § 25, passage que nous avons tâché d'éclaircir dans une note insérée au *Bulletin de la Société des antiquaires,* et reproduite plus bas dans ce volume.

[3] *Corpus inscr. græc.,* n° 87, texte qui sera relevé plus bas dans ce mémoire.

[4] *Caractères,* c. vi (l'Ἀπόνοια), où l'on voit l'insolent « se mettre à recueillir le prix des places dans un auditoire de saltimbanques et chercher querelle à ceux qui, munis de leur billet, prétendent regarder sans payer.» Cf. Franz, *Elementa epigr. græca,* p. 544; et, pour les exemples latins, Orelli, *Inscr. lat.,* n° 2539.

[5] Aristophane, *Eccles.,* v. 297; *Plutus,* v. 278, et le scholiaste sur ces passages. Cf. *Corpus inscr. græc.,* n° 207-210; *Archæol. Zeitung,* Jena, 1857, p. 101; L. Ross, *die Demen von Attika,* p. 57-58.

[6] C'est, à ce qu'il semble, dans le même sens que le mot latin *sigillum* grécisé se lit dans un papyrus de Londres, n° XLIV de l'éd. de Vorshal.

les *Oiseaux* d'Aristophane, Iris, la messagère des dieux, arrivant au milieu de la ville des Nuages, s'y voit arrêtée par Pisthétérus, qui lui crie, en parodiant sans doute les formalités de la police athénienne :

« T'es-tu présentée aux Coléarques ? Tu dis que non ? As-tu [au moins] le cachet (ou : le timbre) des cigognes ?

« — Quelle peste veux-tu dire ? » répond Iris, maugréant sans doute comme plus d'un étranger maugréait aux portes d'Athènes, surtout quand la guerre forçait d'y exercer une rigoureuse surveillance.

Pisthétérus insiste : « Ainsi, tu n'as rien pris ? » (Nous dirions aujourd'hui : « Tu n'as pas de papiers ? ») Iris : « — Es-tu fou ? » Pisthétérus : « — Quoi ! pas même un symbolon timbré pour toi par les ornitharques ? »

Ces *coléarques* et ces *ornitharques*, noms plaisamment formés avec des noms d'oiseaux et le mot qui désigne une « magistrature, » nous laissent deviner des magistrats qui veillaient à la sécurité de la ville et qui avaient le droit de viser ou de délivrer certains passe-ports, ou sauf-conduits, selon l'état de paix ou de guerre, et dans une intention d'ordre public bien facile à comprendre. Le même usage de sauf-conduits se trouve indiqué sous le nom de *syngraphus* dans un passage des *Captifs* de Plaute, et l'on sait combien, pour le détail de la vie privée, est un peintre fidèle des mœurs grecques.

Les collections d'antiquités possèdent des σύμβολα de plusieurs espèces, cachets, billets de théâtre, signes d'hospitalité. Mais je ne crois pas qu'on y ait reconnu jusqu'à ce jour aucune pièce constatant l'état civil d'un citoyen grec, soit comme

1 Vers 1209 et suivants, où le scholiaste dit, à propos de σύμβολον : σύμβολον ἐπὶ τῷ συγκεχῶσθαι μετάλλων, ὡς τῶν στρατιωτῶν φυλάκων ὄντων.

2 Acte II, scène iii, v. 91 : « A prætore sumam *syngraphum*. — Quem syngraphum ? — Quem hic ferat secum ad legionem, hinc ire huic ut liceat domum. »

simple marque d'identité personnelle, usage qui paraît remonter jusqu'au temps du premier emploi de l'écriture en Grèce, soit comme passe-port et sauf-conduit. Le petit monument que je me propose d'expliquer comblera peut-être cette lacune.

ΑΠΟΛΛΟΦΑΝΗΣ
ΕΣΤΙΑΙΟΥ ΤΟΥ
ΒΑΣΙΛΕΙΔΟΥ
ΑΘΗΝΑΣ ΑΚΡ

Ce monument ... sur ... pourvu ... couvert de prix ... caractères ... de Beyrouth ... catalogue d'une ... que j'ai acquis ... Les ... appartient ... ou à la fin du quatrième siècle avant Jésus-... comme on le voit par le *facsimile* ci-dessus. Les trois

... anecdote raconté ... Justin (*Hist. Philipp.* III, 5). ... par ... (Strabon ... 17), ... qui se rapporte ... pour Tyr ... catalogue de deux collections provenant d'Orient, contenant des médailles grecques, etc. ... vente faite le 10 ... 1801, experts MM. Rollin et ... dont je dois faire remarquer que l'inscription a été relevée d'une manière défective dans ce catalogue, p. 28 : ΑΠΟΛΛΟΦΑΝΗΣ ΕΣΤΙΑΙΟΥ ΤΟΥΒΑΣΙΑΕΙΛΟΥ ΑΘΗΝΑΣ ΑΚΡ (sic).

premières lignes n'offrent aucune difficulté. Ἀπολλοφάνης Ἑστιαίου τοῦ Βασιλείδου forment le nom complet d'un Grec de naissance libre, mais à qui l'on n'avait donné ni le nom de son grand-père, comme c'était l'usage pour l'aîné des fils d'un citoyen d'Athènes, ni le nom de son père, d'après un autre usage attesté par maint exemple sur les monuments grecs et particulièrement sur ceux de l'Attique[1].

Si le grand-père de cet Apollophane se fût nommé aussi Apollophane, la désignation pouvait s'arrêter à Hestiæus, l'homonymie du grand-père étant de droit et pouvant être sous-entendue sans inconvénient. D'un autre côté, dans le cas où le même nom se perpétue de père en fils, les Grecs se contentent volontiers, surtout à partir du deuxième ascendant, de marquer cette continuité par les mots δίς, τρίς, τετράκις, etc., ou par les lettres numériques qui représentent ces adverbes[2]. Rien de plus clair donc que la généalogie d'un Apollophane, fils d'Hestiæus, qui lui-même était fils de Basilidès; d'ailleurs, chacun de ces trois noms est bien de famille athénienne, et l'on peut en trouver des exemples dans les inscriptions et dans les séries monétaires d'Athènes qui répondent au temps d'Alexandre et de ses successeurs[3]. Bien plus, le nom Ἑστιαῖος rappelle celui d'un dème de l'Attique, appelé Ἑστίαια.

---

[1] On trouve pourtant quelques exemples semblables. Voir *Ephémér. arch. d'Athènes*, n° 225, et N. Schow, *Charta papyracea musei Borgiani*, p. 8, 16, 22.

[2] Sur cet usage, voir M. Boeckh, dans le *Corpus inscr. gr.*, t. I, p. 313 et 615; Franz, *Elem. epigr. gr.*, p. 374; Le Bas, dans la *Revue archéologique*, t. I. p. 718, et dans son Commentaire sur les *Inscriptions de Morée*, n° 156.

[3] M. Beulé, *la Monnaie d'Athènes*, p. 305, 364 : Ἀπολλοφάνης. P. 255 : Ἑστιαῖος. P. 219 : Βασιλείδης. Voir aussi les articles correspondants à ces noms propres dans le *Dictionnaire de Pape*. On y peut ajouter, d'après Ross, *die Demen von Attika*, inscr. n° 58, un Ἀπολλοφάνης; n° 105, un Βασιλίδης; n° 176, un Ἑστιαῖος.

Les difficultés commencent avec la quatrième ligne, mais là aussi semblent être les indices qui nous aideront à mieux déterminer la valeur historique de notre petit monument.

ε. Ἀθηνᾶς ne peut être que le génitif singulier d'Ἀθηνᾶ ou Minerve; et αχρ avec le signe d'abréviation qui le surmonte, abréviation qui, par une coïncidence singulière, reparaît fréquemment dans les papyrus grecs où l'on a retrouvé des textes inédits de l'orateur Hypéride, ces quatre signes, dis-je, s'expliquent naturellement par ἀκραίας, génitif de l'épithète ἀκραῖος, que l'on rencontre jointe au nom de Junon (Ἥρα) dans Euripide [1], à celui de la Fortune (Τύχη) dans Pausanias [2], à celui de Jupiter (Ζεύς) sur les monnaies de Smyrne et de Temnos [3], à celui des dieux (Θεοί) sur les monnaies de Mitylène [4]. Si Ἀθηνᾶ ἀκραία n'est pas la Minerve même de l'acropole d'Athènes, ce serait au moins la Minerve adorée sur l'acropole de quelque autre ville grecque. Mais voici une observation qui va rendre très-vraisemblable l'attribution de tout ce texte à quelque citoyen d'Athènes. Le monogramme initial de cette quatrième ligne se décompose sans effort en : φ ρ ρ τ ι α, d'où il est facile de tirer, en comptant deux fois l'α, le mot φρατρία. Les monogrammes sont rares sur les marbres antiques, très-communs, au contraire, sur les médailles, et parmi les quatorze cents monogrammes ou environ que je vois recueillis dans Mionnet, parmi ceux qu'a interprétés notre savant confrère, M. Beulé, dans son ouvrage sur la *Monnaie d'Athènes*, je n'en connais pas un qui se résolve d'une façon plus complète et plus simple en un mot appartenant à la grécité attique.

En effet, les *phratries* ou *trittyes*, reste de l'ancienne organisation aristocratique détruite par Clisthène, sont une divi-

[1] *Médée*, v. 1369.
[2] II, 7, § 15, à Sicyone.
[3] Eckhel, *Doctrina N. V.*, t. II, p. 497, 508, 545.
[4] *Ibid.*, t. II, p. 504.

sion civile et religieuse de la tribu attique, division dont l'unité reposait sur la communauté d'un culte particulier à chacune d'elles. Comme elles étaient au nombre de douze (trois pour chacune des quatre anciennes tribus), on peut croire que chacune d'elles adorait spécialement un des douze grands dieux de l'Olympe. L'épithète φράτριος s'est déjà retrouvée jointe aux noms de Jupiter, de Minerve, etc., hors d'Athènes, il est vrai, mais sur des monuments qui semblent nous offrir, à cet égard, un reflet des institutions religieuses de l'Attique[1]. Un Athénien, dans la comédie intitulée *Chiron*, de Cratinus le Jeune, se vante de posséder tous les droits attachés à sa naissance, et parmi ces avantages il place le droit d'honorer un Jupiter φράτριος[2]. Le temple où se réunissaient les φράτορες à Athènes s'appelait φράτριον[3] ; on y célébrait des cérémonies en étroit rapport avec les formalités principales de la vie civile. Là-dessus les témoignages abondent, surtout chez les orateurs attiques, et, parmi ces derniers, dans les discours d'Isée. Pour n'en citer qu'un exemple, le plaideur qui prononce le huitième de ces discours veut prouver que sa mère était fille légitime de Ciron :

« Cela se voit, dit-il, et par les actes de mon père et par les résolutions que prirent au sujet de ma mère les femmes de son *dème*. En effet, lorsque mon père se maria, il fit un repas de noce, il y appela trois de ses amis avec ses propres parents, et il présenta, selon l'usage de cette phratrie, une

---

[1] *Corpus inscr. gr*, nᵒ 2347ᵉ (à Syros); nᵒ 2533, dans une ville de Crete ; nᵒˢ 5785, 5787, 5802, à Naples, où des phratries existaient comme à Athènes. Cf. *Corpus*, nᵒˢ 3065 et suiv., phratries à Téos ; nᵒ 3665, phratries à Cyzique. L'existence d'un mois φράτριος dans le calendrier des Cyméens (*Corpus*, nᵒ 3524) paraît avoir la même origine Pour les textes d'auteurs grecs, voir le *Thesaurus* d'H Estienne, au mot Φράτριος.

[2] Fragment cité par Athénée, XI, p. 460, F

[3] Pollux, *Onom.*, III, 52. Ce mot a passé dans la langue latine sous la forme un peu altérée de *phetrium*. Voir Orelli, *Inscript. lat.*, nᵒ 3787. Cf. 3720.

8

victime nuptiale: Ensuite de quoi les femmes de ce dème désignèrent ma mère avec la femme de Dioclès de Pitthos pour présider aux Thesmophories et partager avec elle le soin des sacrifices. Puis notre père, dès notre naissance, nous introduisit parmi les *phratores*, et prêta serment, selon la loi, que nous étions nés d'une citoyenne et en légitime mariage. Aucun des *phratores* ne répondit, ne contesta la vérité du fait, et ils étaient là beaucoup qui vérifiaient ces sortes de déclarations. Or, ne croyez-vous pas, si ma mère eût été ce que veulent nos adversaires, que mon père n'eût point osé ni célébrer le festin, ni présenter la victime nuptiale, et que, bien au contraire, il eût caché le tout; que les femmes de notre dème n'auraient pas non plus associé cette femme à celle de Dioclès pour lui donner l'intendance des sacrifices, mais qu'elles auraient cherché quelque autre personne digne de leur confiance; enfin que les *phratores* ne nous auraient pas admis, mais qu'ils nous auraient accusés et convaincus de mensonge, s'il n'eût été reconnu partout que notre mère était la fille légitime de Ciron [1] ? »

Ainsi l'assemblée, la réunion des *phratores* recevait et consacrait les déclarations de mariage et les déclarations de naissance, ces dernières tout à fait distinctes de la reconnaissance et de l'imposition du nom, qui avait lieu en présence de la famille et de ses amis, tantôt sept jours, tantôt dix jours après la naissance de l'enfant [2].

Ailleurs, Isée nous montre que les filles, comme les garçons,

---

[1] *Succession de Ciron*, § 18 et suiv., où l'on remarque les expressions γάμους ἑστιᾶν, γαμηλίαν (θυσίαν) εἰσενεγκεῖν τοῖς φράτερσι, εἰς τοὺς φράτορας ἡμᾶς; εἰσήγαγεν ὀμόσας κατὰ τοὺς νόμους τοὺς κειμένους, ἦ μὴν ἐξ ἀστῆς καὶ ἐγγυητῆς γυναικὸς ἐξάγειν, expressions toutes empruntées au droit attique. Cf. Aristophane, *les Oiseaux*, v. 765 et 1669.

[2] Démosthène, *contre Béotus*, I, § 22, 24; Isée, *Succession de Pyrrhus*, § 50, 33; Harpocration, au mot Ἑβδομευόμενοι, et autres textes réunis par Petit, *de Legibus Atticis*, p. 220-222, éd. Wesseling.

étaient soumises à cette formalité [1] ; ailleurs, que les mêmes
formalités consacraient l'adoption ; nous voyons qu'il y avait
délibération et vote sur la déclaration du père naturel ou
adoptif, puis inscription sur un registre spécial, γραμματεῖον [2].
Cela s'accorde parfaitement avec le témoignage d'Eustathe,
qui définit la *phratrie* « un corps tenant registre des naissances pour constater que les enfants sont citoyens [3] ; » avec
les témoignages de Suidas et de quelques autres lexicographes [4], qui nous apprennent que l'inscription avait lieu, à la
fin de chaque année, aux fêtes appelées, peut-être à cause
de cela même, *Apaturies;* aux fêtes *Thargélies* pour les enfants adoptifs [5], et que cette inscription, faite avec mention
expresse du nom paternel, était le signe ou certificat de la
parenté, σύμβολον. On remarquera, dans le texte de Suidas,
ce dernier mot, qui semble s'appliquer de lui-même au monument dont nous voulons éclaircir l'origine.

Un plaidoyer civil de Démosthène, le premier discours
contre Béotus, nous apprend, en outre, que l'enfant né d'une
concubine pouvait être également reconnu par son père et
inscrit devant les *phratores* sur le registre de l'état civil. Un

---

[1] Discours III, *Succession de Pyrrhus*, § 73 et 75.

[2] Isée, discours VII (*Succession d'Apollodore*), § 1, 13, 15, 16, 17, 26,
27, où l'on remarque les expressions légales ἐπὶ τὰ ἱερὰ ἄγειν, εἰς τοὺς
συγγενεῖς ἀποδεικνύειν, εἰς τὰ κοινὰ γραμματεῖα ἐγγράφειν, εἰσάγειν εἰς τοὺς
φράτορας καὶ εἰς τοὺς γεννήτας (pour ce dernier mot, voir plus bas, p. 116,
note 3) ; Démosthène, *contre Macartatus*, § 11 et suivants.

[3] Sur l'*Iliade*, p. 755, 49 : Φράτορες — — σύστημα τοὺς τικτομένους ἀπο-
γραφόμενον ὥστε φανεροὺς εἶναι ὅτι πολῖταί εἰσι.

[4] Ἐγράφετο δὲ πατρόθεν (Cf. Isée, VII, 27 . Ὅπως ἐγγράψωσί με Θράσυλλον
Ἀπολλοδώρου εἰς τοὺς φράτορας τῇ τῶν Ἀπατουρίων ἑορτῇ). — — Τὸ δὲ
γράφεσθαι εἰς τοὺς φράτορας — σύμβολον εἶχον τῆς συγγενείας. D'autres
textes sont réunis dans le *Thesaurus* d'H. Estienne, au mot Ἀπατούρια.

[5] Etymol. M. au mot Ἀπατουρία (sic)... Ἐδόκουν δὲ οἱ παῖδες, πρὸ τούτου
ἀπάτορες ὄντες, τότε πατέρας ἔχειν. Cf. Xénophon, *Hellenica* , I, 7, 8 ;
Platon, *Timée*, p. 21 B. — Andocide, *des Mystères*, § 126 et suiv.

autre plaidoyer qui porte le nom du même orateur nous
apprend une particularité plus curieuse encore, c'est que
dans le cas du refus d'inscription par les *phratores*, il y avait
appel de leur décision devant les tribunaux[1]. Enfin, dans
les cas où la légitimité n'était ni admise, ni même soutenue, la loi, néanmoins, assurait encore à l'enfant illégitime
une sorte d'inscription régulière avec des formalités toutes
spéciales [2].

La naturalisation aussi, faveur si souvent accordée par les
Athéniens à leurs bienfaiteurs, entraînait inscription au registre de la phratrie. Vers le temps même où je rapporterais
volontiers la plaque d'Apollophanes, les Athéniens, voulant
honorer et récompenser Hérodore, un étranger dévoué à
leur cause, décident qu'il se fera inscrire dans la tribu, dans
le dème et dans la phratrie de son choix, et que le *trittyarque*
ou chef de la *trittys* fera exécuter la statue qui lui est décernée [3].

Rappelons enfin le λητξιαρχικὸν γραμματεῖον, ou registre
de majorité, où les jeunes Athéniens étaient inscrits à dix-
huit ans, comme capables d'exercer leurs droits politiques,

---

[1] Plaidoyer *contre Nééra*, § 50-60.

[2] Diogénianus, *Proverbia*, V, 94, et Nonnus dans un texte cité par
S. Petit, *de Legibus Atticis*, II, 4, § 8, p. 224.

[3] Rangabé, *Antiq. hellén.*, n° 443 Même formule dans un autre décret,
du même genre (*ibid*, n° 447), en l'honneur d'Audoléon, roi des Péoniens;
dans un fragment, *ibid*, n° 2299, et dans un décret publié par l'*Ar-
chæologische Zeitung* de 1857, p 230. Cf. *Ephém. archéol.* d'Athènes,
n° 3434, et L. Ross, *die Demen von Attika*, p 41, et dans le *Corpus inscr.
gr.*, n° 101, une formule analogue : Καταveἷμαι δε αὐτὸν καὶ εἰς τριακάδα
ἣν ἂν βούληται. De même, n° 2060 (décret des Byzantins) : Ποτιγραφῆμεν
ποθ' ἄν κα θέλη τῶν ἑκατοστύων. Ces *trentaines* et ces *centaines* sont les
divisions civiles du municipe. A Athènes, et probablement au Pirée comme
à Athènes, on voit par Pollux (III, 52) que chaque phratrie était divisée
en *trente* γένη, d'où l'expression γεννῆται signalée plus haut, p. 115,
note 2. Le trittyarque figure encore dans un décret athénien, n° 2298 des
Antiq. helléniques de Rangabé.

de recueillir une succession et d'administrer leur fortune (ἄρχειν τῆς λήξεως); ajoutons que ce registre était tenu par six magistrats ayant sous leurs ordres trente collaborateurs ; et nous aurons une idée à peu près complète des formalités légales qui consacraient, chez les Athéniens, les principaux moments de la vie civile[1].

Le nom même de trittyarque, que nous trouvons dans le décret athénien en faveur d'Hérodore, et qu'emploient déjà Platon et l'orateur Eschine, nous rappelle son synonyme (avec un sens plus spécialement religieux, à ce qu'il semble) le *phratriarque*, qui figure dans un discours de Démosthène, et que l'auteur d'un lexique ancien définit « le chef d'une phratrie ou partie de la tribu divisée en trois[2]. » Ce rapprochement nous ramène à la plaisanterie d'Aristophane, dont il semble que nous allons mieux comprendre le sens. Car les *coléarques* et les *ornitharques* sont d'évidents travestissements du chef religieux et civil qui présidait aux actes collectifs d'une division municipale dans Athènes, et qui, à ce titre, connaissant mieux que personne les citoyens inscrits sur les registres, était appelé à leur délivrer leur carte civique pour les actes de la vie où cette pièce pouvait être utile ou nécessaire.

Si chacune des *phratries* ou *trittyes* avait un chef, portait-elle un nom distinct ? On doit le croire, et deux de ces noms paraissent indiqués sur les monuments d'Athènes. Un frag-

---

1 Isée, discours VII (*Succession d'Apollodore*), § 27, 28; Eschine, *contre Timarque*, § 18, et la note du scholiaste sur ce passage ; Pollux, VIII, 104; Harpocration, au mot Ληξιαρχικον γραμματεῖον. Sur les sacrifices et les repas qui accompagnaient cette solennité, voir le scholiaste d'Aristophane sur les *Grenouilles*, v. 798.

2 Bekker, *Anecdota graeca*, p. 313, 27, où le texte offre, comparé aux textes déjà cités, la variante φρατρία pour φρατρία, d'où φρατριάρχος. Voir, pour plus de détail, le *Thesaurus* d H. Estienne, aux mots Τριττυαρχος et Φρατρίαρχος.

ment qui nous est parvenu par les papiers de Fourmont[1] est conçu en ces termes :

ΙΕΡΟΝ
ΑΠΟΛΛΩΝΟΣ
ΕΒΔΟΜΕΙ[ΟΥ
ΦΡΑΤΡΙΑΣ
ΑΧΝΙΑΔΩΝ

« Ἱερὸν Ἀπόλλωνος ἑβδομείου, φρατρίας Ἀχνιαδῶν. » C'est l'inscription d'un lieu consacré à Apollon, où les membres d'une phratrie, les *Achniades* (s'il n'y a pas erreur sur le nom propre) célébraient les fêtes du *septième jour* (ἡ ἑβδόμη), c'est-à-dire précisément du jour où l'on donnait un nom au nouveau-né, jour dont le souvenir même est en étroit rapport avec les cérémonies religieuses et civiles de la phratrie[2].

Un autre fragment, qui n'a été, je crois, publié jusqu'ici que par M. Rangabé[3], contient, après quelques lignes incomplètes d'un acte financier, les mots :

ΕΠΑΚΡΕΩΝ ΤΡΙΤΤΥΟ[Σ

Ἐπακρέων τριττύος, et comme ce fragment provient de l'Acropole, il est difficile d'y méconnaître le nom de la trittys qui répondait à la ville haute d'Athènes, peut-être de celle même qui adorait spécialement une Minerve Πολιάς (on sait que

[1] *Corpus inscr. gr.*, n° 465. Cf. le commentaire de M. Boeckh sur le numéro 82.

[2] Voir le *Thesaurus* d'H. Estienne, au mot Ἑβδομαγενής, et la dissertation de Petersen, *Ueber die Geburtstagsfeier bei den Griechen* (Leipzig, 1858, in-8).

[3] *Antiquités helléniques*, n° 448, où sont réunis et discutés par l'habile éditeur les principaux textes anciens relatifs à ces divisions municipales d'Athènes. Pour plus de détails sur l'histoire de cette organisation de la cité athénienne, voir Schoemann, *Griech. Alterthuemer*, t. I, p. 39, 318 et suiv., 565, et t. II, p 484 ; et l'importante inscription publiée par Ross, *die Demen von Attika*, p. 26.

πόλις est un ancien synonyme d'ἀκρόπολις) ou ἀκραία [1]. La coïncidence de ces renseignements avec la quatrième ligne de notre plaque n'est-elle pas bien frappante? Un témoignage de l'orateur Eschine la rendra plus frappante encore. Justifiant sa famille des imputations malveillantes et peut-être calomnieuses dont elle était l'objet, l'orateur avoue que son père a exercé le métier d'athlète; mais il ajoute « qu'il a servi dans les armées d'Asie, qu'il s'y est distingué, qu'il était, par sa naissance, de la phratrie qui partage le culte des Etéobutades, et qui est en possession de fournir la prêtresse de Minerve Poliade [2]. »

Ainsi, dans ces antiques divisions de la cité athénienne, comme dans celles de la cité romaine, se montre l'étroite alliance de la religion et de la vie civile. Outre le culte public et national, il y a le culte plus particulier qui rappelle ce que l'on nommait, à Rome, les *sacra gentilicia* [3]. C'est à cette religion des antiques familles que se rapportent et les confréries d'*orgéons*, dont l'objet et l'organisation commencent à nous être mieux connus, grâce à quelques documents épigraphiques récemment découverts [4], et les θίασοι ou confré-

---

[1] Pollux, IX, 40 (déjà cité par Eckhel à propos des θεοὶ ἀκραῖοι) : Τὰ δὲ δημόσια... ἀκρόπολις, ἣν καὶ ἄκραν ἂν εἴποις καὶ πόλιν, καὶ τοὺς ἐν αὐτῇ θεοὺς ἀκραίους καὶ πολιεῖς. Sur πόλις, dans le sens de citadelle, voir Franz, *Elém. épigr. gr.*, p. 132, 134, 315.

[2] Eschine, *de l'Ambassade*, § 147.

[3] Tite-Live, V, 52. Cf. Hugo, *Hist. du droit romain*, § 197, où se trouve expliqué un usage singulier de la *coemtio*, relatif aux *sacra privata*, et que mentionnent, plus ou moins directement, Plaute, *Bacchides*, IV, 9, 53 ; Cicéron, *ad Div.*, VII, 29, et pro *Murena*, c. XII.

[4] *Lexicon ap.* Bekker, *Anecd. gr.*, p. 286 : Ὀργεῶνες· σύνταγμά τι ἀνδρῶν ὁσωνδή, ὡς τὸ τῶν γεννητῶν καὶ φρατόρων. Cf l'article d'Harpocration sur le même mot, article où est cité un discours d'Isée, πρὸς Ὀργεῶνας, dont il reste quelques fragments. Rangabé, *Antiq. hellén.*, t. II, nᵒˢ 809, 815, 1298 Un fragment inédit de décret d'une de ces confréries est publié dans le *Philopatris* d'Athènes du 1ᵉʳ mars 1859.

ries de θιασῶται, qui, comme la phratrie, n'étaient ouvertes
qu'aux vrais citoyens d'Athènes, de façon que la participation à leurs actes religieux devenait un signe de naissance
légitime et d'inscription régulière dans la cité, comme on le
voit encore par le témoignage des orateurs attiques [1].

Tous ces indices réunis, il manque, si je ne me trompe,
bien peu de chose à l'interprétation du petit monument qui
fait le sujet principal de nos recherches, et, pour résumer ces
recherches en quelques mots, l'inscription de notre plaque
peut être traduite ainsi sans trop de hardiesse :

APOLLOPHANE

FILS D'HESTIÆUS

PETIT-FILS DE BASILIDÈS.

PHRATRIE DE LA MINERVE ACRÆA (OU : DE L'ACROPOLE).

Il reste pourtant à expliquer comment cette pièce, que
nous supposons d'origine athénienne, nous revient des côtes
de Phénicie ? A cette question, il est d'abord facile de répondre qu'un monument aussi portatif peut, sans nul soupçon
de fraude, se rencontrer bien loin du pays où il a été fabri-
qué. D'ailleurs, les Athéniens étaient en rapports fréquents
de commerce et même de religion avec les côtes de la Syrie.
Les monuments funéraires d'Athènes offrent plusieurs exemples d'inscriptions bilingues, moitié grecques, moitié phéni-
ciennes [2]. Plusieurs Grecs de Sidon et de Tyr figurent sur
les marbres de l'ancienne Grèce et particulièrement sur ceux

1 Isée, *Discours* IX (*Succession d'Astyphilus*), § 30, ou la participation
aux θίασοι d'Hercule est invoquée comme une preuve de possession d'état.
Sur les θίασοι, cf. *Corpus inscr. græc* . nᵒˢ 109 et suiv.

2 *Corpus inscr. græc.*, nᵒˢ 859 et 894 (la première de ces inscriptions
est au musée du Louvre) ; *Ephémérides archéol. d'Athènes*, nᵒ 574. Cf.
ibid, nᵒ 536, fragment d'un monument semblable dont il ne reste plus que
le texte phénicien et *une* lettre du grec.

d'Athènes [1]. Une belle inscription de Délos nous montre la corporation religieuse des marchands et mariniers de Tyr, adorateurs de l'Hercule tyrien, demandant et obtenant, à Athènes, le droit d'élever un sanctuaire à la divinité qu'ils honorent d'un culte spécial [2] On a conservé le titre et un fragment d'un discours de Dinarque, concernant le débat qui s'était élevé entre les Phéniciens et les habitants de Phalère au sujet de la prêtrise d'un temple de Neptune [3]. Un acte déjà cité plus haut nous apporte ici un témoignage plus précieux encore : c'est le traité de bonne amitié conclu par les Athéniens, sur la proposition de Céphisodote, au temps de Démosthène, avec Straton, roi des Sidoniens. Après les conventions d'usage, cet acte prescrit en propres termes que le sénat fera faire des *symbola* pour servir à reconnaître les agents respectifs d'Athènes chez le roi des Sidoniens, et des Sidoniens auprès des autorités athéniennes [4]. Ne serait-on pas tenté de croire que notre plaque soit un de ces *symbola* ? Le caractère un peu mystérieux, à première vue, du monogramme que nous interprétons par φρατρία s'accorderait assez bien avec l'idée d'un signe de reconnaissance servant pour accréditer un agent du sénat d'Athènes auprès d'un roi étranger. Mais je n'ose m'arrêter à cette conjecture, trop sédui-

[1] Rangabé, *Antiquités hellén.*, nos 750b, 1066, 2291 ; et 963, 967, 1976.

[2] *Corpus inscr. græc.*, nᵒ 2271, inscription qu'il peut être utile de comparer avec un monument de Puteoli (*Corpus*, nᵒ 5853), attestant des rapports semblables entre une ville grecque de l'Italie et la métropole de la Syrie ; et avec le numéro 809 des *Antiq. hellén.* de M. Rangabé, où nous voyons attesté le culte de l'Aphrodite syrienne dans un temple d'Athènes.

[3] Denys d'Halicarnasse, *sur Dinarque* ; Harpocration, au mot Ἀλόπη.

[4] *Corpus inscr. græc.*, nᵒ 87 : Ποιησάσθω δὲ καὶ σύμβολα ἡ βουλὴ πρὸς τὸν βασιλέα τὸν Σιδωνίων, ὅπως ἂν ὁ δῆμος ὁ Ἀθηναίων εἰδῇ ἐάν τι πέμπῃ ὁ Σιδωνίων βασιλεὺς δεόμενος τῆς πόλεως, καὶ ὁ βασιλεὺς ὁ Σιδωνί·ν εἰδῇ ὅταν πέμπῃ τινά ὡς αὐτον ὁ δῆμος ὁ Ἀθηναίων. Cette expression ποιῆσαι ou ποιήσασθαι σύμβολα πρός τινα est précisément celle qu'on retrouve deux fois dans le VIe papyrus grec de Londres, lignes 36 et 62.

sante peut-être pour qu'on l'admette sur de simples vraisemblances.

Les vraisemblances, d'ailleurs, ne sont pas toutes en faveur de cette conjecture. En effet, d'abord la présence du **C** dit sigma *lunaire* sur notre bronze[1] indique une date plus récente que celle où M. Boeckh croit pouvoir rapporter l'acte conclu avec le roi de Sidon (entre l'olympiade 101 et l'olympiade 103). Ensuite, le seul monument connu jusqu'ici qui réponde exactement au symbolon mentionné par le décret athénien, est une main de bronze trouvée, à ce que l'on croit, dans les environs de Marseille et qui porte, en caractères du troisième siècle avant Jésus-Christ ou environ, les trois mots : σύμβολον πρὸς Οὐελαυνίους Rapproché des textes de Xénophon, qui dit δεξιὰς φέρειν ou πέμπειν; de Tacite, qui dit : *dextræ, hospitii insigne,* et ailleurs : *dextras, concordiæ insignia, syriaci exercitus nomine ad prætorianos ferentem,* le monument de Marseille[2] autorise à croire que ces témoignages de la bonne amitié entre deux peuples ne portaient pas le nom de la personne appelée à s'en servir comme d'une marque de créance. C'était donc quelque main de bronze ou autre figure semblable que les Athéniens devaient faire fabriquer pour être le signe ou le symbole (ici le mot peut être employé avec son acception moderne) de leur bonne amitié avec le roi de Sidon. Le bronze d'Apollophane ne répond pas précisément à cette destination. Enfin, dans tous les actes politiques, décrets du sénat et du peuple, décrets des tribus (φυλαί), décrets des dèmes, dans les inscriptions funéraires (et les monuments authentiques de ce genre se comptent aujourd'hui par cen-

---

[1] Il est vrai que des formes arrondies, déjà fort analogues au sigma *lunaire*, se rencontrent sur les monnaies d'Athènes dès le temps des premières séries à monogrammes. Voir M Boulé, *Monnaie d'Athènes,* p. 162.

[2] *Corpus inscr. græc.,* n° 6778. Cf. Xénophon, *Anabase,* II, 4, § 1 ; *Agésilas,* III, 4 ; Tacite, *Histoires,* I, 54, et II, 8 ; textes déjà rapprochés du σύμβολον gallo-grec par l'éditeur berlinois.

taines, presque par milliers), le citoyen d'Athènes n'est jamais désigné que par son propre nom, celui de son père et celui du dème auquel il appartenait. C'est même à cet usage que nous devons d'avoir retrouvé les noms de presque tous les dèmes de l'Attique [1]. L'absence de toute indication relative à la phratrie, sur des monuments si nombreux et si divers, ne peut être accidentelle. Elle ne l'est pas non plus sur ce petit bronze du Musée britannique,

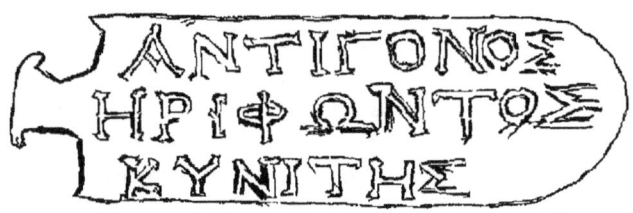

qui porte, en caractères du temps des Séleucides : Ἀντίγονος Ἡριφῶντος Κυνίτης [2], et qui semble être, à ne s'y pas méprendre, la *carte d'état civil* d'un Athénien. En effet, le discours écrit par Démosthène pour Mantithéus *contre Béotus* a pour objet une usurpation d'état civil; le premier de ces deux Athéniens se plaint de ce que le second, fils du même père, mais d'une

[1] Voir les *Recherches sur la topographie des dèmes de l'Attique*, par C. Hanriot, 1853, in-8.

[2] L'empreinte m'en a été communiquée par mon honorable confrère, M. Cureton. M. Birch ne connaît pas la provenance de ce petit monument, qui paraît être inédit. J'écris Ἡριφῶντος par un Ἡ et non un Ἡ, n'y reconnaissant pas le radical du nom de déesse Ἥρα, mais celui de ἔαρ, ἦρ, selon l'analogie des autres mots en φῶν, dont la première partie ne renferme pas un nom de divinité : Ἀγλαοφῶν, Κλειτοφῶν, Ἰοφῶν, etc. (Cf. Ἡριγόνη, Ἡριγένεια). D'ailleurs, dans les composés de Ἥρα, comme Ἡρόδοτος, Ἡρόδωρος, etc., la voyelle de liaison est toujours un omicron. Quant à l'ethnique Κυνίτης, il s'est conservé dans un passage du grammairien Chéroboscus (Cramer, *Anecdota*, t. II, p. 230), et il paraît devoir se rapporter aussi au culte d'un certain Apollon Κυνεῖος ou Κυνναῖος sur lequel on a quelques témoignages. Voir le *Corpus inscr. græc.*, t. 1, p. 573.

autre mère, usurpe le nom de leur grand-père, qui revenait de droit à Mantithéus, l'aîné des deux frères. Comme d'ailleurs ils sont tous deux inscrits au dème de Thoricus, il en résulte que tous deux s'appelleront de la même manière, Μαντίθεος Μαντίου Θωρικεύς, en d'autres termes, qu'ils auront tous les deux le même χαλκεῖον, à moins qu'on n'ajoute un signe à l'une des deux pièces ; encore ce signe ne préviendra-t-il pas toute confusion [1]. Rien n'est plus décisif que ce rapprochement, qui, d'ailleurs, éclaire d'un jour imprévu le texte de Démosthène, resté jusqu'ici fort obscur pour ses interprètes modernes [2].

Maintenant, si l'on demande pourquoi le dème figurait seul sur l'état civil d'un Athénien, cela tient sans doute à ce que, dans l'organisation républicaine d'Athènes, la *tribu* et le *dème* étaient les vraies, les seules divisions politiques de la cité. La phratrie et sa subdivision en familles ou races (γένη) ne subsistaient que comme institutions civiles et religieuses. Ce qui est certain, c'est que l'inscription parmi les *démotes* était distincte de l'inscription parmi les *phratores* [3]. Il y a donc lieu de croire que la mention d'un nom de phratrie sur la pièce qui nous occupe répond à quelque destination spéciale dans l'ordre civil et religieux. Cette pièce n'est pas une marque de *créance* pour servir à l'envoyé d'Athènes auprès d'une ville étrangère ; ce n'est pas la simple carte civique ou le χαλκεῖον dont parle l'auteur du premier discours *contre Béotus* (à celle-ci répond, trait pour trait, le petit bronze du Musée britannique) ; c'est plutôt la carte d'un *phrator* qui voulait se

---

[1] Démosthène, *contre Bœotus*, § 7-10, confirmé par Hésychius, au mot Χαλκοῦν πινάκιον. Ἀθηναῖοι εἶχον ἕκαστος πινάκιον πύξινον ἐπιγεγραμμένον τὸ ὄνομα τοῦ (?) αὐτοῦ καὶ τοῦ δήμου πατρόθεν. Meursius (*Lectiones atticæ*, IV, 32) avait déjà fait ce rapprochement.

[2] Voir, par exemple, la note de M. Stiévenart sur ce passage, dans sa traduction française de Démosthène.

[3] Voir Démosthène, *ibid.*, § 21 et 29.

faire reconnaître de ses compatriotes et confrères à l'étranger, pour prendre part avec eux aux actes pieux que prescrivaient les règlements de leur corporation. La langue attique avait aussi un verbe, φρατρίζειν ou φρατριάζειν, pour cet exercice des droits et cet accomplissement des devoirs communs aux membres d'une même phratrie [1]; et le fragment de Cratinus le Jeune, que j'ai déjà cité plus haut, représente précisément un Athénien qui vient se faire ainsi reconnaître des membres de sa phratrie.

Que si l'on tenait à grossir le personnage de notre Apollophane, on pourrait remarquer encore que du monogramme gravé sur son *symbolon* on dégage assez facilement une lettre et même deux lettres de plus que nous n'avons fait jusqu'ici, je veux dire un X et un O. Cela permettrait d'allonger le mot représenté par ce monogramme et de considérer Apollophane comme un φρατρίαρχος, c'est-à-dire à peu près ce que serait, pour nous autres Parisiens, un maire d'arrondissement.

Mais qu'importe, après tout, que cette petite plaque de bronze soit la carte civique d'un simple *phrator* ou d'un chef de *phratrie?* Un intérêt plus sérieux s'attache aux souvenirs mêmes qu'elle réveille. L'Apollophane que nous retrouvons ici n'est probablement aucun de ceux qui nous sont déjà connus pour avoir fait quelque figure, en Grèce, dans les sciences ou dans les lettres. Ce n'est ni le poete comique, ni le philosophe pythagoricien ou stoïcien, ni le rhéteur, ni le médecin [2]. C'est un de ces nombreux et obscurs personnages qui doivent au hasard l'honneur d'attirer sur eux la tardive attention de la postérité. Mais l'ensemble des sages institu-

---

[1] Voir l'important fragment d'une loi athénienne cité par Harpocration, au mot Ναυτοδίκαι.

[2] Fabricius, *Bibliotheca græca*, t. I, p. 831; II, p. 422; III, p. 540; VI, p. 123, éd. Harles.

tions dont nous avons retrouvé à cette occasion le témoignage, soit dans les écrivains, soit sur les monuments d'Athènes, forme un tableau curieux pour l'observateur philosophe. Il manque quelque précision encore aux actes de *l'état civil* chez les Athéniens ; mais on y remarque la vive empreinte de leur démocratie, on y voit déjà l'esprit même de cette civilisation savante, dont nous sommes les héritiers. Ces déclarations de naissance qui se font en présence d'un corps de citoyens liés entre eux par une lointaine communauté du sang et par la communauté plus durable du culte, cet examen scrupuleux des témoignages, ce vote après l'examen, voilà bien des règlements du législateur qui voulait que, par tous les actes de la vie civile comme de la vie politique, l'Athénien fût sans cesse en haleine, si je puis ainsi dire, sans cesse attentif à ses devoirs comme à ses droits, gardien jaloux de la pureté de sa race et des libertés de sa patrie. Ces cérémonies religieuses qui accompagnent l'inscription au registre de l'état civil et la constatation du mariage, voilà bien l'esprit d'une 'société que troublaient beaucoup de passions, que déshonoraient beaucoup de vices, mais où nous admirons aussi le continuel effort de la conscience et de la loi pour les combattre. Tant de formalités, tant de serments et d'écritures, n'est-ce pas l'esprit même de nos codes modernes, qui témoignent de leur respect pour la personne humaine en assurant, par mille précautions et mille garanties, les constatations d'identité si nécessaires à l'ordre public, au gouvernement des familles, à la justice ? Je ne sais même, en cela, si les Romains, ces scrupuleux juristes, ont eu tous les scrupules et imité toutes les formalités de la loi athénienne. Il semble du moins qu'ils aient de tout temps attribué à la preuve testimoniale plus d'importance encore qu'elle n'en avait dans le droit attique. On voit chez eux, de bonne heure, c'est-à-dire dès le règne de Servius Tullius, l'essai d'une constatation annuelle du nombre des naissances, des majorités et des décès¹. L'état mortuaire, un peu confondu avec le service des pompes funèbres, nous apparaît, sous la république, comme une administration régulière, *rationes Libitinæ*, qui pouvait venir en aide et servir de contrôle aux opérations du cens². Dès le premier siècle de l'empire, le registre des naissances était tenu par le préteur, et devait être surtout invoqué par les pères qui réclamaient le bénéfice de la loi pour avoir donné trois enfants à l'Etat (*jus trium liberorum*). Ce registre était déposé aux archives publiques³. Une loi de Marc-Aurèle régularisa pour Rome et étendit aux provinces l'usage de la déclaration obligatoire devant un magistrat dont le registre faisait autorité⁴, et nous savons par un texte précis d'Apulée que le registre des naissances portait, outre le nom des parents et celui de l'enfant, la date marquée par le nom des consuls et la signature de l'officier public⁵. Néanmoins il est curieux de voir combien, dans les codes, ces témoignages écrits sont rarement invoqués ; dans le cas même où ils le sont, leur autorité

¹ Denys d'Halicarnasse, *Antiquités romaines*, IV, 15, qui déclare écrire d'après le vieil annaliste L. Pison. Cf. Polybe, II, 23, §§ 9 et 24; § 10 : Ἀπογραφαὶ et καταγραφαὶ τῶν ἐν ἡλικίαις, « registres des Italiens en état de porter les armes. »

² Tite-Live, XL, 19 ; XLI, 21 ; Suétone, *Néron*, c. xxxix. Cf. Horace, *Satires*, II, 6, v. 19.

³ Juvenal, *Satires*, IX, 83-84, et la note du scholiaste sur ce passage ; Jules Capitolin, *les Trois Gordiens*, c. iv ; Digeste, XXII, 3, 1. 29 ; Code Just., IV, 21, 1. 6 ; V, 4, 1. 9. Les textes de Suétone, *Tibere*, c. v, et *Caligula*, c. ix, se réfèrent plutôt à l'autorité du *Journal de Rome*, en l'absence de la *professio natalis* ; de même le texte de Dion Cassius, XLVIII, 44. Au contraire, Lampride, *Diadumène*, c. vi, mentionne certainement le registre des naissances, ce qu'un texte grec du Digeste (XXVII, 1, 1. 2, § 1) appelle παιδογραφίαι.

⁴ J. Capitolin, *Antonin le Philosophe*, c. ix. Cf. Digeste, XXII, 3, 1. 29.

⁵ *Apologia*, c. lxxxix. Cf. Servius, *ad Georgica*, II, 502, texte que M. V. Le Clerc paraît avoir, le premier, signalé à l'attention des critiques dans son savant ouvrage sur les *Journaux chez les Romains*, p. 200.

n'est pas péremptoire et ne supplée pas, comme chez nous,
à mainte autre preuve. Pour la preuve du mariage surtout,
l'absence d'écritures authentiques ressort d'une foule de
textes précis des jurisconsultes et des princes[1]. A cet égard
les dissemblances de la loi athénienne nous frapperont d'au- .
tant plus, si nous admettons, avec beaucoup d'auteurs
anciens, que la loi même des Douze Tables, ce vieux monument du droit républicain, ait été rédigée d'après les lois de
Solon.

En deux points seulement les deux législations se rencontrent. D'abord toutes deux ont pour objet de protéger la cité,
en préservant la famille de tout mélange de sang étranger ;
puis elles s'accordent dans un égal dédain pour la condition
de l'esclave. L'état civil, chez les nations chrétiennes, a donc
sur les règlements qui y répondent chez les Grecs et chez les
Romains l'incontestable avantage d'une protection plus égale
des personnes, comme il a celui de constater avec une exactitude plus durable les droits et les devoirs qui dérivent des
rapports que la naissance et le mariage établissent entre les
citoyens. Mais, nous ne pouvons l'oublier, et ce contraste
porte avec lui son enseignement, la régularité dont aujour-
d'hui nous sommes justement fiers est elle-même de date
assez récente. On peut en voir les preuves dans le mémoire
qu'a publié naguère sur ce sujet M. Berriat Saint-Prix. Longtemps l'Eglise a seule tenu registre de l'état des personnes,
et cela presque uniquement à l'occasion des sacrements
qu'elle administrait ; et cette prédominance de l'Eglise a pu
suspendre pendant près d'un siècle l'action utile de la loi
pour les sectes dissidentes. L'ordonnance de Villers-Cotterets,
en 1539, et celle de Blois, en 1579 ; puis les édits de 1667

---

[1] Code Just., V, 4, l. 9, 13 et 22 ; Digeste, XXIII, 1, l. 7 ; Cf. XX, 1, 4
et 5 ; Gaius, *Instit.*, I, 112 ; textes qui m'ont été obligeamment indiqués par
M. G. Boissonade.

et de 1736 ; enfin les lois qui précèdent ou suivent de près la révolution de 1789 marquent les vicissitudes et les lents progrès d'une institution dont les bienfaits nous frappent moins peut-être qu'ils ne devraient le faire, parce que nous ne songeons plus aux laborieux efforts qu'elle a coûtés [1].

[1] Voir les *Recherches* de M. Berriat Saint-Prix *sur la législation et la tenue des actes de l'état civil depuis les Romains jusqu'à nos jours*, t. IX des *Mémoires de la Société des antiquaires*, p. 245-293 ; et l'ouvrage du docteur J.-N. Loir *sur l'état civil des nouveau-nés*, Paris, 1854, in-8.

V

NOTE SUR LA QUESTION

SI LES GRECS ONT CONNU L'USAGE DE LA LETTRE DE CHANGE [1].

Il serait bien intéressant de retrouver dans l'antiquité même l'origine de la *lettre de change*, que l'on place d'ordinaire dans les derniers siècles du moyen âge. Aussi, lisant naguère l'*Essai* d'un savant russe, M. de Koutorga, *sur les Trapézites ou banquiers d'Athènes*, parmi beaucoup de faits curieux rassemblés dans ce court mais substantiel mémoire, j'y remarquai avec surprise l'assertion suivante : « Ils (les trapézites) eurent les premiers l'idée des lettres de change, κολλυβιστικὰ σύμβολα [2], » assertion que l'auteur appuie sur un article d'H. Estienne dans le *Thesaurus linguæ græcæ*. Je recourus donc au *Thesaurus* (sous le mot κόλλυβος), qui, sans citer aucun témoignage ancien, se réfère à G. Budé. Or, que dit Budé, dans les célèbres *Commentarii linguæ græcæ?* « Sic hodie vocari possunt tesseræ collybisticæ, quas *litteras collybicas* vocant, quasi ad commutandam pecuniam externam institutas [3]. » Dans tout cela, pas un texte qui prouve que κολλυβιστικὸν σύμβολον ait été employé par un auteur ancien dans le sens en question ; pas même un exemple de l'adjectif

[1] *Bulletin de la Société des Antiquaires*, Séance du 13 juin 1860.

[2] Mémoire lu par l'auteur à l'Académie des sciences morales et politiques, dans sa séance du 25 septembre 1859 (p. 15 du tirage à part).

[3] Col. 770, éd. Basle, 1539, in-fol.

κολλυβιστικός, fort bien dérivé, sans doute, de κολλυβιστής, mais enfin qui manque jusqu'ici d'autorité, quoiqu'on le trouve dans la plupart de nos lexiques modernes de la langue grecque.

D'un autre côté, l'auteur du meilleur dictionnaire français-grec que nous possédions aujourd'hui, M. Courtaud-Diver-néresse traduit *lettre de change* par τὰ ἀργυροπρακτικὰ, τὰ κολλυβιστικὰ σύμβολα, citant pour autorité, à l'appui du premier mot, Phrynichus, p. 440 (éd. Lobeck), qui n'autorise que κόλλυβος et κολλυβιστής, sans dire un seul mot du procédé commercial dont il s'agit. Ainsi, quelque convenable, quelque séduisante que soit l'expression κολλυβιστικὸν σύμβολον pour désigner ce qu'on appelle aujourd'hui une lettre de change[1], il faut reconnaître que cette expression ne s'est pas rencontrée jusqu'ici chez les anciens. Assurément les nécessités du commerce entre pays éloignés l'un de l'autre ont dû faire imaginer de bonne heure une méthode d'échanges qui épargnât le transport des espèces. Vivant en relation journalière avec tous les comptoirs du monde alors connu, ayant à se défier, en outre, de la piraterie, qui infesta presque de tout temps la Méditerranée, avant le triomphe définitif des Romains, les banquiers d'Athènes purent-ils se borner longtemps à des procédés aussi pénibles que périlleux pour leurs opérations commerciales? on ne se résigne pas à le croire.

On le croit moins encore pour les chevaliers romains ou publicains, quand leurs puissantes corporations furent chargées du recouvrement des impôts dans toutes les provinces de la République. D'ailleurs les lettres de Cicéron offrent des preuves incontestables d'un procédé que malheureusement elles ne décrivent pas, mais qui dispensait de transporter

---

[1] Voir le *Code de commerce*, liv. I., tit. VIII, art. 110 : « La lettre de change est tirée d'un lieu sur un autre. Elle est datée. Elle énonce la somme à payer, le nom de celui qui doit payer, l'époque et le lieu où le payement doit s'effectuer, etc. »

l'argent de Rome en Grèce ou de Grèce à Rome pour l'usage des caisses particulières ou des caisses publiques. Par exemple, lorsque Cicéron écrit à Atticus : « Je crois qu'il est temps de songer à la bourse de mon fils, mais je voudrais savoir, pour ce qu'il lui faudra d'argent à Athènes, si nous pouvons recourir au change, ou bien s'il doit emporter la somme avec lui, » *permutarine possit, an ipsi ferendum sit*[1], on ne conçoit guère deux façons d'expliquer un tel témoignage, qui d'ailleurs n'est pas isolé[2] ; il suppose évidemment l'emploi d'un papier de change, d'un procédé comme celui que nos banquiers modernes appellent, je crois, le *virement*. Mais enfin toutes les allusions de ce genre ne valent pas une assertion directe et claire, et cette assertion, je ne vois pas que les philologues, malgré leur juste curiosité, l'aient encore découverte chez les auteurs grecs, ni chez les auteurs latins.

Que notre aveu sur ce sujet soit un appel à de nouvelles recherches ; elles ne seront peut-être pas sans récompense. Voici du moins quelques faits qui peuvent y encourager les amateurs d'histoire ancienne.

Si la *lettre de change* ne fut pas connue des Grecs, la *lettre de crédit* ou le *chèque* et la *lettre de créance* paraissent l'avoir été.

Un texte de l'orateur Lysias, que citait déjà Budé, à propos des σύμβολα κολλυβιστικά, texte, il est vrai, gâté par une lacune, contient pourtant l'indication assez précise de la *lettre de crédit :* « Démus, fils de Pyrilampès, nous dit Lysias, partant comme triérarque (armateur et commandant d'une galère) pour l'île de Chypre, me pria de venir le voir, prétendant qu'il avait un *symbolon* du roi de Perse, [qu'il était venu trouver] Aristophane, avec une fiole d'or, sur laquelle celui-ci lui avait prêté seize mines pour ses dépenses d'armateur ;

---

[1] *Ad Atticum*, XII, 24.

[2] *Ibid.*, XV, 15; *ad Div* , II, 16, etc. Dans d'autres passages *permutatio* et *permutare* paraissent ne s'appliquer qu'au change proprement dit d'une monnaie contre une autre monnaie.

qu'arrivé en Chypre, il dégagerait la fiole en payant vingt mines. Car, grâce à son *symbolon*, il aurait abondance de toutes choses, et, en particulier, d'argent, sur tout le continent [d'Asie]. Aristophane cependant, sur ces paroles de Démus, malgré mes prières, malgré ce gage de la fiole d'or et cet intérêt de quatre mines à toucher, déclara qu'il n'avait pas d'argent ; il jura même qu'il avait fait des emprunts au dehors, qu'autrement il aurait très-volontiers encaissé cette [fiole et attendu l'effet du] *symbolon*, et qu'il nous aurait accordé ce que nous lui demandions[1]. » Que pouvait être ce *symbolon*, ou signe de reconnaissance, sinon une pièce qui accréditait l'armateur athénien auprès des agents du grand Roi e tsurtout auprès de ses officiers de finances?

La *lettre de créance*, qu'elle qu'en fût d'ailleurs la forme, ne se montre pas moins clairement dans un acte par lequel les Athéniens constatent leur alliance avec un roi de Sidon, acte qui paraît être du quatrième siècle avant l'ère chrétienne [2]. Là il est dit, en effet, que la République et le roi des Sidoniens feront, chacun de son côté, exécuter un *symbolon*, qui servira d'introduction aux agents de Straton auprès des Athéniens et aux agents d'Athènes auprès de Straton.

[1] Discours XIX (*Sur les biens d'Aristophane*), § 25, passage où je ne vois pas que les plus habiles éditeurs aient réussi à combler la lacune ou les lacunes par quelque conjecture acceptable : Δῆμος γὰρ ὁ Πυριλάμπους, τριηραρχῶν εἰς Κύπρον ἐδεήθη μου προσελθεῖν αὐτῷ, λέγων ὅτι ἔλαβε σύμβολον παρὰ βασιλέως τοῦ μεγάλου, φιάλην χρυσῆν........ ὡς Ἀριστοφάνην λαβεῖν ἑκκαίδεκα μνᾶς ἐπ' αὐτῇ ἃς ἔχοι ἀναλίσκειν εἰς τὰ τῆς τριηραρχίας· ἐπειδὴ δὲ εἰς Κύπρον ἀφίκοιτο, λύσεσθαι ἀποδοὺς εἴκοσι μνᾶς· πολλῶν γὰρ ἀγαθῶν καὶ ἄλλων καὶ χρημάτων εὐπορήσειν διὰ τὸ σύμβολον ἐν πάσῃ τῇ ἠπείρῳ· Ἀριστοφάνης τοίνυν ἀκούων μὲν ταῦτα Δήμου, δεομένου δ' ἐμοῦ, μέλλων δ'ἄξειν τὸ χρυσίον, τέσσαρας δὲ μνᾶς τόκον λήψεσθαι, οὐκ ἔφη εἶναι, ἀλλ' ὤμνυε καὶ προσδεδανεῖσθαι τοῖς ξένοις ἄλλοθεν, ἐπειδὴ ἥδιστ' ἂν ἀνθρώπων ἄγειν τε εὐθὺς ἐκεῖνο (lacune?) τὸ σύμβολον καὶ χαρίσασθαι ἡμῖν ἃ ἐδεόμεθα.

[2] *Corpus inscr. græc.*, n° 87. Cf. ci-dessus p. 12.

Enfin je puis, à ce propos, rappeler un petit monument que j'ai, le premier, fait connaître il y a quelques années, je puis surtout rappeler plusieurs des papyrus du Louvre, dont en ce moment notre confrère, M. Brunet de Presle, prépare la publication[1] ; on y verra, en effet, le mot *symbolon* employé pour désigner plusieurs espèces de *chartes-parties*, qui figurent parmi les procédés de la comptabilité publique sous les rois grecs de l'Egypte.

De telles analogies entre les procédés anciens et nos procédés modernes, en matière de finances, autorisent peut-être à espérer que tôt ou tard on retrouvera aussi chez les Grecs anciens quelque chose qui puisse vraiment s'appeler une lettre de change.

---

[1] Voir, pour ces derniers faits, le morceau VII, § 2.

VI

NOTE

SUR LE PRIX DU PAPIER AU TEMPS DE PÉRICLÈS [1].

Lettre à M. Ambroise Firmin Didot.

L'intérêt que vous portez si justement, Monsieur, à tout ce qui concerne l'histoire de l'imprimerie et du commerce des livres, intérêt dont vous donnez chaque jour au public de nouveaux témoignages, m'engage à vous signaler un document encore trop peu connu, à ce qu'il me semble, et tout à fait digne de votre attention. On a découvert en 1836, et M. Rangabé a reproduit, en 1842, dans le tome Ier de ses *Antiquités helléniques* (n°s 56-59), les fragments gravés sur marbre d'un inventaire des dépenses faites par les Athéniens, l'an 407 avant Jésus-Christ, pour la construction d'un des chefs-d'œuvre qui ornaient l'Acropole, le temple d'Erechthée [2]. Dans l'un de ces fragments on trouve mentionnées, sous la date de la huitième prytanie, *deux planches sur lesquelles*, dit le secrétaire rédacteur, *nous rédigeons les comptes;*

---

[1] J'insère ici, comme se rattachant à ce qui suit et à ce qui précède, par des liens que le lecteur verra sans peine, une courte note publiée dans la *Revue contemporaine* du 15 septembre 1856. Je n'ai pas cru qu'il me fût permis de réimprimer la réponse de M. A. F. Didot, mais j'ai d'autant plus le droit de recommander à mes lecteurs ce morceau plein d'une érudition rare et précieuse.

[2] Rangabé, *Antiq. hellén.*, n° 57 (vol. I, p. 52), col. 1, l. 30 : Σανίδες δύο ἐς ἃς τὸν λόγον ἀ[ν]αγράφομεν, δραχμῆς ἑκατέραν ⊢⊢. Col. 2, l. 31 : Χάρται ἐωνήθησαν δύο ἐς ἃ (*sic*) τὰ ἀντίγραφα ἐνεγράψαμεν ⊢⊢ IIII. Σανίδες τέσσαρες ⊢⊢⊢⊢.

puis, sous la date de la neuvième prytanie : 1° « deux
feuilles de papier sur lesquelles nous avons écrit les copies; »
2° « quatre planches. » Pour chacune des planches, le prix
marqué est d'une drachme (90 centimes de notre monnaie) ;
pour chacune des feuilles de papier, le prix est d'une drachme
et deux oboles, ou 1 fr. 20 c. M. Rangabé, qui d'ailleurs a
commenté toute cette précieuse inscription avec beaucoup de
savoir et de critique, suppose ici que les feuilles de papier
servaient à recouvrir les planches de bois. Mais comment
cette circonstance eût-elle été omise dans un compte où l'on
a pris soin de marquer avec précision la destination de chacun des objets achetés? Il est donc plus probable, j'oserais
dire qu'il est certain que les deux feuilles achetées durant la
neuvième prytanie étaient destinées à recopier les comptes de
la huitième, d'abord écrits sur les deux planches, dont l'achat
est porté au compte de cette prytanie. Le mot *antigrapha*, ou
copies, dont se sert le rédacteur, ne laisse pas de doute à cet
égard.

Ainsi les comptes officiels, ce que les Grecs appelaient
ἀναγραφαί, des dépenses faites pour l'Erechthéion se lisaient
jadis sur les trois matières différentes :

1° Il y en avait une première rédaction sur des tablettes
de bois; c'en était apparemment le relevé journalier et
comme le brouillon. On peut conjecturer que ces tablettes
étaient enduites de cire, usage attesté, pour le siècle même
auquel appartient ce document, par bien des preuves, et entre autres, par une plaisanterie d'Aristophane [1]. On peut con-

---

[1] STREPSIADE. As-tu vu, chez les marchands droguistes, cette pierre brillante et diaphane avec laquelle on allume le feu ?

SOCRATE. Tu veux dire du cristal ?

STREPSIADE. Précisément. Eh bien ! si je prenais ce cristal lorsque le
greffier écrirait la condamnation, et si, me tenant au-dessus et me tournant
vers le soleil, je faisais fondre toutes les lettres du jugement?

SOCRATE. Par les Grâces ! cela est très-bien trouvé. (*Les Nuées*, v. 766-773.)

jecturer aussi que les planchettes étaient simplement polies pour recevoir l'écriture à l'encre ou blanchies pour recevoir une écriture en noir [1]. Ces planchettes étaient encore en usage au temps d'Eschine pour certaines publications officielles de magistrats [2]. Il s'est conservé quelques débris de ce genre, et l'on en peut voir dans les vitrines de notre musée égyptien du Louvre. Mon savant confrère M. Reinaud me fait observer que, de notre temps encore, dans les écoles arabes on emploie ainsi des tablettes de bois pour y transcrire la leçon des écoliers. On sait enfin que l'*album*, qui, chez les Romains, servait de registre, soit pour les annales des pontifes, soit pour les listes de magistrats, se composait aussi de planches de bois blanchies à l'effet de recevoir l'écriture.

2° Il y avait ensuite une copie sur *charta* (vous noterez en passant que c'est là de beaucoup le plus ancien texte où nous trouvons ce mot), c'est-à-dire, sans doute, sur papier de papyrus [3] ; car, à cette date, rien ne laisse croire que les Athéniens se servissent pour écrire de ces peaux plus ou moins grossièrement préparées, dont Hérodote et Ctésias attestent l'usage chez les peuples de l'Asie [4] ; et, d'autre part, la fabrication du parchemin proprement dit, ou *charta pergamena*, ne date que du règne des Attales [5].

[1] D'où l'expression de λεύχωμα (voir Hésychius et l'*Etym. magnum* au mot Λεύχωμα). Les propositions de lois ont été aussi écrites ἐν σανίσιν, comme on le voit dans Andocide, *de Myst.*, § 40 ; Démosth., p. 707; Æsch., p 379, Reiske; Inscr. de Céos dans le *Corpus*, n° 2360 : εἰς λεύχωμα. A ces derniers textes réunis par Franz, *Elem. epigr. gr*, ajoutez Plutarque, *Vie de Nicias*, ch. xiv, qui parle de catalogues militaires sur planches, et le décret cité par Andocide, *de Mysteriis*, § 83, 84.

[2] Eschine, *contre Ctésiphon*, § 16.

[3] M. Didot, dans sa *Réponse*, m'en signale un autre qui m'avait échappé, celui de Platon le comique, *Fragm.* 11, p. 257 de l'édition de Bothe. (Bibl. grecque de F. Didot.)

[4] Voir notre *Essai sur l'histoire de la Critique*, p 490.

[5] On s'étonne de voir mentionner comme trois matières distinctes les

3° Il y avait enfin l'exemplaire sur beau marbre pentélique, dont quelques plaques ont été heureusement retrouvées parmi les ruines de l'Acropole.

D'ailleurs, le caractère même du document que je viens de signaler ne permet pas d'admettre que l'emploi des planches de bois en guise de papier fût alors une exception et un accident. Au contraire, les planches paraissent suppléer régulièrement le papier, et cela, à cause de leur moindre prix, puisque chaque planche coûte 30 centimes de moins qu'une feuille de papyrus. Aujourd'hui, assurément, le rapport de ces deux matières serait inverse, et c'est la planche de bois qui coûterait beaucoup plus cher que le papier. Mais voici une autre observation qui mérite de nous arrêter quelques instants. D'après des calculs fort exacts de M. A. Boeckh (*Économie politique des Athéniens*, liv. I, c. XX), une famille de quatre personnes adultes pouvait vivre à Athènes, au temps de Socrate, avec 500 francs environ par an, soit 125 francs par an et par personne ; c'est-à-dire que, de ce temps, le rapport entre l'argent et les choses vénales était au moins quadruple de ce qu'il est aujourd'hui, même dans une petite ville de notre Occident. Par conséquent, la planche de bois, achetée en 407 avant Jésus-Christ par l'entrepreneur des travaux de l'Erechthéion, représente réellement, en valeur monnayée de notre siècle et de notre pays, 3 fr. 60 c., et la feuille de papier représente 4 fr. 80 c. Si l'on songe maintenant que les deux planches valant ensemble 7 fr. 20 c., et les deux feuilles valant ensemble 9 fr. 60 c., répondent seulement aux comptes d'une prytanie, c'est-à-dire de 36 à

βιβλία, les διφθέραι et les χάρται dans un document qui paraît être des temps romains, et qu'a publié l'*Éphéméride archéologique* d'Athènes, n° 520 : Τὰς παρασημειώσεις — — τὰς ἐν ταῖς τοῦ ταμιείου τάξεσιν ἀπομεμενηκυίας ἐν βιβλίοις ἢ καὶ διφθέραισι καὶ χάρταισι ἢ ἐν εἰσδήπευτ' σὺν γραμματείοις εὐθέως εἰς τὸ στρατόπεδον ἀποσταλῆναι. Comparez, *ibid.*, n° 855, τ[ῶ]ν βυβλίων ἀνάθεσιν ἐποιήσ[ατο].

37 jours, comptes dont l'étendue matérielle peut être appréciée encore, d'une façon assez exacte, d'après les débris de
l'exemplaire sur marbre ; si l'on songe que le dixième des écritures d'une année n'exigeait pas un rôle considérable et pouvait tenir sur deux ou trois pages in-quarto ; de ces réflexions
il sera facile de conclure combien étaient coûteuses encore les
matières sur lesquelles écrivaient les Athéniens à l'époque la
plus brillante de leur civilisation et de leur littérature. On
comprend ainsi que les bibliothèques fussent très-rares alors
dans Athènes, et qu'un collectionneur de livres méritât d'y
être signalé pour cette passion peu commune, comme cela se
voit quelque part dans Xénophon [1].

A cet égard, toutefois, une objection doit être écartée.
M. Boeckh, après avoir soigneusement relevé le document
qui nous occupe, dans la seconde édition de son *Économie
politique des Athéniens* (liv. I, c. xix), en conclut, comme nous,
l'extrême cherté du papier au siècle de Périclès ; mais il remarque que pourtant les ouvrages d'Anaxagore coûtaient seulement une drachme (soit 3 fr. 60 c., le prix d'un gros volume
in-12 dans votre collection des Classiques français), et il cite en
preuve un passage de l'*Apologie de Socrate*[2], par Platon. Or,
ici, l'éminent philologue (à qui n'échappe-t-il pas quelquefois une inadvertance de ce genre ?) cite évidemment de mémoire et sans vérifier le texte original. En effet, le passage
indiqué fait seulement dire à Socrate que ceux qui veulent
apprendre la philosophie d'Anaxagore n'ont qu'à l'aller écouter pour une drachme, à l'orchestre, c'est-à-dire au théâtre
où brillait alors Euripide, disciple du célèbre philosophe, et
habitué à mettre souvent les doctrines de son maître dans
les chœurs de ses tragédies. Le texte de Platon témoigne
donc, non pas du prix d'un volume, mais du prix d'une place

---

[1] *Mémoires sur Socrate*, IV, 2.
[2] P. 26, éd. H. Est.

au théâtre, et il reste démontré, ce me semble, que le papier sur lequel écrivaient tant d'immortels génies était d'une cherté sans proportion avec la valeur de notre papier d'aujourd'hui. Compensait-il alors ce prix exorbitant par des qualités particulières ? C'est à vous, Monsieur, de le dire, avec votre autorité d'éminent industriel et d'érudit. Je sens qu'il y aurait à faire là-dessus bien des recherches et des conjectures qui dépassent ma compétence, et j'ai hâte de finir, en vous renouvelant l'expression de mon affectueux dévouement.

VII

DE QUELQUES TEXTES GRECS

RÉCEMMENT TROUVÉS

SUR DES PAPYRUS QUI PROVIENNENT DE L'ÉGYPTE.

§ 1. Observations préliminaires [1].

Depuis que l'imprimerie est venue seconder la renaissance des lettres grecques et latines, l'Europe savante a longtemps regretté de ne plus posséder que des copies relativement assez modernes, sur parchemin ou sur papier, des ouvrages de littérature ancienne. Les rares pièces sur papyrus qui s'étaient conservées dans les collections étaient presque toutes des diplômes du Bas-Empire [2]. On citait à peine, à côté de ces diplômes, quelques *livres* en papyrus, tels que sont la traduction latine de l'historien Josèphe, par Rufin, et quelques ser-

[1] La première et la seconde partie de ce septième morceau reproduisent avec quelques changements une lecture faite a la réunion trimestrielle des cinq Académies, le 7 octobre 1857, et publiée alors dans le *Journal général de l'instruction publique*, puis tirée à part in-8°. En imprimant ici des textes grecs dont je n'avais d'abord livré au public que la traduction française, je dois avouer qu'une édition en minuscules ne saurait satisfaire, en ces matières délicates, à toutes les exigences de la critique. Mais il ne pouvait entrer dans le plan de ce volume de joindre aux transcriptions cursives le *fac-simile* des textes originaux.

[2] Marini, *I Papiri diplomatici*, Roma, 1805, in-folio.

mons de saint Augustin [1]. C'est à la fin du dix-huitième siècle seulement que la découverte d'une bibliothèque parmi
les ruines d'Herculanum combla, pour les antiquaires, cette
lacune de l'érudition, fit comprendre enfin, sur des échantillons assez bien conservés, ce que les anciens appelaient un
volume, *volumen*, enfin commenta d'une façon aussi claire
qu'imprévue beaucoup d'allusions ou de descriptions demeurées obscures dans les écrits des auteurs classiques [2]. Ce qui
valait plus encore, elle nous rendit, fort à l'improviste, de
nombreux fragments de la philosophie épicurienne, et nous
permit d'apprécier dans leur innocente et plate monotonie
les écrivains originaux d'une école trop recommandée par le
génie de Lucrèce et trop décriée par les vices de ses obscurs
sectateurs. Quelque temps après [3], et quand les académiciens
de Naples préparaient la publication de leurs nouveaux
trésors [4], l'Egypte, plus curieusement explorée, commençait
à nous rendre de précieux débris de ses bibliothèques et de
ses archives publiques ou particulières. On admirait déjà que
de frêles papyrus n'eussent pas péri sous les feux du Vé-
suve; on dut s'étonner plus encore que les révolutions qui

---

[1] Voir B. de Montfaucon, dans les *Mémoires de l'Acad. des Inscriptions*,
t. VI, p. 601 et suiv., et le *Recueil des OEuvres* de Léonard Baulacre (Ge-
nève, 1857), t. I, p. 73.

[2] Voir surtout l'intéressant résumé des travaux sur ce sujet dans l'opuscule intitulé : *Tesoro letterario di Ercolano, ossia la reale officina dei papiri ercolanesi indicata per G. Castrucci*, 2ᵉ éd., Napoli, 1855, in-4

[3] Un érudit danois, N. Schow, publiait en 1788 le premier papyrus grec
apporté en Europe : *Charta papyracea græce scripta musei Borgiani Veli-
tris*. Mais il s'écoula ensuite plus de trente ans avant que d'autres matériaux
de ce genre fussent retrouvés et livrés à la curiosité des philologues.

[4] Le premier tome des *Volumina Herculanensia* parut en 1793 ; le
deuxième ne parut qu'en 1809 C'est avec la même lenteur que les autres volumes se sont succédé jusqu'à ce jour. Voir, sur les derniers volumes, les
articles de M. F. Dubner dans le *Journal général de l'instruction publique*
du 14 juin et du 50 septembre 1862.

ont bouleversé l'Egypte depuis deux mille ans n'eussent pas
détruit tant de pièces confiées à l'obscurité de ses tombeaux.
D'ailleurs, les découvertes d'Herculanum ne nous reportent
guère qu'au premier siècle de l'ère chrétienne ; celles de l'E-
gypte, à ne considérer même que les documents grecs, nous
reportent jusqu'aux premiers successeurs d'Alexandre et au
temps de la fameuse bibliothèque d'Alexandrie. Qu'était-ce
donc, si l'on considérait les textes égyptiens, dont quelques-
uns remontent, de l'avis des connaisseurs, jusqu'à Moïse et
au delà?

Toutes ces acquisitions ouvraient à la critique tout un
champ d'explorations nouvelles.

L'histoire des Ptolémées nous est mal connue ; il n'en reste
que des lambeaux chez les écrivains grecs ou latins et dans
les inscriptions de l'Egypte[1]. Mais, eussions-nous même les
récits des anciens sur cette partie de l'histoire, on peut douter que ces récits nous apprissent le détail de l'administration
demi-grecque et demi-égyptienne organisée par les Ptolémées
pour le gouvernement de l'Egypte conquise, et que devaient
si facilement s'approprier les Romains. Rarement les historiens d'alors s'abaissent à décrire des choses aussi petites à
leurs yeux. Polybe lui-même, qui, dans un de ses livres, a
justement voulu expliquer la grandeur de Rome par le jeu
séculaire de ses institutions, eût-il songé, à propos de l'E-
gypte, à nous expliquer le mécanisme et la hiérarchie des
fonctions administratives, depuis les conseillers du roi jusqu'au moindre officier de finances ? Eût-il voulu entrer dans
ces temples de l'Egypte, où se rencontraient tant de superstitions d'origines diverses, étudier les rapports de ces religions

---

[1] On se fera une idée du peu que nous savions sur ce sujet avant les
découvertes modernes, par le livre de l'abbé de Mascrier, intitulé : *Idée du
gouvernement ancien et moderne de l'Egypte* (Paris, 1743), 1re partie, et par
l'*Histoire de Ptolémée Aulète*, de Baudelot de Dairval (Paris, 1698), qui est
pourtant l'ouvrage d'un érudit.

voisines et souvent rivales, les accidents de leurs luttes, les phases de leurs progrès et de leur décadence ? Il semble que, chez les anciens, la dignité du genre historique ait presque toujours exclu ces humbles recherches, dont nous sommes aujourd'hui si curieux. On demandait surtout à l'histoire (nous en trouvons quelque part l'aveu formel chez Tacite) de glorifier les grands événements [1], en vue d'une postérité toute grecque ou toute romaine, si je puis m'exprimer ainsi. On ne songeait guère au temps où une postérité plus lointaine et plus étrangère serait jalouse d'apprendre, au sujet de nations détruites ou transformées, les petites choses comme les grandes, où ce qu'un de nos philosophes appelle le *tous les jours* [2] d'un peuple serait aussi curieusement recherché que le désastre bruyant de ses révolutions et l'éclat passager de ses victoires. Si, par hasard, quelque observateur scrupuleux s'occupait au détail des institutions et des usages de Rome ou d'Athènes, ce n'étaient pas ces livres-là qui faisaient fortune : la faveur était aux récits dramatiques, aux descriptions solennelles, à la biographie des hommes d'élite. Or, qu'à cet effet des préjugés anciens on ajoute celui des ravages du temps, on comprendra que l'état intérieur de l'Egypte, sous la domination grecque et sous la domination romaine, nous fût presque inconnu quand nous ne pouvions le chercher que dans les fragments des annalistes de profession ou dans le texte des abréviateurs.

Aussi n'est-ce pas exagérer que d'appeler une véritable révélation la lumière que jetèrent subitement sur cette partie du monde antique plus de deux cents documents sur pa-

---

[1] Tacite, *Annales*, XIII, 31 : « Nerone II et Pisone consulibus, pauca memoria digna evenere, nisi cui libeat laudandis fundamentis et trabibus, quis molem amphitheatri apud Campum Martium Cæsar exstruxerat, volumina implere, *quum ex dignitate Populi Romani repertum sit res illustres annalibus, talia diurnis urbis actis mandare.* »

[2] P. Charron, *de la Sagesse.*

pyrus retrouvés, après un si long oubli, au fond des nécropoles égyptiennes.

Dans ces documents, tout était nouveau ou presque nouveau pour nous : l'écriture, la langue et les faits.

Et d'abord l'écriture. Nous devinions bien que les Grecs n'avaient pas écrit sur le papyrus comme ils gravaient sur le bronze ou sur le marbre. Les brouillons d'Hérodote et les lettres familières de Périclès ne devaient pas ressembler à ces belles inscriptions où Athènes nous montre encore avec orgueil les actes authentiques de son histoire. Mais c'était tout ce qu'on pouvait savoir ou plutôt conjecturer à cet égard ; il fallut apprendre à neuf, et sans autre maître que les modèles mêmes, l'alphabet de l'écriture qui servait chaque jour aux mille relations de la vie politique et civile ; je dis *l'alphabet*, je devrais dire *les alphabets*, car cette écriture, si justement appelée cursive, varie selon les siècles, selon les caprices du goût, selon les divers degrés d'éducation de ceux qui l'emploient.

La langue n'offrait pas moins de difficultés ; on devait croire que la prose des relations journalières n'était pas précisément celle des écrivains de métier. Mais on était mal préparé à toutes les variétés d'une langue sans cesse modifiée pour satisfaire à des besoins nouveaux, sans cesse corrompue par l'ignorance, au milieu de cette société où se mêlaient tant de peuples grecs et barbares. Cette langue, indécise et souvent grossière, il fallait la ressaisir dans la mobilité de ses formes, et cela souvent à travers les embarras d'une écriture indéchiffrable ; il fallait, pour la comprendre, en rapprocher le style des traducteurs alexandrins de la Bible, tous les idiotismes que les grammairiens classiques relèvent et qu'ils rassemblent, sous le nom un peu vague de *dialecte commun* [1], dialecte sans dictionnaire et surtout sans grammaire

---

[1] Voir surtout le lexique du grammairien Mœris, le traité moderne de

spéciale, qui ne représente guère que l'insouciance de tant de
milliers d'hommes trop préoccupés de leurs intérêts maté-
riels pour s'inquiéter du beau langage, l'inexpérience de tant
de commerçants et de soldats étrangers, forcés par leur devoir, ou séduits par l'attrait puissant de la civilisation hellénique à parler un autre idiome que celui de leur enfance.

Bien plus, on rencontra dans quelques pièces l'emploi si-
multané du grec et de la langue égyptienne, précieux secours
pour l'explication de cette dernière, nouvelle occasion de recherches difficiles, mais fécondes en résultats.

Enfin, les faits, et des faits nombreux et divers, surprenaient
comme au dépourvu les érudits les plus consommés dans la
science de l'antiquité : c'était le système des impôts directs
et des impôts indirects, le droit des ventes et de l'enregistrement, la procédure civile et la procédure criminelle, le service des nécropoles et celui des temples, la condition des
ministres du culte, mille secrets d'intérieur qu'on n'avait pas
soupçonnés jusqu'ici ; pour citer un exemple, entre beaucoup
d'autres, l'usage d'une reclusion religieuse, analogue, sous
bien des rapports, à notre reclusion monastique, mais qui, en
rapprochant dans le même sanctuaire des Grecs et des indigènes de l'Égypte, faisait naître parmi eux d'étranges con-
flits d'intérêt et jusqu'à des collisions violentes[1].

Tels sont les laborieux sujets d'étude dont s'empara le
zèle d'éminents philologues à Turin, à Berlin, à Leyde, à Paris[2]. Peut-être, n'a-t-on pas, en général, une assez haute

---

Sturz, de Dialecto Macedonica et Alexandrina (Lipsiæ, 1808), les lexiques
spéciaux de la grécité des Septante et du Nouveau Testament, par exemple,
celui de Schleusner.

[1] Voir Bern. Peyron, dans l'ouvrage cité ci-dessous (p. 147), p. 11 et
suiv. ; morceau d'histoire qui devra être complété à l'aide des renseignements contenus dans nos papyrus du Louvre.

[2] Am Peyron, Papyri græci regii taurinensis musei ægyptii, 1826 1827.
— Papiri Greco-Egizi di Zoide dell' Imperiale R. museo di Vienna, 1828.

idée du talent et des efforts que tous ces savants ont déployés pour nous faire jouir pleinement de tant de richesses. L'Institut de France peut être fier de la part qu'ont prise à cette œuvre soit ses membres français, soit les associés dont il s'honore à l'étranger. Grâce à eux, ces voies nouvelles de l'érudition ont été aplanies, et la critique y marche avec méthode à la recherche de vérités, qui, sans cesse, agrandissent et complètent pour nous la connaissance du monde ancien. Chaque jour aussi les musées s'enrichissent de pièces encore inédites. A peine était classée et préparée pour l'impression la collection des papyrus du Louvre, que l'Académie des belles-lettres a confiée, après la mort de M. Letronne, au zèle de notre confrère M. Brunet de Presle, et déjà M. Mariette, l'habile et infatigable explorateur du Sérapéum, rapportait d'Égypte la matière d'un supplément à ce beau recueil. Tout récemment, la vente d'une collection d'anti-

— Bern. Peyron, *Papiri greci del museo britannico di Londra e della biblioteca Vaticana*, 1841. — Forshal, *Description of the greek papyri in the British museum*, London, 1839. — A. Boeckh, dans les Mémoires de l'Académie de Berlin, 1820 1821. — Ph. Buttmann, *Erklaerung der griechischen Beischrift auf einem ægyptischen Papyrus*, 1824. — Schmidt, *Die Papyrusurkunden der koenighchen Bibliothek zu Berlin*, Berlin, 1842. — H. Brugsch, *Lettre a M. de Rougé au sujet de la découverte d'un manuscrit bilingue sur papyrus*, Berlin, 1850 — C. Reuvens, *Lettres à M. Letronne sur les papyrus bilingues et grecs et sur quelques autres monuments grecs-égyptiens du musée d'antiquités de l'Université de Leyde*, 1830 — C. Leemans, *Papyri græci musei antiquarii publici Lugduno-Batavi*, 1843. — Saint-Martin, dans le *Journal des savants* de 1822. — Jomard, *Éclaircissements sur un contrat de vente égyptien*, Paris, 1822. M. Letronne a réuni les textes sur papyrus, qu'il avait successivement publiés dans l'opuscule intitulé *Fragments inédits d'anciens poètes grecs, suivis de deux papyrus grecs du musée royal*, 1838. — M Hase a contribué plus que personne en France au progrès de ces études, par l'explication qu'il a donnée de nombreux papyrus dans son cours de grec et de paléographie à l'Ecole des langues orientales vivantes, mais il avait libéralement cédé a M. Letronne la tâche honorable de publier les documents de ce genre contenus dans nos collections nationales.

quités égyptiennes a fait connaître sept ou huit papyrus dont le plus important[1], un véritable *livre* de philosophie gnostique, a été acquis par la Bibliothèque impériale ; une autre pièce l'a été par un de nos confrères. Plusieurs découvertes et acquisitions du même genre sont prévues ou annoncées.

On a longtemps admis comme probable et quelques personnes pensent encore que des chefs d'œuvre de la littérature grecque se conservent dans les couvents de l'Athos ou au sérail de Constantinople. Il y a quinze ans, la découverte du fabuliste Babrius, qui nous rappelle ici, par un triste à-propos, le nom de son premier éditeur, M Boissonade, naguère enlevé à notre vénération, la découverte de Babrius, ai-je dit, semblait autoriser cette confiance. Néanmoins, après les efforts inutiles de tant de voyageurs, et, tout récemment, après ceux d'un courageux Français de notre école d'Athènes, M. Le Barbier, je crains bien qu'il ne faille plus chercher dans ces dépôts de l'Orient ni l'épopée d'Antimaque, ni les odes de Sappho, ni les comédies de Ménandre. Mais ce que ne possèdent plus la Turquie ni la Grèce, l'Égypte, peut-être, le recèle encore dans quelqu'un de ses tombeaux inexplorés. A cet égard, tout encourage l'espérance. On va le voir par les communications suivantes, dont j'ai, pour deux raisons, offert la primeur à mes savants confrères de l'Institut. D'abord, ils avaient comme un droit particulier aux premières joies de telles découvertes. Ensuite, il est bien rare que des documents comme ceux dont je vais parler soient éclaircis par les lumières d'un seul interprète ; pour y réussir, il faut presque toujours l'accord de plusieurs. Aujourd'hui, en particulier, ce me sera un plaisir, autant qu'un devoir, de montrer comment l'érudition spéciale et toute obligeante d'un confrère m'a

---

[1] *Catalogue d'une collection d'antiquités égyptiennes*, par M. F Lenormant, n° 1070.

permis de résoudre ou au moins d'éclaircir un problème assez obscur parmi ceux que soulève l'étude de tant de documents inédits.

§ 2. Une pièce de comptabilité inédite.

Voici d'abord une lettre achetée par M. Chasles, de l'Académie des sciences, aux enchères de la collection d'Anastasi, et dont il a bien voulu me permettre le premier déchiffrement. C'est une feuille de papyrus qui a été pliée *en douze*, et qui, sur le dos, porte pour adresse Ἀπολλωνίωι, *à Apollonius*. Au *recto*, le nom de celui qui l'a écrite manque malheureusement sur la première ligne, mais le reste est à peu près intact, sinon fort lisible ; je crois pouvoir le transcrire et le traduire ainsi :

1 . . . . Ἀπολλωνίωι χαίρειν.
2 Τὸ κατ᾽ ἔτος ὑποκείμενον [1] δίδοσθαι]
3 εἰ[ς] σύνταξιν τοῦ ἐν Διοσπόλει τῆι
4 μεγάλῃ ἱερῷ τοῦ Ἀμονρασονθήρ [2],
5 θεοῦ μεγίστου, καὶ τῶν συννάων
6 θεῶν, χαλκ[ο]ῦ τάλαντον (mot exprimé par une sigle) ἕν, χιλίας εἴκοσι.
7 Χρηματίσον [3] ἀπὸ τῆς ἐν τῆι Διοσπόλει·

---

[1] Papyrus de Londres, n° IX : Ἐν τῇ γραφῇ τῶν εἰς τὰ ἱερὰ ὑπόκειται δίδοσθαι Διδύμοις, etc ; n° VI : Ἐπὶ (*sic* pour ἐπεὶ) οὐ/γέγραφεν ὁ διοικητὴς τὰ ἡμίση τῶν ὑποκειμένων εἰς τὰ ἱερὰ διδόναι. Même emploi, d'ailleurs très-correct, du verbe ὑπόκειμαι dans les Papyrus C du Vatican et D de Leyde.

[2] Nom du grand dieu de Thèbes, qu'on retrouve sur la célèbre stèle de Turin, *Corpus inscr. græc.*, n° 4717 ; puis sur le Papyrus Grey (cité par M H. Brugsch, *Lettre à M. de Rougé*, p. 58), avec la même addition καὶ τῶν συννάων θεῶν.

[3] Χρηματίζειν et ses dérivés s'appliquent à tout acte d'une autorité supérieure assurant l'exécution d'un ordre. Il serait trop long d'en citer des exemples qui abondent, surtout dans les documents des temps ptolémaïques.

8   τραπέζης, συνυπογράφοντος ¹ Ἡλιοδώρου
9   τοῦ βασιλικοῦ γραμματέως τοῖς ἱερεῦσι,
10   ὡς κατ᾽ ἐνιαυτὸν εἴθισται, καὶ
11   σύμβολον πόησαι (sic), ὡς καθήκει.
12   ἔρρωσο, ∟ (c'est-à-dire ἔτει) λζ, φαρμουθὶ δ̄
13   Au-dessous on distingue χρ surmonté d'un signe qui
       laisse deviner dans ce groupe l'abréviation de χρη-
       μάτισον, puis le chiffre de la somme et, au-dessous,
       la date comme plus haut, le tout d'une autre écriture.
14   Ἡλιόδ[ωρος] χρ[ηματίζει?] .... τραπεζ[ίτης] τῶν ἱερῶν.
       Le tout d'une troisième main.
15   Κ ...... ἔτει Κ.... ἐτο et le chiffre de la somme à payer,
       comme ci-dessus.
16   De la même main, à ce qu'il semble, qu'à la ligne 15 :
       ∟ (c'est-à-dire ἔτει) λζ, et une sigle qui paraît con-
       tenir les lettres φαρ (pour φαρμουθί) κη̄

A gauche de la lettre et au niveau des lignes 5, 6 et 7 on
distingue :

       Ἵππαλος...
       χ[αλκοῦ] τάλαντον ἕν, χιλίας
       εἴκοσι, puis la même somme en lettres numériques, puis
       ∟ (c'est-à-dire ἔτει) λζ ξανδ[ικοῦ?]....

Au niveau de la ligne 8, au-dessous de deux séries de traits
que je ne puis déchiffrer :

       ∟ (c'est-à-dire ἔτει) λζ̄, φαρ[μουθί?] κη̄

ce qui est la même date qu'à la ligne 16 ; à droite de la ligne 6 la
somme *un talent mille vingt drachmes* est répétée en lettres
numériques par une main qui paraît être celle même qui a
écrit la lettre.

¹ **Papyrus de Zoïde**, nᵒ II : Συνυπογράφοντος τοῦ ἀντιγραφέως μηδὲν
ἀγνοῆσθαι.

TRADUCTION.

« ..... à Apollonius, salut.

« Donner, pour ce qui revient annuellement en contributions au temple d'Ammon Rha Sonther, dieu très-grand, et des dieux qui lui sont associés, dans Diospolis la grande, un talent mille vingt drachmes d'airain; ordonnancez sur la ferme des impôts de Diospolis; Héliodore, le greffier royal, signera le compte en commun avec les prêtres, comme il est d'usage chaque année, et vous ferez faire un *symbolon* ainsi qu'il appartient.

« Salut (*ou* porte-toi bien), l'an 37, le 4 du mois de Pharmouthi» (c'est-à-dire, si je ne me trompe, la trente-septième année d'Évergète II, ou l'an 132 ou 133 avant J.-C.). Suivent, au bas de la page et sur la marge de gauche, les visa d'Hippalus et d'Héliodorus, et peut-être de deux autres. Nous avons donc sous les yeux ce qu'on pourrait appeler *une lettre d'ordonnancement*, pièce dont l'usage nous était déjà connu par un papyrus de la collection de Londres [1], mais dont on ne possédait jusqu'ici aucun exemple.

La célèbre inscription de Rosette mentionnait déjà des contributions *en argent et en nature*, payées par le fisc des Ptolémées aux temples de l'Égypte et aux fonctionnaires de ces temples [2], et nous possédons [3] le dossier volumineux et com-

---

[1] Papyrus VI, l. 17, p. 56, éd. B. Peyron : Ἐπισταλέντος τοῦ καθήκοντος χρηματισμοῦ.

[2] Ligne 14 : Τὰς διδομένας εἰς αὐτὰ (τὰ ἱερὰ) κατ᾽ ἐνιαυτὸν συντάξεις σιτικάς τε καὶ ἀργυρικάς. Même σύνταξις mentionnée dans les Papyrus, nᵒˢ VI et XI de Londres, et nᵒ VI de Paris, tous relatifs à l'affaire des jumelles dont il va être question.

[3] Une partie de ces pièces appartient à la collection du Louvre et est encore inédite. Les autres sont à Turin et à Londres, et on les trouve dans les ouvrages cités plus haut. On peut consulter encore, sur l'administration ptolémaïque, l'excellente Introduction de M J. Franz aux inscriptions d'Égypte, dans le tome III du *Corpus inscr. graec.*, et la thèse de M. Robiou,

plexe d'une affaire relative à ces dernières contributions.
Deux prêtresses égyptiennes et jumelles, recluses dans le
Sérapéum, à Memphis, ne recevaient pas le salaire en nature qui leur était dû selon les règlements. Après avoir une
première fois invoqué le vice-administrateur dont elles dé-
pendent, elles adressent au roi Ptolémée Philométor une réclamation que le prince accueille avec bienveillance, et qu'il
apostille pour être renvoyée à qui de droit. L'affaire s'instruit
dans les bureaux du trésor, mais elle s'instruit lentement. Des
pièces s'égarent ou sont oubliées, comme on dirait aujour-
d'hui, dans les cartons. Nouvelle réclamation, appuyée, cette
fois, auprès du vice-administrateur par un Macédonien, ami
du père des prêtresses, et reclus comme elles (τῶν ἐν κατοχῇ)
dans le temple [1]. Alors le vice administrateur rappelle et recommande les pièces aux employés subalternes, compétents
dans l'affaire; il réclame un rapport. Nouvelle instruction,
pendant laquelle les pauvres prêtresses crient misère, car il
s'agit pour elles du nécessaire, non pas du superflu; il s'agit
de pain, d'huile et d'autres substances pour leur nourriture,
peut-être aussi pour leur toilette. Enfin, à travers un dédale
de lettres et de réponses, de vérifications et de contrôles, on
arrive à l'heureuse solution de ces difficultés, et nous lisons
le reçu en forme donné par le fondé de pouvoir des deux
jumelles au chef de magasin dépositaire des denrées en question. C'est, en raccourci, un curieux spécimen de ce qu'on
appellerait de nos jours le contentieux administratif : mêmes
embarras, mêmes lenteurs, mêmes efforts pour combattre le
mauvais vouloir ou la négligence, et pour faire triompher le
bon droit des pétitionnaires. Mais, chose remarquable, pour
les jumelles de Memphis, ce triomphe ne fut pas décisif. L'af-

_Ægypti regimen quo animo susceperint et qua ratione tractaverint Ptole-
mæi_ (Rennes, 1852, in-8).

[1] Voir, sur ce sujet, le _Mémoire sur le Sérapéum de Memphis_, par M. Brunet de Presle, 1852, in-4

faire que je viens de résumer est de l'an 19 de Philométor ;
or, nous avons pour l'an 20 les débris d'un dossier semblable,
et deux autres affaires relatives aux mêmes personnes nous
sont connues encore, mais par des pièces moins nombreuses [1].
Les employés du fisc étaient donc incorrigibles ; ceux du
temple même n'étaient guère plus scrupuleux, car je les vois
accusés de détenir les valeurs régulièrement allouées par le
prince aux deux recluses, qui, pendant ce temps, *meurent de
faim* [2]. J'aime à croire qu'ici s'arrête la ressemblance des
mœurs administratives de l'Egypte avec les nôtres, et que de
tels abus seraient impossibles sous le régime sévère de notre
comptabilité publique.

Quoi qu'il en soit à cet égard, constatons que la contribution due aux deux prêtresses, outre qu'elle est en nature
et fournie, au moins en partie, sur les fonds du temple [3], a
un caractère tout personnel. Au contraire, celle que constate
l'ordre de versement adressé à Apollonius est une contribution en espèces et destinée par le fisc royal au trésor même
d'un temple. Cela donne un intérêt tout particulier au document conservé par ce papyrus ; il comble pour nous une
lacune dans les cadres de ce que j'ose appeler le budget ptolémaïque, et il complète ainsi le commentaire que réclame
le témoignage trop succinct de l'inscription de Rosette En
outre, il nous permet peut-être de retrouver assez exactement
le nombre et le caractère des officiers de finances par qui
s'exécutaient ces sortes de versements.

L'auteur de la lettre, dont le nom a disparu, est probable-

[1] Voir, dans Bern. Peyron, p. 23-27, du recueil cité plus haut, le résumé
de ces affaires, tel qu'il a pu le rédiger avec les documents dont il disposait.

[2] Voir surtout le Papyrus XIII de la Collection britannique.

[3] l'apyrus de Paris, n° VI : Οὔτε τὴν καθήκουσαν ταύτης δίδοσθαι ἡμῖν
ἐκ τοῦ ἱεροῦ σύνταξιν.... κεκομίσμεθα. Papyrus de Londres, n° VI : Περὶ τοῦ
καθήκοντος αὐταῖς ἐκ τοῦ βασιλικοῦ (sic) κατ᾽ ἐνιαυτὸν ἐλαίου σησαμίνου καὶ
κίκιος. Cf. Papyrus XIII de Londres et l'apyrus D du Vatican.

ment le stratége ou gouverneur de la province, et l'Apollonius
à qui la lettre est adressée paraît être l'intendant, ἐπιμελητής,
chargé de l'administration supérieure des revenus royaux.
De même nous voyons, à Memphis, le stratége Dionysius
écrire à l'intendant nommé Apollonius, à propos de l'affaire
des jumelles [1]. Ainsi autorisé, notre Apollonius assurera le
payement de la somme indiquée (χρηματίσει), c'est-à-dire qu'à
son tour il autorisera le greffier ou payeur royal de Diospolis à payer aux prêtres d'Ammon Rha Sonther la contribution annuelle que le fisc leur accorde. Ici le rapprochement des lignes 7-9 du texte grec avec la ligne 14 indique
assez nettement qu'Héliodore, le τραπεζίτης ou chef du comptoir (τράπεζα) de Diospolis, est identique avec le greffier royal,
βασιλικὸς γραμματεύς [2]. De même, dans un papyrus de Leyde,
on voit un préposé aux revenus, ἐπὶ τῶν προσόδων, qui porte
aussi le titre de βασιλικὸς γραμματεύς [3]. Si ce fonctionnaire
doit signer avec les prêtres, c'est qu'il est en effet une des
deux parties principales dans l'acte qui libère le trésor royal
de sa dette envers le temple.

Quant au personnage nommé Hippalus, qui signe sur la
marge à gauche, personnage sur lequel nous n'avons pas
non plus d'autres renseignements, c'est probablement un
contrôleur ou ἀντιγραφεύς, comme on en voit figurer un dans

---

[1] Voir l'analyse de cette affaire dans les *Papiri greci del museo britannico*,
por Bern. Peyron (Turin, 1841, in-4), p. 25 et suiv., et pour ce fait en particulier, Reuvens, *Lettres à M Letronne* (Leyde, 1830), III, p. 92, 93 et
103.

[2] Sur ces fonctions voir Am. Peyron, *Papyri taurinenses*, t. I, p. 110,
111, et t. II, p. 55 ; Franz, dans le *Corpus inscr. græc*, t. III, p 298, les
numéros 4699, 4862 b B*, 4896 et 4956 du *Corpus*, où l on voit, par mainte
difficulté de détail, que si nous tenons les fils de cette savante administration, ces fils sont encore pour nous bien embrouillés.

[3] Leemans, *Papyri græci musei lugduno-batavi* (Leyde, 1843, in-4),
p. 42.

l'affaire des jumelles[1]. La date écrite deux fois, à la ligne 16
et à gauche de la ligne 8, est *le* 28 *Pharmouthi*, c'est-à-dire
le vingt-quatrième jour après celle de la lettre elle-même,
ce qui semble indiquer l'intervalle réglementaire entre le
commencement et la conclusion des formalités prescrites par
la lettre à Apollonius.

Mais ce que notre papyrus nous offre de plus curieux, c'est
l'espèce de formalité désignée par le mot *symbolon*.

Le mot *symbolon* est de haute antiquité dans la langue grecque. Il y désigne ordinairement un signe de reconnaissance
avec des nuances de sens que nous avons énumérées ci-
dessus [2]. Mais une seule fois, parmi les textes littéraires, je le
trouve employé, à ce qu'il semble, pour *titre de créance* [3].
Or, les documents grecs provenant d'Égypte nous apportent
des renseignements tout nouveaux sur l'usage de ce mot dans
les affaires de comptabilité. *Faire le symbolon* est une expression qu'on a déjà rencontrée sur plusieurs papyrus. On trouve
même dans deux de ces pièces : *faire le symbolon envers la partie
recevante* [4], d'où il est naturel de conclure que c'était quelque
moyen de garantir le comptable contre d'injustes réclamations de la part des personnes entre les mains desquelles il avait
soldé la dette de l'État. Et, en effet, dans le papyrus d'Anastasi, l'officier royal recommande clairement à son subalterne
de prendre toutes ses sûretés à l'égard des prêtres, afin que
la contribution annuelle du fisc ne puisse pas être deux fois

---

[1] Il se nomme Dorion. On trouve aussi l'attestation d'un ἀντιγραφεύς
dans un des papyrus de Zoide, cité plus haut, p. 150, note 1.

[2] Pages 106-108.

[3] Nicolai *Progymnasmata*, dans les *Rhetores græci* de Walz, tom. I,
p. 527.

[4] Papyrus de Londres, II, l. 56 ; VI, l. 56 · Καὶ σύμβολα ποίησαι πρὸς
τοὺς λαμβάνοντας. *Ibid* , 55 : Καὶ σύμβολα ποίησαι ὡς καθήκει, ce qui rappelle encore une autre expression de la lettre à Apollonius. *Ibid* , 62 :
Καὶ σύμβ[ολον ἐποίησα] πρὸς τοὺς λαμβά[νον]τας.

réclamée. C'est pour cela qu'il exige la présence des prêtres
à côté du greffier royal pour la rédaction de l'acte de versement ; et telle doit être aussi son intention quand il ordonne
de *faire un symbolon*, c'est-à-dire, selon le sens classique de
ce mot, une pièce qui, après avoir reçu certaines écritures, serait divisée en deux morceaux, et servirait soit de
contrôle intérieur, soit de garantie réciproque aux deux parties contractantes. La *taille*, procédé si longtemps usité dans
nos relations commerciales, et qui figure encore, au titre *de
la Preuve*, dans nos lois civiles [1], la taille, dont l'usage s'é-
tait perpétué jusqu'à notre temps dans les opérations de
l'Échiquier, en Angleterre, répond assez bien au moyen de
comptabilité que nous cherchons à définir. Le mandat à souche
et le récépissé à talon, qui servent à vérifier les opérations
des comptables, répondent à la même idée.

Ces analogies, qui me sont indiquées par M. Bienaymé,
notre confrère, semblent déjà très-séduisantes; elles le de-
viendront encore davantage par un rapprochement que nous
fournit un papyrus grec de la collection du Louvre [2]. Ce papyrus est une pétition où les prêtresses jumelles dont je par-
lais tout à l'heure exposent au roi que, ayant pris à leur
service leur jeune frère, pendant les cérémonies du deuil
d'Apis, l'enfant leur a dérobé, outre de l'argent et d'autres
valeurs, le *symbolon* qui leur avait été délivré par certains
officiers publics pour toucher leur salaire [3]. Afin de prévenir
les conséquences du vol, les prêtresses demandent au prince
de renvoyer leur pétition à Denys, le stratége ou gouverneur
de la province, pour que celui-ci avise Apollonius l'intendant,
et Dorion le contrôleur, et leur enjoigne de ne pas ordon-
nancer les denrées inscrites sur le mandat qui a été soustrait.

[1] Code Napoléon, art. 1333.
[2] M Hase a jadis expliqué ce papyrus dans son cours de paléographie
grecque; j'en dois l'indication à M Brunet de Presle.
[3] Λαβὼν τὸ γραφὲν ἡμῖν [σύμ.]βολον ὑπὸ τῶν πρὸς ταῖς πραγματείαις.

Le *symbolon* en question était donc, comme nos *coupons de rente*, une *carta-partita* ou un titre à souche, dont la moitié seulement restait entre les mains de l'ayant droit. Si cette moitié se perdait et tombait aux mains d'un tiers de mauvaise foi, celui-ci pouvait en abuser pour se faire indûment payer la somme, comme il arrive aussi chez nous, pour divers payements du trésor. Cela se pouvait, dis-je, à moins d'opposition; mais c'est précisément l'acte d'opposition que nous a conservé le papyrus du Louvre; il est moins régulier sans doute que ne le sont chez nous, grâce à l'imprimerie, toutes les pièces de comptabilité publique ou même de comptabilité particulière, mais on n'en peut méconnaître ni l'intention ni le caractère essentiel.

Toutefois le *symbolon* mentionné dans la lettre à Apollonius, s'il est du même genre, n'est pas précisément de la même espèce. Ce n'est pas, comme celui des jumelles, un titre de créance, de rente ou de pension; il ne semble exigé que pour l'opération même du versement ordonné, et, par conséquent, on l'assimilerait mieux au mandat de payement (toujours mandat à souche) que le porteur d'un titre reçoit chez nous au moment même où il va toucher la somme qui lui est due. C'est une pièce qui ne sort pas des bureaux du trésor, et qui sert au contrôle intérieur; et cela semble expliquer aussi l'expression qu'on trouve deux fois dans les papyrus de Londres : *compter* ou vérifier d'après les *symbola* [1].

Voilà donc déjà deux sortes de pièces à souche ou à talon en usage dans la comptabilité grecque de l'Égypte. En voici une troisième dont l'usage est indiqué vers l'an 194 avant l'ère chrétienne : c'est le bulletin qui servait, sur les grandes routes de la république, pour le transport gratuit des fonctionnaires

---

[1] *Pap: di Londra*, II, 1 56 et 85 Cf l. 108, où se trouve mentionné un ἐλλογιστήριον ou bureau de vérification. Comparer le *Décret impérial du 31 mai 1862 portant règlement général sur la comptabilité publique*, articles 82, 310-314 et 476.

de l'Etat. « Je n'ai pas, dit, à cette date, le vieux Caton, je n'ai pas prodigué les transports gratuits, pour qu'à la faveur des *symboles* mes amis fissent de gros profits [1]. » Il est probable qu'un procédé si commode trouvait encore d'autres applications. Cicéron est donc mal venu, lorsque, dans le plaidoyer pour Flaccus [2], il se moque des minutieuses formalités dont les Grecs entouraient toutes leurs opérations de finance ; et Rome, apparemment, ne trouvait pas leur exemple mauvais à suivre, depuis que l'extension de sa fortune lui imposait le devoir de l'administrer avec un surcroît de sévérité.

D'autres questions historiques peuvent être soulevées à propos de la lettre à Apollonius On s'étonne, par exemple, que la contribution annuelle du fisc pour un temple aussi vénéré que celui d'Ammon égalât à peine 82 francs de notre monnaie [3]. Il est vrai que les temples de l'Égypte avaient aussi des revenus propres, sans compter un prélèvement sur le produit des vignobles et des jardins [4], et que, de plus, les fonctionnaires religieux recevaient un traitement direct du trésor royal. Toutefois, je ne puis m'empêcher de craindre que l'évaluation ordinairement admise du talent d'airain sous

[1] Caton, *de Sumtu suo*, apud Frontonem, *Epist.*, p. 149, ed Rom. (1823): « Numquam ego evectionem datavi, quo amici mei *per symbolos* pecunias magnas caperent. » Cf Cod. Theod XIII, t V, l. 12, 22 et 59 Caton, comme fait aussi Plaute, en latinisant le mot *symbolon*, lui donne, on le sait, le genre masculin au lieu du neutre.— M. Naudet (*de l'Admin. des postes chez les Romains*, p. 4) conteste le sens donné à ce passage par M. V. Le Clerc (*des Journaux chez les Romains*, p 220), sens que j'ai suivi ici, et il traduit : « Je n'ai jamais donné à mes amis un ordre de voiture, pour que ma signature leur servit à extorquer de l'argent et à s'enrichir. » Mais n'y aurait-il pas alors dans le texte *per symbolos meos* ou *per symbolum meum* ?

[2] Chap. xiv,

[3] Voir les tables dressées par M. Letronne, *Récompense promise à qui ramènera deux esclaves échappés d'Alexandrie*, dans le *Journal des savants* de 1833 (morceau réimprimé, en 1838, par l'auteur, à la suite des *Fragments inédits d'anciens poètes grecs*).

[4] Inscription de Rosette, l. 15.

les Ptolémées ne soit entachée de quelque erreur, et qu'il n'y ait lieu, sur ce point, à réviser les calculs. Ce n'est pas la première fois que l'exiguïté relative des sommes mentionnées sur les papyrus provoque de semblables doutes [1].

Mais nous ne prétendons pas avoir épuisé l'examen de toutes les questions que soulève un document si plein d'intérêt pour l'histoire de l'administration ptolémaïque. Il doit nous suffire d'en avoir éclairci de notre mieux les principales difficultés

§ 3. Un fragment inédit du poëte Alcman [2].

Dans une lettre qu'il m'adressa à ce sujet le 27 février 1855, M. Mariette m'apprend que ce papyrus, rapporté par lui d'Égypte après sa grande exploration du Sérapéum, provient d'une momie découverte par les Arabes dans le voisinage de la deuxième pyramide de Sakkarah; entre les jambes de la momie se trouvait le papyrus roulé dans une enveloppe de mousseline. C'est un fragment de 26 sur 22 centimètres, fort dégradé aujourd'hui; il contient ou plutôt il contenait cent un vers sur trois colonnes, la première de 34, la seconde de 34, la troisième de 33, et dont une seule, celle du milieu, est à

---

[1] Voir les observations de M. Bern. Peyron sur les papyrus de Londres, p. 42, 77.

[2] Le morceau qui forme ce paragraphe est inédit. Je l'ai lu à l'Académie des Inscriptions dans sa séance du 13 juillet 1860, c'est-à-dire quelques jours après qu'une heureuse découverte de mon ami M. Brunet de Presle m'a permis de nommer enfin l'auteur du texte dorien que contenait le papyrus rapporté par M. Mariette (voir les *Comptes rendus des séances de l'Académie des Inscriptions*, par M. E Desjardins, 1860, p. 102). Les précédentes et incomplètes communications que j'avais pu faire au sujet de ce même papyrus sont consignées, avec plus ou moins de détail et d'exactitude dans le *Journal des Débats* du 11 mars 1855, dans la *Revue archéologique* du 15 avril 18⁻5, dans la *Revue contemporaine* du 31 mars 1855, enfin dans la deuxième partie du mémoire cité plus haut, p. 141, note 1.

peu près lisible, celle de gauche étant plus qu'à moitié emportée par une déchirure, et celle de droite, par suite des
ravages de l'humidité, n'offrant plus que çà et là quelques
mots ou quelques lettres lisibles. Au bord inférieur du manuscrit, sous chacune des trois colonnes, on distingue des traces
d'une écriture plus grosse, qui ne paraît pas du même temps
et qui, d'ailleurs, sous la troisième colonne, paraît tracée
juste en sens inverse de la première écriture. Entre les colonnes, au-dessus et au-dessous, quelquefois même entre les
lignes du texte principal, se lisent des notes tracées en caractères un peu plus cursifs et surtout plus fins que le texte,
avec quelques abréviations.

Le premier déchiffrement laisse facilement reconnaître que
nous avons sous les yeux cent vers d'un morceau lyrique,
écrit en pur dorien, annoté à la marge, en dialecte vulgaire,
par un grammairien assez savant. Une attention plus scrupuleuse conduit aux remarques suivantes :

1° Quelques mots portent des signes d'accent et d'aspiration placés conformément aux règles dont Aristophane de
Byzance paraît avoir été le législateur. Ainsi l'accent grave y
désigne *l'absence* d'intonation aiguë, et non pas, comme dans
nos usages modernes, *l'abaissement* de cette intonation [1]. Tous
les mots d'ailleurs n'étant pas accentués, on est disposé à
croire que les accents ne figurent là que pour le besoin

---

[1] Arcadius, *de Accentibus*, p. 190 : Ὁ δὲ βαρὺς τόνος, ἅτε καὶ ἁπλοῦς
τις ὢν καὶ μικροτέραν ἔχων δύναμιν, ἀτάκτως καὶ ἀμέτρως περίεισι τὴν λέξιν
ἀπανταχῆ, καὶ πολλοῖ ι (*sic*) καὶ ὅπου τύχη φαινόμενος. Jean Philop., Τονικὰ
παραγγέλματα, p 6 : Καθ' ἑκάστην λέξιν ἐν μιᾷ συλλαβῇ τίθεμεν ἢ ὀξεῖαν ἢ
περισπωμένην, ἐν δὲ ταῖς λοιπαῖς συλλαβαῖς βαρεῖαν· οἷον ιν τῷ Μενέλαὸς
δευτέρα συλλαβὴ ὀξύνεται, αἱ δὲ λοιπαὶ βαρύνονται· καὶ ἐν τῷ ἀλοῖς ἡ μέση
περισπᾶται, ἡ δὲ πρώτη καὶ [ἡ] τρίτη βαρύνονται. C'est ainsi que nous lisons,
col 1, l. 4 . βιᾱτάν; l. 13 : πάντῶν, et l 5 : κὸρυστᾶν, ou pourtant l'accent grave sur τὰν est l'aigu affaibli par la liaison de cette finale avec le
mot suivant Voir notre mémoire sur *Apollonius Dyscole*, p. 287 et suiv.

d'une explication que le maître faisait à ses élèves sur quelques exemples spécialement choisis dans le texte.

2° Le signe χ, employé dès une assez haute antiquité dans les manuscrits pour signaler certains passages qui avaient besoin de commentaire [1] (d'où le mot χιάζεσθαι [2]), se trouve trois fois dans notre manuscrit, col. 2, lig. 25; col. 3, lig. 15 et 32, et, à ce qu'il semble, avec la même signification.

3° A la ligne onzième de la deuxième colonne, on croit distinguer une correction : η au-dessus de ει ; il y en a certainement une à la trentième, où l'on a écrit un ε au-dessus de l'ι dans ευτι, nouvel indice de la main d'un grammairien critique. Au bas de la première colonne, les mots Αριστο (abréviation pour Ἀριστοφάνης?) αιδας Παμφιλος ἀιδας (sic) montrent plus clairement encore l'intention de signaler deux variantes d'orthographe, en rapportant chacune à l'auteur qui la défendait. Pamphile est bien connu[3]; Aristophane de Byzance l'est plus encore, si tel est bien, comme je le crois, le nom qu'il faut compléter au commencement de cette petite glose[4].

A droite de la troisième ligne, dans la même colonne, les

lettres αρι forment une abréviation évidente, où l'on est fort tenté de restituer le nom illustre d'Aristarque[5].

<hr/>

[1] Voir Osann : *Anecdoton romanum de notis veterum criticis, in primis Aristarchi Homericis et Iliade heliconia*, etc (Gissæ, 1851). § 21 : *de notis platonicis et de signo χ in dramatis Græcorum notandis adhibito.*

[2] Schol. d'Euripide, *Oreste*, v. 81 ; de Sophocle, *Philoctete*, v. 201. Cf. Isidori *Origines*, I, 20, 22.

[3] Disciple d'Aristarque, sur lequel on peut voir Suidas, au mot Πάμφιλος, et Fabricius, *Bibl. gr.*, VI, p. 375, éd Harles.

[4] Sur les abréviations du nom d'Aristophane dans les mss , voir Bast, *Comment. palæogr.*, p. 795, 931, à la suite du Grégoire de Corinthe, ed. Schaefer et Boissonade ; et A. Nauck, *Aristophanis Byzantii fragmenta*, p. 60.

[5] Voir Bast, *ibid.*, p. 782.

4° Au bas de la deuxième colonne, une glose explique deux mots des lignes 26 et 27, l'un φᾶρος par son synonyme en prose ἄροτρον [1], l'autre en alléguant une fiction du poète qui comparait deux jeunes filles, [Ἰχ?]ζὼ et Ἀγησιχόρα, à des colombes.

A la colonne 1ʳᵉ, au niveau des lignes 14 et suivantes, une glose, la plus lisible de toutes celles que nous offre ce petit manuscrit, atteste que l'auteur suivait, sur un point qui reste à déterminer, la même tradition qu'Hésiode [2]. Au niveau de la ligne 6, le nom, en abrégé, de Phérécyde ; au niveau de la ligne 9, le nom plus reconnaissable d'Alcée ou peut-être d'Alcman [3], font deviner quelques rapprochements du même genre entre l'auteur des vers doriens et quelqu'un de ceux qui avaient traité, soit avant, soit après lui, le même sujet [4];

5° A droite de la deuxième colonne, vers les lignes 21-22, les mots ὠκεάνοιο ῥοὰς attestent quelque citation d'un poète, citation faite en vue d'éclairer le texte principal.

6° La note, note finale, à ce qu'il semble, au-dessous de la

---

[1] *Etym. magnum*, p. 175 : Ἀφάρωτος ἡ ἀναροτρίαστος γῆ· φᾶρος γὰρ ἡ ἄροσις. Cf. le même, au mot Ἀφαυρός.

[2] Le schol. d'Apollonius de Rhodes (*Argon.*, IV, 259) remarque que Pindare, Antimaque et *Hésiode* font venir les Argonautes par l'Océan en Libye, et de là, moitié par terre, *dans notre mer*. Cf. *id. ad* IV, 301 ; et *ad* I, 498, au sujet du mot χάει qui termine cette note, s'il n'y a pas , de ma part, erreur de lecture en cet endroit.

[3] Le scholiaste de Pindare (*Olymp.*, I, 97) rapproche l'autorité d'Alcman et celle d'Alcée au sujet de la légende de Tantale.

[4] Pour Phérécyde, cf. schol. Pind , *Pyth.*, IV, 133, 221, 288, où l'on voit que l'histoire des Argonautes faisait partie des récits contenus dans les premiers livres de cet historien. Pour Alcée, je ne trouve guère entre les fragments de ce poète et notre morceau lyrique que des rapprochements accidentels et sans importance. Voir, par exemple, l'observation d'Hérodien (περὶ Μονήρους λέξεως, p. 19, éd. Lehrs) sur ὠρανός, forme dorienne d'οὐρανός que l'on trouve et dans Alcée et col. 1, 15, de notre poète. Cf, Sappho, *Fragm.* 92, éd. Ahrens, à la suite du traité de cet helléniste *de Dialecto œolica*.

troisième colonne (qui n'a que 33 vers au lieu de 34), nous
apprend beaucoup dans sa brièveté et dans son état de mutilation. On y voit que les vers précédents formaient un
chœur, que ce chœur était prononcé tantôt par dix jeunes
filles, tantôt par dix ou peut être onze hommes d'une ville
dont je n'ai pu retrouver le nom dans aucun géographe [1].
C'est un exemple qui s'ajoute aux exemples très-rares que
nous connaissions déjà de la διχορία, soit dans le drame [2],
soit dans la poésie lyrique chez les Grecs [3].

Nous avons donc ici, à n'en pas douter, le lambeau d'un de
ces manuscrits annotés à l'aide d'autres livres par quelque
philologue fort instruit, comme celui auquel nous devons les
célèbres commentaires sur l'*Iliade* retrouvés dans le manuscrit de Venise, ou les scholies des *Argonautiques* d'Apollonius,
ou celles de quelques tragédies et comédies du théâtre
athénien.

A tous ces titres, le nouveau papyrus dont vient de s'enrichir la collection nationale est déjà une très-précieuse
acquisition. Mais, après nous avoir appris tant de petites choses, on désire naturellement qu'il nous en apprenne de plus
importantes sur le sujet du morceau lyrique qu'il nous a
conservé, sur la date de sa composition et sur la date même
du manuscrit.

[1] Φωτυντίων, ce qui indique une ville dont le nom serait Φωτῦς-οῦντος.
Ni l'ethnique de la célèbre Φλιοῦς-οῦντος, ni celui de Φωτοῦς-οῦντος, port
voisin de Cyrène, nommé deux fois dans Synésius, ne paraissent pouvoir
être restitués ici avec certitude. Encore moins penserais-je à Φεαί, ville
d'Elide, mentionnée dans Homère (*Odyssée*, XV, 297).

[2] Voir Pollux, *Onomasticon*, IX, 107 et 108; schol. d'Aristoph., *Chevaliers*, v. 586, *Paix*, v. 113. Les *Euménides* d'Eschyle et la *Lysistrata* d'A-
ristophane offrent des exemples de ce *double chœur*, qu'il ne faut pas confondre avec le dédoublement d'un chœur unique en deux *demi-chœurs*. Cf.
Hésychius : Διχοριάζειν ἐν δύο χοροῖς ᾄδειν. Schol. Eurip., *Oreste*, v. 1268
et 1275

[3] Voir le chant spartiate cité par Plutarque, *Vie de Lycurgue*, c. xxi.

Pour commencer par la dernière de ces questions, quelques progrès que la paléographie ait faits depuis un siècle
par la découverte des papyrus d'Herculanum et des papyrus
grecs de l'Egypte, je ne crois pas qu'on soit encore parvenu,
comme pour la seconde moitié du moyen âge, à dater, pour
ces époques anciennes, les manuscrits d'après la seule forme
de l'écriture. L'alphabet de notre copiste ressemble beaucoup
à celui du copiste à qui nous devons les manuscrits d'Hypéride
retrouvés depuis dix ans en Egypte. Trois lettres seulement,
le *kappa*, le *pi* et l'*ypsilon*, y affectent une forme plus cursive ;
mais, d'autre part, cette écriture est d'une main plus légère et
plus élégante. Tous les auteurs cités dans les notes étant antérieurs à l'ère chrétienne, le manuscrit pourrait n'être pas
d'une date beaucoup plus récente. Sur ce point, le sarcophage
même de la momie n'aurait-il pas offert quelque indice décisif? J'ose à peine exprimer ce doute et ce regret, en songeant
à l'habileté si éprouvée de M. Mariette et aux grands services
dont nous lui sommes déjà redevables. En présence de la
momie, s'il avait seulement soupçonné la possibilité de nous
apprendre là-dessus quelque chose de plus, un tel explorateur eût-il omis de recueillir le moindre renseignement utile ?

Le texte lyrique que nous avons sous les yeux est, avons-
nous dit, en dorien très-pur, à la fois caractérisé par le choix
des mots, par les formes grammaticales et par l'accentuation.

Κορυστὰν, ἀγρόταν, ἐργλεφάροι (mot nouveau pour ἐροθλέ-
φαροι)[1], ἡμισίων et σιῶν, τὼς ἀρίστως, παρήσομες, φεροῖσαι[2],
sont d'un dorisme plus franc, si je puis dire, que celui des
chœurs tragiques, plus franc même que ce dialecte de Pin-

---

[1] Les fragments 25, 53 et 79 de Sappho et le fragment 20 d'Alcman
(éd. Bergk) offrent le mot simple ἔρος pour ἔρως, qui conduit naturellement
au composé ἐργλέφαρος, au lieu de ἐρωτοθλέφορος. Quant au γ pour β,
consulter Ahrens, *de Dialecto dorica*, p 56.

[2] Sur ces divers dorismes, voir Ahrens, *livre cité*, aux chapitres correspondants de l'accent, de la déclinaison et de la conjugaison.

dare où les grammairiens anciens reconnaissaient déjà certain
mélange de dialectes étrangers [1]. Par les formes grammaticales il se rapproche beaucoup du dialecte que nous offrent
les inscriptions des pays doriens. Ces observations m'amènent
tout naturellement à une découverte que je n'avais pas su
faire lors de mes premières études sur ce morceau, et dont
l'honneur comme le plaisir étaient réservés à mon confrère et
ami M. Brunet de Presle.

Ayant remarqué dans la deuxième colonne la mention d'un
κέλης ἐνετικός, ou coursier d'Enétie, et sachant que les chevaux
d'Enétie ne figurèrent pas dans les jeux de la Grèce avant la
85ᵉ olympiade (440 avant Jésus-Christ), selon Eustathe [2],
ou la 88ᵉ (428 avant Jésus-Christ), selon le scholiaste d'Euripide [3], j'avais moins curieusement exploré les fragments
lyriques des poètes antérieurs à cette époque; j'allais même
jusqu'à chercher, par une hypothèse désespérée, mais séduisante, l'auteur de notre morceau lyrique dans un certain
poète Dosithée, qu'une épigramme de l'*Anthologie* me signalait comme le rénovateur de la vieille lyrique dorienne [4].
Pendant que je travaillais à rédiger la présente note, mon
savant ami, à qui j'avais communiqué ma copie du manuscrit, a été assez heureux pour reconnaître dans le vingt-
septième fragment d'Alcman, fragment emprunté par Eustathe au grammairien Aristophane [5], les deux vers 30 et 31

---

[1] Les grammairiens n'ont-ils pas déjà nommé cette langue un dialecte
commun? sans doute parce qu'il emprunte des formes à plusieurs dialectes
de la famille dorienne. Voir, là-dessus, les observations résumées plus haut,
dans ce volume, p. 53 et suivantes.

[2] *Sur l'Iliade*, II, v. 852.

[3] *Sur l'Hippolyte*, v. 231. Cf. Hésychius : Ἐνετίδας· πώλους στεφανη-
φόρους ἀπὸ τῆς περὶ τὴν Ἀδρίαν Ἐνετίδος. Hérodote (V, 9) connaît déjà des
énètes sur les bords de l'Adriatique.

[4] *Anthol. palat.*, VIII, 707 (Épigramme de Dioscoride).

[5] Je cite l'édition de Schneidewin Ce fragment est le 78ᵉ dans l'édition
de Bergk.

de la deuxième colonne. La citation du commentateur d'Homère ne peut laisser de doute à cet égard :

« Le grammairien Aristophane dit que ἀμύνεσθαι ne signifie pas seulement *rendre le mal pour le mal,* mais qu'il s'emploie aussi pour désigner un simple échange, et il en apporte pour exemple ces mots d'Alcman :

$$\text{Οὐ γὰρ πορφύρας τόσσος κόρος ὥστ᾽ ἀμύνασθαι}^{\,1}$$

« Car il, (ou : elle,) n'a pas un tel dégoût de la pourpre qu'il, (ou : qu'elle,) la veuille échanger). »

Ce qui est évidemment notre texte :

$$\text{Ουτι (sic) γαρ τι πορφύρᾱς}$$
$$\text{Τοσσος κορος ωστ᾽ αμυναι,}$$

mais avec cette notable différence que, d'après la citation d'Eustathe, le vers s'arrangeait volontiers en un hexamètre héroïque, sauf une très-réelle difficulté résultant de la quantité brève de la seconde syllabe dans πορφύρα, tandis que les deux petits vers du texte antique ne se prêtent nullement à cette disposition : nouvel exemple, après beaucoup d'autres, du danger qu'il y a toujours à refaire la métrique des anciens poetes, surtout pour les fragments qui nous en parviennent isolés dans des citations souvent faites avec négligence par les grammairiens et les compilateurs.

Heureusement, si la négligence, trop commune en pareil cas, des anciens auteurs laissait craindre ici quelque méprise, et si l'on pouvait douter que nous eussions sous la main un fragment du vieux poète dorien, contemporain d'Archi-

---

[1] *Sur l'Iliade,* V, 266 : Φησὶ γὰρ ὁ γραμματικὸς Ἀριστοφάνης τὸ ἀμύνεσθαι οὐ μόνον σημαίνειν τὸ κακῶς παθόντα ἀντιδιατιθέναι, ἀλλὰ τεθεῖσθαι καὶ ἀντὶ ψιλοῦ τοῦ ἀμείψασθαι ὁτιοῦν. Καὶ φέρει χρῆσιν ἔκ τε Ἀλκμᾶνος τὸ· — — καὶ ἐκ τῶν Θουκυδίδου (I, 42) τὸ· Ἀξιούτω τοῖς ὁμοίοις ἡμᾶς ἀμύνεσθαι. Cf. *Aristophanis Byzantii fragmenta,* collegit A. Nauck (Halis, 1848), p. 243.

loque, d'autres rapprochements avec les fragments déjà connus d'Alcman achèveraient la preuve commencée.

D'abord le mot φᾶρος, employé au neutre, col. 2, lig. 27, figure sous le nom d'Alcman dans le petit traité d'Hérodien περὶ Μονήρους λέξεως [1].

En second lieu, les mots Διὸς δόμον de notre manuscrit, (col. 1, lig. 20,) rappellent une ligne d'Alcman, citée par le grammairien Apollonius Dyscole [2],

ᾊδοι Διὸς δόμῳ ὁ χορὸς ἁμὸς καὶ τοί, Ϝάναξ.

Il est vrai que dans notre manuscrit Διὸς δόμον est précédé des lettres ριτες δὲ, ce qui ne permet pas d'y reconnaître précisément la phrase dont s'autorise Apollonius. Mais, d'un autre côté, nous savons par Pausanias [3] que le poète Alcman avait célébré, sous les noms de Φάεννα [4] et Κλήτα, deux Grâces, ou Χάριτες, dont les temples se voyaient aux environs d'Amycles; c'est une raison peut-être de restituer avec quelque confiance dans notre manuscrit Χάριτες avant δὲ Διὸς δόμον, et quant à l'association d'idées qui résulte de cette restitution, elle est assez naturelle pour avoir à peine besoin d'être justifiée. On comprend d'ailleurs que l'expression Διὸς δόμος, ou « la demeure de Jupiter, » se rencontrât plus d'une fois dans les écrits d'un poète lyrique et d'un poète éminemment religieux.

Mais voici une coïncidence plus délicate, et qui paraîtra,

---

[1] Καὶ οὐδέτερον ὁπότε σημαντικὸν τοῦ ἱματίου ἢ καὶ τοῦ ἀρότρου. P. 36, éd. Dindorf; p. 129, éd. Lehrs (*Herodiani scripta tria*. Regim. Pruss., 1848) ; témoignage qui n'a été joint à ceux d'Alcman que dans la 2ᵉ édition des *Poetæ lyrici* de Bergk (1853).

[2] *De pronom.*, p. 375 A (p. 103 B du tirage à part).

[3] III, 18, § 4 (fragment 97 dans les *Lyrici græci* de Bergk).

[4] Les lettres Φαενν se lisent dans notre manuscrit, col. 2, lig. 9, où elles forment sans doute le commencement de l'adjectif dorique φαεννός pour φαεινός.

je pense, plus convaincante par cela même que toutes les
autres.

Les mots ἄνακτ’ ἀρήϊον que nous offre le fragment n° 7,
dans le recueil de Bergk, se retrouvent à la colonne 1,
lig. 6, de notre manuscrit. De plus, chez le grammairien,
publié par M. Cramer[1], à qui nous devons cette citation, elle
est précédée du nom d’Eutichès :

Εὐτείχη τ’ ἄνακτ’ ἀρήϊον.

Or, cet Eutichès était un des fils d’Hippocoon, frère de Tyn-
dare ; et le nom même Ἱπποκῶν, pour Ἱπποκόων, se lit en
toutes lettres à la droite d’ἀρήϊον dans une glose marginale
du manuscrit, celle qui paraît commencer par le nom de l’historien Phérécyde. On peut donc restituer avec certitude le nom
Εὐτείχη à la gauche de la sixième ligne. Σέβρος, dont on lit le
nom à la fin de la troisième ligne ; Εὔρυτος, dont le nom se lit
à la neuvième ligne, étant aussi des fils d’Hippocoon, il est plus
que probable que les lettres φορος, formant la fin d’un nom
propre, au commencement de cette même ligne, aujourd’hui
mutilée, doivent être complétées par Ἐναρχι, ce qui donne
Ἐναρχαιφόρος, nom d’un quatrième Ἱπποκοοντίδη, connu
par le témoignage d’Apollodore. Enfin le ν qui précède les
mots τε τὸν βιάταν, à la quatrième ligne, peut être le reste de
l’accusatif du mot Ἄλκιμος, nom d’un cinquième Hippocoon-
tide[2] ; car nous savons, par un témoignage positif du scholiaste

---

[1] *Anecdota oxon.*, I, p. 158 : Εἴ που βαρύνεται τὸ κύριον, τὸ ἐπιθετικὸν
ὀξύνεται. Εἰ οὖν ἐστὶν Εὐτείχης ὄνομα κύριον παρ’ Ἀλκμᾶνι· Εὐτείχη τ’ ἄνακτ’
ἀρήϊον, καὶ ὤφειλεν εἶναι τούτῳ τῷ λόγῳ Εὐτείχεα.

[2] Apollodore, *Bibl*., III, 40, § 5 ; Pausanias, III, 15, § 2, cités par Schneidewin, dans sa note sur le 4ᵉ fragment d’Alcman (*Delectus poetarum*,
p. 248. Gottingæ, 1838, in-8). Cf. fragments 54, où ἄνασσα prendrait fort
à propos le digamma, et fragm. 67, où Ϝάναξ le reçoit dans la citation même
d’Apollonius Dyscole.

de Clément d'Alexandrie[1], que toute cette histoire des Hippocoontides et de leur lutte avec Hercule avait été racontée par le poète Alcman.

D'un autre côté, la leçon de notre sixième ligne, comparée à la citation du grammairien de Cramer, offre une variante doublement notable :

τε Ϝάνακτά τ αρήϊον,

c'est-à-dire : 1° le digamma devant ἄνακτα, ce qui est tout à fait conforme au dialecte d'Alcman, et ce qu'avait déjà très-justement conjecturé M. Schneidewin ; 2° la répétition de la particule τε, avec élision de la voyelle, ce qui prouve que l'épithète épique ἄνακτα ne se rapporte pas à Eutichès, mais bien à Ἀρήϊος, et que ce dernier désigne, comme nom propre, un héros, Aréius, probablement le fils de Bias, qui figure parmi les Argonautes[2]. Ainsi notre manuscrit et le grammairien anonyme se complètent et se corrigent l'un l'autre.

De même, le premier mot de notre fragment [Π]ωλυδεύκης, nous rend la vraie forme du nom de Pollux dans le fragment de l'*Hymne* d'Alcman *aux Dioscures*, conservé par Hérodien[3], et où on lisait : Καὶ Πολυδεύκης κυδρός.

L'hymne *aux Dioscures*, auquel on rapporte d'ordinaire cinq ou six fragments de notre poète, pourrait être celui même dont faisait partie le morceau conservé par le papyrus Mariette. Cette conjecture déterminerait l'attribution, demeurée jusqu'ici incertaine, de quelques témoignages relatifs à la poésie d'Alcman. Par exemple, lorsque le rhéteur Aristide parle de l'affectation de cet auteur à énumérer et à décrire des peuples « que les malheureux grammairiens ne

---

[1] *Ad Protrepticon*, t. IV, p. 107, éd. Klotz.

[2] Apollonius, *Argonautica*, I, 118; Orphée, *Argonautica*, v 142.

[3] Περὶ Σχημάτων, p. 61, 5 éd. Dindorf, t VIII, p. 606, des *Rhetores græci* de Walz.

savent plus où trouver [1], » n'est-on pas bien tenté de replacer dans un récit des courses aventureuses de Jason, après la conquête de la Toison d'or, ces visites chez mainte nation plus ou moins imaginaire et destinée à faire un jour le désespoir des géographes? D'ailleurs la conception fort large et les développements capricieux d'un morceau lyrique, analogue pour le ton et confinant par le sujet à la quatrième *Pythique* de Pindare, s'accorderait assez bien avec le peu que nous pouvons saisir du sens général de notre fragment à travers les difficultés d'un déchiffrement laborieux.

Les débris de la première colonne nous montrent une liste de héros où figurent, près de Pollux, cinq de ses cousins germains, fils d'Hippocoon ; puis un héros, Aréius, connu pour avoir pris part à l'expédition des Argonautes [2]; enfin des héros tout à fait inconnus, comme Κλόνος [3], et celui dont le nom mutilé se termine par πώρω. Dans ces accents de la poésie dorienne, à chaque instant brisés par la mutilation même du manuscrit, on croit entendre quelquefois le ton de Pindare, célébrant cette même expédition des Argonautes. On dirait aussi que Pindare a écrit cette belle sentence : « Pour ceux qui ont médité le mal, il y a une vengeance des dieux.

---

[1] Disc., XLIX, t. II, p. 508, éd. Dindorf (texte rangé sous le numéro 111 parmi les fragments, éd. Bergk) : Ἑτέρωθι τοίνυν καλλωπιζόμενος παρ' ὅσοις εὐδοκιμεῖ (Ἀλκμᾶν) τοσαῦτα καὶ τοιαῦτα ἔθνη καταλέγει, ὥστ' ἔτι νῦν τοὺς ἀθλίους γραμματιστὰς ζητεῖν οὗ γῆς ταῦτ' εἶναι, λυσιτελεῖν δ' αὐτοῖς καὶ μακρὰν, ὡς ἔοικεν, ἀπελθεῖν ὁδὸν μᾶλλον ἢ περὶ τῶν σκιαπόδων ἀνόνητα πραγματεύεσθαι. Cf. Etienne de Byzance, au mot Ἄσσος et Ἄραξα, où il cite l'ouvrage de Cornéleus Alexander (surnommé Polyhistor) περὶ τῶν παρ' Ἀλκμᾶνι τοπικῶς ἱστορημένων.

[2] Apollonius de Rhodes, *Argonautica*, I, v. 52 et 118; Pindare, *Pythique* IV, v. 319, etc. Cf. le *Calalogus Argonautarum* de Burmann

[3] Ce mot comble, à vrai dire, une lacune dans la série des noms propres grecs, puisqu'on en connaissait déja deux dérivés : Κλονίος, nom d'un chef de Béotiens, dans l'*Iliade*, et Κλονᾶς, nom d'un musicien dans Plutarque, *de la Musique*, c. III.

Mais la vie, quand elle est sage..., » κακὰ μησαμένοις [1] ἐστί τις αἰῶν τίσις· ὁ δὲ βίος ὅστις εὔφρων [2], etc. Mais bientôt le ton change, et à travers l'inextricable confusion d'un texte où les gloses juxtalinéaires viennent précisément troubler ce qu'elles devraient éclaircir, on distingue, à côté de quelques images gracieuses, comme la comparaison rappelée plus haut [3], certains traits d'un caractère bourgeois, sinon comique : Ἀ δὲ χαίτα τᾶς ἐμᾶς ἀνεψιᾶς Ἀγησιχόρας ἐπανθεῖ : *La chevelure de ma cousine Agesichora flotte* (mot à mot *fleurit*, sans doute, sur son cou et sur ses épaules ?) [4]; phrase au moins étrange pour nous dans une composition sérieuse, même en tenant compte du caractère d'une poésie toute archaïque, qui, comme celle d'Homère, ne connaît pas encore la différence de deux styles, un style noble et un style bourgeois. Plus loin, les deux cousines sont assimilées à des colombes (or, on voit, par d'autres exemples conservés parmi ses fragments, que le poëte aimait beaucoup les comparaisons et les métaphores empruntées à des oiseaux) et représentées comme *portant dès l'aurore une écharpe* ou *un voile* : ὄρθριαι φάρος φεροίσαι. Dans la même colonne il est fait mention tour à tour de l'aurore, du rossignol, d'un cheval vainqueur à la course, de songes sous un rocher, de chevaux énètes, sans qu'il nous soit possible de rétablir entre des sujets si divers

[.][1] Peut-être faut-il lire μησαμέναι pour μησαμένα, participe féminin de l'aoriste ἐμησάμην.

[2] Cf. Plutarque, *de la Création de l'âme selon Timée*, c. viii : Βίος εὔφρων. Euripide, *Fragm. incert.*, n° 152 : Μετρία βιστὰ σώφρονες τραπέζης.

[3] P. 162. Sur les Πελειάδες, voir le schol. d'Apollonius, *Argon*, II, 328 et 562. Cf. Hésiode, *Œuvres et Jours*, v. 385, et les scholies sur ce passage.— Si le ζ n'était pas très-lisible dans le manuscrit, au lieu de [ἰα]ζώ, j'aurais plus volontiers restitué ici Νάσω, que je trouve dans Hesiode, *Théogonie*, v. 261, et dans l'*Alexandra* de Lycophron, v. 1465.

[4] Si l'accent ne paraissait pas s'y opposer, je rapporterais plus volontiers ἐπανθεῖ au même radical verbal que ἐνήνοθεν, où Buttmann (*Lexilogus*, I, p. 266) a fait ingénieusement ressortir un verbe ἀνέθω ou ἐνέθω.

une liaison raisonnable ; cela tient sans doute à l'état du manuscrit. Il y a telle page de Pindare qui nous semblerait aussi décousue, si nous ne la pouvions lire que sur une seule copie et sur une copie mutilée comme celle du morceau d'Alcman. Les derniers mots de la deuxième colonne, παγχρύσιος οὐδὲ μίτρα Λυδιᾶ[ν] νεανίδων, nous rappellent précisément une expression de Pindare dans sa VIIIᵉ *Néméenne*, vers 24 :

Ἀστῶν θ' ὑπὲρ τῶνδ' ἅπτομαι φέρων
Λυδίαν μίτραν καναχηδὰ πεποικιλμέναν

où le scholiaste, en nous apprenant que la mitre lydienne désigne ici la riche et savante variété d'un hymne en musique[1], nous fait comprendre aussi le péril des interprétations hasardées sur de pareils textes.

Les scholies marginales, dont deux seulement se lisent jusqu'au bout sans trop d'incertitude, sont aussi pleines de difficultés.

La première, si on ne tient pas compte du mot χάει, qui la termine, semble bien se rapporter au retour des Argonautes et au chemin qu'ils se frayèrent pour rentrer dans leur patrie ; mais le mot χάει, qu'il est impossible de méconnaître et qu'on ne peut en détacher, nous reporte à l'idée d'une cosmogonie sur laquelle s'accordaient Hésiode et Alcman, et l'on a précisément des traces de cet accord entre les deux poëtes dans un fragment conservé par un scholiaste de l'Anthologie[2], et surtout dans un passage de Strabon qui nous

---

[1] Schol. *ad h. l.* : Ἀλληγορικῶς τὸν ποικίλον ὕμνον οὕτω φησίν, ὅτι ἐντεχνεῖς οἱ Λύδιοι περὶ τὴν μουσικήν· τὸ γὰρ Λύδιον μέλος ποικίλον — Ἄλλως· οὕτως εἶπε τὸ ποίημα αὐτοῦ ὡς Λυδίῳ ἁρμονίᾳ γεγραμμένον.

[2] Schol. *in Simmiæ Alas*, I, 2, p. 8, ed. Jacobs (cité par Schneidewin) : Ἀκμονίδαν τὸν Οὐρανὸν Ἡσίοδος· Γαῖα μὲν Ἄκμονα ἔτικτεν· ἀπὸ δ' Ἄκμονος Οὐρανός. Eustathe, *ad Iliad.*, XVIII, 476 : Ἀκμονίδαι οἱ Οὐρανίδαι· δηλοῦσιν οἱ παλαιοί· ὡς δὲ Ἄκμονος ὁ Οὐρανὸς ὁ Ἀλκμάν, φασιν, ἱστορεῖ (Cf. Hermanni *Opusc.*, VI, p. 271). Dans le vers d'Alcman, cité à tort par Eu-

montre les deux poètes décrivant les mêmes peuples fabuleux [1].

La note placée sous la deuxième colonne paraît signifier d'abord que Sosiphane, probablement celui que nous connaissons comme poete et grammairien [2], ou interprétait le mot φᾶρος, ou l'avait employé dans le sens de ἄρστρον. Mais je ne puis saisir le moindre rapport entre cette idée et la phrase qui suit : ἔτι τὴν, etc. Le texte plus complétement lu donnerait seul peut-être la clef de cette énigme.

La mention d'Aristophane de Byzance, l'un des plus considérables interprètes des Lyriques, et notamment célèbre pour avoir mis en ordre la collection des œuvres de Pindare [3], ne peut nous étonner ici, et elle a peut être plus d'importance que ne semble en indiquer le rapprochement avec Pamphile, au sujet de l'orthographe du mot Ἀΐδας. On sait combien il reste de doutes sur la division du texte en strophes et en vers dans presque tous les morceaux lyriques qui nous sont parvenus de l'antiquité grecque; on sait combien, à cet égard, les manuscrits de Pindare et des tragiques ont paru

---

stathe sous le nom d'Hésiode, comme l'a bien vu Hermann, il faut certainement lire ὄρνεον, selon l'orthographe dont témoigne notre manuscrit même, col. 1, lig. 16, et col. 3, lig. 18.

[1] Strabon, I, p. 43: Ἡσιόδου δ' οὐκ ἄν τις αἰτιάσαιτο ἄγνοιαν ἡμίκυνας λέγοντας καὶ μακροκεφάλους καὶ Πυγμαίους· οὐδὲ γὰρ αὐτοῦ Ὁμήρου ταῦτα μυθεύοντος, ὧν εἰσι καὶ οὗτοι οἱ Πυγμαῖοι, οὐδ' Ἀλκμᾶνος στεγανόπεδας ἱστοροῦντος· Cf. id, VII, p. 299; passages dont M Bergk rapproche avec raison celui où Etienne de Byzance s'appuie sur l'autorité d'Alcman au sujet d un peuple de Thrace, les Issédons.

[2] Voir le peu qu'on sait et le peu qui reste de ses tragédies dans le Recueil de Wagner (Bibl. gr. de F. Didot), et dans les *Fragmenta tragicorum grœc.* de Nauck, p. 638. Cf Schol. *ad Iliad.*, IX, v. 455

[3] Thomas Magister, *Vie de Pindare :* Ὁ δὲ ἐπινίκιος οὖ ἡ ἀρχή· « Ἄριστον μὲν ὕδωρ » προτέτακται ὑπὸ Ἀριστοφάνους τοῦ συντάξαντος τὰ Πινδαρικά. — Schol. *ad Olymp.* II, 48 : Τὸ κῶλον τοῦτο ἀθετεῖ Ἀριστοφάνης· περιττεύειν γὰρ αὐτό φησι πρὸς ἀντιστρόφους. Observation qui témoigne, pour le dire en passant, d'une bien grande hardiesse dans les procédés critiques de ces grammairiens.

de faible autorité, vu leur âge assez récent et la maladresse
souvent notoire des grammairiens, dont ils nous transmettent
la récension Au contraire, quel ne serait pas pour nous le prix
d'un manuscrit contemporain ou presque contemporain des
critiques alexandrins qui ont donné les premières éditions
régulières de Pindare, d'Eschyle et d'Aristophane ! Or, telle
semble être la date du papyrus qui nous a conservé ces débris
d'Alcman. On n'y voit qu'une trace, et une trace douteuse,
de la division en strophes : c'est le tiret placé entre les lignes
29 et 30 de la deuxième colonne. Mais la division en vers n'est
pas douteuse, et, si le manuscrit était moins tristement mutilé, cette division, rapprochée des témoignages anciens sur
les mètres ou plutôt sur les μέλη des lyriques, jetterait beaucoup de jour sur des questions restées jusqu'ici très-obscures.

Nous voudrions être plus instruits ou plus confiants que
nous ne le sommes dans les théories des métriciens modernes
sur le rhythme lyrique, pour nous engager dans ces questions
épineuses.

Un savant qui, en avril 1857, lisait devant l'Académie des
Belles-Lettres, un mémoire sur les rhythmes lyriques de l'antiquité, M. L. Benloew, consulté par moi sur notre fragment,
alors anonyme, a cru reconnaître avec certitude dans le
texte de la deuxième colonne ce que les Grecs appelaient le
γένος διπλάσιον, ou le rhythme trochaïque [1], troublé, il est vrai,
par quelque irrégularité, mais par des irrégularités qui ne
sont pas plus nombreuses que dans les chœurs tragiques
jusqu'à présent connus.

Mais sur cela, comme sur tout le reste, la prudence con-
seille d'attendre de nouvelles lumières, et c'est surtout de
nouvelles découvertes que les lumières pourront venir. « Il
n'est rien ici-bas qu'avec le temps les hommes ne trouvent

[1] Platon, de Rep , III, p. 400; Aristote, Rhét., III, 8; Aristoxène,
Rhythm., p. 300; Martianus Capella, cap cxcii, etc. (Note communiquée
par M. Benloew, dans une lettre en date du 21 octobre 1857.)

en cherchant bien, » écrivait quelque part le vieux poëte Chérémon[1]. Nous ne croyons pas avoir épuisé les recherches sur l'étroit et difficile terrain que nous présentait la trouvaille de M. Mariette, et en livrant aujourd'hui ce texte à nos confrères les philologues, nous n'attendons pas sans confiance ce qu'ils sauront faire pour en avancer l'interprétation. Toutefois, s'il est vrai, comme nous l'atteste M. Mariette, que derrière les pyramides de Sakkarah gisent encore, dans un même cimetière, des milliers de sarcophages gréco-égyptiens, c'est assurément dans cette riche nécropole qu'il faudra fouiller encore, si l'on veut chercher avec espoir de succès le complément des découvertes qui ont déjà tant enrichi l'histoire de la littérature et des institutions grecques.

§ 4. Un fragment oratoire inédit [2].

Au mois d'août 1861, M. Dugit, un de mes anciens élèves à l'École normale, aujourd'hui membre de l'École française d'Athènes, revenant dans cette ville après une excursion en Égypte, me fit parvenir des fragments assez confus de papyrus qu'il avait bien voulu recueillir à mon intention, et qui provenaient de Thèbes. Dès le premier examen, ces fragments se répartirent en deux classes, dont la plus considérable, la seule dont je vais parler ici, composée d'environ dix morceaux faciles à rejoindre sans trop de lacunes, représentait la fin d'un rouleau ou *volumen*. L'écriture, sur ce rouleau, est, selon l'usage ancien, répartie en pages dans un sens perpendiculaire à sa longueur, et de ces pages il nous reste la dernière à peu près complète, avec le quart seulement de l'avant-dernière, vingt-huit lignes mutilées

[1] Fragm. 22.
[2] Lecture faite dans la séance publique des cinq Académies, le 14 août 1862, reproduite avec quelques développements et le texte original dans la *Revue archéologique* du mois de septembre 1862.

dans celle-ci, quarante-quatre lignes dans l'autre, moitié
intactes, moitié altérées par maint accident malheureux.

L'écriture y est partout cursive, très-fine, et ne laisse voir
aucune trace d'accentuation ni de ponctuation; elle devient
particulièrement maigre à partir de la quinzième ligne, où
l'écrivain paraît avoir changé de plume, ou, pour parler plus
exactement, de *calamus*. Quelques abréviations [1], quelques
corrections [2], deux ou trois surcharges entre les lignes [3] (autant de particularités qui nous font presque soupçonner un
manuscrit autographe, oserais-je dire un brouillon?) ajoutent
à la difficulté que présente la lecture de ce vieux texte, même
pour des yeux qui ont quelque habitude de l'écriture grecque
des temps ptolémaïques. Néanmoins, une fois que les débris
du papyrus furent appareillés et dûment collés sur le carton,
pour les défendre à l'avenir de toute altération, je m'attachai
avec ardeur à déchiffrer le texte grec dont j'avais, au premier
abord, seulement constaté l'existence. Il faut peut-être avoir
fait, une fois en sa vie, pareille épreuve pour comprendre
tout ce que la curiosité a de vif et de passionné devant les
énigmes d'une écriture inédite, laborieuse à lire, qui semble
nous promettre l'expression de quelque vérité nouvelle ou de
quelque noble pensée, qui nous réveille de temps à autre par
le plaisir d'une petite découverte, indice ou présage d'une
découverte plus importante encore. Les yeux s'obstinent, et
ils ne cèdent qu'à l'extrême fatigue. L'esprit s'excite à une
sorte de divination, souvent déçue, quelquefois heureuse. Le
temps s'écoule sans que presque on s'en aperçoive. Vingt fois
repris et abandonné, le travail aboutit enfin, et l'on ne se

---

[1] Par exemple, pour la conjonction καί et pour les terminaisons de participes en μενος, lignes 4, 9, 11, 17. Mais cette terminaison est quelquefois
complète, comme aux lignes 22 et 23.

[2] Ligne 19, les deux dernières lettres du mot ὥετο (sans ι adscrit) parais-
sant recouvrir une leçon effacée.

[3] Ligne 23, στρατηγός, et, ligne 37, τά sont écrits au-dessus de la ligne.

défend guère d'un peu d'orgueil si, après de longs efforts, on
a pu arracher à l'oubli deux ou trois pages qui méritaient de
survivre. Il y a là (qu'on me pardonne cette comparaison
peut-être ambitieuse) quelque chose des joies de l'antiquaire
poursuivant, à travers des fouilles laborieuses, les débris d'un
chef-d'œuvre de l'art, ou des joies du géomètre devant la
solution d'un problème où son esprit s'est longtemps attaché.

Cette fois encore un déchiffrement, même imparfait, car il
m'a fallu y laisser beaucoup de lacunes, payait assez bien la
peine qu'il m'avait coûtée : je retrouvais, à n'en pouvoir
douter, les fragments d'un discours inédit, d'un discours en
grec élégant et pur, sur un sujet dont quelques mots feront
apprécier le caractère intéressant.

On sait par maint témoignage quelle importance ou plutôt
quelle superstition les Grecs attachaient à l'accomplissement
des cérémonies funèbres. Un traité qui nous est parvenu *sur
les Devoirs du général* dit en propres termes : « Le général
s'occupera du soin des morts, sans prétexter ni le temps, ni
la saison, ni le lieu, ni la crainte; qu'il soit vainqueur ou
vaincu. Car la piété envers les morts est un devoir sacré, c'est
un exemple qu'il faut toujours donner aux vivants. En effet,
le soldat, s'il se voyait négligé en cas de malheur... souffri-
rait avec peine cette odieuse privation des honneurs funèbres [1]. » L'usage et la loi n'exceptaient pas même ceux qui
avaient succombé dans un combat naval. La bataille des Arginuses (406 avant J.-C.), doublement tragique et par elle-
même et par le dénoûment du procès intenté aux généraux
athéniens [2], prouve jusqu'où les Grecs ont souvent porté la
rigueur à cet égard. Trente ans après, Chabrias, vainqueur

[1] Onosander, *Strategicus*, c. xxxvi. Le texte offre, sur la fin de ce chapitre, quelque embarras. On y remarque pourtant les mots τὴν ἀτύμβευτον
ὕβριν pour exprimer la privation des honneurs funèbres, ce qui rappelle
bien les lignes 3 et 4 de notre deuxième colonne.

[2] Xénophon, *Hellenica*, 1, 6, § 27, et Diodore de Sicile, XIII, 97.

d'une flotte lacédémonienne dans les parages de Naxos, n'o-
sait poursuivre le succès de la bataille, et il laissait fuir l'ennemi en toute sécurité plutôt que d'omettre un devoir dont
ses compatriotes se montraient si jaloux[1]. L'exemple des
Arginuses était présent à tous les esprits comme une sinistre
menace.

C'est de quelque épisode semblable ou encore plus tragique qu'il s'agissait dans le fragment oratoire que nous
avons sous les yeux.

Un amiral grec a remporté sur l'ennemi une victoire complète. Avant le combat, il avait déclaré à ses hommes la résolution de ne relever ni les blessés ni les morts. Le péril,
apparemment un péril extrême, justifiait ou excusait cette
résolution. Mais, la victoire une fois obtenue, rien n'obligeait
l'amiral à tenir sa parole, et néanmoins il s'y est obstiné.
Impie à la fois et inhumain, dans une occasion où la seule
conscience de sa gloire devait suffire à le mieux conseiller, il
est traduit devant un tribunal, et la première ligne appré-
ciable de notre texte semble indiquer qu'il y fit défaut. Son
accusateur est un témoin oculaire, peut-être acteur dans le
désastre où tant de braves ont disparu. Voilà l'état de la
cause ; on pourra maintenant comprendre, sans trop de peine,
la suite du récit et du raisonnement dans la dernière page de
notre manuscrit, la seule qu'il soit possible de traduire ; car
les mots que je déchiffre dans l'avant-dernière ne complètent
pas une seule phrase accessible à la traduction.

« ..... Ils ont soutenu la lutte ; mais toi, tu n'as pas même
osé [venir] devant le tribunal (?).......

« Et pour preuve de ce que j'avance, que [l'accusé] a fait
cette proclamation par pure et méchante envie d'insulter,....
et l'affaire tournait [à bien] ; il n'y avait plus de raison pour

----

1 Diodore de Sicile, XV, 35.

donner suite à ses menaces. Ne fallait-il donc pas relever et
enterrer les morts, après avoir tiré profit de la proclamation..... ou commettre un double crime ? C'est ce qu'il n'a
point fait, et,... tandis qu'il n'eût pas même fallu annoncer
cette [privation de sépulture], mais..... il accomplit ses menaces et laissa là les morts, action plus odieuse que celle de
violer un tombeau ; car ceux qui dépouillent des cadavres
ne les privent pas forcément de toute sépulture ; ils les laissent sur la terre (?) [dont on pourra les recouvrir], tandis que
cet homme a mis nos soldats hors d'état d'être même enter-
rés. Et pourtant ce ne sont pas de vulgaires soldats que ceux
qui meurent dans une expédition, ni des gens de peu de
valeur, mais de ceux qui par courage et par une noble ambition....... et préfèrent la gloire à leur propre vie. Aussi
ne faut-il point mépriser ceux qui meurent à la guerre et qui
ont affronté les périls pour assurer le salut commun.......
Ils sont morts avec bravoure et avec éclat, laissant à la fortune le soin de pourvoir aux bonnes chances et aux périls.
C'est en se fiant [aussi] à la fortune que le général est venu
affronter les ennemis en pleine mer. Et pourtant rien n'a dé-
tourné les soldats, ni d'être, pour la première fois, moins nombreux (?) ni la mer qui soulevait les navires, ni les violentes
secousses qu'elle leur imprimait [1], ni la terrible proclamation
du général. Mais lorsqu'ils ont engagé le combat, montant
à l'abordage, remorquant les vaisseaux ennemis et en arra-
chant les bastingages [2], ils sont ainsi morts en braves, et ils
avaient mérité non-seulement d'obtenir une sépulture, mais
d'échapper à la mort. Quant au général, il ne voulut point

---

[1] Ou bien, que leur imprimait la manœuvre.

[2] Le mot π[ερι]στρώματα, au commencement de la ligne 18, ne peut
être, que je sache, autrement restitué, et j'en donne la traduction qui me
semble la plus naturelle. Mais c'est un sens nouveau du mot περίστρωμα,
qui n'a paru jusqu'ici dans les auteurs qu'avec le sens de *tapis, couver-
ture*, etc. Voir Pollux, *Onomasticon*, X, 42.

mentir à sa proclamation, et il laissa leurs corps rouler parmi les vagues autour des navires, où de temps à autre le flot semblait presque les reporter pour les en arracher ensuite avec violence.

« Mais pourquoi n'accuser ici que sa conduite envers les morts et me lamenter sur des cadavres? Si quelque soldat parmi eux flottait seulement blessé et à demi mort, le général n'en a pas eu plus de souci que des autres, et il est parti avec ses galères couronnées, laissant là sur les flots ces malheureux ballottés près de lui (?) et qui l'accablaient de sanglants reproches..... pendant qu'il hâtait son départ, renonçant à ceux qu'il abandonnait là sur la mer corps et âmes à la fois (?). Ainsi, non-seulement il n'a pas enterré les morts, mais il a tué les vivants........ Si quelqu'un s'accroche à une rame, il est repoussé...... Seuls ils ont échappé sur ce champ de bataille maritime, et tristement privés de la vue (?).......... chacun venait à la rencontre pour emmener son parent, s'il vivait, et, [s'il était mort,] pour l'enterrer et lui rendre, au nom de l'État, les honneurs funèbres........ Mais que pouvaient (?) faire ceux qui avaient perdu leurs parents?..... ils n'allaient pas aux tombes publiques, et ces hommes n'ont pas obtenu les hommages que reçoivent ordinairement les soldats morts à l'ennemi..............Nous étions roulés sur les flots....... Hélas! braves soldats, le vent vous a dispersés, et vous êtes venus échouer avec les débris d'un naufrage. C'est alors que je vous ai rencontrés (?)........... et, pour prix de votre courage........ le général a écrit sur vous (?) : Point de sépulture ! »

Le texte s'arrête ici au milieu d'une ligne qui n'a jamais été achevée, et qui paraît marquer la fin même du discours.

Texte de l'avant-dernière colonne [1].

1	τεισας? M (déchirure) τῶν πώποτε
2	....τους (*id.*) ἀνδραγαθίας καί τῆς?
3	νδυσμε (*id.*) ως καί νῦν απεν?
4 ω...	νοὐδεὶς τας (*id.*) ηντο ἀίδιον εχο?
5	ουδ (*id.*) κλέπτουσι? ετα..
6	(*id.*) ιδες αὐτῶν καὶ ἐκ
7	(*id.*) τῆς? ἐνεστηκυίας
8	νο (*id.*) αν? γνώμην εἶχες
9	νον (*id.*) τοῦ θάπτειν τοὺς
10 [νεκρούς]	... (*id.*) τοὺς ϙιγίους (ϙιλίους?) ἀξι..
11	καί τοι (*id.*) ἀπολογία προ..·
12	(*id*) .... ιαν ην
13	... (*id.*) οσι.. χῶσθαι....
14	.....μαι ι απ......ι μακρὸν στρατευ-
15	.....νομισθεῖσαν? εἰς τὴν πεῖραν
16	.....ιων γυ..... λιπαρήσαντες?......
17	.....χειν καταπαθείς, οὐδὲ εἷς ᾤετο?
18	.....φας σαυτῶι, ἐπειδήπερ τῆς πόλεως
19	.....πρῶτον οὐχ ἅπαξ ἀλλὰ τρὶς
20	.....κα]τηγορεῖται οὐκ ἐς ἀπολογίαν. Ἔτυ-
21 [χον]	ντα τη?............. αιράσομαι· αὕτη δὲ ἡ ἀπολο-
22 [γία]	μαιον ου............... νου τότ' ἐκεῖνοι ταφῆς ἔτυχον
23	τι τῶν ἀδι............ τῆς τιμωρίας δέχονται υμ?.ι
24	καί του?........σα? μηδὲ παθεῖν ἠθέλησαν ἀδικεῖν?
25	.....τρόπον............ οὐδὲν εἶπεν, ἀλλ' εἰ μὴ ἔθα-
26 [ψε]	(déchirure) ταυ... ἐπ' αὐτῶι τουνην?
27	...... (*id.*) στα[ι] ποιεῖν, ἀλλὰ
28	(*id*) ου.....

[1] Les points marquent les traits illisibles ; j'indique par le mot *déchirure* les lacunes du papier même. Il est, d'ailleurs, très-difficile d'apprécier le nombre des lettres que représentent ces lacunes, l'écriture étant d'une ampleur très-inégale et pleine d'abréviations capricieuses. Rien ne peut suppléer

Texte de la dernière colonne.

1 ἠγω]νίσαντο · σὺ δὲ μη[δὲ ἔτ]λης [εἰς τὸ δικ]αστήριον δι
(déchirure, traits illisibles) ται? καὶ δι' οὓς αὐτὸς σὺ περιγενέ-?

2 [μ]ενος ἐλήλυθες· οὐ τοίνυν (déchirure) ...νεσχ ....
ἀπολελειμμένοι. Ἵνα δὲ τεκμήριον (peut-être τεκμίριον) ὑμῖν

3 [γένη]ται τοῦ λόγου χως (sic?) φιν (déchirure) ως τοῦτο
τὸ (?) κήρυγμα ἐποίησεν, ἀλλ' ἀληθῶς ὑβρί-

4 ζειν καὶ ἀδικεῖν ἐπηρμένος, σκέψας[θε] τοῦτον τὸν τρόπον.
.... δη καὶ τὰ τῆς μάχης ἐξελήλύθει, οὐκέτι δ' ἦν

5 πρόφασις οὐδεμία βεβαιοῦν τοιάσδε (?) ἀπειλάς· οὔκουν ἀναλαβεῖν ἔδει καὶ θάπτειν, τήνδε ἐκ τοῦ κηρύγματος ὠφέλειαν κε-

6 καρπωμένον, ἢ δὶς ἀδικίαν δεδήλωκε τὸ πραττόμενον (?).
Ἀλλ' οὐκ ἐποίησε τοῦτο· ὥσπερ δὲ δέον, οἷς? οὐδὲ κηρύττειν ἔδει τοῦ-

7 το ἀλλ' ἀμελεῖν?, ἐπέθηκε τέλος ταῖς ἀπειλαῖς καὶ ἀτάφους εἴασεν αὐτούς, δεινότερον πρᾶγμα ποιῶν ἢ τὸ τυμβω-

8 ρυχεῖν νενόμισται· οἱ γὰρ πεσ[όντα] συλῶντες τὰ σώματα οὐ
τὸ παντάπασι ἀτάφους εἶναι κατεργάζονται, ἀλλὰ τῇ γῇ?

9 ...ν ἐῶσι· οὑτοσὶ δὲ μηδὲ ταφῆς [ὅλως?] ἐκείνους τυχεῖν πα-
ρεσκεύασεν. Καίτοι οὐχ οἱ χείριστοι ἐστρατευόμενοι? εἰσὶν

10 [οἱ] ἐν ταῖς παρατάξεσιν ἀποθνῄσκοντες, οὐδ' ὧν ὀλίγον
λόγον ἔχειν ἄξιον, ἀλλ' ὅσοι (?) δι' ἀρετὴν καὶ φιλοτιμίαν φιν .....

11 .....πεπρωτεύ[κα?] σι καὶ τὴν εὐδοξίαν ἀντὶ τοῦ ζῆν αἱροῦν-
ται. ὥστε οὐδὲ καταφρονεῖν ἄξιον, οὐδὲ τῶν μὲν ἐν

12 [πο]λέμοις πεπτωκότων καὶ τοῖς ἰδίοις κινδύνοις τὰ διμόσια
(sic) ἀσφαλισάντων. Οὗτοι δὲ καὶ (au-dessus de la ligne) πάντων
....

13 .... κῶς ἐξελήλύθεσαν πώποτε καὶ ἆθλον τῃ νικῃ? τ......
νοι ἀριστεύοντες ἀπέθανον λαμπρότατα, καὶ τὸ

14 [κήδ]εσθ[αι] τῶν κα[ι]ρ[ῶν] ἀναφέροντες καὶ τῶν κινδύνων τῇ
(ce mot au-dessus de :) τύχῃ (un espace blanc de trois ou qua-

à l'étude directe d'un tel manuscrit, si l'on veut apporter quelques corrections au texte qu'il renferme.

tre lettres). Αὐτῆι ἑπόμενος ὁ στρατηγὸς ἐν μέσωι πελάγει καὶ τὰς [ναῦς]

15 [ἀντιπαρ]έταττε τοῖς πολεμ.[ίοις]. Οὐκ ἀπέτρεψε δὲ τοὺς στρατιώτας τὸ μήπω με(?)ίους γενέσθαι, οὔτε ἡ θά-

16 λ[ασ]σα μετεωρίζουσα τὰ σκάφη, οὔτε κείνησις (sic) καὶ ὁρμή νεώς, οὔτε στρατηγοῦ κήρυγμα φοβερώτατον· ἀλλὰ ὅ-

17 τ[ε] προσέμιξαν τοῖς πολεμίοις, ἐπεμβαίνοντες ἐπὶ τοὺς ἐχθροὺς καὶ τὰς ναῦς ἀναδούμενοι τὰς ἐκείνων, καὶ τὰ

18 π[ερι]στρώματα ἀποσύροντες, οὕτως ἔπειπτον (sic) ἄνδρες ἀγαθοὶ γεινόμενοι (sic) καὶ οὐχ ὅτι μὶ (sic) ταφῆναι, ἀλλὰ

19 μηδ' ἀποθανεῖν ἄξιοι. ['Ο δὲ] στρατηγὸς ἀψευδεῖν ᾤετο δεῖν ἐπὶ τοῖς κεκηρυγμένοις καὶ κατέλιπεν αὐτῶν [τὰ]

20 σώματα ἐπὶ τῆς θαλάττης περὶ τὰς ναῦς εἰλούμενα· καὶ τῶι κλύδωνι μονονοὺκ ἐπὶ τὰς ναῦς

21 ἀνατιθέμενα πάλιν ἀπεωθεῖτο ὁ συρμός. Καίτοι τί περὶ νεκρῶν μόνον κατηγορῶ πρὸς ὑμᾶς [καὶ]

22 [π]ερὶ σωμάτων ὀλοφύρομαι; Ἦν τις ἄρα ἦν ἐν αὐτοῖς καὶ τετρωμένος μόνον καὶ ἡμιθνής, μηδεμίαν

23 αὐτῶν φροντίδα ἐποιήσατο ὁ στρατηγός (ces deux mots sont écrits au-dessus du suivant), ἀλλὰ ἀπέπλεεν ἐστεφανωμέναις τριήρεσι, ἐπὶ τῶν κυμάτων

24 αὐτοὺς καταλιπὼν προσειλίσσο(?)ντας αὐτῷ καὶ πολλὰ μιαρὰ μενφομένους (sic) · ἀλλά? ....

25 'Ο δὲ ἔσπευδεν ἀπ' α[ὐ]τῶν καὶ ἀπεῖπεν καὶ κατέλιπεν ἐν τῆι θαλάττηι καὶ τὰς ψυχὰς μ[ετὰ?] τῶν σωμάτων·

26 καὶ οὐ μόνον οὐκ ἔθαψε τοὺς νεκρούς, ἀλλὰ καὶ τοὺς ζῶντας ἐφόνευσεν. Εἰ δέ τις ἄρα καὶ π[ε]ριοῦσι?...

27 ὡς τῆς κώπης ἐπέλαβεν, τοῦτον ἀπερείδεται πάλιν .... τῶν ἡττώμ[ενοι]? οἱ πεσόντες ....

28 περισσὰς (déchirure) τριήραρχος ἐξ ἐκίνων (sic) καὶ τοὺς πεπτωκό[τας αὐτ]ῶν παντελῶς? ἀπογυμνῶν?

29 (déchirure) τοὺς? ἐκείνων νεκροὺς μὴ κ[αίε]σθαι? τι (déchirure) τη ου ται μεν (déchirure, puis quelques traits illisibles)

30 (déchirure) καλεῖ? .... οἱ δὲ ....

31 αν τὰς ναῦς στρέφοντες καὶ πλέοντες ὡς κεκλασμένων ?
[τῶν] στρωμάτων ....

32 ἐπ' ἐκείνης τῆς θαλά[ττης] στρατευόμενοι μόνοι κατεσώθησαν
μὲν ? καὶ τὴν ὄψιν οἰκτρῶς πεπηρ-

33 ωμέν [οι]· οἱ δὲ καὶ περὶ τὸν .... τὸν εἰς τὴν [Αἰ?]γίνην
ἀπήντων ἕκαστος κομιούμε-

34 νος, ἢ ζῶντα τὸν οἰκεῖον ἦν ἀναιρεῖν ἵνα θάψῃ, καὶ δημοσίᾳ
τὰ πρὸς τὸν τάφον ηὐπόρει ? τὸν

35 .... ας ἐκόμιζεν ἐπὶ πομπῇ τῶν ἀπολωλότων· ὡς δὲ περὶ
τὴν ? ἐκκομιδὴν .... καὶ.. δει

36 ἀφεῖλον, τότε ἀτίμως ἔ[κ]κείμ[ενοι] ἦσαν ὑπὸ ἀπλοίας (peut-
être ἀγνοίας). Καὶ τοιοῦτοι λόγοι εὐτυχῶς ? ..... ὡς καὶ μὴ .....

37 , οὐδὲ εἷς ἀπέθανεν· ὡς δὲ τὰ (au-dessus du mot suivant)
κατὰ τούτου στρατηγήματα διὰ .... της .... μηδ[εμία]

38 ἦν οἰμωγή. Οἷος δὲ τρόπος τῶς τοὺς οἰκείους ἀποβεβληκότων
οἱ .... οὐκ ? (ou bien οὐδ') ἐπὶ τὰ δημόσια μνήματα ἐροί-

39 των, οὐδὲ τὴν συνήθη τιμὴν τοῖς ἀπὸ τοῦ πολέμου θαπτομέ-
νοις ἐκομίσαντο. Αὐτὴ ?

40 .... καὶ κατὰ τῶν κυμάτων εἱλεόμεθα καὶ ἔστερ ? ....

41 ἐπὶ πετρῶν. Φεῦ ! στρατιῶται καλοί, διεσκέδασεν ὑμᾶς [ὁ]
ἄνεμος π .... [μετὰ]

42 τῶν ναυαγίων ἐξεφέρεσθε, καὶ καὶ (sic) τότ' ἄρ' ἐνέτυχον
ὑμῖν ἀλλ' ? ὑμῖν .... τοῖς ὑπο[δ]ε[δ]υκόσιν μηδὲν ?

43 ἀντὶ τῆς ἀνδραγαθίας κατ' ? [ἐ]ντάφιον ὑμῶν .... καὶ ἐπὶ
γῇ [β]ραχ[ε]ίαι ?

44 δ' ὑμῖν ὁ στρατηγὸς ἐπέγραψεν· Οὐ θάπτω.

A travers les lacunes qui défigurent ces pages, on voit se
dessiner assez nettement le sujet de l'accusation. Il nous manque, je l'avoue, ce qui augmenterait beaucoup le prix d'un
tel morceau, des noms propres et une date. En deux endroits
j'ai cru saisir la trace d'un nom d'homme [1], celui de l'accusé;

_____
[1] Φιν, à la ligne 3 et à la fin de la ligne 10.

ailleurs, celui d'un nom de pays, qui serait l'île d'Égine[1].
Mais ce sont là des lueurs où l'œil ose à peine se fixer. Seulement, la nature même du débat, le caractère tout hellénique
des mœurs et du langage, enfin l'absence de toute allusion
aux Romains semblent indiquer, pour la date de l'événement
en question, le temps de la Grèce libre.

Pourrait-on, en conséquence, attribuer ce discours à quelque orateur antérieur aux conquêtes romaines dans ce pays?
Assurément, je n'oserais remonter si haut, ni croire que notre
papyrus doive rejoindre les précieux rouleaux dont l'Angleterre s'est naguère enrichie et qui nous ont rendu presque
trois discours d'Hypéride, d'un rival de Démosthène[2]. Mais,
d'un autre côté, je ne crois pas céder à une illusion de complaisance pour le client imprévu que le hasard m'amène, si
j'hésite à le prendre pour un simple déclamateur. Il nous
reste beaucoup de ces exercices d'école, en grec et en latin,
sur des sujets fictifs et ordinairement choisis en dehors des
vraisemblances de la vie, pour se prêter mieux à des tours de
force oratoires. Or, l'événement qui forme le sujet de notre
discours anonyme ne dépasse pas les vraisemblances historiques. Saint Augustin, parlant du mépris de la mort chez les
païens, dit que « des armées entières, mourant pour la patrie
terrestre, ne songèrent pas où leurs corps seraient abandon-
nés, ni de quelles bêtes ils deviendraient la proie[3]. » Si recom-

---

[1] Ligne 33 (où la leçon est très-douteuse) [Αἰ?]γίνην.

[2] Le discours pour Euxénippe, la moitié du discours pour Lycophron, et
l'oraison funèbre des guerriers morts devant Lamia. Le premier de ces discours a été déjà traduit en français par M. Caffiaux, et le troisième par
notre confrère M. Dehèque.

[3] *De Civitate Dei*, 1, 13 : ... « Sæpe universi exercitus, dum pro terrena
patria morerentur, ubi postea jacerent vel quibus bestiis esca fierent non
curarunt. » Il cite à ce propos un beau vers de Lucain, *Pharsale*, VII, 819
(cf. Appien, *Guerres civiles*, II, 82), dont les commentateurs rapprochent
Cicéron, *Tusculanes*, 1, 42 ; Sénèque, *de Tranquillitate animæ*, c. XIV ;
Epistola 92.

mandé que fût ce soin de la sépulture après une bataille, il
pouvait donc céder quelquefois à des nécessités plus ou
moins impérieuses. D'un autre côté, j'entends dire que des
ordres tels que celui du général grec en cause dans ce débat
ne sont pas sans exemple dans l'histoire militaire des temps
modernes. Si donc, admettant le fait comme historique, nous
croyons cependant qu'il est traité de la main d'un sophiste,
il faudra reconnaître aussi que c'est de la main d'un sophiste
fort habile. Rien, en ce genre, parmi les déclamations de
Libanius, d'Himérius et autres, ne peut être comparé avec le
style vigoureux et presque toujours sobre du discours dont
nous avons sous les yeux des fragments. Si les rhéteurs
d'Alexandrie ou du voisinage déclamaient de la sorte, c'é-
taient vraiment des gens de bonne école, des gens à nous
rappeler Cicéron déclamant en grec, ce qu'il fit, dit-on, jusqu'à l'âge de sa préture, et déclamant si bien, qu'il arracha
un jour des larmes de jalousie patriotique au vieux rhéteur
de Rhodes Apollonius Molon[1].

Mais une troisième supposition, intermédiaire entre les deux
autres, me séduirait davantage pour expliquer l'origine de
nos fragments.

Les historiens grecs ont, de tout temps, pratiqué l'usage de
prêter aux principaux personnages qui figurent dans leurs
récits des harangues de leur composition; quelques-uns
d'entre eux, comme Thucydide et Xénophon, ont déployé un
véritable talent dans ces morceaux oratoires, qu'ils propor-
tionnent aux convenances d'une narration bien ordonnée[2].
Nous en avons précisément un exemple dans le chapitre de
Xénophon qui concerne l'affaire des Arginuses. Or, notre dis-

---

[1] Suétone, de Claris rhetoribus, c. 1; et Plutarque, Vie de Cicéron, c. iv.
Cf. Cicéron, ad Diversos epist , VII, 33.

[2] Voir, sur ce sujet, Daunou, Cours d'études historiques, t. VII (1843),
c. xiii et xiv, et l'Appendice, I, de notre Examen critique des historiens de
la vie et du règne d'Auguste (1844).

cours anonyme était peut-être dans ces proportions d'une
harangue historique : le commencement de la dernière colonne nous place au milieu même du sujet, et il n'est pas
nécessaire de supposer un surcroît de développement oratoire après le trait que nous offre la dernière ligne [1]. Il semble
donc que, par ses dimensions, ce petit plaidoyer aurait pu
tenir assez bien sa place dans un corps d'histoire comme
celui de Denys d'Halicarnasse ou d'Appien ; mais par le ton
et par les qualités du style il contraste avec les caractères
de ces deux pâles annalistes.

Quelques particularités de l'orthographe [2] nous incline-
raient à placer vers le premier siècle de l'ère chrétienne, sinon la rédaction originale, au moins la copie assez négligée
que nous en possédons. Mais, quoi que l'on pense à cet égard,
l'auteur se montre certainement à nous comme un scrupuleux observateur des mœurs et de la langue d'Athènes. Pour
la grammaire, deux ou trois mots, sur tous ceux que j'ai pu
déchiffrer, présentent seuls de graves incorrections, qui sont

---

[1] Ce qui reste de la marge à droite du papyrus, au niveau des lignes 4-11,
dépasse notablement en largeur ce qui reste de la marge entre l'avant-dernière et la dernière colonne, nouvelle preuve que l'écriture ne se continuait
pas et ne recommençait pas après les mots τὸ θάπτω.

[2] Τεχμίριον pour τεχμήριον, ligne 2 ; μί pour μή, ligne 18, où d'ailleurs
la faute est douteuse, vu la forme ordinaire de l'Η dans cette écriture.
Κείνησις pour κίνησις, ligne 16 ; ἔπειπτον pour ἔπιπτον, et γεινόμενοι pour
γινόμενοι (il vaudrait mieux encore lire γενόμενοι), ligne 18 ; l'omission et
l'addition capricieuses de l'iota que nous appelons souscrit, aux lignes 11
dans ζῆν, 19 dans ᾤετο (Cf. colonne 1, ligne 17), 34 dans θάψῃ et δημοσία
(adverbe), 35 dans πομπῇ, 14 dans μέσωι, 20 dans τῶι (Cf. colonne 1, ligne 18), 25 dans τῆι θαλάσσηι. Deux formes insolites du N, lignes 20 et 42,
paraissent de simples accidents d'écriture Μενφομένους pour μεμφομένους,
à la ligne 24, est un archaïsme aussi accidentel et dont on trouverait d'ailleurs, dans les inscriptions grecques, des exemples de date assez récente.
Voir Franz, *Elementa epigraphices græcæ*, p. 49. L'emploi du mot
ἐχθρούς immédiatement après πολεμίους est peut-être une négligence plus
grave ; mais on n'en peut rien conclure sur l'âge de l'auteur.

évidemment de véritables *lapsus calami*[1] ; le reste porte le cachet des meilleurs temps de l'atticisme. Les termes relatifs à
la guerre y ont surtout une remarquable propriété, un, entre
autres, qui vaut la peine d'être, à ce titre, spécialement signalé : je veux dire le mot *stratége* ou *général* (στρατηγός), employé plusieurs fois pour désigner un *amiral*. En effet, sauf
une ou deux exceptions, qui sont même contestables[2], les
écrivains attiques ne désignent jamais par le mot *navarque* ou *amiral* (ναύαρχος), mais par le terme générique de
stratége, le chef d'une flotte athénienne. Chez eux ναύαρχος
ne s'applique jamais qu'au commandant des flottes étrangères[3]. Les inscriptions officielles d'Athènes témoignent là-
dessus dans le même sens que Xénophon et Thucydide. Jetez
les yeux sur les marbres de Nointel, au musée du Louvre,
marbres qui ont conservé la liste de trois cents soldats athéniens morts dans les guerres à moitié maritimes de Phénicie,
de Chypre, d'Egypte, etc., 458 ans avant Jésus-Christ : vous
y voyez nommés au premier rang plusieurs *stratéges* qui
ont dû commander des flottes[4]. C'est avec le titre de stra-

---

[1] Ἐστρατευμένοι pour ἐστρατευμένοι, à la ligne 9 (où la lecture me laisse
des doutes), et surtout, à la ligne 22 : Ἦν τις ἄρα ἦν ἐν αὐτοῖς, etc., où la
grammaire semble exiger ἦ avec ἦν employé pour ἐάν. Cette règle n'est
méconnue que chez les écrivains de la basse grécité. Voir l'Atticiste publié par Bekker, *Anecdota græca*, I, p. 144, où il admet l'usage de l'indi-
catif avec ἐάν.

[2] Xénophon, *Hellenica*, I, 7, § 30, où le mot ναυάρχων est peut-être une
faute de copiste, et, en tout cas, ne se rapporte pas aux *chefs* de la flotte
athénienne ; Démosthène, *sur la Couronne*, c. xxxiv, documents d'une authenticité plus que douteuse et dont l'un, la lettre de Philippe, peut, sans
contredire notre observation, ne pas être conforme au style athénien. Quant
à l'inscription attique, n° 1114 de l'*Ephéméride archéologique*, et n° 2271
des *Antiquités helléniques* de Rangabé, qui semble nous offrir un ναύαρχος
athénien, le texte n'en est pas non plus assuré.

[3] Voir les *Indices* de Thucydide par M. Bétant, et de Xénophon par
Sturz.

[4] De Clarac, *Inscriptions du musée royal du Louvre*, pl. X et suiv.;

tége que Périclès fit la célèbre expédition contre l'île de Samos ; comme stratége que Sophocle, le poëte dramatique, lui
fut adjoint, dit-on, par un vote populaire, après le succès de
sa tragédie d'*Antigone,* en 440 avant Jésus-Christ [1]. C'est
avec le même titre que figurent les commandants athéniens
à la bataille des Arginuses, et, plus tard, Chabrias à la bataille de Naxos, que nous rappelions tout à l'heure. Au
temps de Démosthène, on ne trouve pas la moindre trace
d'un nom spécial pour désigner l'*amiral* dans les nombreux
documents sur la marine athénienne, publiés et si bien commentés par M. Boeckh [2]. Jusque sous les successeurs d'A-
lexandre, on voit durer encore le même usage du mot *stratége ;* il est affirmé d'une façon explicite dans un document
que les antiquaires athéniens viennent de découvrir et de
publier [3] : c'est un décret du sénat et du peuple qui désigne un
nommé Thymocharès comme stratége pour la marine (ἐπὶ τὸ
ναυτικόν), et, quelques lignes plus bas, son fils, d'abord comme
stratége pour le matériel (ἐπὶ τὴν παρασκευήν, en d'autres
termes comme intendant militaire), puis comme stratége pour
les hoplites ou armée de terre (ἐπὶ τὰ ὅπλα) [3]. Au contraire, le

Corpus inscr. græc., nᵒˢ 165, 166. Cf. Rangabé, *Antiquités helléniques,*
nᵒ 115.

[1] Voir une bonne discussion critique des témoignages sur ce sujet dans
le volume de M. F. Ritter, intitulé : *Didymi Chalcenteri opuscula auctori
suo restituta, ad codices antiquos recognita, annotatione illustrata* (Colo-
niæ, 1845), p. 146 et suiv.

[2] *Urkunden ueber das Seewesen des attischen Staates* (Berlin, 1840),
formant aujourd'hui le troisième volume de l'ouvrage intitulé : *Staatshaus-
haltung der Athener.*

[3] *Ephéméride archéologique,* nᵒ 4108, inscription trouvée le 26 février
1861.

[4] Ce témoignage résout, à ce qu'il semble, les difficultés depuis longtemps soulevées par les savants au sujet des locutions ὁ ἐπὶ τῶν ὅπλων
ou ἐπὶ τῶν ὁπλιτῶν στρατηγός. Voir les commentateurs de Démosthène sur
les décrets, probablement apocryphes, conservés dans le discours *de la
Couronne,* § 38, 115 et 116 ; et en particulier la note 20 de M. Stiévenart

titre de *navarque* se rencontre plusieurs fois sur les monuments quand il s'agit des flottes de Rhodes, de Chypre ou d'autres Etats[1]. Ainsi, par une confiance qui est bien dans l'esprit des démocraties antiques, la république organisée par Solon demandait à ses citoyens d'élite une égale aptitude pour les services divers où elle avait besoin de leur dévouement. Tout homme de cœur et de talent devait s'y attendre : orateur ou poëte la veille, il pouvait être, le lendemain, improvisé général ou amiral par un décret. De telles lois, appliquées souvent par le caprice et l'engouement populaires, garantissaient peut-être assez mal les intérêts publics ; et pourtant le sage Isocrate reprochait gravement aux Athéniens de n'y être plus assez fidèles, et de ne pas confier le soin de la guerre à ceux mêmes qui en avaient donné le conseil[2] ; Plutarque, d'autre part, fait honneur à Phocion d'avoir ressaisi ce double privilége de l'action unie à la parole, privilége indivisible au temps des mœurs antiques[3]. Après tout, les institutions romaines ne nous offrent-elles pas le même spectacle? Nous sommes plus sages dans nos grandes sociétés modernes (et la complication même de nos intérêts nous y a forcés), nous sommes plus sages en préparant à l'Etat, par une éducation spéciale, des généraux, des amiraux et des intendants militaires, sauf à

sur sa traduction de ce discours. Cf. *Corpus inscript. græc.*, nᵒˢ 2613 et 2621.

[1] Voir le *Corpus inscript. græc.*, nᵒˢ 2524, 2617, 2625. Cf. Arrien, *Abrégé de l'histoire des successeurs d'Alexandre*, § 39 , en parlant des Rhodiens : Δημαράτου ναυαρχοῦντος αὐτοῖς.

[2] *Discours sur la paix*, c. xvii. Et cependant la locution στρατηγεῖν ἐπὶ τοὺς ὁπλίτας se conserve jusque sous l'empire, quoique les Athéniens alors ne pussent avoir d'autre marine que des vaisseaux marchands. Voir les inscriptions du *Corpus inscript. græc.*, nᵒˢ 191, 311 et 477.

[3] *Vie de Phocion*, c. vii : Ὁρῶν δὲ τοὺς τὰ κοινὰ πράττοντας τότε διῃρημένους ὥσπερ ἀπὸ κλήρου τὸ στρατήγιον καὶ τὸ βῆμα — — ἐβούλετο τὴν Περικλέους καὶ Ἀριστείδου καὶ Σόλωνος πολιτείαν ὥσπερ ὁλόκληρον καὶ διηρμοσμένην ἐν ἀμφοῖν ἀναλαβεῖν καὶ ἀποδοῦναι.

placer sur le même rang, pour l'honneur et les profits, les chefs
de ces différents services. Mais il n'y a pas bien longtemps
qu'a prévalu chez nous cette distinction rigoureuse : au siècle
de Louis XIV, on voit encore des officiers généraux passer
brusquement du service de terre à la marine, comme firent
le duc de Beaufort et le maréchal Jean d'Estrées[1]. De nos
jours même, l'exemple de la démocratie américaine prouve
ce qu'il y a de ressources dans une société, d'ailleurs intelligente et vigoureuse, où les talents divers, moins attachés dès
la jeunesse à des fonctions spéciales, se développent librement, changent d'attribution selon les besoins de l'Etat et les
inspirations du patriotisme, passent des tribunaux dans les
camps et des camps dans les ateliers ou dans les assemblées
délibérantes, sous le contrôle de l'opinion publique qui les
excite et qui les jugera[2].

Mais, pour revenir à notre orateur grec, dont m'a, un instant, écarté l'attrayant spectacle de ces contrastes et de ces
ressemblances entre les mœurs des peuples, n'est-ce pas chose
remarquable qu'une telle fidélité aux usages d'Athènes ? Dès
le temps d'Auguste et surtout dans la suite, ces usages seront plus ou moins méconnus. Déjà Diodore de Sicile ne les
suit pas avec la même exactitude[3]. Au deuxième siècle de

[1] Ces faits, que me signale M Ad. Regnier, mon confrère, sont rappelés
par une dépêche du sieur Matharel, intendant de la marine à Toulon, dépêche adressée à Colbert le 8 avril 1672, et qui existe aux Archives de la
marine. On y voit d'ailleurs que le comte de Grignan, gendre de Mme de
Sévigné, avait eu la même ambition.

[2] Voir, par exemple, dans les *Débats* du 17 novembre 1861, une Notice
sur la vie d'Abraham Lincoln.

[3] XIII, 97, dans le récit de la bataille des Arginuses, il n'emploie que
le mot στρατηγός pour les commandants athéniens, tandis qu'il applique
ναύαρχος et ses dérivés aux commandants de la flotte des Lacédémoniens
et de leurs alliés. Mais, à propos de la bataille de Naxos (XV, 34, § 4), il
lui échappe d'appeler Chabrias *l'amiral des Athéniens* (ὁ τῶν Ἀθηναίων
ναύαρχος), comme il a plus haut appelé *amiral* Pollis le commandant de
leurs ennemis.

notre ère, Polyen, auteur d'un traité spécial sur le commandement militaire, se conforme, pour le titre de son livre, à
l'usage athénien, car sous ce titre de *Strategica* il a compris
le commandement des flottes comme celui des armées de
terre ; mais dans ses divers récits il n'observe plus la distinction que nous avons signalée entre les Athéniens et les autres
nations maritimes[1]. Si donc l'auteur de nos fragments est un
sophiste (hypothèse que je craindrais d'écarter absolument),
c'est un sophiste érudit autant qu'habile écrivain, qui observe, dans la composition de son discours, des convenances
de style déjà bien oubliées au temps des Antonins. Cela semble circonscrire dans un cercle assez étroit les conjectures qui
se présentent, sur ce sujet, à notre esprit, mais cela ne suffit
pas pour les fixer avec une vraisemblance rassurante. Je connais, vers le temps d'Auguste, tel historien, à la fois exact et
d'une éloquence, dit-on, un peu bruyante, que je pourrais
nommer ici comme l'auteur d'un livre où figurerait bien un
discours tel que celui dont nous avons retrouvé quelques
pages. Cette supposition s'accommoderait aux qualités qui dominent dans ce morceau, comme aux traits presque déclama-
toires qu'y peut relever un goût scrupuleux. Mais, en vérité,

---

[1] III, 10, § 4, à propos de la bataille de Leucade : Τιμοθέου στρα-
τηγοῦντος Ἀθηναίων, Νικολάου ναυαρχοῦντος Λακεδαιμονίων. Mais V, 29, § 3,
il lui échappe de dire : Διότιμος Ἀθηναῖος ναύαρχος πελάγιον πλοῦν μέλλων
πλεῖν, comme il dira plus bas, c. xxvii : Παυσίστρατος ναύαρχος Ῥοδίων.
On est presque étonné de retrouver, au quatorzième siècle, l'atticisme antique dans ces vers d'une complainte sur l'abaissement d'Athènes, écrite,
il est vrai, par le patriarche même de cette ville, Michel Choniate :

> Βουλαὶ πανηγύρεις τε καὶ στρατηγίαι
> Τῶν πεζομάχων ἅμα καὶ τῶν ναυμάχων

(dans les *Anecdota græca* de M. Boissonade, t. V, p. 375). Le rédacteur, quel
qu'il soit, du décret apocryphe que l'on lit au paragraphe 73 du discours de
Démosthène sur la Couronne, en employant le mot ναύαρχος pour l'amiral
athénien, et le mot στρατηγός pour l'amiral aux ordres de Philippe, semble avoir fait, par inadvertance, une simple transposition de mots.

pour se hasarder à des rapprochements si hardis, il vaut
mieux attendre qu'un sujet si obscur s'éclaire de quelque révélation jusqu'ici difficile à prévoir, bien qu'il soit toujours
permis de l'espérer. Pour aujourd'hui, arrêtons-nous donc simplement sur l'impression que nous laissent les échos affaiblis
et brisés de cette éloquence où nous avons cru ressaisir çà et
là quelques accents dignes des beaux siècles de la Grèce ;
arrêtons-nous en prenant acte des justes espérances qu'entretiennent même les plus modestes découvertes en ce genre
de voir nos bibliothèques s'enrichir encore de quelques chefs-
d'œuvres échappés au naufrage de l'antiquité.

En présence des manuscrits d'Herculanum, Mme de Staël
disait éloquemment : « Quelques feuilles brûlées..... que l'on
essaye de dérouler à Portici, sont tout ce qui nous reste pour
interpréter les malheureuses victimes que le volcan, la foudre de la terre, a dévorées. Mais, en passant auprès de ces
cendres que l'art parvient à ranimer, on tremble de respirer,
de peur qu'un souffle n'enlève cette poussière où de nobles
idées sont peut-être encore empreintes[1] ! » Il s'est trouvé
que les manuscrits d'Herculanum provenaient tous d'une
seule et même bibliothèque, celle d'un philosophe épicurien.
Tout ce qu'on en a déchiffré jusqu'à présent (et cela forme-
rait bien un gros volume) appartient donc aux disputes des
épicuriens et des stoïciens, leurs plus vifs adversaires. Parmi
ces pages, souvent mutilées, il y en a de précieuses pour
l'histoire de l'esprit humain, celles, par exemple, où Epicure,
Epicure lui-même, expose quelques parties de sa doctrine,
de ce froid système que, par un miracle du génie poétique,
Lucrèce a quelquefois passionné jusqu'au sublime. L'ensemble pourtant de ces controverses philosophiques est d'une
lecture monotone : la perpétuelle opposition de deux écoles

---

[1] *Corinne ou l'Italie*, XI, 4.

de penseurs pour qui toute poésie était superstition et mensonge, de deux écoles d'écrivains qui méprisaient également
l'éloquence, et à qui ce mépris a porté malheur, tant de mé-
taphysique et de subtilité, que jamais ne relève le moindre
charme de langage, tout cela n'a pas ému et attaché l'Europe savante autant qu'on l'aurait pu attendre d'une découverte si importante par elle - même et si complète-
ment imprévue[1]. Je m'abuse peut-être, et le bonheur que
j'ai eu de déchiffrer quelques pages de grec inédites me fait
illusion à cet égard; mais il me semble que les fouilles
de l'Egypte produiront plus encore et seront plus applau-
dies que celles d'Herculanum. Elles ont déjà, on ne peut
le méconnaître, un intérêt plus varié ; l'histoire des lettres y
profite autant que celle des institutions. Toutes les classes de
la société passent sous nos yeux dans ce musée des papyrus
égyptiens : les ministres et les généraux des Ptolémées et des
empereurs romains, le personnel de leur chancellerie, les
fermiers de l'impôt et les contrôleurs, les prêtres et les prêtresses, les prophètes des temples, les embaumeurs et les
gardiens de momies, les artisans, les simples soldats, les mariniers du Nil, les païens et les chrétiens, les orthodoxes et
les hérétiques, les hommes libres et les esclaves ; enfin, par-
dessus toutes ces générations occupées de leurs affaires et de
leurs passions du moment, il y a les écrivains qui ont travaillé pour l'avenir, il y a les auteurs de ces chefs-d'œuvre
que l'on copiait et que l'on commentait dans les studieux
loisirs des bibliothèques et du Musée. Nous n'espérons pas

---

[1] M. Boissonade, un si savant helléniste, n'a-t-il pas écrit, dans sa Préface sur Nicétas Eugénianus (p. xii) : « Quot sic amisimus auctores! Quos
nunquam nobis reddent Montis Sancti cœnobia, aut Herculani atque Pom-
peiorum rudera, unde, ut est in proverbio, tantum eruimus pro thesauro
carbones. » On pourra rapprocher avec quelque plaisir ce que dit Cou-
rier des éditeurs de ces papyrus, dans sa Lettre à M. Boissonade, du 23
mars 1812.

retrouver un seul manuscrit de la bibliothèque d'Alexandrie ;
on n'en retrouvera pas même le catalogue, ce trésor qu'annonçait pompeusement, il y a quelques années, un faussaire
devenu célèbre ; mais nous avons du moins les débris de quelques collections particulières, et parmi ces débris on a vu
briller des noms illustres, Homère [1], Alcman, Isocrate [2],
Hypéride [3].

Ne craignons donc pas de le répéter, l'étude de l'antiquité n'est pas épuisée autant que voudraient le faire croire
quelques esprits chagrins. Le travail de la philologie ne se
borne pas à revoir sans cesse des textes vingt fois revus, et
à interpréter de nouveau des témoignages vingt fois interprétés, travail qui d'ailleurs a toujours son utilité. Mais des
textes inédits se cachent encore dans les dépôts littéraires de
l'Europe ; beaucoup d'autres sont chaque jour arrachés à
l'oubli par les voyageurs qui explorent l'Orient ; beaucoup
restent à découvrir, j'en ai la ferme confiance. Le hasard aide
souvent à ces découvertes, mais le dévouement des voyageurs
y aidera plus encore que le hasard. Il faut pourtant se hâter ;
en Égypte surtout, malgré le zèle éclairé du gouvernement
actuel de ce pays, la destruction des monuments fait de
rapides progrès : la cupidité des indigènes, qui a sauvé pour
nous tant de trésors, n'est pas toujours clairvoyante, et elle
a ses caprices. Un moment d'inattention ou de négligence

---

[1] Voir la description et la collation de longs morceaux de l'*Iliade* sur
papyrus, conservés maintenant en Angleterre, dans le *Philological museum*
de Cambridge, t. I, p. 177-188 ; dans l'*Athenæum* anglais, n° 1141, p. 813,
et dans l'*Archæolog. Anzeiger* de Berlin, 1840, p 93. Un fragment du
même poete, que nous possédons à Paris, a été publié, par M. A. de
Longpérier, dans le *Bulletin archéol. de l'Athenæum* français, mai, 1856.

[2] Voir nos *Mémoires de littérature ancienne*, p. 408, note 1.

[3] Un fragment du *Nicoclès*, appartenant au célèbre amateur Clot-Bey, a
été copié, pendant que le papyrus était à Paris, par M. de Longpérier, qui
se propose de le publier.

peut causer la perte irréparable do quelque page qui méritait
d'être payée au prix de l'or. Que tous les amis de l'histoire et
des lettres anciennes unissent donc leurs efforts pour seconder, chacun selon son pouvoir, cette moisson arriérée, mais
encore féconde, qui renouvelle pour eux la joie des beaux
jours de la Renaissance.

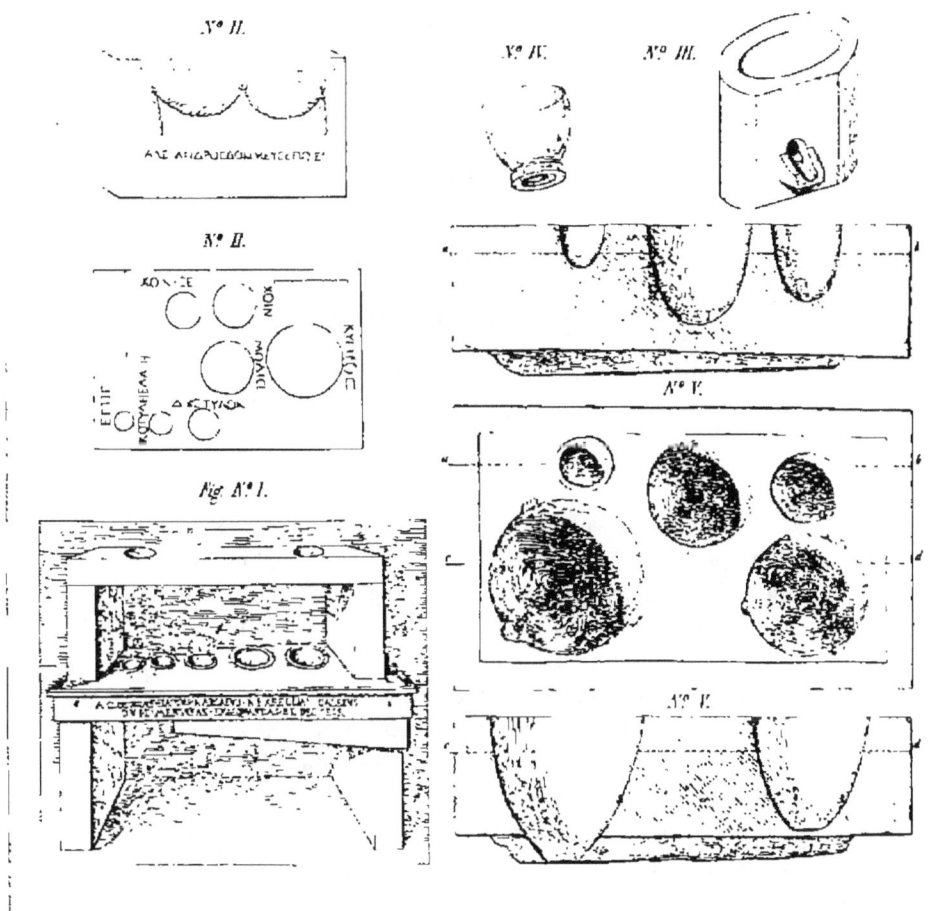

VIII

OBSERVATIONS CRITIQUES

SUR DIVERS MONUMENTS

RELATIFS A LA MÉTROLOGIE GRECQUE ET A LA MÉTROLOGIE ROMAINE [1].

On lit dans le savant ouvrage de M. Boeckh sur la métrologie ancienne[2] : « Athènes avait des poids étalons dans le
lieu où se fabriquaient ses monnaies, vraisemblablement
dans une chapelle du héros Stéphanéphoros[3]. Dans la chapelle il y avait douze poids d'airain que la ville avait fait
vérifier[4]. Pollux en mentionne encore de ce genre au temps
d'Alcibiade[5]. L'inscription, plus récente, du *Corpus* n° 123
donne un exemple évident du soin des Athéniens pour les
mesures : elle nous montre que l'on préparait des mesures
étalons, d'après lesquelles on faisait des poids et mesures,
σηκώματα, pour les principales divisions et subdivisions

---

[1] Publiées dans le vingt-cinquième volume des *Mémoires de la Société
des Antiquaires de France.*

[2] *Metrologische Untersuchungen*, p. 12; Cf. p. 188-190.

[3] *Corpus inscr. grœc.*, n° 123, § 4. Ce Στεφανηφόρος était, selon une
conjecture très-probable de M. Beulé (*La monnaie d'Athènes*, p. 349-351),
une statue de Thésée, celle même qu'on voit figurer, une couronne à la main,
sur plusieurs monnaies d'Athènes.

[4] *Corpus inscr. grœc*, n° 150, § 24 : Σταθμία χαλκᾶ ΔΙΙ (c'est-à-dire
δώδεκα). Cf. n° 123, § 8; *ibid.*, n° 151, 40 : Στα]θμία χαλκᾶ ΔΙΙ ἅ ὁ δῆμος
σηκῶσαι ἐψ[ηφίσατο.

[5] *Onomast.*, X, 126.

métriques; ces poids et mesures étaient communiqués aux magistrats et aux particuliers, et déposés non-seulement dans la citadelle, mais encore sous la *Sciade* [1], au Pirée, à Éleusis. Les Romains avaient aussi, dans le Capitole, leurs mesures et leurs poids étalons [2]. On avait quelquefois des chambres spéciales pour les y déposer [3]. Des poids étaient aussi déposés dans des temples, comme dans celui d'Hercule [4]. »

Or, parmi les textes cités en note par M. Boeckh, aucun ne peut nous donner une idée de ce qu'était un *ponderarium*. Ces textes mentionnent le lieu où étaient déposées des mesures officielles, mais ils ne le décrivent pas. Cependant une inscription de Pompéi, depuis longtemps publiée et spécialement reproduite dans le recueil d'Orelli [5], provient d'un monument tel que celui que nous cherchons, et d'un monument aujourd'hui presque intact. Mais pour s'en apercevoir, il fallait recourir aux dessins mêmes des antiquaires, par exemple à ceux de Mazois [6]; car M. Orelli n'avait pas pris le soin qu'a pris plus tard M. Mommsen [7] de signaler, en quelques mots du moins, le monument sur lequel l'inscription avait été relevée. Le *ponderarium* de Pompéi, découvert, en 1816, sous un portique, au Forum, près du temple qu'on

[1] Édifice en forme de dais qui paraît avoir fait partie du Prytanée. Voir Hésychius, au mot Σκιάς, et Harpocration, au mot Θόλος.

[2] Wernsdorf, *Excurs. ad Priscian. de pond. et mens.* dans ses *Poetæ lat. min.*, t. V, part. I, p. 605; Ideler, *Mém. de l'Acad. de Berlin*, 1812-1813, p 158; Hase, *ibid.*, 1824, p. 152 de la partie historique et philologique.

[3] Orelli, *Inscr. lat.*, n° 144 et n° 4344.

[4] Fabretti, *Inscr. antiquæ*, p. 527.

[5] N° 4348, c'est-à-dire tout près du n° 4344 que M. Boeckh a cité.

[6] Ruines de Pompéi, t. III, p. 54, pl. XL. Sur la valeur historique de ce monument, voir les observations de M. V. Vasquez Queipo, *Essai sur les systèmes métriques et monétaires des anciens peuples* (Paris, 1859, in-8), t. II, note 29.

[7] *Inscr. Regni neapol.*, n° 2195.

appelle ordinairement temple de Vénus, est aujourd'hui conservé dans le musée de Naples. Il se compose d'un bloc de
tuf creusé de manière à présenter deux tables sur chambranle,
superposées l'une à l'autre, et toutes deux renfermées dans
une seule niche. Sur la face antérieure de la table d'en bas on
lit l'inscription que voici :

A.CLODIVS.A F.FLACCVS.N. ARCAEVS.N.F.ARELLIAN.CALEDVS
D.V.I.D.MENSVRAS.EXAEQVANDAS.EX.DEC.DECR.

qui nous apprend que les duumvirs Aulus Clodius Flaccus et
Numérius Arcæus Arellianus Calédus ont procédé, en vertu
d'un décret des décurions, à la vérification des mesures municipales et en ont déterminé les étalons authentiques. En
effet, sur la table inférieure du monument se trouvent creu-
sées cinq cavités de grandeur décroissante de la droite à la
gauche. Sur le bord de la même table et le long du chambranle de droite qui soutient la seconde, est encore une cavité
plus petite. Une cavité semblable, mais à demi couverte par
le chambranle de gauche, se voit en face de ce chambranle.
La seconde table en contient deux autres à peu près égales.
Quatre des cinq premières cavités sont percées, à leur partie
inférieure, d'un trou que fermait une plaque de bronze glis-
sant entre deux coulisses ; ce trou servait sans doute à l'é-
coulement des matières contenues dans la cavité. Sur la
table d'en bas on distingue la trace des charnières qui fixaient
sur chaque trou un couvercle de métal; on voit aussi près
de chaque mesure la trace de caractères aujourd'hui effacés
et qui paraissent l'avoir été dès l'antiquité même et avec
intention [1]. L'époque où ce grattage a eu lieu n'est pas connue,
mais la date du monument lui-même ne semble pas impos-

[1] Voir la planche ci-jointe nº I, où ce monument est reproduit d'après les
dessins et la description de J. Overbeck : *Pompeii in seinen Gebäuden,
Alterthumern Kunstwerken dargestellt* (Leipzig, 1856), p. 55, 56.

sible à fixer ; en effet, l'un des deux magistrats auteurs du
travail en question, A. Clodius Flaccus, s'il est bien le même
que son homonyme duumvir avec M. Holconius Rufus sous
le treizième consulat d'Auguste, l'an de Rome 752, serait un
contemporain de cet empereur [1] ; il aurait été trois fois
duumvir ; c'est à l'un de ses duumvirats que se rapporteraient
les brillantes fêtes municipales attestées par une autre inscription de Pompéi et où figurent entre autres le nom du célèbre
danseur Pylade [2].

Quoi qu'il en soit à cet égard, la forme du *ponderarium* de
Pompéi nous explique comment, dans une des inscriptions
citées par M. Boeckh [3], il peut être parlé d'un *ponderarium*
détruit par un tremblement de terre. Ces monuments étaient
quelquefois de petits édifices, sujets, comme tant d'autres, à
se disloquer sous l'effort d'une secousse souterraine. Avaient-
ils, en Grèce, la même forme ou une forme analogue ? C'est
ce que l'on pouvait volontiers admettre par conjecture, bien
que, à vrai dire, aucun témoignage, épigraphique ou autre,
ne contînt de renseignement sur ce sujet. Mais une découverte récente, faite en Asie par le docteur Wagener, nous
dispense de toute conjecture, en nous offrant un σήκωμα grec
assez semblable au *ponderarium* de Pompéi [4].

Ce monument, qui d'ailleurs ne remonte pas au delà du
premier siècle de l'ère chrétienne, se compose d'un gros bloc
de marbre blanc dont la surface supérieure est percée de sept
cavités circulaires de grandeur inégale. A côté de chacune on

---

[1] Mommsen, *Inscript. regni neapol.*, n° 2261.

[2] Orelli, n° 2530 ; Mommsen, *ibid.*, n° 2378.

[3] Orelli, n° 144 ; Mommsen, n° 5531 (inscr. du bourg d'Interpromum).

[4] *Notice sur un monument métrologique récemment découvert en Phrygie.* Présenté à la Classe des Lettres de l'Académie de Bruxelles, inséré au
tome XXVII des Mémoires couronnés et des Mémoires des savants étrangers. La planche ci-jointe représente sous le numéro 11 une réduction du
dessin de M. Wagener.

lit une inscription qui ne permet pas d'y méconnaître des
mesures de capacité pour les corps secs et les liquides. Ces
mesures sont, par ordre de grandeur :

1° Le κύπρος, déjà connu pour valoir un double *modius* chez
les habitans du Pont ;

2° Le μέδιος,) deux mesures également connues des anti-
3° Le χοῖνιξ,)   quaires ;

4° Le χόν[δρου] ξέ[στης,] écrit ainsi par abréviation et dans
lequel M. Wagener croit voir le ξέστης ordinaire, équivalant
à la moitié du χοῖνιξ, et employé pour mesurer le χόνδρος ou
épeautre.

Les quatre étalons précédents se rapportent tous à des
mesures de corps secs ; les trois derniers se rapportent à des
mesures de liquides :

5° Διχότυλον ou le double cotyle. On ne connaissait jusqu'ici
ce mot que sous la forme adjective διχότυλος-ον.

6° Κοτύλη ἐλαίη, la cotyle d'huile, nom composé par une
alliance de mots dont, jusqu'ici, on n'avait pas d'exemple,
mais dans laquelle ἐλαίη me semble évidemment jouer le
rôle d'adjectif, comme dans la locution homérique ἀλείφεσθαι
λίπ' ἐλαίῳ, dont M. Wagener aurait pu la rapprocher[1] ;

7° Le ξέστης, qui se trouve avoir ici une valeur toute nouvelle pour la métrologie ; « car, dit M. Wagener, d'après les
témoignages des auteurs anciens, le ξέστης est le double de la
cotyle, tandis que dans l'étalon phrygiaque, c'est probablement le contraire qui a lieu. »

Enfin, au-dessus du κύπρος se trouve l'étalon d'une mesure
de longueur, jusqu'ici inconnue, « qui, selon M. Wagener,
est à l'aune romaine comme 5 est à 4 ; à l'aune babylonienne
royale comme 21 est à 20 ; à l'aune de Philétère comme 25
est à 24, c'est-à-dire comme le pied grec est au pied romain. »

---

[1] *Iliade*, K, 577 ; E, 171 ; Σ, 350

Sans m'arrêter aux discussions que peuvent soulever ces renseignements et ces précieuses données, discussions qui ne sont guère de ma compétence [1], je passe à l'autre partie du monument d'Ouschak à propos de laquelle j'aurai peut-être à m'écarter des interprétations proposées par l'heureux auteur de cette découverte.

La face antérieure du bloc de marbre est ornée d'une guirlande ; au-dessus de la guirlande on distingue des caractères grecs que M. Wagener, malgré tous ses efforts, n'a pu déchiffrer ; mais au-dessous il a lu très-nettement :

Ἀλέξανδρος Δοκιμεὺς ἐποίει.

Dans cette inscription il n'hésite pas à reconnaître le nom du *sculpteur* qui aurait, selon lui, exécuté le monument ; et dans le mot Δοκιμεὺς il voit l'ethnique de Δοκιμία, bourg voisin de Synnada, et qui avait, dans le pays, donné son nom (δοκιμίτης ou δοκιμαῖος) à la belle espèce de pierre appelée par les Romains *Synnadique* [2]. Comme d'ailleurs les carrières de Synnada paraissent avoir fourni de la pierre blanche, M. Wagener conjecture que le bloc d'Ouschak provient de ces carrières. Quant au mot Δοκιμεύς, il n'a pas de peine à en justifier l'usage géographique par le témoignage des inscriptions et par celui des médailles. Je n'ai pas, en général, à contester ses conclusions sur ce point : Δοκιμεύς est bien l'ethnique régulier de Δοκιμία, dont l'ethnique vulgaire et moins élégant était Δοκιμηνός, selon le témoignage précis d'Étienne de Byzance [3]. Mais, en ce qui concerne le monu-

---

[1] Je suis heureux d'ailleurs de pouvoir renvoyer, sur ce sujet, au savant ouvrage de M. Vasquez Queipo (cité plus haut, p. 198), t. II, note 109.

[2] Strabon, *Geogr.*, XII, ch. vii, p. 577, éd. Casaubon · Une inscription de Smyrne sous le règne d'Hadrien (*Corpus*, n° 3148) mentionne κείονας p. κίονας) εἰς τὸ ἀλειπτήριον Συνναδίους.

[3] Δοκίμειον· τὸ ἐθνικὸν Δοκιμεὺς κατὰ τέχνην (c'est-à-dire selon les lois de la grammaire), κατὰ δὲ τὴν συνήθειαν Δοκιμηνός.

ment d'Ouschak, sommes-nous bien sûrs qu'il faille admettre
Ἀλέξανδρος pour un sculpteur, et Δοκιμεύς pour une indication de sa patrie ? La guirlande qui décore la face antérieure
du monument ne valait certes pas la peine d'être signée par
un artiste, et les cavités qui jaugent les mesures normales du
municipe grec, ainsi que le creux de l'aune phrygienne, sont
une œuvre de précision technique plutôt qu'une œuvre d'art.
Bien plus, ne semble-t-il pas qu'à la précision du travail
devait se joindre ici quelque garantie officielle, analogue à
celle que nous voyons attestée sur le monument de Pompéi
et sur beaucoup d'autres monuments du même genre [1] ? Plusieurs poids étalons, soit grecs, soit romains, portent l'empreinte de cette garantie, et quelquefois le nom du magistrat
sous lequel ils ont été fondus et frappés [2].

Est-il d'ailleurs bien naturel qu'un simple particulier,
fût-ce même un fabricant de mesures, eût fait élever un monument comme celui d'Ouschak, et qu'il l'eût fait décorer
par un artiste ? Au contraire, l'autorité publique a précisément pour devoir de fixer la valeur des mesures, de la pré-
server contre les injures du temps et contre les ruses de la
mauvaise foi. Dans cette vue, elle doit chercher, pour les
étalons qu'elle consacre, la plus grande solidité unie à la
plus grande exactitude. Le tuf de Pompéi et plus encore le
marbre des carrières de Phrygie répondent parfaitement à la
première de ces conditions. Pour remplir la seconde, il fallait ou l'habileté d'un expert responsable, ou tout au moins
le talent d'un ouvrier habile agissant sous le contrôle et sous

---

[1] Orelli, nᵒˢ 1530, 3882 (longue et importante inscription d'Ostie, où je
remarque : *pondera ad macellum..... fecit*); 3889, 4344, 4345, 4347,
7319ᵃ (dans le troisième volume, publié par G. Henzen).

[2] *Corpus inscr. græc.*, nᵒ 8535 et suiv. Cf. t. IV, p. xviii; Rangabé,
Antiq. helléniques, nᵒ 894, inscriptions de quatre poids athéniens. Le cabinet de M. le duc de Luynes renferme un de ces poids.

la responsabilité des magistrats ; c'est ce qu'attestent avec évidence plusieurs monuments de l'antiquité grecque et de l'antiquité romaine, qu'il me semble inutile d'énumérer ici [1]. Ces réflexions et ces rapprochements nous amènent à une conjecture qui, sans doute, se fût présentée à l'esprit du docteur Wagener, si, quand il a rendu compte de sa découverte, les préoccupations du géographe n'eussent dominé chez lui celles de l'antiquaire. J'exprimerai cette conjecture simplement et sans plus de détours.

Δοκιμεύς n'est pas un ethnique ; c'est le nom d'une profession ou d'une fonction, et l'Alexandre auquel ce nom se rapporte était un expert vérificateur, un *exactor* ou un *œquator*, comme l'appelaient les Latins [2]. Le mot δοκιμεύς ne s'est pas encore rencontré dans ce sens chez les auteurs grecs, on doit l'avouer ; mais il est d'ailleurs parfaitement conforme à une analogie dont témoignent les exemples suivants :

γνάφος — γναφεύς — γναφεῖον — γναφεύω,
κέραμος — κεραμεύς — κεραμεῖον — κεραμεύω,
μέταλλον — μεταλλεύς — μεταλλεῖον — μεταλλεύω,
ἄριστος — ἀριστεύς — ἀριστεῖον — ἀριστεύω,
φάρμακον — φαρμακεύς — φαρμακεῖον — φαρμακεύω,
Βάκχος — βακχεύς — βακχεῖον — βακχεύω.

---

[1] Exemple dans le *Corpus inscr. græc.*, nº 123, § 2 : Αἰ δὲ ἀρχαί, αἷς οἱ νόμοι προστάττουσι, πρὸς κατεσκευα[σμένα] σύμβολα σηκώματα πει[η]σάμεναι, πρός τε τὰ ὑγρὰ καὶ τὰ ξηρὰ καὶ τὰ σταθμά, [ἀ]ν[αγκ]αζέτω[σαν τοὺς] πωλοῦντάς τ[ι] ἐν τῇ ἀγορᾷ [ἢ] ἐν ταῖς ἐργαστηρίαις ἢ τοῖς κα[π]ηλείοις ἢ οἰνῶσιν ἢ ἐπ' οἰκημάτων, χ]ρῆσθαι τοῖς μέτροις καὶ τοῖς σταθμοῖς τούτοις, etc. Orelli, nº 4345 (sur un poids en marbre): *Ex auctoritate Q. Junii Rustici præf. Urbis*, inscription qui se retrouve sur plusieurs poids de la collection nationale du Cabinet des médailles. Cf. A. de Longpérier dans le *Bulletin archéol. de l'Athenæum français*, sept. 1855.

[2] Orelli, nᵒˢ 3228, 3229 Ce dernier texte épigraphique doit être complété par le texte reproduit dans Gruter, p. 1066, 5, qui en fournit la date. Cf. *ibid.*, p. 1070.

D'après cette analogie, à δόκιμος et δοκιμεῖον [1], mots déjà
connus par de nombreux exemples, répondent naturellement
δοκιμεύς et δοκιμεύω pour désigner la fonction d'expert ou
d'essayeur et l'action d'essayer, deux idées déjà exprimées
dans la langue grecque par les mots δοκιμαστής et δοκιμάζω.
Jusqu'ici δοκιμεύω n'est attesté par aucun exemple, et δοκιμεύς ne l'est que par celui même que nous discutons. Mais
combien de mots techniques du même genre ne nous sont
connus que par un exemple conservé soit sur le marbre, soit
dans le texte de quelque grammairien ! Quant au pléonasme
que formeront en grec les mots δοκιμεύς et δοκιμαστής, il ne
saurait nous embarrasser si nous songeons à tant d'autres
synonymies pareilles dans une langue qui a vécu si longtemps, chez un tel peuple et avec une si grande variété de
dialectes. — Que l'on compare de même :

ἁλιεύς et ἁλιευτής,
βραβεύς et βραβευτής,
πρεσβεύς et πρεσβευτής,
κουρεύς et κουρευτής,
μεταλλεύς et μεταλλευτής,
βακχεύς et βακχευτής,
βουλεύς (épithète de Jupiter) et βουλευτής,
ἀγρεύς (épithète de Neptune) et ἀγρευτής,
πανδοκεύς et πανδοκευτής (dont je ne trouve, il est vrai, que
le féminin πανδοκεύτρια),
φαρμακεύς et φαρμακευτής,
καμινεύς et καμινευτής,

---

[1] *Corpus inscr. græc.*, n° 1570, inscription d'Oropos, en Béotie, où le
mot δοκιμεῖον désigne, selon M. Boeckh, un échantillon de métal conservé
pour faire des essais : Κατασκευάσαι τῷ θεῷ φιάλην χρυσῆν καταλιπομένη
(sic) δοκιμεῖον. Cf. Harpocration, au mot Βάσανος (pierre de touche).

et tant d'autres exemples, que nous pourrions ajouter à cette liste, s'il était nécessaire. Mais une inscription d'Aphrodisias vient appuyer plus directement encore notre opinion sur la synonymie de δοκιμεύς et de δοκιμαστής. Cette inscription [1] mentionne, parmi divers artistes couronnés dans des concours publics, un ψιλοκιθαρεύς, c'est-à-dire un musicien qui jouait de la cithare sans s'accompagner de la voix. Or, cette idée, que le français ne peut exprimer sans le secours d'une périphrase, le grec l'exprime encore par le composé ψιλοκιθαριστής. Par conséquent, ψιλοκιθαρεύς n'était pas plus nécessaire à la langue hellénique que ne l'est δοκιμεύς, synonyme de δοκιμαστής. Il me semble vraiment qu'une telle analogie équivaut presque à une preuve directe : δοκιμεύς n'est donc autre chose que le nom d'un expert vérificateur. C'est à une fonction analogue que se rapporte le titre d'ἀργυροσκόπος qu'on vient de retrouver dans la belle inscription de Messène sur laquelle notre confrère M. Brunet de Presle a fait récemment une lecture devant l'Académie des belles-lettres [2]. En effet, cet ἀργυροσκόπος était le vérificateur des sommes versées dans la caisse d'une corporation religieuse.

Cela posé, si l'on se rappelle que la partie antérieure du monument d'Ouschak portait encore, au-dessus de la guirlande, des caractères aujourd'hui effacés, en rapprochant ce fait des usages signalés plus haut, pour ce qui touche au contrôle des mesures municipales dans l'antiquité, on supposera volontiers que cette partie perdue de l'inscription contenait les noms des magistrats qui avaient fait exécuter par un expert les étalons destinés au marché public de Trajanopolis. Ces magistrats étaient ou les édiles, ἀγορανόμοι, que l'on voit figurer ainsi sur les poids de plusieurs villes grecques [3], ou

---

[1] *Corpus inscr. græc.*, n° 2758.

[2] Lignes 47, 48 du texte publié en 1859 dans le *Philopatris* d'Athènes, n° 216, et réimprimé, en 1860, à Gottingue, par M. Sauppe.

[3] Voir sur ces usages la dissert. du P. G. Secchi : *Illustrazione di una*

des magistrats d'une compétence encore plus spéciale, les μετρονόμοι, connus par le témoignage des anciens Atticistes [1], et dont le titre se lit empreint sur des poids athéniens d'une haute ancienneté [2].

Toutes ces notions s'éclairciraient encore si nous possédions un plus grand nombre de monuments comme celui de Trajanopolis, pour la Grèce, et de Pompéi, pour les pays romains, surtout des monuments accompagnés d'inscriptions un peu explicites.

Or, je puis citer encore deux ou trois pierres métrologiques à Athènes, et deux en Italie ; mais les deux dernières portent seules une dédicace officielle ; les autres n'offrent plus la trace d'aucun caractère antique.

Les souvenirs et les communications obligeantes d'abord de M. Ch. Lenormant, notre regretté confrère, puis de M. Beulé m'ont mis sur la trace des marbres athéniens dont il s'agit. Je dois à l'amitié d'un jeune architecte, M. Paul Bonnet, de l'École française de Rome, et à celle de M. G. G. Pappadopoulos, habile antiquaire d'Athènes, les dessins de ces monuments, d'après lesquels j'en puis donner une exacte description.

Le monument dessiné par M. Bonnet est, à vrai dire, le seul qui paraisse appartenir à la classe de ceux dont nous nous occupons dans le présent mémoire ; encore l'artiste qui m'envoie ce dessin n'est-il pas éloigné d'y voir de préférence un de ces moulins portatifs comme il nous en est parvenu un

---

antica bilibra romana (Roma, 1835, in-4), qui cite, sur cette juridiction particulière des édiles, deux témoignages précis de Perse (*Sat.* I, 129) et de Juvénal (*Sat.* X, 190).

[1] Bekker, *Anecd. gr.*, p 278 : Μετρονόμοι..... οὗτοι δὲ τὴν ἐπιμέλειαν εἶχον ὅπως δίκαια ᾖ τὰ μέτρα τῶν πωλούντων. Comparez Harpocration, qui cite, à propos de ces magistrats, les témoignages de Dinarque et d'Aristote.

[2] Voir plus haut, p. 203, note 2.

assez grand nombre de l'antiquité. C'est un vase cylindrique de 0^m,91 de large sur 0^m,76 de hauteur, équarri sur la face dans le sens de la hauteur, comme on le voit dans la figure III de notre planche, qui traduit en perspective cavalière le dessin de M. Bonnet. Une rigole d'émission pratiquée au bas du cylindre, sur la surface équarrie, donnait écoulement au liquide contenu dans l'intérieur ; mais le jaugeage de la cavité n'a pu être exécuté avec la précision qui seule lui donnerait toute sa valeur, parce que le vase a jadis servi à fabriquer du mortier, et que le mortier, faisant corps avec la paroi, a notablement diminué les dimensions de la cavité primitive.

Une autre pierre, placée dans le voisinage de la précédente et dans laquelle M. Pittakis reconnaissait aussi une mesure de capacité, n'a pu être mesurée ni exactement dessinée par M. Bonnet, parce qu'elle est aujourd'hui, malheureusement, encombrée d'immondices. Mais ce qui doit, à cet égard, diminuer nos regrets, c'est que notre correspondant déclare ce second vase *tout à fait semblable* au premier.

Le vase étalon que m'a fait connaître M. Pappadopoulos n'a pas non plus une grande importance, et il ne remonte pas, au moins comme mesure, à une haute antiquité. Peut-être d'ailleurs est-il identique à l'un des deux précédents. Au reste, je transcrirai la description que m'en donne le savant athénien, ne fût-ce que pour prévenir toute méprise au sujet de débris antiques qui, sur la foi de vagues indications, pourraient attirer plus qu'il ne convient l'attention des archéologues.

« Ce bloc, m'écrit M. Pappadopoulos, a pu être originairement un tambour de colonne, que l'on a creusé et où l'on a pratiqué une rigole au niveau du fond. C'était jadis un ἀρδάνιον, ou plus probablement, une mesure étalon, et cette supposition s'accorde avec son emplacement et son usage avant la révolution. Pour l'approprier à son nouvel usage,

on l'a fort détérioré. La ciselure du côté où se trouve la
rigole est moins ancienne et moins soignée, de sorte que le
plan n'en est pas exactement vertical. La même observation
s'applique au travail de l'intérieur. Le fond de la cavité est
recouvert d'un enduit dur, ce qui ferait supposer qu'on a eu
l'intention d'en changer la capacité pour l'approprier à une
mesure nouvelle. J'ai fait boucher le trou de la rigole, et j'ai
fait remplir d'eau la cavité ; il s'est trouvé qu'elle contenait
un poids de 77 oques et demie (400 drachmes). — Sous le
gouvernement turc, ce marbre, ainsi que deux autres, dont
l'un jauge la moitié, et le second, le quart des poids ci-dessus,
a servi d'étalon pour mesurer les céréales. Il existe encore,
dans le village de Cara, une pièce semblable, mais en bois.
De vieux Athéniens se souviennent d'avoir vu employer
cette unité métrique pour vérifier le κοιλόν du marché public
ou celui de quelque particulier, vendeur de blé... Quant aux
deux autres blocs dont je viens de parler, ils sont en trop
mauvais état pour servir maintenant à des calculs de métrologie ; c'est par des informations orales, mais sûres, que j'ai
su qu'ils ont servi jadis à des mesures publiques. »

Une troisième pierre, aujourd'hui mutilée, dont M. Bonnet
m'envoie le dessin, offre avec les précédentes une certaine
ressemblance, mais une ressemblance qui n'est pas assez
décisive pour nous autoriser à la mettre au nombre des monuments métrologiques (voir le numéro IV de notre planche).

Quelle que soit d'ailleurs l'antiquité de ces divers monuments, ils ne paraissent pas avoir jamais été autre chose que
des mesures isolées. Ils ne forment pas un véritable σήκωμα
ou *ponderarium*. Au contraire, c'est un véritable *ponderarium*,
comme celui de Pompéi, qui a été retrouvé en 1841 dans
les ruines de Minturnes, et qui, de ces ruines, a passé au
musée des *Studi* à Naples [1]. Une pierre rectangulaire offre,

---

[1] *Bulletin de l'Institut archéol. de Rome*, t. XIII, p. 180 (1841), notice

dans sa partie supérieure, cinq cavités de grandeur décroissante, dont trois se terminent, au fond, par un trou destiné à
l'écoulement. L'inscription suivante, gravée deux fois sur les
parois latérales de la pierre, ne permet aucun doute sur la
destination de ces cinq cavités et sur l'usage tout officiel du
monument où elles sont réunies :

L·GELLIVS·L·F·POBLICOLA·C
CAEDICIVS·C·F·DVO·VIR·EX·S·C
PONDERA·ET·METRA •
EXAEQVARVNT·EIDEM·DE·SVA
PECVNIA·PONENDA·C¹.

Comme à Pompéi, on le voit, ce sont des duumvirs qui,
d'après une décision du sénat (apparemment du sénat municipal), ont présidé à la vérification des mesures et à la construction du monument, dont il semble d'ailleurs qu'une
partie seulement est parvenue jusqu'à nous.

Quelquefois un seul magistrat prenait sur lui cette charge
et cette dépense. C'est ce qui est arrivé pour le *ponderarium*
d'Éporédia, ainsi que le prouve une belle inscription déposée
aujourd'hui dans le musée de Turin. Ce texte, dont les lacunes
ont pu être restituées par M. Gazzera, attribue l'érection du
monument à un citoyen nommé T. Sextius Secundus. Malheureusement la table commémorative ne laisse rien deviner
de l'étendue ni de la forme du monument dont elle faisait
partie².

de quelques lignes,adressée par M. Gaetano Ciuffi. — Les autres renseignements que je publie sur ce monument sont dus, ainsi que les dessins réduits
sous le numéro V de notre planche, à l'obligeance d'un antiquaire napo-
litain, M. Phil Gargallo Grimaldi.

¹ Mommsen, *Inscr. regni Neap*, n° 4065; Henzen, *Suppl. Orelli*, n° 7316.
D'après le témoignage de M. G. Grimaldi, l'inscription ne parait pas être
également bien conservée sur les deux faces.

² Voir C. Gazzera, *del Ponderario e delle antiche lapidi Eporediesi*, dans
les *Mémoires de l'Académie de Turin*, 2° série, t. XIV, p. 37, n° 34.

Une autre inscription, trouvée près de Rimini, et que feu M. le comte Borghesi attribuait au second siècle de l'ère chrétienne[1], nous révèle encore, sur ce sujet des mesures officielles, un fait des plus intéressants; c'est que, quelquefois du moins, l'érection d'un *ponderarium* était payée soit sur les amendes, soit sur les confiscations encourues par les personnes qui employaient ou fabriquaient de fausses mesures :

EX INIQVITATIBVS[2]
MENSVRARVM ET PONDER
C·SEPTIMIVS CANDIDVS ET
P·MVNATIVS CELER AED
STATERAM·AEREA (*sic*) ET PON
DERA DECRET DECVR
PONENDA CVRAVERVNT.

La formule *ex* avec un ablatif est commune pour désigner l'origine d'une somme d'argent qui sert à payer l'érection d'un monument. On la trouve, par exemple, dans une inscription du temps d'Auguste[3] :

. . . .
EX · STIPE · QVAM · POPVLVS ROMANVS
ANNO · NOVO · APSENTI (*sic*) CONTVLIT, etc.

---

[1] *Revue de Philologie*, t. I, p. 516 : Lettre sur quelques inscr. lat. de l'Ombrie et du Picenum, par M. Noel des Vergers ; Henzen, *Suppl. Orelli*, n° 7135 Nous reproduisons dans ce texte les irrégularités singulières de la ponctuation de l'original.

[2] *Codex Theodos*, XII, 6, § 32 (loi de l'an 429 après Jésus Christ) : « Aurum sive argentum, quodcunque a possessore confertur, arcarius vel susceptor accipiat, ita ut provinciæ moderator ejusque officium ad crimen suum noverit pertinere, si possessoribus ullum fuerit ex aliqua ponderum iniquitate illatum dispendium. »

[3] Orelli, *Inscr. lat.*, n° 598 ; Cf. 1608.

Et dans une inscription d'Eburodunum, en Suisse [1] :

. . . .

DONA · VENIBVNT [2]
AD · ORNAMENTA · EIVS (Mercurii)
ET · EX · STIPIBVS
PONENTVR

Les peines décrétées contre la fraude en matière de poids publics ont dû être de tout temps fort sévères. Autrefois pécuniaires et religieuses à la fois, elles avaient sans doute perdu tout caractère religieux au temps de l'empire. C'est du moins ce que l'on induit volontiers de la comparaison du texte de Rimini avec les dernières lignes d'une vieille loi républicaine dont le texte, malheureusement très-mutilé, se trouve dans le lexique de Festus [3]. Ce rapprochement même nous fait d'autant plus regretter que Rome n'ait pas conservé ou que du moins ses ruines ne nous aient pas rendu un seul monument tel que ceux de Trajanopolis, de Pompéi et de Minturnes. Les témoignages réunis par M. Boeckh dans le chapitre de ses *Recherches métrologiques* que nous avons cité plus haut, témoignages dont le nombre augmente chaque jour par la découverte de nouvelles inscriptions [4], autorisent à croire que les *ponderaria* devaient être assez nombreux dans la capitale de l'empire.

---

[1] Orelli, n° 348 ; Cf. 398 et 4060.

[2] Les mêmes usages sont attestés par une inscription de Furfone, dans Orelli, n° 2488.

[3] Au mot *Publica pondera :* « Si quis, etc... eum quis volet magistratus multare, dum minore parti (p. parte) familias taxat, liceto ; sive quis im sacrum judicare voluerit, liceto. » — Texte reproduit dans les *Latini sermonis reliquiæ*, p. 357 et 358.

[4] Voir, par exemple, le Supplément de M. Henzen à la collection d'Orelli, n° 7319

II

Une autre question, non moins intéressante peut-être, se rattache à l'interprétation du monument d'Ouschak, je veux dire l'étymologie du nom de ville auquel se rattachait le mot δοκιμεύς considéré comme un ethnique.

Ce nom de ville se rencontre sous deux formes chez les auteurs anciens : Δοκίμειον chez Etienne de Byzance et saint Epiphane, Δοκιμεία ou Δοκιμία chez Strabon et chez Etienne de Byzance.

Sous la première forme il peut être primitivement le nom d'un temple ou d'un lieu sacré, τεμενικόν. Ces noms, en effet, sur lesquels un ancien grammairien avait écrit un livre qui nous est ici particulièrement regrettable[1], deviennent souvent des noms de villes quand autour du *temenos* se sont groupées des habitations plus ou moins nombreuses. Le changement de sens est alors attesté par un déplacement de l'accent et quelquefois par un léger changement d'orthographe. C'est ainsi que Μόψιον, ville de Thessalie, semble tirer son nom de Μοψεῖον, qui désignait d'abord le temple de Μόψος, un des Argonautes[2]; que Ἀδραμύττειον, en Mysie, et Ἀρτεμίσιον, au nord de l'Eubée, se rattachent à deux variantes dialectiques du nom grec de Diane ou *Artemis*, qui avait des temples dans ces deux localités[3]. On peut citer encore en ce genre les exemples suivants dont il serait facile d'augmenter le nombre :

---

[1] Suidas, au mot Εὐγένιος, attribue à ce grammairien, qui vivait sous Anastase, un traité qu'il désigne ainsi : Περὶ τῶν τεμενικῶν ὅπως προφέρεται, οἷον Διονύσιον, Ἀσκληπίειον.

[2] Strabon, IX, p. 343 (ed. Casaubon).

[3] Etienne de Byzance. Cf. Visconti, *Iconogr. grecque*, t II, p 212 (ed.

Ἡράκλειον, nom de plusieurs villes, en Sicile, en Cyrénaïque, en Crète, en Syrie ;

Αἰγίνειον, en Thessalie ;

Ἀνακτόρειον, en Acarnanie ;

Κυτίνειον, en Locride ;

Δῖον, en Macédoine, sur l'Athos, en Eubée ;

Γρύνειον, en Éolide (dérivé d'un surnom d'Apollon) ;

Ἀχίλλειον, nom d'une ville de Troade et d'une autre dans
le Bosphore cimmérien, toutes deux fondées sans doute autour d'un temple d'Achille.

Comme on le voit par quelques-uns de ces exemples, le
protecteur éponyme d'une ville pouvait n'être qu'un demidieu ou même un personnage divinisé. Or, *Docimus*, n'étant
pas un nom de dieu, ne saurait guère être pris que pour celui
de quelque personnage historique, honoré comme le fondateur d'une cité, et dont l'ἡρῷον aura donné son nom à la cité
fondée par lui. L'histoire des successeurs d'Alexandre nous
offre précisément deux Docimus. Le premier était lieutenant
d'Eumène, auprès de qui il avait joué un rôle important ; et
même un témoignage de Plutarque nous le montre auprès
d'Eumène, à Célènes, dans la haute Phrygie, c'est-à-dire dans
la région où se trouvait Synnada[1]. Un second Docimus, général d'Antigone, qui passa plus tard par trahison au parti
de Lysimaque, nous est signalé par Diodore de Sicile[2]. Il est
donc possible que l'un ou l'autre de ces personnages, le premier surtout, ait fondé en Phrygie une ville à laquelle il aura
plus ou moins directement donné son nom, suivant que Δοκι

in-4), qui me paraît admettre trop facilement, avec le grammairien grec,
un héros éponyme Ἀδραμύτης, et qui reconnaît, en conséquence, la figure
de ce héros sur les médailles d'Adramyttion.

[1] Diodore de Sicile, XVIII, 45 ; XIX, 16 ; Pausanias, I, viii, 1 ; Plutarque,
Vie d'Eumène, c. viii.

[2] Diodore de Sicile, XIX, 75 ; XX, 107.

μεῖον sera considéré comme désignant l'ἡρῷον d'un Docimus,
ou que la forme Δοκιμεία sera dérivée de Δόκιμος comme :

Ἀλεξανδρεία	dérivait de	Ἀλέξανδρος,
Ἀντιοχεία	—	de Ἀντίοχος,
Εὐμένεια	—	de Εὐμένης,
Σελευκία	—	de Σέλευκος,
Λυσιμαχία	—	de Λυσίμαχος,
Φιλαδελφία	—	de Φιλάδελφος, etc.

Bien plus, une épitaphe antique, de provenance incertaine,
qui est aujourd'hui conservée au musée de Cambridge, consacre le souvenir d'un personnage, nommé Papias, qu'elle
désigne comme originaire de la *belle contrée de Docimus*, ᾧ
πατρὶς ἦεν — καλὴ χθὼν Δοκίμοιο [1]. Si un Docimus était le fondateur et le héros éponyme de Docimia, rien n'empêcherait
donc de reconnaître, comme l'a fait Eckhel, sa figure sur les
monnaies autonomes de cette ville [2], du côté où se trouve le
mot ΔΟΚΙΜΟΣ.

J'avoue toutefois que, sur ce point, une autre conjecture
me séduirait davantage.

On se rappelle que Docimia était très-voisine de Synnada,
et le texte de Strabon, que nous avons cité plus haut, nous
présente cette localité comme un simple bourg ou village
(κώμη). Il serait étrange qu'un tel bourg ou village, ayant
pour fondateur quelque lieutenant d'Alexandre, eût pris en
trois siècles si peu de développement, ou que, dans le même
espace de temps, il eût perdu l'importance que semble lui
attribuer le nom d'un tel fondateur. Je lui chercherais donc
volontiers une plus modeste origine. Que l'on veuille bien

---

[1] *Corpus inscr. græc.*, n° 6861.

[2] *Doctrina num. vet.*, t. III, p. 152; Cf. Visconti, *Iconogr. gr.*, t. II,
p. 212, éd. in-4

comparer les deux formes Δοκιμεῖον et Δοκιμεία avec les mots
suivants :

> ἀριστεῖον et ἀριστεία, tous deux dérivés de ἄριστος ;
> μεταλλεῖον et μεταλλεία, — de μέταλλον ;
> κεραμεῖον et κεραμεία, — de κέραμος ;
> φαρμακεῖον et φαρμακεία, — de φάρμακον ;
> ἀγγαρεῖον et ἀγγαρεία, — de ἄγγαρος ;
> πτωχεῖον et πτωχεία, — de πτωχός.

Il sera facile d'en conclure que δοκιμεῖον a pu signifier
d'abord « un lieu où l'on vérifiait » et δοκιμεία « l'action de
vérifier. » Or, les pierres, surtout les pierres de luxe comme
celles que fournissaient les carrières de Synnada [1], devaient
être soumises à quelque vérification au sortir de la carrière,
soit pour le volume et le poids, soit pour la qualité. Je n'ai
pas encore rencontré l'expression δοκιμάζειν λίθον, mais l'expression négative ἀποδοκιμάζειν λίθον, signifiant « rejeter une
pierre pour sa mauvaise qualité, » se trouve dans la traduction
alexandrine du psaume CXVII. Ce sont là deux locutions et
deux usages corrélatifs, dont l'un, une fois constaté, permet
de supposer l'autre. M. Beulé a retrouvé, dans les anciens décombres de l'Acropole d'Athènes, des preuves matérielles du
choix sévère que faisaient les architectes athéniens entre les
pierres qui leur étaient apportées, et même entre les pierres
déjà dégrossies par un premier travail du sculpteur [2]. Enfin,
on peut remarquer que la locution δοκιμάζειν ἱερεῖα s'appli-
quait en grec à l'examen préalable des victimes pour les sacrifices [3].

---

[1] Pline, Hist. nat., XXXV, 1, 3 ; cf. V, 29, 4, et l'inscription de Smyrne
(Corpus inscr. græc., n° 3148) citée plus haut, p. 202, note 2.

[2] L'Acropole d'Athènes, t. II, p 243.

[3] Corpus inscr. græc., n° 1688 et 2360 ; Pausanias, IX, 19, § 5 ; textes
réunis à propos d'une inscription de Mégalopolis (qui contient peut-être le
substantif δοκιμασία employé pour le même usage), par M. Keil, Analecta
epigraphica, p. 28 (Lipsiæ, 1842).

" Si ces rapprochements ont quelque valeur, on pourrait admettre que Δοκιμεῖον ou Δοκιμεία désigna primitivement un édifice destiné à l'expertise et à l'habitation des experts vérificateurs pour la pierre synnadique, puis le centre d'un village qui, plus tard, sera devenu au moins une petite ville et aura eu son atelier monétaire. Dans cette hypothèse les citoyens de *Docimia* ou de *Docimion*, dont le nom se lit au génitif pluriel ΔΟΚΙΜΕΩΝ sur les monnaies, ont bien pu perdre de vue les vrais commencements de leur patrie ; par une de ces illusions familières à la vanité grecque, ils ont pu faire remonter leur origine à un héros nommé Docimus, qui serait celui dont la figure, imaginaire comme tant d'autres, se voit sur le type de leur monnaie. La chose est assurément plus étrange, pour un temps de pleine lumière historique ; elle ne me semble pourtant pas impossible.

En général, et c'est l'observation par où je terminerai, rien n'est plus fréquent dans la géographie que cette désignation d'un lieu par l'industrie de ses habitants. Il me suffira d'en citer ici quelques exemples :

Βουπράσιον, ville d'Élide, qui existait dès le temps d'Homère et qui paraît avoir été un marché aux bœufs ;

Βούνομος ou Βουνόμεια, ville de Macédoine, ancien lieu de pacage, et peut-être haras pour la race bovine ;

Ναύπακτος, en Achaïe, qui rappelle d'abord un simple chantier de construction navale, comme était Gythéum pour Sparte et le Pirée pour Athènes ;

Κέραμος, ville de Carie, d'abord simple fabrique de vases en terre cuite, auprès d'un terrain qui fournissait la matière propre à cette industrie ;

Κεράμων ἀγορά, ou « le marché à la poterie, » ville de Phrygie, qui porte un nom encore plus significatif ;

Ἐμπόριον, aujourd'hui Ampurias, sur la côte orientale d'Espagne, qui a été d'abord ce comptoir de commerce dont Tite-Live nous donne une si intéressante description;

Σανιδεία (fabrique de planches), localité entre Priène et Samos (*Corpus inscr. græc.*, n° 2905);

Τραπεζόπολις (ville des banquiers?), en Cilicie;

De même dans la Géographie romaine, beaucoup de villes étaient, à l'origine, de simples marchés ou *fora* : *Forum Appii*, *Forum Sempronii*, *Forum Julii*, etc.;

Salinæ Herculis, en Campanie; *Salinæ* (auj. Saillans), dans la Gaule Narbonnaise; *Salsatæ* (auj. Salcet), dans la même province, rappellent toutes des exploitations de sel;

Viniolæ ou *Vineolæ*, dans la Tarraconaise, doit son nom à la culture des vignobles voisins;

Fabrateria, dans le Latium; *Laminæ*, dans le pays des Èques; *Pistoria* (auj. Pistoia) doivent leur nom à autant d'industries différentes, qui avaient créé des centres de population laborieuse;

Metalla, ville de Sardaigne, mentionnée dans l'Itinéraire d'Antonin, le doit à l'exploitation des mines.

Puteoli (auj. Pouzzoles) le doit aux émanations de ses eaux sulfureuses, et ce nom nous conduit aux nombreux exemples de localités qui devaient leur nom à des eaux thermales, comme *Aquæ Gratianæ*, *Aquæ Sextiæ* (Aix, en Savoie et en Provence), et tant d'autres.

Telle est aussi l'origine de plusieurs dénominations modernes. Les eaux chaudes (*Chaudes-aigues*), les fabriques (*Farges* ou *Forges*), ont donné leur nom aux villages qui d'abord servaient de rendez-vous aux voyageurs ou de séjour aux ouvriers; le nom des *carrières* s'est souvent étendu aux villages qui les avoisinaient. *Melle* (contracté de *metalla*) désignait jadis une mine d'argent et un atelier monétaire établi auprès de cette mine; il désigne aujourd'hui la ville qui s'était formée peu à peu auprès de la mine et autour de l'atelier (dans le département des Deux-Sèvres).

Qu'on me permette, sur ce sujet, une réflexion générale, avant de finir.

Des recherches récentes, particulièrement celles de Sturz [1], de M. Letronne [2] et de M. Keil [3], ont montré quel intérêt sérieux peut offrir l'étude des noms propres grecs. Mais les philologues à qui nous devons ces utiles travaux se sont bornés à l'étude des noms de personnes; j'ose croire que celle des noms géographiques, si elle était poursuivie avec méthode, ne serait ni moins attrayante, ni moins féconde en résultats, soit pour l'étymologie, soit pour la correction des textes anciens. L'essai qu'on vient de lire, n'eût-il pas même conduit à la solution définitive de la question historique soulevée par le monument d'Ouschak au sujet du nom de *Docimia*, prouvera du moins l'utilité de ces sortes de recherches. Je souhaiterais qu'il excitât le zèle de quelque philologue à les prendre pour objet de ses travaux.

[1] *Opuscula nonnulla.* Lipsiæ, 1824, in-8.

[2] *Observations philologiques et archéologiques sur les noms propres grecs,* publiées d'abord séparément en 1846 (in-8), puis reproduites avec des additions dans le tome XVIII des *Mémoires de l'Académie des Inscriptions et Belles-Lettres.*

[3] *Specimen onomatologi græci.* Lipsiæ, 1840; *Analecta epigraphica et onomatologica.* Lipsiæ, 1842, in 8.

IX

RECHERCHES HISTORIQUES

SUR

LA FONCTION DE SECRÉTAIRE DES PRINCES CHEZ LES ANCIENS [1].

Selon les définitions de l'Académie française, dans son dictionnaire, le *secrétaire du roi* était, dans l'ancienne monarchie, « l'officier qui dressait les lettres expédiées en chancellerie, » et le *secrétaire d'État* est « le ministre qui a un département et qui contre-signe les ordonnances du roi. » Fauvelet du Toc, au dix-septième siècle, et plus récemment M. Chéruel et M. de Luçay [2] ont exposé, dans des ouvrages spéciaux, comment les secrétaires du roi sont devenus chez

[1] Lues dans la séance publique annuelle des cinq Académies, le 14 août 1858, et imprimés dans les Actes de cette séance.

[2] *Histoire des secrétaires d'État*, Paris, 1668. Cf. Saint-Allais, *de l'ancienne France*, Paris, 1834, t. II ; Ch. Gombault, *Histoire des ministres d'État qui ont servy sous les rois de France de la troisième lignée*, Paris, 1668 ; A. Chéruel, *Histoire de l'administration en France*, t. I, p. 179, etc., et *Dictionnaire historique des institutions de la France*, Paris, 1855, au mot *Ministre* ; H. de Luçay, *des Secrétaires d'État jusqu'à la mort de Mazarin*, 1661, dans la *Revue historique de Droit français et étranger*, t. I, p. 149-184 ; L. Friedlander, *De eis qui primis duobus sæculis a rationibus, ab epistulis, a libellis imperatorum romanorum fuerunt.*, Kœnigsberg, 1860, in-4. — Une dissertation anonyme, publiée à la Haye en 1747, sous ce titre : *de l'Origine et du progrès des charges de secrétaires d'État* (89 p. in-8), m'a paru bien peu instructive après les livres que je viens de citer.

nous des ministres secrétaires d'État; mais peut-être manque-t-il à ces savants ouvrages une introduction, où l'on voie l'origine ancienne de l'institution moderne. C'est cette introduction que j'essaye d'esquisser, sans prétendre établir que nos gouvernements modernes aient directement copié des institutions de l'antiquité, mais avec l'espoir cependant qu'on n'observera pas sans intérêt comment, dans nos sociétés civilisées, les mêmes besoins et les mêmes devoirs de gouvernement ont peu à peu produit un mécanisme administratif fort semblable à celui que nous offrent déjà quelques gouvernements du monde ancien.

Le dernier historien de nos secrétaires d'État admet qu'une ordonnance de Henri II, en 1547, a véritablement constitué cet office. Mais il en signale déjà les principales attributions dans la charge que remplit Florimond Robertet sous les règnes de Charles VIII, de Louis XII et de François Ier; puis, remontant plus haut encore, il croit en reconnaître une ébauche dans la chancellerie de Louis VIII au treizième siècle, et ainsi, de proche en proche, à travers les commencements de la monarchie française, il rejoint le siècle où l'administration de l'empire romain en décadence lui montre dans la fonction de *primicerius notariorum* le premier modèle d'un secrétariat officiel des princes.

C'est peut-être exagérer l'importance de ce *primicerius notariorum*, et s'arrêter trop tôt dans la recherche des analogies historiques; car il est facile de retrouver dans les Codes et dans la Notice de l'empire[1] une organisation de la chancellerie impériale qui, dans son ensemble, date au moins du quatrième siècle après Jésus-Christ, et où l'on voit cet im-

[1] Code Théod., VI, 26 ; Code Just., XII, 19. Cf. Tzschucke, *ad Eutropium*, VIII, 23; *Notitia dignitatum*, ed. Boecking, p. 43 et 60, pour l'Occident; p. 38 et 49, pour l'Orient. Consulter, en outre, l'ample commentaire de l'éditeur. Voir aussi le livre III du traité de Lydus *sur les Magistrats romains*.

portant service divisé en quatre portefeuilles ou bureaux (*scrinia*), confiés chacun à un chef spécial (*magister*), sous l'autorité d'un chef unique (le *magister officiorum*). C'étaient, autant qu'on peut saisir et traduire en langage moderne des différences que les témoignages contemporains marquent tantôt avec une brièveté excessive, tantôt par des périphrases aussi obscures que la brièveté même :

1° Le bureau central des renseignements et de l'enregistrement, ou *scrinium memoriæ;*

2° Le bureau des requêtes, ou *scrinium libellorum;*

3° Le bureau des lettres ou de la correspondance, ou *scrinium epistolarum*, qui paraît avoir compris deux services distincts, celui des lettres grecques et celui des lettres latines, sans compter peut-être quelques services secondaires pour les lettres conçues en d'autres langues [1];

4° Le bureau des dispositions, ou *scrinium dispositionum*, qui avait probablement l'expédition des affaires les plus urgentes.

A côté, peut-être même au-dessous de ces quatre directions se plaçait le service des *notarii*, tachygraphes ou écrivains de chiffres, dont le chef portait le nom de *primicerius*, et est formellement distingué des quatre *magistri*, en ce qu'il n'avait pas sous ses ordres des officiers proprement-dits (*officium non habet*), mais de simples aides (*adjutores*).

C'est là l'organisation qui s'est perpétuée, avec des changements divers, soit auprès des pontifes chrétiens de Rome, pour devenir la chancellerie actuelle des papes [2], soit auprès

---

[1] Une inscription latine, qui paraît du deuxième siècle de notre ère, mentionne un *librarius arabicus*. M. de Sacy a montré dans quel sens le mot *arabicus* doit y être interprété (Mémoires de l'Académie des Inscriptions, t. L, p. 516 et 517).

[2] Voir Galletti, *del Primicero della santa sede apostolica* (Roma, 1776, in-4), surtout, p. 5 et 133 et suiv. Cet ouvrage contient trop peu de rensei-

des royautés barbares, pour devenir, avec le progrès des temps, le service savamment compliqué de nos chancelleries royales. Elle a, comme il était naturel, attiré de bonne heure l'attention des commentateurs des Codes et celle des historiens de l'empire ; elle est décrite avec précision et à sa juste place dans un savant mémoire de M. Naudet sur l'administration romaine au quatrième siècle de notre ère [1] ; mais il peut être curieux d'en rechercher l'origine au delà de cette époque.

En remontant plus haut que le règne de Constantin, on ne trouve pas, il est vrai, sur cette matière, des renseignements aussi complets et aussi précis que ceux que nous venons de résumer ; mais on peut, en réunissant divers témoignages qui sont, je crois, restés épars jusqu'ici, étudier les progrès de l'institution dont il s'agit, et en montrer l'origine dans l'office de secrétaire des princes et surtout des empereurs. C'est l'objet même que je me suis proposé dans le présent mémoire.

Si le secrétaire d'État est éminemment le dépositaire des secrets qui intéressent un peuple, et le rédacteur officiel de ses volontés, c'est là une charge qui, sous un nom ou sous un autre, ne saurait manquer dans aucun gouvernement régulier. Néanmoins il faut reconnaître que les républiques et les aristocraties de l'ancien monde s'accommodaient peu de ces charges qui supposent une délégation perpétuelle de confiance, un accord discret et journalier entre la volonté qui dirige et les agents qui exécutent.

Athènes, comme les autres villes libres de l'ancienne Grèce, avait des greffiers (γραμματεῖς, ὑπογραφεῖς, ἀναγραφεῖς)

gnements précis sur la transmission des usages de la chancellerie impériale à la chancellerie pontificale.

[1] *Des changements opérés dans toutes les parties de l'empire romain sous les règnes de Dioclétien, de Constantin et de leurs successeurs jusqu'à Julien*, Paris, 1817, t. 1, p. 94, 224 et suiv.

pour rédiger ses délibérations publiques, transcrire ses décrets, expédier sa correspondance [1]; on ne saurait dire que le
peuple athénien ait jamais eu des secrétaires d'Etat, à moins
qu'on ne veuille définir ainsi le rôle d'un Périclès ou d'un
Cléon, lorsque, du droit de leur génie ou quelquefois de leur
seule ambition, ils devenaient les directeurs du peuple (δημα-
γωγοί) en semblant lui obéir, et qu'ils lui dictaient le texte
des lois que ratifiait le suffrage populaire et dont ils devenaient ensuite les exécuteurs. Mais ce serait là peut-être un
grave abus de langage, et il est plus juste d'avouer que la
fonction dont nous recherchons les plus anciens exemples
avait sa vraie place dans les monarchies.

En effet, sans remonter jusqu'aux antiques monarchies de
l'Orient, qui sont moins de notre domaine, sans chercher si,
en Perse, par exemple, le pouvoir personnel et presque ab-
solu du prince ne tendait pas naturellement à s'appuyer sur
le dévouement personnel aussi d'un ministre de confiance, la
Macédoine, parmi les États grecs, nous montre déjà auprès de
ses rois un service assez régulièrement organisé pour l'expédition des affaires. Sur ce point, Démosthène a senti, et il signale avec une sorte de tristesse la supériorité des usages
monarchiques de la Macédoine comparés aux institutions démocratiques de sa patrie. Ici la division et la mobilité des
pouvoirs, la dangereuse et perpétuelle publicité des débats;
là, au contraire, l'action constante d'un pouvoir servi par des
ministres obéissants et capables de secret [2]. Au milieu de la

---

[1] Franz, *Elementa epigraphices græcæ*, p. 316, 319; Rangabé, *Antiq.
hellén.*, t. II, n° 425. Une inscription mutilée, provenant d'une ville grecque d'Asie (*Corpus inscr. græc.*, n° 5858 (*in Addendis*), contient les signatures de plusieurs secrétaires, auteurs de la transcription d'actes publics;
par exemple, Μένανδρος Ἀρτεμιδώρου δόγματα γράφω.... Plutarque atteste
que le texte des décrets que Périclès avait proposés au peuple était le
seul monument authentique qui eût survécu de l'éloquence de cet homme
célèbre. (*Vie de Périclès*, c. VIII.)

[2] *Sur la Couronne*, p. 305, éd. Reiske, § 235, 236. Cf. *sur l'Ambassade*,

terrible lutte où Athènes était engagée, on comprend la justesse de ces réflexions ; on la comprend mieux encore si l'on songe qu'alors le roi de Macédoine était Philippe, et que son secrétaire était celui qui devait s'appeler un jour le célèbre général Eumène [1].

Ces heureux capitaines d'un prince conquérant, devenus rois à leur tour, transportèrent dans leurs monarchies improvisées les usages de la Macédoine ; l'épistolographe, ou le chef de la comptabilité royale, garda auprès d'eux le rôle important qu'il avait à la cour d'un Philippe ou d'un Alexandre. Polybe [2], décrivant une fête donnée par le roi de Syrie, Antiochus Épiphane, raconte que Dionysius, *l'ami et l'épistolographe,* y fit paraître mille jeunes gens portant des vases d'argent dont aucun ne valait moins de mille drachmes. Une charge qui donnait le titre d'ami du roi, titre d'une valeur tout officielle à la cour de Macédoine, une charge qui s'accommodait de ce luxe princier, devait être plus que le modeste office d'un secrétaire intime.

Mais ce qui n'est qu'une conjecture pour l'épistolographe des Séleucides peut être établi de la façon la plus certaine pour l'épistolographe des Ptolémées.

Dès les temps pharaoniques, les scribes ou greffiers royaux se montrent sur les monuments de l'Égypte comme des fonctionnaires de très-haute classe (tels que seraient des mandarins chinois), auxquels était quelquefois confiée l'administration de provinces entières. Il est vrai que, parmi ces scribes, on n'a pas encore pu distinguer le personnage investi spécia-

---

p. 552, § 56. Cf. G. Boehnecke, *Forschungen auf dem Gebiete der attischen Redner,* I, 2, Berlin, 1843.

[1] Cornélius Népos, *Vie d'Eumène,* c. 1.

[2] Hist , XXXI, 3, § 16 (morceau conservé par Athénée, *Dipn* , V, p. 193) : Ἑνὸς τῶν φίλων, Διονυσίου τοῦ ἐπιστολογράφου, χίλιοι παῖδες ἐπόμπευσαν, ἀργυρώματα ἔχοντες ὧν οὐδὲν ἔλαττον ὁλκὴν (ou plutôt ἐλάττον' ὁλκὴν) εἶχε δραχμῶν χιλίων.

lement de la confiance du souverain et placé auprès de lui
comme secrétaire intime. Néanmoins, dans un pays où les
lettrés jouissaient d'un grand crédit, la fonction de l'épistolographe macédonien trouvait sa place naturelle, et elle ne
pouvait guère que s'y agrandir. En effet, ce fonctionnaire,
chez les Ptolémées, eut non-seulement l'autorité d'un chef de
chancellerie, dépositaire du sceau royal, expéditeur des ordres et des grâces du souverain ; mais il fut encore une sorte
de ministre des cultes, surveillant l'administration de tous les
temples de l'Egypte et le Musée d'Alexandrie. cet antique
modèle de nos Académies européennes. Avec de telles attributions, l'épistolographe ressemblait fort à un premier ministre. La religion surtout et les lettres relevaient directement de lui ; il importait donc que de tels intérêts fussent
toujours placés en des mains sûres, et l'on ne s'étonnera pas
que, sous les rois grecs, ce chancelier royal ait toujours été
un Grec de naissance et d'éducation, comme nous l'apprennent, en effet, tous les témoignages qui nous en sont parvenus. L'intention de cet usage ou plutôt de cette loi est assez
manifeste par elle-même ; mais elle le devient plus encore
lorsque l'Égypte passe, après la bataille d'Actium, sous la domination romaine, car alors le grand prêtre de toute l'Égypte,
l'administrateur du Musée, fut toujours un Romain. Le géographe Strabon, contemporain d'Auguste et de Tibère, avait
vu ce changement, qui n'était que la continuation d'une politique habile à concilier les droits du pouvoir conquérant
avec les justes égards que réclamait le peuple conquis; il
en témoigne expressément, et d'autres textes établissent que
les empereurs demeurèrent fidèles à l'exemple donné par les
fondateurs de l'empire [1].

---

[1] Tous les témoignages sur ce sujet ont été réunis par M. Letronne, *Inscr.
grecques et latines de l'Egypte*, t. I, p. 279 et suiv. ; 358 et suiv., et par
J. Franz, Introduction aux inscriptions de l'Egypte, dans le *Corpus inscr.
græc.*, t. III, p. 307.

Nous voici amenés, par l'ordre des faits, à ces traditions romaines où remontent plus spécialement·les règles et les usages de notre administration occidentale. Y retrouverons-nous, avec des traits plus distincts et une ressemblance plus frappante, cette fonction de secrétaire du prince appelée quelquefois à devenir celle même d'un ministre?

Nous n'avons rien à dire de la chancellerie romaine au temps des rois, bien qu'un historien grec de Rome se montre instruit jusqu'au dernier détail de tout ce qui se passait à la cour de Numitor et d'Amulius, et qu'il nous représente Romulus et Rémus comme deux princes très-bien élevés[1]. Nous ne savons pas non plus si les Étrusques, qui enseignèrent aux Romains tant de pratiques religieuses, leur donnèrent quelques leçons utiles en matière d'administration. Tite-Live s'est peut-être involontairement souvenu des Grecs lorsqu'il appelle *scribe* ou *greffier* le ministre de Porsenna, qui, placé auprès de son maître et presque aussi richement vêtu que lui, reçut de Mucius Scævola le coup destiné au roi défenseur des Tarquins[2]. Ce qu'on peut affirmer, c'est que l'histoire de la république, dont il nous reste des récits plus longs et plus sûrs que de la première royauté, ne nous offre aucun office qui rappelle celui de l'épistolographe macédonien. Cornélius Népos en fait même la remarque expresse à propos d'Eumène : la charge de secrétaire était bien autrement honorable et honorée chez les Grecs que chez les Romains[3]. « Chez les

[1] Denys d'Halic. *Antiq. rom.*, 1, 75 et suiv.; II, 3 et suiv.

[2] Tite-Live, II, 12 : « Ibi cum stipendium forte militibus daretur, et scriba cum rege sedens pari fere ornatu, etc. » Cf. Denys d'Halic., *Antiq. rom.*, V, 28.

[3] *Vie d'Eumène*, c. i : « Eum (Eumenem rex Philippus) habuit ad manum, scribæ loco, quod multo apud Græcos honorificentius est quam apud Romanos : nam apud nos revera, sicut sunt, mercenarii scribæ existimantur at apud illos contrario nemo ad id officium admittitur, nisi honesto loco ac fide et industria cognitus, quod necesse est omnium consiliorum eum esse participem. »

Romains, dit-il, on les traite comme des mercenaires, ce qu'ils sont en effet. »

Tels étaient apparemment les scribes que le sénat employait pour la rédaction de ses procès-verbaux et pour l'expédition des affaires, et que l'on renvoyait de la séance lorsqu'il y avait à traiter quelque affaire qui exigeât le secret [1]. Il les faut bien distinguer des commissaires spéciaux et tous sénateurs qui assistaient à la rédaction des sénatus-consultes (*scribundo aderant*), et dont la présence en garantissait l'authenticité [2]. Les pontifes aussi avaient des scribes, assez considérés, à ce qu'il semble, puisqu'on les appelait *minores pontifices* [3]. Les principaux magistrats civils en avaient également, les questeurs surtout, pour l'administration des finances ; ces scribes étaient organisés en décuries ou en bureaux, dont la direction, sous le titre de *scriptus*, formait un office transmissible et vénal [4]. On croit voir, dans un témoignage de Cicéron, que ces directeurs de service, peut-être les chefs du bureau chez les publicains, portaient déjà le titre de *magistri scripturæ*, fort analogue à ceux que prendront plus tard, sous

[1] Jules Capitolin, *Vie des trois Gordiens*, c. xii : « Hunc morem apud veteres necessitates publicæ repererunt ut...... senatusconsultum tacitum fieret; ita ut non scribæ, non servi publici, non censuales illis actibus interessent , senatores exciperent, senatores omnium officia censualium scribarumque complerent, ne quid forte proderetur. » Cf. Orelli, *Inscr. lat.*, nos 2274, 3186, etc.

[2] Voir les exemples dans le recueil des *Reliquiæ latini sermonis vetustioris*, p. 127, 289, 290, etc.

[3] Tite-Live, XXII, 57. Cf. Orelli, no 2437.

[4] Les principaux témoignages sur ce sujet sont indiqués dans le recueil des *Reliquiæ latini sermonis*, p. 284, à propos d'un fragment de loi sur les scribes, qui remonte au temps de Sylla. Cf. Weber : *Ueber die roemische Scribæ, eine Episode der Biographie des Horatius.* (*Neue Jahrbucher* de Seebode, IX, Suppl. Band, p 78-92) M. Walckenaer, dans son *Histoire de la vie et des poésies d'Horace*, t. I, p. 239 et 240 de la deuxième édition, fixe, un peu arbitrairement, je pense, à la vingt-neuvième année de ce poete, l'achat qu'il fit du *scriptus quæstorius.*

l'empire, les chefs des divers services de la chancellerie [1]. Les rédacteurs, les copistes et les dépositaires de tant d'actes importants pour la religion, pour les finances et pour la politique de Rome, prenaient, par la force même des choses, une certaine part d'influence dans le gouvernement. L'histoire du célèbre scribe Flavius, qui, vers l'an 307 avant Jésus-Christ, divulgua le secret des formules, et qui ainsi accomplit ou provoqua une véritable révolution dans le droit romain, prouve quelle responsabilité pesait sur de tels fonctionnaires [2]. Il est d'autant plus étonnant que Rome n'en ait pas mieux assuré le recrutement, et qu'elle les ait laissés presque tous et si longtemps dans une condition d'infériorité sociale qui les invitait trop peu à s'honorer eux-mêmes par les recommandations du talent et du caractère. Cicéron se plaint encore de ce que les scribes, qui avaient entre leurs mains la fortune de la république, étaient, en général, des gens de peu de valeur; et pourtant, quelques années plus tard, au temps d'Horace, on voit que le *scriptus quæstorius* donnait accès au rang de chevalier. Horace, après sa malheureuse campagne de Philippes, ne dédaigna pas ce moyen de refaire sa fortune; ce fut une fonction de chef de bureau qui l'achemina vers la faveur de Mécène, puis vers celle d'Auguste, et l'on voit, par les confidences mêmes du poëte, que cette fonction mêlait encore quelques soucis aux loisirs de sa prospérité [3].

L'esprit de l'aristocratie romaine et la nature des institutions qu'elle a fait durer pendant cinq siècles, expliquent

---

[1] Cicéron, *ad Atticum*, V, 15 : « Tu autem sæpe dare (litteras) tabellariis publicanorum poteris per magistros scripturæ et portus nostrarum diœcesium. »

[2] Pomponius, *de Origine juris*, § 7. Cf. Tite-Live, IX, 46; Cicéron, *pro Murena*, c. xi; Aulu-Gelle, VI, 9, etc.

[3] *In Verrem*, II, act. III, 78, 79; Suétone, *Vie d'Horace :* « Victis partibus, venia impetrata, scriptum quæstorium comparavit. » Horace, *Satires*, II, 6, v. 36; ailleurs (*Sat.* I, 5, v. 34) il se moque pourtant de la haute fortune où un certain Aufidius Luscus était parvenu par les fonctions de scribe.

assez comment les hommes qui tenaient la plume (qu'on me
permette cet anachronisme) pour le Sénat ou pour les magistrats de Rome s'élevèrent si lentement et s'arrêtèrent si loin
d'une autorité véritable. D'abord, par instinct et par tradition, le patriciat dédaignait les lettres et les lettrés ; puis ces
pouvoirs mobiles du consulat, de la préture, de la questure,
de l'édilité, de la censure, ne comportaient guère au-dessous
d'eux que des bureaux d'expédition, où pouvaient se perpétuer et se perfectionner les règles d'une administration savante,
mais où la personne même d'un chef habile de service n'avait
guère le moyen de se produire au grand jour. Les hommes
y restaient ce que voulait leur place, de modestes et obscurs
instruments dans la main des grands citoyens que Rome
appelait tour à tour au timon de l'État.

Quand ces grands citoyens se lassèrent eux-mêmes de servir
comme magistrats annuels la fortune de leur patrie, quand
l'action personnelle d'un Scipion ou d'un Sylla tendit à se
perpétuer en dominant le jeu des institutions républicaines, la
fortune des scribes suivit celle de leurs maîtres. Les scribes
et surtout les secrétaires intimes d'un César ou d'un Octavien
devinrent des coopérateurs moins dédaignés et plus apparents
de cette nouvelle politique. A mesure aussi que s'augmenta
le goût pour les arts de l'esprit, et qu'on rechercha davantage
pour les fonctions de secrétaire des hommes déjà honorés par
leurs succès littéraires, ces fonctions acquièrent un surcroît
de lustre et de crédit. Lorsque César Auguste demandait à
Mécène de lui céder Horace pour secrétaire, et qu'il offrait
au poète d'échanger « la table d'un favori contre celle d'un
prince[1], » apparemment il entendait adoucir par les égards
dus au talent une dépendance que, du reste, la discrétion du
poète sut habilement décliner. Mais ce changement même

---

[1] Suétone, *Vie d'Horace :* « ..... Horatium nostrum a te cupio abdu-
cere. Veniet ergo ab ista parasitica mensa ad hanc regiam, et nos in scri-
bendis epistolis adjuvabit. » (Extrait d'une lettre d'Auguste.)

dans les mœurs politiques et sociales de Rome ne se fit pas
d'un seul coup et sans de lentes transitions qu'il est curieux
d'étudier.

Saint-Simon parle quelque part, avec le dédain qui lui est
si familier, de ces petits légistes qui, assis sur le marchepied
du banc des seigneurs féodaux, dans leur conseil, se tenaient
prêts à leur fournir la réponse ou le texte de droit nécessaire
à la discussion [1]. Je ne sais pas si tels furent, en effet, les
commencements de cette magistrature parlementaire, qui,
après avoir humblement servi la royauté, finit par en balancer
le pouvoir et contribua même à la renverser ; mais je sais
que la description de notre malicieux écrivain ne conviendrait
pas mal au petit personnage que font d'abord dans l'histoire
les secrétaires des Césars.

On connaît les vastes tombeaux, appelés *columbaria*, où
venaient se ranger par centaines, dans des niches étroites, les
urnes funéraires des esclaves et des affranchis de la famille
impériale [2]. C'est là que se trouvent les plus anciens souvenirs de ces hommes de confiance, choisis dans l'esclavage,
où souvent ils demeurèrent toute leur vie, et qui, sous la
dictée d'un Auguste ou d'un Tibère, écrivaient les ordres
destinés à porter l'impérieuse volonté de Rome jusqu'aux
limites du monde connu. Sur ces tombeaux, on rattachait
d'ordinaire au nom de l'esclave celui de sa fonction, comme
pour beaucoup d'autres services de la plus humble domesti-
cité [3]. Dans une inscription du règne de Tibère, je vois trois
secrétaires, deux grecs et un romain, mentionnés parmi

[1] *Mémoires*, t. XI, p. 375 de la première édition : « Ces légistes étoient
des roturiers qui s'étoient appliqués à l'étude des lois... Ils étoient assis
sur le marchepied du banc des pairs et des hauts barons, etc. »

[2] Le seul columbarium des affranchis et esclaves de la maison de Livie,
dont Gori a publié les inscriptions (Florence, 1727), contenait plus de
trois cents urnes.

[3] Orelli, *Inscr. lat.* nᵒˢ 2437, 2931 : *a manu* ; 2874 : *ad manum*.

beaucoup d'autres domestiques de la maison des Césars, à côté d'un valet de chambre et d'un cuisinier [1] ! On les appelait d'ordinaire *a manu*, locution d'où le latin vulgaire dériva, d'assez bonne heure, le méchant adjectif *amanuensis*, ou, plus rarement, *ad manum* [2], ou *ab epistulis*, ou selon la spécialité de leur emploi : *ab epistulis latinis*, quand ils servaient pour les lettres en latin ; *ab epistulis græcis*, quand c'était pour les lettres grecques [3] ; *ab actis* [4], quand c'était pour les procès-verbaux d'un conseil privé ou public, ou pour la rédaction d'un journal de dépense. De bonne heure aussi on s'habitua à les nommer *notarii*, à cause des signes, *notæ*, dont ils faisaient usage pour sténographier la parole [5]. Ces hommes-là étaient souvent initiés à d'importants secrets ; ils n'en étaient pas toujours dignes, et, en cas d'infidélité, de cruels supplices pouvaient punir leur faute. Thallus, secrétaire d'Octave, avait reçu 500 deniers pour livrer une lettre ; Octave (c'était alors le temps du triumvirat) lui fit, dit-on, briser les deux jambes [6]. D'ordinaire, cependant, on devait

---

[1] Inscription communiquée par M. E. Desjardins à M. Henzen et insérée par ce dernier dans son *Supplément* au recueil d'Orelli, n° 6651.

[2] Ce que les Grecs paraissent avoir traduit par πρὸς χεῖρα. Voir un exemple dans le *Corpus inscr. græc.*, n° 3568ᵈ (*Addenda.*). Le caractère à demi littéraire de cette fonction chez les Romains n'a pas été assez remarqué par l'auteur (M. Gevers) d'une dissertation, d'ailleurs intéressante, *de Servilis conditionis hominibus artes, litteras et scientias Romæ colentibus* (Lugduni Bat., 1816), p. 35 et 36.

[3] Orelli, n°ˢ 1727, 2997, 3907.

[4] Orelli, n° 2273 : *ab actis imperatoris Trajani.* Voir plus haut (p. 228, note 1) des exemples de scribes *ab actis Senatus.*

[5] Voir le texte de Lampride cité dans la note suivante. Cf. Orelli, n° 2876.

[6] Suétone, *Vie d'Auguste*, c. LXVII : « Thallo *a manu*, quod pro epistola prodita denarios quingentos accepisset, crura effregit. » Cf. Lampride, *Vie de Diaduménien*, c. IX : « Epistola per notarium prodita. » Le supplice de Thallus rappelle le trop célèbre supplice infligé par Louis XI à son ancien

choisir avec soin ces esclaves ou ces affranchis confidents
nécessaires et journaliers de leur maître ; l'habitude de s'entretenir avec eux donnait à la confiance quelque chose d'affectueux et de familier ; tout contribuait ainsi à relever leur
emploi, à étendre leur action au delà des étroites limites où
elle semble d'abord renfermée. En Grèce, dès le temps des
successeurs d'Alexandre, et, à Rome, dès le siècle de Cicéron,
on voit employés, pour la correspondance politique, des
alphabets particuliers et secrets, ce que nous appellerions
aujourd'hui des *chiffres*[1]. Les maîtres, surtout les princes, ne
pouvaient guère s'en réserver strictement l'usage, et si un
scribe avait, en cela même, les secrets du cabinet impérial,
on devine combien une telle confiance devait accroître l'importance de sa fonction. Enfin, le prince, qui fondait son
pouvoir sur le cumul des principales magistratures de l'ancienne république, se trouvait avoir la haute main sur les
décuries de scribes depuis longtemps attachées au service de
ces magistratures. Comme souverain pontife, par exemple, il
dirigeait, sans intermédiaire, les *minores pontifices* dont nous
parlions plus haut ; sans relever aussi directement de lui, les
services des finances et de la guerre avaient des rapports
journaliers et nécessaires avec le cabinet du souverain, et ces
rapports ont pu conduire jusqu'aux plus hautes faveurs, non-
seulement l'officier lui-même, mais des personnes de sa
famille ; témoin cette Flavia Domitilla, fille d'un scribe des
questeurs, qui devint la femme de Vespasien, non encore

secrétaire le cardinal de La Balue. Voir les *Mémoires de Comines*, t. I, p. 139
et 403, et t. III, p. 66, éd. Bruxelles, 1706.

[1] Polybe, VIII, 19 (cité par Suidas, au mot Συνθηματικῶς) ; Cicéron, *ad
Atticum*, XIII, 52 ; Suétone, *Vie de César*, c. LVI, et *Vie d'Auguste*, c. LXIV,
LXXXVIII ; Aulu-Gelle, XVII, 9 ; Julius Victor, *Rhétorique*, c. XXVII (à la suite
des Scholiastes de Cicéron, éd Orelli); Isidore, *Origines*, I, 24, § 2. Cf. W.
de Goebel : *Notariorum veterum signa nonnulla curiosa... præmissa
diss. de notariis*, à la suite de l'ouvrage de Baringius intitulé *Clavis diplo-
matica*.

empereur, il faut le dire, mais fort ami des scribes, sans
doute, puisqu'on le voit, devenu César, et après la mort de
Domitilla, prendre pour concubine et traiter presque comme
une légitime épouse une certaine Cœnis, femme grecque
apparemment affranchie et autrefois secrétaire d'Antonia[1].

Au temps surtout où Dion Cassius[2] déclare qu'il lui est
fort difficile de distinguer entre le trésor public (*œrarium*) et
le trésor de César (*fiscus*), on comprend combien tous ces
services divers tendaient à se centraliser sous l'action du
pouvoir impérial. D'un autre côté, le nombre des affaires
allait croissant toujours avec celui des provinces, et à mesure
que les provinces s'habituaient davantage à demander des
ordres d'en haut pour les moindres de leurs affaires intérieures. On a trouvé, dans une ville d'Italie, une inscription
constatant que trois pieds et demi de terrain sont concédés à
des portefaix *par ordre de l'empereur Auguste*[3]. On sait à
quelles minuties descend Pline le Jeune lorsqu'il consulte
Trajan sur le détail de son gouvernement en Bithynie : pour
les plus simples mesures il lui faut les ordres ou au moins
les conseils de l'empereur, dont il a pourtant la confiance et
même l'amitié. Sans parler de ces minuties, le seul service
des *rescrits* sur les matières législatives augmentait chaque
jour d'importance, depuis qu'il n'y avait plus de plébiscites,
et que le sénat intervenait plus rarement dans la confection
des lois ; il augmenta surtout, je pense, lorsque par suite
d'un célèbre rescrit de Caracalla le droit de cité fut étendu à
tous les habitants de l'empire romain, et que des millions de
citoyens nouveaux purent s'adresser à l'empereur pour faire
fixer par lui des points douteux de jurisprudence.

Tout cela devait exiger un nombre chaque jour plus grand

---

[1] Suétone, *Vie de Vespasien*, c. III.

[2] *Hist. rom.*, LIII, 16 et 22.

[3] Orelli, *Inscr. lat.*, n° 575 ; et Guarini, *Fasti duumvirali della colonia di Pompeii*, p. 82.

de secrétaires subalternes pour seconder le secrétaire du chef de l'État ; de bonne heure il fallut, dans ce service central, établir une sorte de hiérarchie dont le chef, sans s'élever aux fonctions d'un véritable ministre et sans y prétendre, dut, de bonne heure aussi, avoir une véritable autorité dans les conseils du prince.

Au début d'un rescrit de l'an 407, Arcadius et Honorius déclarent, sur ce ton d'emphase qui était alors consacré dans le style officiel, que « la gloire de leur chancellerie a déjà été honorée par d'innombrables lois [1]. » Ce qui reste de ces lois remplit aujourd'hui un titre du code Théodosien et un titre du code Justinien, mais aucune ne remonte au delà du quatrième siècle. Nous n'avons pas non plus l'histoire qu'un *magister officiorum* de Justinien, Pétrus d'Illyrie, avait écrite de la fonction même sur laquelle ses talents jetèrent, à ce qu'il paraît, un très-vif éclat [2]. C'est donc seulement à l'aide de témoignages indirects et très-divers que nous pouvons suivre les premiers progrès d'une fonction devenue si considérable, au siècle même de la décadence, qu'elle est formellement placée par Julien au second rang des fonctions publiques après la direction des armées [3].

Déjà la place offerte par Auguste au poète Horace devait être fort supérieure à celle d'un simple scribe comme Thallus. Sous le règne de Claude, je vois un affranchi de ce prince porter le titre de *scriniarius ab epistulis ;* il avait, par consé-

[1] Code Théod , VI, 26, 1 14 : « Quamvis innumeris legibus scriniorum gloria decoretur, jubemus primo omnium sit eorum secura possessio ab omnibus sordidis muneribus excusata, etc. »

[2] Laurent Lydus, *des Magistrats rom.*, II, 25 : Τοῖς δὲ ἱμειρομένοις τοὺς ἐφεξῆς μὴ ἀγνοῆσαι μαγίστρους· ἄχρις ἡμῶν ἀρκέσει πρὸς διδασκαλίαν Πέτρος ὁ πάντα μεγαλόφρων καὶ τῆς καθόλου ἱστορίας ἀσφαλὴς διδάσκαλος, δι᾽ ὧν αὐτὸς ἐπὶ (περὶ ?) τοῦ λεγομένου μαγιστηρίου ἀνεγράψατο.

[3] Code Théod., VI, 26, l. 2 : « In rebus prima militia est, secundus in litterarum praesidiis pacis ornatus, etc. »

quent, la direction ou la garde du portefeuille de la correspondance. Ce personnage a lui-même des affranchis, et tient, à ce qu'il semble, un assez grand état dans le monde[1]. Avoir des affranchis, surtout avoir des nobles pour secrétaires, c'était comme un privilége du pouvoir suprême, au point que, sous Tibère, la calomnie s'armait de ce prétexte pour perdre des personnages de la famille impériale[2]. Sous les règnes de Nerva et de Trajan les fonctions de secrétaire de l'empereur sont exercées à trois reprises par un ancien tribun militaire, qui obtient du sénat les insignes d'une préture honoraire, *ornamenta prætoria*[3]. Hadrien est le premier qui, au témoignage de son biographe, ait confié le service « des lettres et des requêtes » à des chevaliers romains[4]. Dans ce témoignage

---

[1] Orelli, *Inscr. lat.*, t. III, nº 6350 (supplément publié par Henzen), inscription dont l'authenticité ne paraît pas suspecte, et qui contredit formellement un témoignage de Jean Lydus (*des Magistrats romains*, III, 31), d'après lequel le mot *scriniarius* n'aurait pas été employé avant le règne de Constantin. Varron, *de Re rustica*, III, 2, § 14, mentionne aussi un scribe *qui apparuit Varroni*, et qui avait lui-même un affranchi. Mais, dans ce texte, un nom propre a peut-être disparu par suite d'une erreur de copiste.

[2] Tacite, *Annales*, XVI, 8 : « Tanquam disponeret jam imperii curas, præficeretque rationibus et epistulis et libellis *libertos*. » Cf. *ibid.*, XV, 35.

[3] Orelli, nº 801 :

CN. OCTAVIVS. TITINIVS. CAPITO
PRAEF. COHORTIS. TRIB. MILIT DONAT
HASTA. PVRA. CORONA VALLARI. PROC. AB
EPISTVLIS. ET. A. PATRIMONIO. ITERVM. AB
EPISTVLIS. DIVI. NERVAE EODEM. AVCTORE
EX. S. C PRAETORIIS. ORNAMENTIS. AB. EPISTVL.
TERTIO. IMP NERVAE. CAESAR. TRAIANI. AVG. GER.
PRAEF. VIGILVM. VOLCANO D. D.

Cf. Pline le Jeune, *Epist.*, I, 17; VIII, 12.

[4] Spartien, *Vie d'Hadrien*, c. XXII : « Ab epistolis et a libellis primus equites romanos habuit. »

même ne voit-on pas se marquer nettement une première
division entre les employés romains de la chancellerie impériale? Bientôt, sous le règne de Commode et sous celui de
Septime Sévère s'établiront les traditions d'un avancement
régulier, qui fera passer les conseillers du préfet de Rome à
la chancellerie de l'empereur, et de la chancellerie les élèvera
à la préfecture de la ville. Quelques années plus tard, nouveau progrès, attesté par le biographe d'Alexandre Sévère :
nous entrevoyons l'organisation d'un véritable conseil où
préside l'empereur pour l'expédition des ordres et des dépêches [1].

La faveur des Grecs appelés à ce service ne fut pas moins
rapide que celle des Romains. De Néron à Trajan, voici un
rhéteur alexandrin, nommé Denys, qui exerce (successivement, je pense) les fonctions de « directeur des bibliothèques »
et celles de « préposé à la correspondance, aux ambassades et
aux rescrits [2]. » C'est à lui qu'on peut attribuer avec beaucoup
de vraisemblance une petite dissertation (μονόβιβλον) sur la
formule de salut usitée dans la conversation et dans les lettres,
dissertation dont le souvenir nous est parvenu par le témoignage d'un scholiaste d'Aristophane [3]. Sous Marc-Aurèle et
Lucius Vérus, un certain Cornélianus arrive, par son talent
d'avocat et de juriste, à la place de secrétaire (ἐπιστολεύς)

---

[1] Spartien, *Vie de Pescennius Niger*, c. VII : « Quod postea Severus et
deinceps multi tenuerunt, ut probant Pauli et Ulpiani præfecturæ, qui Pa-
piniano in consiliis fuerunt; ac postea, quum unus ad memoriam, alter ad
libellos paruisset, statim præfecti facti sunt. »

[2] Suidas, au mot Διονύσιος Ἀλεξανδρεύς, atteste que ce rhéteur, depuis le
règne de Néron jusqu'à celui de Trajan (?), τῶν βιβλιοθηκῶν προύστη καὶ
ἐπὶ τῶν ἐπιστολῶν καὶ πρεσβειῶν ἐγένετο καὶ ἀποκριμάτων. Sur ce service
des ambassades, ajoutez le témoignage de Jean Lydus, *des Magistrats rom*,
II, 25 : Οὐ μόνον τὰς τῶν ἐθνῶν πρεσβείας ὑφ' ἑαυτῷ τελούσας ὁ μάγιστρος
ἔχειν πιστεύεται.

[3] Sur le *Plutus*, v. 322.

des Césars et à la direction supérieure des affaires pour les provinces grecques de l'empire ; à ce dernier titre il a pu être appelé sans flatterie, par un grammairien qui était de ses clients, le coopérateur (συνεργός) des princes[1]. Deux inscriptions d'Ancyre[2] semblent indiquer que ces fonctions de confiance conduisaient quelquefois, dès le temps des Antonins, à des charges de légat dans les provinces.

On ne saurait affirmer que tous les secrétaires intimes des empereurs, surtout les secrétaires grecs, aient eu depuis ce temps'des attributions aussi importantes ; mais si ce ne fut pas là une règle, ce fut, du moins, un exemple assez fréquent. On ne saurait non plus, quand on rencontre sous le même règne un Latin qualifié de *magister epistolarum*, et un Grec de προστάτης βασιλικῶν ἐπιστολῶν, déterminer lequel des deux était le véritable chef de toute la chancellerie, ou s'ils avaient, dans l'ensemble du service, des fonctions simplement voisines et parallèles. Il est probable, en général, que tour à tour un Grec ou un Romain avait le pas sur ses collègues, selon qu'en décidait la faveur du prince, plus puissante naturellement sur ce terrain que sur aucun autre[3]. Quoi qu'il en soit, à cet

---

[1] Phrynichi *Ecloga vocum atticarum*, éd. Lobeck, p. 225 : Σὺ δὲ (il s'adresse à Cornélianus, comme le montre la préface du recueil) βασιλικὸς ἐπιστολεὺς ἐπιφανείς. P. 379, aux mots Τὰ πρόσωπα παρῆν ἀμφότερα, il loue Cornélianus d'avoir banni des tribunaux l'emploi de cette mauvaise locution : Ἐξελληνίζων καὶ ἀττικίζων τὸ βασιλικὸν δικαστήριον καὶ διδάσκαλος καθιστάμενος οὐ μόνον αὐτῶν τῶν λόγων, οἷον (ἀλλ᾽ εἰ ?) χρὴ λέγειν, σχήματος καὶ βλέμματος καὶ φωνῆς καὶ στάσεως. Τοιγαροῦν σε τῶν μεγίστων ἀξιώσαντες οἱ τῶν Ῥωμαίων βασιλεῖς ἀνέθεσαν τὰ Ἑλλήνων ἅπαντα πράγματα διοικεῖν, παραδρυσάμενοι φύλακα ἑαυτοῖς, λόγῳ μὲν ἐπιστολέα ἀποφήναντες, ἔργῳ δὲ συνεργὸν ἑλόμενοι τῆς βασιλείας.

[2] *Corpus inscr. græc*, nᵒ 4016 et 4017.

[3] M. de Luçay, Mémoire cité plus haut, p. 220 : « Les attributions des agents du pouvoir étaient alors mal définies, ou plutôt c'était au degré de confiance qu'ils inspiraient au monarque que ces agents devaient la part qu'ils prenaient au gouvernement. » Voir encore une observation sembla-

égard, il est intéressant de recueillir dans les auteurs et sur les monuments les noms des principaux personnages désignés comme secrétaires des Césars pendant la durée du deuxième et du troisième siècle de l'ère chrétienne. A ces noms se rattache souvent la mention précise de fonctions qui, soit à Rome, soit dans les provinces, donnaient à leurs titulaires une certaine part de l'autorité active. Outre ceux que nous avons déjà nommés plus haut, énumérons rapidement :

Maxime d'Égées[1]. On ignore de quel prince il fut secrétaire.

Narcisse, qui fut *ab epistolis* auprès de Claude [2].

Epaphrodite, qui fut *a libellis* auprès de Néron et à qui sa complaisance pour un dernier ordre de ce prince coûta plus tard la mort[3].

Celer, sophiste grec, malgré son nom latin, « chef de la correspondance impériale sous Hadrien. » C'est probablement le même qui, avec son nom plus complet de Caninius Celer, figure dans l'Histoire Auguste parmi les maîtres de Lucius Vérus [4].

C. Julius Vestinus, d'abord précepteur d'Hadrien, puis son secrétaire, puis directeur des bibliothèques de Rome, puis grand prêtre de toute l'Egypte et administrateur du Musée d'Alexandrie [5].

ble, p 165 Toutes ces réflexions s'appliquent aussi justement à l'histoire de l'empire romain qu'à l'histoire de France.

[1] Philostrate, *Vie d'Apollonius de Tyane*, I, 12.

[2] Suétone, *Vie de Claude*, c. xxviii.

[3] Suétone, *Vie de Domitien*, c. xiv : « Epaphroditum a libellis capitali pœna condemnavit, quod post destitutionem Nero in adipiscenda morte manu ejus adjutus existimabatur. » Cf. *Vie de Néron*, c. xlix.

[4] Philostrate, *Vies des Sophistes*, I, 22, § 5 ; Jules Capitolin, *Vie de Lucius Vérus*, c. ii.

[5] Inscription publiée par Fabretti, heureusement commentée par M Letronne (*Inscr. de l'Egypte*, l. c), reproduite dans le *Corpus inscr. græc.* sous le numéro 5900 ; elle a échappé à l'attention, ordinairement si exacte, de M. A. Westermann, dans la première partie de sa très-utile compilation,

Avidius Héliodorus, rhéteur d'abord, et ensuite secrétaire d'Hadrien, puis gouverneur d'Égypte, qui fut le père de cet Avidius Cassius destiné au court et périlleux honneur de l'usurpation[1].

Suétonius Tranquillus, ou Suétone, l'historien érudit, ami de Pline le Jeune, qualifié de *magister epistolarum* par le biographe d'Hadrien, qui le mentionne pour une disgrâce de palais[2].

Alexandre de Séleucie, secrétaire de Marc-Aurèle[3], de ce prince qui, au jugement d'un sophiste non suspect de flatterie, n'avait pas besoin d'une main étrangère pour écrire en grec de fort belles lettres[4].

Sallustius, qui paraît avoir fait l'office de *magister epistolarum* près de Lucius Vérus, puisque ce prince se réfère à lui pour procurer à Fronton des exemplaires de dépêches officielles, relatives à la campagne contre les Parthes dont le célèbre rhéteur allait écrire l'histoire[5].

---

de Epistolarum scriptoribus græcis (Lipsiæ, 1851 et suiv., in-4), p. 8. Voir aussi, sur ce personnage, la notice de Suidas au mot Οὐηρατῖνος, et les *Commentationes* de Bernhardy sur Suidas (cap. ii, p. xl), en tête de son édition de ce lexicographe.

[1] Letronne, *Inscr. de l'Égypte*, t. I, p. 129 et 130.

[2] Spartien, *Vie d'Hadrien*, c. xi : « Septicio Claro præfecto prætorii, et Suetonio Tranquillo epistolarum magistro, multisque aliis, qui apud Sabinam uxorem, injussu ejus, familiarius se tunc egerant, quam reverentia domus aulicæ postulabat, successores dedit. »

[3] Philostrate, *Vies des Sophistes*, II, 5, §§ 3 et 12.

[4] Préface des *Lettres* de Philostrate, en forme de lettre à Aspasius. On y voit aussi loué « Brutus *ou son secrétaire* » comme ayant donné des modèles du bon style épistolaire.

[5] *Vérus à Fronton*, p. 187, éd. de Rome : « Ea vero quæ post meam profectionem gesta sunt ex litteris a (je lirais plutôt : ad) me scriptis a negotio cuique præpositis ducibus cognosces. Earum exemplaria Sallustius noster, nunc Fulvianus (?), dabit. Ego vero, ut et consiliorum meorum rationes commemorare possis, meas quoque litteras, quibus quidquid gerendum esset demonstratur, mittam tibi. » Au sujet de ce Fulvianus, M. A. Maï

On connaît encore un employé secondaire de la chancellerie sous ce règne, T. Aurélius Égathéus[1].

Hadrien de Tyr, sophiste éminent, que l'on plaint d'avoir été le secrétaire d'un monstre tel que Commode. Il avait laissé divers ouvrages, entre autres un recueil de lettres dont le titre seul nous est parvenu[2].

Antipater d'Hiérapolis, secrétaire de Septime Sévère et de Caracalla[3].

Aspasius de Ravenne et Festus, secrétaires de Caracalla[4].

Le jurisconsulte Paul, *magister memoriæ*, vers le même temps, on ne sait pas au juste sous quel règne.

Le jurisconsulte Ulpien, qualifié de *magister scrinii* et de *consiliarius* auprès d'Alexandre Sévère[5].

On croirait lire quelque page d'un de ces annuaires modernes où sont énumérés les chefs d'une même administration sous plusieurs règnes successifs. Notre Annuaire de la chancellerie romaine ne se continue pas longtemps avec cette

renvoie à la lettre vingtième du livre I, *ad Amicos*, qui lui est, dit-il, adressée ; c'est une évidente inadvertance, car cette lettre est adressée à Cl. Julianus. Il est d'ailleurs probable que la leçon *nunc Fulvianus* est une faute de copie ou une erreur de lecture commise par l'éditeur du manuscrit.

[1] Orelli, *Inscr. lat.*, n° 5009 (inscription grecque et latine), et Fronton, p. 167, éd. Rom.

[2] Philostrate, *Vies des Sophistes*, II, 10; § 9. Suidas, au mot Ἀδριανός, où il lui attribue entre autres un recueil de lettres, sans doute de lettres purement sophistiques, comme il nous en est tant parvenu de l'antiquité. Je remarque aussi que Suidas l'appelle seulement ἀντιγραφεὺς τῶν ἐπιστολῶν.

[3] Philostrate, II, 24, § 1.

[4] Philostrate, II, 33, § 3 , et Hérodien, *Hist.*, IV, 14

[5] Lampride, *Vie d'Alexandre Sévère*, c. xxvi : « Et consiliarius Alexandri et magister scrinii Ulpianus fuisse perhibetur. » C xxxi . « Post meridianas horas subscriptioni et lectioni epistolarum semper dedit operam, ita ut ab epistolis et libellis et a memoria semper assisterent; nonnunquam etiam si stare per valetudinem non possent, sederent, relegentibus cuncta librariis et iis qui scrinium gerebant, ita ut Alexander sua manu adderet, si quid esset addendum, sed ex ejus sententia qui disertior habebatur.»

16

précision instructive ; néanmoins je puis encore, pour les
règnes suivants et à d'assez longs intervalles, citer quelques
noms que l'histoire a conservés. Tels sont :

Mnesthée, affranchi et secrétaire intime d'Aurélien, auteur
de la conspiration dont ce prince périt victime, triste exemple
de la contagion de violence qui, dans ce siècle de fer, semblait avoir tout envahi [1];

Junius Calpurnius, *magister memoriæ* sous le règne éphémère de Carus [2];

Le rhéteur latin Euménius, *magister sacræ memoriæ* auprès
de Constance Chlore [3];

Le rhéteur et historien Eutrope, dont nous possédons un
abrégé de l'histoire romaine, et qui fut *épistolographe* de
Constantin, puis accompagna Julien l'Apostat, sans doute
au même titre de secrétaire, dans son expédition en Perse [4];

Paulus, dit *Catena*, cité par Ammien Marcellin comme
secrétaire de Constance, et qui fut brûlé par Julien en punition des cruautés dont il s'était fait l'instrument sous le précédent règne [5];

Calliopius d'Antioche, secrétaire de Constance, auquel sont
adressées plusieurs lettres de Libanius [6];

Pentadius, d'abord *notarius*, puis *officiorum magister* sous
Constance, qui faillit, lui aussi, être puni, après la mort de son
maître, pour la part qu'il avait prise à ses tyrannies [7];

---

[1] Vopiscus, *Vie d'Aurélien*, c. xxxvi : « Incidit ut .. Mnestheum quem-
dam, quem pro notario secretorum habuerat, libertum, ut quidam dicunt,
suum, infensiorem sibi minando redderet, etc. »

[2] Vopiscus, *Vie de Carus*, c. viii.

[3] Eumenii *Oratio pro restaurandis scholis*, c. xi, où il indique la somme
de 300,000 sesterces comme le montant de son traitement.

[4] Codinus, *de Originibus Constantinopoleos*, p 9, éd. Paris.

[5] Ammien Marcellin, xiv, 5; xv, 3; xxii, 3; Libanius, t. I, p. 429, éd.
Reiske.

[6] Libanius, Lettres 412, 1033 et 1034. Cf. 204, 205, 221.

[7] Ammien, Marcellin, xiv, 11; xx, 8; xxii, 3. Ce dernier chapitre de

Nymphidianus de Smyrne, secrétaire de Julien l'Apostat, l'un des rédacteurs de tant de rescrits célèbres dans l'histoire des lettres et de la religion [1].

Dans cette énumération, si incomplète qu'elle soit, on a sans doute remarqué combien les savants et les rhéteurs abondent. La chose, au fond, est assez naturelle : le chef d'un ou de plusieurs bureaux dans la chancellerie n'était pas un officier de l'ordre purement administratif; s'il avait des talents littéraires, il en pouvait trouver quelque emploi dans sa fonction même.

Déjà le roi de Syrie Séleucus disait qu'on ne ramasserait pas par terre une couronne, si l'on savait toutes les lettres qu'un prince doit dicter, toutes celles qu'il lui faut lire [2]. Or, qu'était-ce que le royaume de Syrie auprès de l'empire des Césars? Quel prince, si actif et si habile qu'il fût, aurait suffi seul aux devoirs d'une correspondance comme celle que nécessitait le gouvernement du monde romain [3]? Aussi, voyons-nous, sous Constance, le service de la chancellerie constituer un personnel considérable; Julien, qui voulut se réduire à quatre secrétaires et à dix-sept officiers pour la distribution des dépêches, épuisait de fatigue ces trop peu nombreux serviteurs. Sous Théodose, on voit le nombre des secrétaires de tout grade porté jusqu'au chiffre énorme de cinq cent vingt, et à dix mille le nombre des agents inférieurs qui portaient les dépêches [4]. Dans ce vaste service de la chancellerie, bien des

l'historien contient encore les noms restés obscurs de plusieurs fonctionnaires de la chancellerie impériale.

[1] Eunape, *Vies des Sophistes*, p 177, éd. Boissonade.

[2] Plutarque, *Si un vieillard doit s'occuper des affaires d'État*, c. xi : Τὸν γοῦν Σέλευκον ἑκάστοτε λέγειν ἔφασαν, εἰ γνοῖεν οἱ πολλοὶ τὸ γράφειν μόνον ἐπιστολὰς τοσαύτας καὶ ἀναγινώσκειν ὅσον ἐργῶδές ἐστιν, ἐῤῥιμμένον οὐκ ἂν ἀνελέσθαι διάδημα.

[3] Voir le témoignage de Fronton, cité plus bas, p 245, note 2.

[4] Libanius, t. I, p. 190, 566, 571; ces textes, et quelques autres, me

lettres devaient être rédigées par le seul secrétaire et soumises ensuite à l'approbation de l'empereur. Il en fallait mesurer l'étendue, varier le ton et le style, selon bien des
convenances de temps, de lieu, de personnes. De là des
règles dont on trouve la trace dans quelques témoignages de
l'antiquité. On y voit que Philostrate l'Ancien avait publié
contre son confrère Aspasius, secrétaire d'un empereur, un
Traité de l'art d'écrire des lettres, où il lui reprochait deux
défauts également fâcheux pour la dignité d'un César : l'abus
des formes oratoires et l'obscurité [1]. Cornélianus, le secrétaire
de Marc-Aurèle, pensait aussi, apparemment, qu'un tel
prince devait parler le plus pur attique à ses sujets grecs,
car c'est lui qui avait commandé au grammairien Phrynichus
un *Manuel de l'atticisme* dont l'abrégé est parvenu jusqu'à
nous [2]. La correspondance même de Fronton et de ses disciples, et, plus tard, les Lettres de Julien, ne sont-elles pas des
exemples du soin que l'on donnait, dans le palais des Césars,
au style épistolaire ?

Au reste, et pour le dire en passant, les calligraphes de la
chancellerie impériale n'avaient pas moins bonne réputation

sont obligeamment indiqués par M. Em. Monnier, qui prépare en ce moment une dissertation historique sur Libanius.

[1] Philostrate. *Vies des Sophistes*, II, 33 : « Ἡ δὲ ξυγγεγραμμένη ἐπι-
στολὴ τῷ Φιλοστράτῳ περὶ τοῦ πῶς χρὴ ἐπιστέλλειν πρὸς τὸν Ἀσπάσιον τείνει,
ἐπειδὴ παρελθὼν ἐπὶ τὰς βασιλείους ἐπιστολὰς τὰς μὲν ἀγωνιστικώτερον τοῦ
δέοντος ἐπέστελλε, τὰς δὲ οὐ σαφῶς, ὧν οὐδέτερον βασιλεῖ πρέπον· αὐτοκρά-
τωρ γὰρ δὴ ὁπότε ἐπιστέλλοι, οὐ δεῖ ἐνθυμημάτων, οὐδ' ἐπιχειρήσεων, ἀλλὰ
δόξης, οὐδ' οὖ ἀσαφείας, ἐπειδὴ νόμους φθέγγεται, σαφήνεια δὲ ἑρμηνεὺς νόμου.
Comparez les observations de M. E. de Rozières sur les Recueils de pièces
de chancellerie, comme celui de Marculfe, au moyen âge, dans la *Revue
historique de droit français et étranger* (janvier-février 1859).

[2] Voir la préface de ce petit recueil adressée à Cornélianus, dont Phrynichus semble avoir été l'affranchi, peut-être le secrétaire. Fronton témoigne des mêmes scrupules en parlant à un César de son rôle d'orateur devant le peuple romain, p. 232, 244, etc., éd. Rom.

que les secrétaires atticistes, et leur belle écriture paraît avoir été presque proverbiale au temps de Plutarque[1].

Mais le talent des secrétaires d'empereurs ne trouvait pas seulement à s'exercer dans la rédaction des dépêches. En devenant l'administrateur et le justicier suprême du monde, l'empereur était devenu une sorte d'orateur suprême, chargé de parler aux peuples et de les entretenir sur leurs intérêts et sur leurs devoirs, comme faisaient jadis les orateurs dans des États libres. Commander n'eût pas toujours suffi : il fallait justifier la loi par d'habiles considérants ; il fallait louer les uns, blâmer les autres ; il fallait, par la séduction d'un langage grave et digne, calmer certaines colères, ou prévenir certaines résistances. Il y avait lieu souvent de répondre à des ambassadeurs, de rendre compte au sénat de quelque grand succès militaire ou de quelque importante mesure de gouvernement. Voilà ce que nous apprend un homme initié de fort près à toutes ces difficultés du métier royal, le précepteur de Marc-Aurèle et de Vérus[2] ; voilà ce qui nous est attesté par un exemple authentique et mémorable, le discours de Claude, dont la plus grande partie se conserve encore sur les célèbres tables de Lyon. Fronton, qui avait lu bien d'autres discours de ce genre, nous apprend aussi avec quels succès divers les empereurs, depuis César jusqu'aux Antonins, ont rempli cette partie de leur tâche ; comment

1 Plutarque, *des Oracles de la Pythie*, c. vii des éditions grecques-latines : Εἰ γράφειν ἔδει, μὴ λέγειν τοὺς χρησμούς, οὐκ ἄν, οἶμαι, τοῦ θεοῦ τὰ γράμματα νομίζοντες ἐψέγομεν, ὅτι λείπεται καλλιγραφίᾳ τῶν βασιλικῶν.

2 *Ad Marcum Cæsarem, de Eloquentia*, p. 234: « Cæsareum est in Senatu quæ e re sunt suadere, populum de plerisque negotiis in concione appellare, jus injustum corripere, per orbem terræ litteras missitare, leges (A. Maï propose de lire *reges* ; ce serait plutôt *legatos*) cæterarum gentium compellare, sociorum culpas dictis coercere, benefacta laudare, seditiosos compescere, feroces territare, omnia ista profecto verbis sunt ac litteris agenda. » Cf. Lampride, *Vie d'Alexandre Sévère*, c. xxv : « Conciones in urbe multas habuit more veterum tribunorum et consulum. »

parlait Auguste, comment Tibère ou Vespasien, non pas chez
Tacite, cet admirable et trop peu fidèle interprète de l'éloquence de ses personnages, mais dans l'histoire et en réalité.
En même temps qu'il loue affectueusement l'habileté oratoire
de ses deux élèves, Fronton plaint le malheur des hommes
d'État obligés de recourir par leurs discours à l'éloquence
d'autrui. Ainsi, dit-il, jadis Ventidius, vainqueur des Parthes,
avait emprunté la main d'un écrivain de profession pour rédiger le récit officiel de ses campagnes; ainsi l'honnête Nerva
exposait et justifiait ses actes devant le Sénat avec des paroles
d'emprunt, *verbis rogaticiis*[1]. De même, selon Tacite, l'empereur Othon usait, pour les affaires civiles, du talent de
Galérius Trachalus, orateur alors célèbre, dont le style plein
et sonore se reconnaissait assez facilement dans les harangues impériales[2]. De même Trajan confia quelquefois à celui
qui devint plus tard l'empereur Hadrien, le soin de dicter
pour lui des discours officiels[3]. De même encore Ælius Vérus
n'avait, dit-on, rédigé qu'avec l'aide de ses secrétaires et de
ses maîtres d'éloquence certaine harangue qu'il devait réciter
à son père adoptif, Hadrien, le premier jour de l'an, et que
la mort l'empêcha de prononcer[4]. Enfin, Antonin le Pieux

---

[1] *Ad Verum*, p. 180 et 181. Cf. p. 227, une belle réponse aux scrupules
de M. Aurèle qui poussait l'austérité stoïcienne jusqu'à fuir les succès de sa
propre éloquence.

[2] *Histoires*, I, 90 : « In rebus urbanis Galerii Trachali ingenio Othonem
uti credebatur; et erant qui genus ipsum orandi noscerent, crebro fori usu
celebre et ad implendas aures latum et sonans. » Cf. Meyer, *Oratorum rom.
fragm.* Turici, 1842, p. 592.

[3] Spartien, *Vie d'Hadrien*, c. iv : « Et defuncto quidem Sura Trajani ei
familiaritas crevit, causa præcipue orationum quas pro imperatore dicta-
verat. »

[4] Spartien, *Vie d'Ælius Vérus*, c. iv : « Cum de provincia Ælius redisset,
atque orationem pulcherrimam, quæ hodieque legitur, sive per se, sive per
scriniorum aut dicendi magistros, parasset, qua kalendis januariis Hadriano
patri gratias ageret, accepta potione qua se existimaret juvari, kalendis
ipsis Januariis periit. »

passait pour n'avoir pas écrit lui-même les discours qui cir-
culaient sous son nom[1]. Ce n'est donc pas chose neuve que
la participation, si fréquente et beaucoup plus sérieuse chez
nous, des ministres aux *discours du trône*. L'antiquité nous
en offre déjà des exemples, et ces exemples durent être fort
nombreux au temps du principat militaire, lorsque si souvent les armées couronnaient un soldat grossier ou même un
barbare; lorsque le hasard de continuelles révolutions plaçait
ou laissait sur le trône « quelque César imberbe qui ne pouvait signer un ordre sans que son maître d'écriture lui diri-
geât la main. » Je traduis ici (et peut-être dois-je en avertir),
la plainte étrange et presque comique d'un sénateur romain
de ce temps[2].

On peut conjecturer que le secrétaire lettré d'un empereur
trouvait encore quelque autre occasion d'utiliser officieuse-
ment ses talents au service de son maître. Beaucoup de
princes, dans l'antiquité, ont laissé des récits historiques de
leur vie. Auguste, par exemple, Hadrien et Septime Sévère
écrivirent de ces ouvrages que déjà on appelait quelquefois
Memoriæ, d'un nom qui nous semble moderne[3]. Or, si
Salluste se faisait aider par un grammairien pour ses travaux
d'annaliste[4], on peut croire qu'un empereur ait souvent

---

[1] J. Capitolin, *Vie d'Antonin le Pieux*, c. xi : « Orationes plerique alie-
nas dixerunt quæ sub ejus nomine feruntur ; Marius Maximus ejus proprias
fuisse dicit. »

[2] Discours d'un sénateur, cité dans la *Vie de Tacite*, par Vopiscus, c. vi :
« Dii avertant *Principes pueros* et *Patres patriæ* dici impuberes, et quibus
ad subscribendum (comparez, sur ces *subscriptiones*, la *Vie de Commode*,
par Lampride, c. xiii) magistri litterarii manus teneant, etc »

[3] Aulu-Gelle, VI, 6 : « In veteribus memoriis scriptum legimus. » Cf.
X, 12. « Favorinus memoriarum veterum exsequentissimus. » Cf. Orelli,
nº 2952, où un *procurator ab ephemeride*, sous Alexandre Sévère, paraît
avoir exercé un important office de palais, mais non pas un office littéraire.

[4] Suétone, *Vies des Grammairiens*, c. x.

employé le zèle d'un secrétaire, soit à recueillir les matériaux, soit à corriger le style de ses Mémoires. Les fragments précieux que nous lisons aujourd'hui sous le titre de *Mémoires de Louis XIV*, et où les éditeurs signalent çà et là la main de l'honnête et correct écrivain Pellisson, nous laissent voir ce que pouvait être ce genre de collaboration discrète[1].

Mais nous pouvons, autrement que par des conjectures, apprécier la part que prenaient les secrétaires des rois grecs et des empereurs romains à la rédaction de leurs dépêches ou de leurs autres écrits. Nous possédons encore aujourd'hui beaucoup de documents qui émanent, plus ou moins directement, des chancelleries du monde ancien.

Et d'abord, grâce à l'usage si commun chez les Grecs et chez les Romains de faire graver sur marbre ou sur bronze les actes officiels, beaucoup de ces actes, et entre autres beaucoup de lettres, se sont conservés dans des inscriptions.

Je rappelais tout à l'heure les Mémoires d'Auguste. Le résumé qui s'en trouve, sous la forme d'une sorte de testament politique, sur le monument d'Ancyre, n'est pas tout entier de la main de cet empereur. Il a lui-même indiqué l'endroit où il en arrêta la rédaction : *Hœc scripsi cum annum agebam septuagesimum sextum;* mais, à la suite, un de ses secrétaires a écrit quelques lignes encore qui présentent le total des dépenses et des travaux publics sous ce long règne.

Parmi les dépêches qui nous sont parvenues de la même manière, soit en grec, soit en latin, quelquefois dans les deux langues, j'indiquerai rapidement, et en me bornant aux plus intéressantes :

1° Une lettre du roi Séleucus aux Milésiens, qui accompagnait l'envoi de riches offrandes pour un temple de leur ville, et qui contient la liste de ces offrandes[2];

---

[1] Voir le jugement de M. Sainte-Beuve, *Causeries du lundi,* t. V, p. 252.
[2] *Corpus inscr. grœc.,* n° 2852.

2° Une lettre du roi Lysimaque aux Samiens, à propos d'une contestation relative aux frontières du territoire de Samos et du territoire de Priène [1];

3° La réclamation des prêtres d'Isis, à Philæ, au roi Evergète II, contre les vexations d'un corps de troupes cantonné dans leur île; et la réponse favorable de Numénius, l'épistolographe, à cette requête [2];

4° Deux dépêches, malheureusement mutilées, de l'empereur Auguste, l'une aux habitants de Mylasa, l'autre aux habitants de Cnide [3];

5° Une lettre de Caïus (Caligula) en réponse aux compliments que lui apportait une ambassade des villes grecques de Béotie, la première année de son règne, lorsqu'il relevait d'une grave maladie [4];

6° Un rescrit de Vespasien, à une ville de Bétique [5];

7° Une courte dépêche de Marc-Aurèle aux chefs d'une corporation religieuse de l'Asie Mineure, en réponse aux compliments qu'il en avait reçus à propos de la naissance d'un prince [6];

8° Une dépêche de Septime Sévère et de Caracalla, portant concession d'immunités à un sophiste de Smyrne nommé Claudius Rufinus [7];

[1] Corpus inscr. græc., n° 2254.

[2] Letronne, Inscr. de l'Egypte, tome I, p. 338; Corpus inscr. græc., n° 4896.

[3] Ph. Le Bas, Voyage archéologique en Grèce, Inscriptions, partie V, n° 441; L Ross, Inscriptiones antiquæ, n° 312.

[4] Keil, Sylloge inscr. Bœotic., p. 117 et suiv., où la date et le caractère du monument qui nous a conservé une partie de cette lettre sont établis à l'aide de rapprochements ingénieux et sûrs.

[5] Orelli, Inscr. lat., n° 4031. Un fragment en grec d'une dépêche du même prince se lit dans le Corpus inscr. græc., n° 1305.

[6] Corpus inscr. græc., n° 3176 A.

[7] Corpus inscr. græc., n° 3178. Cf. 1058, 1529, 2845, 5414, d'autres exemples des faveurs obtenues par les sophistes.

9° Les pièces, moitié grecques, moitié latines, relatives au territoire du temple do Jupiter, dans la ville d'Æzania [1];

10° Diverses lettres d'empereurs en réponse à des compliments de joyeux avénement [2].

Les papyrus grecs de l'Egypte contiennent aussi plusieurs pièces émanées de la chancellerie ptolémaïque. Telle est une lettre qui paraît du règne de Ptolémée Physcon et de l'an 119 avant Jésus-Christ. C'est une circulaire qui signale à la sévérité des gouverneurs de provinces des concussions et des injustices commises par les publicains; on voit que, même sous un assez mauvais prince, l'administration égyptienne n'oubliait pas tous ses devoirs. Cette pièce appartient au musée du Louvre.

Le texte des auteurs anciens renferme aussi bon nombre de ces documents. Tout le monde connaît les lettres de Philippe conservées dans les discours de Démosthène. Voici un fragment de la correspondance administrative des Séleucides que je trouve chez le compilateur Athénée, et que je vais transcrire pour sa singularité piquante.

« Antiochus (on pense que c'est Antiochus VI) à Phanias (gouverneur d'Antioche) salut. Nous t'avons déjà écrit pour qu'aucun philosophe ne demeurât dans la ville ni dans le pays. Or, nous apprenons qu'il s'y en trouve encore, et que la jeunesse pâtit parce que tu n'as rien accompli de nos ordres. Dès que tu auras reçu cette lettre, fais aussitôt publier que les philosophes aient à vider le territoire. Les jeunes gens que l'on surprendra auprès d'eux seront frappés de verges, et leurs parents seront punis avec la dernière rigueur. Qu'il soit fait selon notre volonté [3] » On dirait quelque con-

---

[1] *Corpus inscr. græc.*, n° 3835.

[2] *Corpus inscr. græc.*, n° 2743. Dioclétien et Maximien aux habitants d'Aphrodisias. Cf n° 346 et 3176

[3] Athénée, *Dipnos.*, XII, p. 547 (cf. XIV, p. 653 A, une réponse du même prince à la prétendue lettre d'un roi des Indiens); je traduis

trofaçon, hyperbolique jusqu'à l'invraisemblance, du décret par lequel, un peu avant Antiochus VI, le sénat de Rome avait expulsé les rhéteurs et les philosophes [1]. Dans le dixième livre de ses Lettres, livre uniquement rempli par des lettres d'affaires, Pline le Jeune a inséré sa correspondance avec Trajan au sujet des chrétiens d Asie. A comparer Antiochus et Trajan, il semble vraiment que le persécuteur des chrétiens soit moins cruel encore que le persécuteur des philosophes.

Mais, quels que soient le nombre et l'importance des documents que je viens de rappeler, le recueil qui nous intéresse le plus à cet égard est encore celui des biographies d'empereurs connu sous le nom de *Scriptores historiæ Augustæ*. Là de modestes compilateurs, moins sûrs de leur génie que ne l'étaient jadis un Tite-Live et un Tacite, et uniquement curieux d'une minutieuse vérité, que d'ailleurs ils ne savent pas toujours atteindre [2], insèrent souvent dans leur récit des actes authentiques provenant des archives de l'empire romain, des lettres, des discours, des sénatus-consultes, extraits des procès-verbaux du Sénat, ou de ce précieux registre d'ivoire que l'on conservait, à Rome, dans la bibliothèque Ulpienne [3], ou enfin copiés

χρεμήσονται dans le sens plus adouci qu'indique déjà Casaubon, et que paraît autoriser un passage de Synésius, Lettre 44, p 185, éd. Petau.

[1] Dans Aulu-Gelle, XV, 11, et dans Suétone, *de Claris rhet.*, c. ɪ, rapprochement déjà indiqué par Casaubon.

[2] Vopiscus, *Vie de Carus*, c. xx : « Non eloquentiæ causa, sed curiositatis. » — « Qui hæc et talia non tam diserte quam vere scripserunt, » dit Vopiscus, *Vie de Probus*, c. ɪɪ, en parlant des auteurs qu'il imite. Voir dans les biographies de Maxime et Balbin, c. xɪ, xv, xvɪ ; de Maximin le Jeune, c. vɪɪ. etc., des exemples étranges d'une ignorance que d'ailleurs l'historien confesse avec naïveté.

[3] Vopiscus, *Vie de Tacite*, c. vɪɪɪ : « Ne quis me Græcorum alicui vel Latinorum existimet temere credidisse, habet bibliotheca Ulpia in armario sexto librum elephantinum in quo hoc senatusconsultum perscriptum est, cui Tacitus ipse manu sua subscripsit. Nam diu hæc senatusconsulta, quæ ad principes pertinebant, in libris elephantinis scribebantur. »

dans des recueils spéciaux que composaient déjà certains officiers du palais [1]. Parmi ces pièces, plusieurs ont un caractère
tout familier : non-seulement elles émanent du cabinet de
l'empereur, mais, écrites ou dictées par lui, elles ne devaient
rien à l'habileté de son secrétaire. C'est ce qu'atteste formellement Trébellius Pollion pour une lettre de Claude le Go-
thique [2]; c'est ce que l'on peut deviner pour plusieurs autres.
Par exemple, Hadrien seul a écrit la lettre où sont dépeintes
avec tant de vérité les mœurs bizarres et turbulentes des
Alexandrins [3] : j'y reconnais cette malice d'un bel esprit qui,
trop souvent, devenait cruel devant d'inoffensives contradic-
tions. Nul autre que Septime Sévère n'a dicté cette menaçante
dépêche aux sénateurs où sont tournées en amère dérision
les manies littéraires d'un de ses concurrents à l'empire [4] :

---

[1] Vopiscus, *Vie d'Aurélien*, c. xii : « Ex libris Acholii, qui magister ad-
missionum Valeriani principis fuit, libro *Actorum* ejus nono. » C. xvii :
« Exstat epistola quam ego, ut soleo, fidei causa, imo ut alios annalium
scriptores fecisse video, inserendam putavi. » Cf. Treb. Pollion, *Vie de Va-
lérien*, c. iii; Tacite, *de Claris orat.*, c. xxxvii.

[2] Trébellius Pollion, *Vie de Claude II*, c. vii : Exstat ipsius epistola...
quæ talis est : *Senatui populoque romano Claudius princeps* (hanc autem
ipse dictasse perhibetur Ego verba magistri memoriæ non requiro) *Patres
conscripti, militantes audite quod verum est*, etc., » texte évidemment altéré. Casaubon proposait de lire *lœtantes* au lieu de *militantes* et d'insérer
sint ipsius an avant *magistri*. Saumaise blâme avec raison ces conjectures,
sans proposer une autre correction. Peut-être suffit-il de rapporter les
mots *hanc..... perhibetur* après *requiro* et de mettre dans la bouche de
Claude les mots *ego.. .. requiro*. Quant à *militantes audite quod verum est*,
dans le style de ce soldat empereur, on pourrait l'entendre ainsi : « Appre-
nez d'un soldat ce qui est la vérité. »

[3] Vopiscus, *Les XXX tyrans*, *Vie de Saturninus*, c. viii. La lettre est
écrite à un consul, mais qui était beau-frère d'Hadrien.

[4] J. Capitolin, *Vie d'Albinus*, c. xii. Remarquez surtout les dernières
lignes dirigées contre les goûts littéraires d'Albinus : « Major fuit dolor,
quod illum pro litterato laudandum plerique duxistis, cum ille nœniis
quibusdam anilibus occupatus inter Milesias Punicas Apuleii sui et ludicra
litteraria consenesceret. »

Sévère y montrait son âme, *ostendit animum suum*, dit avec raison l'historien; en effet, on y sent la rude énergie du soldat qui put être, un jour, salutaire au monde en ressaisissant avec vigueur le faisceau des forces militaires de l'empire près de se dissoudre dans l'anarchie.

D'autres pièces sont moins caractérisées par le ton et par ce cachet moral que l'improvisation personnelle imprime toujours au style d'une lettre; celles-là peuvent nous donner une idée du style officiel de la chancellerie. D'autres enfin émanent notoirement des secrétaires eux-mêmes en l'absence des empereurs : tel est ce fragment de la dépêche que je vais traduire, et où le *magister memoriæ* de l'empereur Carus apprend au préfet de Rome la mort de son maître, subitement frappé au début d'une expédition contre les Perses [1] :

« Carus, notre prince vraiment *cher* (il joue sur le double sens du mot *Carus*), était malade, lorsque soudain éclata une si violente tempête, que l'obscurité nous enleva tous à la vue l'un de l'autre; puis les éclairs et les tonnerres brillant sans interruption, comme des astres de feu, nous ôtèrent à tous la connaissance de ce qui se passait Soudain on cria que l'empereur était mort, et cela précisément après un coup de tonnerre qui avait tout ébranlé. Ajoutez que les chambellans, dans leur émotion, mirent le feu à la tente du prince. Ainsi s'est formé le bruit qui attribue sa mort à la foudre, et pourtant, si nous sommes bien informé, il est mort de maladie. »

Familiers ou officiels, tous ces documents sont précieux pour l'histoire; tous attestent, par leur conservation même, la régularité d'un service depuis longtemps organisé auprès

---

1 Vopiscus, *Vie de Carus*, c. viii . « Junius Calpurnius, qui ad memoriam dictabat (cf *Notitia dignitatum imp. occ.*, p. 60, ed. Boecking : « Magister memoriæ annotationes omnes dictat et emittit »), talem ad præfectum Urbis super morte Cari, epistolam dedit. Inter cætera (?) : Cum Carus princeps noster vere carus, etc. »

de la personne des Césars, et qui s'y maintenait malgré les fréquentes secousses des révolutions.

Mais il y a deux pièces qui brillent d'un éclat particulier dans ce recueil, grâce au double souvenir qu'elles consacrent ; je veux dire la lettre d'Aurélien à Zénobie et la réponse de Zénobie à Aurélien[1]. On me permettra de citer encore ces deux courts et précieux documents :

« Aurélien, empereur de l'univers romain et nouveau conquérant de l'Orient, à Zénobie et à ses alliés dans la guerre.

« Tu aurais dû faire de toi-même ce qu'aujourd'hui ma lettre t'ordonne. Je t'enjoins de te rendre, en te promettant la vie, et à condition, Zénobie, que tu vivras avec tes alliés là où je t'aurai placée d'accord avec l'illustre Sénat (de Rome). Tu remettras en nos mains tes pierres précieuses, ton argent, ton or, tes étoffes de soie, tes chevaux et tes chameaux. Les Palmyréniens garderont l'usage de leurs lois. »

Cette lettre était en grec, la reine de Palmyre répondit dans sa langue, qui était un dialecte du syriaque :

« Zénobie, reine de l'Orient, à Aurélien Auguste :

« Personne encore autre que toi ne m'a demandé par lettre ce que tu réclames. C'est au courage à décider dans toutes les choses de la guerre. Tu veux que je me rende, comme si tu ne savais pas que la reine Cléopâtre aima mieux mourir que de vivre en toute autre dignité. Le secours des Perses ne me manque pas, et déjà je l'attends. Avec nous sont les Saracènes, avec nous les Arméniens. Les brigands de Syrie, Aurélien, ont vaincu ton armée ; que sera-ce si arrivent à nous les bandes que j'attends de tous côtés ? Alors sans doute tu rabattras de cet orgueil avec lequel, aujourd'hui vainqueur, tu m'ordonnes de me rendre. »

Le philosophe Longin, maître de Zénobie pour les lettres

---

[1] Vopiscus, *Vie d'Aurélien*, c. xxvi et xxvii. Peut-être convient-il de remarquer que Vopiscus avait pris ces deux documents, non dans les archives publiques, mais dans les récits d'un historien grec, de Nicomaque.

grecques, avait, dit-on, dicté cette noble réponse. Après la
prise de Palmyre il paya de sa tête l'honneur d'avoir si bien
exprimé les sentiments virils dont Zénobie lui donnait
l'exemple. Nous trouvons encore dans le même historien une
lettre de l'empereur où ce prince avoue les cruelles repré-
sailles exercées en son nom contre les défenseurs de Palmyre
et dont Longin fut la plus illustre victime.

Le nom de Longin nous inviterait, ce semble, à chercher ce
que furent, comme écrivains et en dehors de leurs fonctions
officielles, ces philosophes, ces historiens, ces rhéteurs ou
ces jurisconsultes employés comme secrétaires des princes.
Plusieurs, en effet, ont laissé des ouvrages qui nous sont
parvenus.

On aimerait à savoir si c'est après ou avant sa disgrâce
que Suétone écrivit les *Douze Césars*, si c'est à Palmyre que
Longin rédigea quelques-uns de ses livres philosophiques.
Les *Césars*, ce livre d'une véracité froidement impartiale,
sont-ils une revanche de l'indiscrétion d'un courtisan humilié, ou témoignent-ils seulement de la liberté qu'Hadrien
permettait sans réserve à l'historien de ses prédécesseurs?
En tous cas, il est certain que Suétone avait largement profité pour ses recherches de l'accès facile qu'il dut avoir auprès
des bibliothèques et des plus secrètes archives de l'empire.
Il en avait même profité plus que ne le laissent voir les
Césars. Ses petites biographies des rhéteurs, des grammairiens et des poetes, et les fragments de ses ouvrages perdus,
supposent le même goût pour les curiosités anecdotiques.
Suétone avait encore écrit un livre dont l'unique fragment,
conservé par Priscien, ne suffit pas à nous montrer le sujet,
mais dont le titre semble indiquer des recherches sur l'origine
même des offices du palais [1]. Qui sait si l'on n'y trouvait pas

---

[1] *De Institutione officiorum*, cité par Priscien, *Instit. gramm.*, VI, 8,
p. 697, éd. Putsch; t. I, p. 247, éd. Krehl.

l'histoire même de la fonction que l'auteur a remplie auprès d'Hadrien?

Le *Traité du Sublime*, que, malgré bien des raisons de doute, l'opinion commune s'obstine à tenir pour une œuvre de Longin, ce traité empreint d'un si noble sentiment de la dignité humaine, nous vient-il de la cour de Palmyre et doit-il quelque chose au génie oriental heureusement associé avec le goût exquis de la Grèce? Je ne saurais le dire ; du moins il faut reconnaître que la critique y montre une sorte d'impartialité alors assez nouvelle dans les écoles : c'est la première fois qu'on plaçait ainsi Moïse à côté d'Homère et qu'on louait éloquemment Cicéron à côté de Démosthène.

Au reste, la plupart des lettrés, surtout les lettrés grecs, que les empereurs appelaient au secret de leurs conseils, n'étaient pas des Longins. Ils appartiennent d'ordinaire à cette classe de sophistes frivoles dont Philostrate et Eunape ne se sont faits les historiens que parce qu'ils les ont trop admirés. La gravité de leurs fonctions auprès du prince contraste singulièrement avec la futilité de leurs occupations habituelles. Ces hommes accoutumés aux petits triomphes de l'école ou de la place publique, déclamateurs de profession, puristes jusqu'à l'afféterie, vivant par le souvenir et l'imagination avec les héros d'une liberté désormais impossible, se trouvaient, à ce qu'il semble, un peu dépaysés au milieu des devoirs de leur nouvelle charge ; et pourtant le choix même qu'un empereur faisait d'eux était un hommage rendu par le pouvoir à la science et aux lettres, un hommage qu'il faut apprécier dans l'abaissement commun des esprits sous l'empire romain.

Il serait donc intéressant, à cette occasion, d'examiner, en général, quelles furent l'influence et l'autorité des hommes de lettres sous un régime qui d'ailleurs laissait peu de place au libre exercice de la pensée ; mais cette étude excéderait les limites du sujet que nous avons choisi.

Une question qui s'y rattache de plus près nous reste à résoudre, avant de finir.

Nous avons souvent employé, dans le cours de ce Mémoire, les mots *secrétaire* et *chancellerie* pour désigner des fonctions relatives au service de la correspondance impériale, et pourtant nous ne rencontrons dans aucun des textes cités jusqu'ici le mot *secretarius* ni le mot *cancellarius*. C'est que l'origine de ces mots, fort ancienne d'ailleurs, est toute différente. Le *secretarium* était, sous le Bas-Empire, un tribunal qui connaissait des causes capitales et siégeait à huis clos, d'où lui venait son nom même, qui a pu s'étendre aussi à des officiers chargés, dans l'enceinte du tribunal, soit de la fonction de juge, soit de quelque fonction de police intérieure, comme celle de nos huissiers. Les barreaux ou *cancelli*, qui entouraient, dès une époque assez ancienne, le prétoire d'un tribunal, ont aussi donné leur nom aux *cancellarii*, chargés d'en écarter le public. Plus tard, sous le gouvernement des papes, le *secretarium* a désigné tantôt un tribunal secret, tantôt une salle d'archives pour les documents officiels et pour les trésors de la basilique Vaticane [1]. Le sens des mots tend tour à tour à se généraliser ou à se restreindre : ici c'est par extension qu'il s'est modifié. On s'habitua peu à peu à employer le mot *secretarius* pour tout fonctionnaire dont le premier devoir était la discrétion, et le mot de *cancellarius*, chancelier, pour le fonctionnaire qui secondait spécialement le prince dans l'administration de la justice, et, dans l'usage, le mot de *chancellerie* s'est étendu plus encore, jusqu'à signifier d'une manière générale tout le service des

---

[1] Voir les lexiques de Forcellini et de Du Cange aux mots cités, et le savant ouvrage de Cancellieri, *de Secretariis basilicæ vaticanæ veteris ac novæ* Romæ, 1786, 4 vol. in-4°, ouvrage qui, malgré son titre, n'est pas une histoire de la chancellerie pontificale. Jean Lydus, *sur les Magistrats romains*, III, 5, 11, etc., fournit aussi de précieux détails sur ce sujet.

ordres ou dépêches qui émanent directement du cabinet d'un prince.

Si étrange donc que ce résultat puisse paraître, on voit, en ce qui concerne les origines de la secrétairerie d'Etat, que les choses et les mots qui les désignent ont eu des origines tout à fait distinctes. Singulier caprice du sort, qui, d'un côté, laisse périr les mots en maintenant la tradition des idées et des faits, et, de l'autre, impose à ces faits, à ces idées anciennes, des appellations jadis consacrées dans un tout autre sens!

X

DE L'ÉTUDE DE LA LANGUE LATINE

CHEZ LES GRECS DANS L'ANTIQUITÉ [1].

———

On a récemment découvert à Marseille, dans le bassin du carénage, une petite plaque de marbre contenant une inscription grecque de quatre mots dont voici la traduction : « Athénadès, fils de Dioscoride, grammairien latin [2]. » Ce petit monument, qui vient s'ajouter aux souvenirs, hélas ! trop peu nombreux, que la colonie phocéenne de Marseille a conservés de ses ancêtres [3], peut, à la première vue, n'offrir qu'un médiocre intérêt. Il est court et sans date ; il semble ne rien nous apprendre, sinon que, vers le second siècle de l'ère chrétienne (c'est, nous le supposons, l'époque indiquée par les caractères de l'écriture), vivait à Marseille un grammairien, Grec de naissance, et qui enseignait le latin. Mais, qu'on y veuille réfléchir, est-ce une chose si commune qu'un Grec sachant le latin et en donnant des leçons ? Bien au contraire, et l'on citerait à peine, dans l'antiquité, un ou

[1] Lu dans la séance publique annuelle de l'Académie des inscriptions et belles-lettres, le 10 août 1855, et imprimé dans les actes de cette séance.

[2] L'inscription (Ἀθηνάδης Διοσκουρίδου γραμματικὸς Ῥωμαικός) a été rapportée à Paris et obligeamment communiquée à l'auteur de ce Mémoire par M. E. Le Blant

[3] Il ne reste guère que trente-cinq inscriptions grecques païennes dans toute la Gaule, et, sur ce nombre, douze sont de Marseille.

deux exemples semblables [1], tandis que nous connaissons une
foule de Romains qui ont parlé, qui ont écrit, qui ont ensei-
gné la langue grecque [2]. L'épitaphe du grammairien mar-
seillais est donc instructive à cet égard, malgré sa brièveté ;
elle nous signale un contraste remarquable et nous invite à
en chercher l'explication.

On a souvent montré les lettres romaines se perfectionnant
à l'école de la Grèce ; souvent on a commenté ce célèbre
témoignage d'Horace : « La Grèce, conquise, conquit à son
tour ses grossiers vainqueurs, et importa les arts dans le
Latium sauvage. » C'est le sujet que traitait tout récemment
encore un savant critique, M. Patin, notre confrère, et qu'il
rajeunissait par l'heureuse nouveauté des détails et par la
finesse des aperçus [3]. Il est intéressant, en effet, de voir le
génie romain, partout ailleurs oppressif et violent envers la
langue des vaincus, reculer devant le génie littéraire de la
Grèce, partout où il le rencontre, et en subir, que dis-je ? en
accepter l'ascendant avec une admiration reconnaissante.
Mais la contre-partie de ce tableau n'est pas moins curieuse
à observer, et cependant elle est beaucoup moins connue. Je
ne crois pas qu'un seul historien des lettres anciennes se soit
demandé jusqu'ici comment la Grèce répondit aux hommages
que, durant six siècles, Rome ne cessa de lui rendre.

Cette question omise, je n'ose pas dire oubliée par les
historiens [4], a vivement frappé mon esprit en présence du

---

[1] *Corpus inscr. græc.*, nº 3513, inscription bilingue de Thyatira en
Lydie ; Orelli, *Inscr. lat.*, nº 5009. Cf. nºˢ 1197 et 2902.

[2] Suétone, *de Illustr. gramm.*, c. v et vii ; Horace, *Odes*, III, 8, Muratori
Inscr., p. 594, 2 et 703, 1 ; Gruter, p. 625, 8 ; Reinesius, p. 681, nº 96 ;
Fabretti, p. 391, nº 258.

[3] *Journal des Savants*, mars 1855.

[4] Je ne connaissais pas alors les dissertations approfondies de C.-F. Weber : *de Latine scriptis quæ Græci veteres in linguam suam transtulerunt*,
réunies sous un seul titre, à Cassel, en 1852; ni la thèse intéressante de
J.-J.-C. Lagus, *Studia latina Provincialium*. Helsingfors 1849, in-8.

modeste monument qu'on vient de retrouver à Marseille, et j'essaye de l'éclaircir par les observations que j'ai l'honneur de soumettre à la Compagnie.

Dans un célèbre passage de la *Cité de Dieu* [1], saint Augustin se plaint de la diversité des langues comme du plus grand obstacle qui s'oppose au libre développement de la fraternité humaine. Heureusement, ajoute-t-il, Rome, avec son génie dominateur, a pris soin d'imposer aux peuples pacifiés non-seulement son joug, mais encore sa langue, de façon que le monde ne manque plus d'interprètes pour relier entre elles tant de langues et de nations diverses. Trois siècles avant saint Augustin, Plutarque disait déjà que tous les peuples parlaient latin [2].

Faut-il prendre à la lettre de pareils témoignages et croire que dès lors le latin était comme une langue universelle?

Sans doute, ce fut la politique de Rome de faire pénétrer chez les nations conquises son langage en même temps que ses institutions et ses lois; mais cette politique rencontra en plusieurs pays des résistances naturellement proportionnées au caractère et à la civilisation des peuples qui tour à tour subirent le joug de la république [3]. Les peuples barbares durent céder plus facilement: leur langue, n'ayant point de littérature, n'offrait pas, après l'asservissement des personnes, une longue résistance à l'autorité du latin, que parlaient les généraux, les administrateurs, les publicains, les colons transportés de l'Italie dans les nouvelles provinces. On s'explique ainsi comment les inscriptions antiques de l'Espagne, de la Gaule et des contrées danubiennes, sont toutes écrites en latin, sauf de très-rares exceptions, et comment les dia-

---

[1] *De Civitate Dei*, XIX, 7.

[2] *Questions platoniques*, X, § 3. Cf. l'assertion contraire de Cicéron, pro *Archia*, c. x.

[3] Voir les observations de M. Quatremère dans le *Journal des Savants*, 1849, p. 408.

lectes primitifs de ces provinces ont si complétement disparu,
qu'il en reste à peine quelques traces dans les langues néo-
latines qui les ont remplacés. Au contraire, dans le centre
de l'Italie et sous l'action bien plus directe des Romains, la
langue étrusque résista longtemps avec succès, parce que
l'Étrurie avait des livres, surtout des livres religieux, et que
sa vieille littérature avait été une des premières institutrices
de Rome[1]. Bien des siècles encore après leur entière soumission, nous voyons les Étrusques protester contre la servitude
par le maintien de leur langue nationale sur des monuments
publics et sur des tombeaux. On trouve même cité, au temps
de César, un auteur de *tragédies étrusques*[2], et une anecdote
racontée par Aulu-Gelle[3] semble prouver que l'étrusque se
parlait encore en Italie sous le règne d'Hadrien. Or, si des
peuples depuis longtemps dépassés par Rome dans toutes
les voies de la civilisation maintinrent néanmoins contre la
cité conquérante ce précieux droit de rester fidèles au langage
de leurs pères, que ne put pas, que ne dut pas faire la Grèce
lorsque vint son tour de céder aux armes romaines?

Là, Rome ne rencontrait pas seulement quelques vieux
textes de littérature sacerdotale, comme chez les Étrusques ;
des traités d'agriculture ou des relations de voyage, comme
chez les Phéniciens de l'Afrique[4] : elle se trouvait en présence d'une civilisation savante jusqu'au raffinement, d'une
langue enrichie par plusieurs siècles de laborieux progrès,
et d'une littérature abondante en chefs-d'œuvre. Le talent
militaire des capitaines romains triompha sans trop d'efforts
de ces populations à moitié énervées par le luxe, à moitié
réduites à l'impuissance par leurs discordes ; le talent admi-

---

[1] Cicéron, *de Divin.*, I, 41; Tite-Live, IX, 56; Valère Maxime, I, 1, § 1.

[2] Varron, *de Lingua lat.*, V, 55.

[3] *Noctes atticæ*, XI, 7. « ... Post deinde, quasi nescio quid tusce aut gal-
lice dixisset, universi riserunt. »

[4] Pline, *Hist. nat.*, XVIII, 3.

nistratif des proconsuls put assez promptement, par une
heureuse alliance de la douceur avec la fermeté, réduire
à un jeu obéissant et uniforme les institutions diverses nées
de l'esprit actif de la race hellénique et les passions discor-
dantes qu'avait engendrées cette activité même. Comme instrument d'unité militaire et administrative la langue latine
fut bientôt employée dans toutes les relations de Rome avec
la Grèce. Sauf de rares et tardives exceptions, tout ambassa-
deur grec qui venait à Rome était obligé de savoir le latin
pour y parler devant le sénat[1] ; chaque ville grecque avait
un traducteur pour les actes de l'autorité romaine. Bien plus,
afin d'entraver, nous dit rudement un écrivain latin, cette
facilité de langage dont les Grecs étaient si fiers, et pour imprimer en eux le respect de la langue latine, le proconsul les
forçait de ne lui parler qu'avec le secours d'un interprète[2].
Sous cette impérieuse pression d'un pouvoir qui prescrivait
jusqu'au langage de l'obéissance, quelques municipes grecs,
parmi les moins illustres, il est vrai, semblent avoir oublié
l'orgueil héréditaire de leur race, et l'on voit les habitants
de Cumes, en Italie, l'an 180 avant l'ère chrétienne, demander et obtenir comme une faveur la permission de parler
latin dans leurs actes publics[3]. Mais c'est là peut-être un
exemple unique de résignation ou d'abaissement volontaire.
Partout où la civilisation hellénique gardait quelque puissance : chez les Crotoniates, où semblaient survivre les souvenirs d'une noble école de philosophe[4] ; à Tarente, où la
littérature grecque compte quelques noms célèbres et même
quelques inventions originales ; à Néapolis, où s'étaient con-

[1] Aulu-Gelle, VII, 14 ; Suétone, *Vie de Claude*, c. xviii ; Valère Maxime,
II, 2, § 3 ; Dion Cassius, LX, 17 ; Cicéron, *Philippiques*, V, 5.
[2] Valère Maxime, II, 2, § 2.
[3] Tite-Live, XL, 42.
[4] Tite-Live, XXIV, 3.

servées l'élégance et la mollesse asiatiques[1]; dans toutes ces villes vraiment grecques, les anciens dialectes maintiennent leur indépendance à côté de la langue latine, qui paraît même renoncer à les combattre.

Cette fidélité obstinée des Grecs à leur langue se montre sous bien des formes; elle trouve des subterfuges dont rien, que je sache, dans notre vie moderne, ne saurait nous donner une idée.

Au fond de la mer Méditerranée, les habitants de la petite île d'Astypaléa concluent un traité d'alliance avec les Romains, l'an 648 de Rome, c'est-à-dire l'année même de la naissance de Cicéron. Ce traité, ils l'ont fait traduire, selon l'usage alors consacré pour ces sortes de documents, dans la *langue commune*, qui est devenue le dialecte vulgaire de la Grèce, depuis le temps d'Alexandre le Grand. Il en est de même pour le sénatus-consulte envoyé de Rome en confirmation du traité. Mais quand il s'agit de récompenser par un décret honorifique les services du citoyen qui a négocié l'alliance, les Astypaléens abandonnent ce grec sans couleur et sans originalité, que leur imposait la convenance officielle, pour revenir au dorien, leur vrai dialecte national. Les trois documents subsistent, mutilés, mais reconnaissables[2], et marquant par la diversité du langage les nuances de la liberté permise aux cités grecques suivant qu'elles agissaient, au dehors, avec Rome, ou, à l'intérieur, avec leurs propres citoyens.

Voici un trait plus caractéristique et plus touchant encore. Les habitants de Posidonia, de cette ville qui, sous le nom italien de Pæstum, a gardé jusqu'à nous des débris si impo-

---

[1] *Corpus inscr. græc.*, t. III, p. 717; Lorenz, *de Civitate veterum Tarentinorum* (Naumburg, 1833), sect. III, p. 30.

[2] *Corpus inscr. græc.*, n° 2485. Cf. n° 2488ᵇᶜ, deux dédicaces honorifiques également en dorien.

sants de son antique splendeur, étaient une colonie hellénique. Mais les Étrusques d'abord, près desquels ils vivaient,
puis les Romains, leurs nouveaux maîtres, avaient fini par
les *rendre barbares* (selon l'énergique expression de l'historien grec à qui nous devons ce récit), en les forçant peu à
peu d'adopter d'autres usages et une autre langue. Du moins
les Posidoniates gardaient-ils fidèlement le souvenir et le
regret de la nationalité perdue ; ils célébraient toujours une
de leurs anciennes fêtes, où l'on reparlait grec, et où l'on
renouvelait par des larmes en commun le deuil d'une grande
humiliation [1] : tant ce nom d'Hellène était un honneur dans
le monde, tant on se sentait amoindri quand on n'avait pas
eu assez de courage ou de bonheur pour le conserver !

En Grèce donc, depuis l'occupation romaine [2], et surtout
sous l'empire, beaucoup de lettrés sans doute apprirent le
latin et surent l'écrire. Mais c'était pour faire le métier d'interprètes, et pour traduire dans leur langue les dépêches des
proconsuls, les décrets du sénat et autres actes officiels, dont
plusieurs sont ainsi parvenus jusqu'à nous, tantôt en grec
seulement, tantôt dans les deux langues [3].

C'était aussi par devoir envers de nobles patrons qui leur
demandaient la traduction de quelque ouvrage utile. Ainsi
Pompéius Lénæus, un Grec affranchi de Pompée, mit en
latin, sur la demande de son ancien maître, une vaste compilation médicale, formée par le roi Mithridate, et qu'on

---

[1] Aristoxène dans Athénée, *Dipnos* , XIV, p. 632 A.

[2] Avant l'occupation romaine, on trouverait bien peu d'exemples pareils.
Pline cite Hermodore d'Éphèse, qui avait, dit-on, servi d'interprète aux
décemvirs, pour les aider à faire passer les lois grecques dans les XII Tables romaines (*Hist. nat.*, XXXIV, 5). Mais cet exemple peut à bon droit
sembler suspect.

[3] *Corpus inscr. græc.*, nos 1543, 1770, 2737, 2905, 3045, 3800, 3971,
4040, 5879, monuments dont quelques-uns sont antérieurs a celui d'Astypalée.

avait trouvée dans le butin après la défaite de ce prince[1].

C'était quelquefois par curiosité d'historiens et d'érudits. Denys d'Halicarnasse lisait les auteurs latins pour écrire ses *Antiquités romaines;* Plutarque les lisait pour y recueillir les éléments de ses Biographies. Non content d'étudier les documents originaux de cette histoire qu'il a si savamment racontée, Polybe nous fait connaître, par une traduction que l'on a lieu de croire fidèle, plusieurs de ces documents, je veux dire les premiers traités de Rome avec Carthage[2]. Plus tard, Appien reproduisait de même le trop célèbre préambule des Tables de proscription signées par les triumvirs[3].

Mais ces exemples ne prouvent pas que les annalistes grecs de Rome fussent bien familiers avec la langue latine. D'abord, en effet, plusieurs Romains, parmi lesquels il suffira de rappeler Rutilius et Cicéron, avaient écrit des Mémoires en grec[4], comme pour épargner aux Denys et aux Appien la peine de les traduire. Quelques-uns le firent même au péril de leur vanité : le vieux Caton se moquait avec sa rigueur habituelle du Romain Albinus, qui, plutôt que d'écrire tout simplement en sa langue maternelle, aimait mieux écrire en grec et s'excuser de ses solécismes auprès du lecteur[5]. Puis ne voit-on pas Plutarque avouer que, dans les auteurs latins, la connaissance des choses l'aide beaucoup à deviner les mots, et le même Plutarque ne déclare-t-il pas qu'il est incapable d'apprécier chez ces écrivains les beautés de leur élocution[6]? Quant à Denys d'Halicarnasse, il ne laisse nulle part soupçonner que les écrits historiques des Romains, qu'il a

---

[1] Pline, *Hist. nat.*, XXV, 2.

[2] *Histoires*, III, 22 et suiv.

[3] *Guerres civiles*, IV, 8-11.

[4] Vossius, *de Historicis græcis*, I, 18 et 22, et Suringar, *de Romanis autobiographis.* Lugd. Batav. 1846, in-4.

[5] Cornélius Népos, cité par Aulu-Gelle, XI, 8.

[6] *Vie de Démosthène*, c. ii.

fort étudiés, lui aient offert le moindre intérêt littéraire. Bien plus, dans ses Mémoires sur les orateurs attiques, là même où son sujet le provoque à comparer l'éloquence romaine avec la grecque, il parle uniquement de cette dernière, comme s'il n'avait jamais entendu prononcer les noms de Cicéron et d'Hortensius [1]. Et pourtant Denys est un flatteur des Romains ; c'est pour glorifier le berceau du peuple-roi qu'il a composé ses volumineuses *Antiquités romaines*, où, avec tant d'érudition et si peu de critique, il s'efforce de prouver que les fondateurs de Rome étaient non-seulement des Grecs, mais des Grecs élégants et civilisés.

Si restreinte qu'elle fût dans les écoles grecques, l'étude de la langue latine y produisit, il est vrai, quelques livres où les deux langues étaient mises en parallèle, soit pour en faciliter l'usage, soit pour en déterminer les rapports étymologiques. On compte cinq ou six de ces traités en deux siècles, depuis l'ouvrage de Tyrannion le jeune, qui est contemporain de Cicéron, jusqu'à celui de Philoxène, au temps des Antonins [2]. Mais, chose étrange, sous ce même règne des Antonins, dans ce siècle d'activité littéraire et de florissante érudition, le plus philosophe des grammairiens d'Alexandrie, Apollonius Dyscole, écrivait dix volumes peut-être sur la théorie du langage, sans paraître savoir même qu'il existât au monde une langue latine [3].

Un zèle si capricieux pour la langue latine ne permettait guère aux Grecs de juger en hommes de goût les chefs-d'œuvre qu'elle avait produits, et s'ils se hasardèrent quelquefois jusqu'à la critique littéraire, ce fut avec peu de succès. Le

[1] Voir surtout la Préface de ces Mémoires. Cf. dans les *Rhetores græci* de Walz, VI, p. 21, quelques mots sur les orateurs romains dans les *Prolégomènes de la Rhétorique* par Doxopatros, et *Ibidem*, V, p. 8 une mention rapide de Cicéron.

[2] Voir mon Mémoire sur Apollonius Dyscole, p. 48 et suiv.

[3] Voir *ibid.*, p. 51.

rhéteur Cécilius est sévèrement jugé par Plutarque[1] pour
avoir écrit un mauvais parallèle de Démosthène et de Cicéron.
Plutarque, à son tour, n'ose, à vrai dire, comparer ces deux
grands orateurs que par leurs actions politiques ; et ce n'est
pas sans réserve que l'auteur du *Traité du Sublime* revient en
quelques lignes sur ce parallèle où l'un de ses compatriotes
avait échoué et que l'autre n'avait pas même osé entreprendre[2]. Didyme le grammairien, dont l'érudition souvent in-
digeste s'était répandue en des centaines de volumes, publia
contre la *République* de Cicéron un gros pamphlet, que réfu-
tait plus tard Suétone et dont Ammien Marcellin a fait dédai-
gneusement justice en le comparant aux aboiements d'un
petit chien contre le lion[3]. L'idée, en effet, semble malheureuse, pour un Grec, de s'attaquer à un des plus beaux génies
que Rome ait produits, au plus éloquent admirateur de Platon et d'Aristote, et de choisir, parmi les ouvrages de Cicéron,
celui où l'amour des institutions romaines s'allie si généreu-
sement avec le respect des institutions et des théories politiques de la Grèce.

Jusqu'ici donc les Grecs semblent ne se mêler à la littérature latine que par des recherches d'histoire ou de philologie
grammaticale, et par les essais d'une critique souvent ma-
lencontreuse.

On voudrait deviner l'intention d'un parallèle littéraire
dans les *Tables des Grecs et des Romains selon l'ordre des
temps*, qu'avait dressées Hermogène, fils de Charidème,
médecin érudit de Smyrne, livre dont le titre s'est conservé,
avec d'autres, sur une épitaphe de cet auteur d'ailleurs
inconnu[4]. On devine seulement une lutte de style dans la
traduction des œuvres de Salluste publiée au temps d'Ha-

---

[1] Dans la préface des biographies de Démosthène et de Cicéron.
[2] C. 12, édit. de Weiske.
[3] Suidas, au mot Τράγκυλλος. Ammien Marcellin, XXII, 16, § 16.
[4] *Corpus inscr. græc.*, n° 3311.

drien par le sophiste Zénobius[1], et surtout dans la traduction, probablement en hexamètres, des *Géorgiques* de Virgile que donnait vers le même temps le poète Arrianus[2].

Ce qui est certain, c'est que les seules traductions grecques faites sur le latin, qui nous restent de l'antiquité classique, ont toutes un caractère d'utilité positive et fort peu de prétention littéraire. Tels sont les morceaux réunis, au troisième siècle de l'ère chrétienne, dans la compilation du grammairien Dosithée[3] : formules épistolaires, apologues à la façon d'Ésope, narrations fabuleuses, fragments de législation et de jurisprudence ; telle est la traduction grecque du manuel d'Eutrope, par Pæanius[4]; telle est la traduction d'une églogue de Virgile, conservée par Eusèbe et sur laquelle il n'y a plus rien à dire après les ingénieuses recherches dont elle a été l'objet dans l'ouvrage d'un de nos confrères[5]. C'était encore un texte officiel, et non une œuvre littéraire, que cette prière que Constantin le Grand faisait réciter *en latin* à ses soldats, et dont le même Eusèbe nous a transmis une rédaction grecque[6]. C'étaient des textes officiels que les Constitutions des empereurs, rédigées en latin et en grec à une époque où la loi romaine et l'usage traitaient les deux langues sur le pied de l'égalité[7].

---

[1] Suidas, au mot Ζηνόδος.

[2] Suidas, au mot Ἀρριανός, article où l'on voit que cet Arrianus était un poète *épique*, auteur d'une *Alexandriade* et d'un Éloge en vers du roi Attale.

[3] Voir l'édition du troisième livre de cet ouvrage, donnée à Bonn, en 1832, par Ed. Boecking

[4] Voir surtout l'édition d'Eutrope, par Verheyk, p. 529, 530. Il a existé une autre traduction grecque d'Eutrope, celle de Capiton, que Suidas nous fait connaître par les emprunts qu'il lui a faits et par sa notice sur l'auteur.

[5] M. Rossignol, *Virgile et Constantin le Grand*, Paris, 1845, in-8.

[6] *Vie de Constantin*, IX, 19, 20.

[7] Ulpien, Fragm , I, § 6, *de Verborum oblig.* Cf. Orelli, *ad Horatium, Carm.* III, 8, v. 5.

Sait-on d'ailleurs si dans les Codes, comme dans une foule d'inscriptions bilingues du temps de l'empire, le latin a toujours été écrit par des Grecs, et si ce n'est pas plutôt le grec qui l'a été par des Romains? Depuis si longtemps les Romains s'étaient familiarisés avec la langue grecque! Les enfants des riches l'apprenaient avant leur langue maternelle, et même au détriment de celle-ci. Quintilien se voit forcé de modérer à cet égard le zèle des pères de famille [1]. Pline le Jeune avait des amis, Romains de bonne race, qui n'écrivaient qu'en grec et dont il [désespérait de traduire dignement les ouvrages [2]. C'était une coquetterie pour les riches de n'avoir dans le service intérieur de la maison que des esclaves grecs à qui on ne parlait que dans leur langue, et Juvénal excuse avec une mordante ironie le Romain des vieux temps qui se faisait servir à table par de jeunes Italiens, fils de ses fermiers, sentant comme l'odeur du terroir natal, et incapables de répondre si on leur demandait à boire dans une autre langue que le patois de leur père [3]. Le même satirique a rangé parmi ses plus malicieux portraits de femmes celui de la vieille coquette atteinte de ce qu'on pourrait appeler la *grécomanie* [4]. Enfin il nous peint avec émotion la colère du patriote misanthrope qui fuit la grande ville infectée d'hellénisme [5].

Dans un tel temps et dans un tel pays, la chancellerie impériale trouvait sans peine parmi les Latins des beaux esprits capables de lui rédiger en grec des rescrits et des dépêches [6]. Souvent l'empereur lui-même maniait les deux langues avec une égale facilité. C'est ce que nous savons formellement

[1] *Inst. oral.*, I, 1; Cf. X, 5.
[2] *Epist.* IV, 3 et 18; V, 10.
[3] *Satir.* XI, 145 et suiv.
[4] *Satir.* VI, 185 et suiv.
[5] *Satir.* III, 60; Cf. Pétrone, *Satiricon*, c. XLI.
[6] Voir plus haut, pages 232 et suiv.

d'Auguste et d'Hadrien. Le beau livre de philosophie morale
qu'a laissé Marc-Aurèle est écrit en grec. Tous les ouvrages
de Julien sont dans la même langue, et ils lui ont valu une
place distinguée entre les littérateurs grecs de son siècle.

Mais enfin parmi ces Hellènes, à qui Rome faisait tant
d'avances, combien s'en trouva-t-il qui eussent l'ambition de
l'honorer par des œuvres originales écrites en langue latine?
On en peut citer cinq ou six ; encore y a-t-il sur le nombre et
des noms douteux et des attributions contestables.

Le premier en date a aussi dans l'histoire un rôle original
et singulier. C'est le fondateur même du théâtre latin, Livius
Andronicus, natif de Tarente, à la fois poëte et professeur
d'éloquence. Comme Ennius, il semble avoir appris dès l'enfance les deux langues et les avoir employées tour à tour
devant le petit nombre de lettrés qui commençaient à s'intéresser aux œuvres de l'esprit. Mais dans cette pauvreté de la
littérature romaine, alors naissante, ces professeurs *demi-*
grecs, comme les appelle un historien [1], ne trouvaient guère
à expliquer dans leurs écoles que des modèles grecs. On peut
dire vraiment et sans métaphore, que la vieille Rome apprenait d'eux l'art d'écrire sa propre langue à l'imitation de
chefs-d'œuvre étrangers.

Après Livius Andronicus, il faut traverser presque trois
siècles pour rencontrer Phèdre le fabuliste, né en pays barbare, mais tout près, dit-il quelque part, de la Grèce lettrée,
litteratæ propior Græciæ; mystérieux personnage que, dans
un âge où l'on raisonne peu, nous nous habituons à honorer
comme un maître classique, et que plus tard une critique
raisonneuse fait presque évanouir sous ses doutes, au point
qu'on ose à peine dire aujourd'hui si un seul auteur, Phèdre,
affranchi d'Auguste, a écrit en latin le recueil de fables cent
fois reproduit sous son nom, ou si ce livre n'est pas plutôt la

[1] Suétone, *de Illustr. gramm.*, c. I.

traduction de quelque recueil primitivement rédigé en langue grecque[1].

Un témoignage obscur nous signale ensuite « Evhodus, Rhodien de naissance, qui fleurit dans l'épopée latine au temps de Néron[2], » étrange et peut-être unique rival de Lucain parmi les poëtes grecs. Plutarque, dans un de ses écrits historiques, cite un vers qui semble emprunté à quelque poëme grec en l'honneur des ancêtres de Romulus, mais dont il ne nomme pas l'auteur[3].

Parmi les prosateurs de la décadence latine, on trouve Ammien Marcellin, historien austère et parfois éloquent dans sa rudesse de vieux soldat, Grec de naissance (il nous le déclare lui-même), mais dont on ne peut nommer la patrie[4]. Le grammairien érudit Macrobe était Grec aussi, à ce qu'il semble ; du moins il se déclare né sous un autre ciel[5] que celui de Rome, et, s'il faut lui attribuer l'opuscule *sur la Comparaison du verbe grec et du verbe latin*, extrait d'un grand ouvrage où étaient rapprochées les deux grammaires alors classiques, tout porte à croire que le *ciel étranger* dont il parle n'était autre que celui de la Grèce. C'est dans la même classe de grammairiens, d'origine probablement grecque, certainement étrangère à Rome, que se range Sosipater Charisius[6], dont nous lisons encore une Grammaire en trois livres, résumé instructif d'ouvrages plus anciens sur le même sujet.

Ainsi, à en juger du moins par les témoignages qui nous

---

[1] Voir Edelestand Du Méril, *Poésies inédites du moyen âge, précédées d'une histoire de la fable ésopique* (Paris, 1854), p. 54 et suiv.

[2] Suidas, au mot Εὔοδος. Notice qui a échappé à la diligence de M. Westermann, dans son utile recueil des *Biographi minores*.

[3] *Questions romaines*, c. xcvii.

[4] *Rerum gest. lib.* XXXI, 16, § 9.

[5] *Saturnalia*, I, 11.

[6] Voir sa Préface *ad Filium*.

restent, des traducteurs ou abréviateurs en petit nombre, puis à peine cinq ou six écrivains originaux, voilà pour quelle part, durant un espace de six siècles environ, la Grèce aura contribué à l'honneur des lettres romaines, tandis que Rome ne cessait de lui fournir, presque dans tous les genres, de laborieux et souvent éloquents hellénistes.

Ce n'est pas cependant que les Grecs aient épargné l'adulation à leurs vainqueurs ; ils prodiguèrent l'éloge aux plus dignes et aux moins dignes. Les monuments de l'empire sont couverts de ces témoignages de leur servilité, la littérature en est pleine. Ils ont créé des mots pour la consacrer ; ils se sont appelés, avec une précision que notre langue ne peut reproduire, *amis des Romains*, *amis de César* et *amis d'Auguste*[1]. Déjà les derniers grands hommes de la république avaient des poètes attitrés pour célébrer leurs louanges : c'était la fonction d'Archias auprès de Lucullus[2]. Plus tard, certaines villes ont mis au concours des Éloges de l'Empereur, éloges en prose, éloges en vers[3]. Le rhéteur Aristide a écrit un panégyrique de Rome, où sont dépeints avec emphase le paisible bonheur du monde et l'éclat de ces fêtes gymnastiques et littéraires qui, d'un bout de l'univers à l'autre, rivalisaient avec l'élégance et la somptuosité des jeux olympiques. Plutarque lui-même, le bon et généreux Plutarque, est tout résigné à cet abaissement de sa patrie ; il ne réclame plus guère pour elle d'autre honneur qu'une sorte de discrétion et de dignité dans l'obéissance[4].

D'où vient donc que, dans ce concert de soumission et de flatterie, les Grecs n'aient pas rendu à Rome un dernier hommage, en essayant plus souvent qu'ils n'ont fait de lui re-

---

[1] Φιλορώμαιος, φιλόκαισαρ, φιλοσέβαστος. *Corpus inscr. græc.*, nᵒˢ 357, 358 ; 2975, 2108ᶜ, 2124, 2464, etc.

[2] Cicéron, *Epist. ad Atticum*, I, 16 ; *pro Archia*, c. IX.

[3] *Corpus inscr. græc.*, nᵒˢ 245, 1585, 2758, etc.

[4] Voir surtout ses *Préceptes politiques*.

prendre, par une intelligente émulation, quelques-uns des
trophées enlevés aux lettres grecques par le génie de ses
grands hommes? Plusieurs causes me semblent expliquer
cette contradiction apparente. Et d'abord, par quels traits se
marque surtout, dans l'histoire, le caractère vraiment original de la littérature romaine? C'est par un sentiment profond
de la grandeur politique de Rome, par un accent ferme et
fier, qui convient bien aux maîtres de tant de nations, par
l'*autorité*, par la *majesté*, pour tout dire en deux mots que la
langue grecque ne saurait traduire. Or, ces qualités sont
précisément celles que la Grèce avait peu connues, celles du
moins où elle ne pouvait plus prétendre quand s'ouvrit pour
ses littérateurs une sorte de concurrence avec le génie romain. « Nous avons vécu une vie plus qu'humaine, s'écriait,
au temps d'Alexandre, l'orateur Eschine, et nous sommes nés
pour être à jamais l'étonnement des siècles futurs [1]. » Qu'il
y a loin de cette fanfare du patriotisme grec au calme et
généreux orgueil du poète latin résumant en quelques vers,
qui sont dans toutes les mémoires, l'opposition des deux
grandes races et de leurs grandes destinées [2] :

«D'autres, je le veux, sauront mieux faire respirer le
marbre, imprimer à l'airain de flexibles et vivants contours,
plaider avec éloquence, décrire d'un habile compas les mouvements du ciel et raconter le lever des astres Toi, Romain,
souviens-toi de gouverner les peuples. Clément pour ceux
qui s'humilient, terrible à ceux qui résistent, ton vrai génie, c'est de savoir imposer à tous la loi d'une paix durable. »

J'ai cité Virgile ; mais n'est-ce pas Ovide qui a dit en deux
vers admirables et moins accessibles encore à la traduction :

« Quand Jupiter, du haut de son Capitole, contemple le

---

[1] *Contre Ctésiphon*, c. XLIII.
[2] *Énéide*, VI, 853 et suiv.

monde entier, son regard n'embrasse rien qui ne soit le domaine de Rome? »

Jupiter, arce sua quum totum spectat in orbem,
Nil nisi romanum quod tueatur habet [1].

Le génie qui inspirait de telles pensées et de tels vers au
plus frivole des grands poètes ne pouvait guère tenter l'émulation d'un peuple esclave.

Préservés de cette ambition par leur servitude, les Grecs
ne l'étaient pas moins, à ce qu'il semble, par leur vanité. Ils
avaient jadis tant fait pour l'éducation des Romains, qu'ils
se regardaient toujours comme les maîtres de leurs anciens
disciples ; humiliés dans la politique, ils prenaient ailleurs
leur revanche. Même après que les lettres romaines ont produit
d'éminents chefs-d'œuvre, un Athénien aime à croire que sa
patrie garde encore le sceptre de l'éloquence. Rome elle-
même encourage cette illusion, quand elle continue d'envoyer à Athènes ou à Marseille l'élite de sa jeunesse pour y
écouter les leçons des philosophes et des rhéteurs grecs [2] ;
quand elle continue à proclamer la supériorité de la langue
et du génie helléniques [3] ; quand un personnage consulaire,
écrivant à son ami, nommé lieutenant de l'empereur en
Achaïe, lui parle de cette Grèce qu'il va gouverner, avec le
tendre respect d'un chrétien qui parlerait de Jérusalem et du
berceau de la Foi [4].

C'est un préjugé commun à bien des peuples, de croire
que leur langue est la plus belle des langues, la seule digne
des dieux. Les Grecs ont poussé cette complaisance jusqu'à
l'extrême hyperbole. Chez eux, ce ne fut pas seulement une

[1] *Fastes*, I, 85, 86.
[2] Strabon, *Géogr.*, IV, 1, § 5
[3] Cicéron, *pro Archia*, c. x ; Horace, *Art poétique*, v. 524 et suiv.
[4] Pline, *Epist.*, VIII, 24.

opinion populaire que les dieux devaient parler grec ; des
philosophes en disputèrent dans leurs écoles, et ils conclurent
que le peuple avait raison[1]. Mais Rome était résignée apparemment à cette étrange suprématie ; car, au lendemain même
de ses derniers triomphes sur les Grecs, elle permettait à
Plaute le Comique, son poëte favori, de dire en plein théâtre :
« Ménandre (ou bien Philémon) a écrit cette pièce en grec,
et Plaute l'a traduite en langue barbare[2]. » *Plautus vortit
barbare.* Ainsi les compatriotes de Ménandre pouvaient impu-
nément ne voir dans le latin que la plus cultivée des langues
barbares.

Peut-être enfin ce mérite d'une culture savante, qui distinguait le latin parmi les autres langues étrangères, était-il
effacé aux yeux des Grecs par un irrémissible tort, celui d'être
la langue des conquérants de leur patrie. Il semble même
que la répugnance instinctive des Hellènes pour le latin ait
survécu aux événements qui l'ont produite, à toutes les autres
révolutions politiques ou religieuses que ce pays a traversées.
La langue qu'avaient parlée le dur Caton et le grossier Mummius devait garder toujours, pour les descendants de Philo-
pémen, quelque chose d'odieux comme la conquête et comme
les premiers jours de la servitude. Aussi le latin a-t-il passé sur
les provinces grecques sans y prendre jamais racine, comme
y ont passé plus tard le slave, l'italien, le français, le turc
après le slave, l'italien et le français. En s'obstinant à parler
leur langue sous tant de maîtres successifs, les Grecs en ont
assuré la perpétuité vivante ; ils en ont préparé pour notre
temps l'active et déjà brillante renaissance.

[1] Voir notre *Apollonius Dyscole*, p. 52.
[2] Plaute, prologues du *Trinumus* et de l'*Asinaria*.

XI

EXTRAIT DE LA PREFACE

DU RECUEIL INTITULÉ :

LATINI SERMONIS VETUSTIORIS RELIQUIÆ SELECTÆ [1].

(1843)

———

Après avoir étudié les annales romaines dans Tite-Live, si on ouvre un volume de Varron ou de Festus, on s'arrête frappé d'un singulier contraste. Ce sont à chaque page des mots étranges, expression de faits inconnus ; des magistratures, des cérémonies religieuses, des peuples entiers reparaissent devant nous comme la révélation incomplète et mystérieuse d'un monde oublié. Alors on se demande si Rome, avec les vicissitudes de sa fortune et de son génie, était fidèlement dépeinte dans une narration où Romulus et les décemvirs, Brutus l'ennemi des Tarquins et Brutus le meurtrier de César, parlent le même langage et semblent des hommes du même siècle. Que signifie cette nouvelle scène, longtemps cachée pour nous derrière l'uniforme beauté des monuments classiques ? Où est l'illusion ? où est le mensonge ? dans l'art des grands historiens ou dans la science des grammairiens antiquaires ?

Il faut le dire, l'histoire est, de nos jours, comprise un peu autrement que chez les anciens. Moins sévères sur

———

[1] Reproduit avec quelques changements dans le texte et quelques additions dans les notes.

quelques règles de composition, nous lui demandons un coloris plus fidèle avec un autre tour d'esprit philosophique ; et, à ce point de vue, les œuvres des grands historiens de l'antiquité perdent pour nous un peu de leur prix. L'exquise perfection de la forme n'y rachète pas, à nos yeux, des erreurs et des oublis, grossis encore par la satisfaction qu'on éprouve à les découvrir tant de siècles après l'événement. Nous aimons une autre méthode de recherches et je ne sais quelle manière de narration plus naïve. Tite-Live, si éloquent et si majestueux lorsqu'il parle de Lucrèce, de Camille ou d'Annibal, nous persuade souvent moins qu'il ne nous entraîne : c'est toujours, sauf les nuances du talent, Thucydide, Xénophon ou Salluste, un récit pur et grave, entrecoupé de portraits et de harangues, avec de merveilleux secrets pour éluder la vérité dès qu'elle menace de devenir triviale ou seulement étrange. L'historien évite surtout, avec soin, les archaïsmes de langage et de pensée, comme une fâcheuse disparate dans l'uniformité brillante de son style. Supprimez çà et là quelques mots qui sentent le vieux romain, et vous aurez partout des contemporains d'Auguste avec leur belle langue qui prête un accent trop moderne aux passions d'un autre âge. .

Ces habiles écrivains d'une époque immortalisée par les lettres semblent ignorer que la langue qui fait leur gloire mérite bien aussi d'être comptée, comme les provinces de l'empire, parmi les conquêtes du génie romain, et, dans leur dédain, ils méconnaissent une partie essentielle de l'histoire nationale.

Mieux instruit et moins indulgent pour lui-même à cet égard, Tite-Live se serait interdit peut-être tant d'épisodes oratoires de pure invention dans la première partie de ses Annales, où les documents lui manquaient pour écrire autre chose qu'un simple abrégé. Mais ce défaut même de documents sur ces époques reculées avait un sens pour l'annaliste qui aurait su profiter du silence de la tradition comme de son témoignage.

En effet, si les premiers siècles de Rome ne produisirent que des lois, des formules, quelques fragments poétiques et quelques oraisons funèbres ; si, vers le sixième siècle seulement, apparaît une véritable littérature écrite, c'est qu'alors une grande révolution s'opère dans les mœurs et les institutions romaines. Les lettres grecques viennent de pénétrer à Rome avec les captifs de Tarente, et les lettres latines se transforment sous l'influence active et continue d'une civilisation étrangère.

Il reste encore aujourd'hui des traces de relations plus anciennes entre les deux peuples, par les colonies de la Campanie, de la Calabre [1] et de la Sicile. Les lois des Douze Tables présentent assez d'analogie avec celles de Solon pour autoriser, en quelque mesure, la tradition qui les rattachait à cette origine. Enfin, en remontant plus haut, on voit la famille des Tarquins introduire à Rome le nom et le culte de plusieurs divinités helléniques [2].

Mais avant les guerres des Samnites, avant les lois décemvirales, avant l'arrivée de Démarate en Italie, le latin était déjà constitué dans ses éléments essentiels. Tous les mots qui expriment les relations de famille, les usages de l'agriculture, de la guerre ou du commerce, devaient être acquis à la langue et ne pouvaient plus subir que de légères altérations. Or, presque tous ces mots appartiennent évidemment aux mêmes racines que les termes qui leur correspondent en grec ; mais, d'autre part, on les distingue assez facilement des mots empruntés à cette langue depuis la conquête de la Grèce. Ainsi l'identité radicale des mots ὕπνος et *somnus* et

---

[1] Voir l'anecdote racontée dans Cicéron, *de Senectute*, c. xii.

[2] Beaufort, *la République romaine*, liv. I, c. ii. Cf. Cicéron, *Rép.*, II, 19, et la note de M. Villemain sur ce chapitre.

celle de tous les noms de nombre étaient déjà reconnues par les grammairiens latins [1]. Mais c'est là un fait distinct de ces emprunts réfléchis que firent au grec Ennius et Caton *pour enrichir leur idiome national* [2]. Si l'on veut retrouver ὕπνος dans *somnus*, il ne suffit pas d'une transcription littérale, il faut recourir aux secrètes analogies des lettres, à des lois de permutation qu'une critique déjà exercée peut seule apercevoir [3].

Voilà donc une famille de mots latins probablement antérieure à toutes les relations politiques entre la Grèce et Rome, et il devient probable que, même avant le règne des Tarquins, la langue latine avait déjà puisé aux sources orientales. C'est-à-dire que tout n'était pas fiction dans les récits populaires sur la philosophie de Numa, sur l'origine des fondateurs d'Albe, sur le débarquement des Troyens en Italie ; c'est-à-dire que l'affinité des idiomes révèle clairement l'affinité originelle des nations.

Ainsi, d'une même origine seront descendus, et les dialectes grecs, et les dialectes italiens qui plus tard formèrent le latin. Les premiers auront grandi de bonne heure sur une terre favorable aux inspirations du génie, tandis que les autres végétaient sans gloire au milieu des dures nécessités de la vie pastorale et guerrière, sur un sol souvent ravagé par les révolutions. Durant plusieurs siècles, les deux langues auront vécu solitaires, sans influence l'une sur l'autre. Le latin surtout, trop mal fixé par un petit nombre de monuments, se sera plus rapidement écarté de sa forme primitive : en effet, du Chant des Arvales aux Douze Tables la distance

[1] Voir Varron, *de Ling. lat.*, V, 96, et VII, 1.

[2] Horace, *de Arte poetica*, v. 59 et suiv. Cf. *Epist.*, II, 2, v. 115 et suiv.

[3] J'ai fait effort pour familiariser notre jeune génération universitaire avec cette méthode d'une science vraiment nouvelle, dans le Manuel qui a pour titre . *Notions élémentaires de grammaire comparée* (1re édition, 1833. — 5e édition, 1856).

est plus grande que de l'*Iliade* aux Histoires d'Hérodote.

Aussi, quand les guerres de Pyrrhus rapprochèrent de nouveau la Grèce et Rome, les deux idiomes eurent peine à se
reconnaître. Le latin ne gardait de son passé obscur que des
textes officiels, quelques fragments poétiques, bien rudes
encore et bien grossiers, comme le peuple dont ils charmaient
les rares loisirs. Le grec se présentait, au contraire, avec les
prestiges d'une littérature savante, aimable et riche. Comme
frère ou comme étranger, il fallut l'admirer et lui donner
entrée dans la cité romaine : la lutte n'était pas possible.

> Græcia capta ferum victorem cepit, et artes
> Intulit agresti Latio [1].

Puis, lorsque les vainqueurs eurent beaucoup appris à
l'école des vaincus [2], la critique naissant de l'érudition, et la
comparaison perpétuelle des deux idiomes en faisant jaillir
des ressemblances inaperçues jusqu'alors, on reconnut qu'apprendre le grec, c'était souvent rapprendre le latin sous une
autre forme [3]. Ces vieilles monnaies latines, comme dégagées
de la rouille du temps par une subtile analyse, laissèrent
voir dans leur première empreinte le signe d'une antique

---

[1] Horace, *Epist.*, II, 1, 156 seq.

[2] Voir Lersch, *Sprachphilosophie der Alten*, I, p. 143; III, p. 164, et
mon Mémoire sur Apollonius Dyscole, p. 52.

[3] Varron, *de Lingua lat.*, VI, 40; Festus, s. v. *Petorritum.* Cf. Denys
d'Halic., *Antiq. rom*, I, 90; Quintilien, I, 6, 31; Philoxène *ap.* Bekker,
Anecd. gr., p 1184; Athénée, X, p. 425 A; Priscien, XIV, 1, p. 584,
éd. Krehl. Plusieurs des étymologies grecques proposées par ces vieux
grammairiens nous font sourire aujourd'hui; elles ne doivent pas nous
faire oublier les sages paroles de Varron au commencement de son septième
livre *de Lingua lat. :* « De originibus verborum qui multa dixerit commode, potius boni consulendum, quam qui aliquid nequiverit reprehenden-
dum; præsertim cum dicat etymologice non omnium verborum dici posse
causam. »

fraternité. Mais, chose singulière, à une époque où la vanité romaine cherchait des aïeux dans la Grèce, et commandait l'*Enéide* à Virgile, quand la flatterie s'ingéniait à restaurer la généalogie troyenne des Jules, pas un poëte ne songea aux découvertes des grammairiens, pas un historien n'y chercha des arguments en faveur des récits qu'il empruntait aux chroniques de sa patrie[1]! On aima mieux répéter, d'après Timée, Hiéronyme ou Dioclès, la fable du débarquement d'Enée, la légende miraculeuse des deux jumeaux de Rhéa Sylvia, et leur éducation à l'école grecque de Gabies, que de demander aux antiquités de la langue une preuve bien plus certaine de cette noblesse de sang dont on devenait si jaloux. Il semble même que l'orgueil romain ne daignât pas s'abaisser à de pareils arguments. On trouvait plus simple d'affirmer que Rome, après avoir soumis le monde au joug de ses lois, pouvait lui imposer aussi le joug de ses croyances et de ses vieilles traditions : c'est du moins l'aveu de Tite-Live[2].

Mais, sans s'élever jusqu'à ces hautes conséquences des faits aperçus par la philologie naissante, si quelque annaliste eût exploré méthodiquement les archives de l'antiquité latine, que de précieux matériaux il y aurait trouvés pour l'histoire de la langue, des mœurs et de la religion romaine[3]! C'étaient (car nous pouvons encore, après tant de pertes, signaler plusieurs de ces documents) : le Chant des Arvales,

---

[1] Il faut prendre acte cependant de quelques lignes écrites en ce sens par Denys d'Halicarnasse, *Antiq* tom , 1, 90.

[2] *Præfatio* · « Datur hæc venia antiquitati, ut, miscendo humana divinis, primordia urbium augustiora faciat Et si cui populo licere oportet consecrare origines suas et ad Deos referre auctores, eâ belli gloria est populo romano, ut, quum suum conditorisque sui parentem Martem potissimum ferat, tam et hoc gentes humanæ patiantur æquo animo, quam imperium patiuntur.

[3] Est-ce bien là le travail dont Salluste avait chargé le grammairien Atéius Philologus? A juger par ce qui nous reste de Salluste, on en doutera peut-être.

dont Varron semble ignorer l'existence ; les hymnes Saliens, interprétés par Ælius Stilon, l'un des fondateurs de la science grammaticale chez les Romains ; le vieux *poëme de Nélée*, dont le sujet et l'âge ne sauraient être indiqués d'une manière précise ; le *Droit Papirien*, dépôt de la législation royale, à peine connu aujourd'hui par quelques fragments défigurés ; les premiers traités entre Rome et Carthage, déjà difficiles à comprendre pour des savants contemporains de Polybe ; la loi des Douze Tables, dont il eût fallu rechercher les vieux exemplaires, car dans les écoles, où on les apprenait encore par cœur au dernier siècle de la république[1], les formes archaïques devaient s'en être bien altérées ; le poeme d'Appius Cæcus, où quelques-uns croyaient apercevoir un reflet des doctrines pythagoriciennes ; d'innombrables dédicaces et inscriptions funéraires dont nous pouvons apprécier l'importance par les monuments de Duilius et des Scipions, et dont Cicéron a quelque part invoqué le témoignage[2] ; les registres des corporations religieuses, ceux des censeurs et des édiles ; la collection enfin des *Grandes Annales*, et celle des textes législatifs réunis dans les temples et les autres monuments publics.

Depuis que Rome a des *écrivains* de profession (*scribæ*, comme on les appelait alors[3]) et des écoles, les monuments de la langue deviennent plus nombreux et plus faciles à comprendre. Dans les hymnes de Livius Andronicus, dans les drames du même auteur et de ses élèves Ennius et Pacuvius, dans les discours de Caton, en un mot, dans toute la littérature savante des derniers temps, il y avait pour l'historien une mine inépuisable de souvenirs et de citations qui ajoutaient à la vérité comme au charme du récit. Et cependant

---

[1] Cicéron, *de Legibus*, II, 4 et 23.

[2] *De Finibus*, II, 55 ; cf *de Senectute* c. xvii.

[3] Voir le témoignage de Festus, au mot *Scribæ*. p. 333, éd. Müller.

rien de ces vicissitudes de la vie intellectuelle de Rome ne se
reflète dans ses annales écrites par des Romains ou par des
Grecs convertis à la cité romaine ; vainement on y cherche la
vive empreinte de l'esprit des hommes et des temps : partout
l'art y prime la science, et ramène les traits du tableau à un
idéal de convention. De là cette défiance qui nous pousse à
chercher une autre histoire derrière le récit des historiens
classiques ; de là notre nouvelle prédilection pour les compilateurs et les archéologues, témoins naïfs de faits méconnus
ou dédaignés ; de là ces restaurations hardies d'un monument
plus facile à renverser qu'à reconstruire, les épopées imagi-
naires de Niebuhr, les travaux ingénieux et quelquefois solides de l'école sceptique que Niebuhr a fondée.

L'objet du livre que je publie n'est pas de fournir des
armes à l'esprit de système contre l'autorité des grands écrivains ; ce n'est pas de recomposer, avec la poussière des
ruines, cette double histoire des choses et des mots, dont j'es-
quissais plus haut quelques traits : œuvre difficile, dirai-je
impossible aujourd'hui. Mais si l'intelligence du génie latin
peut être vivifiée par un sentiment plus vrai de ses différents
caractères et de ses formes successives, un recueil où seraient
marqués, dans leur ordre chronologique et par des monuments, tous les âges de la langue, servirait beaucoup à ce
progrès des études. Il offrirait à l'historien et au critique la
matière de leçons utiles ; en leur montrant, par ses lacunes
mêmes, l'étendue des pertes que nous avons faites, il les in-
duirait à ne se prononcer qu'avec prudence et réserve sur
d'obscurs problèmes d'archéologie littéraire.

Telle est, je crois, en quelques mots, la pensée du maître
illustre qui voulut bien me conseiller ce travail, m'en tracer
le plan, et me soutenir dans les difficultés de l'exécution. Il
appartenait à M. Villemain de concevoir et d'encourager une

telle entreprise, pour l'intérêt commun de la science et des écoles françaises. Etait-ce à moi de la réaliser?.....

P.-S. Lorsque je publiai, il y a vingt ans, le modeste recueil auquel se rapportent les précédentes réflexions, je sentais, comme on le voit, tout ce qui me manquait de savoir pour faire honneur, surtout en peu de temps et sous l'aiguillon d'une bienveillance trop peu patiente, à une tâche si délicate. La philologie ne m'offrait alors qu'un petit nombre de matériaux élaborés avec une juste critique. Aujourd'hui les conditions d'une telle étude sont heureusement changées, et ce m'est un plaisir aussi bien qu'un devoir de signaler, parmi les travaux qui ont contribué à nous faire mieux connaître les antiquités de la langue latine : 1° pour les textes littéraires, la dissertation de W. Corssen, *Origines poesis romanæ* (Berlin, 1846); celle de E. Klussmann sur la vie et les écrits de Cn. Nævius (Iéna, 1843; cf. les excellents articles de M. Patin, sur le même sujet, dans le *Journal des savants* de 1862); l'édition des fragments des Comiques et des Tragiques latins par M. O. Ribbeck (Leipzig, 1852 et 1855); celle des fragments du vieux Caton par H. Jordan (Leipzig, 1860); les *Studia critica* de Van Heusde sur Lucilius (Utrecht, 1842), et l'édition des fragments de ce poete par Corpet (Paris, 1845); les savantes études de M. F. Ritschl sur Plaute, dans le premier volume de ses *Parerga Plautina* (Leipzig, 1845), et dans son édition, malheureusement incomplète, des comédies de ce poete; 2° pour les textes épigraphiques, les nombreuses dissertations de cet éminent latiniste, auxquelles j'ai occasion de renvoyer dans le chapitre xv du présent recueil, dissertations qui ont annoncé et préparé le magnifique et durable volume des *Priscæ latinitatis monumenta epigraphica ad archetyporum fidem exemplis lithographis repræsentata* (128 pages de texte in-folio avec xcviii planches, Berlin, 1862).

XII

DES JOURNAUX CHEZ LES ROMAINS

ET DES ANNALES DES PONTIFES[1].

I

Témoins quelquefois suspects, mais toujours respectés, de la vérité contemporaine, les Grandes Annales et les Actes sont pour nous le mémorial de la vie du peuple-roi pendant les douze siècles qu'ils se partagent par moitiés presque égales. Les vieux annalistes, puis Tite-Live et Tacite, puis les nombreux compilateurs des âges de décadence y puisèrent tour à tour, et des fragments en reparaissent encore çà et là, mais anonymes et mutilés, sous l'amas confus des matériaux de l'histoire romaine. Jadis, il était si naturel de consulter ces vénérables dépôts de la mémoire publique, que rarement les écrivains de Rome ont pris la peine de signaler leurs em-

[1] Observations publiées dans le *Journal général de l'Instruction publique* du 22 septembre et du 19 decembre 1838, à propos du Mémoire de M J.-V. Le Clerc sur ce sujet De la première partie de ce Mémoire, celle qui concerne les journaux, on peut aujourd'hui rapprocher utilement les dissertations suivantes. 1° F Lieberkuehn, *de Diurnis Romanorum actis* (Weimar, 1840, in-4°); 2° K Zell, *Ueber die Zeitungen der alten Römern* (*Ferienschriften*, neue Folge, 1. Band, Heidelberg, 1857, in-8); 3° H. Heinzen, *de Spuriis Actorum diurnorum fragmentis* (Greifswald, 1860, in-8); 4° Æ Huebner, *de Senatus Populique romani Actis* (Leipzig, 1860, in-8). L'ouvrage de M Le Clerc a été apprécié aussi, dans plusieurs articles importants, par M. Naudet (*Journal des Savants* d'octobre et novembre 1838), par M. Sainte-Beuve (*Revue des Deux Mondes* du 15 décembre 1839) et par M. Charpentier (*Revue française* d'octobre 1838).

prunts. Aussi, pour reconstruire l'édifice écroulé, pour retrouver la place de tous les débris épars sur le sol, pour mettre
à découvert ces fondements ensevelis sous les décombres, il
a fallu le travail de plusieurs générations. Les fouilles en
histoire sont lentes, comme en archéologie. Chaque pierre
ne porte pas une inscription et une date : le temps, l'insouciance ou la passion les a souvent effacées ; il faut marcher
aux lueurs douteuses des conjectures. On croit trouver le
terrain primitif, il faut creuser encore, et à force de creuser
on le traverse sans le reconnaître. Ainsi fit peut-être Niebuhr
quand il méconnut les Grandes Annales et crut trouver ses
grandes épopées. Sur ce point, l'œuvre était donc à reprendre et à continuer. Après bien des controverses, le problème entier de l'histoire officielle chez les Romains demandait un examen nouveau, mais sévère et complet, en dehors
de tout préjugé. Cet examen, M. Le Clerc y semblait appelé
par ses longs travaux sur l'ensemble de la littérature romaine, sur Cicéron en particulier, enfin par ses récents
voyages en Italie. Aussi a-t-il su réunir dans son livre de
quoi satisfaire toutes les curiosités du public sérieux : textes,
discussions, aperçus historiques, réimpression des faux Actes
du peuple, publiés jadis par Pighius et Dodwell ; recueil de
tous les passages des anciens sur les Gran les Annales et des
principaux fragments des Journaux romains, le tout groupé
avec rigueur, traduit ou cité avec précision. Le titre même
de ce volume, où les *Annales* suivent modestement les *Journaux*, est un hommage piquant, mais moins sérieux peut-
être, à la première puissance de nos jours, la presse quotidienne, que nous honorons trop pour ne pas suivre le
même ordre dans notre examen.

Quand on ouvre l'Histoire Auguste, ou seulement Suétone,
après Tite-Live, on y est aussitôt frappé d'un singulier changement de méthode historique. Au lieu de ces récits dra-

matiques où l'écrivain a répandu l'uniformité de son style et
de son génie, ce sont des cadres étroits où viennent se grouper
des anecdotes de cour, les généalogies, les portraits, les résumés de guerres ou d'institutions ; au lieu du sénat et de la république, le prince, ses affranchis, ses généraux, ses maîtresses ;
les querelles du palais à la place des combats du forum : tout
cela avec un luxe d'anecdotes et de minuties qu'on n'a pas vu
encore. La vie privée de l'empereur, les intrigues de ses ministres, les fréquentes humiliations du sénat, racontées par
des contemporains, recueillies par les témoins oculaires,
transcrites avec une insouciante fidélité par l'historien, qui
n'a pas voulu ou n'a pu faire mieux ; une singulière abondance de documents authentiques, lettres, rescrits, sénatus-
consultes, discours, où disparaît l'originalité de l'écrivain et
du narrateur, car les anciens n'ont pas connu cet art, d'invention moderne, qui consiste à séparer du texte les citations
et les pièces justificatives.

Plusieurs causes expliquent ce rapide changement. Avant
tout, la politique impériale, qui concentrait tout l'intérêt sur
la personne d'un seul, substituait l'intrigue de cour au libre
jeu de l'ambition républicaine, l'éloquence des éloges à
celle d'une politique orageuse, le personnage d'un prince à
cette grande figure du peuple romain ; puis l'étroite et pourtant inquiète subordination des préfets et des généraux, trop
petits pour mériter une place dans l'histoire, trop fiers pour
se résigner au mépris. Du côté de l'historien, l'énervante discipline des écoles, si bien flétrie par Quintilien et Pétrone, si
mal combattue par la philosophie du siècle des Antonins ;
au sortir de l'école, le mauvais goût du public, l'influence
corruptrice de ces *lectures*, dont Asinius Pollion fut le fondateur et une des premières victimes[1] ; enfin l'usage, désormais

---

[1] Voir dans Sénèque, *Suasoria*, VI, le triste compliment que reçut un
jour Asinius Pollion à une séance de ce genre.

universel, quelquefois exclusif, des Journaux comme documents historiques. Quand Suétone et les écrivains de l'Histoire Auguste ne citeraient pas aussi souvent les *Actes* du sénat et du peuple, on devinerait à chaque page de leurs biographies anecdotiques ces recueils de décrets, de lois, d'aventures plaisantes ou sérieuses, sans discussion ni examen, tour à tour exacts jusqu'à la satiété, ou menteurs jusqu'à l'impudence ; feuilles ouvertes à toutes les nouvelles, à tous les bruits, sous le bon plaisir d'un maître, mais plus d'une fois éloquentes par leur silence, quand elles taisaient le nom d'un grand homme par l'ordre secret d'une auguste jalousie. Avec sa chronique des réceptions et des fêtes, des promotions et des supplices, le *Journal* de Rome ne ressemblait pas sans doute aux *journaux* de notre siècle, avec leur ardente polémique, avec leur discussion de toutes les nouvelles ; mais, par cela même, il fit tourner l'histoire à l'anecdote, affaiblit la critique et servit trop bien l'impuissance des Lampride et des Trébellius Pollion.

Ainsi tout prouve l'existence et tout explique le rôle des Journaux sous l'empire. Quelquefois confondus avec les Actes du sénat, ils se distinguent au moins des actes de l'état civil, des actes de l'armée, de l'éphéméride du prince ou des particuliers, etc. Mais, à mesure qu'on recule vers les temps de la république, les fragments en deviennent plus rares : on les compte, on les cherche, on est réduit à deviner le sens de citations incomplètes. Est-ce l'effet seulement de la méthode historique illustrée par le siècle d'Auguste et suivie par les successeurs de Tite-Live ? L'art conserva-t-il, jusqu'au temps des premiers empereurs, assez de fierté pour taire ses emprunts aux feuilles officielles, assez d'autres ressources pour n'avoir pas besoin d'y recourir ? ou bien les Actes n'étaient-ils pas encore une institution régulière ? et alors à quelle époque ont-ils commencé à l'être ?

Question aussi grave qu'embarrassante, par la perte des

19

travaux du grand siècle sur sa propre histoire[1], et compliquée comme à plaisir par la mauvaise foi et la crédulité qui répandirent en Europe, vers la fin du seizième siècle, de prétendus fragments des *Acta diurna*, comprenant quelques années du gouvernement consulaire. Malgré d'imposantes réclamations, protégés par la rareté même des reproductions que l'imprimerie en a faites, ces fragments gardaient encore une singulière autorité, même en Allemagne, où l'on doute aujourd'hui de l'authenticité de bien des œuvres moins suspectes. Un des solides services que rendra le livre de M. Le Clerc à la philologie historique, c'est, à notre avis, de ruiner pour jamais le crédit d'une fiction ingénieuse mais coupable. Les textes sont là : M. Le Clerc les a scrupuleusement reproduits ; la réfutation vient ensuite, vive, pressante, sans réplique, bien qu'on ait déjà essayé de répliquer. Ces faux textes une fois écartés, restent donc, pour l'époque de la république, les témoignages épars dans Cicéron, Asconius, Pline et Aulu Gelle, une induction à tirer de quelques lignes de Dion Cassius. Considérées isolément, ces preuves paraîtront d'abord douteuses, incomplètes. Par exemple, on se demandera si le recueil de nouvelles envoyé par Célius à Cicéron, et qui n'est certainement pas le Journal de Rome, suppose absolument l'existence de ce journal. On objectera ces paroles de Cicéron lui-même dans une de ses réponses : « Tu m'envoies là des contes que personne n'oserait me raconter quand je suis à Rome, *ea quæ nobis, cum Romæ sumus, narrare nemo audeat.* » Là, en effet, le vieux consulaire ne parle pas d'une feuille qui se lise, mais de bruits qui circulent. Il n'y a rien de plus dans ces paroles de Célius, qui s'excuse d'avoir confié à des mains étrangères, à des ouvriers, la rédaction de son gros journal, car, dit-il, *nescio cujus otii*

---

[1] Voir notre *Examen critique des historiens anciens de la vie et du règne d'Auguste*, c. III, sect. 1.

esset, non modo perscribere hæc, sed omnino animadvertere. Par
d'autres passages, on voit qu'il se réserve la chronique se-
crète, l'explication des réticences du courrier officiel. De là
on serait déjà tenté de conclure que la correspondance de
Célius atteste au moins un premier essai de *nouvelles à la
main.* Mais il faut aller plus loin, épuiser avec M. Le Clerc
les renseignements épars dans le reste des collections épistolaires de Cicéron, remarquer la coïncidence de termes dans
une lettre à Atticus et dans une autre à Cornificius : *Commentarii rerum urbanarum, — Acta rerum urbanarum, — Acta
urbana, — Acta.* Voilà, ce semble, des allusions plus claires.
Maintenant, c'est aux *Acta* que le savant Asconius emprunte
formellement les détails de la grande affaire de Milon, l'instruction du procès, ou plutôt des procès, dont le meurtre de
Clodius fut la cause ou le prétexte. Puis vient l'indication,
douteuse encore, de Dion Cassius : « Comme on se souvenait
que Caton, pendant sa questure, avait forcé les assassins employés par Sylla de restituer ce qu'ils avaient reçu pour les
meurtres, les triumvirs, voulant que les meurtriers ne fussent point découragés par une telle crainte, annoncèrent que
nul écrit public ne conserverait leur nom; » enfin l'assertion
précise du premier Pline, qui, sur l'autorité des *Acta*, rapporte à l'an 639 de Rome une de ces pluies de lait et de sang
dont la mention est si fréquente chez les annalistes romains.

Ici apparaît une lueur nouvelle : dès l'an 623 ou environ
avait cessé la rédaction des Annales par le grand pontife, et,
vers la même date, un témoignage du vieil auteur Sempro-
nius Asellion nous offre le premier exemple du mot Journal,
diarium, ephemeris, opposé à ce que Polybe appelait histoire
pragmatique, c'est à-dire à l'histoire raisonnée : *diarium,
acta diurna,* synonymes évidents. Or, si le grand pontife ne
rédigeait plus les Annales (*Annales demonstrabant,* dit Asellion, non *demonstrant*), la république ne pouvait se passer
d'un autre recueil historique. Les Actes avaient donc succédé

aux Annales, une publication rapide, journalière, à cette lente
inscription des faits sur la table pontificale : c'était le besoin
des temps. Au gouvernement sévère de la noblesse avait succédé l'action turbulente et mobile des passions tribuniciennes,
avec des intermèdes de tyrannie. Les Gracques meurent, Sylla,
Marius, apparaissent; César va naître. Les révolutions se
pressent, et les années passent grosses d'événements. Il faut
bien que l'histoire, même officielle, se développe aussi, se
morcelle et se divise à son tour. Elle aura ses factions, ses
partis, ses brusques vicissitudes; elle comptera par jour,
comme la fortune du peuple romain. Chacun y viendra protester contre une défaite, ou déposer le souvenir d'une victoire
sans lendemain, d'une intrigue arrêtée quelques heures après
par le poignard des sicaires. César y fera consigner son refus
de la couronne sur la page qui recevra bientôt le récit des
ides de mars. En un mot, là viendront se réunir, comme
dans un foyer, tous les bruits de la ville et des provinces,
tous les cris du forum et des camps. On conçoit bien alors ce
que devait être un mois des Actes de la république, et pourquoi Célius, chargé par Cicéron d'une tâche à peu près semblable, s'en effrayait, et la confiait à d'obscurs compilateurs.

Demandera-t-on maintenant comment il faut traduire
cette phrase tant discutée de Suétone sur Jules César : *Inito
honore (consulatus), primus omnium instituit, ut tam senatus
quam populi diurna acta confierent et publicarentur ;* s'il faut
y voir une innovation pour les actes du sénat seulement, ou
pour ceux du sénat et du peuple à la fois? A cette question
les dates ont déjà répondu, puisque nous venons de voir que
les *Acta populi romani* étaient un véritable *Moniteur*. Mais,
d'ailleurs, qu'est-ce que les *Actes du peuple* sans publicité
libre? un secret dérisoire, connu de tout le monde, un non-
sens. César n'a donc innové que pour les actes du sénat[1].

---

[1] C'est aussi l'opinion de M. Zell, dans l'ouvrage cité plus haut, p. 286.

C'était une suite inévitable, sinon immédiate, de la publication d'un Journal du peuple. Dépossédé vers 623 de son rôle d'historien officiel, le sénat admet vers la même époque, par la loi Atinia, les tribuns à ses séances; dès lors la curie n'a plus de secrets. Ses délibérations, déjà publiques par le fait, seront bientôt publiées, et l'invasion démocratique ne s'arrêtera pas avant d'avoir abaissé toutes les barrières. Par son fameux décret, César supprime une inconséquence et complète une révolution.

Tels sont les grands traits du travail de M. Le Clerc. On le voit, la logique des faits et celle des mots s'y mêlent et concourent au même résultat, qu'un dernier rapprochement va démontrer.

Si les Actes du peuple ont succédé aux Grandes Annales, les historiens ont dû s'habituer bien vite à les confondre sous la même dénomination. En effet, Servius croit que les Annales des pontifes se redigeaient *per singulos dies*; et l'exact Asconius, dans un passage [1] dont M. Le Clerc eût encore pu appuyer son opinion, si elle avait besoin d'appui, nomme *Annales* ce que plus loin il appellera, avec Pline, *Acta ejus anni.* Dès lors, il est permis de croire que les Annales et les Actes étaient compris sous le même titre dans cette grande collection de quatre-vingts livres consultée encore au quatrième siècle de notre ère par le commentateur de Virgile.

II

Toutefois, parmi les questions que soulève l'histoire du journal officiel de Rome, il en est une qui paraît insoluble :

[1] Préface du commentaire sur la Milonienne, p. 31, édit. Orelli : « Hanc « dixit, Cn. Pompeio III consule, a. d. VI Idus Aprilis. Quod judicium cum « ageretur, exercitum in foro et omnibus in templis, quæ circum forum sunt, « collocatum a Cn. Pompeio fuisse non tantum ex oratione et *Annalibus*, sed

Par qui fut rédigée, depuis l'an 623 jusqu'à la chute de l'empire, cette longue série de faits et de documents ? Les inscriptions nous ont conservé le nom de quelques rédacteurs de l'*Éphéméride impériale*, mais qui, probablement, n'écrivaient que le journal particulier du prince[1]. Les *Fasti kalendares*, ouverts aussi à plus d'une interpolation adulatrice et menteuse[2], furent quelquefois mis en ordre par d'habiles grammairiens : témoin ceux de Préneste, dont quatre mois se sont conservés, précieux fragments de l'érudition de Verrius Flaccus, le précepteur des petits-fils d'Auguste[3]. On a même voulu, mais à tort, faire honneur à cet antiquaire des Fastes Capitolins, qu'il faut bien se résoudre à laisser anonymes, comme tant d'autres fragments de l'histoire romaine. Pour le Journal de Rome, un seul nom peut-être a surnagé, celui de Chrestus : encore est-il incertain si la célèbre *compilatio Chresti*, dont parle Cicéron, désigne quelque anecdote racontée dans la feuille quotidienne ou cette feuille elle-même. C'est en vain que, sous l'empire, les citations et les témoignages se multiplient : même silence sur les rédacteurs[4], tant de mépris s'attachait sans doute à ce métier de copiste officiel ; tant le Journal de Rome resta toujours loin du rôle politique et littéraire que la ressemblance des noms porte à lui attribuer avec nos journaux modernes !

« etiam ex libro apparet, qui M. Ciceronis nomine inscribitur de Optimo
« genere oratorum. »

[1] Par exemple : *Theoprepon Aug. lib.— procurator ab Ephemeride*, dans Gruter, p. 474, 4 (Orelli, n° 2952). Comparez Orelli, n° 2273.

[2] Voir l'*Examen critique des Historiens d'Auguste*, c. V, sect. 6, p. 180.

[3] Voir Foggini : *Fasti Prænestini*, Rome, 1779, in-f°. Il est bien difficile de ne pas admettre l'identité de ces Fastes avec le travail indiqué par Suétone dans sa biographie de Verrius Flaccus, quand on compare Macrobe, *Saturn.*, I, 12, avec les marbres prénestins *ad Kal. apr.* Cf , M. Le Clerc, p 112.

[4] Sait-on même si les scribes quelquefois nommés dans les inscriptions (Orelli, n°ˢ 3868, 2274, 3186 ; comparez M. Le Clerc, p. 202 et 209) étaient autres que des écrivains attachés aux divers bureaux de l'administration ?

Il n'en est pas de même des *Grandes Annales :* ici les fragments sont rares, disséminés, souvent cachés sous la prose des historiens latins ou grecs, défigurés par des transcriptions ou des traditions successives; mais le rédacteur en est bien connu, c'est le grand pontife. Le droit d'écrire l'histoire était, avec l'administration de la justice, avec la jurisprudence, avec la science de la religion, un des priviléges de la vieille aristocratie romaine; ce fut un de ceux qu'elle défendit le plus longtemps : s'il fallait même en croire quelques mots d'un tribun dans Tite-Live, il se serait étendu jusqu'à la publicité même de ces Annales. Tandis que le peuple avait, pour sauver son histoire, des traditions et quelques chants nationaux, la maison du grand pontife restait l'asile inviolable du texte consacré par l'autorité religieuse et politique. Quoi qu'il en soit, depuis le premier siècle de Rome, ou du moins depuis l'an 350 jusque vers 653, le grand pontife consignait, année par année, d'un style bref et simple, sur des planches de bois peintes en blanc, les événements publics les plus mémorables. Rome ne connut pas d'autres historiens jusqu'à l'époque où les Grecs vinrent écrire son histoire, et quelquefois, il faut bien le croire, trouvant la rédaction pontificale un peu trop laconique, osèrent l'étendre et l'embellir aux frais de leur imagination.

Telle est, en quelques mots, l'idée que nous donne M. Le Clerc du principal corps de documents sur lequel repose la plus ancienne histoire romaine. Ainsi, en admettant même que la poésie ait conservé une partie des traditions de la vieille Rome, la prose des pontifes méritera toujours, au même titre, une place considérable à côté de la poésie. Je dirai plus : la poésie historique du vieux Latium, dont l'existence est, d'ailleurs, hors de doute[1], trouvera diffi-

---

[1] M. Le Clerc a pris soin de le déclarer lui-même, p. 55, 148 et 155, quoiqu'il traite ailleurs Niebuhr avec une vive sévérité, p. 164 et 165.

cilement aux yeux de la critique une importance égale à celle de ces vénérables archives, dont M. Le Clerc résume ainsi les destinées :

« Ces tables, soit qu'on les eût laissées sur bois, soit qu'on les eût transportées sur pierre ou sur bronze, ne périrent pas toutes dans l'invasion des Gaulois ; et, conservées avec le soin que Rome donna toujours aux anciens monuments écrits, elles furent consultées, pour des temps antérieurs, par Caton, Polybe, Varron, Cicéron, Verrius Flaccus, et par d'autres écrivains, que Denys d'Halicarnasse, Tite-Live, Quintilien, le premier Pline, Aulu-Gelle, Vopiscus ont eus entre les mains. Il est probable même, d'après Aulu-Gelle et Servius, qu'elles furent recueillies en corps d'ouvrage, quoiqu'il ne faille pas les confondre avec beaucoup d'autres recueils qui portaient le nom des pontifes. Convenir qu'elles ont pu être diminuées par le temps, interpolées, divisées en livres, rajeunies pour le style, comme les vieux textes l'ont été souvent, ce n'est pas en détruire entièrement l'existence, comme plusieurs critiques l'ont essayé.

« Quant à l'autorité de ces Annales, les fables religieuses ou politiques qu'elles devaient contenir, si l'on en juge par les traces qui en restent, n'ont rien de plus merveilleux que tant d'autres fables dans les anciennes chroniques de tous les peuples. »

Les développements dont M. Le Clerc appuie chacun des résultats qu'on vient de lire en forment la démonstration la plus forte et la plus brillante. A lire ce Mémoire, on comprend tout ce que valent, mais aussi ce que coûtent l'exactitude des citations [1], l'habile disposition des arguments et des textes. Je voudrais, à cette occasion, prévenir deux critiques et donner, en même temps, un exemple des difficultés de ces sortes de recherches. A la seconde page de son

---

[1] Toutefois, aux pages 198-200 quelques citations, relatives aux diverses espèces d'*Acta*, pourraient être plus scrupuleusement réparties.

livre, M. Le Clerc cite « Paul Diacre d'après Festus , au mot
Maximi ; mot *oublié ou supprimé* dans l'édition des grammairiens latins de Lindemann, Leipzig, 1832, t. II, p. 95. » Le
lecteur sera peut-être étonné de trouver la glose en question
sur son exemplaire ; mais il remarquera bientôt que le feuillet 95-96 est un *carton,* qui manquait peut-être dans quelques
exemplaires, et il comprendra l'accident qui a pu facilement
tromper le savant auteur. — P. 384, M. Le Clerc ne met pas
sous l'année 711 le passage de Dion Cassius qui paraît faire
allusion au Journal de Rome sous le second triumvirat.
C'est qu'en effet le passage de Dion ne décide rien par lui-
même, et peut fort bien s'appliquer aux registres particuliers
des triumvirs. Or, ce dernier sens est précisément confirmé
par le texte du célèbre préambule des tables de proscription,
qu'Appien nous a conservé en grec, et dans lequel on lit :
« Aucun de ceux qui auront reçu ces récompenses ne sera
inscrit sur nos registres, τοῖς ὑπομνήμασιν ἡμῶν. » Le texte de
Dion ne fait donc pas allusion au Journal de Rome. Notre
auteur l'avait deviné ; devant ce texte fourni par Appien, il
aurait pu l'affirmer sans hésitation.

Quant aux idées générales qui résultent de ce beau travail,
ou qui s'y rattachent, sur un point seulement je sens qu'il
m'est difficile d'admettre sans réserve les conclusions ingénieuses de M. Le Clerc. J'exposerai sans détour cet unique
dissentiment.

Dans sa revue des auteurs qui ont parlé des Grandes Annales, M. Le Clerc s'arrête quelque temps à Denys d'Halicarnasse ; il se demande comment un si curieux antiquaire
a pu ne connaître cet important recueil que par d'autres
écrivains qui l'avaient consulté, et il s'explique le fait en
question par la condition obscure de Denys, et par la jalouse
influence du patriciat romain qui tenait sévèrement ca-
chées les sources de l'histoire romaine, craignant, sans doute,

qu'une critique indiscrète et moqueuse ne s'égayât de certaines naïvetés trop fréquentes dans le récit des pontifes. Le principat, selon notre auteur, et surtout Vespasien, après l'extinction de la famille des Césars, aurait renoncé à ces traditions patriciennes. La célèbre restauration du *Tabularium*, où trois mille tables de bronze formaient les archives du peuple-roi[1], aurait donné le signal d'une sorte de libéralisme nouveau dans l'histoire romaine. « Depuis Vespasien et son nouveau Capitole, on connaît mieux la vérité, et le patriciat déchu ne défend plus de la dire. On revient dès lors plus rarement sur les merveilles surannées des premiers temps, sur les anciennes apparitions[2], sur les rapports des nobles familles avec les dieux ; on est bien près de proclamer que l'origine troyenne des Jules n'est qu'une fable ; on ose douter un peu plus qu'autrefois de l'héroïsme et des tourments de Régulus ; Suétone, qui put mieux que tout autre, comme secrétaire d'Hadrien, consulter les anciens titres historiques, reconnaît que l'or, prix de la rançon de Rome, ne fut pas reconquis par Camille, ni même par les habitants de Céré, comme le dit Strabon, mais emporté par les vainqueurs ; deux Romains, pour la première fois, Tacite et Pline, avouent que Rome se rendit à Porsenna, et que, dans le traité, il fut stipulé qu'à l'avenir elle ne se servirait du fer que pour l'agriculture. Nous voilà déjà bien loin de Tite-Live. » (Pages 109-115.)

Oui, sans doute, nous voilà bien loin de Tite-Live. Mais faut-il faire honneur de cette réforme à Vespasien et à son

---

[1] Sur ces dépôts officiels de documents historiques, il faut maintenant consulter la dissertation de M. Mommsen, dans les Annales de l'Institut archéologique de Rome, 1858, p. 181 et suiv.

[2] Tacite indique assez curieusement ce progrès de la critique historique ou plutôt de la raison publique, dans un passage de ses *Histoires* (I, 86) : « Plura alia, rudibus sæculis etiam in pace observata, quæ nunc tantum in metu audiuntur. »

musée historique? et suffisait-il de l'abaissement du patriciat pour la rendre possible? Admettons, avec M. Le Clerc,
que les Annales des pontifes soient rentrées dans l'oubli
depuis la création du Journal de Rome, grâce à une jalouse
réaction de l'aristocratie; que, de plus, la lecture de cet antique
recueil fût capable de faire naître ou de réveiller le scepticisme historique ; qu'il n'en existât pas de copies faites à
l'usage du public, et que Vespasien l'ait compris dans la
restauration des archives du Capitole; une grande part
reste encore à faire aux nombreux monuments historiques et
législatifs dont M. Le Clerc a fait plus haut une savante
énumération qu'il déclare lui-même incomplète. Or, ces
monuments, le Capitole n'en était pas seul dépositaire. Plusieurs temples à Rome, parmi lesquels un certain nombre
échappèrent à l'incendie de Néron [1], les temples des Nymphes,
de Cérès, de Junon Monéta, de Vénus Génitrix, et le mau-
solée d'Auguste, possédaient des copies ou des originaux de
plus d'une loi, de plus d'un sénatus-consulte, de plus d'un
traité. Hors de Rome surtout, existaient de nombreux exemplaires des textes mêmes qui ont pu intéresser les localités où
on les a retrouvés. Je ne parle pas du discours de Claude en
faveur des sénateurs éduens, discours que la ville de Lyon
avait conservé comme un glorieux titre de son entrée au
gouvernement du monde ; je ne parle pas des sénatus-consultes *de Termensibus, de Finibus inter Genuates et Veturios
regundis*, dont les peuples intéressés gardaient naturellement
un double dans leurs archives. Mais le sénatus-consulte sur
les Bacchanales, qui est un document d'utilité plus générale,
ne l'a-t-on pas retrouvé en Calabre? Cet exemple n'est pas
unique. M. Le Clerc, au besoin, nous en fournirait d'autres.
Ainsi, Rome ne conservait pas seule ces monuments de son
histoire, de son culte, de sa législation, de ses conquêtes

---

[1] Voir l'*Examen des Historiens d'Auguste*, c. VI, p. 218 et suiv.

comme de ses humiliations. Le grand travail exécuté sous les auspices du premier des Flavius en est la meilleure preuve, car il suppose l'existence de tous les matériaux réunis et classés par la munificence impériale. Seulement, il est probable que bien des textes parurent là pour la première fois sous la consécration de l'autorité publique. Le honteux traité entre les Romains et Porsenna ne faisait pas partie, j'oserais l'affirmer, du vieux *Tabularium* du Capitole. Mais il existait comme tant d'autres au siècle d'Auguste; est-il donc probable qu'alors il fût caché, qu'il le fût depuis longtemps; que, trois siècles durant, ni la malignité d'un ennemi, ni la curiosité d'un grammairien, ni le zèle impartial d'un historien philosophe n'eût su le découvrir et le publier? Voilà pourtant ce qu'il faut croire et appliquer à bien d'autres monuments des premiers siècles de Rome, si l'on adopte sans réserve l'ingénieuse explication proposée par M. Le Clerc. Une raison plus profonde, plus intime, se cache, à ce qu'il nous semble, derrière cette influence du pouvoir que l'auteur a si bien fait ressortir, et qu'un habile critique a récemment défendue [1].

Un des grands caractères du peuple romain jusqu'à l'époque de la fondation de l'empire, c'est la foi en son avenir, la confiance la plus ferme dans les destins qui lui étaient promis. Depuis son avénement au pouvoir jusqu'à cette époque, le sénat ne douta pas un instant de sa mission. Là fut le secret de sa puissance et de cette persévérante politique que rien ne rebuta, que rien n'étonna, qui trouva des ressources contre tous les dangers, des armes contre toutes les résistances, vainquit tour à tour avec des décrets et des armées, et se fit longtemps pardonner, à force de gloire, une tyrannie orgueilleuse. Le siècle d'Auguste est, à vrai dire,

---

1 Voir dans la *Revue française*, octobre 1838, l'article de M. Charpentier (de Saint-Prest) sur le livre de M. Le Clerc.

l'apogée de la grandeur romaine, et, dans sa littérature,
l'expression la plus complète de cette fière et imposante
sécurité. En présence des ruines de Carthage, Rome avait
un instant douté d'elle-même, et présagé sa propre ruine par
la bouche de Scipion[1]; mais, après la soumission des Parthes
et des Cantabres, après la fermeture du temple de Janus,
elle revint tout entière à la conscience de son invincible
génie, et plus que jamais elle imposa son histoire, comme
son joug, aux peuples vaincus; c'est l'aveu de Tite-Live dans
sa préface. Ainsi, la France victorieuse et respectée s'indi-
gnait jadis que la critique osât éclairer la sainte obscurité de
ses annales et renversât du pavois héroïque les prétendus
fondateurs de la monarchie. Mais, à Rome, ainsi que chez
nous, cet orgueil ne dura pas. Quatre ans avant la mort
d'Auguste, la défaite de Varus ramenait dans Rome, avec un
bruit de guerre, les souvenirs de Brennus et des Gaulois.
Tant de mépris pour les nations vaincues fit bientôt place à
une sombre inquiétude; on vit, derrière les Alpes, s'avancer
de nouvelles hordes de barbares, qu'on n'osait compter. En
face d'un champ de carnage où soixante mille Germains
venaient de s'entr'égorger, Tacite ne trouvait pas d'autre
vœu à faire pour le bonheur de Rome que d'invoquer la discorde de ses ennemis[2]. Le temps approchait où le Nord, cette
fabrique du genre humain, *officina generis humani*, comme
l'appelle Jornandès, allait vomir sur la frontière romaine ses
peuplades affamées. Il n'y a pas jusqu'à de pauvres Juifs,

---

[1] Scipion, suivant Appien, prononça, en voyant l'incendie qui dévorait
Carthage, ces vers de l'Iliade, IV, 164 :

Ἔσσεται ἦμαρ, ὅτ' ἄν ποτ' ὀλώλῃ Ἴλιος ἱρή
Καὶ Πρίαμος καὶ λαὸς ἐυμμελίω Πριάμοιο.

[2] Tacite, *Germ.*, xxxiii; cf. xxxvii; *Ann.*, II, xlvi, lii; *Agric.*, xii Cicéron, *ad Att.*, II, 7. Comparez avec cet effrayant aveu le soin traditionnel
que Tacite affecte de cacher le nombre des Romains tués dans les batailles
contre leurs ennemis (Fragment dans Paul Orose, *Hist.*, VII, 10).

relégués jadis par Ochus sur les bords de la mer Caspienne,
qui ne dussent faire trembler de si loin le peuple-roi par la
crainte d'une invasion [1].

Mais avant de tout enlever par le fer, les barbares ont lentement envahi la cité romaine par des usurpations successives.
César a fait entrer des Gaulois dans le sénat, déjà si peu
romain [2]. En vain Auguste, revenant sur les libéralités du dictateur, épure le premier ordre de l'empire, et se rend avare,
au nom du peuple, de ce grand droit de cité qu'on recherchait
encore, et qu'un jour on devait maudire. Sous son règne
même, il fallut enter des familles nouvelles sur les troncs
desséchés des grandes familles de la république; déjà la classe
des affranchis poussait à la richesse et au pouvoir, par toutes
les voies, les derniers-nés de l'esclavage. Bientôt Claude réin-
tégra dans la curie des Gaulois Éduens, et, après l'extinction
de la famille des Jules, la province nomma des empereurs,
nés dans son sein, *evulgato imperii arcano, posse imperatorem
alibi quam Romæ fieri.* Bientôt le déchirement commence
au dehors par la guerre des Daces, à qui Trajan oppose en
vain pour défi le pont gigantesque du Danube, qu'Hadrien fit
couper; à l'intérieur, par les désordres de la corruption la
plus effrénée, par le mélange de tous les vices et de tous les
crimes dont Rome est devenue le centre et le rendez-vous;

Jam pridem Syrus in Tiberim defluxit Orontes

Que devient la conscience romaine au milieu de cette
triste agonie? Déjà chancelante dans Tacite, prête à nier tous
les dieux pour sauver l'honneur de Rome qu'ils abandonnent, elle se sauve de l'incrédulité par l'adulation. Elle croit
à son empereur, sauf à en médire, comme jadis elle adorait

[1] Voir Paul Orose, *Hist.*, III, 7.
[2] Cicéron, *Philipp.*, III, 6 : « Videte quam despiciamur omnes, qui sumus
e municipiis, id est, omnes plane. »

et méprisait Jupiter. C'est à peu près la seule inspiration de
Suétone et de l'Histoire Auguste. Quant à Hérodien, à peine
a-t-il la force de ses croyances plus naïves et plus pures. Sa
voix se perd au milieu des concerts d'une basse flatterie ou
d'une licencieuse indignation. Remarquez, d'ailleurs, cet
autre désordre dans l'histoire romaine : c'est un Grec
d'Alexandrie, un Bithynien, consulaire ou procurateur, je le
veux bien, mais enfin un étranger, qui rédige les annales de
ses vainqueurs ; quand c'était jadis une révolution digne
d'être notée, que l'entreprise du premier affranchi qui osa se
faire historien de Rome[1] !

Si, maintenant, on nous demande pourquoi l'histoire
romaine devient sceptique sous la dynastie des Flavius, pourquoi des peuples, proscrits jadis par sa haine ou son indifférence, y reparaissent peu à peu avec leurs anciens titres de
gloire ; pourquoi Brennus et Porsenna reprennent leur droit
sur la ville qu'ils ont soumise, pourquoi les Jules ne sont
plus les descendants d'Enée, pourquoi Tacite consacre un
ouvrage entier à l'éloge ironique des Germains ; nous répon-
drons : C'est qu'avec son unité Rome avait alors perdu sa
foi en elle-même, que l'esprit romain se troublait, s'altérait
tous les jours par la confusion bizarre des nationalités. Le
Gaulois qui siégeait au sénat à côté de Pline, ne voulait plus
voir ses ancêtres immolés dans l'histoire à l'injuste orgueil
du vainqueur. Ainsi chaque peuple, à son tour, allait réclamer sa part de justice. L'historien lui-même n'avait plus
intérêt à la refuser : il était venu de quelque coin du monde
faire fortune dans la grande ville ; il apportait avec lui ses
traditions de patriotisme, ses rancunes ou ses admirations

---

[1] Suétone, *de claris Rhetoribus*, c. iii : « L. Otacilius... Cn. Pompeium Magnum docuit, patrisque ejus res gestas, nec minus ipsius, compluribus libris
exposuit; primus omnium libertinorum, ut Cornelius Nepos opinatur, scribere
historiam orsus, non nisi ab honestissimo quoque scribi solitam *ad id tem-
pus*. » Cf. plus bas, dans ce volume, l'article concernant Dion Cassius.

personnelles. On n'accourait plus, comme jadis, à Rome du
fond des provinces, pour y voir un Tite-Live sur le théâtre
de ses triomphes et des grandeurs qu'il racontait [1]. L'historien ne représentait pas plus que l'empereur, la conscience
du peuple romain; il pouvait naître partout, en Italie, en
Gaule, en Espagne, ou en Egypte.

Quand le désordre est à ce point dans la religion et dans la
politique d'un vaste empire, quelle carrière s'ouvre à l'indépendance de la critique! Plus d'anathèmes, plus de persé-
cutions à craindre, plus de sanctuaires à respecter. Alors,
qu'un nouveau Capitole reçoive les monuments épars sur les
ruines de huit siècles, chacun puisera dans ce riche dépôt
un argument en faveur de ses préoccupations du jour, de ses
haines particulières; la vérité sortira indiscrète et maligne
de ces vieux textes où la négligence et l'intérêt la laissèrent
longtemps cachée; ce seront de piquantes révélations, des
vengeances rétrospectives, de sceptiques retours sur la crédulité des vieux âges. Tout cela est dû surtout à la dissolution
des croyances et des mœurs publiques. Vespasien a donc fait
beaucoup pour cette révolution par sa collection de documents rares, oubliés ou inédits; mais la force des choses
a fait encore davantage : elle a préparé le siècle à suivre la
voie nouvelle que lui indique le génie de cet empereur, ami
des grandes pensées. Deux influences ont concouru à l'une
des plus curieuses vicissitudes de l'histoire.

---

[1] Voir l'anecdote rapportée par Pline, *Epist.*, II, 3.

XIII

DE L'HISTORIEN DION CASSIUS

ET

DE SON TRADUCTEUR M. E. GROS.

Les observations qu'on va lire formaient le fond des articles que je publiai en 1846 et en 1850 dans le *Journal général de l'Instruction publique,* sur les deux premiers volumes de l'ouvrage qui a pour titre : *Histoire romaine de Dion Cassius, traduite en français, avec des notes critiques, historiques,* etc., *et le texte en regard, collationné sur les meilleures éditions et sur les manuscrits,* par E. Gros (Paris, 1848, in-8 ; chez Firmin-Didot). J'ai cru qu'elles avaient encore quelque utilité, même après l'interruption de ce grand travail par la mort de l'auteur. D'abord un courageux helléniste, M. Val. Boissée, s'est dévoué avec désintéressement à continuer l'œuvre de M. Gros arrêtée au quatrième volume, et il en a déjà publié en 1861 un cinquième volume; puis l'autorité de Dion Cassius a été souvent invoquée dans des discussions récentes sur l'histoire romaine, particulièrement au sujet de la dernière campagne de César contre Vercingétorix [1]. Aussi lira-t-on peut-être avec quelque intérêt des observations qui servent à faire mieux connaître cet écrivain, soit dans les caractères généraux, soit dans le détail de son histoire. S'il m'est permis de le dire ici rapidement, sans pouvoir insister

---

[1] Voir surtout les deux écrits intitulés : *Alésia, septième campagne de Jules César,* par E. Desjardins (Paris, 1859, in-8); et *Lettre sur la valeur historique de Dion Cassius dans le récit de la conquête de la Gaule,* par C. Rossignol (Paris, 1860, in-8).

20

sur cette distinction, ce qui fait que les uns exaltent Dion
Cassius, tandis que les autres le rabaissent, c'est qu'on ne
distingue pas assez chez lui deux rôles très-différents. Là où
Dion témoigne de ce qu'il a vu ou de ce qu'il savait très-bien
par le maniement des affaires publiques, il est, en effet, un
témoin considérable, quoique son témoignage soit quelquefois
empreint de déclamation ; je ne m'étonne pas alors que les
inscriptions et les médailles confirment souvent son autorité. Mais, quand il raconte des faits anciens très-éloignés et
dont il n'a connaissance que par d'autres témoignages, alors
il est sujet à mainte erreur dans ses assertions et dans ses
jugements, sans parler des fautes de goût, qui défigurent
plusieurs parties de son histoire et surtout les harangues.
Par exemple, en ce qui concerne l'histoire de J. César et des
guerres faites en Gaule, où Dion n'était pas allé, je ne vois
pas qu'un narrateur éloigné de deux siècles des événements
qu'il raconte, et qui n'en a pas vu le théâtre, puisse être par
lui-même un garant digne de confiance. Avant de le croire,
rien ne nous dispense de chercher à quelles sources il a puisé
pour écrire son récit, et quelle critique il montre dans le
choix de ses autorités.

Dion Cassius écrit quelque part, racontant des jeux qui
furent célébrés à Rome sous le règne de Commode : « Ces
jeux durèrent quatorze jours ; l'empereur y figura comme
acteur. Nous tous, sénateurs, nous ne manquâmes pas d'y
assister avec les chevaliers. Le vieux Claudius Pompéianus
seul s'en dispensa. Il y envoya bien ses deux fils, mais il ne
vint jamais lui-même : il aima mieux être puni de son absence
par une mort violente que de voir le chef de l'empire, le fils
de Marc-Aurèle, se livrant à de pareils exercices. Ainsi que
nous en avions reçu l'ordre, nous faisions entendre diverses
acclamations et nous répétions sans cesse celle-ci : *Vous êtes
notre maître, à vous le premier rang! Vous êtes le plus heureux*

*des hommes! Vous êtes vainqueur! Vous le serez! De mémoire
d'homme, seul vous êtes vainqueur, ô Amazonius!* » Et un
peu plus loin : « L'empereur fit encore une chose qui semblait présager aux sénateurs une mort certaine. Après avoir
tué une autruche, il lui coupa la tête, et s'avança vers les
places où nous étions assis. Il tenait à la main gauche cette
tête, à la droite l'épée encore sanglante, et dont il tournait
la pointe vers nous. Il ne proféra pas une parole; mais,
secouant sa tête et ouvrant une large bouche, il faisait entendre qu'il nous traiterait comme l'autruche. Plusieurs
d'entre nous se mirent à rire; car sa menace produisit cet
effet, bien loin d'inspirer de l'effroi : l'empereur les aurait
tués à l'instant avec son épée, si je n'avais engagé ceux qui
étaient près de moi à détacher de leur couronne des feuilles
de laurier et à les mâcher, comme je mâchais les feuilles de
la mienne, afin que le mouvement continuel de notre bouche
l'empêchât d'avoir la preuve que nous avions ri[1]. »

L'écrivain qui a tracé cet étrange tableau était sans doute
honnête et sincère, sous un régime où le pouvoir ne sup-
portait guère dans ses ministres ou dans ses conseillers qu'un
rôle d'humilité servile.

Dion écrit ailleurs, après avoir raconté le dévouement de
Décius : « J'admire une si belle action. Mais comment la
mort de Décius rétablit-elle la fortune des armes romaines?
Comment triompha-t-elle des vainqueurs et donna-t-elle la
victoire aux vaincus? je ne saurais le comprendre. Quand je
passe en revue de tels exploits (et plusieurs historiens, nous
le savons, en ont déjà recueilli un grand nombre), je ne puis
refuser d'y croire; mais lorsque j'en examine les causes, je
tombe dans une grande perplexité. Comment admettre, en
effet, que, par un changement subit, la mort volontaire d'un
seul pût sauver tant d'hommes et leur assurer la victoire?

---

[1] Liv. LXXII, c. xxi, traduit par M. Gros, p. XIII. de son *Introduction*.

Je laisse à d'autres le soin de rechercher par quels moyens de tels événements ont pu s'accomplir[1]. » L'honnête homme que nous venons de voir était donc en même temps un esprit des plus médiocres. On ne trouverait ni dans Polybe, ni même dans Denys d'Halicarnasse un aveu d'impuissance aussi naïvement rédigé. Quand nous n'aurions que ces deux pages de Dion, elles autoriseraient de fâcheuses présomptions sur son talent et son génie ; or, tout ce qui nous reste de cet écrivain nous le montre tel que ces deux pages le laissent deviner. C'est partout un rhéteur qui a l'intention d'être véridique, mais qui se laisse entraîner jusque bien près du mensonge par la manie de l'hyperbole et, en général, des ornements oratoires. C'est un citoyen romain de race grecque, qui n'a ni l'exquise élégance des atticistes, ses modèles favoris, ni la haute gravité des historiens latins. Il entreprend, on ne sait pas bien pourquoi, une histoire complète de Rome après Denys d'Halicarnasse, après Appien, après Plutarque, lorsque peut-être la seule nouveauté utile pour des lecteurs grecs, c'eût été une belle traduction de Salluste, de Tite-Live et de Tacite dans la langue de Thucydide. Non moins ami du merveilleux que Denys, narrateur moins sobre qu'Appien, on ne voit pas qu'il ait conçu un plan d'histoire vraiment neuf, qu'il ait voulu, à cet égard, faire autrement ou mieux que ses devanciers. Il recommence une œuvre déjà épuisée par la diligence des siècles précédents ; sauf le récit de faits contemporains, on ne lit presque rien chez lui qui ne se lise ailleurs, ou qui n'ait dû se lire autrefois avec plus de développements chez des historiens d'une plus légitime autorité ; la différence n'est guère que dans la forme. On dirait souvent que Dion écrit pour écrire, pour occuper des loisirs de grand seigneur. Son style a beaucoup de ces mérites que l'éducation des écoles peut transmettre ; il en a peu d'autres, et la

---

[1] Fragm. 78 dans le même volume.

pensée ne rachète guère chez lui cette faiblesse du style.
Voilà pourquoi, sans doute, le nouvel éditeur a cru devoir
prouver méthodiquement l'utilité de la tâche qu'il vient
d'entreprendre. Un jugement sévère fut porté en France, il y
a quelques années, sur cet historien, dans un livre que cou-
ronna l'Académie des inscriptions et belles-lettres[1]. M. Gros
cite le livre avec toute sorte de bienveillance, mais il combat
plusieurs des reproches adressés par l'auteur à Dion Cassius.
Il ne voudrait pas, par exemple, que l'on tînt trop rigoureu-
sement compte à l'historien de l'exubérance de ces harangues
qui trop souvent envahissent, resserrent et défigurent la narration. Il trouve indigne de la critique de supputer des chapitres et de triompher sur des chiffres. La critique pourrait à
son tour répliquer par une autorité que M. Gros ne récu-
serait pas, celle de Denys d'Halicarnasse, qui, dans ses jugements sur les historiens, additionne plus d'une fois les *lignes*,
pour mesurer l'étendue et, sous ce rapport, la convenance
d'un morceau[2]; elle pourrait ajouter que, si l'un des premiers
devoirs de l'historien est de bien ordonner son histoire, si
l'un de ses premiers mérites est dans la juste proportion des
éléments qui la composent, il faut bien quelquefois mêler l'arithmétique à un examen littéraire. Mais à quoi bon
prolonger de tels débats? Au fond, M. Gros est de l'opinion
générale sur Dion Cassius ; il le laisse bien au-dessous des
grands historiens de la Grèce et de Rome. Il reconnaît tous
ses défauts, qui sont quelquefois énormes; mais, ce qu'un
autre ne se résigne pas toujours à faire, il les lui pardonne ;
indulgence d'éditeur qu'il ne faut pas confondre avec cette
complaisance aveugle tant reprochée aux Casaubon et aux
Saumaise pour les objets favoris de leur érudition. Tous
ces scrupules de M. Gros nous ont valu, en tête de sa pré-

[1] *Examen critique des historiens anciens de la vie et du règne d'Auguste.*
[2] Voir les passages de Denys rassemblés par M. Ritschl dans un appendice de sa Dissertation sur les Bibliothèques d'Alexandrie (p. 95, 96).

face, quelques pages de littérature écrites avec beaucoup
de soin et de goût : il faut l'en remercier et passer sans plus
long préambule à l'examen de son important travail.

Depuis Xénophon jusqu'à Hérodien, Josèphe est peut-être
le seul historien grec dont les ouvrages nous soient parvenus
à peu près intacts. Nous n'avons de Polybe, de Denys, de
Diodore, d'Appien, de Dion Cassius que quelques livres, avec
des fragments recueillis dans les compilateurs du moyen âge
ou dans les grammairiens. Une compilation surtout nous a
fourni le plus grand nombre d'extraits de ces auteurs; c'est
celle qui fut exécutée au dixième siècle par les ordres d'un
empereur grec, savant lui-même, mais à la manière un peu
puérile de ce temps. Les extraits y sont disposés par ordre de
matière, sous les titres *des Ambassades*, *des Vertus et des vices*,
des Harangues (ce dernier était un véritable *Conciones*,) etc.
Il s'agissait sans doute, pour les collaborateurs de Constantin,
non pas d'abréger avec proportion les longs récits de Diodore
ou d'Appien, mais d'y choisir les pages les plus brillantes ou
les plus instructives pour en composer une espèce de Morale
en action, moins étendue que n'eût été une collection complète des historiens eux-mêmes, mais bien considérable
encore, puisque les seuls débris qui nous en restent forment
plus de deux volumes de moyenne grosseur. Par suite de
cette disposition fâcheuse, beaucoup de fragments nous sont
parvenus sans les indices chronologiques qui permettraient
de les rapporter sûrement à une date précise. L'embarras s'est
accru par l'état déplorable de plusieurs manuscrits; on peut
dire même qu'il est sans remède pour toutes ces sentences
morales, plus ou moins développées, dont les écrivains
anciens aimaient à semer le tissu de leurs histoires, surtout
les harangues. Que l'on prenne, en effet, dans certaines éditions de Tacite, le recueil qu'on a fait de ces sortes de sentences, et qu'on essaye de les rapporter à telle ou telle page
des *Annales* ou des *Histoires*, on verra comment, dans ce

travail, l'art de l'historien aura étrangement déjoué les conjectures du lecteur. Enfin, il y a des fragments plus courts encore et cependant utiles pour l'appréciation du talent d'un écrivain, ce sont les citations où les grammairiens relèvent les mots ou les tournures propres à son style. Là, il est vraiment impossible d'établir un ordre rigoureux.

Depuis la renaissance des lettres, la diligence des éditeurs s'attache à grossir par des recherches nouvelles le recueil de ces fragments grands ou petits. Il en résulte que, depuis trois siècles, chaque édition de Denys ou de Dion Cassius a sur les précédentes, outre l'avantage d'une meilleure recension, celui d'un texte plus complet. Ainsi, entre les deux éditions que les Estienne donnèrent de Dion, et celle de Leunclavius, Orsini publia des morceaux inédits de cet historien. Ils furent compris dans celle de Leunclavius, en 1606, qui devint bientôt incomplète par la publication que fit Valois en 1634 de nouveaux fragments empruntés à un manuscrit de Peiresc, puis en 1675 et en 1724, par d'autres publications du même genre. En 1751-1752, Reimarus réunit toutes ces richesses dans une belle édition qui n'a pas perdu tout son prix, mais qui ne renferme plus aujourd'hui tout ce que l'on possède de Dion Cassius, car l'abbé Morelli a retrouvé en 1798 quelques pages inédites de Dion, et Sturz venait à peine de réimprimer le beau travail de Reimarus avec les additions nécessaires pour le mettre au niveau de la science moderne, que l'infatigable M. Angelo Mai a donné, en 1827, tout un volume de nouveaux fragments des historiens grecs, dans lequel Dion Cassius figure pour une bonne part; il a fallu pour ne rien laisser désirer aux acheteurs du travail de M. Sturz, réimprimer en un petit volume, qui fait maintenant le neuvième de son édition, les morceaux dus aux découvertes de M. Mai. Cette moisson dans les ruines est-elle maintenant épuisée? On peut le craindre, mais on n'osera pas l'affirmer, pour peu qu'on soit familier avec l'étude des

manuscrits. Heureusement, sans avoir à enrichir, si ce n'est
de quelques lignes, le recueil des fragments de Dion, il
restait au nouvel éditeur une intéressante et belle tâche.
C'était de coordonner les résultats des travaux antérieurs,
de conférer des manuscrits collationnés avec négligence, ou
demeurés inconnus aux éditeurs précédents; c'était enfin de
traduire Dion, on peut dire pour la première fois, car on ne
saurait tenir compte aujourd'hui de la traduction française
de Des Roziers, faite, en 1542, d'après une version italienne,
qui elle-même ne reproduisait que la partie alors connue du
texte de l'historien grec. M. Gros s'est imposé toute cette
tâche ; il y a même ajouté une étude consciencieuse des
textes de Xiphilin, abréviateur de Dion Cassius, et de Zonaras,
annaliste byzantin, souvent copiste servile de notre historien, tous deux par là fort utiles pour la correction de passages altérés dans les manuscrits de l'écrivain qu'ils ont suivi
de si près. Sa préface sera précieuse non-seulement aux
lecteurs de Dion Cassius, mais à tous ceux qui s'occupent de
la critique des anciens auteurs grecs. Elle contient une description minutieuse et complète des manuscrits collationnés
par M. Gros soit en Italie, où il a fait un voyage pour cet
objet, soit à Paris, où d'importantes communications lui ont
été adressées sur la demande et par l'entremise bienveillante de deux ministres dignes d'encourager de tels travaux,
M. Guizot et M. Villemain. On remarque surtout, parmi
les manuscrits signalés dans cette préface, celui de Tours,
qui remonte au dixième siècle et contient des extraits de
plus de dix historiens. Henri de Valois, qui les publia le
premier, et, depuis, M. Haenel, dans son Recueil des catalogues de manuscrits, n'avaient donné sur ce volume que
des notices imparfaites et souvent trompeuses. La longue
notice que M. Gros lui a consacrée (p. 57-84), laissera, je crois,
peu à désirer aux plus scrupuleux connaisseurs en matière
de paléographie.

Après l'*Introduction* commencent les fragments des trente-
six premiers livres de Dion Cassius, avec le français en
regard. C'est précisément la partie la plus difficile, et, il faut
l'avouer, la moins intéressante du vaste travail que M. Gros
a entrepris ; mais il n'y devait pas apporter, pour cela, moins
de courage, car il a, de tout temps, aimé les entreprises difficiles, même les entreprises ingrates. Son début (et il était
bien jeune alors) fut une traduction de la *Rhétorique* d'Aristote.
Quelques années après, il se donnait pour tâche de mettre
en français les œuvres critiques de Denys d'Halicarnasse,
tâche assurément fort délicate ; car, malgré le tour naturel
et simple de sa pensée, le rhéteur grec a des finesses de style
et des subtilités d'analyse qui exigent, pour être fidèlement
reproduites, beaucoup d'érudition et de sagacité ; d'ailleurs le
texte de ses mémoires littéraires est encore très-corrompu.
Comme si ce n'était point assez pour son zèle de s'être dévoué à populariser des textes jusque-là négligés, M. Gros,
après avoir fait dans l'histoire de la rhétorique chez les Grecs
une savante excursion[1], a voulu nous rendre, par une restitution laborieuse, l'ouvrage d'un rhéteur contemporain de Cicéron, de Philodème. J'ai montré ailleurs ce qu'il avait fallu
d'efforts pour amener à une forme seulement intelligible ces
débris extraits des papyrus d'Herculanum[2]. Auprès de la
Rhétorique de Philodème, les fragments des trente-cinq
premiers livres de Dion Cassius offrent sans doute des difficultés moins nombreuses et moins décourageantes. Toutefois, c'était encore une assez rude tâche de corriger et
d'expliquer plus de quatre cents fragments, pour la plupart
très-courts, provenant de sources très-diverses, et dont le
contenu embrasse une période de sept siècles Mais il était

---

[1] Thèse sur l'histoire de la Rhétorique chez les Grecs (Paris, 1835), reproduite plus tard avec de nouveaux développements en tête du travail sur
Philodème.

[2] *Journal de l'Instruction publique*, 24 avril et 28 juillet 1841.

impossible de faire connaître Dion Cassius au public français
sans comprendre dans la traduction ces débris, même informes, de la partie de son Histoire qui n'est pas parvenue jusqu'à
nous. Les fragments d'un livre d'histoire, comme ceux d'un
grand édifice, nous permettent de mesurer le terrain qu'il
occupait autrefois et d'en saisir les grandes divisions : ici, ils
nous montrent la hardiesse du plan conçu par ce sénateur
d'origine barbare, qui écrivit, dans un siècle si peu favorable
aux lettres, les annales de Rome depuis ses glorieuses origines jusqu'à son triste avilissement sous la tyrannie d'un
Commode ou d'un Caracalla ; et même, chose remarquable,
s'ils ne nous apprennent pas tout ce que nous voudrions sur
les événements auxquels ils se rapportent, ils laissent voir
néanmoins avec assez de netteté, outre les proportions du
récit de Dion Cassius, les caractères généraux de sa composition, les qualités, enfin, comme les défauts de son style.
Ainsi, à l'exemple de Denys d'Halicarnasse, Dion s'était
étendu avec complaisance sur les origines de la ville éternelle, sur les fables et les traditions héroïques qui entourent
l'histoire de ses premiers rois ; dans tout le cours de ce récit,
il citait et discutait très-rarement ses autorités, marquait rarement la date des faits ; mais, en revanche, il avait prodigué
les harangues et les portraits, selon la règle consacrée chez
les rhéteurs grecs. Dans ces divers morceaux, on reconnaît
ce que j'appellerais volontiers les recettes du genre, c'est à
dire certaines antithèses de mots plutôt que de pensées, certaines analyses en quelque sorte systématiques de sentiments
ou de situations ; des descriptions assez dramatiques, mais
où l'effort et la recherche se font trop sentir ; enfin, certaines
affectations d'atticisme où perce la corruption du beau langage hellénique. Tout cela donne aux deux premiers volumes de Dion un intérêt particulier pour l'histoire littéraire.
En effet, beaucoup d'annalistes grecs, et des plus célèbres,
ne nous sont aujourd'hui connus que par des extraits du

même genre ou de plus courts encore, et l'on pourrait craindre que de tels extraits ne nous autorisassent pas à porter un
jugement général sur ces écrivains. L'exemple de Dion Cassius
(et l'on y pourrait ajouter ceux de Polybe, de Diodore et de
Denys d'Halicarnasse) prouve qu'il n y a pas trop de té-
mérité à conclure de quelques pages à l'ensemble de leurs
livres : tel Dion se montre dans les fragments de ses trente-
cinq premiers livres, tel il se montre dans la partie de son
histoire qui nous est parvenue intacte. De même, on peut
bien le croire, les nombreux fragments qui nous restent de
Théopompe, d'Éphore, de Timée, nous donnent une idée assez
fidèle des caractères propres à chacun de ces écrivains, surtout en ce qui concerne le fond même de leur récit et les
principes de critique et de philosophie qui présidèrent à
leur travail. Cette observation est rassurante pour ceux qui
veulent suivre à travers les siècles le progrès et la décadence
de l'art historique dans l'antiquité ; car elle permet d étendre quelque peu un domaine qui serait fort restreint, s'il fallait le borner aux seuls auteurs dont nous possédons des
écrits complets. Si La Mothe Le Vayer écrivait aujourd'hui
ses *Jugements sur les anciens historiens*, il n'y comprendrait
pas seulement les Thucydide, les Xénophon et les Tite-Live ;
une collection des fragments d historiens perdus, comme celle
que vient d'achever M. C. Müller, lui offrirait encore bon
nombre d'auteurs dignes d'être appréciés; il en est plus d'un
auquel il pourrait restituer sa date, son rôle, sa part d'influence et d'honneur dans l'histoire d'un art où les Grecs
sont restés nos plus grands maîtres.

Pour revenir à Dion Cassius, on a vu de quelles sources diverses découlaient la plupart de ces fragments; plusieurs ne
reproduisent que le sens du texte original et laissent voir, dans
le style même, la main de l'abréviateur; plusieurs commencent
ou finissent au milieu d'une phrase; il faut beaucoup de patience
pour résister à la tentation de les compléter. Par malheur, Dion

Cassius ne récompense pas toujours, en pareil cas, tous les efforts qu'il coûte. Comme je le disais plus haut, son témoignage, sur les premiers siècles de Rome, nous apprend peu de faits que nous ne connaissions déjà par Tite-Live ou par Denys d'Halicarnasse. Il se vante, au commencement de son histoire, d'avoir lu presque tout ce qu'on avait écrit avant lui sur le même sujet. A cet égard, nous ne saurions guère le contredire pertinemment aujourd'hui ; mais, de deux choses l'une, ou il n'avait pas, en réalité, toute l'érudition qu'il annonce, ou, ce qui est plus vraisemblable chez un auteur de bonne foi, il n'a pas su en tirer tout le parti qu'on attendrait d'un historien venant après tant d'autres, éclairé par tant de discussions et de controverses sur les origines, souvent obscures, de sa patrie adoptive. Que trouve-t-on dans les deux cent vingt fragments qui forment le premier volume de M. Gros? Quelques traditions relatives aux anciens habitants de l'Italie; des récits fort curieusement travaillés, comme ceux du dévouement des Sabines, de la mort de Lucrèce ; des discours imités de Thucydide avec plus ou moins de bonheur, des portraits ou des descriptions de caractères d'une élégance ordinairement trop savante; des sentences qu'on se souvient d'avoir déjà lues dans Thucydide ou dans Denys ; peu ou point de ces traits qui marquent une critique originale ou une imagination éloquente. Pyrrhus, par exemple, dit aux ambassadeurs de Rome, venus pour traiter du rachat des captifs : « Jusqu'à présent, Romains, je ne vous ai pas fait volontiers la guerre ; je ne vous la ferai pas volontiers aujourd'hui. J'attache le plus grand prix à devenir votre ami : pour mériter ce titre, je vous rends vos prisonniers sans rançon, et je veux faire la paix. » (Fragm. 127.) Les paroles que prête à ce roi Denys d'Halicarnasse ont quelque chose de plus net et de plus militaire, si je puis m'exprimer ainsi : « Romains, vous me faites pitié de ne pas vouloir de moi pour ami, et de réclamer vos captifs pour les ramener ensuite contre moi.

Mais si vous voulez, prendre le meilleur parti et consulter nos véritables intérêts, concluez une trêve avec moi et avec mes alliés, puis reprenez sans rançon vos concitoyens et vos propres alliés. Autrement, je ne saurais vous abandonner tant de braves gens. » Mais écoutons ce que disait Pyrrhus chez un vieux poëte romain :

Nec mi aurum posco, nec mi pretium dederitis ;
Nec cauponantes bellum, sed belligerantes,
Ferro non auro vitam cernamus utrique.
Vosne velit an me regnare, hera quidve ferat Fors,
Virtute experiamur ; et hoc simul accipe dictum :
Quorum virtuti belli fortuna pepercit,
Eorumdem me libertati parcere certum est.
Dono, ducite, doque volentibus cum magnis Dis [1].

S'il est permis à l'historien de recomposer les discours que ne lui a pas transmis une tradition authentique, lequel des trois, je le demande ici, a mieux rendu la vérité de ce caractère héroïque et aventureux que l'antiquité attribue au roi d'Épire ? Il serait étrange que ce fût le poëte annaliste Ennius. Denys et Dion ne l'avaient donc pas lu, ou, s'ils l'avaient sous les yeux, leur goût les a mal conseillés en leur suggérant d'inventer une seconde fois ce que déjà les vers du vieil annaliste exprimaient avec une si véridique énergie. Tout cet épisode de l'histoire romaine est froidement reproduit dans Dion Cassius, et Plutarque en diffère moins encore par des détails d'une certaine importance que par la vivacité naïve des peintures. Je crains presque de paraître prévenu, engagé contre Dion ; mais voici, dans les vers mêmes d'Ennius, (si la leçon du texte ne me trompe pas) un trait, que je rapproche involontairement de quelques lignes de l'historien grec, et c'est encore au désavantage de ce dernier :

Vosne velit an me regnare, *hera* quidve ferat *Fors*.

Hera Fors, en deux mots, la fortune maîtresse, toute-puis-

---

[1] Ennius, cité par Cicéron, *de Officiis*, I. 12.

sante; Dion dit longuement, à propos d'une défaite des Samnites : « Ainsi, en très-peu de temps, la fortune fut également
contraire aux deux peuples : elle infligea aux Samnites, par
la main de l'armée déshonorée, la honte qu'ils lui avait in-
fligée eux-mêmes, et *montra par ces vicissitudes sa suprême
puissance.* » (Fragm. 91.) Combien s'affaiblit sous la plume
des rhéteurs grecs cette rude et noble empreinte du génie
romain !

Il y a pourtant çà et là quelques nobles pensées, quelques
faits nouveaux à recueillir dans ces fragments si mutilés, si
décousus. Comme introduction aux livres suivants, qui sont
mieux conservés, ces fragments servent d'ailleurs à excuser
bien des faiblesses d'exécution, en nous faisant mesurer l'é-
tendue de la tâche que s'était donnée l'auteur. Enfin, quelque jugement que l'on en porte, Dion reste un personnage
considérable dans l'histoire littéraire. Il est souvent cité par
les anciens et comme écrivain atticiste et comme garant des
faits, soit antérieurs à l'époque où il écrit, soit contemporains Avec tous ses défauts, son grand ouvrage est un des
principaux monuments de l'histoire romaine, et il mérite
encore une restauration aussi complète qu'elle est permise à
la critique.

Le travail entrepris à cet effet par M Gros témoigne d'un
esprit convaincu et constamment encouragé par la dignité
même de sa tâche Soit dans ses notes critiques placées au
bas des pages et qui ont pour objet de constituer le texte par
la discussion des variantes, soit dans son commentaire historique placé à la fin du volume, tout est clair, abondant, d'une
utilité immédiate pour la connaissance des faits. On sent
partout le philologue préparant des matériaux pour les historiens ; nous qui n'avons, en étudiant le volume de M. Gros,
que le profit d'une lecture intéressante et facile, nous savons ce que coûtent de tels travaux, même pour obtenir un
résultat médiocre ; aussi nous ne relèverons que fort discré-

tement et par scrupule de conscience certaines fautes que
nous y avons remarquées.

D'abord, il nous semble que des sentences détachées,
comme celles qui forment les fragments 11, 93, 114 et d'autres semblables, devraient être réunies en une seule classe,
avant ou plutôt après les morceaux auxquels on peut assigner
une date précise. « Pour certains hommes les positions critiques sont moins dangereuses que la prospérité. — Ceux qui
se vengent n'arrivent jamais à une satisfaction complète, à
cause du mal qu'ils ont d'abord souffert ; et ceux qui rede-
mandent à un homme plus puissant qu'eux ce qu'il leur a
ravi, bien loin de l'obtenir, perdent souvent même ce qui
leur restait encore. » On sent que de telles maximes se prêtent à tant d'applications, qu'il est impossible de deviner en
quelles circonstances de l'histoire romaine Dion les avait
écrites sous son propre nom ou dans quelque discours prêté
à l'un de ses personnages. Le fragment 71 est ainsi conçu :
« Dion dit (c'est la formule de l'abréviateur) : Quoique je ne
fasse pas ordinairement usage de digressions, j'ai parlé de
lui en indiquant l'olympiade ; l'époque de son arrivée en
Italie, généralement peu connue, deviendra par là plus certaine. » M. Angelo Mai, qui, le premier, a publié ces lignes,
proposait de les rapporter, soit à Alexandre, roi d'Epire, soit
à Denys le Jeune, tyran de Syracuse, expulsé par Dion ;
M. Gros penche vers cette dernière conjecture par la raison
que *Dion n'aura pas été fâché de consigner dans son histoire,
sous forme de digression, un fait relatif à un de ses homonymes.*
La raison est ingénieuse sans doute, mais suffit elle pour
attribuer une place certaine au fragment en question [1] ?

<hr />

[1] M. Gros se montre plus réservé au sujet de deux remarques historiques, placées dans le manuscrit de M. A. Mai après le septième fragment ;
il n'ose pas leur assigner une date. Mais si ces fragments sont, en réalité,
de Dion Cassius, pourquoi les avoir relégués dans une note sans les traduire
(p. 11) ?

Voici deux ou trois fragments qui portent des indications chronologiques plus saisissables, et dont M. Gros n'a pas, selon nous, déterminé la place avec exactitude. Le neuvième, où Dion se justifie d'une digression relative aux Thyrrhéniens, se trouve mal placé au milieu des aventures de Romulus et de Rémus ; il appartient plutôt, soit au préambule de l'auteur sur les populations primitives de l'Italie, soit au livre où Dion commençait le récit des hostilités entre les Romains et les Étrusques. Un alinéa du seizième fragment semble avoir fait partie de la préface générale, ou au moins de quelque préface placée en tête d'un des livres suivants; dans ce dernier cas, il faudrait le ranger parmi les morceaux dont la place est incertaine. « Je m'applique, dit l'historien, à écrire toutes les actions mémorables des Romains en temps de paix et en temps de guerre, de telle manière qu'eux et les autres peuples n'aient à regretter l'absence d'aucun fait important. » On conçoit difficilement que ces lignes fussent jetées au milieu d'un récit. Au reste, les trois phrases dont ce fragment se compose auraient peut-être dû former autant de fragments séparés.

Parmi ceux qui se rapportent à la guerre avec Pyrrhus, le cent vingt et unième est évidemment un résumé écrit de la main de quelque abréviateur, puisqu'on y trouve indiquée en une ligne la réponse de Pyrrhus au sujet des captifs romains, réponse que nous avons reproduite et jugée plus haut d'après le fragment cent vingt-huitième. Le cent vingt-deuxième nous semblerait mieux placé vers le cent dix-septième ; car on y parle de la surprise qu'éprouvèrent les Romains à la vue des éléphants, ce qui eut lieu lors de la première bataille, au témoignage de Plutarque et de Tite-Live (Epitome du livre XIII), et le fragment 117 rapporte précisément un incident de cette bataille.

Quant à la traduction, je ne lui reprocherais pas d'être obscure en certains passages où tous les efforts de l'éditeur ne pouvaient triompher d'un texte altéré sans ressource. Mais quelques traits de l'original pourraient être rendus avec plus de vigueur ou de justesse. Par exemple, quand Pyrrhus, après sa victoire sur les Romains, admirant le courage de ses ennemis vaincus, dit qu'avec de tels soldats il aurait déjà vaincu l'univers, Dion termine ainsi cette belle parole : Εἰ Ῥωμαίων ἐβασίλευον. « Si j'étais *leur* roi, » dit le traducteur. Évidemment il fallait nommer ici les *Romains*, comme dans le grec ; Pyrrhus les oppose à ses Tarentins et à ses Épirotes. Lorsque Lucrèce déclare *à son père et à son mari* le crime de Sextus (fragm. 26) : « Mon père, dit-elle (je rougirais bien plus de *m'ouvrir* à mon époux qu'à toi), cette nuit n'a pas été heureuse pour ta fille. » Elle *s'ouvre* aussi bien à son époux qu'à son père ; elle les a convoqués pour cela ; mais elle *s'adresse* à son père seul, par une pudeur délicate qui, d'ailleurs, est peut-être moins un trait historique qu'un raffinement ingénieux du narrateur. Au soixante-deuxième fragment, p. 119, je vois que Camille, ayant fait bannir Fébruarius, « rendit le mois *auquel Fébruarius a donné son nom* (τὸν ἐπώνυμον αὐτῷ) plus court que les autres. » On croirait que le second mois de l'année romaine devait son nom au citoyen ennemi de Camille ; c'est une distraction échappée au traducteur, qui a lui-même exposé quelque part, dans son Commentaire, l'histoire du vieux calendrier romain. Ἐπώνυμος ne marque ici que la ressemblance étymologique des deux noms.

Au soixante-cinquième fragment on lit : « Le fils du consul Manlius, dans un combat singulier contre le Latin Pontius, terrassa son adversaire. Son père lui décerna une couronne pour prix de sa victoire ; mais il lui trancha la tête d'un coup de hache pour avoir transgressé ses ordres. » En y réfléchissant, et en relisant la note qu'il a écrite sur ce passage même, M. Gros n'eût pas hésité à traduire ἐπελέκισεν par *il lui fit trancher la tête*. Le témoignage des autres historiens et toutes les vraisemblances confirment cette interprétation, d'après laquelle l'héroïsme de Manlius est encore assez barbare.

Lorsque Dion explique dans sa langue des termes de la langue latine, M. Gros conserve d'ordinaire les mots grecs dans sa traduction (voir p. 19, 75, 135); ne vaudrait-il pas mieux reléguer le mot grec dans une note et le traduire dans le texte français? Cela serait plus conforme à l'intention de Dion, qui veut évidemment rendre intelligibles pour ses lecteurs des mots d'une langue étrangère. Il est vrai que souvent le nom des magistratures romaines ayant passé dans notre langue, la traduction offrirait une véritable tautologie, comme, par exemple, dans le trente-troisième fragment où Dion explique le titre de *dictator* par εἰσηγητής, qu'il faut rendre en français par *dictateur*, à moins d'employer une périphrase. Qui sait, du reste, si, dans ce dernier passage, la leçon du manuscrit n'est pas fautive? Aucun autre écrivain grec, parlant des magistratures romaines, n'a donné du mot *dictator* ce singulier équivalent. Dion lui-même se contente ordinairement de le transcrire en lettres grecques; il en dérive même le verbe δικτατωρεύω. Quant à εἰσηγητής (ou plutôt ἐσηγητής, selon l'orthographe attique), je n'en trouve chez lui qu'un seul exemple (XLVI, 28), où ce mot offre un sens tout différent[1].

Le second volume, dont nous allons maintenant parler, achève la première série des fragments : il en comprend cent vingt, qui s'étendent depuis l'an de Rome 545 jusqu'à l'an 687, sans compter deux Appendices renfermant, l'un, quelques pages publiées en 1839, à Paris, par M. F. Haase, d'après un manuscrit de notre bibliothèque nationale, pages très-mutilées et que M. Gros hésite avec raison à mettre sous le nom de Dion Cassius; l'autre, les fragments,

---

[1] Voir là-dessus le livre fort utile de Wannowski : *Antiquitates romanæ e græcis fontibus explicatæ* (Kœnigsberg, 1846, in-8).

d'un caractère tout grammatical, conservés par les lexicographes.

Les morceaux les plus remarquables de cette série sont : une peinture assez étendue des proscriptions de Sylla et plusieurs scènes de la guerre des Romains avec Mithridate et Tigrane, qui faisaient notoirement partie du trente-sixième livre de Dion [1]; on pourrait signaler ensuite quelques récits qui se rapportent aux guerres puniques, des portraits de Scipion et des Gracques, etc. Mais, en général, la curiosité est plus souvent éveillée que satisfaite par ces menus fragments qu'il faut rattacher, pour les comprendre, à un texte de Polybe, de Tite-Live, de Plutarque ou d'Appien. Quelques uns même portent des traces d'altérations évidentes et irremédiables : ce ne sont pas seulement des extraits, mais des résumés, où il est impossible de reconnaître la main de l'auteur original.

Ainsi, le numéro 325 est conçu en ces termes : « Sylla et Marius avaient excité des troubles et opprimé la République. Après la mort de Marius, Sylla poursuivit ses adversaires avec tant d'acharnement, que cette mort parut changer la tyrannie plutôt que la détruire. Il déploya contre eux une cruauté excessive, et finit par faire périr la plupart de ceux qui possédaient des richesses ou des terres, afin de les donner à ses amis. Aussi [2] Quintus, citoyen d'une naissance illustre, d'un caractère doux et modéré, qui ne s'était jamais déclaré pour aucun parti, s'écria, dit-on, en se voyant, contre toute attente, sur la liste des proscrits : Malheureux que je suis !

---

[1] Voir l'*Avertissement* en tête de ce second volume, p. VIII et suiv.

[2] Λέγεται γοῦν Κόιντον ἄνδρα ἐπιφανῆ, etc., dit le grec. Ne serait-il pas plus juste de traduire ce γοῦν dans le sens, qu'il a souvent, de *par exemple?* M. Gros avait peut-être écrit *ainsi*. *Aussi* ne serait alors qu'une des fautes typographiques, d'ailleurs très-rares, que nous avons remarquées dans un volume dont l'exécution offrait, à cet égard, beaucoup de difficultés.

mon domaine d'Albe me poursuit[1]. » C'est là évidemment le
style d'un abréviateur; on le reconnaîtrait sans peine en
comparant ces lignes aux fragments qui les précèdent et qui
font évidemment partie d'un morceau très-développé sur toute
l'histoire de Marius et de Sylla. En effet, comme le remarque
M. Gros dans sa note, ce fragment, publié comme inédit par
M. A. Mai, d'après un manuscrit du Vatican, se retrouve
presque en toutes lettres parmi les Extraits du chroniqueur
Jean d'Antioche, dans l'ancienne collection d'H. de Valois,
connue sous le nom d'*Excerpta Peiresciana*. L'éditeur italien
s'est trop hâté de le ranger parmi les débris des Histoires de
Dion Cassius, et, sans précisément l'exclure, M. Gros a bien
fait de le marquer d'un astérisque, comme il en a marqué
seize autres fragments, relatifs à Sylla, et tellement conformes
aux textes correspondants de Plutarque, qu'il faut bien y voir
ou des emprunts faits par Dion au biographe de Sylla, ou des
emprunts faits par l'un et l'autre historien à la même source,
c'est-à-dire aux *Mémoires* du célèbre dictateur. Ces conjectures, très-hardies en apparence, sont fort excusables si l'on
songe par combien de voies, toutes indirectes, nous parviennent la plupart de ces pages des anciens annalistes. Le
grand recueil de Constantin Porphyrogénète, auquel nous les
devons presque toutes, était rédigé par ordre de matières ; il
formait environ cinquante chapitres[2], dans chacun desquels
se trouvaient, quelquefois à côté l'une de l'autre, plusieurs
relations du même fait, et ces relations diverses ne sont pas
toujours attribuées exactement à leur auteur. Ajoutez que
plusieurs des manuscrits qui nous les ont conservées sont
des *palimpsestes*, c'est-à-dire que l'écriture de l'ancien com-

---

[1] Διώκει, que M. Mai traduit par le latin *perdit,* ajoutant à la force du mot
grec ce que lui ôte le mot français *poursuit.* Mais avions-nous un mot
unique pour rendre l'idée *poursuivre en justice* qu'exprime le mot grec?

[2] Voir Fabricius, *Bibl. gr* , t VIII, p 7 et suiv , édit Harles?

pilateur ou des anciens copistes de sa compilation a été
d'abord effacée tant bien que mal, puis recouverte d'une
autre écriture ; que, pour approprier le parchemin à son nouvel usage, on l'a souvent plié dans un autre sens; qu'on en
a ainsi amoindri le format ; que les chiffres de pagination ont
disparu par l'effet du temps ou par des opérations de reliure;
enfin, que des cahiers entiers du manuscrit original ont
quelquefois été détruits ou distraits de leur place primitive,
et l'on aura une idée du travail que s'impose aujourd'hui
l'éditeur de pareils fragments. Quand on a fait revivre la
vieille écriture au moyen des réactifs, et qu'on l'a déchiffrée,
on n'est qu'à la moitié du chemin : et cette partie seule du
travail n'offre une entière garantie d'exactitude qu'après
qu'on l'a plusieurs fois renouvelée. M. A. Maï, auquel ses
belles découvertes, ses laborieux déchiffrements, ses traductions souvent improvisées avec tant de bonheur sur des textes
qui sortaient à peine de leur nuit séculaire, ont fait un nom
immortel dans l'histoire des lettres classiques , M. A. Maï
lui-même n'a pas toujours réussi du premier coup, et il a
ainsi trompé, sans le vouloir, ceux qui l'ont cru trop vite sur
parole. On connaît, par exemple, ces nouveaux extraits du
douzième livre de Polybe, si pleins d'attaques contre l'historien Timée et de citations piquantes de ses ouvrages. Une fois
livrés au public par M. Maï, ils ont trouvé d'habiles correc-
teurs, M. Geel, M. Lucht, l'éditeur de Polybe, dans la Bibliothèque grecque de Didot. Malgré tant d'efforts, on a pu
voir récemment, en France, combien ils offraient encore
de difficulté dans l'estimable traduction que M. Bouchot
nous a donnée de Polybe. Mais voici qu'en 1846 un philologue allemand, M. Th. Heyse, s'est avisé d'une nouvelle
collation du manuscrit original, et l'on ne saurait dire quelle
riche moisson il y a recueillie de leçons qui corrigent et
complètent ces nouveaux textes de Polybe. Par malheur,
le livre de M. Heyse a passé le Rhin un peu trop tard, et

M. Bouchot aura le regret de ne pouvoir corriger cette partie de son travail que dans une seconde édition.

Le traducteur de Dion Cassius n'a pas pu faire, pour tous les manuscrits de son auteur, ce que M. Heyse faisait naguère pour celui de Polybe[1]. Chaque fois du moins qu'il a eu les manuscrits à sa disposition, soit en France, soit à l'étranger, dans un voyage entrepris à cet effet, il les a collationnés avec conscience, et il en a souvent tiré d'utiles corrections.

Par exemple, dans le fragment 290, publiés par H. de Valois, quelques mots grecs manquaient au texte, que cependant l'éditeur semblait avoir traduits dans sa version latine ; M. Gros les a restitués d'après le manuscrit même sur lequel travaillait H. de Valois. Dans le fragment 318, à propos de Pompée, H. de Valois lisait : Ἀλλ' ὥσπερ που καὶ ἡ ἐπίκλησις αὐτοῦ προσετέθη μέγας ηὐξήθη, ce qui embarrassait fort Reimarus et Sturz. M. Gros a lu dans le manuscrit αὐτῷ pour αὐτοῦ, ce qui, en plaçant une virgule après ἀλλὰ et une autre après προσετέθη, conduit à un sens fort raisonnable : « Bien loin de là, sa gloire prit un grand accroissement, comme l'atteste le surnom (*Magnus*) qui lui fut décerné. » — Dans le second Appendice, p. 285, en relisant le palimpseste de Paris, M. Gros a retrouvé une ligne qui avait échappé à l'attention de M. Haase.

Quelquefois c'est le texte de Plutarque qui sert à rétablir celui de Dion, comme dans le fragment 301 ; plus souvent encore, comme dans le fragment 219, c'est le texte de Zonaras ou de quelque autre chroniqueur byzantin. Ces compilateurs, en effet, ayant l'habitude de suivre de très-près les auteurs qu'ils abrégent, on retrouve çà et là chez eux de quoi remédier aux mutilations que l'historien original a souffertes de la main des copistes. Enfin, si tous ces secours lui manquent, un éditeur peut et doit recourir aux conjectures.

---

[1] Voir l'*Introduction* au premier volume, p. XLIII-XLIV.

Nous citerons aussi quelques exemples de ces cas désespérés.

Fragm. 229 : « Le fils de Scipion l'Africain, au moment où il s'éloignait des côtes de la Grèce, fut pris *par Antiochus*, qui lui témoigna de grands égards, etc. » Au lieu du mot *Antiochus*, le texte de l'abréviateur portait : *Séleucus, fils d'Antiochus*, contrairement à l'autorité unanime de Polybe, de Diodore, d'Appien et de Tite-Live. M. Gros n'a pas hésité à rétablir une leçon appuyée par tant de témoignages et surtout par celui de Polybe, écrivain contemporain de l'événement en question. Dans le deuxième Appendice, p. 279, parmi les prodiges qui signalèrent le consulat de Lucîus Véturius et de Cæcilus Métellus, il s'en trouve un dont la description est à moitié effacée dans le manuscrit unique où M. Haase a découvert et déchiffré ce fragment. M. Haase n'avait lu que : Καὶ σμῆνος ὑ....ετιον ὤφθη. D'après M. Gros, la trace des lettres ὑ...ετ est imperceptible sur le manuscrit ; une fois débarrassée de ces lettres, plus gênantes qu'utiles, il propose de lire : Καὶ σμῆνος [περί τι προσκήν]ιον ὤφθη, « on avait vu un essaim d'abeilles sur l'avant-scène d'un théâtre ; » ce qu'il confirme fort à propos par le passage suivant de Cicéron [1] : « *Si examen apum ludis in scenam venisset, aruspices acciendos ex Etruria putaremus.* » Nous pourrions multiplier ces preuves d'une critique attentive à signaler l'erreur et souvent heureuse à la corriger.

Ce n'est pas à dire que le texte de Dion Cassius ne laisse encore beaucoup à désirer, même après la recension de M. Gros, que tous les fragments de ses trente-cinq premiers livres soient rangés dans un ordre irréprochable, que tous les faits dont il est pour nous le seul témoin soient nettement distingués de ceux qui nous sont attestés par d'autres auteurs, surtout par des auteurs plus anciens. Sans avoir pu approfondir, à ces divers points de vue, les questions soulevées par des frag-

---

[1] *De Aruspicum responsis*, c. XII.

ments qui embrassent une si longue période de l'histoire romaine, nous croyons cependant que M. Gros ne les épuise pas toutes, et qu'en revenant sur ses pas, on trouvera souvent occasion de limer et de polir encore.

Revenons, par exemple, à l'histoire de Sylla, fragm. 320 : « Sylla vainquit les Samnites : couvert de gloire jusqu'à ce jour, la renommée de ses exploits et la sagesse de ses résolutions, son humanité, sa piété envers les dieux l'élevaient bien au-dessus de tous les Romains. Chacun reconnaissait que son mérite lui avait donné la fortune pour auxiliaire ; mais, après cette victoire, il s'opéra chez lui un tel changement, qu'on ne saurait dire s'il faut attribuer au même homme les actions qui la précédèrent et celles qui la suivirent : tant il est vrai, à mon avis, qu'il ne put supporter son bonheur ! Il se permit ce qu'il avait reproché aux autres pendant qu'il était faible ; il alla même plus loin et fit des actions plus barbares. Sans doute il avait toujours eu le désir de les commettre ; mais ce désir se révéla dès que Sylla fut puissant : *aussi plusieurs pensèrent-ils que le pouvoir suprême fut la principale cause de sa méchanceté.* » Si l'on compare le texte avec cette traduction, on regrettera d'abord que le traducteur se soit écarté ici de sa méthode habituelle, et qu'en morcelant les phrases il ait ôté, à la période de Dion, quelque chose de cette amplitude, un peu embarrassée, où l'on reconnaît l'imitateur de Thucydide. Mais c'est à la dernière phrase surtout qu'on rencontrera une grave difficulté : Ἀφ' οὗπερ καὶ τὰ μάλιστα ἔδοξέ τισιν ἡ κακοπραγία μέρος οὐκ ἐλάχιστον ἔχειν. Conjecturant qu'il y avait là une lacune, Reiske proposait d'ajouter après ἐλάχιστον les mots εἰς ἀρετῆς δόξαν, ou bien εἰς εὐδαιμονίαν, de manière à obtenir le sens suivant : *ce qui, plus que toute autre chose, donna lieu de penser que l'adversité a une grande part dans la vertu des hommes, ou dans le bonheur des hommes.* M. Gros trouve la conjecture de Reiske « trop hardie et trop éloignée de la pensée de l'auteur. » Oui, sans doute, s'il veut parler de la seconde conjecture εἰς εὐδαιμονίαν, qui forme d'ailleurs une sorte de tautologie. Mais εἰς ἀρετῆς δόξαν n'est-il pas, au contraire, tout à fait conforme à l'ensemble de l'observation que consigne ici l'historien moraliste, et qu'on peut résumer en ces termes : « Pauvre, Sylla fut vertueux malgré lui ; puissant, on vit éclater son méchant caractère : cela prouve que l'adversité ne contribue pas peu à nous faire paraître vertueux, » ou si l'on lisait simplement εἰς ἀρετὴν : « à nous rendre vertueux. » Pour échapper à la nécessité d'insérer un ou deux mots dans le texte, M. Gros traduit κακοπραγία dans le sens, assez rare d'ailleurs chez les anciens, de *méchanceté ;* mais il se fait, je crois, illusion sur l'efficacité de ce remède. Au moins y a-t-il dans sa version française deux mots qui manquent dans le grec. Le texte du manuscrit ne donnerait rien de plus que ceci : « *ce qui, plus que toute autre chose, donna lieu de penser que la méchanceté a une grande part.....* » Ce n'est donc pas une ellipse, mais une véritable lacune qu'il s'agit de combler; et Reiske, ce me semble, n'y avait pas mal réussi dans sa première conjecture.

A propos des guerres de Mithridate, Dion parlait des *curiosités* de la Cappadoce : « Comana..... passait pour avoir eu jusqu'à ce jour, en sa possession, la statue de Diane de Tauride et *la famille d'Agamemnon.* Comment y vinrent-elles, comment y sont-elles restées? c'est ce qu'il m'a été impossible de découvrir clairement, au milieu de mille traditions diverses : je rapporterai donc ce que je sais avec certitude. Il y a en Cappadoce deux villes de ce nom, peu éloignées l'une de l'autre, et qui se vantent de posséder les mêmes antiquités. On y raconte les même fables, on y montre les mêmes objets, et chacune prétend avoir le glaive qui a appartenu à Iphigénie. » (Fragment du livre XXXVI, § 11.) On voit par là que la vénération pour les reliques remonte bien haut et qu'elle n'a jamais été bien clairvoyante. Mais parmi ces reliques qu'on admirait à Comana, que peut donc être *la fa-*

mille d'Agamemnon, τὸ γένος τὸ Ἀγαμεμνόνειον? rien, peut-
être, qu'une faute de copiste. La fin du morceau semble
autoriser à lire ξίφος au lieu de γένος, mais, en paléographie,
ce changement paraîtra difficile. J'hésiterais, pour la même
raison, à lire κράνος, *casque*. Τέννος, au contraire, ou τέννος,
mot mentionné par Hésychius comme signifiant « une couronne d'olivier liée par un fil de laine [1], » donnerait un sens
raisonnable, et se justifierait d'ailleurs par de bonnes raisons
paléographiques. Le τ et le γ se confondent souvent et facilement dans les manuscrits, surtout dans les plus anciens [2].

[1] Τέννος· στέφανος ἐλάινος ἐρίῳ πεπλεγμένος. On trouve aussi dans le
même lexique la glose : Τέμματα· στεφανώματα. Quant au genre du mot
τέννος, la glose unique d'Hésychius nous laisse incertain, et c'est arbitrairement que le Lexique d'H. Etienne attribue à ce mot le genre masculin.
Nous étions donc libre de préférer le genre neutre qui s'accommode avec
notre conjecture dans le texte de Dion.

[2] Bast, *Comment. palæogr.*, p. 710, 716, 755, 853. Au reste, la recension
nouvelle de Dion Cassius, publiée récemment par M. Imm. Bekker (Leipzig,
1848-1849), et que M. Gros, par conséquent, n'a pu consulter pour ses
deux premiers volumes, ne fournit aucun secours sur ce passage, ni sur
celui que j'ai précédemment examiné.

XIV

CONSIDÉRATIONS SUR L'HISTOIRE DE L'ESCLAVAGE

DANS L'ANTIQUITÉ [1].

———

En 1837, l'Académie des sciences morales et politiques avait mis au concours cette double question :

1° Par quelles causes l'esclavage ancien a-t-il été aboli?

2° A quelle époque cet esclavage ayant entièrement cessé dans l'Europe occidentale, n'est-il resté que la servitude de la glèbe?

Le prix fut décerné, en 1839, au Mémoire présenté par MM. Jean Yanoski et Henri Wallon, tous deux anciens élèves de l'Ecole normale. Le sujet, comprenant deux époques, se prêtait à la division, et ainsi, dans cette œuvre commune, la part de chacun des auteurs put être primitivement distincte. Chacune de ces deux parties est devenue l'origine d'un nouveau travail, tout aussi indépendant, qui comprend non plus seulement le fait de la transformation, mais l'histoire entière de l'esclavage sous sa double forme. L'ouvrage de M. Yanoski n'a vu le jour qu'après la mort prématurée de

———

[1] Publiées dans le *Journal des Savants* de 1848, comme examen du livre intitulé : *Histoire de l'esclavage dans l'antiquité*, par M. Wallon, Paris, imprimerie royale, 1847. 3 vol. in-8, avec une Introduction imprimée a part sous ce titre : *De l'Esclavage dans les colonies*. L'auteur prépare aujourd'hui une seconde édition de son livre, dont la première édition est épuisée.

son regrettable auteur [1]; M. Wallon publiait en 1847, l'*Histoire de l'esclavage dans l'antiquité* [2].

L'esclavage tient tant de place dans la civilisation ancienne, qu'il est impossible d'étudier la Grèce ou Rome sans donner une attention particulière à ce chapitre de leur histoire. On comprend donc que, dès la renaissance des lettres, il ait paru plusieurs ouvrages sur les esclaves dans l'antiquité, et que, depuis ce temps, le nombre des traités sur le même sujet se soit considérablement accru. Mais l'impulsion donnée par la philosophie du dix-huitième siècle et par la révolution de 89 aux idées de liberté et d'affranchissement, jusque-là contenues ou contredites par tous les pouvoirs publics [3], la lutte ardente des intérêts coloniaux contre cette généreuse initiative de l'esprit français, l'affranchissement définitif des esclaves dans les colonies de la Grande-Bretagne, l'espèce de défi jeté par un tel acte à la timide lenteur de notre politique, toutes ces circonstances réunies ont donné à la question de l'esclavage dans l'antiquité une nouvelle et presque solennelle importance. « Cette matière, disait un peu froidement, en 1767, l'académicien Burigny, n'a pas encore été traitée dans nos Mémoires, et *comme elle intéresse l'humanité*, elle ne peut déplaire à la Compagnie [4]. » Vers le même temps, l'auteur [5] d'un savant ouvrage *sur le Droit public ou gouvernement des colonies fran-*

---

[1] *De l'Abolition de l'esclavage ancien au moyen âge et de sa transformation en servitude de la glèbe*, Paris, 1860, in-8.

[2] Au même concours, M. Ed. Biot obtenait une médaille d'or pour son mémoire publié en 1840, sous ce titre : *De l'Abolition de l'esclavage ancien en Occident. Examen des causes principales qui ont concouru à l'extinction de l'esclavage ancien dans l'Europe occidentale, et de l'époque à laquelle ce grand fait historique a été définitivement accompli.*

[3] Wallon, t. I, p. 174-176. Cf. Bossuet, V° *Avertissement aux Protestants* (t. IV, p. 404, éd. Didot, 1841).

[4] *Mém. de l'Acad. des inscr*, t. XXXV, p. 328.

[5] Petit, t. I, p 304; 1771.

çaises résumait ainsi son chapitre sur le droit d'affranchir :
« L'indication de ces motifs n'est que pour l'exemple des cas
susceptibles d'affranchissement, de justice ou de grâce ; on
peut les étendre ou les resserrer, sans perdre de vue que si
la politique ou l'humanité oblige de consoler l'esclave et de
le porter au bien, par l'espérance de la liberté, la nécessité
de la culture, sans laquelle le commerce des noirs devrait
être défendu, exige d'un autre côté que le législateur mette
des bornes à la bienfaisance des maîtres. *L'esprit de la loi doit
être de paraître augmenter les espérances des esclaves en les
légitimant, et de faire servir cette légitimation à les resserrer,
mais aussi sans les décourager.* » Nous sommes bien loin aujourd'hui du temps où l'humanité des érudits se montrait si
calme, celle des hommes de loi si subtilement égoïste.

En posant la double question de l'esclavage et du servage,
l'Académie des sciences morales demandait aux concurrents
autre chose qu'une exacte recherche des faits anciens et du
droit écrit ; elle voulait un travail où la suite des faits fût
subordonnée à une pensée philosophique, et dont la conclusion fît nettement ressortir, en regard des fautes et des douleurs de la société ancienne, les devoirs de la société nouvelle, avec le noble prix qu'elle attend de son dévouement
pour la cause de la liberté humaine. L'Avertissement placé
en tête du livre de M. Wallon montre qu'en élargissant le
programme de l'Académie, il ne s'est pas écarté de ses in-
tentions, et que, dans la solution d'un aussi grand problème,
il a bien compris les besoins de notre temps.

« Nous avons combiné dans notre plan l'ordre logique et
l'ordre historique. La nature du sujet demande l'ordre ra-
tionnel des matières ; mais il faut le subordonner aux grandes
révolutions de l'histoire, si l'on veut suivre le développement
de cette institution dans le monde, et y faire la part distincte
des influences de races, de pays et de temps. C'est pourquoi
nos trois volumes font trois parties. Les deux premières pré-

sentent, dans un ordre analogue, les origines, les conditions et les effets de l'esclavage : 1° en Orient d'abord et surtout en Grèce ; 2° à Rome et dans les pays de l'Occident. Dans la troisième partie, nous décrirons les influences qui, dès les premiers siècles du christianisme et de l Empire, en attaquent le droit et l'usage, et commencent à le transformer ou à le réduire.

« L'esclavage chez les anciens ! Il peut sembler étrange qu'on aille le chercher si loin, quand il est encore parmi nous. En prenant cette route, nous ne détournons point les esprits de la question coloniale ; nous voudrions les y ramener, au contraire, et les fixer à une solution. L'esclavage est un fait identique dans tous les pays et dans tous les temps, nul ne le conteste, et les partisans du *statu quo* font appel à l'antiquité au profit de leur cause ; il n'est point inutile de voir si, par l'ensemble de ses témoignages, elle répond à leurs prétentions. Aussi, tout en nous renfermant dans le passé, nous ne perdons pas de vue la question moderne, et pour que le souvenir en suive le lecteur sans qu'il soit besoin de le rappeler par un mélange de détails étrangers à notre matière, nous en avons parlé dans un traité séparé, qui servira d'introduction à notre livre, et nous y renvoyons tout d'abord. Cet aperçu de l'état de l'esclavage dans les colonies en fera suivre peut-être, avec plus d'intérêt, l'histoire parmi les peuples anciens, et cette dernière étude offrira d'elle-même des conclusions directement applicables au temps présent. »

Le plan de ce livre est donc aussi simple que l'idée en est philosophique. Toutefois les développements de chaque partie du sujet pourraient offrir une plus juste proportion avec l'ensemble. Par exemple, le chapitre sur les lois agraires, qui d'ailleurs n'était pas un hors-d'œuvre, puisque la condition des terres et du travail libre tient de fort près à celle de l'esclavage, du moins n'exigeait pas un aussi long détail, depuis que cette matière a été épuisée, en France, par tant de travaux récents, surtout par ceux de M. Antonin Macé[1] et de M. Édouard Laboulaye. Plusieurs digressions accessoires sur le mariage, sur la licence des spectacles, sur la mendicité, pouvaient être utilement abrégées. Enfin, dans tout le cours de son livre, par scrupule d'exactitude, M. Wallon transcrit en note le plus grand nombre des textes anciens sur lesquels il s'appuie; ce qui permet sans doute de suivre pas à pas sa méthode, de contrôler le sens donné à chaque témoignage, et çà et là de corriger quelques inadvertances[2]; mais la plupart de ces textes étant fort clairs, on sent rarement le besoin d'une vérification minutieuse. D'autre part, on eût peut-être aimé trouver, à la fin de chaque volume, quelques-uns des documents principaux qui concernent l'histoire de l'esclavage, tels que, par exemple, les passages classiques de Xénophon et d'Athénée sur les esclaves d'Athènes, passages que M. Wallon a seulement analysés dans sa discussion; le papyrus publié par M. Letronne, qui contient une formule de *récompense promise* pour la découverte et la restitution de deux esclaves échappés d'Alexandrie; la fameuse lettre de Sénèque sur les esclaves, etc.

Mais la science de M. Wallon offre partout tant de qualités

---

[1] *Des lois agraires chez les Romains*, Paris, 1846, in-8. Comparez les deux articles de M. Laboulaye sur cet ouvrage, dans la *Revue de législation*, août et septembre 1846 M. Wallon ne paraît pas avoir connu ces deux morceaux d'une excellente critique.

[2] Par exemple, t. II, p. 326, le texte dit *dix mille;* la citation grecque transcrite en note nous montre tout de suite qu'il faut lire *six mille.* Il s'agit des gladiateurs mis en croix par Crassus, après sa victoire sur Spartacus. T. II, p. 56, le sens donné, d'après Gronovius, à l'expression coemptionalis *servus* ou *senex* n'est pas le plus vraisemblable, comme on le verra par les textes cités plus haut dans ce volume, p 119, note 3. *Ibid.*, p 127; il n'est pas prouvé, je crois, que *enuntiator* signifie *souffleur* (ὑποβολεύς). C'est le mot *monitor* qui était consacré pour désigner cette fonction. Voir Forcellini, *s. v.* et l'inscription citée par M. Wallon lui-même, t. III, p. 238.

solides, et l'intérêt des grands problèmes qu'il étudie domine
tellement les petites questions de méthode littéraire, que nous
avons hâte d'arriver au fond même de l'ouvrage.

Avant M. Wallon, personne n'avait embrassé, comme il l'a
fait, l'étude de l'esclavage antique dans son ensemble et dans
ses détails, depuis les contrées les plus reculées de l'Orient
jusqu'aux limites de l'Occident romain, depuis Manou, Moïse
et Homère jusqu'au triomphe du christianisme [1]. Le premier
sentiment qu'inspirent tant de lugubres scènes, réunies dans le
même tableau, est un sentiment de profonde tristesse et de
vive indignation contre des mœurs, contre des lois, contre
des théories philosophiques qui perpétuaient et consacraient
l'oppression d'une moitié du genre humain. Tant de générations livrées à la douleur et à la honte, préparées par l'éducation ou réduites par la violence à l'impuissance de vivre
selon la dignité de notre nature, et contribuant, par un fatal
retour, à l'avilissement de leurs oppresseurs, c'est là un spectacle qui soulève l'âme et qui semble rendre difficile à un
historien le premier de ses devoirs, l'impartialité. On est tout
prêt à condamner absolument la société ancienne, sans tenir
compte des circonstances qui peuvent l'absoudre ou du moins
l'excuser. M. Wallon, pourtant, s'est tenu fort en garde dans
sa longue et pénible tâche, contre les préventions trop communes aujourd'hui et qui ont produit tant de déclamations
puériles. Sa passion pour la liberté et sa haine pour l'esclavage ne lui font pas oublier les règles sévères de la critique.

---

[1] Voir la bibliographie du sujet dans Creuzer, *Abriss der römischen An-
tiquitaten*, 2ᵉ éd., 1829, § 32. On peut y ajouter : 1° l'ouvrage de Blair: *An
inquiry into the state of slavery amongst the Romans*, Edinburgh, 1833 ;
2° le *Discours sur la constitution de l'esclavage en Occident pendant les
derniers siècles de l'ère païenne*, par M. de Saint-Paul, Montpellier, 1837,
esquisse intéressante, que M. Naudet a louée (dans le *Journal des Savants*
de 1838) en y relevant toutefois bon nombre d'inexactitudes et de fausses
théories.

Ainsi, quand il traite de l'esclavage à Sparte et de l'usage de
la *cryptie*, malheureusement prouvé par trop de témoignages, loin de vouloir exagérer l'horreur d'une si étrange
institution, il essaye de la rattacher, en l'atténuant, au plan
général et à l'esprit des lois de Lycurgue ; il la distingue soigneusement des exécutions sanguinaires auxquelles, plus
d'une fois, Sparte et d'autres États grecs recoururent, par
exception, pour conjurer des révoltes de leurs esclaves.
Lorsqu'il expose, parmi les sources de l'esclavage chez les
Romains, la condition du débiteur *addictus* et la permission
qu'une loi des Douze-Tables donnait à ses créanciers de se
partager son corps (*in partes secanto*) : « Il ne faut pas, dit-il,
chercher deux sens à cette loi, mais ajoutons qu'il n'en faut
pas non plus chercher l'exécution dans l'histoire. Le droit romain savait le secret de partager les choses indivisibles (et
une personne humaine a bien ce caractère) ; on les vendait et
on en partageait le prix. La loi indiquait elle-même ce moyen,
et si elle place en première ligne l'autre alternative, c'était
par forme de menace. A ce même titre, elle pouvait régle-
menter le cas du partage réel de la personne. Cette clause i
rassurante pour les copartageants, ne fut jamais sérieusement
effrayante pour le débiteur à partager [1]. » En effet, il n'y a
pas, dans toute l'hisoire, un seul exemple de l'application de
ce partage, et là-dessus M. Wallon n'a pas seulement pour
lui la vraisemblance, appuyée du silence de l'histoire. Un témoignage de Dion Cassius, qu'il n'a pas cité, donne à sa
conjecture une entière certitude. Dans un des fragments découverts récemment par A. Mai, l'historien grec dit en propres termes : « La loi donnait des droits exorbitants à ceux
qui ne se libéraient pas à l'échéance, et, si un débiteur était
obligé envers plusieurs créanciers, ils pouvaient mettre son
corps en pièces et se le partager. *Ce droit était consacré tex-*

---

[1] Wallon, t. II, p. 25.

tuellement par la loi, mais ne fut jamais mis en usage: Καὶ
τοῦτο μὲν εἰ καὶ τὰ μάλιστα ἐνενόμιστο, ἀλλ' οὔτι γε καὶ ἔργῳ
ποτὲ ἐγεγόνει .[1] »

Quant à la statistique des personnes ou des biens, l'historien de l'esclavage ne se tient pas moins en garde contre les
hyperboles et les préventions passionnées. Pour déterminer
le chiffre de la population servile en Attique, il n'est pas de
précautions et de contrôles dont il ne s'entoure. Mesure du
sol de l'Attique d'après les cartes les plus récentes, calcul de
sa production moyenne et des exportations attestées par les
auteurs anciens, calcul de la dépense pour l'entretien des
ouvriers esclaves dans quelques familles dont les comptes
nous sont parvenus, rien n'échappe à sa diligence, rien,
excepté peut-être une ligne de Xénophon, qui n'est pas sans
intérêt dans ce débat difficile, et qu'à ce titre je me permet-
trai de rappeler ici.

On sait que la principale base de toutes les évaluations
proposées pour la population de l'Attique, est un passage où
Athénée[2] nous donne, sur l'autorité de Ctésiclès, historien
inconnu d'ailleurs, les résultats d'un recensement accompli
par les ordres de Démétrius de Phalère. Depuis longtemps
M. Letronne[3] a fait voir que ces chiffres sont fort exagérés en
ce qui concerne le nombre des esclaves. M. Wallon, d'accord
sur la thèse générale avec le savant académicien, essaye de
réfuter plus sûrement le chiffre d'Athénée (400,000 âmes) et
surtout d'y substituer un chiffre plus exact, en s'appuyant sur

---

[1] T. I, p. 71 de l'édition publiée, avec traduction française, par M. E.
Gros. Ce passage important a été signalé pour la première fois, en France,
par M. Gros, puis par M. Ch. Giraud, dans son savant travail *sur la Condition des débiteurs chez les Romains*, t. V des *Mémoires de l'Acad. des
sciences morales et politiques*.

[2] Livre VI, p. 272 C.

[3] *Mémoire sur la population de l'Attique*, t. VI du Recueil de l'Académie
des inscriptions et belles-lettres, nouvelle série.

un texte de Thucydide[1] demeuré inaperçu de tous les philologues qui ont jusqu'ici traité cette question. En parlant des troubles intérieurs dont Chios était menacée de la part de ses esclaves, Thucydide observe que cette île était de tous les États grecs le plus riche en esclaves *oprès Lacédémone toutefois.* Cela posé, la population servile de Sparte pouvant être d'environ 340,000 âmes, et celle de Chios d'environ 210,000 âmes, selon les évaluations les plus vraisemblables c'est au-dessous de ce chiffre qu'il faudrait placer celui des esclaves de l'Attique, évalué seulement à 100,000 âmes par M. Letronne, et à 200,000 environ par M. Wallon. Ce dernier justifie ensuite l'approximation à laquelle il s'arrête par une discussion minutieuse des éléments de son calcul. Or, voici le texte de Xénophon dont il lui resterait à rendre compte.

Dans les *Helléniques*[2], après la prise d'Athènes par Lysandre, Critias, un des trente tyrans, voulant justifier devant le sénat les rigueurs prétendues salutaires que sa faction exerce contre les bons citoyens, commence par ces paroles : « Si quelqu'un de vous, sénateurs, pense que nous condamnons plus de personnes qu'il ne convient, il doit songer que c'est là ce qui arrive dans toute révolution. Il est naturel, d'ailleurs, que notre pays passant à un gouvernement oligarchique, le nouvel état de choses ait beaucoup d'ennemis, d'abord *parce que cette ville est la plus populeuse des cités grecques,* ensuite parce que nulle n'a joui plus longtemps de la liberté, etc. » Comment concilier cette assertion avec les calculs qui placent la population servile d'Athènes après celle de Chios et si fort au-dessous de celle de Sparte? Est-ce le chiffre des métèques et des citoyens libres qui, joint à celui des esclaves, pourra replacer la population de l'Attique au rang que lui assigne

---

[1] Livre VIII, c. L.

[2] II, c. III, § 24:.... διά τε τὸ πολυανθρωποτάτην τῶν Ἑλληνίδων τὴν πόλιν εἶναι, κ. τ. λ.

Xénophon? D'après les calculs de M. Wallon, ce total (environ 300,000 âmes) dépasse, il est vrai, celui des habitants de Chios, mais il n'atteint pas même le chiffre total des hilotes et autres esclaves de Lacédémone. Peut-être faut-il tout simplement voir, dans le trait que nous empruntons au discours de Critias, une forme d'emphase oratoire comme les passions politiques en peuvent inspirer, ou comme les souvenirs de l'école en dictent souvent aux historiens de l'antiquité.

La condition morale des esclaves dans Athènes semble dépeinte sous des couleurs un peu trop sombres par M. Wallon, quand il les représente comme étrangers à toute culture de la philosophie, des lettres et des beaux-arts[1]. Un précieux fragment de Théophilus le poëte comique, conservé par le scholiaste de Denys le Thrace, et qui a échappé à notre auteur dans son curieux dépouillement des textes de la comédie attique, exprime en termes touchants la reconnaissance d'un esclave pour *son maître chéri, son nourricier, son sauveur, auquel il doit de connaître les lois grecques, l'usage des lettres, et d'avoir été initié au culte des dieux*[2]. Le commentateur grec lui-même ne voit pas là un fait isolé, il ne cite le vieux poëte que comme témoignant de ce que faisaient alors les *honnêtes*

---

[1] T. I, p. 289 : « Les esclaves grandissaient pour ainsi dire au hasard et à l'abandon, loin des gymnases et de tout enseignement propre à éveiller en eux la vie morale, jusqu'au jour où ils pouvaient prendre leur part de travail ; » et il revient sur cette idée dans un résumé général de l'époque antérieure au christianisme. Cf. t. I, p. 482, deux inscriptions d'Argos (*Corpus inscr. græc.*, nᵒˢ 1122, 1125), où l'on voit des esclaves admis aux exercices du gymnase en même temps que les hommes libres. La seconde de ces deux inscriptions est de l'époque romaine.

[2] Apud Bekkerum, *Anecdota græca*, p. 724. Texte découvert et publié pour la première fois par Bast, dans sa *Lettre* à M. Boissonnade, p. 110 ; Cf. Meineke, *Historia critica com. gr.*, p. 454, et *Comœd. med. fragm.*, p. 626. On devait trouver aussi d'utiles renseignements sur l'éducation des esclaves dans la pièce de Phérécrate (ancienne comédie), intitulée Δουλοδι-δάσκαλος, dont il ne reste aujourd'hui que quelques vers.

gens d'Athènes (οἱ χαρίεντες). En général, il n'est que trop
vrai que la race esclave chez tous les Grecs et chez les Athéniens en particulier, était traitée comme fort inférieure à la
race libre. Cela ressort surtout du chapitre que notre auteur
a consacré aux *opinions sur l'esclavage;* encore n'y a-t-il pas
épuisé toutes les preuves de cette injustice d'autant plus affli-
geante, qu'elle est plus réfléchie ; encore n'a-t-il pas ajouté
aux tristes arguments d'Aristote contre l'égalité humaine ces
deux lignes si sèchement expressives de sa *Poétique*[1] : « La
bonté peut se trouver dans la femme, dans l'esclave; pourtant en général la femme est inférieure, et *l'autre absolument
mauvais.* » Mais pour être vraiment juste à cet égard, ce n'est
pas la comédie seulement et les philosophes qu'il faut consulter ; il faut aussi recourir aux œuvres d'Eschyle, de
Sophocle et d'Euripide, qui, sous les traits de la vie héroïque,
laissent voir bien souvent les mœurs athéniennes de leur
propre temps. De même qu'on jugerait mal la condition des
femmes d'Athènes en ne lisant qu'Aristophane, car la tragédie
aussi nous révèle une part des secrets de la famille et du rôle
qu'y jouait l'épouse vertueuse ; de même les valets menteurs
et fripons de la comédie nous feraient trop mal penser des
esclaves grecs, si l'on n'opposait à leur dépravation les touchants exemples de dévouement et de fidélité que la muse
tragique s'est quelquefois plu à décrire dans des personnages
de condition servile. Sans méconnaître cette source de ren-

---

[1] C. xv. Γυνή ἐστι χρηστὴ καὶ δούλος· καίτοιγε ἴσως τούτων τὸ μὲν χεῖ-
ρον, τὸ δὲ ὅλως φαῦλόν ἐστι. Huit siècles plus tard, le rhéteur Ménandre,
donnant des préceptes sur la manière de consoler dans une oraison funèbre, dit qu'il faut parler différemment aux hommes, aux enfants et aux
femmes (il ne daigne pas même mentionner les esclaves), et qu'en s'adres-
sant a ces dernières il faut avoir soin de relever un peu leur personnage
par des éloges, ἵνα μὴ πρὸς φαῦλον καὶ εὐτελὲς διαλέγεσθαι δοκῇ πρόσ-
ωπον. (Περὶ ἐπιδεικτικῶν, c. ιι, t. IX, p. 294 des *Rhetores græci* de
Walz.)

seignements, M. Wallon n'y recourt que pour dépeindre l'esclavage aux temps héroïques, et, même dans ce chapitre, il ne consacre guère qu'une page aux relations morales des esclaves avec leurs maîtres.

Appliquant à l'histoire de l'esclavage chez les Romains la méthode qu'il a suivie pour l'esclavage grec, M. Wallon examine successivement les conditions du travail libre et du travail servile dans les premiers siècles de Rome ; les sources de l'esclavage ; le nombre et l'emploi des esclaves, leur prix, leur condition devant la loi et dans la famille ; l'influence de la servitude sur la moralité des classes serviles et sur celle des classes libres ; les réactions de l'esclavage contre la société libre ; enfin, la législation de l'affranchissement. C'est ce qui remplit son second volume, où je ferais volontiers deux parts encore plus distinctes que pour le premier volume : l'une, celle de la statistique, fruit d'une recherche patiente et ingénieuse, mais malheureusement peu susceptible de résultats certains ; l'autre, celle de l'histoire proprement dite, aussi solide qu'elle est intéressante.

La statistique de l'esclavage dans l'empire romain est et restera toujours le plus difficile problème que l'érudition puisse se proposer, par la raison très-simple que, si, pour les hommes libres, on possède un certain nombre de recensements authentiques, on n'en possède aucun pour les esclaves, quoique les esclaves paraissent avoir été compris régulièrement dans les opérations du cens [1]. Il reste donc à atteindre le chiffre de la population servile par des calculs indirects, par des inductions fondées sur la richesse territoriale de l'Italie, sur la superficie des terres labourées, sur le chiffre des distributions de blé faites au nom des empereurs, etc. Mais quelque sagacité industrieuse qu'aient montrée dans ce travail les érudits modernes, particulièrement M. Dureau de

---

[1] Dureau de la Malle, *Économie politique des Romains*, t. I, p. 431, 432.

la Malle, dans son *Économie politique* des Romains, et
M. Wallon, dans le livre qui nous occupe, jamais les conclusions n'en sauraient être bien convaincantes. J'en dirai
autant du prix des esclaves, sujet sur lequel on trouve vingt
témoignages isolés, sans un seul document explicite et général. Combien de discussions seraient inutiles, si le fameux
édit de Dioclétien, dont les fragments se rassemblent et se
recomposent en ce moment, surtout par les soins de M. Le Bas,
nous offrait un chapitre sur le maximum du prix des esclaves ;
si des documents semblables pouvaient nous donner le prix
de cette marchandise humaine sur les divers marchés de
l'ancien monde! Dans l'absence de ces matériaux, la critique
est réduite à recueillir des exemples particuliers, à tirer de
leur comparaison des moyennes plus ou moins hasardées.
Certes, c'est une intéressante découverte que celles des nombreuses formules d'affranchissement religieux qui se lisent
près du temple de Delphes et dans quelques autres villes de
la Grèce et que les explorations récentes de MM. Foucart et
Wescher portent à près de trois cents ; les prix d'affranchissement y sont notés d'ordinaire, ce qui fournit un bon nombre
de chiffres authentiques. Mais on voit, par les calculs de
M. Curtius, par ceux de M. Wallon, combien les résultats
qu'on en peut tirer manquent de précision et de portée. Nous
ne prétendons pas juger par là en dernier ressort de toute
cette arithmétique, qui souvent a coûté tant de peines; mais
nous nous sentons beaucoup plus à l'aise dans les questions
qui touchent à l'état civil et moral de l'esclavage sous la
république et sous l'empire romain. Pour en tracer le tableau,
M. Wallon a scrupuleusement dépouillé tous les textes anciens, y compris les recueils d'inscriptions grecques et latines,
dont la richesse augmente à mesure qu'on s'approche de
l'ère chrétienne. Il rapproche de ces nombreux témoignages
les principales décisions de la critique moderne, et, en ce
genre, je sais à peine un travail important qui paraisse lui

avoir échappé, celui d'Olaus Kellermann, sur la milice romaine
des *Vigiles*[1].

J'ignore si les jurisconsultes trouveront à contester avec
notre auteur sur quelques points de la législation relative
aux esclaves, qu'il expose en détail. Pour ma part, je ne puis
que signaler deux ou trois omissions que j'ai remarquées
dans ce second volume.

Au sujet des jeux de gladiateurs[2], M. Wallon fait, avec
raison, observer que l'usage ne s'en introduisit dans les provinces qu'à la suite de la conquête romaine, et qu'il ne
s'introduisit pas partout sans résistance. Entre autres témoignages, il se réfère là-dessus à une célèbre parole du philosophe Démonax. Il n'était pas sans intérêt de faire remarquer que les inscriptions grecques mentionnant des jeux de
gladiateurs sont très-peu nombreuses, comparativement à
celles où sont énumérés des exercices de gymnastique, et
que la plupart des inscriptions qui constatent, dans une ville
grecque, la célébration de ces fêtes inhumaines, nous représentent des Romains comme présidant à ces fêtes et en faisant
les frais; d'où l'on peut conclure que la race hellénique conserva, même sous l'empire des lois et des mœurs romaines,
le goût des divertissements moins barbares consacrés par ses
anciens législateurs. On peut lui faire honneur de cette fidélité à ses vieilles coutumes[3].

J'aimerais aussi à trouver dans l'histoire de l'esclavage
chez les Romains quelques traits qui relèvent chez ce peuple
la condition morale de la classe servile. Par exemple, c'est
un fait moral intéressant à signaler que cette sage éducation
donnée au jeune Horace par son père, le crieur public,
affranchi de la ville de Vénuse. S'il est vrai, comme semble

---

[1] *Vigilum romanorum latercula duo*, Romæ, 1854, in-fol. Voir M. Wallon, t. II, p. 451.

[2] T. II, p. 132.

[3] Voir plus haut dans ce volume, p. 29-30.

témoigner le poète, que maint centurion dépensât moins pour élever ses enfants d'une manière libérale, voilà un bon exemple donné au citoyen par l'esclave de la veille :

..... pater... qui macro pauper agello
Noluit in Flavi ludum me mittere, magni
Quo pueri magnis e centurionibus orti
Ibant octonis referentes idibus æra [1].

A ce propos, je noterai encore une observation curieuse faite seulement depuis quelques années, concernant l'origine du nom d'Horace. On s'était longtemps demandé quel personnage du nom d'Horatius avait pu être le patron du père de ce poète, la famille Horatia étant depuis longtemps éteinte au temps d'Auguste. M. Grotefend a résolu la question d'une manière très-simple et très-satisfaisante en prouvant, par diverses inscriptions : 1° que les esclaves publics d'une ville, lorsqu'ils étaient affranchis, prenaient ordinairement le nom de la tribu dont cette ville faisait partie ; 2° que la ville de Vénuse, appartenant à la tribu Horatia, avait dû, en affranchissant le père d'Horace, lui donner ce nom destiné à tant de gloire. M. Noël des Vergers a, depuis, complété la démonstration. C'est une particularité qui, comme on le voit, méritait de trouver place dans le chapitre que M. Wallon consacre aux conditions, aux formalités et aux effets de l'affranchissement chez les Romains [2].

Le troisième volume de cette histoire, qui répond plus spécialement au programme de l'Académie, expose la transition de l'antiquité au moyen âge, transition par les théories, par les lois et par les faits. C'est celui qui offre, selon nous, le plus de vues et de recherches originales, le plus de

[1] Horace, *Satires*, I, 6, v. 71 et suiv. Cf. I, 4, 105 et suiv.
[2] *Zeitschrift fur die Alterthumswissenschaft*, 1834, n° 22, article de M. C. L. Grotefend ; *Revue archéologique*, t. I, p. 114 ; Noel des Vergers, *Vie d'Horace*, p. VI, en tête de l'édition bijou publiée, en 1855, par M. Dubner pour la librairie Firmin Didot.

pages écrites dans le style de la haute histoire. L'auteur
commence par comparer *les principes posés par le christianisme, développés par la philosophie romaine, sur le droit et la
condition de l'esclavage*, et il rend justice aux nobles préceptes
du stoïcisme sur ce sujet, mais sans affirmer assez nettement
que ces préceptes sont étrangers à toute influence chrétienne,
et qu'ils découlent, comme conséquence naturelle, de la
psychologie et de la morale platoniciennes. Si, en effet,
l'homme réunit en lui deux substances, l'âme et le corps, si,
de ces deux substances, l'une est la seule digne de dominer,
de façon que la vraie liberté consiste dans l'assujettissement
du corps aux volontés de l'âme (ce qui est en définitive la
pure doctrine du *Phédon*), dès lors c'est le vice qui seul fait
l'esclave, comme déjà le disaient tout haut aux Athéniens
leurs poètes dramatiques [1], ce n'est pas la condition sociale ;
dès lors, pour expliquer les admirables leçons de Sénèque à
Lucilius, il n'y a plus besoin de recourir à de prétendus rapports entre l'apôtre saint Paul et le philosophe romain, et la
tradition qui les atteste peut être abandonnée, non pas seulement comme douteuse, de quoi M. Wallon convient sans
peine [2], mais comme inutile.

A Dieu ne plaise que je veuille méconnaître la bienfaisante
influence du christianisme dans l'abolition progressive de
l'esclavage ; ceux qui auraient pu jamais en douter la ver-
raient appuyée, dans cette histoire, sur des preuves sans ré-

---

[1] Voir, sur ces prétendues inégalités de race entre les hommes, les
beaux témoignages de Sophocle, d'Euripide, de Ménandre et de Philémon
dans l'*Anthologie* de Stobée, c. LXXII et LXXVI.

[2] T. III, p. 31 : « C'est pour ces belles pensées que Sénèque a été jugé
digne d'avoir connu l'apôtre dont le martyre précéda de peu d'années sa
mort ; et cette lettre, qui se rapporte à la dernière période de sa vie, est
irréprochable d'un bout à l'autre pour la doctrine. » Voir maintenant, sur ce
sujet, l'important ouvrage de M. C. Aubertin *sur les Rapports supposés
entre Sénèque et saint Paul* (Paris, 1857, in-8), surtout p. 356-364, où
l'auteur traite de la charité chez les païens et chez les chrétiens.

plique. Un récent et beau livre de M. Augustin Cochin[1] a
fortement complété cette démonstration. Mais le bienfait de
la religion nouvelle consiste moins à proclamer le principe
abstrait de la fraternité humaine, principe déjà contenu dans
les doctrines spiritualistes des écoles grecques, déjà publique-
ment proclamé par les poctes bien avant l'ère chrétienne,
qu'à lui donner par la foi une énergique puissance de pro-
pagande et d'application. Le stoïcien dogmatise, puis s'en-
ferme dans l'égoïsme de sa conscience ; le chrétien croit,
prêche et agit. Devant les arrêts d'une tyrannie sanguinaire,
le stoïcien n'aboutit qu'à la résignation et au suicide ; le
chrétien, en marchant à la mort, sait faire de son sacrifice
un argument en l'honneur de la vérité qu'il professe : le
martyre, c'est un *témoignage.* Voilà pourquoi, aux chrétiens
surtout il était réservé de réaliser dans le monde la réforme
d'amour et d'égalité pressentie par la philosophie païenne.
L'œuvre était immense, apparemment, puisqu'elle s'achève
à grand'peine, sous nos yeux, dans une moitié du monde.
C'est qu'en effet, il fallait renouveler la constitution séculaire
de la propriété, du travail, de la famille elle-même ; c'est
qu'il fallait renouveler les vieux codes, et, avant tout, convaincre les cœurs de la nécessité d'une réparation envers
tant de frères opprimés par leurs frères. La lutte a donc duré
dix-huit siècles, avec des alternatives où le droit évangélique
a été plus d'une fois méconnu, trahi par ceux mêmes qui devaient en être les défenseurs, où l'on a vu d'étranges compromis entre les deux principes du monde ancien et du
monde nouveau. Le travail manuel, d'abord imposé par les
hommes libres aux esclaves[2], sans relever les esclaves de
leur humiliante condition, plus tard, passa de nouveau des

[1] *L'abolition de l'esclavage* (Paris, 1861, 2 vol. in-8), t. II, 3ᵉ partie :
Le christianisme et l'esclavage. Cet ouvrage a été l'objet d'un examen
approfondi de M. Wallon lui-même dans le *Correspondant* de 1861.
[2] Voir M. Naudet, *Journal des Savants*, 1858, p. 70.

esclaves aux hommes libres, comme pour tout égaliser sous
un niveau commun de servitude, et il y eut un siècle où l'empire romain ne sembla peuplé que de travailleurs esclaves à
divers titres : c'étaient les anciennes classes serviles, de plus
en plus opprimées et misérables ; c'étaient les *colons*, autrefois propriétaires, aujourd'hui déchus de leur dignité pour
devenir partie intégrante de leur propriété, serfs de la glèbe
en un mot ; c'étaient les membres des corporations, rigou-
reusement attachés de père en fils à l'exercice de la même
profession ; c'étaient les curiales, tristes dignitaires des municipes, pour qui cet honneur n'était souvent qu'une charge
intolérable, à l'égal de la servitude chez les barbares ; c'était,
enfin, tout un monde de fonctionnaires et d'employés, dans
les camps et dans le palais des Césars, vivant de la substance
de ces millions d'esclaves inférieurs. Voilà les éléments de la
société impériale au milieu desquels la vie chrétienne se fait
jour peu à peu par un lent et laborieux effort. M. Wallon a
raconté, avec une savante exactitude, ce drame complexe et
terrible, il en a résumé les phases principales avec une gravité de langage vraiment éloquente [1]. Juge un peu trop sévère
de quelques grands hommes, qui n'étaient pas chrétiens, ou
appréciateur trop indulgent de certains actes où je ne puis
voir qu'une infraction aux vrais préceptes de l'Évangile [2],
partout, du moins, il donne à son lecteur, par des citations
précises, le moyen de s'instruire et de prononcer. Ainsi, au
t. III, p. 319, la belle parole qu'il attribue au martyr Épipo-
dius, sur la foi des *Acta sincera et selecta* de Ruinart, p. 64 : *Ani-*

---

[1] Voir surtout t. III, p. 125, 185, 464-469. M. Biot, dans le mémoire
cité, a aussi, sur ces diverses phases de l'influence chrétienne, des pages
d'une excellente critique. Le même auteur a judicieusement réuni dans un
chapitre à part le peu que l'on sait sur l'esclavage chez les Gaulois et les
Germains, sujet que M. Wallon ne touche qu'en passant et à propos de la
révolte des Bagaudes.

[2] Voir, par exemple, t. III, p. 456.

mæ imperio, corporis servitio magis utimur, n'est autre qu'une phrase de Salluste, *Catilina*, c. i. Au tome I, p. 422, on voit qu'il a trop pris au mot les anecdotes recueillies par la médisance d'Athénée. Au contraire, t. III, p. 398, au sujet de l'établissement des hôpitaux par les chrétiens, il a omis un témoignage précieux pour sa cause, la lettre célèbre (c'est la XLVIIe) où l'empereur Julien recommande au pontife des Gaules de faire ouvrir des hôpitaux, pour ne pas laisser aux chrétiens seuls l'honneur de ces œuvres d'humanité [1].

Certains chapitres surtout nous offrent un vif intérêt, en présence des graves problèmes qui préoccupent la société française; je veux dire ceux qui montrent la transformation des classes laborieuses sous le régime impérial, les origines du *colonat*, les vrais caractères et l'efficacité de la prédication chrétienne au quatrième siècle. Il y a là, pour nous, bien des enseignements à recueillir sur la vertu du travail et du principe de la propriété, sur la lenteur nécessaire de tout progrès social qui veut être durable. Malgré la distance des temps, toutes les révolutions offrent des traits communs; l'expérience a des leçons qui ne vieillissent pas.

A la fin de son rapport sur le concours académique de 1839, M. Michelet s'exprimait en ces termes : « En proclamant ainsi le mérite de ces ouvrages vraiment importants, peut-être l'Académie leur adressera-t elle une observation commune : c'est que les questions théoriques n'y sont pas toujours élevées à cette hauteur où la philosophie, dominant l'histoire, en concentre les lumières, et, les réfléchissant à son tour sur l'histoire qui les lui a fournies, prête à la variété infinie des faits une simplicité féconde [2]. » Cette critique,

---

[1] On peut aujourd'hui lire avec fruit, sur ce sujet, l'ouvrage de M. Martin-Doisy : *l'Assistance comparée dans l'ère payenne et dans l'ère chrétienne* (Paris, 1853, in-12), quoique cet ouvrage laisse beaucoup à désirer soit pour l'exactitude des citations, soit pour la mesure des jugements.

[2] *Mém. de l'Acad. des sciences morales et politiques*, t. V, p. 670.

exprimée au nom de la Commission d'examen, s'applique
justement au mémoire de M. Biot, publié, dès 1840, sans
changement notable, à ce qu'il semble ; elle s'applique encore en une certaine mesure au travail, tout à fait transformé,
de M. Wallon. Non pas que les idées générales manquent à
ce bel et savant ouvrage ; au contraire, elles y abondent. Les
principes religieux de l'auteur se montrent dès les premières
pages, où il s'efforce de faire voir dans la loi mosaïque, concernant les esclaves, une préparation à la loi plus généreuse
de l'Évangile ; ils reparaissent plus d'une fois dans le cours
du récit ; ils en annoncent la conclusion toute chrétienne ;
ils animent enfin cette *Introduction* consacrée par l'auteur à
instruire, en quelque sorte, le procès de l'esclavage dans nos
colonies. Mais cet enchaînement des faits par l'idée du progrès qu'une première révélation commence, que la philosophie païenne continue, et que le christianisme doit achever ;
cet enchaînement, dis-je, est parfois caché sous le luxe des
détails, des discussions, des digressions de tout genre où l'auteur s'est vu entraîner dans la révision de son premier travail. L'unité du livre est réelle au fond, peu saillante dans la
forme. Toutefois, après les longues veilles qu'a coûtées cette
Histoire, il y aurait vraiment injustice à regretter que l'auteur en ait hâté la publication. Comment surtout le regretter
lorsque l'abolition, enfin proclamée, de l'esclavage colonial
donne à ces trois volumes de science profonde et réfléchie
l'à-propos d'un livre de circonstance, lorsque, appelé à partager les travaux de la Commission qui régla l'affranchissement immédiat des esclaves dans nos colonies, M. Wallon a
reçu, par cet honneur, la plus noble récompense que son
cœur et son talent pussent ambitionner ?

XV

ÉTUDES HISTORIQUES ET GRAMMATICALES

SUR

QUELQUES INSCRIPTIONS LATINES [1].

Les fouilles qui se poursuivent sur divers points de l'Italie et particulièrement à Rome, ont amené la découverte de nombreuses inscriptions antiques, dont quelques-unes offrent un véritable intérêt. Dans un récent voyage, entrepris en vue d'explorations géographiques, M. Ernest Desjardins a pu recueillir plusieurs de ces inscriptions qu'il a bien voulu me communiquer. J'ai profité de son obligeance pour faire connaître deux ou trois documents épigraphiques qui n'avaient encore paru, du moins en France, dans aucun recueil, et pour grouper autour de ces textes, quelques faits et quelques observations qui en font ressortir la valeur.

§ 1. Observations sur l'histoire du sentiment moral chez les anciens.

Voici d'abord une inscription dont j'ai sous les yeux deux copies, l'une rapportée par M. G. Guizot, l'autre, par M. E. Desjardins; elle se trouve sur la voie Appienne, entre Rome et Albano, à peu de distance de l'endroit appelé *Roma Vecchia*. M. Desjardins atteste, d'après l'autorité d'un savant

---

[1] Publié dans le *Journal général de l'Instruction publique* du 26 février et du 13 avril 1853.

juge, M. Henzen, que les caractères sont évidemment de l'époque d'Auguste :

HOSPES. RESISTE. ET. HOC. AD. GRVMVM. AD. LAEVAM. ASPICE. VBEI
CONTINENTVR. OSSA. HOMINIS. BONI. MISERICORDIS. AMANTIS
PAVPERIS ROGO. TE. VIATOR. MONVMENTO. HVIC. NIL. MALE. REFECERIS [1]
G. ATEILIVS. SERRANI. L. EVHODVS. MARGARITARIVS. DE. SACRA
VIA. IN. HOC. MONVMENTO. CONDITVS. EST. VIATOR. VALE .
EX. TESTAMENTO. IN. HOC. MONVMENTO. NEMINEM. INFERRI. NEQVE.
CONDI. LICET. NISEI. EOS. LIB. QVIBVS. HOC. TESTAMENTO. DEDI. TRIBVIQVE.

Quelques archaïsmes d'orthographe, *Ateilius* pour *Atilius*, *ubei* pour *ubi*, *nisei* pour *nisi* [2], peu décisifs par eux-mêmes, confirment utilement les indices tirés de la forme des lettres, au sujet de la date que l'on peut assigner à cette remarquable inscription. Une autre observation, également due à M. Henzen, c'est que le nom d'Atilius Serranus ne se retrouve plus sur les fastes consulaires de Rome, à partir de l'an 648 (105 av. J.-C.). Les marbres, il est vrai, mentionnent d'autres Atilius Saranus, mais dont aucun ne peut être celui auquel avait appartenu Evhodus. On connaît l'inscription du musée de Vérone :

SEX. ATILIVS. M. F. SARANVS. PROCOS
EX. SENATICONSVLTO
INTER. ATESTINOS. ET. VEICETINOS
FINIS. TERMINOSQVE. STATVI. IVSIT [3].

[1] La copie de M. G. Guizot, confirmée par celle de M. Henzen, dans le supplément au Recueil d'Orelli, n. 7244, porte *mali*, et *feceris*, qui est plus clair et plus correct; mais *refeceris* pourrait bien être une de ces erreurs de gravure, assez fréquentes sur les marbres, comme, par exemple, *immunilatatis* pour *immunitatis* dans une inscription publiée par M. Henzen (Bulletin de l'Institut archéol., 1845).

[2] *Hoc* pour *huc*, à la première ligne, paraît être aussi un archaïsme, car le mot *grumum* ne s'y rapporte pas. Du moins, je ne connais pas un seul exemple de ce mot avec la forme neutre en *um*. Voir Forcellini au mot *Grumus*. Il est vrai que *hoc* pour *huc* se lit dans des monuments qui paraissent bien postérieurs au temps d'Auguste. Voir Orelli, n°s 4394, 4471.

[3] Orelli, *Inscr. lat.*, n°. 3110; Ritschl, planche LV. Sur la variété d'orthographe *Sarranus* et *Serranus* voir la note de Furlanetto dans le Lexique de Forcellini, au mot *Sarranus*.

Elle est de l'an de Rome 619, époque évidemment antérieure à notre inscription; et, en outre, Evhodus porte le
prénom *Caius* ou *Gaius*, que portait le consul de l'an 648,
non pas le prénom *Sextus*, que porte le consul de l'an 618,
proconsul en 619.

Une autre inscription, que l'on prétend trouvée à Montalte
en Calabre [1] et qui mentionne deux personnages de la même
famille, *L. Attilius Serranus* et *C. Attilius Serranus*, son
neveu, offre malheureusement peu de garanties d'authenticité. Les deux consuls dont elle porte la date, sont de l'an de
Rome 588; or, l'orthographe et la latinité de cette épitaphe,
d'ailleurs très-fruste, accusent une date voisine de l'ère
chrétienne.

Enfin, on cite, parmi les inscriptions de l'ancien Lugdunum,
cette épitaphe d'un soldat prétorien :

L. ATEILIVS. C. F.
STELLATINA
MILES. PRAET
ORIANVS
EX. COHORTE. III.

qui appartient certainement au temps de l'empire, et qui, en
tout cas, n'a peut-être aucun rapport à un personnage de la
grande famille qui nous occupe, car le nom même de cet
Ateilius est lu *Atellius* par quelques éditeurs, et la perte du
monument original ne permet plus aujourd'hui de choisir
avec certitude entre les deux variantes [2].

Il ne faut donc pas compter sur le témoignage des autres
monuments épigraphiques pour retrouver le patron de notre

---

[1] Muratori, p 287, n° 1. Cette inscription et la suivante me sont signa-
lées par l'*Index* de F. Seguier, dont le manuscrit appartient à la Bibliothèque impériale.

[2] Gruter, p. 525, n° 8. Comparez le texte donné par M. de Boissieu
dans son Recueil des *Inscriptions antiques* de Lyon, Inscriptions militaires, n° 40.

Evhodus. Le nom même que porte cet affranchi était déjà connu par des exemples de dates assez diverses. On le trouve, sous sa forme grecque Εὔοδος [1], dans Suidas [2], dans des inscriptions d'Athènes [3], et, sous sa forme latine, dans plusieurs inscriptions romaines, dont l'une est du temps de Tibère [4], mais dont aucune ne se rapporte à l'affranchi de la famille Atilia.

Les autres particularités que présente l'épitaphe d'Atilius Evhodus s'accordent assez facilement avec les indices fournis par l'orthographe et les caractères de l'écriture. Le mot *grumus*, dans le sens de tertre, ou *tumulus*, paraît appartenir à l'ancienne langue latine, car on le trouve déjà dans un exemple du poète Attius que Nonius [5] nous a conservé; et depuis Attius, qui est précisément un contemporain du C. Atilius Serranus, consul en 648, ce mot a été employé par Vitruve, par Columelle, par Pline, et par d'autres auteurs. Le nom de profession *margaritarius* se lit déjà dans d'autres inscriptions romaines ; je le trouve même une fois avec

---

[1] Εὔοδος, et non pas Εὐώδης, comme je le vois expliqué par Furlanetto, dans son Supplément à Forcellini. Le féminin *Evhodia* semble répondre plus justement à Εὐώδης. Mais il y a contre ces deux étymologies une objection très-grave, je veux dire la présence de la lettre *h*, qui doit remplacer l'esprit rude de ὁδός, dans les composés εὔοδος et εὐοδία. Ce dernier d'ailleurs est évidemment le féminin du dérivé εὐόδιος.

[2] Au mot Εὔοδος, nom d'un poete épique.

[3] *Corpus inscr. græc.*, nᵒˢ 245, 266, 269.

[4] *Crispillæ, Evhodi divi Aug. l. libertæ.* Gruter, p. 611, nᵒ 12. Cf. Murat., p. 1459. Fabretti, p. 543, nᵒ 399 ; Orelli, nᵒˢ 4255, 4480. On trouve même un Atilius Evhodus dans les *Inscr. Regni neapol.* de Mommsen, nᵒ 38 ; Cf. l'inscription suivante (à Marguerites, près de Nîmes) : D. M ‖ L. FAB. HYGINI ‖ FAB. EVHODVS ‖ ET. FAB. ‖ ONESIMVS ‖ LIB. P. (Communiquée par M. Germer Durand.) M. Desjardins, *Topogr. du Latium*, p. 139, cite, comme existant au Vatican (corridor Chiaramonti), un sarcophage de C. Julius Evhodus, représentant la mort d'Alceste, et qui fut découvert, en 1826, parmi les ruines de l'ancienne Ostie.

[5] I, p. 9, éd. Gerlach ; Grummus dicitur agger a congerie dictus. Attius Œnomao : « Quemcumque insliteram grummum, aut præcisum jugum. »

l'addition *de Sacra via*, dans l'inscription tumulaire d'une femme, qui s'intitule *auraria et margaritaria* [1]. C'était apparemment une distinction honorable pour les artisans et les marchands de Rome que d'avoir leur boutique dans la Voie Sacrée, car on rencontre assez fréquemment cette mention sur les tombeaux antiques; mais il est vrai que d'autres localités de Rome, telles que le *Circus Maximus* et le *Vicus Tuscus*, sont mentionnées de la même manière [2].

Un nouvel exemple du même usage m'est, fort à propos, fourni par M. E. Desjardins. C'est l'inscription, qui semble inédite, d'un marchand de vin du Vélabre; elle se lit au-dessous d'un bas-relief en marbre du plus beau style, et dont j'ai sous les yeux un dessin que je regrette de ne pouvoir reproduire ici.

> P. SERGIVS. P. P. [3]
> DEMETRIVS
> VINARIVS [4]. DE. VELABRO
> SERGIA. P P. L. RVFA. VXOR
> P. SERGIVS P. ET. Ɔ L. BASSVS
> AR(BITR)ATV. RVFAE. VXORIS.

Quant à la formule, d'ailleurs fort commune, qui résume une disposition testamentaire du défunt, notre inscription en offre peut-être un des plus anciens exemples. Mais ce qui doit surtout attirer l'attention dans le monument sépul-

---

[1] Orelli, nᵒˢ 1602, 4076, 4218. Cf. Forcellini, au mot *Margaritarius*.

[2] Orelli, nᵒ 4148. Cf. nᵒ 4211.... *Doctor librarius de Sacra via*.

[3] Il faut probablement ajouter à cette ligne une L qui a été effacée sur le monument. P. P. L. signifiera alors *Publiorum (Sergiorum) libertus*, selon un usage que j'expliquerai dans l'article suivant. De même à la ligne 4; de même aussi, à la ligne 5, P. Sergius était *Publii et Sergiæ libertus*; car tel est le sens ordinaire de Ɔ pour C. Voir Orelli, nᵒˢ 18, 1654, 2743 et 2744. Cf. Mommsen, 661, nᵒˢ 3681, et 4994.

[4] *Vinarius*, sous-entendu *negotiator*. Ce dernier mot est exprimé dans une inscription du Recueil d'Orelli, nᵒ 4253. On trouve aussi le nom de profession *vinariarius* dans Orelli, nᵒ 4249, et Gruter, p. 1116, nᵒ 17.

cral d'Evhodus, ce sont les épithètes *misericordis* et *amantis pauperis* [1], la dernière surtout, exprimant une vertu qui semble bien étrangère au paganisme, avant les premières leçons de l'Évangile.

En effet, si la Miséricorde ou la Pitié était honorée comme déesse chez les Grecs et les Romains [2], des philosophes cependant recommandaient de la tenir en défiance; ils lui reprochaient d'amollir l'âme et de troubler ce calme intérieur dont ils faisaient la condition suprême de la sagesse. C'est ainsi que Cicéron, dans les *Tusculanes*, a pu ranger la pitié parmi les émotions qui déchirent le cœur de l'homme, et la considérer à ce titre comme une sorte de maladie morale [3]; que Virgile a pu écrire dans les *Géorgiques*, en décrivant le parfait bonheur du philosophe païen :

Nec doluit miserans inopem, aut invidit habenti [4].

C'est ainsi que Sénèque dans un accès de sévérité stoicienne a pu écrire : « Clementiam mansuetudinemque omnes boni præstabunt, misericordiam autem vitabunt. Est enim vitium pusilli animi ad speciem alienorum malorum succidentis. » Mais il ne faut pas oublier que Sénèque ajoute, un peu plus bas, que cette fermeté du sage n'exclura pas la bienfaisance. « Succurret alienis lacrimis, non accedet : dabit manum naufrago, exuli hospitium, egenti stipem, non hanc contumeliosam, qua pars major horum qui se misericordes videri vo-

---

[1] *Pauperis* paraît être pour *pauperes*, selon l'usage fréquent dans le latin du siècle d'Auguste, et attesté, entre autres preuves, par la légende si fréquente sur les médailles de ce prince : OB CIVIS SERVATOS.

[2] Quintilien, *Instit. orat.*, V, vi, § 58, Lucien, *Demonax*, § 57; Servius, ad *Æneidis* III, 607 ; ad *Ecl.* VI, 3.

[3] Cicéron, *Tusculanes*, IV, 8. Cf. Aristote, *Rhétorique*, II, 8.

[4] *Géorgiques*, II, 449, et la note curieuse de Servius sur ce passage, où le commentateur n'est pas éloigné de voir une imitation du texte de Cicéron que nous venons de citer.

lunt, abjicit et fastidit quos adjuvat, contingique ab his timet : sed ut homo homini ex communi dabit, » et tout ce qui suit, où respirent les plus purs sentiments d'humanité [1].

L'*amour des pauvres* est une vertu plus étonnante encore chez un Romain. On n'en avait pas, je crois, jusqu'ici trouvé la moindre trace dans les monuments religieux ou philosophiques du paganisme.

On lisait déjà, mais dans des inscriptions chrétiennes, l'épithète *amator* ou *amatrix pauperum*. Ainsi, une femme chrétienne de Milan, morte l'an 486 après J.-C., est honorée, sur son tombeau, de ce touchant éloge :

> .....DEO. FIDELIS. ET. DVLCIS. MARITO
> NVTRIX. FAMILIÆ. CVNCTIS. HVMILIS.
> PLACATO. PVRO. CORDE. AMATRIX
> PAVPERVM. ABSTINENS. SE. AB. OMNI
> MALIGNA. RE..........[2]

Junianus, un pauvre artisan de Rome, selon toute apparence, qui fut enterré l'an 340 après J.-C., reçoit dans son épitaphe le même titre d'*ami des pauvres*, et, ce qui est plus touchant encore, c'est que la veuve du défunt, pauvre et ignorante comme lui sans doute, écrit ou fait écrire AMATOR PAVPERORVM, et se nomme elle-même, un peu plus bas, BIRGINIA BICTORA (pour *virginia Victoria?* par une double faute d'orthographe) AMATRIX PAVPERORVM [3].

Enfin, dans un ouvrage récent sur les antiquités de Nîmes, on lit une longue épitaphe où le mort, parlant en son propre nom, suivant un usage assez commun sur les monuments de ce genre, atteste que, né pauvre, et enrichi, soit par son travail,

---

[1] *De la Clémence*, II, 5 et 6.

[2] Orelli, n° 4657.

[3] Fea, *Frammenti de' fasti consol.*, p. 90. *Virginia* est sans doute ici pour *conjux*, comme dans d'autres inscriptions chrétiennes. Voir Orelli, n°° 2740, 4355 et 4025 ; Forcellini, s. v. *Virginia*.

soit par les largesses et la confiance de ses amis, il partageait
son bien entre les pauvres[1]. Mais cette épitaphe n'est pas antique ; j'ai là-dessus l'assurance d'un excellent juge et témoin oculaire, M. Germer Durand.

L'inscription d'Evhodus semble donc de beaucoup le plus
ancien monument latin où se trouvent exprimées la compassion et la charité envers les pauvres ; et, ce qui est plus remarquable encore, ce monument est, selon toute apparence, antérieur au christianisme. Quelque étrange que puisse être, à
pareille date, l'expression de tels sentiments parmi les paiens,
je n'y vois pas une raison suffisante pour soupçonner ici
quelques-unes de ces fraudes qui ont plus d'une fois surpris
le zèle des antiquaires. Rien n'est difficile comme de dater
avec une rigoureuse précision, dans l'histoire des sociétés,
l'apparition d'une idée ou d'un sentiment nouveau, surtout
quand cette idée ou ce sentiment ont pu exister longtemps,
en quelque sorte, isolés, sans action générale sur le monde.
Or, c'est précisément ce qu'on peut dire de la bienfaisance
purement humaine. Aimer les pauvres, non pas en chrétien,
mais simplement en homme, les secourir dans leurs besoins,
n'est, après tout, qu'une disposition naturelle de notre cœur.
Cet élan d'une pitié secourable, il a son expression dès la
plus haute antiquité, dans les institutions comme dans les
œuvres de l'art. On le voit poindre déjà, parmi la barbarie
des mœurs homériques, dans les usages relatifs à l'hospitalité. Le Ζεὺς ξένιος était le dieu protecteur du pauvre et de
l'inconnu, son introducteur au foyer du riche. *Tout hôte et
tout mendiant viennent de la part de Jupiter*, dit Nausicaa dans
l'*Odyssée*[2], et l'on sait avec quelle délicatesse Télémaque et
Pénélope pratiquent envers un misérable mendiant ce devoir
d'assistance à la fois généreuse et discrète. La tragédie et la
comédie reproduisent sous bien des formes l'image consolante

---

[1] A. Pelet, *Essai sur la Nymphée de Nîmes*, p. 47, n° 100 (Nîmes, 1852).

[2] VI, 207 : Πρὸς γὰρ Διός εἰσιν ἅπαντες — ξεῖνοί τε πτωχοί τε.

du fort soutenant le faible dans les communes épreuves de la vie. Pour en citer au moins un exemple, Euripide, dans sa tragédie des *Suppliantes*, représente Thésée ensevelissant de ses propres mains les cadavres des guerriers morts devant Thèbes, et comme un personnage de la pièce s'étonne de ces soins qu'il trouve humiliants pour la dignité royale, le messager, qui vient de faire ce récit lui répond : «Qu'y a-t-il de honteux pour l'homme dans les maux de son semblable [1]? » Cela rappelle une des plus touchantes pages de Bossuet dans l'oraison funèbre d'Anne de Gonzague, l'endroit où il nous peint cette princesse humiliant une âme jadis hautaine et frivole aux plus humbles devoirs de la charité envers les pauvres et les malades. Aristote, qui a donné une si froide théorie de l'esclavage, reconnaît cependant que l'on peut *aimer* même l'esclave, *en tant qu'il est homme* [2]. Nous lui devons une très-fine analyse des sentiments de compassion [3]. Rome aussi, quelle que fût la rudesse de ses mœurs, connaissait les douces émotions de la pitié pour le malheur; et de là la popularité presque proverbiale du vers où Térence les a exprimées [4].

---

[1] Vers 773 : Τί δ' αἰσχρὸν ἀνθρώποισι τἀλλήλων κακά; Cf. les textes réunis par M. Patin, *Études sur les tragiques grecs*, t. IV, p. 205 (2ᵉ édit.).

[2] Aristote, *Morales à Nicomaque*, VIII, 13.

[3] *Rhétorique*, II, 8.

[4] *Heautontimorumenos*, acte I, scène I. Cf. Cicéron, *de Officiis*, I, 9 ; *de Legibus*, I, 12; Sénèque, *Epistola* 95; saint Augustin, *Epistola* 155 (autrefois 52), § 14 . « Si pecuniæ ratio socios facit, quanto magis ratio naturæ, non negotiandi sed nascendi lege communis! Hinc et ille comicus (sicut luculentis ingeniis non defit resplendentia veritatis), cum ab uno sene alteri dictum componeret:

> Tantumne ab re tua est otî tibî,
> Aliena ut cures ea, quæ nihil ad te attinent ?

responsum ab altero reddidit :

> Homo sum, humani nihil a me alienum puto.

Cui sententiæ ferunt etiam theatra tota, plena stultis indoctisque, applausisse. »

Le siècle où vivait le personnage loué dans notre inscription n'est-il pas celui où Cicéron définissait ainsi la compassion : *Misericordia est ægritudo ex miseria alterius injuria la-
borantis*[1]? Le même Cicéron, je le sais, dans son *Traité des
devoirs*, ne fait nulle part une obligation de la bienfaisance,
si ce n'est *envers nos amis*[2]. Mais pourquoi un modeste bourgeois de Rome, un affranchi de cette famille des Atilius, où
brillèrent tant de vertueux personnages[3], n'aurait-il pas,
avec les seules inspirations de son cœur, dépassé les préceptes un peu étroits de la morale cicéronienne ? Ce ne sera
là, si l'on veut, qu'une exception dans l'histoire du paganisme,
mais une exception bien honorable et dont on aime à retrouver, après tant de siècles, le témoignage authentique sur le
marbre d'un tombeau.

Chose remarquable et qui est ici d'un singulier à-propos,
les textes évangéliques nous offrent un exemple devenu célèbre de ces exceptions dans le sein même du paganisme :
c'est le centurion Corneille, qui n'était certainement ni
juif ni chrétien avant de recevoir le baptême des mains de
l'apôtre Pierre. Les *Actes des Apôtres* le louent pour « sa

[1] *Tusculanes*, IV, 8.
[2] *De Officiis*, I, 14 : « Videndum est ut ea liberalitate utamur, quæ prosit
amicis, noceat nemini.» *Ibid* II, 16 : « Liberales sunt, qui suis facultatibus
aut captos a prædonibus redimunt, aut æs alienum suscipiunt amicorum,
aut in filiarum collocatione adjuvent, aut opitulantur in re quærenda vel
augenda. » Comparez, dans les *Inscriptiones regni neapolitani* de Mommsen,
n° 1431 : *Amanti omnium et amato omnibus* ; n° 1564 : *Valete et benefacite
vo[....]* ; n° 2868 : *Benefacta* (d'une femme); n° 4880 : *Amatori civium sim-
plicissimo.*
[3] Cicéron, *de Finibus*, II, 35, cite ce fragment de l'épitaphe d'Atilius
Calatinus, qui se lisait sur son tombeau, près de la porte Capène : *Unum
hunc plurimæ consentiunt gentes populi primarium fuisse virum.* Cf. *de
Senectute*, c. xvii; *Tusc.*, I, 7, où il revient avec complaisance sur l'éloge
des vertus de ce vieux Romain. C'est à la même famille que paraît appartenir
le célèbre Atilius Régulus.

piété, pour sa crainte de Dieu et pour ses aumônes au peuple[1]. » Voilà bien une de ces âmes comme prédestinées à la foi chrétienne et à la pratique des bienfaisantes vertus qu'elle consacre.

En général, il me semble que nous sommes trop portés à exagérer le contraste de la société païenne et de la société chrétienne, quant au développement du sentiment moral. Ni l'unité primitive de la race humaine, ni les droits et les devoirs qui en découlent, ni particulièrement le devoir de l'affection et de l'assistance mutuelle, n'ont été inconnus à la philosophie avant le christianisme. L'école de Socrate a déjà proclamé plusieurs de ces nobles vérités[2] ; le stoïcisme, qui ne fait guère, en morale, que continuer l'école de Socrate, en a trouvé une expression plus vive, et leur a donné une force plus efficace encore dans la pratique[3]. Le nom même de *charité* exprime déjà dans Cicéron l'amour de l'homme pour le genre humain, *caritas generis humani*[4] ; et ce ne sont pas là de vains mots, de simples théories; mais les faits qui prouvent que les sociétés anciennes ont connu d'autres liens que ceux de l'intérêt politique, les exemples qui nous montrent la famille païenne unie par des sentiments doux et sévères, attentive à certains devoirs de la bienfai-

[1] *Actes des Apôtres*, c. x. Κορνήλιος ἑκατοντάρχης ἐκ σπείρας τῆς καλουμένης Ἰταλικῆς (cf. le Supplément d'Orelli par G. Henzen, n° 6709), εὐσεβὴς καὶ φοβούμενος τὸν θεὸν σὺν παντὶ τῷ οἴκῳ αὐτοῦ, ποιῶν τε ἐλεημοσύνας πολλὰς τῷ λαῷ καὶ δεόμενος τοῦ θεοῦ διὰ παντός.

[2] Entre autres témoignages, je prie qu'on veuille relire deux chapitres d'Aristote, *Morale à Nicomaque*, VIII, 1, et IX, 10 (éd. Bekker), qui résument avec une rare mesure, non pas l'idéal de la charité, mais la réalité pratique de ses bienfaits.

[3] Voir le bel ouvrage de M. P. Janet, *Histoire de la philosophie morale et politique dans l'Antiquité et les temps modernes* (Paris, 1858, 2 vol in-8), liv. I, et surtout le chapitre iv de ce premier livre.

[4] *De Finibus*, V, 23 ; *Partitiones oratoriæ*, c. xvi et xxiv. Cf. le traité de Philon περὶ Φιλανθρωπίας, t. II, p. 583, éd. Mangey; t. V, éd Richter.

sance, humaine envers les esclaves et les pauvres ; ces faits-
là sont ou négligés par les historiens mêmes qui devraient
s'appliquer à les recueillir [1], ou ignorés jusqu'à ce jour. Les
inscriptions grecques et latines sont, comme on vient de le
voir, pleines d'exemples honorables pour l'histoire morale
du paganisme. D'autres documents moins connus encore,
comme les papyrus grecs de l'Egypte, nous apportent dans
le même sens des témoignages fort précieux. Telle est, pour
en citer un qui est inédit, cette lettre conservée sur un
papyrus de notre musée du Louvre, où l'on voit que le Sérapéum de Memphis contenait, dans un de ses temples, une
sorte de *caisse des pauvres* [2]. On savait jusqu'ici que les Grecs
et les Egyptiens, réunis dans ce sanctuaire, n'y vivaient pas
toujours en bonne intelligence, et que la religion n'y rapprochait qu'imparfaitement les deux nations ; on savait que la
médecine du dieu Sérapis s'y réduisait à un empirisme grossier et vénal ; on ne s'attendait pas à trouver tout près de ces
misères le contraste intéressant d'une institution de bienfaisance. A la lumière de telles révélations historiques, on
comprend mieux, je pense, les sentiments attestés par des épitaphes comme celles d'Atilius Evhodus ; ces sentiments perdent leur apparence de nouveauté presque suspecte. On sent
tout ce qui reste encore à faire au christianisme pour vivifier,
pour transformer, pour répandre le principe de charité déjà
déposé dans le sein de la société païenne, et l'on apprécie

---

[1] Voir, entre autres témoignages, dans Polyen (*Strategica*, III, § 1), la
nelle parole de Chabrias recommandant à ses soldats, quand ils abordent
l'ennemi, de ne pas oublier qu'ils ont affaire à des hommes « qui ont même
chair, même sang et même nature » que leurs adversaires.

[2] Papyrus n° 37, lettre anonyme, contenant une plainte adressée au
stratège Diodote sur des actes de violence commis dans l'*Astartéion*,
temple qui faisait partie du grand sanctuaire de Sérapis, colonne 1,
ligne 21 : ὥστε καὶ τὰς τῶν πτωχῶν παραθήκας ἐξενέγκαι. Il reste d'ailleurs
jusqu'ici beaucoup d'obscurité sur le détail de cette affaire.

avec plus d'équité la part de la religion et de la philosophie
dans les progrès de notre civilisation.

§ 2. Observations grammaticales.

Malgré les observations qui précèdent, il peut rester quelques doutes sur l'époque approximative que nous avons as-
signée, d'après M. Henzen, à l'inscription funéraire d'Atilius
Evhodus, et ces doutes il nous est difficile de les combattre
d'une façon péremptoire. En effet, la forme de l'écriture et
le caractère grammatical de la langue suffisent rarement à
dater avec précision un monument épigraphique ; et même
ces indices, lorsqu'ils sont seuls, peuvent égarer le critique
qui s'y laisserait trop facilement séduire. Chez les Grecs,
comme chez les Romains, on a souvent refait de vieilles inscriptions usées par le temps[1], et l'on a souvent aussi fabri-
qué, plus ou moins habilement, et dans une intention plus
ou moins innocente, du *faux antique*, des inscriptions, par
exemple, ou des statues imitant l'ancienne manière[2]. Encore
aujourd'hui, on peut citer un assez grand nombre de ces reproductions ou de ces falsifications savantes. La célèbre inscription de Sigée, qui a longtemps passé pour le plus ancien
document épigraphique de la Grèce, est aujourd'hui reconnue
pour le produit d'une imitation, non pas moderne, mais certainement postérieure aux temps dont elle affecte le caractère
archaïque. L'imitation n'est pas même dissimulée dans quelques monuments gravés par ordre du rhéteur Hérode Atticus,

---

[1] Boeckh, *Corpus inscr. græc.*, nᵒˢ 1051, 2655, où le fait est attesté par
l'inscription même ; et nᵒ 1050, monument dont l'original se voit à Paris à
la Bibliothèque impériale, et où la forme des lettres atteste évidemment une
date plus récente que le héros qui y est célébré.

[2] Orelli, *Inscr. lat.*, nᵒˢ 1635, 2174, 4409.

grand amateur de ces sortes de curiosités [1]. On connaît plusieurs inscriptions grecques formellement *recopiées*, et dont
le texte primitif n'est pas parvenu jusqu'à nous [2]. Parmi les
textes latins, on sait que l'inscription de la Colonne Rostrale,
telle que nous la possédons aujourd'hui, porte les caractères
d'une copie de date plus récente que le temps de Duilius [3].
Dans un tout autre genre, la loi romaine trouvée sur le revers
des *Tables d'Héraclée* a paru longtemps aux érudits un des
premiers monuments de la langue latine, jusqu'au jour où
M. de Savigny a démontré, par des preuves décisives, qu'elle
appartient aux dernières années de Jules César [4]. Qui avait
pu tromper à ce point de savants hommes? L'orthographe du
document, orthographe bizarre, en partie inconnue jusque-là,
mais que semblent expliquer suffisamment les habitudes
provinciales d'un copiste de la Grande-Grèce. Quelque impérieuse, en effet, que fût l'autorité de Rome et de son langage, surtout en Italie, il est naturel que les habitants des
provinces aient gardé dans l'usage du latin quelques idiotismes, dont ni les textes purement romains, ni les grammairiens ne nous ont conservé le souvenir. Même en Grèce,
nous observons un certain mélange des dialectes dans des
documents relatifs aux intérêts communs de deux peuples
différents [5].

La variation dans le sens des mots semble une marque plus
décisive de l'époque où un texte a été écrit, et, à cet égard,
j'avouerai que l'emploi du mot *pauper* dans l'inscription

---

[1] Franz, *Elementa epigraphices græcæ*, part. I, appendix, § 2 : *de Titulis
in speciem antiquitatis compositis*. — Letronne, *Explication d'une inscription grecque trouvée dans l'intérieur d'une statue antique de bronze* (1843).

[2] Par exemple, dans le *Corpus inscr. græc.*, nos 170, 1050 et 2655.

[3] Voir sur ce sujet les observations de M. Vict. Le Clerc : *Des Journaux chez les Romains et des Annales des Pontifes*, etc., p. 79, 80 (1838).

[4] Voir *Latini sermonis vetustioris reliquiæ*, p. 299-508.

[5] Boeckh, *Corpus inscr. græc.*, no 1688, copie faite à Athènes d'un décret amphictyonique.

d'Evhodus ne semble pas conforme au bon usage de la latinité classique. *Pauper* n'est point, en effet, un simple synonyme d'*inops* ou *egenus*; il désigne moins le pauvre sans ressources, le mendiant, πτωχός, que l'homme réduit à vivre de son travail, celui que les Grecs appellent πένης (même racine que πέν-ομαι, *travailler*; πέν-ος, *travail*); plus tard seulement s'effacera cette différence, et pour les auteurs chrétiens *paupertas, egestas* et *inopia* exprimeront également la misère, celle même du mendiant. Mais qui pourrait marquer avec précision l'époque où ce changement s'est accompli? Dès le temps de Cicéron, je vois que les idées exprimées par tous ces mots tendaient à se confondre. Dans le même ouvrage (son sixième Paradoxe, ch. i), Cicéron écrit d'abord : « Jam fateris non esse te divitem, cui tantum desit, ut expleas id quod exoptas; itaque istam paupertatem, vel potius egestatem ac mendicitatem tuam nunquam obscure tulisti, » phrase où se montre clairement un rapport de gradation entre les trois mots *paupertas, egestas* et *mendicitas*. Mais, un peu plus bas, il ne fait pas difficulté d'écrire : « Improbi et avari... non modo non copiosi ac divites, sed etiam inopes ac pauperes existimandi sunt, » où le mot *pauper* ne semble faire que renforcer le sens du mot *inops*. Cicéron écrit ailleurs : « Paupertas si malum est, mendicus beatus esse nemo potest, quamvis sit sapiens[1]. » Les héritiers d'Evhodus pouvaient sans crime être moins scrupuleux encore que Cicéron dans l'emploi du mot en question.

En général, il ne faut pas juger la latinité des inscriptions aussi sévèrement que celle des livres. Si l'on excepte quelques pièces d'élite, et surtout les documents émanés de l'autorité publique, les inscriptions représentent d'ordinaire

---

[1] *De Finibus*, V. 28. Voir aussi un remarquable témoignage de Pétrone (*Satyricon*, c. xlviii. *Quid est pauper?*) et le commentaire qu'en a donné M. Charpentier dans le *Journal général de l'instruction publique*, nos du 21 mars et du 4 avril 1849.

le latin qui se parlait dans la moyenne bourgeoisie, quelquefois même celui des plus humbles artisans[1]. A ce langage du
pauvre peuple, on ne peut demander ni une élégance ni une
correction qui sont le privilége de l'éducation savante ; il ne
faut pas s'étonner si, par une double infraction à l'usage, le
bourgeois grave sur un tombeau : *amantis pauperis*, au lieu
de *amantis egenos*, ou bien *in hoc monumento inferri*, au lieu
de *in hoc monumentum inferri*, comme dans l'inscription
d'Évhodus ; ou, par une faute contraire, *in possessionem, in
curiam esse*, pour *in possessione, in curia esse ;* ou *cum quem
vixi*, pour *cum quo vixi*[2]. Ce sont là de petites erreurs, qui
ne manquent pas toujours d'analogie avec certaines licences
du latin classique[3], mais qui, en tout cas, semblent bien par-
donnables sur les monuments où elles se rencontrent.

D'un autre côté, les singularités du style et de l'orthographe ont quelquefois induit la critique à des soupçons injustes sur des textes parfaitement authentiques. C'est ce qui
est arrivé pour la deuxième des sept épitaphes appartenant
au tombeau des Scipions, dont je ne rappellerai ici que les
premières lignes :

                [L] CORNELIO. L. F. SCIPIO
                [A]IDILES. COSOL. CESOR
        HONC. OINO. PLOIRVME. COSENTIONT. R[OMAE ?] etc.

---

[1] *Saggio di Lingua etrusca*, t. I, p. 1, cité plus haut dans ce volume,
p. 41 ; même remarque dans la Lettre à Borghesi (p. xv), qui se lit en tête
des *Inscriptiones regni neapolitani* de M Mommsen.

[2] Orelli, nᵒˢ 4041, 3787, 4659. Cf. 2446. — On peut citer aussi, en ce
genre, la formule *se vivo fecit* pour *vivus fecit*, et, a plus forte raison, le
barbarisme *sevivus*, que l'on trouve déja sur des tombeaux d'une assez
haute antiquité. Voir Orelli, nᵒ 4851 ; Gruter, p. 310, 8 ; 608, 4, etc.

[3] Tite-Live, VI, 2 : « Nunquam ambigua fide in amicitiam populi romani
fuerant. » XXXIII, 10 : « Parcere victis in animum habebat » Une locution
toute semblable a celle que nous relevons dans l'épitaphe d'Atilius Evhodus,
in hoc tumulo inferre, se trouve dans une inscription de Rome. Orelli,
nᵒ 4562, 4436, et *Latini serm. reliq., Index verborum*, au mot *In*.

C'est-à-dire : *L. Cornelius, Lucii filius, Scipio, œdilis, consul, censor. Hunc unum plurimi consentiunt Romæ*, etc. Découverte seule d'abord et publiée en 1614, cette inscription a pu sembler étrange dans son isolement, et je ne m'étonne pas de trouver dans un précieux recueil du président Bouhier, parmi les manuscrits de la Bibliothèque impériale[1], une dissertation où l'on s'efforce de montrer la prétendue fraude à laquelle serait dû ce monument. Maintenant que six autres inscriptions ont été extraites du même tombeau et qu'elles ont offert des archaïsmes analogues à ceux qu'offrait déjà la première, depuis surtout qu'on a constaté, par des comparaisons plus nombreuses et plus attentives, l'inconstance de l'orthographe dans ces antiques monuments de la langue latine, personne ne saurait plus douter que nous ayons réellement sous les yeux l'épitaphe gravée, il y a vingt et un siècles, sur le tombeau d'un Romain illustre[2].

Les observations qui précèdent doivent nous engager à ne décider qu'avec beaucoup de réserve ces délicates questions d'histoire, mais elles nous laissent une juste confiance dans les arguments fournis par la paléographie et la grammaire pour déterminer, sinon l'année, du moins le siècle auquel appartient une inscription.

Parmi les inscriptions que m'a communiquées M. Desjardins, j'en citerai une[3], trouvée au même endroit que l'épitaphe d'Evhodus, et qui me permettra de faire voir en

---

[1] In-folio, n° 60 bis. La dissertation dont je parle se lit sous le numéro 31 de cet intéressant recueil. Elle porte le nom obscur d'un M. Le Batelier.

[2] Voir *Latini serm. reliq.*, p. 100, 104, 134 et 136, ou plutôt l'édition, que l'on peut dire définitive, de ces textes dans le Recueil de M. F. Ritschl, dont on a vu le titre plus haut, dans ce volume, p. 285. L'inscription dont je parle ici y figure sur la planche XXXVIII, en *fac-simile* d'une scrupuleuse exactitude.

[3] Reproduite depuis dans les *Annales de l'Institut archéol.* de Rome, 1855, et dans le Supplément au Recueil d'Orelli, n° 6364.

quelle mesure la critique peut s'appuyer sur cette sorte
d'arguments. La voici, avec une transcription explicite
en caractères ordinaires et selon l'orthographe classique :   ٍ

```
            C. P. P. TREB[ONI]ORUM. P. P. C. [F]
                 TVRARIEIS. ET. LIBERTEIS
            P. TREBONIVS..... L. NICOSTRATS (sic).
            N.          C. P. L. MALCHIO
            D.          C. L. OLOPANTVS (sic) ¹
            M.          C. P. L. MACEDO
            A.          C. P. L. ALEXANDER
            TREBONIA    C. P. L. IRENA
            TREBONIA    C. P. L. AMMIA.
```

c'est-à-dire :

Caii, Publii (et) Publii Treboniorum, Publii Publii (et) Caii filiorum
    turarii et liberti.
Publius Trebonius,...... libertus, Nicostratus
Marcus (Trebonius), Caii (et) Publi liberti, Malchio
Decimus (Trebonius), Caii libertus, Olopantus (pour *Holophantus*)
Marcus (Trebonius, Caii (et) Publii liberti, Macedo
Aulus (Trebonius), Caii (et) Publii liberti, Alexander
Trebonia, Caii (et) Publii liberta, Irena
Trebonia, Caii (et) Publii liberta, Ammia.

D'après l'inspection des caractères et des formes grammaticales du texte, M. Henzen déclare l'inscription antérieure au
siècle d'Auguste, et il nous est facile de souscrire à ce jugement. Quelques rapprochements avec des textes archaïques
du même genre suffiront, ce semble, à justifier l'opinion de
l'habile antiquaire. Commençons par expliquer l'alliance
assez surprenante au premier abord, du mot *turarii* (pour
thurarii) avec le nom des maîtres auxquels ont appartenu les

---

¹ De même dans les *Inscr. regni neapol.* de Mommsen, nº 3569 : *Pilemo*
pour *Philemo* ; *Pilomacus* pour *Philomachus* ; nº 5785 : *Pilumena* pour
Philumena ; nº 6507, 45 : *Pilota* pour *Philota* ; nº 6865 : *Diopantus* pour
Diophantus

affranchis énumérés dans cette liste. Deux inscriptions récemment découvertes auprès de Rome, et publiées par M. Otto Jahn dans son *Specimen epigraphicum in memoriam Olai Kellermanni,* nous montrent un certain Lutatius Paccius, employé comme *thurarius* parmi les ouvriers, esclaves ou affranchis, qui travaillaient dans une fabrique appartenant à un roi Mithridate, peut-être à ce Mithridate de Pergame, d'abord favori du grand Mithridate Eupator, puis roi du Bosphore par la faveur de Jules César[1].

EGO.SVM.L.LVTATIVS
PACCIVS.THVRARIVS.
DE.FAMILIA.REG.MITREDATIS (sic).

L.LVTATIVS
PACCIVS.THVRAR
SIBI.ET.SELEVCO
PAMPHILO.TRYPHON [I ?]
PHILOTAE.LIBERTEIS
POSTERISQVE.EORVM.

Comme il arrivait souvent, l'affranchi, devenu riche, avait eu à son tour des esclaves et des affranchis ; de là la concession qu'il leur a faite d'avance d'une place dans son tombeau.

L'usage de faire accorder un seul nom de famille au pluriel avec plusieurs prénoms, comme on le voit pour les frères Trébonius, se démontre par beaucoup d'exemples et presque tous fort anciens. La sentence des frères Minucius Rufus sur les limites du territoire des Genuates et des Vituries commence par ces mots : Q. M. MINVCIEIS. Q. F. RVFEIS, etc , c'est-à-dire *Quintus* (et) *Marcus Minucii, Quinti filii, Rufi*[2]. L'inscription d'un monument de Saint-Remy, que Barthélemy a publiée dans les Mémoires de l'Académie des inscriptions[3], est ainsi conçue :

SEX.L.M.IVLIEI.C.F.PARENTIBVS.SVEIS.

[1] Kiel, 1841, p. 27, inscriptions dues aux fouilles de M. Campana. Cf. Hirtius, *de Bello Alexandrino*, c. xxvi et lxxviii.

[2] *Latini serm. reliq*, p. 185. Ce monument est de l'an 117 av. J.-C.

[3] T. XXVIII, p. 579. Cf. t. VII, p. 263, une description du monument.

c'est-à-dire : *Sextus, Lucius (et) Marcus Julii, Caii filii, paren-tibus suis.* Une inscription de Férentinum, récemment repro-duite sur la planche LXXXIII du beau receuil de M. Ritschl, nous présente une formule semblable :

P.M.SALONIEI.TI.F.
AED
PAVIMENTVM
D.S.P.F.C.

c'est-à-dire : *Publius (et) Marcus Salonii, Tiberii filii, œdiles, pavimentum de sua pecunia faciundum curaverunt*[1].

Le même usage se retrouve, sous l'empire, par exemple, dans cette inscription de Rome :

LIBERTIS. ET. FAMILIAE
TI.TI.CLAVDIORVM   .
EROTIS. ET. FELICIS
AVG. L A. RATIONIBVS, etc.

c'est-à-dire : *Libertis (et) familiæ Tiberii et Tiberii Claudiorum Erotis et Felicis, Augusti* (de Tibère) *libertorum a rationi-bus*, etc., ou en d'autres termes : *Libertis et familiæ Tiberii Claudii Erotis et Tiberii Claudii Felicis, Augusti libertorum a rationibus*, etc. On peut rapporter à la même époque le frag-ment suivant conservé au musée d'Este :

VIA.PRIVATA.C.Q.LAR
GIS.L.F.ET.C.
OLI.SALVI.
ITER.DEBET
VR.FVNDO.ENIANO.ET.....

c'est-à-dire : *Via privata, Caio (et) Quinto Largiis, Lucii filiis et Caio Olio (?) Salvio iter debetur fundo Eniano et...*[2].

---

[1] Autre exemple dans Mommsen, *Inscr. regni neapol.*, n° 6149.

[2] Orelli, n°ˢ 4377 et 5576. Ce dernier numéro fait partie d'un supplément au Recueil d'Orelli, dont l'éditeur avait bien voulu me communiquer, en

Enfin les inscriptions grecques imitent ce latinisme, comme
on le voit par un monument de Délos que consacrèrent à
un bienfaiteur de leur famille deux Romains, les frères
Pédius : Λεύκιος καὶ Γάιος Πέδιοι, Γαίου υἱοί, Ῥωμαῖοι [1], et cela
bien avant l'ère chrétienne, au temps de Ptolémée Evergète II
ou Physcon.

La possession commune d'un même esclave par plusieurs
maîtres, suite naturelle du droit de propriété ainsi étendu
jusque sur la personne humaine, et, après l'affranchissement,
la perpétuité d'un droit commun de tutelle sur l'esclave
affranchi, se montrent clairement dans les lignes 4, 6, 7, 8
et 9 de l'inscription des Trébonius. L'inscription de Sergius
Démétrius, citée plus haut, p. 355, atteste le même fait. Nous
le retrouvons encore dans un monument qui paraît être du
premier siècle de l'empire :

T.ARETIVS.T C.L.L.
APIOLVS IIIIII VIR
IDEM.AVGVSTALIS, etc.

c'est-à-dire : *Titus Aretius, Titi, Caii (et) Lucii (Aretiorum)
libertus, Apiolus, sevir idem Augustalis*, etc.[2]. Mais nous le
voyons constaté plus évidemment encore dans une inscription de Rome [3], que je transcrirai à cause de son importance :

Q CAECILIVS Q L PAPIA
SIBI ET LIBERTIS ET LIBERTABVS. QVI. SVNT COMMVNES CVM
CAECILIA. Q. L. DIONISIA. ET. POSTERIS. LIBERTORVM. ET. LIBERTARVM. EORVM
CAECILIA Q L DIONISIA
SIBI ET LIBERTIS ET LIBERTABVS QVI SVNT. COMMVNES CVM Q.
CAECILIO Q.L PAPIA ET. POSTERIS LIBERTORVM ET. LIBERTARVM. EORVM.

1844, les premières feuilles. M. Orelli l'avait extrait du livre de Furlanetto
intitulé : *Le antiche Lapidi del museo d'Este* (Padoue, 1833).

[1] *Corpus inscr. græc* , nᵘ 2285. Autres exemples, nᵒˢ 337, 2803 et 5993.

[2] Orelli, nᵘ 3926, texte complété et corrigé dans la note de l'éditeur sur
le numéro 5376 du supplément mentionné plus haut, p. 370, n. 2.

[3] Orelli, nᵘ 5012. Le même fait est attesté pour la Grèce, dans plusieurs
actes d'affranchissement dont j'ai donné une analyse dans le *Journal gé-*

Ce texte est d'une clarté qui me dispense de toute explication; mais j'en rapprocherai une inscription doublement intéressante par son rapport avec la question des *liberti communes* et avec une particularité grammaticale dont l'examen va bientôt nous occuper Un très-habile épigraphiste, Olaus Kellermann, l'avait copiée au Vatican; en la publiant d'après les papiers de Kellermann, M. Otto Jahn ne nous apprend rien sur la forme de l'écriture ni sur les caractères extérieurs du monument qui nous l a transmise.

CN.CN.CN.SEPTVMIEIS CN.CN.C.L
PHILARGVRVS.MALCHIO.PHILEROS.ARG
CORNVFICIA.Ɔ.L.   SELENIO
SEPTVMIA.CN.CN.L.AUGE [1].

On y reconnaît facilement cinq personnages affranchis de la famille *Septumia* : 1° Cnéius Septumius Philargurus (pour *Philargyrus*, comme on le voit sur plusieurs autres monuments [2]); 2° Cnéius Septumius Malchio; 3° Cnéius Septumius Phileros , tous trois *argentarii*, c'est-à-dire probablement « ouvriers en bijoux ou en ustensiles d'argent; » (mais ces trois affranchis appartenaient-ils en commun aux trois frères Septumius, ou respectivement à chacun des trois frères, c'est-à-dire Philargurus au premier Cnéius; Malchio au second Cnéius, et Phileros à Caius Septumius? La chose me semble aujourd'hui difficile à décider; en tous cas, on a d'autres exemples d'esclaves possédés en commun, puis affranchis [3]); 4° l'affranchie Cornuficia Selenio, qui avait appartenu certainement à une Cornuficia; 5° Septumia Augé, affranchie commune des deux Cnéius Septumius.

néral de *l'instruction publique* du 2 juillet 1845, et dont le nombre s'est fort augmenté par les découvertes de MM. Foucart et Wescher dans les ruines de Delphes.

    [1] *Specimen epigraphicum*, etc., p. 96. Ritschl, *Tab.* XCIII.
    [2] Mommsen, *Inscr. regni neapol.*, nos 5602, 5990, 6171.
    [3] Mommsen, *Inscr. regni neapol* , nos 2564, 2897, 5681, 5825.

Maintenant, le mot *Septumieis* est-il un datif pluriel, et
« s'agit-il, » par conséquent, dans l'inscription, « d'une dédicace en l'honneur de trois Cnéius Septumius par cinq affranchis, » comme le pensait M. Letronne[1] ? On en doutera peut-
être, si l'on remarque que, dans cette hypothèse, les trois
affranchis seraient, contrairement à l'usage, mentionnés,
comme de simples esclaves, par leur nom propre, tandis que
les deux femmes affranchies le seraient seules par leur double
nom : Cornuficia Selenio, Septumia Augé. Le monument des
Trébonius, par sa ressemblance avec celui des Septumius,
donne plus de force encore à notre objection. Or, la difficulté
disparaît, si l'on veut reconnaître dans *Septumieis*, comme
plus haut dans *turarieis* et *liberteis*, un nominatif pluriel archaïque de la deuxième déclinaison, ce qui, d'ailleurs, s'accorde assez bien avec les autres signes d'archaïsme qu'offre
l'inscription des Septumius, comme l'*u* pour l'*i* dans le nom
même de ces personnages et dans celui de *Cornuficia*, et
l'emploi de l'*u* pour l'*y* dans la transcription latine du nom
grec Φιλάργυρος.

Nous avons déjà signalé[2] ailleurs cette forme du nominatif
pluriel en *eis* ou *es*, pour la deuxième déclinaison, forme
longtemps inaperçue et qui, aujourd'hui démontrée par de
nombreux exemples, et par des exemples portant une date
précise, nous semble l'indice d'une époque fort ancienne, car
on ne la retrouve plus avec certitude après l'an de Rome 648
ou 650. En voici deux exemples nouveaux ou peu connus en
France, que nos lecteurs nous sauront gré peut-être de transcrire, le second surtout devant prendre place parmi les plus
anciens monuments de la langue latine et du paganisme romain. M. Henzen les a publiés, en 1845, dans le *Bulletin de*

---

[1] *Revue archéologique* de 1846-1847 (3ᵉ année), p. 394.
[2] *Revue archéologique* de 1847-1848 (4ᵉ année), p. 197; note qui sera
reproduite plus bas, page 377 de ce volume.

l'Institut archéologique de Rome[1]. Le premier est de Massa, dans le pays des Marses :

P.T.SEX.HERENNIEIS.SEX.F.
SVPINATES.EX.INGENIO.SVO.

c'est-à-dire : *Publius, Titus (et) Sextus Herennii, Sexti filii, Supinates, ex ingenio suo* (sous-entendu *posuerunt* ou quelque mot offrant le même sens).

La seconde provient de Sora ; le fac-simile qu'en a récemment publié M. F. Ritschl[2] nous montre des caractères d'écriture parfaitement d'accord avec l'archaïsme du langage.

M P.VERTVLEIEIS.C.F
QVOD.RE.SVA.D[IF]EIDENS.ASPER[E]
AFLEICTA.PARENS.TIMENS
HEIC.VOVIT.VOTO.HOC
SOLVT[O DE]CVMA.FACTA
POLOVCTA.LEIBEREIS.LVBE[N]
TES DONV.DANVNT
HERCOLEI.MAXSVME
MERETO.SEMOL.TE
ORANT.SE [V]OTI.CREBRO
CONDEMNES.

c'est-à-dire, selon l'orthographe classique : *Marcus (et) Publius Vertuleii, Caii filii, quod re sua diffidens aspere afflicta*[3] *parens timens hic vovit, voto hoc soluto, decuma facta, pol-*

---

[1] Page 71. Textes reproduits dans le recueil de M. Mommsen, *Inscr. regni neapol.*; n°ˢ 5618 et 4405.

[2] *Monumenta epigraphica tria ad archetyporum fidem exemplis lithographis expressa commentariisque grammaticis inlustrata.* Berolini, 1852, p. 14; *Priscæ latinit. monum. epigr*, *tab.* LII.

[3] *Difeidens, afleicta*, dans l'original, selon l'usage ancien de ne pas redoubler les consonnes. De même, plus bas, *poloucta* pour *pollucta*. Voir Quintilien, 1, 7, § 13; et Marius Victorinus, p. 2456 des grammairiens latins de Putsch.

lucta[1], *liberi libentes donum*[2] *dant*[3] *Herculi*[4] *maxime merito;
simul*[5] *te orant se voti crebro condemnes ;* ou, avec l'ancienne
orthographe , et selon une division en vers saturnins qui
semble indiquée par des espaces sensibles entre les mots dans
l'original :

Quod, re sua difeidens | aspere afleicta,

Parens timens heic vovit, | voto hoc soluto,

Decuma facta, poloucta, | leibereis lubentes

Donu danunt Hercolei | maxsume mereto.

Semol te orant se voti | crebro condemnes [6].

Ce que l'on peut traduire en français par :

« Marcus et Publius Vertuleius, fils de Caius, [ont consacré cette
offrande.] »

« Le vœu que, dans la détresse de sa fortune, leur père, défiant et in-
quiet, a promis ici d'accomplir, ses enfants l'accomplissent de bon cœur, en
prenant la dime [de leur gain ?] et en la consacrant comme un don à
Hercule, qui l'a bien mérité. En même temps [ô Hercule], ils te prient de
leur donner souvent occasion d'accomplir un vœu (c'est-à-dire : de pareils
vœux). »

Sans épuiser tout ce qu'un pareil texte peut suggérer de

---

[1] Vieux mot de la langue des sacrifices, pour *consecrata.* Plaute, *Stichus,*
I, 3, vers 80 :

Uti decumam partem Herculi polluceam.

De même *decuma facta*, dans une inscription archaïque de Bazzani
(Mommsen, *Inscr. neapol. regni,* nº 3756).

[2] *Donu* pour *donum*, comme dans la deuxième inscription du tombeau des
Scipions : *Corsica, Aleria, urbe, aide,* pour *Corsicam,* etc.

[3] *Danunt* pour *dant*, comme dans une dizaine d'exemples de Plaute selon
M. Ritschl. On a recueilli dans les plus vieux auteurs des formes verbales
analogues : *nequinunt* pour *nequeunt, solinunt* pour *solent,* etc.

[4] *Hercolei* dans un fragment archaïque, Mommsen, *Inscr. regni neapol.,*
nº 5757. Cf. nº 5756, le fragment d'une formule de vœu qui offre beaucoup
de ressemblance avec celle des frères Vertuléius.

[5] *Semol* pour *simul, mereto* pour *merito, o* pour *u, e* pour *i,* sont deux
archaïsmes caractéristiques. De même *cosol* pour *consul, honc* pour *hunc,
hec* pour *hic, dedet* pour *dedit,* dans la deuxième épitaphe du tombeau des
Scipions.

[6] Voir *Latini serm. reliq.,* p. 114, et Hermann, *Elementa doctrinæ me-
tricæ,* III, 8.

remarques grammaticales, et en se bornant aux comparaisons
indiquées ici dans les notes, on appréciera facilement l'importance du précieux document que nous venons de transcrire. Et le style, et le rhythme encore grossier, et le ton
grave de cette dédicace, et le vœu qui la termine, tout, en
un mot, respire la naïveté des vieux âges. Aussi, bien qu'elle
ne porte aucune date, l'inscription des deux Vertuléius peut-
elle être attribuée avec confiance au temps de Plaute. C'est,
à ce qu'il semble, l'opinion de M. F. Ritschl, juge si compé-
tent en ces matières, et qui a fait sur la latinité de Plaute des
études si ingénieusement approfondies [1].   .

Les notes recueillies aux environs de Rome par M. Desjardins nous fourniraient encore une assez riche moisson de
pièces intéressantes, et, pour la plupart, inédites ; mais il faut
nous arrêter. Nulle science n'expose plus que l'épigraphie
aux digressions de tout genre ; une inscription en rappelle une
seconde, et celle qu'on vient de citer à titre de commentaire
veut elle-même être éclaircie et commentée par d'autres.
Qu'il nous suffise d'avoir montré ici, au moyen de quelques
textes inédits ou peu connus, quels secours nouveaux l'épigraphie peut offrir encore à l'histoire des langues et des idées
dans le monde ancien.

---

[1] Voir les Prolégomènes de la nouvelle édition des comédies de Plaute
(Bonn, 1848), le recueil intitulé : *Parergon Plautinorum Terentiano-
rumque volumen* I (Leipzig, 1845), et dans le *Rheinisches Museum*, 5e série, t. IX, p. 156-159. *Plautinische Excursus : Nominativus pluralis der* 2
declination auf is.

XVI

NOTES

———————

**§ 1. Sur deux inscriptions latines archaïques,
l'une de Terracine, l'autre de Cora[1].**

Dans le *Bulletin de l'Institut archéologique de Rome* pour
1842, M. G. Melchiori a publié une inscription curieuse, récemment découverte sur l'emplacement de l'ancienne ville
de Terracine. Cette inscription se compose de deux lignes en
très-grands et beaux caractères avec encadrement, le tout en
mosaïque ; elle s'étend sur le pavé d'un édifice que l'on suppose avoir été un temple, depuis le seuil de la porte jusqu'au
fond de la *cella*. Voici ce qu'il en reste aujourd'hui :

...... IVS.SER.F.GALBA.COS.PAVIMENTVM
....T.EISDEMQVE.PROB[AVIT][2].

Admettant que tous les Sulpicius Galba ont porté le prénom
Servius qui était comme une seconde partie de leur nom de
famille ; s'aidant d'ailleurs, pour la seconde ligne, de formules analogues qu'on trouve assez fréquemment sur les
marbres ; enfin, conjecturant, d'après des indices archéologiques dont nous n'avons pas à discuter ici la valeur, que le

———————

[1] Publié dans la *Revue Archéologique* de 1848.
[2] Texte reproduit dans le recueil de M. Ritschl, *Tab.* LVI.

temple en question était consacré à Minerve, M. Melchiori complète l'inscription de la manière suivante :

SER SVLPICIVS.SER.F.GALBA COS.PAVIMENTVM
AED.MINERVAE.LOCAVIT.EISDEMQVE.PROBAVIT.

Maintenant il s'agit de savoir auquel des Sulpicius Galba, consuls sous la république et sous l'empire, elle peut être rapportée. Sur ce point, le savant éditeur déclare rester dans le doute. Nous croyons que l'inscription lui offrait un indice utile pour la solution du problème : c'est la forme *eisdem* comme nominatif singulier masculin du pronom *idem, eadem, idem*. Cette forme, en effet, dépendant de l'ancienne déclinaison du pronom *idem*, laquelle rentrait dans le paradigme imparisyllabique de la *troisième déclinaison*, est un signe indubitable d'archaïsme, d'autant plus qu'on ne peut, sur un monument de cette importance, l'attribuer à quelque erreur de copiste. Longtemps méconnu dans ce mot et dans plusieurs autres, l'usage en peut être aujourd'hui démontré par un assez grand nombre d'exemples que je réunirai ici parce qu'ils n'ont pas encore été, que je sache, réunis et classés avec méthode :

1. *Eeis* pour *ii; ques* pour *quei* (qui se trouve un peu plus bas), lequel est lui-même pour *qui* (Sénatus-consulte sur les Bacchanales, an de Rome 568);

2. *Q. M. Minucieis Q. F. Rufeis,* pour *Quintus* et *Marcus Minucii, Quinti filii, Rufi,* c'est-à-dire Q. Minucius Rufus et M. Minucius Rufus, fils de Q. Minucius Rufus. (*Sententia de finibus inter Genuates et Veiturios;* an de Rome 636);

3. *Eus* pour *eis,* lequel est lui-même pour *ii* au nominatif pluriel(*Ibid.* Quant à l'emploi de *u* pour *i,* on peut comparer : *partus* pour *partis; Castorus* pour *Castoris; Venerus* pour *Veneris,* etc., *Latini serm. reliq.,* nᵒˢ XXXII, XXXIII et nᵒ XXXI, avec la note, p. 252);

4. *Quei facteis erunt* pour *qui facti erunt* (Fragment de la

loi agraire attribuée au tribun Thorius, § XII de la restitution de M. Rudorff, vers l'an de Rome 642);

5. *Eisdem joudices* pour *iidem judices ; eis judices* pour *ii judices* (Fragments de la loi judiciaire attribuée à Servilius, § x de la restitution de Klenze, vers la même date);

6. *Heisce magistreis* pour *hice* (*hi*) *magistri* (Acte de la construction d'un mur et de la célébration de jeux en l'honneur de *Venus Jovia* à Capoue. Orelli, *Inscr. lat.*, n° 2487, plus correct dans Furlanetto, *Antiche lapide del museo d'Este*, p. 15 ; an de Rome 645);

7. *Heisce magistreis* pour *hi magistri*, et un peu plus bas *eidem* (non *eisdem*) pour *iidem* (Acte analogue au précédent. Fabretti, c. IX, n° 298, an de Rome 647);

8. *Eisdem* (bis) pour *iidem*, et plus bas *ieis* pour *ii*. (Arrêté de la colonie de Puteoli pour la construction d'un mur, *Latini serm. reliq.*, p. 249, an de Rome 648.) Il est remarquable que dans le même monument, si toutefois le texte en a été bien lu, on retrouve plus bas *eidem* pour *idem*, au nominatif singulier, et même *idem*. (*Primeis* pour *primi*, à la fin, me semble trop douteux pour qu'il soit permis de s'en autoriser ici.)

9. Rien n'empêche d'attribuer également au septième siècle de la république l'exemple fourni par l'inscription relative aux trois frères Septimius qui est citée plus haut, p. 372 :

10.　　　Q.VIBIVS.L.F.
　　　　DIANAE.V.S. (*Votum solvit*, ou *voto soluto*.)
　　　　EISDEM ARAM
　　　　D.S.F.C. (*De suo faciendam curavit* [1].)

où *eisdem* est pour *idem* au nominatif singulier.

J'ai cru d'abord trouver un grave argument contre l'attribution de ces divers exemples d'archaïsme au dernier siècle

___
[1] Cavedoni, *Indicazione antiquaria del reale museo Estense*, 1842, in-8, p. 108.

de la république, dans l'inscription qui se lit sur la porte du temple d'Hercule à Cora :

M.MA[E]LIVS.M.F.L.TVRPILIVS.L.F.DVOMVIRES.DE.SENATVS
SENTE[N]TIA.AEDEM.FACIENDAM.COERAVERVNT.EISDEMQVE.PROBAVERE

où *duomvires* est pour *duumviri, coeraverunt* pour *curaverunt*, et *eisdem* pour *iidem*. En effet, Winckelmann[1] et d'après lui Nibby[2] et Canina[3], attribuent au temps de Tibère l'édifice qui porte cette inscription. Mais ayant soumis là-dessus mes scrupules à deux habiles architectes, MM. Guénepin et Famin, anciens pensionnaires de l'école de Rome, qui pendant leur séjour en Italie ont fait des études spéciales sur les ruines de Cora, j'ai bientôt reçu l'assurance que rien n'autorisait à placer au commencement de l'ère chrétienne la date du temple en question. M. Famin a même bien voulu, avec une obligeance dont j'aime à le remercier ici, mettre à ma disposition ses dessins exécutés sur les lieux, et autoriser la *Revue archéologique* à en publier les parties les plus caractéristiques comme pièce justificative. On peut donc aujourd'hui se convaincre que le temple élevé dans la ville de Cora, par Mælius et Turpilius, a toutes les apparences d'une construction du temps de Sylla; et, s'il en est ainsi, les formes *eisdem* et *duomvires* doivent s'ajouter aux exemples ci-dessus rassemblés.

Je n'oserais en dire autant de *isdem* pour *idem*, au nominatif singulier, dans l'inscription suivante, à laquelle s'attache malheureusement le nom suspect de Ligorio :

L.AQVILLIVS.D.L.
MODESTVS.MAGISTER
QVINQVENNALIS COLLEGII.FABRORVM
TIGNVARIORVM OSTIENSIVM.LVSTRI.II
ISDEM.AVGVSTALIS.FECIT.SIBI, etc[4].

1 *Storia dell' Arte*, t. III, p. 50. éd. Rom., in-4.
2 *Viaggio*, etc , t. II, 209, suivi par M. Orelli, n° 3808.
3 *Architettura romana*, parte III, p. 65.
4 Gruter, p. 560, n° 2.

Il me semble, en effet, que tout indiquera ici aux connaisseurs une inscription de l'époque impériale. Le titre seul
d'*Augustalis*, comme il ressort de nos Observations récentes
sur ce sujet dans le tome troisième de la *Revue*, ne peut remonter au delà des dernières années du principat d'Auguste.
Peut-être *isdem* est-il une faute du graveur lapidaire, ou bien
du copiste [1]; sinon, il y faudrait reconnaître un de ces archaïsmes d'imitation, assez fréquents sur les marbres, où,
en général, ils sont faciles à distinguer des archaïsmes réels
et sincères [2].

Le nominatif masculin singulier ou pluriel a laissé aussi
quelques traces dans les auteurs : « QUES, nous dit Festus [3],
antiqui dixerunt (pour *qui*); *inde declinatum remanet dativo*
QUIBUS. » Varron nous a conservé ce fragment des *Annales*
d'Ennius :

Decem cochtes, *ques* montibu' summis
Rhiphæis fodere [4].

Et un passage, malheureusement un peu obscur, du grammairien Charisius semble nous montrer que César, dans son
livre *de Analogia*, conseillait l'usage du nominatif pluriel
iisdem pour *iidem* ou *idem* pour éviter la confusion avec le
nominatif singulier *idem* [5].

[1] Le texte de Muratori, p. 521, 3, porte *idem*, au lieu de *isdem*.

[2] *Eisdem* pour *idem* dans Orelli, n° 548 (monument en l'honneur de Va-
lerius Publicola), appartient à une inscription que l'on s'accorde à regarder
comme apocryphe.

[3] Au mot *Ques*, page 69 du manuscrit, reproduit par Orsini; 261, éd.
Muller.

[4] *De Lingua latina*, VII, 71, éd. Muller.

[5] I, p 86 : « *Is* homo *idem* compositum facit, nisi quia (quod?) Cæsar,
libro secundo, singulariter *idem*, pluraliter *iisdem* dicendum affirmat; sed
consuetudo hoc non servat.» C'est probablement par la même particularité
qu'il faut expliquer cette phrase d'un poète contemporain de Sylla, ou Nonius qui la cite (IX, p. 500, éd Merc.) voit un *accusatif* pour un *nominatif*:
Quot lætitias insperatas modo mihi inrepsere in sinum. Cf. Burnouf,
Gramm. lat, § 120.

Pour revenir après un si long détour[1] à l'inscription de
Terracine, les rapprochements qui précèdent circonscrivent
l'époque dans les limites de laquelle on peut la placer.
Quoique les Sulpicius Galba possédassent au premier siècle
de notre ère une belle villa auprès de Terracine[2], ce n'est
certainement pas à cette période que peut appartenir le consul qui a fait faire la mosaïque récemment découverte ; il
faut remonter plus haut dans la généalogie de la famille Sul-
picia. Sous la république, le dernier consul qu'elle nous offre
est Ser. Sulpicius Galba, consul en 645 avec L. Hortensius,
puis avec M. Aurélius Scaurus, et ainsi contemporain de plusieurs des monuments où nous avons relevé le trait d'archaïsme dont la mosaïque de Terracine a fourni un nouvel
exemple[3]. Mais on peut, à la rigueur, remonter jusqu'au
célèbre orateur Ser. Sulpicius Galba, consul avec L. Aurélius
Cotta en 609, ou même jusqu'à P. Sulpicius Galba, fils de
Ser. Galba, consul en 553, avec un autre Aurélius Cotta ; car
on remarquera que, le prénom n'existant plus sur le monument en question, M. Melchiori était libre de restituer p. au
lieu de SER. Cette dernière année serait celle du commencement de la guerre avec Philippe, et de la représentation de
l'*Epidicus* de Plaute[4]. Il reste à savoir maintenant si les

---

[1] Je crois devoir réparer une omission qui m'est échappée lors de la
rédaction de cette notice. M. Henzen a publié, dans le *Bulletin* de l'Institut
archéologique de Rome (1845, p. 71 et suiv.), une inscription de Sora qui
offre encore deux exemples du fait grammatical signalé ici, et à cette occasion il en a rassemblé quelques autres exemples qui ne m'étaient pas tous
connus. Sa liste, d'ailleurs, omet quelques-unes de ceux que j'ai relevés plus
haut. On pourra donc compléter les deux listes l'une par l'autre.

[2] Suétone *Galba*, c. iv : « Sergius Galba imperator, M. Valerio Messalla,
Cn. Lentulo consulibus natus est IX kal. januarii in villa colli superposita
prope Terracinum sinistrorsum Fundos petentibus. »

[3] C'est précisément sous les consuls de 645 qu'a été écrite l'inscription
n° 2487 d'Orelli qui porte *heisce magistreis*, pour *hi magistri*.

[4] Voir E. W. Fischer, *Roemische Zeittafeln* (Altona, 1846), p 96.

caractères de l'écriture et ceux de l'architecture permettent d'attribuer à ces ruines une aussi haute antiquité, c'est ce que nous ne saurions dire ; nous croyons, du moins, avoir établi que l'inscription de Sulpicius Galba peut désormais compter parmi les plus anciens monuments de la langue latine, et qu'elle constitue, dans la question archéologique soulevée par les découvertes de Terracine, un argument de quelque importance.

Nous n'ajouterons plus qu'une courte remarque sur la restitution de M. Melchiori. *Locare* est l'expression consacrée pour les marchés qu'un magistrat romain concluait, au nom de l'État, avec un *redemptor*. Mais rien ne prouve que Galba, faisant paver en mosaïque l'édifice décrit par le savant italien, agit avec un caractère public, et qu'il ait conclu un marché de ce genre. Aussi, quelle que soit l'opinion des juges compétents sur l'attribution qui est faite de l'édifice au culte de Minerve, il nous semble qu'au lieu de AED. MINERVAE. LOCAVIT, on ferait mieux de lire simplement FACIVNDAM CVRAVIT, ou plutôt COERAVIT selon l'ancienne orthographe, ce qui, d'ailleurs, convient très-bien pour le nombre des lettres. On connaît l'inscription du pont Fabricius, à Rome, dont voici les trois premières lignes :

L.FABRICIVS.C.F.CVR.VIAR.
FACIVNDVM.COERAVIT....EIDEMQVE
PROBAVEIT (*sic*) [1].

De même Q. Lutatius Catulus, en 675, ayant reconstruit le *Tabularium* du Capitole, y inscrit la formule FACIVND. CVRAV. Enfin, à Herculanum, deux magistrats MACELLVM. DE. SVA. PECVNIA. FACIVNDVM. CVRAVERVNT. EIDEMQVE. PROBARVNT [2].

De toute façon, si l'on maintient le mot LOCAVIT, on pour-

[1] Orelli, n° 50, Cf. n° 3270

rait le faire précéder de FACIVNDVM, comme dans cette inscription de Pompeï [1] ·

C.QVINTIVS.CF.VALG.
M PORCIVS M.F.
DVOVIR.DEC.DECR.
THEATRVM.TECTVM
FAC.LOCAR.EIDEMQ.PROB.

C'est ainsi que Sulpicius écrit à Cicéron, en parlant des funérailles de M. Marcellus : « Postea curavimus ut eidem Athenienses in eodem loco monumentum ei marmoreum *faciendum locarent*. » (*Epist. ad Div.*, IV, 12.)

§ 2. Sur deux monuments conservés au Cabinet imperial des medailles [2].

Il est dans l'esprit d'une compagnie comme la nôtre de recueillir et de publier les moindres monuments de l'antiquité, pourvu que leur interprétation puisse servir à l'histoire des langues, des mœurs, des institutions ou des personnages célèbres. Cette réflexion m'encourage à communiquer à l'Académie l'inscription peu connue jusqu'ici d'un saumon de plomb argentifère provenant des environs de Carthagène et appartenant, depuis une quinzaine d'années, au Cabinet des médailles, où il a été envoyé par M. J. Tastu, alors en mission pour la recherche des antiquités romaines en Espagne. Les monuments de ce genre ne sont pas très-communs ; on en possède quelques-uns en France [3]. Il en existe un assez grand nombre dans les musées d'Angleterre ; mais tous por-

---

[1] Orelli, n° 5294.

[2] Note lue à l'Académie des belles-lettres, dans sa séance du 50 octobre 1861.

[3] Voir les Mémoires de la Société historique de Châlon-sur-Saône, t III, pl. XI; la Note de l'abbé Cochet dans la *Revue archéologique* de 1856, p 548, et le *Bulletin monumental* de M. de Caumont, vol. XXII, p. 409.

tent des empreintes de date impériale, à l'exception de l'exemplaire semblable au nôtre, qui a été récemment déposé au
British Museum [1]. Deux autres exemplaires, semblables à ce
dernier, me sont signalés par M. Léon Renier comme recueillis par l'Académie royale d'histoire, à Madrid. Mon savant
confrère m'apprend aussi que l'inscription de notre monument a été publiée par M. Mommsen, mais sans commentaire, dans le *Rheinisches Museum* [2]. Elle l'a été aussi, mais
avec une fausse interprétation, en Angleterre par M. Way.
Quelque notoriété qu'attestent ces renseignements, il ne me
paraît donc pas inutile d'attirer plus spécialement l'attention
de la Compagnie sur une pièce si remarquable par son état
de conservation et par son ancienneté.

Ce bloc a environ la forme d'une moitié de cylindre, avec
une hauteur de 0^m, 08 centimètres, sur une longueur de 0,23
et une largeur de 0,90 sur sa base plane. L'inscription est en
relief, et elle occupe un espace creux de 0,22; les lettres ont
environ 0,014 de hauteur; elles sont d'une forme grasse et
assez régulière.

Le texte, ainsi conçu :

M.P.ROSCIEIS.M.F.MAIC

c'est-à-dire : *Marçus* [et] *Publius Roscieis Marci filieis Mœc*[ieis]

se recommande à l'attention des antiquaires par deux particularités qui, sans être tout à fait nouvelles, sont cependant
assez rares pour mériter quelque explication.

C'est d'abord la forme du nominatif archaïque *Roscieis*

---

[1] Voir le Mémoire intitulé : *Enumeration of blocks or pigs of lead and
tin, relics of roman metallurgy, discovered in Great-Britain* (extrait du
Journal archéologique, t. XVI), par M. A. Way. J'en dois la connaissance
à l'obligeance de M. Chabouillet, conservateur du Cabinet des médailles.

[2] Nouvelle série, t. IX, p. 455. Un cinquième exemplaire, acheté à Carthagène, par M. Aug. Le Barbier, pour le compte du gouvernement français, a été envoyé à Paris par ce voyageur; il est aujourd'hui déposé au
Musée de Saint-Germain.

pour *Roscii*, pluriel qui s'accorde avec les prénoms Marcus
et Publius notés ici par leurs deux initiales M et P. Cette
forme du nominatif pluriel de la seconde déclinaison, longtemps méconnue [1] et quelquefois prise pour un datif [2], est
un signe d'archaïsme à peu près incontestable, et dont nous
avons jadis apprécié toute la valeur à propos d'une inscription du temple de Cora [3]. Il est d'ailleurs confirmé par l'emploi de la diphthongue AI pour AE dans la syllabe initiale
du mot MAIC[IEIS]. Cela ne permet guère de reporter
l'inscription à une époque plus basse que le siècle de Sylla.

Le second fait à noter dans notre petite inscription, c'est
l'usage, d'ailleurs très-grammatical, pour les noms romains, soit écrits en lettres latines [4], soit transcrits en lettres
grecques [5], de faire accorder plusieurs prénoms au singulier
de personnages appartenant à la même famille avec le nom,
mis au pluriel, de cette famille.

Quant aux deux frères entrepreneurs dont le nom se lit sur
cet intéressant spécimen de métallurgie, il me paraît difficile,
sinon impossible, de les rattacher avec certitude à l'une quelconque des familles déjà connues, soit par les auteurs, soit
par les inscriptions, où figurent, tantôt réunis [6], tantôt sépa-

---

[1] Elle l'est, entre autres, par l'éditeur anglais de notre texte dans la
dissertation citée plus haut, p. 385. Voir les exemples réunis plus haut,
p. 378, et les précieux Mémoires de M. Fr. Ritschl sur les plus anciennes
inscriptions latines de l'Italie, surtout le Mémoire intitulé : *Monumenta
epigraphica tria* (Berlin, 1852), p. 14, et une note du même savant dans le
Rheinisches Museum, nouvelle série, t. IX, p 156. Cf. Mommsen, *ibid.*,
p. 454, et l'ouvrage du même savant, intitulé : *Unterital. Dialekten*, p. 227,
où l'on voit que la déclinaison osque possède des formes analogues.

[2] C'est ce qui était arrivé au savant M. Letronne dans un article de la
Revue archéologique, III° année, p. 394.

[3] Voir plus haut, p. 380.

[4] Par exemple, dans Orelli, *Inscr. lat.*, nos 4377, 5376, etc.

[5] Par exemple, dans le *Corpus inscr. græc.*, n° 2285. Cf. plus haut, p. 371.

[6] Je n'en connais que l'exemple qui m'est signalé par mon savant con-

rés, les noms *Roscius* et *Mæcius* ou *Mæcilius*[1]. Je ferai seulement sur le nom de ces personnages une remarque qui n'est pas sans importance : c'est qu'ils indiquent évidemment des Romains de condition libre, et que, par conséquent, ils se rapportent, selon toute vraisemblance, à deux personnages de la classe des chevaliers. On sait que, surtout vers le temps de Sylla et de la jeunesse de Cicéron, les chevaliers avaient la haute main. à Rome et dans les provinces, sur toutes les affaires de finances. On sait, de plus, que l'Espagne, depuis longtemps célèbre par la richesse de ses mines, fut envahie après la prise de Numance par les spéculateurs italiens[2]. Rien n'est donc plus naturel que de voir deux publicains, du nom de Roscius, exploiter, vers ce temps, des mines d'argent dans une province espagnole. On peut admettre encore que Lucius Roscius Ælianus Mæcius Celer, consul *suffectus* sous le règne de Trajan (an de Rome 852), fût un descendant de la famille équestre dont deux membres ont inscrit leur nom sur le plomb dont il s'agit. Ce progrès de la fortune d'une même famille n'aurait rien d'extraordinaire ; mais il vaut mieux s'arrêter en deçà de conjectures dont aucune preuve certaine ne vient appuyer la vraisemblance.

Le caractère archaïque du monument des frères Roscius

frère M. L. Renier, comme reproduit deux fois dans le recueil d'Orelli, n° 3569, d'une manière incomplète, et plus exactement n° 4952, d'après Amaduzzi (*Anecd lit*, t. IV, p 520), qui l'avait collationné sur le monument original. Au reste, M L. Renier pense que MAIC n'est point ici l'abréviation de *Maecii* ou *Maecilii,* qui, suivant lui, ne peut être un surnom ; il y voit le nom de la tribu *Maecia,* à laquelle auraient appartenu les deux frères.

[1] Voir, dans le seul recueil de Mommsen, n° 635 : L Roscius Ælianus ; n° 816 : Roscius L. F. ; n° 6769 (IV) : L. Roscius ; n° 6760 (VI) : P. Roscius Crescens, etc. Le nom *Maecilius* se trouve sous sa forme grecque Μαικίλιον, dans une inscription d'Athenes, publiée par l'*Éphéméride archéologique,* n° 2083

[2] Voir les témoignages réunis dans la dissertation de Garofalo (Caryophilus), *De antiquis auri, argenti — plumbique fodinis,* p. 16 et suiv.

nous induit à en rapprocher un autre petit monument trouvé aux environs de l'ancien *Tibur*, vers la fin du dix-septième siècle, et qui fait aujourd'hui partie de la même collection nationale. C'est un bronze de 0,12 sur 0,025, portant à sa partie supérieure deux anneaux adhérents au corps de la plaque, et, par conséquent, disposés pour la suspendre, soit à deux clous, soit à une double chaînette, comme cela se voit aussi dans la célèbre table de bronze d'Olympie [1] et dans celle de Chaléion [2]. Ici une même dédicace se trouve reproduite sur les deux faces, mais avec de notables variantes, soit d'orthographe, soit d'expression. D'un côté on lit :

C.PLACENTIVS.HER.F

MARTE.DONV.DEDE

c'est-à-dire : *Caius Placentius Herii filius Marte donu dede ;*

et de l'autre :

C.PLACENTIOS.HER.F

MARTE SACROM

c'est-à-dire : *C. Placentius Herii filius Marte sacrom*. Des deux côtés, sauf le mot *Marte* pour *Marti,* les archaïsmes semblent se balancer ; car, si *Placentius* est plus moderne que *Placentios,* d'autre part, *donu dede* pour *donum dedi* nous offre un archaïsme de plus que *sacrom ;* et même, peut-être *dede* une faute d'orthographe qui, d'ailleurs, ne serait ni sans raison ni sans conséquence ; car le *t* à la fin d'un mot qui termine une phrase pouvait n'être pas prononcé ; n'étant pas prononcé, l'écriture le négligeait, et nous avons d'autres exemples de cette négligence [3], qui semble expliquer

---

[1] *Corpus inscr. græc.,* n° 11 ; Franz, *Elem epigr. gr.,* n° 24.

[2] Rangabé, *Antiq. hell.,* n° 356b (tome II).

[3] Orelli, n° 3740 : *dedicarumque* (sic ?) pour *dedicarunt* ; n° 5119 : *vivon* pour *vivunt.* A cette analogie semblent se rattacher, en grec, les troisièmes personnes du pluriel du parfait dans le dialecte crétois, par exemple,

la forme des troisièmes personnes du verbe dans plusieurs
conjugaisons néo-latines. Mais ce qui achève de caractériser
l'archaïsme dans la plaque de C. Placentius, c'est la forme de
l'écriture, et particulièrement la forme du P (boucle non fer-
mée) dans PLACENTIVS , et celle de la lettre L, qui dans les
deux rédactions nous rappellent les plus anciennes formes
que nous connaissions de ces deux lettres, celles que présente,
par exemple, le sénatus-consulte *sur les bacchanales*. Tout
porte donc à croire que nous avons là une inscription suspen-
due à quelque objet d'art, au moins un siècle avant l'ère
chrétienne, si toutefois il n'y a pas là (ce qui est peu vraisemblable) quelque artifice et un archaïsme d'imitation [1].

L'usage de ces petites plaques, qui rappelle certains écriteaux de nos musées, est attesté par un bon nombre d'exemples, soit dans l'épigraphie grecque, soit dans l'épigraphie
latine [2]. Je citerai de préférence deux exemples que m'a fait
obligeamment connaître M. Ernest Desjardins à propos de la
tessera paganica dont j'ai récemment entretenu l'Académie.
Ces deux pièces, retrouvées sur l'emplacement de l'ancienne
Véléia, et aujourd'hui conservées dans le musée de Parme,
portent des inscriptions pointées, dont le *fac-simile* que j'ai
eu sous les yeux peut seul faire bien apprécier la forme.
L'une des deux, d'ailleurs, la première, est aujourd'hui fort
mutilée ; mais, à une époque plus voisine de la découverte,
elle se lisait assez clairement :

ISIDI.OSIRIDI
VIBIA CALIDIAN[A
L.AEMILIO.OPTA[TO
V.S.L.M

C'est là la leçon du chanoine Costa, dont M. Desjardins a

ἀπέσταλκαν pour ἀπεστάλκαντι (d'où ἀπεστάλκασι dans la langue commune).
Voir l'Introduction de M. Boeckh aux inscriptions crétoises de *Corpus*, § 6.

[1] Voir plus haut, dans ce volume, p. 363.

[2] Franz, *Elem epigr. gr*, nº 81 ; Orelli, *Inscr. lat.*, nº 2511.

pu consulter le manuscrit à la bibliothèque de Parme [1]. L'autre
inscription, que M. Desjardins croit inédite, est ainsi conçue :

> ANNVAE
> CANNVAE
> MEAE.M.D   (*memoriæ datum*)

et semble plutôt une inscription funéraire qu'une dédicace
proprement dite. Même à ce titre, elle pourrait encore s'appeler une tablette ou *tabella*, nom que donne à ces sortes de
plaques une inscription de Rome [2], et qui, sous la forme abrégée et grécisée de τάβλα, désigne aussi les écriteaux des tombes dans les hypogées de l'Égypte romaine [3].

On pourrait aussi les appeler *tesseræ*, en s'autorisant d'un
bronze de Berlin [4]. Mais il faut avouer que ces rapprochements
n'éclaircissent pas beaucoup le texte de ce dernier bronze. La
figurine de Junon qui surmonte la *tessera* de Vératius rappelle,
par une certaine analogie, les noms de divinités qui occupent
la première ligne du bronze de Vibia Calidiana ; mais, en
définitive, aucun nom de divinité ne figure sur la tessère de
Vératius, et l'on se demande toujours quelle pouvait être la
valeur ou l'intention de cet hommage d'une *tessera paganica*
en bronze. Les deux mots *tessera paganica* répondent assez
bien à une locution grecque comme χαλκεῖον δημοτικόν pour
désigner la plaque civique d'un habitant de quelque dème,
j'avais cru d'abord deviner là un fait utile pour l'histoire de
l'état civil chez les Romains ; mais la lumière n'est pas encore
faite sur ce sujet.

Quant au petit bronze du Cabinet des médailles, n'eût-il
d'autre intérêt que son ancienneté même, il méritait d'être

---

[1] T. III, pl 16.

[2] Orelli, n° 2502... *mutulos cum tabella ænea... dederunt.*

[3] J'en ai publié un exemple dans le *Mémoire sur quelques fragments de
poterie antique*, qu'on lira plus bas, sous le n° xvIII, dans ce volume.

[4] Orelli, n° 2474, qui suspectait à tort l'authenticité de ce monument.

remis en lumière. La double inscription qu'il porte a été publiée par Fabretti [1], mais avec une assez grave inexactitude ;
M. Orelli n'en a reproduit que la moitié [2], et cela encore avec
une faute de copie. Il était donc utile de compléter et de corriger un texte qui compte parmi les plus anciens, sinon parmi
les plus importants, de l'épigraphie latine [3].

§ 3. Sur une inscription du Musée du Louvre, et, à ce propos, sur les noms des affranchis des empereurs [4].

En parcourant, vers la fin de 1854, avec quelques amateurs d'antiquité, les salles du Musée du Louvre, comme je
signalais à leur attention diverses inscriptions d'affranchis
impériaux, dont la date approximative peut être déduite du
nom même de la famille à laquelle ils avaient appartenu, je
remarquai un petit autel de marbre portant sur sa face antérieure l'inscription que voici, en fort beaux caractères :

```
        IOVI.CVSTODI
         ET GENIO
        THESAVRORVM
           ARAM
      C IVLIVS.AVG.LIB.
          SATYRVS
     D                 D
```

où le nom impérial semble indiquer un monument du siècle

---

[1] P. 27, n° LV, copie assez exacte des deux inscriptions, sauf le mot
DEDET, où Fabretti lit un T final qu'il est impossible de reconnaître sur
je bronze original.

[2] Orelli, n° 2714, où cette négligence de l'éditeur a échappé à l'attention,
ordinairement si scrupuleuse, de M G. Henzen Cf. le *Rheinische Museum*,
3e série, t. IX, p. 19 et 466, où l'inscription de Placentius est fidèlement
transcrite.

[3] Il est, en effet, reproduit à ce titre sur l'une des premières planches du
Recueil de M. F. Ritschl (planche II. Cf. XCVII).

[4] Publié dans le *Bulletin archéol. de l'Athenæum français*, octobre 1855.

d'Auguste. Mais en examinant de plus près cet autel, je dé-
couvris sur la face de droite, au-dessus de la représentation
en bas-relief d'un *urceus*, une seconde inscription moins vi-
sible, et à cause de la place qu'elle occupe et parce qu'elle
n'a pas été repeinte au minium comme le sont d'ordinaire
les inscriptions antiques de nos Musées. Ce n'était rien moins
que le complément de la dédicace avec date consulaire :

DÉDIC.XIII.K.FEBR
M.CIVICA.BARBARO
M.METILIO.REGVLO   COS

Ce second texte a échappé, non-seulement aux collecteurs
d'inscriptions, comme M. Osann[1] et M. Orelli[2], qui travail-
lent le plus ordinairement d'après des livres, mais encore à
des antiquaires comme Fabretti[3], Winckelmann[4], Visconti[5],
M. de Clarac[6], qui tous avaient eu successivement sous les
yeux le monument lui-même ; il me frappa donc par sa nouveauté, et il m'embarrassa plus encore par le contraste de
la date consulaire qui nous reporte à l'an 157 de l'ère chrétienne, et par conséquent à la famille des Ælius et des Aure-
lius, avec l'indice fourni par l'inscription de la face anté-

---

[1] *Sylloge*, p. 378, n° 64.

[2] *Inscr. lat.*, n° 1682.

[3] *Inscr. antiquæ*, p. 77, n° 88, où l'éditeur ajoute : *Hortis Negronus in
Pincio.*

[4] *Pierres gravées du B. de Stosch*, p. 83, où l'on voit qu'il tenait pour
inédite la première même des deux inscriptions, la seule qu'il reproduisait :
« Nous trouvons même Pluton appelé Jupiter ; témoin l'inscription suivante,
qui n'a pas été publiée. Je l'ai déterrée dans la vigne de M. le marquis
Belloni, à Rome : IOVI, etc. »

[5] *Catal. del museo Jenkins*, p. 73. D'autres pierres de cette collection
ornent aujourd'hui notre musée du Louvre. Voir Clarac, pl XXXII, n° 611,
et le *Catal Jenkins*, p. 62, n° 49 ; pl. VII, n° 505 et le *Catal. Jenkins*,
p. 40, n° 20, etc.

[6] *Inscr. grecques et romaines du Musée royal du Louvre*, pl. XL,
n° 569.

rieure. D'ailleurs la similitude des caractères est parfaite
entre les deux textes lapidaires ; et la face gauche de l'autel
offre le dessin, en faible relief, d'un vase à libations de forme
élégante, ce qui complète l'ornementation du monument et
semble exclure l'idée de deux ou de plusieurs dédicaces successives. Le catalogue manuscrit des inscriptions latines de
F. Séguier m'indiquait encore, comme ayant mentionné ou
cité l'autel de C. Julius Satyrus, l'auteur italien, César Ripa,
dans son *Iconologie*. Mais un peu découragé par le premier
résultat de mes recherches, je n'allai pas tout de suite jusqu'à ce vieux livre, dont je pouvais cependant trouver une
édition à la bibliothèque de l'Institut et une autre à la Bibliothèque impériale [1]. J'y aurais trouvé une reproduction
complète, quoiqu'un peu inexacte, des deux textes de l'autel
en question ; mais il me restait toujours à expliquer comment la date que fournissent les consulats de Barbarus et de
Régulus pouvait se concilier avec l'indice chronologique
qu'offre la partie antérieure du monument. Pour résoudre ce
problème, je recourus donc à l'obligeance déjà éprouvée et
à l'inépuisable érudition de M. le comte Borghesi. Mon espérance ne fut pas trompée, et je reçus bientôt de notre illustre
correspondant la réponse suivante, que j'ai cru pouvoir reproduire ici en français, en y joignant seulement quelques
courtes remarques.

[1] Cesare Ripa, *Iconologia*, ed. Siena, 1613, in-4, p. 288, dans l'énume-
ration des génies :

« Genio thesaurorum vedesi in quest'altra iscrittione non piu stampata,
che al presente sta in un orticello dietro il monasterio di Santa Susanna nel
colle Quirinale. E una base, che dal canto destro ha il vaso detto urceo e
dal sinistro la patera, sotto la quale è posto il consolato di M. Civica Barbaro, e non Barbato, come scorrettamente stampasi in tutti i fasti senza
prenome e nome di tal consolato che fu del 158.

IOVI. CVSTODI. ET. GENIO. THESAVRORVM. C. IVL. AVG
LIB. SATYRVS. D. D. DEDIC. XIII. K FEBR. M. CIVICA
BARBARO. M. METILIO. REGVLO. COS.

« ..... Je pense qu'il n'y a pas lieu de soupçonner que la pierre qui contient cette dédicace au Génie des Trésors offre deux inscriptions distinctes l'une de l'autre ; les deux inscriptions, au contraire, n'en ont jamais fait qu'une seule. La première mention que je connaisse de ce monument se trouve dans l'*Iconologie* de César Ripa (liv. II, p. 273, éd. de Padoue, 1624 ; liv. II, p. 241, éd. de Venise, 1669), qui le dit placé dans un jardin derrière le monastère de Sainte-Suzanne, et qui n'en omet pas la dédicace. Mais, quoiqu'il avertisse que cette dédicace se trouve sur un côté de la base, cependant telle était la négligence qu'on mettait alors à reproduire la disposition des lignes conformément aux monuments originaux, que Ripa représente la dédicace comme faisant suite à l'inscription qui est sur la face antérieure.

« En 1699, Fabretti reproduit l'inscription de la face antérieure, l'ayant vue apparemment, puisqu'il la place *in hortis Negroniis*. Mais il n'aperçut sans doute pas la dédicace, dont il ne dit mot, ce qui l'a fait convaincre de négligence par le docteur David, auteur de l'*Index des Inscriptions de Fabretti*, qui se conserve dans la bibliothèque Ottobonienne, annexée à la Vaticane (n° 112, p. 504). C'est par David que j'ai eu le premier indice de ces consuls, et je n'ai pas hésité à les accepter, parce que la découverte faite par Marini (*Atti*, p. 654) des noms de *M. Civica Barbarus*, dans un autre monument [1],

---

[1] C'est le fragment d'une grande dédicace, déjà publiée par Maffei et Donati, et qui offre les restes d'une date doublement marquée par les consuls et par l'année de Rome :

M CIVICA.BARBAR [O.ET]
R[E]GVLO COS.ANNO. VRBIS.CONDITAE...

Par une coïncidence singulière, cette date est peut-être celle de la célèbre mosaïque de Palestrine. Voir l'inscription bilingue du temple de Sérapis, à Préneste, dans le Mémoire de Barthélemy (*Acad. des inscript.*, t. XXX, p 512), dans le Recueil d'Orelli, n° 1895, et dans le *Corpus inscript. grœc.*, n° 5998. [E. E]

garantissait à mes yeux la réalité de ce collége de consuls.
D'ailleurs personne ne s'imaginait de chercher des monuments lapidaires dans un livre comme celui de Ripa, et
l'*Index* de David n'ayant pas été publié, la remarque faite
par cet auteur est restée inutile, et l'exactitude bien connue
de Fabretti a fait que Winckelmann et Visconti s'en sont remis à son autorité sans se donner la peine d'un nouvel examen.
C'est ainsi qu'il est arrivé que Métilius, le collègue de Barbarus, demeura ignoré du public jusqu'en 1820, époque où Fea,
dans ses *Nuovi frammenti*, n° 33, le retira de l'oubli, en se
référant à l'autel antique dont nous parlons [1]. Du reste, autant que je me rappelle la topographie de Rome moderne, la
diversité des places qu'on assigne à cette pierre provient de la
diversité des possesseurs successifs du jardin où elle resta
négligée jusqu'au temps où, par la dispersion du patrimoine
des Belloni, elle vint aux mains de Jenkins. Je sais bien que
dans ma jeunesse je fis des recherches pour la trouver, mais
on me répondit que mes recherches étaient inutiles, puisque
les pierres de cet Anglais avaient passé les monts, hormis un
petit nombre, que depuis, en effet, j'ai vues au Vatican. Il est
donc naturel que l'autel en question se trouve aujourd'hui
dans le palais du Louvre, et son rapprochement dans ce
Musée avec d'autres pierres de la collection Jenkins est une
preuve de plus que le monument de Paris est identique avec
celui que Ripa a le premier fait connaître. Cependant il m'a
été fort agréable de pouvoir confirmer l'exactitude de la leçon
par l'autorité de votre témoignage.

« Reste la difficulté de faire accorder les noms de l'affranchi
impérial C. Julius Satyrus avec les dernières années d'An-

[1] Mais, en reproduisant ce texte, Fea ne tient pas compte de l'observation qu'il a pourtant recueillie dans Ripa, que les mots DEDIC., etc , se
lisent sur un côté du monument. non sur la face antérieure. Au reste, Ripa
lui-même se trompe en disant que les mots sont sur la face latérale *de gauche*; c'est sur celle *de droite* qu'il fallait dire. [E. E.]

tonin le Pieux. C'est sans doute une règle généralement observée que les affranchis prennent le premier nom de leur patron ; mais j'ai toujours pensé qu'il n'y a pas de règle si bien fondée en archéologie qui ne soit sujette à quelques exceptions. Le cas en question est moins insolite pour les affranchis des particuliers, et nous nous en étonnons moins après les exemples fournis par Cicéron (*ad Attic.*, iv, 15) des deux affranchis de Pomponius Atticus, dont l'un avait reçu le prénom de son maître et le nom de famille de l'oncle de son maître, Cécilius, tandis qu'à l'autre Atticus avait donné le prénom de son ami Cicéron et son propre nom Pomponius[1]. Les exceptions sont plus rares pour les affranchis des empereurs ; toutefois, même pour eux, il en existe quelques-unes.

« Dans ce nombre je ne compte pas ceux où, pour sauver la règle, il suffit de lire AVG*ustae* au lieu d'AVG*usti*. Par exemple :

« ANNIA. AVG. LIBERTA. NEMA (Muratori, 933, 14), que l'on peut attribuer à l'une des Faustine, l'aînée de ces deux princesses s'appelant Annia Faustina.

« C. POPPAEVS. AVG. L. HERMES (Mommsen, *Inscr. regni neapol.*, n° 2643), que l'on peut rapporter à la femme de Néron.

« Je me suis autrefois appuyé de l'exemple : L. VIBIVS. AVG. L. FLORVS (Mommsen, n° 7133), pour appuyer l'opinion que le père de Sabine, femme d'Hadrien, se nommait L. Vibius, de quoi je trouvais un grave indice dans les noms

---

[1] « De Eutychide gratum, qui, vetere prænomine, novo nomine, T. erit Cæcilius ; ut ex me et ex te junctus Dionysius, M. Pomponius. Valde mehercule mihi gratum, si Eutychides tuam erga me benevolentiam cognoscet, et suam illam in meo dolore συμπάθειαν neque tum mihi obscuram neque post ingratam fuisse. » Cf. IV, 8 a b ; 11 et 16 ; V, 9, qui montrent l'affection de Cicéron pour ces affranchis. M. le comte Borghesi pouvait ici renvoyer à sa mémorable dissertation *Della gente Arria Romana* (Milan, 1817), p. 50 et suiv , où il a recueilli de nombreux exemples de la transmission, souvent irrégulière, des noms dans les familles d'affranchis. [E. E]

de sa petite-fille par adoption, Vibia Aurélia Sabina, fille de Marc-Aurèle[1].

« De même, de l'exemple suivant : L. POMPEIVS AVG. L. FORTVNATVS (Grut., p. 630, 5), on peut conclure que le père de l'impératrice Pompéia Plotina se nommait L. Pompéius.

« Mais je ne vois pas comment on pourrait introduire dans la série impériale les patrons de

> M.CAESIVS.AVG.L.SOSTRATVS (Grut., 45, 8),
> L.CAECILIVS.EPICARVS AVG.L. (Grut., 587, 8),
> C.PLOTIVS.AVG.LIB.GEMELLVS (Grut., 2114, 1),
> TINIVS.TROPHIMVS.AVG.LIB. (Murat., 1006, 2),

et d'autres qui, certainement, se présenteraient à celui qui s'occuperait d'en faire une recherche exacte.

« La même difficulté se présente pour

> IVLIVS.STRATON.AVGG.LIB. (Mommsen, n° 6917),

qui doit avoir été un contemporain de Julius Satyrus, car on ne peut le faire descendre jusqu'au temps des deux Philippes, puisque sur la même pierre se trouvent mentionnées des femmes qui toutes portent le nom d'AELIA.

« Il faut donc reconnaître, je crois, que la règle relative aux noms des affranchis impériaux est sujette à quelques rares exceptions ; mais comment expliquer ces anomalies lorsque tant de raisons, et peut-être de purs caprices, ont pu la produire?... »

« San Marino, 12 mars 1855. »

La question des noms d'affranchis chez les Romains est, on le voit par ces exemples, pleine de difficultés, et elle mérite-

---

[1] Dans le *Giornale Arcadico*, 1829, t. XLII, p. 185 et suiv. [E. E.]

rait d'être soumise. dans son ensemble, à un nouvel examen ;
c'est là un travail que je suis loin de vouloir entreprendre.
Du moins, à l'appui de ces observations du docte antiquaire
sur la nécessité d'admettre quelques exceptions aux règles
les mieux établies en matière d'épigraphie, qu'il me soit
permis d'ajouter ici un exemple nouveau. Je l'emprunte, sur
l'indication de M. Noël des Vergers, à l'un des derniers mémoires publiés par le comte Borghesi [1].

Dans le mémoire intitulé : *Intorno a due iscrizioni di Ot-
tavia figliuola di Cesare Augusto, recentemente scoperte in
Roma*, mémoire adressé à Salvatore Betti, le comte Borghesi
a prouvé qu'on avait tort d'attribuer à Octave toutes les inscriptions qui portent CAESAR AVGVSTVS sans qu'un autre
nom puisse déterminer quel est l'empereur dont il s'agit.

Bien que. dans le plus grand nombre de cas, les empereurs
romains soient désignés seulement par le titre d'Auguste,
AVGVSTI *Libertus*, AVGVSTI *Filia*, etc., on trouve quelques
exemples d'inscriptions dans lesquelles le titre de CAESARIS.
AVGVSTI. *Libertus* ou *Filia* s'applique, non pas à l'empereur Auguste, mais à quelqu'un de ses successeurs.

Entre autres exemples, M. Borghesi cite celui de l'inscription de Muratori, p. 918, n° 4 :

VALERIA.IIILARIA

NVTRIX

OCTAVIAE CAESARIS.AVGVSTI

IIIC REQVIESCIT.CVM

TI CLAVDIO FRVCTO.VIRO

SVO CARISSIMO

TI.CLAVDIVS PRIMVS ET.TI CLAVDIVS

BENEMERENTIBVS.FECERVNT

Muratori avait à tort voulu sous-entendre CAESARIS AV-
GVSTI *sororis*, et Orelli, n° 651, n'avait pas été plus heureux

[1] *Giornale Arcadico*, t. XLIX, p. 230-238

en y substituant *filiæ*. Un nom d'homme au génitif, lorsqu'il suit un nom de femme sans que rien le détermine autrement. ne peut être que le nom du mari. Il s'agit ici d'Octavie, femme de Néron, issue du mariage de Claude avec Messaline. Dorénavant il faut donc reconnaître que les inscriptions où les mots de *César Auguste* n'ont pas de complément, doivent être examinées avec soin avant de décider si ces deux appellations doivent être considérées comme le nom propre du premier empereur romain ou comme le titre de la puissance suprême.

P. S. — Depuis que sont écrites ces observations sur le monument de C. Julius Hyginus, et sans les avoir connues, M. G. Henzen, dans sa note supplémentaire au Recueil d'Orelli n° 1682 (1856), a restitué, d'après Féa, la dédicace consulaire si longtemps omise par les éditeurs. A mon tour, je reçois trop tard, pour en user dans la révision des notes précédentes, le premier volume, rédigé par M. Th Mommsen, du *Corpus inscriptionum latinarum* que publie l'Académie royale de Berlin et auquel se rattache le Recueil de M. Ritschl (voir plus haut, p. 285), plusieurs fois cité dans les pages ci-dessus Je profiterai au moins de l'espace libre qui me reste ici pour indiquer les numéros sous lesquels se retrouvent, dans ce volume, les inscriptions archaïques dont je viens de m'occuper :

Page 352 : HOSPES RESISTE, etc , *Corpus*, n° 1027
— 352 · SEX.ATILIVS.M.F, etc., *Corpus*, n° 549.
— 368 : C P.P.TREBONIORVM, etc., *Corpus*, n° 1091.
— 369 : EGO SVM L.LVTATIVS, etc., *Corpus*, n° 1065.
— 370 : P.M.SALONIEI, etc., *Corpus*, n° 1165.
— 372 : CN.CN.CN.SEPTVMIEIS, etc , *Corpus*, n° 1087.
— 374 : P.T.SEX.HERENNIEIS, etc., *Corpus*, n° 1169.
— 374 : M.P.VERTVLEIEIS, etc., *Corpus*, n° 1175.
— 377 : ...IVS.SER.F.GALBA, etc., *Corpus*, n° 576.
— 383 : L.FABRICIVS, etc., *Corpus*, n° 600.
— 384 : C.QVINCTIVS.C F., etc., *Corpus*, n° 1247.
— 385 : M.P.ROSCIEIS, etc , *Corpus*, n° 1481.
— 388 : C.PLACENTIVS, etc., *Corpus*, n° 62.

XVII

OBSERVATIONS

SUR UNE INSCRIPTION GRECQUE

RAPPORTÉE

DU SÉRAPÉUM DE MEMPHIS PAR M. AUGUSTE MARIETTE

AUJOURD'HUI DÉPOSÉE AU MUSÉE DU LOUVRE [1].

I

Parmi les inscriptions grecques, en général très-courtes, que M. Auguste Mariette a découvertes dans son exploration aux environs de Memphis, et dont quelques-unes sont aujourd'hui déposées dans les galeries du Louvre, il y en a une qui mérite particulièrement l'attention des antiquaires : c'est celle qui se lit sur un bloc en pierre calcaire de 46 centimètres sur 30, provenant du *dromos* situé entre l'hémicycle, où figuraient les statues de plusieurs philosophes grecs, et le Sérapéum proprement dit. Elle a été retrouvée parmi les débris d'un petit temple ou d'une chapelle, voisine de celle où était la belle statue du dieu Apis déposée aujourd'hui dans notre musée égyptien. Les caractères semblent appartenir au temps d'Alexandre ou des premiers Ptolémées; ils rappellent même ceux d'une dédicace trouvée près de Memphis, et que l'on croit écrite par des soldats grecs de l'armée de Chabrias,

---

[1] Publié dans la *Revue archéologique* de 1860.

vers l'an 360 avant Jésus-Christ [1]. Si la date de l'inscription
ne peut être placée aussi haut, néanmoins le mur même sur
lequel on la lisait étant du règne de Ptolémée Soter Ier, le
document paraît se ranger parmi les plus anciens documents
grecs que l'Egypte nous ait transmis. Il est d'ailleurs gravé
avec une netteté remarquable, et ne laisse aucun doute à la
lecture, si ce n'est que le texte qui se continuait jadis, à droite
et à gauche, sur deux blocs latéraux, est aujourd'hui mutilé
par la perte de ces deux blocs, et que les lettres finales de la
droite sont moins faciles à déterminer que celles de la gauche.
En ne tenant compte que des caractères soit intacts, soit parfaitement déterminés par les traits qui en restent, voici ce
qu'on peut lire de l'inscription :

λλος το λυχναπτιον ανε
πο του θεου κακως διακει
ρειαις χρωμενος τοις π
υκ ηδυναμην υγιειας
υ

Il est tout d'abord facile d'en conclure :

1° Que c'est l'acte d'une offrande faite au dieu Sérapis ;

2° Que l'objet offert est un λυχναπτιον, objet dont nous es-
sayerons plus bas de déterminer la nature.

On peut aussi regarder comme probable :

3° Que l'auteur de l'offrande était encore malade au moment
où il l'a faite, quoique se servant de certains remèdes dont
l'indication a disparu.

En partant de ces données fournies par le texte même, en
les rapprochant de divers autres textes recueillis dans les au-

---

[1] Letronne, *Inscr. d'Egypte*, vol. I, n° xxxiv ; *Corpus inscr. græc.*,
n° 4702.

teurs et sur les monuments, j'ai cru pouvoir compléter cette inscription ainsi qu'il suit :

ΑΡΙΣΤΥ]ΛΛΟΣ ΤΟ ΛΥΧΝΑΠΤΙΟΝ ΑΝΕ[ΘΗΚΑ ΥΠΟ-
ΛΑΒΩΝ Υ]ΠΟ ΤΟΥ ΘΕΟΥ ΚΑΚΩΣ ΔΙΑΚΕΙ[ΣΘΑΙ ΕΠ-
ΕΙ ΚΑΙ ΙΑΤ]ΡΕΙΑΙΣ ΧΡΩΜΕΝΟΣ ΤΟΙΣ ΠΕ[ΡΙ ΝΑΟΝ
ΟΝΕΙΡΟΙΣ Ο]ΥΚ ΗΔΥΝΑΜΗΝ ΥΓΙΕΙΑΣ [ΤΥΧΕΙΝ
ΠΑΡΑΥΤΟ]Υ

Ἀρίστυ]λλος τὸ λυχνάπτιον ἀνέ[θηκα, ὑπο-
λαβὼν ὑ]πὸ τοῦ θεοῦ κακῶς διακεῖ[σθαι, ἐπεὶ καὶ ἰατ]ρείαις χρώμενος τοῖς πε[ρὶ ναὸν
ὀνείροις, ο]ὐκ ἠδυνάμην ὑγιείας [τυχεῖν
παρ᾽αὐτο]ῦ.

Ce que je traduis par :

« [Moi] Aristyllus, j'ai dédié ce *lychnaption*, pensant que j'étais malade par la volonté du Dieu, puisque, tout en me servant des remèdes indiqués par les songes [qu'il envoie] près du temple, je ne pouvais pas obtenir de lui la santé[1]. »

On arrive donc à former un sens raisonnable en ajoutant

[1] Lors de la seconde lecture que je fis du présent essai à l'Académie des belles-lettres, en 1857, mon savant confrère, M. Ph. Le Bas, voulut bien me communiquer une autre restitution du même texte, qui lui semblait plus satisfaisante que la mienne; et, en me la communiquant, il m'autorisait à la publier. Je m'empressai d'user de cette permission, laissant aux amateurs d'épigraphie le choix entre les deux restitutions que je maintiens ici en présence l'une de l'autre

Ἀρίστυ]λλος τὸ λυχνάπτιον ἀνέ[θηκα ἐξυγ-
ιασθεὶς ὑ]πὸ τοῦ θεοῦ· κακῶς διακεί[μενος γὰρ καὶ
πάσαις λα]τρείαις χρώμενος τοῖς πρ[όσθεν ἀναθήμασιν ο]ὐκ ἠδυνάμην ὑγιείας [τυχεῖν παρ᾽ ἄλλου
θεο]ῦ.

N. B. A la place de ἀναθήμασι, M. Le Bas lirait aussi volontiers ἐνυπνίοις ou ὀνείροισι, comme dans la restitution que je propose.

quelques lettres seulement de chaque côté des quatre lignes
principales, et à la gauche de la cinquième, qui certainement
est la dernière de toutes et n'avait jamais été remplie, comme
on peut s'en convaincre par l'examen du monument L'inscription ainsi restituée contient : trente-deux lettres à la première, à la seconde et à la quatrième ligne, trente quatre à la
troisième, légère inégalité qui n'a rien de fort inquiétant si l'on
songe : 1° que, sur une longueur égale, ces lignes offraient
déjà, avant la restitution, un nombre inégal de lettres, à
savoir : dix-neuf pour la première et la troisième, vingt pour
la seconde, seize pour la quatrième; 2° que le nombre plus
ou moins grand de certaines lettres de largeur différente, produit naturellement des effets de ce genre dans les inscriptions
qui ne sont pas gravées en colonnes de lettres perpendicu-
laires (στοιχηδόν), selon l'ancienne manière des Attiques.
Ainsi, bien que par la perte des deux blocs de droite et de
gauche, le champ des restitutions paraisse presque illimité,
et par conséquent les chances d'erreur presque innombrables
dans une telle tentative, les suppléments proposés semblent
déjà nous rassurer à cet égard, en donnant à l'ensemble de
l'inscription un sens assez conforme aux indices fournis par
la partie du texte qui nous est parvenue.

Mais ces remarques et ces présomptions générales ne suf-
firaient pas à justifier nos conjectures, si nous n'y ajoutions,
ligne par ligne, les preuves que peuvent nous fournir soit
des monuments analogues, soit d'autres témoignages de l'antiquité.

Pour l'avouer tout d'abord, le nom même de l'auteur de
la dédicace demeure inconnu, à moins qu'un heureux hasard
ne permette quelque restitution certaine des premières lettres
dont il se composait. On sait seulement à quelle classe de
noms éminemment grecs il appartenait[1], et tout indique,

---

[1] Voir Pape, *Griech. Eigennamen*, p. 10 de la première édition. Le nom

dans l'inscription, un personnage de la bonne société, un Grec jaloux d'écrire correctement sa langue ; son nom ne peut donc être un de ces noms latins grécisés comme Τράγκυλλος=*Tranquillus* [1], Ὅμουλλος=*Homullus* [2], l'ἔμελλος=*Gemellus* [3], que l'on trouve dans l'histoire et sur des monuments d'une moindre antiquité.

Le mot ἀνέ[θηκα] est trop commun dans les formules de dédicace [4] pour avoir besoin d'être ici spécialement justifié. Dans ὑπολαβών (je pourrais lire aussi ὑπέλαβον γὰρ) ὑπὸ τοῦ θεοῦ κακῶς διακεῖσθαι, ce dernier verbe a le sens du passif de διατιθέναι, *mettre en un certain état*, *afficere*, comme dans l'exemple suivant qui est de Thucydide : ἀλλ' ὁρᾶτε δὴ ὡς διάκειμαι ὑπὸ τῆς νόσου [5], et qui rappelle une autre locution également classique : εὖ ou κακῶς πάσχειν ὑπό τινος.

Ce qui d'ailleurs ajoute à la vraisemblance de notre restitution, c'est que l'on trouve assez fréquemment ἀνακεῖσθαι employé comme synonyme du parfait passif ἀνατίθημι, en parlant d'objets consacrés ou déposés dans un temple ou dans un lieu profane [6].

Quant à la croyance même qu'atteste cette locution κακῶς διακεῖσθαι ὑπὸ τοῦ θεοῦ, elle est encore démontrée par les mots

Ἀρίστυλλος se lit dans une inscription attique de notre Musée du Louvre (*Corpus*, n° 169), qui est antérieure à l'archontat d'Euclide.

[1] Suidas, au mot Τράγκυλλος (*Suetonius Tranquillus*, le célèbre historien).

[2] *Corpus inscr. græc.*, n° 519, inscr. d'Athènes.

[3] Inscription xxxvi du colosse de Memnon (n° 361 du Recueil de Letronne ; n° 4708 du *Corpus inscr. græc.*).

[4] En voici un seul exemple, dans une dédicace à Esculape et à Hygie : ..... Τὴν παιδίον (l. παιδεῖον) τρίχα Ἀσκληπιῷ κα[ὶ] Ὑγείᾳ μετὰ εὐχῆς ἀνέθηκαν,... Le Bas, *Voyage arch*, partie ii, n°ˢ 2080. Cf. *Corpus*, n° 2391, 2393. 5996, 6001.

[5] VII, 77. Cf. les exemples réunis dans le *Thesaurus* d'H. Etienne, au mot Διάκειμαι.

[6] Thucydide, III, 114 : Τὰ νῦν ἀνακείμενα (σκύλα) ἐν τοῖς ἀττικαῖς ἱεραῖς. Cf. VII, 71

grecs comme θεόληπτος, *possédé d'un dieu* ; νυμφόληπτος, *pos-sédé par les nymphes*, c'est-à-dire d'un délire que les nymphes ont envoyé ; φοιβόληπτος, *possédé d'Apollon*. Que si ces mots et les mots de composition semblable peuvent s'entendre à la rigueur en bonne part, il n'en est pas de même de θεοβλαβής et de ses dérivés, où se montre nettement la maligne influence d'un dieu offensé soit par la négligence, soit par quelque acte coupable d'un mortel [1]. On a précisément dans Hérodote un exemple de ce dernier genre de vengeance : c'est la *maladie féminine* que Vénus Urania envoya aux Scythes, pour les punir d'avoir pillé un de ses temples [2].

A la fin de la troisième ligne, on distingue deux traits, qui peuvent être aussi bien le reste d'un P que d'un E. On pourrait donc lire ou περὶ ναόν, les songes thérapeutiques ayant quelquefois lieu dans l'enceinte extérieure du temple [3] ; ou πρόσθεν, les songes de notre personnage ayant *précédé* son offrande [4] ; ou, enfin, πεμφθεῖσιν, ces songes ayant dû lui être *envoyés*, soit directement, soit indirectement, par quelqu'un de ces prophètes reclus, κάτοχοι, ἐν κατοχῇ ou ἐγκάτοχοι, dont la singulière condition nous a enfin été expliquée, presque révélée par les papyrus grecs provenant du Sérapéum de

[1] Hérodote, I, 127 ; VIII, 137.

[2] Hérodote, I, 105 : Καὶ ταῖσι τούτων αἰεὶ ἐκγόνοισι ἐνέσκηψε ἡ θεὸς θηλεῖαν νοῦσον, ὥστε ἅμα λέγουσί τε οἱ Σκύθαι διὰ τοῦτό σφεας νοσέειν καὶ ὁρᾶν παρ' ἑωυτοῖσι τοὺς ἀπικνεομένους ἐς τὴν Σκυθικὴν χώρην ὡς διακέαται, τοὺς καλεῦσι Ἐναρέας οἱ Σκύθαι.

[3] Aristophane, *Plutus*, v. 659 et suiv , surtout v. 729 (ἐξηξάτην οὖν δύο δράκοντ' ἐκ τοῦ νεώ), où l'on voit que ce dieu ne se révélait pas dans son sanctuaire même, mais dans le τέμενος, auprès des autels ou βωμοί. C'est aussi ce qu'atteste formellement un passage d'Aristide, *Disc.* XXIV, p. 486, qui sera cité plus bas. On peut conjecturer que des scènes analogues se retrouvaient dans les pièces d'Antiphane et de Philétérus (Moyenne Comédie), qui toutes deux avaient pour titre : Ἀσκληπιός.

[4] Aristide, xxxiii, p. 458 : Τὰ πρόσθεν ὀνείρατα. Cf. p. 469, 474, et xxvii, p. 546.

Memphis [1]. La dernière de ces trois restitutions nous paraît la
moins probable, parce qu'elle dépasse un peu le nombre des
lettres où se renferment, dans notre texte, les restitutions
correspondantes. Mais le mot ὀνείροις, ou l'un de ses équiva-
lents, ὀνείρασιν, ἐνυπνίοις, nous paraît mis presque hors de
doute par les rapprochements qui précèdent et par les exemples qu'on y pourrait ajouter de cet usage depuis si longtemps consacré dans les temples d'Esculape et de Sérapis [2].

Nous possédons encore la rédaction plus ou moins complète de quelques-uns de ces songes, soi disant écrits sous la
dictée de Dieu par le Grec Ptolémæus, contemporain du roi
Philométor [3]. Par ce côté donc, l'inscription du Sérapéum,
ainsi restituée, se trouve en parfait accord avec des documents authentiques qui proviennent du même lieu : le temps
et les lieux coïncident d'une manière frappante. Mais si, à
propos d'Aristide, on s'étonnait de nous voir invoquer un
auteur plus récent de quatre siècles que le monument en
question, nous pourrions ici encore montrer la perpétuité
des usages religieux et médicaux dont nous parlons dans
les temples d'Esculape. En effet, ce que faisait Ptolémæus
au temps de Philométor, sous la dictée du Sérapis égyptien,
Aristide atteste que l'Esculape de Smyrne lui recommandait
de le faire [4]. Ainsi la distance des siècles n'est pas une ob-

[1] Reuvens, *Lettres à M. Letronne*, III, p. 103; Brunet de Presle, *Mémoire sur le Sérapéum de Memphis*, p. 15, 26, 28. Cf. *Corpus inscr. gr.*,
n° 6000, où l'on voit figurer les ἱερόφωνοι d'un temple de Sérapis, en Italie.

[2] Cicéron, *De divin.*, II, 59. Cf. A. Maury, dans la *Revue de philologie*,
I, p. 450, et dans la *Revue archéologique*, VI, p. 114; VII, p. 257.

[3] Papyrus n° 72, de Leyde, cité par Reuvens, *Lettres*, III, p. 103 :
Ἃ εἶδον περεὶ (pour περὶ) τῆς (ou τὴν)..... ἐνύπνια. Aristide, xxiv, p. 499 :
Καὶ διὰ παντὸς τοῦ ἱεροῦ κατακλίσεις, ἐν ὑπαίθρῳ τε καὶ ὅπου τύχοι, καὶ οὐχ
ἥκιστα δὲ ἐν τῇ ὁδῷ τοῦ νεὼ ὑπ' αὐτὴν τὴν ἱερὰν λαμπάδα.

[4] XXIV, p. 463 : Εὐθὺς ἐξ ἀρχῆς προεῖπεν ὁ θεὸς ἀπογράφειν τὰ ὀνείρατα,
καὶ τοῦτ' ἦν τῶν ἐπιταγμάτων πρῶτον. Ἐγὼ δὲ τῶν μὲν ὀνειράτων, τὴν ἀπο-
γραφὴν ἐποιούμην, ὁπότε μὴ δυναίμην αὐτοχειρίᾳ, ὑπαγορεύων.

jection contre les rapprochements qui précèdent, ni contre
ceux qui vont suivre, car notre inscription témoigne de pratiques et de croyances qui se conservèrent à peu près les
mêmes jusque sous l'empire ; et cette inscription, par conséquent, ne peut avoir de meilleur commentaire que les *Discours sacrés* du rhéteur Aristide, discours tout remplis de ses
confidences, du récit de ses visions, de ses voyages, de ses
offrandes au dieu grec Asclépius, que le rhéteur confond
souvent, comme faisait la croyance populaire, avec le dieu
égyptien Sérapis[1].

Le même Aristide, qui (c'est le lieu de s'en souvenir ici)
avait longtemps voyagé en Égypte, constate, et en général et
par son propre exemple, l'usage d'attester les bienfaits du
dieu sauveur non-seulement par des paroles, mais par des offrandes plus durables[2] ; enfin il nous laisse voir ailleurs que
les oracles d'Esculape n'étaient pas toujours clairs, et qu'il
en fallait trop souvent deviner le sens *sous* les mots[3]. Vers le
même temps, Marc-Aurèle remercie les dieux de ne lui avoir
jamais donné que de clairs avertissements pour la conduite
de sa vie et pour la guérison des maladies dont il était atteint[4]. Ces avertissements des dieux étaient donc souvent
obscurs, et le suppliant qui s'adressait à eux était plus d'une
fois obligé de renouveler ses questions et ses prières. Cela
nous explique assez bien comment notre Grec du Sérapéum,
étant demeuré malade après une première consultation, avait
pu attribuer à la colère du dieu, même du dieu de la méde-

---

[1] Voir surtout *Disc.* XXV, p. 500, Asclépius et Sérapis rapprochés comme
deux divinités toutes semblables ; XXVI, p 530 et 345.

[2] *Disc.* VI, p 66 · Οἱ μὲν ἀπὸ στόματος οὑτωσὶ φράζοντες, οἱ δὲ ἐν ταῖς
ἀναθήμασιν ἐξηγούμενοι. Cf. XXVI, p. 514, 515, ou il décrit une de ses offrandes et transcrit les quatre vers qu'il y avait joints.

[3] XXIII, p. 446 · Μετὰ δὲ τοῦτο ὄναρ γίγνεται, ἔχον μέν τινα ἔννοιαν λου-
τροῦ, οὐ μέντοι χωρίς γε ὑπονοίας. Cf. p. 447, *initio*.

[4] *Pensées*, 1, c. 17 : Ἐναργῶς καὶ πολλάκις.

cine, un mal peut-être imaginaire, ainsi que semblent souvent l'être ceux d'Ælius Aristide; cela explique l'idée de sa pieuse offrande. La conscience de notre voyageur, une fois allégée, ne pouvait manquer d'agir utilement sur l'état de son corps. C'est ainsi que, dans une inscription athénienne, nous voyons un certain Archédémus, natif de Phères, atteint d'un délire qu'il attribue aux nymphes, dédier à ces divinités *un antre* ou sanctuaire souterrain [1]. Ni Vénus, ni Phébus, n'étaient par eux-mêmes des dieux méchants; Asclépius, qu'on a plus tard identifié avec Sérapis, Asclépius, le fils d'Apollon et l'élève du centaure Chiron, était spécialement le dieu secourable aux malades. Mais toutes ces divinités, même les plus bienfaisantes, pouvaient affliger de quelque plaie le mortel qui les avait offensées; puis, quand on avait justement apaisé leur colère, elles réparaient à leur tour le mal dont elles avaient été cause. C'est ainsi qu'Apollon nous apparaît tour à tour comme le dieu qui afflige les mortels de certains fléaux et comme le dieu qui les en défend ou qui les en guérit [2].

Telle était, à l'égard de plusieurs divinités, la croyance générale des anciens. La foi populaire s'égarait en cela jusqu'à des fables encore moins dignes de la majesté divine. En ce qui concerne Esculape, Pindare nous raconte, et Tertullien rappelle avec une mordante ironie, que ce dieu protecteur et réparateur de la santé osa un jour, séduit par le vil appât du gain, ramener un homme de la mort à la vie, de

[1] *Corpus inscr. græc.*, n° 456 : Ἀρχέδημος ὁ Φεραῖος ὁ νυμφόληπτος φραδαῖσι νυμφῶν τὸ ἄντρον ἐξεργήσατο (sic). Le n° 459 est une inscription constatant la dédicace d'une maison et d'un jardin à Asclépius, en vertu d'un oracle.

[2] Voir, par exemple, le rôle d'Apollon dans le premier livre de l'*Iliade*. Cf. de Witte, l'*Expiation d'Oreste* (1830, p. 16, extrait des *Annales de l'Institut archéologique*); id., *Élite des monuments céramographiques* t. II, p. 10.

quoi Jupiter le punit en le foudroyant[1]. On s'explique ainsi
tant d'offrandes qui ont pour objet de prévenir ou d'apaiser
la colère des dieux païens, en particulier celle d'Esculape, et
cela nous ramène aux derniers mots de notre dédicace grecque et à la partie de notre restitution qui nous semble la
mieux assurée.

Les mots qui nous restent à justifier, τυχεῖν παρ' αὐτοῦ, forment une seule locution dont les deux parties se tiennent
étroitement entre elles. Or, le verbe τυγχάνειν m'était naturellement suggéré par le génitif ὑγιείας, et je retrouve la
même locution, entre autres exemples, dans une inscription
attique récemment publiée par l'éditeur de l'*Ephéméride archéologique d'Athènes*[2] : Κή]ρυξ Σμαράγδο[υ] ἐσμ.?.... τυχὼν
ὑγιείας Δελ[φινίῳ Ἀπόλλωνι]. L'inscription est de basse époque,
mais la formule en est d'ailleurs correcte. Maintenant, les
mots παρ' αὐτοῦ sont aussi faciles à justifier par plusieurs
exemples d'Aristide, qui a ici la double autorité d'un atticiste
et d'un témoin fidèle des diverses superstitions relatives à
Sérapis[3].

A ce propos, on remarquera que l'idée de *santé*, ὑγιεία, si
naturellement unie à celle de la divinité bienfaitrice, en devenait volontiers l'attribut quand cette divinité était du sexe
féminin, comme dans la célèbre inscription du monument
élevé à *Athéné Hygie* par les Athéniens, sous le gouverne-

---

[1] Pindare, *Pyth*, III, 47 et suiv, ed. Boeckh Tertullien, *Apolog*, c. xiv :
« Est et ille de lyricis (Pindarum dico) qui Æsculapium canit avaritiæ
merito, qua medicinam nocenter exercebat (l'auteur paraît écrire ici d'après
un souvenir inexact de la légende rapportée par Pindare), fulmine vindi-
catum. Malus Jupiter, si fulmen illius est, impius in nepotem, invidus in
artificem. »

[2] No 2740

[3] XIII, p. 413 : Πολλάκις τὸ φρέαρ τοῦτο συνεβάλετο εἰς τὸ τυχεῖν ὧν
ἐχρῇζον παρὰ τοῦ θεοῦ. Cf. XXIV, p. 487, et XXIII, p 463 . Γενομένης παρὰ
τοῦ θεοῦ βοηθείας. Ce dernier mot se retrouve, avec le même sens, chez
Marc-Aurele, *Pensées*, I, 7.

ment de Périclès [1]. Mais si la divinité à laquelle s'adressait l'hommage reconnaissant du malade guéri par elle était du sexe masculin, comme Asclépius ou Esculape, l'idée de *santé* devait s'y adjoindre plus volontiers sous la forme d'une divinité distincte, d'une divinité πάρεδρος et σύνναος, et c'est ainsi que tant de monuments, dès une époque assez ancienne, nous offrent la déesse Ὑγιεία [2] associée au dieu Ἀσκληπιός, ou bien à Σάραπις, comme le serait son épouse ou sa fille, comme l'est son fils Τελεσφόρος [3], dont le nom semble rappeler aussi l'*accomplissement* d'une promesse, l'*effet* d'une cure médicale. L'inscription du Sérapéum nous offre l'idée de santé sous une forme plus abstraite, et c'est là peut-être un indice de plus en faveur de la date reculée à laquelle nous reportons ce monument.

Quoi qu'il en soit de cette conjecture, l'inscription ramenée, autant que je l'ai pu, à un état voisin de son intégrité primitive, il faut en spécifier plus exactement le caractère ; on se demandera ensuite ce qu'était le don offert par notre Grec au dieu Sérapis, comment cette offrande pouvait être ainsi placée dans une chapelle, hors du temple principal.

Il y a bien des genres d'hommages aux dieux sur les monuments épigraphiques [4]. Pour nous borner à ceux qui seuls

---

[1] Le Bas, *Voyage arch. en Grèce et en Asie Mineure*, Inscriptions, pl. viii ; Rangabé, *Antiq. helléniques*, n° 45, t. I, p 58.

[2] *Corpus inscr. græc.*, n°ˢ 510, 2058, 2046, 2390 et suiv, 2428, 2429, etc.; Orelli, *Inscr. lat.*, n°ˢ 1237, 1576, 1580, 1581, etc. ; Le Bas. *Voyage*, etc., II, n°ˢ 2080, 2083.

[3] Aristide, *Disc.* XXV, p. 494; Pausanias, II, ıı, § 7 : Τὸν Εὐαμερίονα τοῦτον Περγαμηνοὶ Τελεσφόρον ἐκ μαντεύματος, Ἐπιδαύριοι δ' Ἄκεσιν ὀνομάζουσι. (Cf. Eschyle, *Choeph.*, v, 541 : Εὔχομαι τοὔνειρον εἶναι τοῦτ' ἐμοὶ τελεσφόρον). *Corpus inscr. græc.*, n° 511, inscription athénienne fort mutilée, qui contenait trois hymnes : un à Asclépius, un autre à Hygia, le troisième à Telesphorus.

[4] Voir, en général, sur ce sujet, le livre de Tomasini, *De donariis ac*

nous intéressent en ce moment, les inscriptions votives jusqu'ici connues peuvent se ramener à deux classes principales.
Les unes contiennent des vœux adressés à quelque dieu protecteur, soit par un malade, soit par une personne bien por-
tante, mais qui prie le dieu pour le salut de quelque autre
personne aimée ; les dédicaces de ce genre sont surtout caractérisées, en grec, par le verbe εὔχομαι et le substantif
εὐχή[1]. La seconde classe contient les remercîments ou les
hommages de reconnaissance offerts au dieu par celui qu'il a
sauvé du péril : ce sont les χαριστήρια ou εὐχαριστήρια[2]. Quelquefois aussi le composé προσεύχεσθαι se trouve, même au
temps du plus pur atticisme, avec le sens de remercîment
pour un bienfait accompli[3]. Au milieu de ces monuments
et de ces usages divers, notre inscription semble offrir un
caractère tout nouveau ; elle renferme comme un second
appel à l'intervention salutaire du dieu, jusque là invoqué
sans effet ; et nous nous défierions de cette apparente nouveauté, si le rhéteur Aristide ne nous fournissait fort à propos tant de précieux témoignages pour la justifier. Quand on
voit, dans les discours du rhéteur de Smyrne[4], à combien de
mécomptes et de méprises étaient sujets les malades qui venaient consulter Esculape ; combien, dans ces espèces d'hô-

tabulis votivis (Utini, 1639, 4), surtout le chap. xxxiii : _Vota pro ægrotan-
tium salute._

[1] Exemples dans le _Corpus_, nᵒˢ 497, 503, 504, 506, 512, 2058,
2046, 2393, 2429 _b_, 4684 _c._ Le Bas, _Voyage archéol._, pl. des Inscr., nᵒ xiii;
Inscr, partie II, nᵒ 2080.

[2] _Corpus_, nᵒˢ 495, 498, 2420. Voir surtout, nᵒ 5980, les quatre guéri-
sons miraculeuses opérées, sous le règne d'Antonin, par Esculape, dans son
temple de l'île du Tibre.

[3] Aristophane, _Plutus_, v, 841, 958. Cf. Diphile, dans Athénée, VII.
p. 291, F : Ἀπεδοῦ τις εὐχήν, et dans le _Corpus_, nᵒ 5794 : Ἐκτελῶν εὐχὴν
ἐμήν.

[4] Voir, entre beaucoup d'autres exemples, _Disc._ XXIII, p. 458 et suiv.,
surtout p. 463, une espèce de dialogue entre Aristide et le dieu.

pitaux religieux [1], se multipliaient, outre les erreurs invo-
lontaires et innocentes, les occasions de spéculer sur la crédule
générosité des visiteurs, alors on trouve moins étrange ce fait
d'un second appel à l'intervention bienfaisante du dieu. Par
un effet du hasard, la pierre du Sérapéum est jusqu'ici le
seul exemple que les monuments nous offrent en ce genre ;
mais dût-il rester toujours unique pour nous, cet exemple en
suppose, je dirais presque en démontre, beaucoup d'autres.

Maintenant, qu'est-ce que le λυχνάπτιον dédié par notre
Grec au dieu de la santé? Le mot λυχνάπτιον paraît ici pour
la première fois ; mais il vient se ranger naturellement dans
une série de composés analogues où sa place était, pour ainsi
dire, marquée d'avance. En effet, le mot λυχναψία, désignant
l'action à laquelle servait l'instrument appelé λυχνάπτιον, se
lisait déjà dans un poète de l'Ancienne Comédie, Céphisodore,
auquel Athénée l'emprunte comme synonyme de λυχνοκαυτία [2].
D'un autre côté, le mot λυχνάπτης, allumeur de lampes, est
donné par Hésychius comme synonyme de δαδοῦχος, ce qui
indique un usage sacré, et en effet une inscription athénienne
du temps de l'empire nous offre une femme attachée, avec
le titre de λυχνάπτρια καὶ ὀνειροκρίτις « allumeuse des lampes
sacrées et devineresse de songes, » à un temple de Vénus, dont
elle fait réparer à ses frais quelques parties [3]. On sait d'ailleurs que c'était un usage assez commun de consacrer des
lampes dans les temples, particulièrement dans les temples

[1] Voir A. Gauthier, Rech. sur l'exercice de la médecine dans les temples,
chez les peuples de l'antiquité (Paris et Lyon, 1844), ouvrage d'une érudition
superficielle, mais pourtant utile à consulter sur cette question.

[2] XV, p. 701, A. Cf. Pollux, Onomast., VII, 178; X, 115, où le mot est
expliqué par λυχνοκαυία.

[3] Corpus, n° 481, monument qui est aujourd'hui au Musée britannique.
Cf. n° 523, ou l'on voit qu'une Vénus egyptienne etait aussi adorée dans
Athènes ; ce qui établit un rapport de plus entre le monument athénien et la
pierre du Sérapéum

d'Esculape[1]. Si donc notre λυχνάπτιον n'était pas un objet de luxe et de pur ornement, comme tant d'autres objets semblables énumérés dans les inventaires des temples[2], ce que d'ailleurs la beauté de l'inscription laisse volontiers croire, cet instrument était destiné sans doute aux λυχνάπται grecs de Sérapis, qui allumaient les lampes du Sérapéum. Mais l'inscription a dû être placée tout près de l'instrument offert au dieu, sous la niche où peut-être il était encadré, et alors comment se retrouve-t-elle parmi les débris d'un édifice ornant le *dromos* qui conduisait au temple? Le secourable Aristide, qui est vraiment notre exégète ou cicérone pour les antiquités de Sérapis, avec lequel il vécut en si pieuse intelligence, Aristide nous fournira encore la clef de cette énigme. Au début même de son premier *Discours sacré*, racontant un de ces songes bizarres où il cherchait à deviner les indices d'un traitement utile à sa pauvre santé, il se représente dans le vestibule d'un temple d'Asclépius; il y conversait, dit-il, avec un de ses amis, lorsqu'il aperçoit un des serviteurs du dieu, à qui il demande où est le prêtre, et le serviteur répond « qu'il est derrière le temple, occupé auprès des lampes sacrées; que le gardien du temple emporte avec lui les clefs et que le temple est en ce moment fermé; toutefois il restait à la porte une petite ouverture qui donnait sur l'intérieur[3]....»

___

[1] Le Bas, *Voyage archéol.*, pl. XIII des Inscriptions : ..... M. Ἐρέννιος Ἑρμόλαος ὑπὲρ Ἐρεννίας Ἀλκῆς τῆς θυγατρὸς εὐχὴν Ἀπόλλωνι τὰς λυχνίας σὺν τοῖς λύχνοις. *Corpus*, nᵒ 5997 : Διῒ Ἡλίῳ μεγάλῳ Σαράπιδι —— τὸ κρηπίδειον, λαμπάδα ἀργυρᾶν —— πολύλυχνον, etc. Rangabé, *Antiq. hellén* , nᵒ 808 : Ἀσκλαπιῷ λύχ[νος] , dans une inscription d Orchomène. Cf les *Lucernæ fictiles* de Passeri, I, tab. 53 et 98, où la formule de dédicace est inscrite sur la lampe même.

[2] Voir, par exemple, Rangabé, *Antiq. hellén* , nᵒˢ 857 et 865.

[3] XXXIII, p. 447 : Ὁ δὲ ἔφη ἐξόπισθε τοῦ νεώ (remarquez la force de ἐξ dans ἐξόπισθε, qui seule suffirait à résoudre la question)· καὶ γὰρ εἶναι περὶ λύχνους· ἤδη τοὺς ἱερούς· τὰς δὲ δὴ κλεῖς ἀνακομίζειν τὸν νεωκόρον·

Or, que voit Aristide dans l'intérieur? Non point le prêtre, mais une statue rajeunie du dieu. Le prêtre en question n'était donc pas dans une arrière-partie du temple, mais bien derrière et en dehors, et là aussi se trouvaient des lampes sacrées, ce qui n'empêche pas qu'il y en eût aussi dans l'intérieur, comme l'atteste Aristophane pour l'*Asclé-piéum* d'Athènes[1]. Bien plus, un autre texte d'Aristide nous parle de songes obtenus par des malades *sur la route du temple et près de la lampe sacrée*[2]. Or, si dans l'*Asclepiéum* de Smyrne on voyait ainsi des lampes sacrées autour et en dehors du temple, les alentours du *Sérapéum* grec à Memphis ont pu être ornés de semblables offrandes, et le lieu où M. Mariette a trouvé la pierre en question, c'est-à-dire une chapelle située sur la route du temple, n'a plus rien qui doive nous surprendre.

On sait d'ailleurs, ce qui n'est pas inutile à constater ici, que les anciens, et les Egyptiens en particulier, ont connu comme nous l'usage des illuminations, et que dans leurs édifices religieux, comme au dehors de ces édifices, les lampes pouvaient servir à cet usage[3].

Il s'agit donc ici bien évidemment d'un objet consacré non pas au simple éclairage de l'édifice, mais à quelque usage religieux.

Cela posé, si l'on cherche à déterminer la nature et l'usage de l'instrument appelé λυχνάπτιον, deux conjectures se présentent :

1° Ou bien *l'allumoir* en question servait à allumer les

καὶ τυχεῖν ἐν τούτῳ κλεισθὲν τὸ ἱερόν, οὕτω μέντοι, ὥστε καὶ συγκεκλεισμένου εἴσοδόν τέ τινα λείπεσθαι καὶ τὰ ἔνδον ὁρᾶσθαι.

[1] *Plutus*, v. 668.
[2] *Disc.* XXIV, p 486, cité plus haut, p 406, n. 3.
[3] Hérodote, II, 62; Lucilius ap. Nonium, *De indiscr. gen.*, § 96, s. v. *Forus*; Macrobe, *Saturn.*, I, 7; Plutarque, *Cicer.*, 24. Cf. *Reliq. lat. serm.*; p. 335 (dans les décrets connus sous le nom de *Cenotaphia Pisana*).

lampes sacrées. C'était quelque manche ou support de luxe,
auquel s'adaptait la mèche, appelée λαμπάδιον ou λεπτὸν κη-
ρίον dans le lexique d'Hésychius [1], et peut-être θρυαλλίς dans
une scholie, d'ailleurs assez obscure, sur les *Nuées* d'Aristophane [2] ; c'était peut-être aussi quelque petite lampe en métal
précieux, fixée à l'extrémité d'un manche qui permît de s'en
servir comme d'un allumoir.

2° Ou bien le λυχνάπτιον était le support commun de plusieurs lampes que les fidèles allumaient dans une intention
pieuse, comme nous voyons encore brûler des cierges dans
nos églises. Cette supposition s'accorde encore mieux avec
l'idée d'une offrande de grand prix, telle que semble l'indiquer l'inscription du dromos de Sérapis. Une fort belle pièce
de bronze, qui du musée de Clot-Bey a récemment passé dans
la collection du Louvre, se compose d'une colonnette à trois
pieds, terminée par le haut en forme de cuvette ou de vasque,
et d'une lampe à deux becs, dont le corps s'adapte justement
à cette cavité. Voilà un ensemble auquel convient passable-
ment l'idée que nous pouvons nous faire du λυχνάπτιον de
Memphis. Que si nous croyons devoir agrandir encore par la
pensée l'instrument offert au dieu Sérapis, rien n'empêche de
se représenter, à l'extrémité de la colonne de bronze, une cuvette à plusieurs compartiments ou plusieurs cuvettes sup-
portées par autant de branches différentes, où viendraient

---

[1] Hesychius, s. v. Λαμπάδιον, glose dont la fin est corrompue, mais peut
être rétablie à l'aide de Platon, *Republ.*, I, *initio*, et de Philon le Juif, t. I,
p. 356. Cf Pollux, I, 254.

[2] Vers 768 (760) : Κατασκεύασμά ἐστιν ὑάλου τροχοειδές, εἰς τοῦτο τεχνασθέν,
ὅπερ ἐλαίῳ χρίοντες καὶ ἡλίῳ θερμαίνοντες προσάγουσι θρυαλλίδα καὶ ἅπτουσι.
Suit une fausse explication du texte. Aristophane suppose qu'en dirigeant
de loin sur les tablettes du juge la chaleur concentrée par une lentille, on
fondra la cire de ces tablettes et on effacera ainsi le texte d'une accusation.
La même propriété des lentilles est attestée par Pline, *Hist. nat.*, XXXVII,
2, et par Lactance, *De opificio Dei*, c. 10.

s'adapter autant de lampes. On aurait ainsi sous les yeux un *candélabre à lampes*, comme on connaissait déjà des *candélabres à cierges*, désignés en latin par le mot *ceriolare* [1]. L'autorité des monuments ne manque pas non plus à cette conjecture [2]. L'offrande serait ainsi plus digne de la générosité du donateur et répondrait plus exactement encore à l'usage pieux que nous avons supposé.

C'est là du reste une question sur laquelle le dernier mot appartient aux antiquaires plutôt qu'aux philologues. J'ajouterai que ce n'est pas la seule question que, sur ce sujet, la philologie puisse soumettre à la science des antiquaires.

En archéologie, comme en histoire naturelle, il est souvent bien difficile de fixer avec précision le sens des termes techniques employés par les auteurs anciens, quand ces termes ne sont pas accompagnés d'une description ou d'une définition exacte de l'objet indiqué. Cela doit surtout arriver à propos des termes qui sont d'un emploi rare, et pour lesquels on n'a pas même la ressource de comparer entre eux divers exemples. Pour citer quelques faits à l'appui de cette observation générale, et pour les choisir voisins de ceux mêmes que nous venons de discuter, quand on rencontre dans l'*Onomasticon* de Pollux [3] les expressions λύχνος δίμυξος et λύχνος τρίμυξος, « lanterne à deux, à trois mèches, » on applique facilement et volontiers ces locutions aux nombreuses lampes soit en bronze, soit en terre cuite, qui, outre l'ouverture centrale par où on y versait de l'huile, offrent deux ou trois ouvertures latérales, également destinées à recevoir autant de mèches plongeant toutes par leur extrémité inférieure dans

---

[1] Orelli, *Inscr. lat.*, nos 2505 sq , 2515, 4068. Cf. Millingen, *Vases grecs*, pl xxxvi.

[2] *Antich. di Ercolano*, Lucerne, *Tav.* lxiv ; *Museo Borb.*, vol. VII, *Tav.* xxx; K. O. Müller, *Denkmäler der alten Kunst*, t II, *Taf.* xli, n° 504; exemples dont je dois l'indication a l'obligeance de M. de Witte

[3] II, 72; VI, 103 ; X, 115

le même bassin. Les recueils d'antiquités offrent même des
corps de lampes percés d'un plus grand nombre de becs [1].
Mais on s'explique moins ce que pouvaient être les *lucernæ
bilychnes*, mentionnées dans un document latin provenant de
Pétilia en Calabre [2]. Étaient-ce des lampes à deux becs comme
le λύχνος δίμυξος, ou n'étaient-ce pas plutôt des lampes à deux
compartiments ou des espèces de candélabres supportant
chacun deux lampes? Pour ma part, je n'oserais rien décider
sur ce sujet. Un autre terme de ce genre, ὀβελισκολύχνιον,
aussi mentionné par Pollux [3], devrait désigner une petite
lampe fixée au bout d'une tige de métal. Mais Athénée, qui
trouvait ce mot dans l'historien Théopompe, conjecture qu'il
signifie la même chose que le ξυλολυχνοῦχος, relevé par lui
dans le poete Alexis [4]. Voilà donc les anciens déjà incertains
sur le sens du premier de ces deux mots, de tous les deux peut-
être. D'ailleurs la synonymie que propose Athénée ne paraît
guère admissible : il y a dans l'instrument désigné par le
second mot une partie *en bois* que rien ne fait supposer dans
la composition de l'ὀβελισκολύχνιον. La forme du ξυλολυχνοῦχος rappelle les mots :

τιμοῦχος,   qui suppose τιμή.

σκηπτοῦχος,   —   σκῆπτρον (avec suppression du ρ).

δημοῦχος,   —   δῆμος.

εὐνοῦχος,   —   εὐνή.

---

[1] *Lucernæ fictiles Musei Passerii*, II, tab. 82 (lampe à trois becs); tab. 50,
(lampe à quatre becs) ; III, tab. 79 (lampe à sept becs), etc.

[2] Orelli, *Inscr. lat.*, n° 5678; plus correct dans Mommsen, *Inscr. regni
neapol.*, n° 79.

[3] *Onomasticon*, VII, 103.

[4] *Dipnosoph*, XV, p. 700 : Ξυλολυχνούχου δὲ μέμνηται Ἄλεξις, καὶ τάχα
τούτῳ ὅμοιόν ἐστι τὸ παρὰ Θεοπόμπῳ ὀβελισκολύχνιον.

Elle rappelle surtout par sa forme et par l'analogie des idées :

δᾳδοῦχος,   qui suppose δᾷς—δᾳδός.

λαμπαδοῦχος,   —   λαμπάς—λαμπάδος.

λυχνοῦχος,   —   λύχνος.

Le ξυλολυχνοῦχος devait donc être le *support* d'un ξυλόλυχνον ou ξυλόλυχνος.

Mais ce dernier mot ne s'est trouvé jusqu'ici que sous forme latine, dans une inscription où la leçon est douteuse et dont l'authenticité n'est pas bien établie [1]. Assurément les documents latins suffisent à faire foi des mots qu'ils nous ont seuls conservés ; ils ont fourni déjà et ils fourniront encore de précieux suppléments aux lexiques de la langue grecque. Par exemple, le mot *zotheca* (espèce de niche, ζωθήκη) semblera de bon aloi à tous les hellénistes, bien qu'on ne le trouve que dans Pline le Jeune [2] et dans quelques inscriptions latines [3]. De même, un assez grand nombre de noms propres grecs ne nous sont connus jusqu'à présent que par des transcriptions latines. Mais ici nous manquons même de ces autorités indirectes, et nous sommes réduits à rétablir, sur de simples analogies, le mot ξυλόλυχνος dans la série des composés où entre le mot λύχνος. Il serait donc trop hasardeux d'en vouloir déterminer le sens avec précision.

On voit par ces exemples combien de recherches restent encore à faire sur cette partie de l'histoire de l'industrie an-

---

[1] Orelli, n° 2512 : *Plisthenes Leophronis cerycibus | et pop. præsentipus* (sic) *ante porticum | xylotychnum* (*xylolychnucon* dans les deux éditions d'Antonini) *Proserpinæ*.— Cf. Mommsen, *Inscr. regni neapol. spuriæ,* n° xxi et p. 11, 15. — Le mot *lychnuchus,* connu d'ailleurs par Ammonius, s. v. λυχνοῦχος, et par Pollux, *Onomast.,* vi, 103, etc., se trouve dans l'inscription n° 2511 du Recueil d Orelli.

[2] *Epist.* ii, 17, § 21. Cf v, § 26, où Pline en dérive le diminutif *Zothecula.*

[3] Orelli, *Inscr. lat.,* n°ˢ 1368, 2006, 3889.

cienne, et combien de telles recherches sont délicates. Ce sera notre excuse si nous n'avons pas pu fixer plus sûrement la signification du mot nouveau que l'inscription du Sérapéum ajoute à nos lexiques. Mais, d'un autre côté, sans engager la critique par des assertions téméraires, nous avons cru qu'il était opportun en cette occasion, comme il est utile en général, d attirer sur ce sujet la curiosité des savants en nous empressant de leur soumettre, avec le texte d'un document inédit, les conjectures qu'il avait pu nous suggérer.

XVIII

OBSERVATIONS

sur

QUELQUES FRAGMENTS DE POTERIE ANTIQUE

QUI PORTENT DES INSCRIPTIONS GRECQUES [1].

Le savant Reuvens, écrivant, en 1830, à M. Letronne ses Lettres sur les monuments gréco-égyptiens du Musée de Leyde, signalait déjà l'instructive variété des documents que nous offrent les papyrus découverts sur différents points de la vallée du Nil, surtout à Memphis. Chaque jour on voit s'augmenter encore le nombre et la variété de ces manuscrits [2]. Bien plus, ce que M. Reuvens disait, en 1830, des papyrus semble devoir s'appliquer aussi désormais à une classe de documents, d'abord un peu dédaignés par les voyageurs et les antiquaires, mais qui, étudiés avec soin, fournissent des renseignements utiles à l'histoire de l'Égypte sous les Romains. Je veux parler de ces fragments de poterie, qu'on appelle souvent *tessères*, qu'il est plus juste d'appeler *ostraka* (tessons), du

---

[1] Publié dans les Mémoires de l'Académie des inscriptions et belles-lettres, t. XXI, première partie. Le texte de la poterie égyptienne a été reproduit avec le *fac-simile* et un extrait de mon Commentaire dans le *Corpus inscr. græc.*, n° 9060. — Le *fac-simile* ci-joint réduit de moitié les dimensions de l'original.

[2] Voir, plus haut, notre chapitre VII.

nom même que les anciens leur donnaient [1], et qui portent des inscriptions égyptiennes ou grecques, toujours écrites, soit avec le *calamus* taillé comme notre *plume*, soit avec une autre espèce de calamus analogue au pinceau, et que connaissent bien les amateurs d'antiquités égyptiennes [2]. Pour me borner aux ostraka écrits en grec, les seuls dont l'étude me soit permise, une centaine environ, fournissant un nombre à peu près égal d'inscriptions, car ils sont rarement opisthographes [3], une centaine, dis-je, sont aujourd'hui déchiffrés, dont soixante-cinq, publiés par divers savants, ont pris place, par les soins de M. J. Franz, dans le *Corpus inscriptionum græcarum*, n° 4863-4891 et n° 5109[1-32]. Quarante autres, qui font partie du Musée du Louvre, sont inédits encore; mais M. Hase les a lus avec cette sûreté de coup d'œil et interprétés avec cette science profonde que nous admirons tous, et, dans ses leçons de paléographie à l'École des langues orientales, il a souvent communiqué à ses auditeurs des échantillons de ce travail.

Le texte d'un tesson semblable, appartenant à M. du Rocher, a été publié par M. F. Lenormant dans la *Revue archéo-*

---

[1] Voir *Corpus inscr. græc.*, n° 5109[32], où les deux mots τὸ ὄστρακον sont très-lisibles, parmi d'autres plus douteux. *Ibid* , n° 5109[3], on lit assez distinctement τὸ ταβήλλιον, pour désigner l'acte même et la matière sur laquelle il est écrit.

[2] Voir les observations de M. Letronne, dans le *Catalogue de la collection de M. Passalacqua*, p. 274 (1826). Quant à l'encre noire, elle est de même nature que dans les autres manuscrits égyptiens observés jusqu'ici; c'est-à-dire qu'elle paraît se composer de noir de fumée délayé dans une substance gommeuse. (Observation communiquée par M. Chevreul, de l'Académie des sciences.)

[3] Je ne connais qu'un exemple de tesson grec opisthographe, celui qu'a publié M. Reuvens dans ses *Lettres à M. Letronne*, t. III, p. 56, et qui est reproduit dans le *Corpus*, n° 4662[b]. Parmi les tessons écrits en copte, il s'en trouve plusieurs opisthographes dans la petite collection qui m'a fourni l'occasion de ce mémoire.

logique [1]. Quelques autres ne sont encore connus que par la
description sommaire qu'en a donnée M. Leemans, dans
son Catalogue des antiquités égyptiennes du Musée de
Leyde [2].

Dans l'état actuel de nos connaissances, ces petits monuments se partagent facilement en deux classes principales,
réunies d'ailleurs par des caractères communs. La moitié
environ sont des reçus donnés, tantôt simplement, tantôt sous
forme épistolaire, et toujours avec une extrême brièveté, par
le receveur public au contribuable qui avait versé entre ses
mains, soit des contributions pécuniaires, soit des redevances
en nature : ἔχειν ou ἀπέχειν est le mot usité en pareil cas
pour l'acte du receveur ; ἀποχή désigne, par conséquent, le
reçu qu'emportait le contribuable. En ce genre, on possède,
aujourd'hui, au moins un exemplaire en caractères démotiques [3]. L'autre classe d'ostraka comprend les quittances données par les soldats romains aux officiers chargés de la paye
militaire. Tous ces petits actes se ressemblent d'abord comme
pièces de comptabilité; ils se ressemblent, en outre, par
l'emploi d'une écriture cursive qui varie selon les personnes
plus encore que selon les dates, et qui est ordinairement fort
difficile à déchiffrer. Toutefois, et cela est naturel, les per-
cepteurs d'Éléphantine et de Syène ont, en général, une
écriture plus lisible que les soldats des garnisons romaines.
Parmi ces derniers même, il s'en trouve qui ne savaient pas
écrire, et qui, pour donner acquit de leur paye, ont dû recourir à la main d'un camarade. Ἔγραψα ὑπὲρ αὐτοῦ γράμματα
μὴ εἰδότος est une formule qui se trouve plusieurs fois, avec

---

[1] VIII⁰ année, p. 464 (Lettre à M. Hase).

[2] Leyde, 1840, n⁰ 453-465, et peut-être 466-468. Le numéro 453 est celui
que M Reuvens a publié (*loc. cit.*). — M. Leemans paraît signaler aussi
comme opisthographe le numéro 454 de la Collection.

[3] Texte publié, traduit et commenté par M. Théodule Devéria dans le
to me XXV des Mémoires de la *Société des Antiquaires de France*.

quelques variantes, dans les documents de la seconde classe [1], et qui ne se rencontre pas une seule fois, que je sache, dans ceux de la première.

Quoi qu'il en soit à l'égard de ce fait particulier, même à défaut de preuves positives, on croit volontiers que l'usage des fragments de poterie pour suppléer au papyrus était assez répandu dans un pays où l'on retrouve de tels actes de comptabilité. En effet, une tradition, conservée par le biographe d'Apollonius Dyscole, rapporte que, dans sa patrie même, à Alexandrie, ce grammairien était réduit à une telle pauvreté, qu'il écrivait ses ouvrages sur des fragments de poterie, ἐν ὀστράκοις. Cette tradition est suspecte d'hyperbole ; mais, quoi que j'en aie pu dire moi-même dans un précédent ouvrage [2], rien n'autorise à la croire tout à fait mensongère. Diogène Laërte raconte que le philosophe Cléanthe, lorsqu'il suivait les leçons de Zénon, « les recueillait sur des *ostraka et des omoplates de bœuf*, faute d'argent pour acheter du papier [3]. » Voilà encore une preuve qui fait remonter bien haut, et cela hors même de l'Égypte, l'usage de suppléer par d'autres matières à l'insuffisance d'un papier plus commode, mais plus coûteux. D'ailleurs, les particuliers n'étaient pas seuls exposés à ce genre de disette ; des villes et des peuples entiers ont pu en souffrir, même dans les siècles classiques de l'antiquité. Comme toute autre denrée, le papyrus manqua sans doute plus d'une fois sur les marchés, par suite de mauvaises récoltes. Sans parler d'une prétendue disette *de*

---

[1] *Corpus*, nᵒ 5109²·³ ⁵, etc. Cette formule se retrouve dans deux contrats grecs, sur papyrus, cités par M. Reuvens, *Lettres*, III, p. 8.

[2] *Apollonius Dyscole* (1854), p 8.

[3] *Vie des Philosophes*, VII, 174. Je remarque que, dans l'historien Evagrius (II, 12), un quartier de la ville d'Antioche est désigné par les mots ὀστρακίνη γειτονία. Il serait intéressant de déterminer l'origine de cette appellation. Se rapportait elle, par hasard, au commerce des ὄστρακα, ou a quelque amas comme le *monte testaccio* de Rome ?

papier et de calamus, dont il est question au troisième livre des *Macchabées*[1], ne savons-nous pas, par le témoignage de Pline l'Ancien, que, sous le règne de Tibère, Rome manqua pendant quelque temps de papier, et que l'ordre public faillit être troublé à ce sujet[2]? Même en dehors de ces circonstances particulières, et aux époques où la fabrication du papyrus constituait une industrie florissante, il semble que l'usage se soit toujours maintenu d'écrire sur d'autres matières, dont quelques-unes avaient servi, et paraissent avoir servi seules, à l'écriture avant que les ports de l'Égypte se fussent ouverts à la libre exportation du papyrus. Ainsi on continua d'employer quelquefois des peaux de bêtes plus ou moins bien préparées, et c'est au perfectionnement de cette industrie, dans les ateliers de Pergame, que l'Europe doit le *parchemin*[3]. Les lois de Solon furent primitivement gravées sur des pièces de bois, ἄξονες, dont quelques débris, dit-on, se conservaient encore dans le Prytanée au temps de Plutarque[4]; un siècle après Solon, quelques vers d'Aristophane, dans les *Nuées*, nous montrent le greffier d'un tribunal recueillant les arrêts des juges sur une tablette enduite de cire[5]. Quelques années plus tard, parmi les comptes de la dépense faite par les Athéniens pour le temple d'Érechthée, l'entrepreneur

---

[1] III, iv,§19 : Ἀπειλήσαντος δὲ αὐτοῖς (τοῦ βασιλέως) σκληρότερον ὡς δεδωροκοπημένοις εἰς μηχανὴν τῆς ἐκφυγῆς, συνέβη σαφῶς αὐτὸν περὶ τούτου πεισθῆναι, λεγόντων μετὰ ἀποδείξεως καὶ τὴν χαρτηρίαν ἤδη καὶ τοὺς γραφικοὺς καλάμους, ἐν (*sic*) οἷς ἐχρῶντο, ἐκλελοιπέναι. Il s'agit d'un recensement des Juifs ordonné par Ptolémée Philopator.

[2] *Hist. nat.*, XIII, § 27 : « Factum jam Tiberio principe, inopia chartæ, ut e senatu darentur arbitri dispensandæ; alias in tumultu vita erat. »

[3] Wegener, *De Aula attalica*, I, p. 71.

[4] *Vie de Solon*, c. xxv.

[5] *Nuées*, v. 760 (763), passage dont le scholiaste grec donne une fausse interprétation, rectifiée par les éditeurs modernes. (Cf. Euripide, *Hippolyte*, v. 1252.)

mentionne deux fois l'achat des *planches* ou *planchettes sur lesquelles il rédigeait ces comptes* mêmes[1] ; le prix de chaque planche est d'une drachme, et, chose remarquable, tout à côté se trouve mentionné, dans l'une des deux listes, l'achat d'un nombre égal de χάρται, à raison d'une drachme et deux oboles par feuille. On en peut conclure que l'on trouvait quelque économie à l'emploi des petites planches, qui, d'ailleurs, n'étaient pas toujours enduites de cire, comme on le voit par quelques fragments conservés au Musée de Leyde[1] et au Musée du Louvre. Ainsi les registres officiels de l'entreprise en question ont existé sous trois formes : 1° une sorte de brouillon, de relevé fait au jour le jour sur des σανίδες ; 2° la copie sur des χάρται, copie probablement destinée à rester chez le magistrat responsable ou chez l'entrepreneur ; 3° l'exemplaire gravé sur marbre pentélique, celui même dont il nous reste de précieux débris. Or, le document retrouvé près de l'Érechthéion est de l'olympiade 93,2 (quatre cent sept ans avant J.-C.), c'est-à-dire de l'année où mourut Euripide et où Alcibiade revint triomphant dans sa patrie. Rappelons enfin que, vers le même temps, les juges, à Athènes, portaient écrits sur une planchette, leur nom avec celui du tribunal pour lequel le sort avait désigné chacun d'eux[2] ; que, dans les tribunaux et dans les assemblées publiques, les Athéniens employaient souvent pour voter de

---

[1] Rangabé, *Antiquités hellén.*, n° 57, texte reproduit plus haut, p. 135 note 2 M. Rangabé suppose gratuitement et contre la vraisemblance que les χάρται étaient des feuilles de papyrus destinées à recouvrir les σανίδες. Cf. la note reproduite plus haut dans ce volume, p. 135 et suiv.

[2] Reuvens, *Lettres*, III, p. 111. On a un autre exemple du même genre dans les tablettes publiées en 1855 par le révérend H. Stobard, et commentées par M. H. Brugsch. Ces dernières portent un texte copte.

[3] *Schol. ad Aristoph. Plut.* v. 277 : Δέλτον, τουτέστι πιναλίδιον ἐν ᾧ ἐγγεγραμμένον ἦν τὸ ὄνομα αὐτοῦ καὶ τοῦ δικαστηρίου. Le nom du tribunal était répété sur la baguette du juge. Cf. *Corpus inscr. grœc.* n° 2902*b*.

petites pierres, des tessons, avec ou sans inscriptions. Le mot
qui signifie *suffrage* est, en grec attique, ψῆφος, « petite
pierre, » et il s'est perpétué dans la pratique des institutions
républicaines [1], avec ses dérivés, comme ψηφίζειν, ψήφισμα,
ἐπιψηφίζειν, etc. Le mot ὄστρακον, celui même que nous avons
relevé sur un fragment de poterie égyptienne, celui qu'emploient Diogène Laërte et le biographe d'Apollonius Dyscole,
reparaît dans *ostracisme*, nom du jugement par lequel l'in-
quiet patriotisme des Athéniens exilait le citoyen suspect
d'être dangereux, fût-ce même par le génie et la vertu, à la
liberté de son pays [2] ; et c'est par erreur qu'on dit et qu'on
imprime encore que, dans ce jugement, les bulletins de vote
étaient des *coquilles*.

En rapprochant tous ces faits, qu'il serait possible de multiplier encore, on se persuade facilement que des matières
assez diverses ont dû faire concurrence au papier de papyrus [3], et que l'usage d'écrire sur des fragments de poterie
avait, chez les anciens, surtout chez les habitants de l'Égypte,
plus d'extension que d'abord on ne l'aurait pu croire. Les
tessons écrits en copte confirment tout à fait cette induction ;
car on y a lu déjà, soit de courts contrats de vente, soit des
prières chrétiennes, soit même des fragments épistolaires.
Bien plus, un ostrakon grec, dont le texte, communiqué par
sir Gardner Wilkinson à M. Letronne, se retrouve aujourd'hui
parmi les matériaux recueillis par ce savant pour son troisième volume des Inscriptions de l'Égypte, contient la fin
d'une lettre ou d'une allocution pieuse de quelque chrétien
grec à un courageux défenseur de sa foi [4]. Enfin, voici une

---

[1] De là l'expression λευκαὶ πᾶσαι (toutes boules blanches) pour designer
un vote « à l'unanimité ». *Corpus inscr. græc*, nᵒˢ 5361, 5362. Cf. 5491.

[2] Voir sur ce sujet la dissertation de K. Lugebil, Leipzig, 1861, in-8º.

[3] Voir, en général, sur ce sujet, l'ouvrage de Martorelli, *De Regia theca
calamaria* (Naples, 1756, in-4), lib. I, c. iv.

[4] Cf. le texte publié sous le nᵒ 8607 dans le *Corpus inscr. græc.*

trouvaille, je n'ose pas dire une découverte, qui lèvera sur ce sujet toute espèce de doute, en apportant à la critique un certain nombre de matériaux intéressants.

Appelé à l'improviste, le 23 octobre 1855, aux enchères où se vendaient les livres et papiers d'un Français mort au Caire en 1849, j'ai pu distinguer en temps utile, et j'ai été assez heureux pour acquérir un certain nombre de poteries portant des inscriptions coptes et des inscriptions grecques.

En étudiant avec soin ce lot précieux, je n'ai pas tardé à y reconnaître dix fragments grecs dont :

1º Cinq se rejoignaient sans peine et formaient un texte presque complet, de huit longues lignes ;

2º Trois autres se rejoignaient encore et m'offraient jusqu'à onze lignes, inégalement lisibles ;

3º Les deux derniers devaient demeurer isolés à moins que le hasard ne me fît retrouver ailleurs des fragments qui vinssent les compléter.

De ces tessons isolés, l'un nous laisse lire, sur quatre lignes, les noms propres Σαμουήλ et Πέτρο[ς], et les quatre premières lettres du mot κύρι[ος], deux fois répété [1] : c'est déjà l'indice d'une autre société que la société païenne du temps des Ptolémées ou de l'Empire romain.

Un second fragment, sur neuf lignes fort effacées et d'ailleurs réduites quelquefois, par des fractures, à quatre ou même à deux lettres, laisse pourtant lire encore les mots αἰώνιον, ἡμῶν χρηστ[ός ?], δοῦλόν σο[υ], indiquant d'autres idées que celles qu'on a jusqu'ici rencontrées sur les ostraka.

Mais le tesson que j'ai recomposé de trois fragments montre clairement l'origine toute chrétienne du texte qu'y a tracé en

---

[1] Ici et ailleurs, où j'ai placé, pour faciliter la lecture, les accents sur les textes grecs conservés par des papyrus et des tessons, il est bien entendu que ces accents n'existent pas, non plus que sur les inscriptions, sauf les exceptions notées p. 160 et p. 432, dans les textes originaux.

grosses lettres une main ancienne et assez habile. Aux deux premières lignes, je déchiffre, malgré la pâleur actuelle de l'encre en quelques endroits :

ἄγγελος κυρίου καταβὰς ἐξ οὐρανοῦ
ἀπήγγελα(?) τὸ γενν[η]θὲν ἐκ τοῦ πνα τοῦ.

Soit que les deux derniers mots se doivent lire πνεύματος τοῦ, en suppléant ἁγίου, soit qu'il faille les réunir en un seul πνευμάτου, barbarisme qui ne s'expliquera que trop bien par la suite de notre travail, il est clair que ce texte se rapporte à quelque nouvelle, apportée par un ange, de la naissance du Sauveur Dans les trois lignes suivantes, les mots νεκρῶν, θάνατος et ἀνέστει (pour ἀνέστη) font penser à la résurrection des morts. Les lignes 6 et 7 sont à peu près ainsi conçues :

αὐτὸν ὑμν[ή]σομ[ε]ν πάντα τὰ ἔθνη, αὐτὸν
βοήσομεν λέγ[ον]τες· Κύριε, δοξασθῇς.

« Nous le célébrerons, nous tous les peuples ; nous crierons : « Seigneur, soyez glorifié ! » Des indices analogues se retrouvent dans les quatre dernières lignes, malheureusement fort mutilées, et dont la restitution me semble jusqu'ici impossible :

μακαριώσει καὶ καλῶν εστινος ?
... ἐκείναις τ.... ? σαμουμεθανυφυ }
                              φυ }   ainsi répété
λαξα τοὺς καρ.... μονος αφανε
τε μετ' ἀγγέλο[υ?]....... τὴν βασιλε[ίαν τῶν οὐρανῶν ?]

Mais toute conjecture devient inutile devant le principal document de cette petite collection, celui dont j'ai rassemblé les cinq morceaux, et auquel il ne manque que quelques

BŒGER, Mémoire d'histoire ancienne et de Philologie

lettres [1] : c'est évidemment l'œuvre d'un chrétien, d'un chrétien illettré, quoiqu'il écrive, d'ailleurs, d'une main assez
hardie. Je donnerai d'abord de ce document une traduction
aussi fidèle qu'il m'a été possible de la faire ; j'essayerai ensuite de démêler les faits et les idées qui s'y trouvent dans
une confusion étrange. Puis, revenant au texte même, j'espère en pouvoir éclaircir l'obscurité, et parfois même en
expliquer la barbarie à l'aide de divers textes épars dans les
collections d'antiquités.

« A Soloham, dans la piscine aux Moutons (son nom, en
hébreu, est *Bedsaïda*), le Seigneur a trouvé, dans le portique
de Salomon, a trouvé le Seigneur l'homme gisant à terre ; il
a guéri le boiteux et il a fait revoir l'aveugle ; et c'est de là
que nous, avec les archanges incorporels, nous disons, en
criant de toute notre voix : « Saint est le Dieu que chantent
« les Chérubins et devant lequel ils se prosternent... Saint et
« fort, celui que glorifie le chœur des anges incorporels...
« [celui que même les] bêtes sans raison ont reconnu. Ayez
« pitié de nous. »

La première ligne de ce texte commence par un *chrisma*
très-bien conservé ; à la fin de la dernière ligne on reconnaît
le T, dont la signification mystique, sur les monuments de
l'antiquité chrétienne, est expliquée par Tertullien [2], et dont

[1] Le dessin du *fac-simile* joint à ce mémoire est dû à M. Edmond Le
Blant, auteur de l'excellent Recueil des inscriptions chrétiennes de la Gaule,
dont le premier volume a paru en 1856.

[2] *Adv. Marc.*, III, 22 : « Præmittens itaque et subjungens proinde, pas-
sum etiam Christum, æque justos ejus eadem passuros, tam Apostolos quam
et deinceps omnes fideles prophetavit signatos illa nota, scilicet de qua
Ezechiel : dicit Dominus ad me : Pertransi in medio portæ, in media Hierusalem et da signa *tau* in frontibus virorum. Ipsa est enim littera Græcorum *tau*, nostra T, species crucis quam portendebat futuram in frontibus
nostris apud veram et catholicam Hierusalem, etc. » — Il est vrai que, dans
les Septante, le texte d'Ezéchiel (IX, 4), cité ici par Tertullien, ne renferme
ni le nom ni le signe du T; mais le nom se trouve dans la Vulgate de saint

l'usage est attesté par de nombreux exemples [1]. Les cinq mots
Κύριος, ἄνθρωπος, ἀνυμνοῦσι, προσκυνοῦσι et ἰσχυρός sont écrits
avec des abréviations faciles à résoudre et telles qu'on en
trouve souvent, soit sur les ostraka, soit sur les papyrus
grecs ; ce ne sont donc point là des lacunes. Ainsi , sauf
quelques lettres enlevées par une fracture aux lignes 7 et 8,
on peut dire que nous possédons le document dans son entier.
Il n'est pas pour cela beaucoup plus clair à la première lecture. Si toutefois nous recourons à l'Évangile de saint Jean,
nous y retrouverons, sans beaucoup d'efforts, le fil de deux
récits qui se sont entremêlés dans la mémoire du narrateur
chrétien.

Dans son chapitre ix, saint Jean raconte comment Jésus,
pour guérir un aveugle de naissance, lui enduisit les yeux
avec de la poussière imprégnée de sa salive et lui ordonna
ensuite d'aller se baigner *à la piscine de Siloam* [2]. Dans son
chapitre v, il raconte la guérison du paralytique : « Il y a,
à Jérusalem, *auprès de la porte aux Moutons, une piscine
appelée en hébreu Bethesda, et qui a cinq portiques.* Sous ces
portiques était couchée une grande foule de malades, de gens
aveugles ou boiteux, ou ayant quelque membre desséché [3],
qui attendaient que l'eau fût mise en mouvement. Car un

Jérôme, et cette forme du *t* phénicien vient d'être reconnue sur un très-
ancien monument découvert par M. Botta dans les ruines de Korsabad.

[1] M. E. Le Blant me fournit obligeamment les exemples qui suivent, et
dont on pourrait, au besoin, augmenter le nombre : Letronne, *Matériaux
pour l'hist. du Christ. en Égypte*, p. 92, pl III, lettres *g. h.* ; Bosio, *Roma
sotterr*, p. 407 ; Bottari, *Pitture e scult. sagre*, t. 1, p. 85 ; Aringhi, *Roma
subterr.*, t. II, p 315, etc.

[2] Verset 7 : Καὶ εἶπεν αὐτῷ· Ὕπαγε, νίψαι ἐς τὴν κολυμβήθραν τοῦ Σιλωάμ
(ὃ ἑρμηνεύεται ἀπεσταλμένος).

[3] Ou « d'hommes aux membres secs» comme traduit en cet endroit M. H.
Wallon, à la manière de Bossuet, dont il complète la version. (*Les Saints
Évangiles*, traduction de Bossuet, mise en ordre par H. Wallon, Paris,
1855, p. 242.)

ange du Seigneur descendait à l'heure fixe dans la piscine et
y troublait l'eau, et celui qui, alors, y descendait le premier,
redevenait sain, de quelque maladie qu'il fût attaqué. Or, il
y avait un homme malade depuis trente-huit ans. Jésus, le
voyant étendu à terre et apprenant qu'il était depuis longtemps malade, lui dit : « Veux-tu redevenir sain ? » Le malade
lui répondit : « Seigneur, je n'ai pas un homme pour me
« jeter dans la piscine quand l'eau aura été troublée, et, pen-
« dant que je marche, un autre y descend avant moi. » Jésus
lui dit : « Lève-toi, prends ton lit et marche. » Aussitôt
l'homme redevint sain, il prit son lit et il marcha. »

Enfin, au chapitre x, le même évangéliste nous représente
le Sauveur se promenant *dans le temple, dans le portique de
Salomon*[1]. En rapprochant ces trois textes, on s'explique
assez bien la confusion qu'en a pu faire une mémoire infi-
dèle. Il est question d'une piscine dans le récit sur le paralytique, d'une autre piscine dans le récit sur l'aveugle : les
deux piscines, ont été confondues, quoique fort distantes
l'une de l'autre, puisque celle de Siloam ou Siloé était au
sud-est de Jérusalem, et l'autre au nord[2]. L'une de ces deux
piscines avait cinq portiques, et il y avait à Jérusalem un
lieu appelé *les portiques de Salomon :* autre sujet de confusion
, et d'erreur Peut-être même l'écrivain dont nous essayons
de débrouiller le texte n'est-il pas coupable de tout ce désordre. Qui sait s'il ne reproduit pas simplement quelque
version populaire du récit évangélique, et une version déjà
consacrée depuis longtemps dans le pays où il écrivait ? Sans
sortir de l'histoire du christianisme, les évangiles apocryphes
et tous les écrits analogues montrent combien la tradition
des apôtres s'est souvent altérée, en se resserrant ou en se

---

[1] Καὶ περιεπάτει ὁ Ἰησοῦς ἐν τῷ ἱερῷ ἐν τῇ στοᾷ Σολομῶνος.

[2] Robinson, *Voyage en Palestine,* t. I, p. 94, 147, 148 de la traduction
française.

développant, tantôt par le travail de pieux faussaires, tantôt par le travail de transformation presque involontaire que l'imagination des peuples fait subir aux objets les plus sacrés de leur respect et de leur foi.

Au reste, l'étrangeté du style et de l'orthographe répond bien, dans ce document, à l'ignorance dont témoigne une pareille altération des récits évangéliques. Pour en donner une idée, commencerons par transcrire le texte dans toute sa barbarie; nous le ramènerons ensuite à une forme plus voisine non pas de l'atticisme, mais au moins du grec des évangélistes :

✝ εν τω σωλοδαμ προδατικη κολομβηθρα | ονομα αυτοις εβραεστιν βηδσαϊδα ευρηθε ο χ͞ς εν τη στουα | το σολομωντος ευρηθε ο τησποτης τον ανθρ καταγειμενος | λογον ηθεραπευσεν και τον δυφλον ανεδληψεν οθεν και υμεις | ματα τον αρχαγγελον τον αζωματων αναδωντα και γεκρα | κοντα και λεγοντες αγιος ο θεος ο ανυμνι τα χερουδιν και προσκυνουσ | .... οι αγιος ισχυρ ον ενδοξας σοι ο χορος τον αζωματον αγγελον |........ ο(?)τος ον φ..... τ τον αλογον γνοριστθεις ηλεησον υμας τ

Ce que je transcris, en faisant au texte les corrections et additions les plus nécessaires :

Χριστός. Ἐν τῷ Σωλοάμ, [ἐν τῇ] προδατικῇ κολυμβήθρᾳ (ὄνομα αὐτῆς ἑβραϊστὶ Βηδσαϊδά), εὕρησεν ὁ Κύριος ἐν τῇ στοᾷ τοῦ Σολομῶνος, εὕρησε[ν] ὁ δεσπότης τῶν ἀνθρώπων (ου τὸν ἄνθρωπον) κατακείμενον χωλόν· [τὸν] χωλὸν ἐθεράπευσεν καὶ τὸν τυφλὸν ἀνέδλεψεν· ὅθεν καὶ ἡμεῖς μετὰ τῶν ἀρχαγγέλων τῶν ἀσωμάτων ἀναδῶντες καὶ κεκραγοῦντες (ου κεκραγότες) καὶ λέγοντες· Ἅγιος ὁ Θεός, ὃν ἀνυμνοῦσι τὰ χερουδὶν καὶ προσκυνοῦσιν..... οἱ ἅγιος, ἰσχυρός, ὃν ἐνδοξάζει (?) ὁ χορὸς τῶν ἀσωμάτων ἀγγέλων..... οτος ον φ.....ι τῶν ἀλόγων γνωρισθείς· ἐλέησον ἡμᾶς. Τ.

Tous les genres d'incorrection sont réunis dans ce texte.

1° Les consonnes sont confondues entre elles, le θ avec le
δ dans Βηδσαίδα pour Βηθσαίδα, faute excusable dans un mot
étranger écrit en Égypte, où le grec dominant était le grec
macédonien, qui substitue volontiers le δ à l'aspirée correspondante θ [1]. Mais il est plus difficile de justifier la confusion
du θ avec le σ, dans ευρηθς pour εὕρησε, aoriste d'ailleurs peu
classique de εὑρίσκω ;

Du δ avec le τ, dans δυφλον pour τυφλόν ;

Du κ avec le γ, dans καταγαιμενος pour κατακείμενος, qui
lui-même fait solécisme, étant au nominatif au lieu de l'accusatif, que demanderait la syntaxe ; dans γεκρακοντα, qui
paraît être pour κεκραγότες, participe du parfait de κράζω, ou
pour κεκραγοῦντες, participe présent d'un verbe κεκραγέω-ῶ,
dérivé lui-même du parfait κέκραγα, comme de πέποιθα se
forme πεποιθέω-ῶ, d'où le dérivé πεποίθησις, mot très-usité
dans le grec ecclésiastique [2]. Au reste, on pourrait, à la rigueur, restituer dans notre texte κεκράγοντες, qui serait, par
une coïncidence assez singulière, tout à fait analogue au participe κεκλήγοντες que nous offre le grec homérique [3].

La substitution du ζ au σ est ancienne aussi, mais seulement devant la semi-voyelle μ, comme dans Ζμύρνη pour
Σμύρνη, et ζμάραγδος pour σμάραγδος [4]. Au contraire, elle est
tout à fait sans exemple entre deux voyelles, comme dans
αζωματον pour ἀσωμάτων.

2° Les voyelles sont confondues :

ο avec ω, dans τον pour τῶν et dans plusieurs autres mots ;

ο avec υ, dans κολομβηθρα pour κολυμβήθρα, ce qui ne peut
être ici attribué à quelque usage dialectique, comme celui

.

---

[1] Voir Sturz, *de Dial. maced. et alex.*, p. 31, n° 12. C'est ainsi que
ξανθικός devient ξανδικός, nom d'un mois macédonien.

[2] Voir ces mots dans la nouvelle édition du *Thesaurus linguæ græcæ*.

[3] Voir Fischer, *ad Vellerum*, II, p. 248, 249.

[4] Lucien, *Jugement des voyelles*, § 9, et les interprètes sur ce passage.

dont on trouve des exemples dans des inscriptions ioniennes d'une assez haute antiquité [1] ;

η avec ε, dans αναβληψεν pour ἀνέβλεψεν, ηθεραπευσεν pour ἐθεράπευσεν, ηλεησον pour ἐλέησον ;

υ avec η, dans υμεις pour ἡμεῖς, et dans υμας pour ἡμᾶς.

La diphthongue οι se trouve même pour η dans αὐτοῖς pour αὐτῆς, ce qui ne s'est rencontré jusqu'ici que dans la grécité d'une très-basse décadence [2]. Par une confusion plus étrange encore, α est employé pour ε dans ματα pour μετά.

3° Quelquefois la confusion des voyelles et celle des consonnes se rencontrent dans le même mot, comme dans τηττο-της pour δεσπότης, et probablement dans ενδοξασσοι pour ἐνδοξάζει, qui offre aussi οι pour ει, signe d'une décadence fort avancée.

4° Un mot est mis à la place d'un autre avec lequel il n'a qu'une vague ressemblance de son, sans aucun rapport de signification : λογον remplace le mot χωλόν, que l'autorité du texte évangélique nous a permis de restituer avec certitude.

5° Les fautes contre la syntaxe ne sont pas moins nombreuses. On en a déjà relevé plusieurs ci-dessus. Sans vouloir

---

[1] Corpus inscr. græc , nᵒˢ 2098, 2121, 4224f, in Addendis, et t. II, p. 623. Cf. O. Gerhard, Rapporto volcente, nota 638, et la Revue archéol., vol. III, p. 383. Dans les Antiquités du Bosphore cimmérien, récemment publiées à Saint-Pétersbourg, je trouve, au nᵒ 18 des Inscriptions, le mot ἀριστοπυλείται, pour ἀριστοπολίται, plusieurs fois répété.

[2] La confusion de ι, ει, et η en un seul son, et celle de οι et υ en un seul son, même dans les pays grecs, remontent respectivement à une assez haute antiquité ; mais il n'en est pas de même de l'itacisme proprement dit, qui, aujourd'hui, confond ι, ει, η, υ, οι en une seule et même prononciation. Cette dernière altération n'a pas paru jusqu'ici antérieure au huitième siècle de notre ère. Tous les exemples où l'on croit la reconnaître avant cette époque sont sujets à beaucoup de doutes. Ainsi, dans l'Iliade, XXIV, 750, le très-ancien manuscrit sur papyrus de M. Bankes (Philological Museum de Cambridge, t. I, p. 177-186) présente la variante OI pour II ; mais il est probable que la leçon OI provient elle-même de ЄI, que le copiste aura mal lu dans l'exemplaire qu'il avait sous les yeux. (Cf. v. 566.)

les relever toutes, il faut pourtant noter encore la phrase qui commence par ὅθεν, et qui manque de verbe principal à un mode personnel : ce verbe devait être λέγομεν au lieu de λέγοντες. Ἀναβῶντα pour ἀναβοῶντες est à la fois un solécisme et un barbarisme. Enfin, ανεβληψεν pour ἀνέβλεψεν, variante qui se retrouve dans un manuscrit très-incorrect de saint Jean, connu sous le nom de manuscrit des Templiers[1], ανεβληψεν, dis-je, est évidemment employé avec le sens actif de *rendre la vue à* ou *faire revoir;* or, ce sens est jusqu'ici sans exemple, que je sache, bien qu'il ne soit pas sans analogie avec celui de *faire connaître*, que prend le verbe γνωρίζω dans quelques passages du Nouveau Testament[2].

Mais la cause de toutes ces altérations de langage nous est indiquée, je crois, par certains traits d'orthographe qui me restent à signaler, et qui, d'ailleurs, vont nous permettre quelques conjectures sur l'origine du document que nous examinons.

A la seconde ligne, Βηδσαιδα pour Βηθσαίδα nous offre, en caractères grecs, la forme que prend ce nom de *Bethsaïde* dans une traduction copte de l'Evangile, publiée en 1799 à Oxford, par Woide.

Tout me porte à croire que la variante στουα pour στοά, provient également de l'influence d'un dialecte copte; car je trouve le mot στουα dans le *Lexicon copticum* de M. A. Peyron, avec deux interprétations, dont la seconde, présentée, il est vrai, comme douteuse par l'auteur, est précisément celle de *portique*, et tendrait à identifier ce mot avec le grec στοά.

---

[1] Voir la collation de ce curieux manuscrit dans Thilo, *Codex apocryphus Novi Test*, I, p. 874.

[2] I *Cor.*, 15, 1 : Γνωρίζω δὲ ὑμῖν τὸ εὐαγγέλιον. *Acta*, II, 28 : Ἐγνώρισάς μοι ὁδοὺς ζωῆς. Il est vrai que les verbes en ζω expriment volontiers en grec la nuance de sens que nous traduisons en français par *faire*, suivi d'un infinitif. Par exemple : πορίζω, primitivement *faire passer*; βιβάζω, *faire marcher*. Ἀναβλέπω n'est point dans le même cas.

La substitution de l'η à l'ε dans ανεϐληψεν et dans τηϛποτης[1], celle du τ au δ dans le même mot τηϛποτης, et celle du δ au τ dans δυϕλον, paraissent dues à la même influence[2]. Mais voici un indice plus décisif encore. A la première ligne du texte, entre l'ο et l'α de ϲωλο-αμ, il est impossible de méconnaître le ϩ ou *hori*, signe d'aspiration particulier à l'alphabet copte, et c'est, en effet, sous cette forme que le même nom propre se retrouve dans la traduction copte de l'Évangile selon saint Jean, que nous citions plus haut. Nous surprenons donc ici, à n'en point douter, la main inhabile de quelque chrétien d'origine égyptienne, qui portait dans l'usage de la langue grecque les habitudes de sa langue maternelle.

En général, on se ferait une idée trop favorable du grec parlé en Egypte, si on le jugeait d'après ce qui nous reste de la fameuse école d'Alexandrie. Dans cette société savante, dans cette vie tout artificielle du *Musée*, la langue grecque pouvait se soutenir à un degré d'élégance et de pureté que, dans le reste de l'Égypte, elle n'atteint que rarement et presque par exception. Le dialecte même d'Alexandrie n'a point eu de littérature proprement dite, et il n'est guère signalé que pour ses défauts par les grammairiens et les littérateurs classiques de l'antiquité. Soit païens, soit chrétiens, les auteurs grecs originaires d'Egypte avaient mauvais renom auprès des vrais hellénistes. Photius reproche à Olympiodore,

---

[1] Je n'ose citer comme exemple authentique de la même altération l'inscription d'une œuvre d'art qui n'a peut-être pas été bien reproduite ni bien déchiffrée; je veux dire celle qui se trouve dans Gerhard, *Antik. Bildw.*, pl. LX (I, p. 303).

[2] Voir A. Peyron, *Grammatica coptica*, p. 4. Cf *Corpus inscr. græc.*, nº 5072, et les dernières lignes du Commentaire de J. Franz sur cette inscription. — Au reste, il est remarquable que Lucien déjà se plaint de la substitution du τ au δ dans ἐντελέχεια, qui est, selon lui, ἐνδελέχεια (*Jugement des voyelles*, § 10). Cf. 4. Brugsch, *Grammaire démotique* (Berlin, 1855), p. 9.

annaliste païen, natif de Thèbes, son langage d'une clarté
sans force et d'une vulgaire platitude[1]. Chez les chrétiens
même, ce mauvais style n'était pas le simple effet de la négligence : l'orateur de la religion nouvelle avait besoin de
se rapprocher du peuple par la familiarité d'une éloquence
qui descendait quelquefois jusqu'à l'expression incorrecte ou
grossière ; on en a d'assez nombreux exemples[2].

Les monuments épigraphiques et les papyrus nous offrent,
en effet, des témoignages de la difficulté que les Égyptiens
ou les barbares domiciliés en Égypte éprouvaient à écrire
correctement le grec. Pour commencer par le plus ancien
témoignage, je citerai un papyrus de la collection du Louvre.
Il contient une lettre sans date, mais certainement antérieure
à l'ère chrétienne. Cette lettre est écrite par deux Arabes qui
ne semblent pas tout à fait illettrés, et qui pourtant laissent
échapper, avec des fautes d'orthographe, des expressions,
des tours syntaxiques assez étranges.

Μυρουλλᾶς καὶ Χαλβᾶς[3] | Ἄραβας (pour Ἄραβες) Δακούτει |
τῷ ἀδελφῷ χαίρειν. | Ἀκούσαντες ἐν Παιει (pour ἐν Πόλει?) |
τὰ περί σου συμβεβη|κότα περὶ τοῦ ἀνθρώ|που τοῦ πρός σε | τὴν
ἀηδείαν ποή|σαντος, ἤκαμεν εἰς | τὸ Σαραπιεῖον βολά|μενοι (pour
βουλόμενοι) συνμίξαι σοι· | ἀκούσαντες δὲ ἐν τῷ | μεγάλῳ Σαρα-
πιείῳ | ὄντα σε εγεγονσα? | χμι τοῦ Λητοπολί | του· καλῶς οὖν
πο|ήσεις παραγίνεσ|θαι ἡμῖν ἐς Ποει, | ὅτι καταπλεῖν μέλ|λομεν
πρὸς τὸν βα|σιλέα [ἵνα] ἐπιδό|μεν (pour ἐπιδῶμεν) ἔντευξιν περί |
σου τῷ βασιλεῖ· | Ἔρρωσο. Ⲗκθ, | μεσορή κ͠ς.

---

[1] *Bibliotheca*, cod. 80 . Σαφής μέν τὴν φράσιν, ἄτονος δὲ καὶ ἐκλελυμένος
καὶ πρὸς τὴν πεπατημένην κατενηνεγμένος χυδαιολογίαν.

[2] Voir dans le tome IX du *Spicilegium romanum* d'Ang. Mai, les homé-
lies grecques d'Eusébius, évêque d'Alexandrie, et les témoignages historiques recueillis par l'éditeur dans une note de la page 28.

[3] Voir sur ces deux noms propres et sur quelques autres noms arabes,
fournis par les inscriptions grecques, les observations de M. E. Renan,
dans le *Bulletin archéologique de l'Athénéum français* de septembre 1856.

Au revers, on lit l'adresse : Δακούτει. (Papyrus. n° 48 du Musée du Louvre, copie communiquée par M. Brunet de Presle.)

Or, il semble que les Egyptiens de naissance aient été plus mal préparés encore que les Arabes à manier correctement même la langue vulgaire que les Grecs appelaient κοινὴ διάλεκτος, bien éloignée cependant des délicatesses de l'atticisme. A en juger par le copte, un idiome presque entièrement dénué de flexions grammaticales contrastait singulièrement avec l'abondance des déclinaisons et des conjugaisons grecques, avec la complexité des règles syntaxiques qui en résultent. De là viennent, sans doute, les innombrables fautes dont fourmillent tant de textes écrits en grec par des Égyptiens, surtout les textes écrits par de simples particuliers, tels que proscynèmes, lettres familières, épitaphes. Parmi les proscynèmes, il suffira de rappeler les numéros 5030-5035 du *Corpus*, et de transcrire le numéro 4999, qui, à lui seul, peut servir de modèle :

Τὸ προσκύνημα Βης[α]ρίων, ἱερέως γόμου, κ[αὶ] Ἀπολλώνιος πρὸς καὶ τοῖς ἀδελφοῖς αὐτοῦ καὶ [τ]ὴν [μη]τέραν αὐτοῦ καὶ Πανοῦ-[φ]ις πατρὸς καὶ Σενπετόσιρις κα[ὶ τ]οῖς φιλοῦσίν μοι καὶ τοὺς ἀπὸ τοῦ γόμου πάντες. L̄γ̄ Ἀλεξάνδρ[ου], φαμενώθ ῑδ̄.

Ce texte porte la date de l'an 214 après J.-C.[1]. C'est probablement quelque helléniste de la même classe, mais un peu plus lettré, qui écrivait à sa sœur la lettre, aujourd'hui déposée dans la Collection du Louvre, et dont M. Am. Peyron a jadis publié les premières lignes ainsi conçues :

Ἄμμων Παχνούμι τῇ ἀδελφῇ χαίρειν. Πρὸ μὲν πάντων εὔχομέ σε ὑγιαίνιν, καὶ τὸ προσκύνημά σου ποιῶ καθ' ἑκάστην ἡμέραν·

---

[1] Cf. *Corpus*, n° 5922, une inscription de Syrie contemporaine de Septime Sévère; n° 2114, une inscr. de Panticapée, qui est de l'an 130 après J.-C., et où le mot σύν est construit comme μετά avec le génitif. Cf., n° 2114d.

ἀσπάζομαι πολλὰ τὸν ἀγαθώτατόν μου ᵘἱὸν Λέων· κομψῶς ἔχω
καὶ τὸν ἵππον μου[1] καὶ Μέλας (?)· μὴ ἀμελύσῃς τῷ υἱῷ μου·
ἀσπάζομαι Σέγκρις καὶ ἀσπάζομαι τὴν μητέραν[2], κ. τ. λ.

On peut rapprocher de la lettre d'Ammon à Pachnumis
celle de Senpamonthès à Pamonthès, son frère, qui fait également partie de notre collection du Louvre, et qui paraît
être de l'époque romaine :

Σενπαμώνθης Παμώνθῃ | τῷ ἀδελφῷ χαίρειν. | Ἔπεμψά σοι τὸ
σῶμα Σενήριος | τῆς μητρός μου κεκηδευ|μένος, ἔχων τάβλαν
κατὰ | τοῦ τραχήλου, διὰ Τάλητος | πατρὸς Ἱέρακος, ἐν πλοίῳ|
ἰδίῳ, τοῦ ναύλου δοθέντος | ὑπ' ἐμοῦ πλήρης. Ἔστιν δὲ | σημεῖον
τῆς ταφῆς· σίν|δων ἐστι ἐκτὸς ἔχων χρῆ|μα ῥοδινόν· ἐπιγεγραμ-
μέ|νον ἐπὶ τῆς κοιλίας τὸ ὄ|νομα αὐτῆς· ἔρρωσθαι σε, | ἀδελφέ,
εὔχομαι. L̄η̄ θώθ ῑα.

Un passage de cette lettre mérite de nous arrêter quelques
instants, parce qu'il nous offre l'occasion de signaler une fois
de plus l'usage d'écrire sur des planchettes de bois, usage si
répandu chez les anciens. La τάβλα, ou *tabula*, est la tablette
où l'on inscrivait le nom du mort et qu'on suspendait au
sarcophage, pour que les visiteurs et les gardiens pussent
facilement reconnaître chaque momie; l'inscription en est
fort courte d'ordinaire, comme celle-ci, dont je possède l'original :

Ἀπολλώνιος
Ἀφροδεισίου, μητρὸς
Θαή[σιος ?.....]
ἀθὺρ ῑγ̄ ἐτάφη.

---

[1] Cf *Corpus*, n° 4996, un proscynème qui s'étend aux bêtes et même à
des choses inanimées (ὑπὲρ) καὶ τῶν κ-ηνῶν καὶ τῶν ἔργων μου.

[2] Même barbarisme au numéro 5030 du *Corpus*. Cf. n° 5364b, θυγατέραν ;
n° 5827⁴, πατέραν ; n° 4000, ἀνδριάνταν. Ces exemples, appartenant a des
localités différentes, témoignent d'une altération assez générale, dans
cette classe de mots déclinés, dès les premiers siècles de l'ère chrétienne.

Quelquefois elle indique la patrie du défunt, comme dans deux exemples qu'a publiés M. Bern. Peyron, et dont l'original est au Musée de Paris. Quelquefois aussi elle renferme des renseignements plus explicites encore, et elle prend la forme d'une espèce de lettre, analogue, d'ailleurs, pour le contenu et pour l'incorrection du style, à l'épître de Senpamonthès qu'on vient de lire. Tel est le texte suivant :

Σενύριος Πλουσᾶ, κόμισον τὸ σωμάτιον τοῦ υἱοῦ μου. Ἔστιν δὲ τὸ ὄνομα αὐτοῦ τοῦ σωματίου Ἰσίωνος· πεπλήρωκα ἑαὐτὸν τοῦ ναύλου καὶ τῶν δαπανῶν π... σῶμα [1].

C'est aussi à l'époque romaine que doit appartenir un sarcophage en bois, du même musée, dont l'inscription, en caractères cursifs, rappelle souvent l'écriture de la doxologie que nous expliquons. Cette inscription, inédite encore, mérite, je crois, d'être citée ici :

Χελιδονα ευμορφη συν πλωκαμοις [2] σεμνος βιωσας ετη $\overline{λγ}$ μηνας $\overline{ϛ}$, ημερας $\overline{γ}$ καλως κηδευτισσα υπο Σενδιαϐωτος θυγατρως αυτης επικουρωντος εγλ... του ανδρος της χελιδονη[ς] α...θ επαγαθω ευψυχει εγλ... τος ετραψα την εμαυτου συνϐιον.

Que je transcris plus correctement [3] :

Χελιδόνα εὐμόρφη, σὺν πλοκάμοις, σεμνῶς βιώσασα ἔτη $\overline{λγ}$, μῆ-

---

[1] *Papiri greci del museo Britannico di Londra e della biblioteca Vaticana tradotti ed illustrati da* Bernardino Peyron. Torino, 1841, in-4, p. 39, 40. Cf. *Corpus inscr. græc.* n. 4976e.

[2] En effet, la peinture qui décore le fond du sarcophage représente une femme avec de beaux cheveux noirs.

[3] Comparez les épitaphes moins incorrectes de plusieurs personnages du deuxième siècle après J.-C. dans le *Corpus,* n° 4822-4827 ; entre autres l'inscription de la célèbre momie rapportée par M. Cailliaud et interprétée par M. Letronne.

νας ς, ἡμέρας γ, καλῶς κηδευθεῖσα ὑπὸ Σενδιάβωτος θυγατρὸς αὐτῆς, ἐπικουροῦντος Ἐγκ... του ἀνδρὸς τῆς Χελιδόνης α... 0, ἐπ' ἀγαθῷ. Εὐψύχει. Ἐγκ... τος ἔθαψα τὴν ἐμαυτοῦ σύμβιον [1].

On en peut rapprocher, parmi les monuments chrétiens de la même époque et du même pays, l'inscription d'un cippe en pierre calcaire, aujourd'hui déposé au musée de Leyde, et dont nous ne saurions apprécier les caractères paléographiques, l'éditeur des textes de cette collection n'ayant pas donné de ce monument le *fac-simile*, qui nous serait ici nécessaire ; elle forme dix lignes dans l'original et elle offre quelques abréviations et quelques lacunes auxquelles a suppléé M. Janssen :

+ ενθα κατακοιτε[ι] η μακαρια μανμα ετελ[ευτησεν] μη[να?] χοιαχ ι ινδ[ικτιωνος] κζ αναπαυσον την ψυχην αυτου [ε]ις κωλπης α[ερ]ααμ κ[αι] ισα[ακ] κ[αι] ιακωβ + [2] ;

c'est-à-dire, selon M. Janssen :

[1] + ἔνθα κατακοιτεῖ (je corrigerais plus volontiers κατάκειται) ἡ μακαρία Μάνμα. Ἐτελεύτησεν μηνᾷ (ou plutôt μηνί) χοιάχ ῑ, ἰνδικτίωνος κζ. Ἀνάπαυσον τὴν ψυχὴν αὐτοῦ pour αὐτῆς εἰς κώλπης (pour εἰς κόλπεις, qui serait lui-même pour εἰς κόλπον) Ἀβραὰμ καὶ Ἰσαὰκ καὶ Ἰακώβ.

Les longs papyrus du musée de Leyde, qui contiennent des

---

[1] Σύμβιος, dans le sens de *épouse*, est un mot très-fréquent sur les monuments grecs de l'Egypte. (Voir *Corpus*, nᵒˢ 5009, 5020, 5028, 5105, 5110, etc.) Au nᵒ 5003, le mot est écrit σύβιον, à peu près comme on ecrivait chez les Romains *cojux* pour *conjux*. Une inscription de Philadelphie rappelle, en outre, le mot σεμνῶς du sarcophage du Louvre : τὴν γλυκυτατην καὶ σεμνοτάτην σύμβιόν μου. (*Corpus*, nᵒ 3436, monument élevé par un affranchi de Septime Sevère.) Un autre exemple semblable se lit au nᵒ 4539.

[2] *Musei Lugduno-Batavi inscriptiones grœcœ et latinœ* (Lugd. Bat., 1842, in-4), p 63, nᵒ 6.

recettes chimiques, et qu'a analysés M. Reuvens, n'offrent
pas moins d'incorrections grossières[1].

Enfin, si nous sortons de l'Egypte, mais sans nous en éloigner beaucoup, nous rencontrons le monument du roi Silcon,
qui a fourni à M. Letronne la matière d'un si intéressant
mémoire sur l'introduction du christianisme dans l'Abyssinie.
Là encore le grec se montre singulièrement corrompu par le
contact d'une langue barbare; et le sens des mots, et leur
forme, et leurs rapports syntaxiques sont souvent altérés[2].
Les mêmes caractères se retrouvent dans l'épitaphe grecque
de deux pauvres chrétiens de Palestine, découverte le 18 jan-
vier 1854, assez près de l'endroit où, un an plus tard, on
déterra le sarcophage d'un roi de Sidon, et publiée, avec
l'épitaphe de ce dernier, par M. Dietrich[3].

Cette phase nouvelle de la langue grecque, ou, si l'on
veut, cette forme de sa corruption, quelquefois si précoce,
ne nous est guère connue que depuis un demi-siècle, à peu
près comme l'écriture cursive de cette même langue nous a
été presque révélée par les documents sur papyrus et par
quelques inscriptions des nécropoles égyptiennes. Aussi, à la
première vue, tant d'ignorance nous étonne et pourrait
presque nous inspirer des doutes sur l'authenticité de pareils
monuments, si, par leur nombre, par la diversité de leur
provenance, par leur état de conservation, ils n'offraient à la
critique les plus rassurantes garanties. D'ailleurs, l'étonnement qu'ils nous causent tient à ce que nous ne connaissons

---

[1] *Lettre III à M. Letronne*, p. 66 et suiv.

[2] *Corpus inscr. græc.*, n° 5072, et le Commentaire de M. Letronne, soit
dans le tome IX du Recueil de l'Académie des inscriptions (nouvelle série),
soit dans le volume intitulé : *Matériaux pour servir à l'histoire de l'introduction du Christianisme en Abyssinie*. Cf. sur ces altérations de la
langue grecque en Égypte, la *Palæographia critica* de Hopp, t. III, p. 428
(Mannheim, 1829).

[3] *Zwei sidonische Inschriften und eine altphœnizische Kœnigsinschrift.*
(Marburg, 1855, in-8.)

guère l'ancienne langue des Grecs que par des chefs-d'œuvre,
ou du moins par des compositions qui nous la présentent
constamment correcte et cultivée. A ce point de vue, tout ce
qui contrarie notre goût nous semble volontiers indigne de
figurer parmi les souvenirs d'un peuple et les monuments
d'une langue que nous voulons uniquement admirer. Mais si,
de ces régions de l'art, nous descendions quelquefois à celle
de la pratique vulgaire ; si de la société des grands écrivains
et des littérateurs de profession· nous pouvions passer plus
souvent à celle des laboureurs, des artisans, de tous les
hommes pour qui le grec n'était qu'un moyen de se faire
comprendre dans les relations journalières d'une vie tout
occupée au travail des mains ; si nous pouvions observer plus
souvent, dans leur rudesse native, les dialectes populaires
qui végétaient modestement en Béotie, en Laconie, en Sicile,
peut-être en Attique même, au-dessous des grands dialectes
privilégiés, alors, sans doute, notre jugement deviendrait
plus impartial ; nous comprendrions mieux que la vie d'une
langue n'est pas seulement représentée par les œuvres de sa
littérature proprement dite, et qu'elle embrasse toutes les
formes que cette langue a pu revêtir selon les temps et les
lieux où elle a été parlée. A ce nouveau point de vue, le grec
des homérides et celui de Platon méritent d'être étudiés aussi
dans leurs dégradations diverses, depuis ce style de Polybe,
que nous estimons encore et que dédaignait tant un puriste
contemporain d'Auguste [1], jusqu'à l'originalité exotique et
populaire du style des apôtres [2], et, plus bas encore, jusqu'à
l'informe grécité que, parmi les races indigènes de l'Egypte,

---

[1] Denys d'Halicarnasse, περὶ Συνθέσεως ὀνομάτων, c. IV : Τοιγάρτοι τοιαύ-
τας συντάξεις κατέλιπον, οἵας οὐδεὶς ὑπομένει μέχρι κορωνίδος διελθεῖν,
Φύλαρχον λέγω, καὶ Δοῦριν, καὶ Πολύβιον, κ. τ. λ.

[2] Voir sur ce sujet l'intéressant Mémoire de notre confrère M. B. de
Xivrey, *Etude sur le texte et le style du Nouveau Testament*. (Paris, 1856.)

bégayaient les derniers adorateurs des idoles et les premiers chrétiens.

Ce rapprochement entre les deux religions nous ramène au document même qui fait le sujet de ce mémoire. D'une part, en effet, ce document, par son caractère général, rappelle les nombreux *proscynèmes* ou actes d'adoration qu'on a retrouvés sur les monuments religieux de l'Égypte, proscynèmes écrits en hiéroglyphes, en démotique ou en grec[1]. Le mot même προσκυνεῖν se trouve dans notre doxologie, à la fin de la sixième ligne, pour exprimer l'acte des Chérubins qui se prosternent devant Dieu, et entonnent un hymne à sa louange. Une pensée analogue, exprimée par le verbe εὐλογεῖν et par le substantif εὐλογία, se retrouve dans une singulière inscription de l'*Hydreuma de Pan*, qu'a publiée M. Letronne[2], et qui nous montre deux Juifs remerciant τὸν Θεόν « le Dieu, » en apparence le dieu Pan, en réalité Jéhovah, de les avoir sauvés des périls d'un long voyage à travers le désert.

Mais, si notre document rappelle par quelques traits la langue et les superstitions païennes, bien d'autres ressemblances le rattachent aux traditions les plus authentiques du culte chrétien. Quoique l'orthographe y soit presque toujours barbare, la grécité du moins n'y est guère différente, pour le fond, de celle que pratiquaient les Pères grecs de la primitive Église. La plupart des expressions contenues dans la dernière partie, qui forme la doxologie proprement dite, se retrouvent dans les écrits des Pères et dans les anciennes liturgies grecques de l'Orient, comme on le verra par les rapprochements ci-dessous :

μετὰ τῶν ἀρχαγγέλων et τὰ χερουβίν, expressions qui

[1] Voir, en général, sur cette transmission des formules pieuses, M. Le Blant, *Inscript. chrétiennes de la Gaule*, t. I, p 186.

[2] *Inscriptions de l'Égypte*, n⁰ˢ 197, 198, vol. II, p. 252-255.

se retrouvent à chaque page dans les liturgies grecques de la primitive Église, réunies par M. Bunsen, *Hippolytus*, t. IV, p. 259 (Lit. de saint Marc); p. 280, 298 (Lit. de saint Marc des Byzantins); p. 369 (Lit. apost. d'Antioche), etc.

τῶν ἀσωμάτων. Eusèbe (*Demonstr. evang.*, I, 1) : Ἀσωμάτους τινὰς, νοερὰς καὶ θείας δυνάμεις, ἀγγέλους τε καὶ ἀρχαγγέλους, ἄυλά τε καὶ πάντῃ καθαρὰ πνεύματα. (Cf. Philon, t, II, p. 656, éd. Mangey ; Tertullien, *Apolog.*, c. XXII.)

ἀναβοῶντες-κεκράγοντες. Lit. de saint Marc des Byzantins (*ap.* Bunsen, *l. c.*), p. 298 : ... τὰ χερουβὶμ καὶ τὰ σεραφίμ..... τὸν ἐπινίκιον καὶ τρισάγιον ὕμνον ᾄδοντα, βοῶντα, δοξολογοῦντα, κεκραγότα καὶ λέγοντα τῇ μεγαλοπρεπεῖ σου δόξῃ· Ἅγιος, ἅγιος, ἅγιος. Cf. p. 336 (Lit. Antioch.) : κέκραγεν ἕτερος πρὸς ἕτερον ; p. 369 (*ibid.*) : λέγοντα ἅμα χιλίαις χιλιάσιν ἀρχαγγέλων..... ἀκαταπαύστως καὶ ἀσιγήτως βοώσαις.

ἅγιος ὁ Θεός... ἅγιος ἰσχυρός. (Bunsen, *l. c.* p., 273) : *Populus.* Ἀμήν. Ἅγιος ὁ Θεός, ἅγιος ἰσχυρός, ἅγιος ἀθάνατος. M. Le Bas a retrouvé la même formule, en grec et en latin, suivie de ἐλέησον ἡμᾶς « miserere nos, » dans une inscription de la grande église de Ténos. (*Voyage archéologique, Inscr.* II, n° 1826.)

ἀνυμνοῦσι. Saint Jean Chrysostome *ad Psalm.* 149 (t. V, p. 599, éd. Gaume) : Ὅτι τὸν Θεὸν ἀνυμνοῦντες μεγάλην ἑαυτοῖς περιθήσουσι δόξαν.

προσκυνοῦσι. Même expression dans divers textes liturgiques (*ap.* Bunsen, *l. c.*), p. 320, 359, 378, 390, 403, etc.

ἐνδοξάζει. Isaïe, XLV, 26 : Ἐν τῷ Θεῷ ἐνδοξασθήσεται πᾶν σπέρμα τῶν υἱῶν Ἰσραήλ. *Id.* XLIX, 3 : Ἐν σοὶ ἐνδοξασθήσομαι. (Cf. Ezéchiel, XXVIII, 22 ; Exod., XXXIII, 16.)

ὁ χορὸς τῶν ἀγγέλων. Saint Basile, *Epist. II*, t. III, p. 101 B :

Τί οὖν μακαριώτερον τοῦ τὴν ἀγγέλων χορείαν ἐν γῇ μιμεῖσθαι, εὐθὺς μὲν ἀρχομένης ἡμέρας εἰς εὐχὰς ὁρμῶντα, ὕμνοις καὶ ᾠδαῖς γεραίρειν τὸν κτίσαντα. Saint Chrysostome, *in Matthæum, Homil. VIII* (t. VII, p. 147, éd. Gaume), dit que l'Égypte, autrefois remplie de superstitions païennes, renferme maintenant χοροὺς ἀγγέλων μυρίων ἐν ἀνθρωπίνῳ σχήματι.

Enfin les mots τῶν ἀλόγων γνωρισθείς semblent faire la fin d'une phrase où l'auteur rappelait que Jésus enfant fut reconnu, dans l'étable, par deux bêtes, un bœuf et un âne, selon la prédiction d'Isaïe et d'Habacuc[1], prédiction dont s'est inspiré le rédacteur d'un faux Évangile de saint Matthieu[2].

Il serait facile de multiplier ces rapprochements ; mais on jugera, sans doute, que nous avons assez montré l'étroite conformité de notre texte avec plusieurs monuments du christianisme primitif. Cette conformité, d'ailleurs, s'explique très-bien par d'autres témoignages. L'usage des doxologies remonte aux origines du christianisme et même au delà. On en trouve les premiers exemples dans Isaïe[3] et dans le livre

---

[1] Isaïe, c. ɪ, 3 ; cf. xɪ, 7-9. Quant au passage prétendu d'Habacuc, il m'a été impossible de le retrouver, non-seulement dans Habacuc, mais dans aucun autre livre de l'Ancien Testament.

[2] Pseudo-Matthæi *Evangelium*, c. xɪv (p. 77 des *Evangelia apocrypha* de Tischendorf ; Leipzig, 1853) : « Posuit (Maria) puerum suum in præsepio, quem bos et asinus adoraverunt. Tunc adimpletum est quod dictum est per Isaiam prophetam dicentem : *Cognovit bos possessorem suum et asinus præsepe domini sui.* Ipsa ergo animalia, bos et asinus, in medio eum habentes incessanter adorabant eum. Tunc impletum est quod dictum est per Abacuc prophetam dicentem : *In medio duorum animalium innotesceris.* » On pourra comparer avec ce récit la légende rapportée par saint Jérôme, dans la Vie de saint Paul ermite, et qui nous représente, au milieu du désert d'Égypte, un monstre à forme de satyre confessant Jésus-Christ et réclamant, pour ses semblables, les prières de saint Antoine. *Bestiæ Christum loquuntur*, dit le satyre, à la fin du petit discours qu'il adresse au saint ermite.

[3] Chap. vɪ : « Des Séraphins étaient debout au-dessus du trône... Ils se

de Daniel [1]; le Nouveau Testament en offre plusieurs qui sont familiers à la mémoire de tous les chrétiens. Ainsi, au chapitre 1ᵉʳ de saint Luc, Marie s'écrie, après avoir entendu les paroles d'Elisabeth : « Mon âme glorifie le Seigneur et mon esprit est ravi de joie en Dieu mon sauveur. » Au chapitre II du même évangéliste, c'est *une grande troupe de l'armée céleste* qui se joint à l'ange pour chanter : « Gloire à Dieu, au plus haut des cieux, et paix sur la terre aux hommes de bonne volonté [2]. » Les Juifs avaient l'usage de louer ainsi Jéhovah ; les chrétiens ont conservé cet usage, en l'appliquant à Jésus-Christ : *Carmen Christo quasi Deo dicere secum invicem*, dit formellement Pline le Jeune, dans sa célèbre lettre à Trajan [3]. Les Pères recommandent de répéter souvent ces sortes d'hymnes, en vers ou en prose, soit pour témoigner d'une foi vive aux vérités de la religion [4], soit pour sanctifier quelques actes de la vie journalière, comme les repas [5], soit enfin pour échapper, en adorant Dieu avec un redoublement de ferveur, aux dangers et aux afflictions imprévues [6]. Bien plus, selon saint Jean Chrysostome, dont je reproduis ici les subtiles distinctions, sans prétendre les expliquer, rien n'égale la puissance de l'hymne, de cet élan désintéressé de l'âme vers son Créateur.

criaient l'un à l'autre : « Saint, saint est le Seigneur, le Dieu des armées ; « toute la terre est pleine de sa gloire. » (Cf. le beau cantique contenu au chapitre XXVI.)

[1] Chapitre III, cantique des trois Juifs dans la fournaise.

[2] Traduction de Bossuet, dans l'édition qu'en a donnée M. H. Wallon. Paris, 1855.

[3] *Epist.* X, 97, *ad Trajanum*.

[4] Voir le *Thesaurus linguæ græcæ*, au mot Δοξολογία, article emprunté en partie au *Thesaurus ecclesiasticus* de Suicer, et comparer les nombreux textes réunis par Bingham, *Antiquities of the christian church* (éd. de Londres, 1840), liv. XIII, c. V (vol. IV, p. 197), et liv. XIV, c. II (vol. IV, p. 444).

[5] Saint Jean Chrysost., *Homél.* 55 (al. 36) *sur saint Matthieu*, t. VII, p. 631, éd. Gaume.

[6] *Id. sur le Psaume* 149, t. V, p. 390. Cf. p. 632-937, et t. XI, p. 453.

L'*hymne* a quelque chose de plus divin que le *psaume*, dont le
nom seul rappelle je ne sais quelle alliance profane avec
l'harmonie des instruments, avec une musique tout humaine.
Au contraire, l'hymne intérieur de la conscience monte de
lui-même et sans effort au trône de Dieu : c'est, dit-on, en
louant ainsi le père de leur divin maître, que Paul et Silas,
dans les prisons de Philippes, en Macédoine, sanctifient tous
ceux qui les entourent et bientôt voient tomber leurs fers [1].
La pieuse pratique des doxologies remonte donc aux premiers
âges du christianisme, et l'on ne s'étonnera pas de la trouver réduite en règles, pour ainsi dire, dans les *Constitutions
monastiques* de saint Basile [2]. Recommandée aux humbles
comme aux grands de la terre, cette pratique a pu se produire sous des formes très-diverses, selon la condition des
personnes qui prononçaient ou rédigeaient ces actes de confiance et d'amour. Ainsi, le texte que nous avons sous les
yeux paraît être l'œuvre de quelque pauvre chrétien, qui dé-
posa sur un fragment de sa vaisselle le témoignage d'une
piété naïve, et qui sembla destiner cet humble document à
sanctifier ou sa cellule d'anachorète ou son foyer de famille.
On a retrouvé, particulièrement en Algérie, des versets de
l'Écriture ainsi gravés sur des murailles avec une intention
pieuse [3]. Qui sait même si cette poterie, où notre chrétien
d'Égypte écrivait le récit abrégé de deux miracles du Sauveur, n'avait pas pour lui une valeur particulière et n'était
pas destinée, comme une sorte de phylactère ou d'amulette,

---

[1] Saint Jean Chrysost., *sur saint Paul aux Romains*, VIII, 28, t. III,
p. 184.

[2] Chapitre ι (t. II, p. 769, éd. Gaume), où je remarque, entre autres,
l'expression δοξολογεῖν ἀπὸ τῶν γραφῶν, qui semble s'appliquer précisément
à notre doxologie. En effet, l'auteur part d'un récit de l'Écriture pour
s'écrier : Ὅθεν καὶ ἡμεῖς, κ. τ. λ.

[3] De Clarac, *Inscriptions du Musée du Louvre* (supplément), pl. LXXXIX.
M. L. Renier m'en a communiqué plusieurs autres qui font partie de son
Recueil des inscriptions de l'Algérie.

à le défendre contre quelque fléau? Malgré les sages pres-
criptions de l'Église, ces premiers chrétiens devaient se pré-
server avec peine des vieilles pratiques de la superstition [1].

Malheureusement, toutes ces conjectures, quelque vraisemblance qu'on leur veuille bien attribuer, ne nous aident
pas à déterminer la date du document en question, ni celle
des pièces analogues qui l'accompagnent. A cet égard, la
barbarie du style et de l'orthographe ne nous éclaire pas
davantage. L'incorrection causée par le mélange des races
et des idiomes est de tous les temps; on en trouverait des
exemples même dans les beaux siècles de l'antiquité classique. La plus ancienne inscription grecque de l'Égypte est
assurément celle du colosse d'Ipsamboul, où les mercenaires
doriens au service de Psammétik ont consigné le souvenir de
leur passage dans ces régions éloignées; or, elle est d'une grécité fort inculte [2]. Au centre même de la civilisation grecque,
en Attique, Xénophon nous apprend que le grec que l'on parlait au Pirée, était altéré par le mélange des dialectes helléniques et des langues barbares [3]. Dans une pièce d'Aristophane, les archers scythes d'Athènes font entendre un jargon
plus affreux que le grec des indigènes de l'Égypte; et ce grec
même, si peu grammatical et si grossier, nous venons d'en

---

[1] Concile de Laodicée, can. 36 (372 de l'ère chrétienne) : Ὅτι οὐ δεῖ
ἱερατικοὺς ἢ κληρικοὺς μάγους ἢ ἐπαοιδοὺς εἶναι, ἢ μαθηματικοὺς ἢ ἀστρο-
λόγους, ἢ ποιεῖν τὰ λεγόμενα φυλακτήρια (cf. saint Basile, *De Spiritu Sancto*,
c. x, et c.° xxix, § 73, t. III, p. 86, éd. Gaume, avec la note des Bénédictins sur ce dernier passage), ἅτινά ἐστι δεσμωτήρια τῶν ψυχῶν αὐτῶν·
τοὺς δὲ φοροῦντας ῥίπτεσθαι ἐκ τῆς ἐκκλησίας ἐκελεύσαμεν. (Coll. Hard. I,
p. 787.) M. Fr. Lenormant n'a pas tenu compte de ce canon dans sa Note,
d'ailleurs instructive, *Sur un amulette chrétien conservé au Cabinet des
Médailles* (t. III des *Mélanges d'Archéologie* du P. Martin). L'usage des
φυλακτήρια, dans l'Égypte païenne, est encore attesté par l'inscription
de Rosette, ligne 45. (Conf. *Corpus*, n° 4971.)

[2] *Corpus inscr. græc.*, n° 5126.

[3] Xénophon, *Rép. des Athéniens*, II, 8.

signaler des échantillons contemporains de la prose élégante
de Pausanias et de Dion Cassius. Un siècle et demi plus tard,
l'empereur Julien, stationnant sur quelque frontière lointaine
de l'empire, signale avec agrément et semble craindre, pour
son propre style, cette inévitable contagion de la barbarie [1].

D'un autre côté, M. Quatremère pensait que, dès le neuvième siècle, le copte ne servait plus, en Égypte, qu'à rédiger
ou à perpétuer des livres de liturgie, et que cette langue était
remplacée par l'arabe dans l'usage populaire [2]. S'il en était
ainsi de la langue maternelle des Égyptiens, à plus forte
raison le grec avait dû cesser alors d'être usité dans la vallée
du Nil, bien qu'on y ait retrouvé deux ou trois inscriptions
grecques datées du septième et même du huitième siècle
après J.-C. [3]. On peut donc, avec probabilité, circonscrire
entre la fin du troisième siècle et l'époque de l'invasion
musulmane la période de temps où paraissent avoir été écrits
les documents qu'un heureux hasard m'a fait retrouver. Il
me paraît impossible d'en fixer aujourd'hui la date avec plus
de précision. Mais, en attendant la lumière de découvertes
nouvelles, j'ai cru qu'il était à propos de demander quelque
attention pour ces souvenirs d'une chrétienté obscure, pour
ces accents pieux qui nous viennent de si loin, à travers tant
de chances d'oubli, humble écho des pensées qu'anima, sur
cette même terre d'Égypte, l'éloquence des Origène et des
Athanase.

<hr/>

[1] *Ep.* 57 (55 éd. Heyler) : Τὰ δ' ἐμὰ εἰ καὶ φθιγγοίμην ἑλληνιστί, θαυ-
μάζειν ἄξιον, οὕτως ἐσμὲν ἐκβεβαρβαρωμένοι διὰ τὰ χωρία.

[2] *Recherches sur la langue et la littérature de l'Égypte,* p. 39.

[3] Letronne, *Inscriptions de l'Égypte,* t. II, p. 223.

XIX

SUR UN DOCUMENT INÉDIT

POUR SERVIR

A L'HISTOIRE DES LANGUES ROMANES[1].

Le document que je me propose de faire connaître et d'éclaircir, dans ce Mémoire, par le rapprochement de quelques pièces analogues, est un document bilingue. Il comprend : 1° le Symbole de la Foi, en grec, et en langue franque ou romane, mêlée de quelques mots latins; 2° le *Pater*, en grec et en latin, le tout de la main d'un copiste grec. L'intérêt de ce document, peut-être unique en son genre, dépendant surtout de la date même où on le rapportera, je crois devoir m'attacher d'abord à marquer l'âge du manuscrit qui nous l'a conservé.

Le manuscrit grec, n° 2408 de la Bibliothèque impériale, que notre savant confrère M. Hase a plus d'une fois signalé aux auditeurs de son cours de paléographie, et sur lequel M. de Rochefort a jadis publié une notice[2], se divise en trois parties bien distinctes :

1° Quatre feuillets d'écritures diverses, contenant des fragments relatifs à la liturgie et au comput ecclésiastique;

[1] Publié dans le tome XXI, 1re partie, des Mémoires de l'Académie des inscriptions et belles lettres.

[2] *Notices et Extraits des manuscrits,* vol. I, 131-153. Malheureusement le travail de M. de Rochefort est incomplet et inexact à beaucoup d'égards.

2° Du feuillet 5 au feuillet 199, un Lexique de mots grecs extraits des auteurs sacrés et des auteurs profanes : c'est l'ouvrage même sur lequel M. de Rochefort s'est particulièrement étendu dans sa Notice, et dont l'importance paraît avoir échappé aux derniers éditeurs de Suidas, d'Hésychius et des Étymologiques; du moins, le manuscrit 2408 n'est signalé ni dans les préfaces, ni dans les recueils de variantes qui accompagnent le texte des éditions les plus récentes de ces lexiques ;

3° Une cinquantaine de pièces diverses de grammaire, d'histoire, de théologie, etc., dont l'une permet de fixer par approximation la date du manuscrit. Cette pièce, l'avant-dernière de celles qui sont de la même main que le lexique, est une liste des soixante et treize empereurs qui régnèrent à Constantinople, depuis Constantin le Grand jusqu'à Alexis Ducas Murzuphle, dont le règne éphémère finit dès l'occupation de Byzance par les Croisés, οὗ βασιλεύοντος, dit l'auteur de la liste, παρεδόθη ἡ Κωνσταντινούπολις παρὰ τῶν Λατίνων ἐν ἔτει ͵ϛψιϐ, ἰνδικτίωνος ιϐ, ἀπριλλίου μηνὸς ἡμέρᾳ ϐ, c'est-à-dire l'an 6712 de l'ère mondaine de Constantinople (1204 de l'ère chrétienne), la douzième année de l'indiction, le 2 du mois d'avril. Or, il est très-probable que si, à l'époque où le manuscrit fut achevé, la dynastie grecque eût été déjà rétablie sur le trône, le copiste de cette nomenclature n'eût pas manqué de la reprendre avec Michel Paléologue, le premier souverain national après l'expulsion des Francs. On peut donc admettre, avec beaucoup de vraisemblance, que le manuscrit 2408 a été écrit entre 1204 et 1261.

On lit, il est vrai, sur le dernier feuillet, la note suivante de l'abbé Sallier : « Videtur scriptus hic codex circa annum Christi 1270, » et plus bas : « Codex scriptus manu Athanasii Hamartoli, ejusdem scilicet qui scripsit codicem 2753. » Mais cette assertion se fonde uniquement sur la ressemblance des écritures; or, dans le manuscrit 2753 (aujourd'hui 2654),

terminé par une souscription du moine Athanasius, et formellement daté de l'an du monde 6781, 1273 de l'ère chrétienne ; dans ce manuscrit, dis-je, les feuillets 142 à 165
ressemblent seuls par l'écriture à la partie qui nous occupe
dans le manuscrit 2408 ; le reste est certainement d'une
autre main et d'une main plus moderne, celle même qui a
signé et daté le manuscrit. Le rapprochement établi par
Sallier entre les deux manuscrits est donc pour nous de nulle
valeur. Mais, ce rapprochement fût-il exact de tout point,
on concevrait encore que le même copiste ait pu, à plusieurs
années de distance, écrire deux volumes où sa main soit reconnaissable. Ainsi, de toute façon, le manuscrit 2654 ne nous
fournit point la date du manuscrit 2408, et ce dernier appartient très-probablement presque tout entier (depuis le
cinquième feuillet jusqu'à la fin) à la première moitié du
treizième siècle, comme d'ailleurs le montre assez bien le
caractère général de l'écriture.

Cela posé, venons au document en question. Il se lit aux
folios 223 verso et suivant du manuscrit 2408, entre deux
morceaux sur des sujets différents, à savoir : 1° une généalogie de sainte Anne ; 2° un extrait de la Δογματικὴ πανοπλία
de Zigabénus [1], contenant le prétendu témoignage de l'historien Josèphe sur Jésus Christ. Les mots grecs sont écrits
en lettres rouges ; les mots francs ou latins sont en lettres
noires. L'écriture offre peu d'abréviations ; sauf en deux ou
trois endroits que je noterai, la leçon n'en est jamais douteuse. J'ai reproduit les divisions souvent bizarres du texte.
Mais, tandis que le copiste a écrit d'un seul trait et sans alinéa
les mots de l'original grec et ceux de la traduction romane
ou latine, j'ai disposé, pour rendre la lecture plus facile, le
texte et la traduction sur deux colonnes parallèles. En outre,

---

[1] Voir, sur cet auteur, Fabricius, *Bibliotheca græca*, t. VIII, p. 328,
éd. Harles.

il m'a semblé utile de récrire, aussi bien que je l'ai pu, en
lettres latines les sons que le copiste s'efforçait de rendre
avec les caractères de l'alphabet grec. On remarquera que
ses procédés de transcription attestent une prononciation
du grec tout à fait conforme à celle qui a prévalu depuis
tant de siècles en Orient, et qui est remplacée dans nos
écoles par la prononciation érasmienne. Par exemple,
pour rendre le son de notre *d*, le copiste grec écrit d'ordinaire les deux lettres ντ; pour le son de notre *v*, il emploie un β. Il représente le son de notre *i* tantôt par η,
tantôt par υ, tantôt par la diphthongue οι. Quant à l'accentuation des mots néo-latins, elle est d'une étrange irrégularité, et je n'ai cru devoir en tenir compte, dans la transcription en lettres françaises, que pour certains mots où
l'utilité de cette observation sera bientôt appréciée. D'autres
remarques de ce genre trouveront mieux leur place, soit au
bas du texte et sous forme de notes, soit dans la discussion
critique qui suivra le texte, que j'ai hâte de placer sous les
yeux du lecteur.

ΤῸ ῬΑΓΙΟΝ ΣΎΜΒΟΛΟΝ

διά τε τῆς λατινικῆς καὶ ῥωμαϊκῆς γλώττης [1].

Πιστεύω — Κρέττω — Cretto [2]
εἰς ἕνα θεόν — ἀ ιν τέω — a in deo
πατέρα — πάτρεμ — patrèm
παντοκράτορα — μόννηποτάντε [3] mònnhpotàntè (pour òmnipòtentè ?)

---

[1] On sait que depuis longtemps les Grecs de Byzance s'appelaient Ῥωμαῖοι. C'est donc leur langue qui est désignée ici par le mot *romaïque ;* la
langue *latinique* est celle des Latins ou des Croisés français, italiens ou
autres, qui prirent Constantinople en 1204.

[2] Peut-être faudrait-il ici κρέντω, pour que le son *d* fût exprimé par ντ,
comme dans ἀιντέω, pour a in (*un*) Deo. Mais on trouvera plus bas d'autres exemples de l'infidélité du copiste à cette règle de transcription.

[3] Le mot est ainsi altéré, dans le manuscrit, pour ὀμνηποτάντε, avec

ποιητήν — κριτουρ — critour

οὐρανοῦ καὶ γῆς — σέλεαντέρρα — seleanterra

ὁρατῶν τε — κι σε βόετ — ki se voet

πάντων — τε τούτ — te tout

καὶ ἀοράτων — ἐνοῦ σε βόετ — e nou se voet

καὶ εἰς ἕνα — ἐ α ἴν — ea in

κύριον — ντόμνης — domnis [1]

Ἰησοῦν — Γκιζοῦν — Geizoun

Χριστόν — Κρίστον — Criston

τὸν υἱόν — φίλιου — filiou

τοῦ θεοῦ — ντέους — deus

τὸν μονογενῆ — λῦν σαύλ — lyn soul

τον ἐκ τοῦ πατρός — κὶν τοῦ πέρ — ki dou per

γεννηθέντα — σανέιστε — sa neiste (soit né)

πρὸ πάντων — ἀβάουντε τούτ — avaounte [2] tout

τῶν αἰώνων — ντελαούς — delaous [3]

φῶς — κλάρτ — clart

ἐκ φωτός — ντέ κλαρτέ — dé clarté

θεὸν ἀληθινόν — ντέω βερυτάτω — deo verytato

ἐκ θεοῦ ἀληθινοῦ — ντε παρτέω βερυτατούμ — de par teo veritatum

γεννηθέντα — ναιστέ — naisté

οὐ ποιηθέντα — νου φαιστέ — nou faisté

ἐμοούσιον — ντί ουν ρίεν — di oun ryen

τῷ πατρί — πάτρούμ (sic) — patroum

δι' οὗ τα πάντα — παρή (sic) τούτ — pari tout [4]

omission de la finale μ, dont le son était presque effacé dans la prononciation. Du reste, comme dans πάτρεμ, pour πατέρα, c'est un mot purement latin qui répond au mot grec. Dans une prière de l'Église, si familière à tous les chrétiens, même illettrés, une telle substitution est assez naturelle.

[1] Plus bas, le même mot grec sera traduit par *siniouré* (*seniorem*), forme romane et plus populaire; mais, ici encore, le mot latin *dominus* devait être aussi facilement compris que le mot néo-latin.

[2] *Abaounte*, pour *avant*, de *ab ante*. De même, plus bas, le son de l'*a* est allongé dans *vamaont*, pour *venant*, qui traduit ἐρχόμενον.

[3] Leçon certaine, mais qui paraît corrompue.

[4] Παρή est probablement pour παρκή, *par qui*. Le κ et le ϰ sont sujets à se confondre dans l'écriture de ce temps. (Voir Bast, *Comment. palæogr.*

ἐγένετο — σε φύρετ — se fyret

τὸν δι' ἡμᾶς — κὶ πούρ νούι — ki pour noui

τοὺς ἀνθρώπους — ὅμνοις — omnis (homnis, homnes, hommes)

καὶ διὰ τὴν ἡμετέραν — ἐ πούρ λα νόστρα — e pour la nostra

σωτηρίαν — σαβετέ — saveté

κατελθόντα — ντεσεντή — dessendi

ἐκ τῶν οὐρανῶν — ντε σίελς — de ciels

καὶ σαρκωθέντα — ἐ σεντζιαρνᾶ — e s'enziarna

ἐκ πνεύματος ἁγίου — ντε σπυρὶ σάντι — de spyri santi

καὶ Μαρίας τῆς παρθένου — ἐ ντε Μαρίαι βερπτζίεναι — e de Marie
verziene

καὶ ἐνανθρωπήσαντα — ἐ, σε ομανιτά — e, se omanita

σταυρωθέντα τε — ἐ, σεο κρυξιφᾶ — e, seo cryxifa

ὑπὲρ ἡμῶν — πούρ νούι — pour noui

ἐπὶ Ποντίου Πιλάτου — ντε Πιλάτος Πόντιος — de Pilatos Pontios

καὶ παθόντα — σεμπενᾶ (sic) — [e] s'empena

καὶ ταφέντα — ἐ σοῦ στέρρατ (sic) — e sou sterra [1]

καὶ ἀ̓αστάντα — ἐρρεσοῦσιτᾶ (sic) — erressoussita

τῇ τρίτῃ ἡμέρᾳ — λε τίερ τζίουρ — le tier tziour [2]

κατὰ τὰς γραφάς — συγκλοῦν λὲς σκριτούραις — syncloun [3] les scri-
toures

a la suite du Grégoire de Corinthe, éd. 1811, p. 716 et 721.) La ressemblance des deux lettres aura induit le copiste inattentif à n'écrire que l'une
des deux.

[1] Probablement pour *e se souterra*, « fut enseveli, » forme analogue a *se
omanita* et *s'empena*, qui traduisent aussi, dans ce texte, des participes de
l'aoriste grec.

[2] Ce changement du *g* dans *vergiene*, et du *j* dans *tziour*, en un *z* plus
ou moins renforcé, c'est-à-dire de la gutturale en une sifflante, semble
montrer, dans la langue de l'auteur, l'influence du dialecte vénitien ; or, les
Vénitiens étaient nombreux dans la croisade de 1204. Au reste, le son du *j*
latin paraît avoir tendu de bonne heure à se confondre avec celui du *z* ; car
on trouve déjà ZOYAIAF, pour IVLIAE, dans une inscription païenne de
Rome (*Corpus inscr. græc.*, n° 6710). De même, KOZOYFEI est pour
COIVGI ou *conjugi*, n° 6728 ; KOZOYC est pour le génitif CVIVS (archaïque
quoius), n° 7870. Plusieurs inscriptions chrétiennes offrent ZESVS pour
IESVS (Voir Boldetti, p. 194, 205, 208, 266.)

[3] *Syncloun* paraît être une altération de *secundum*, encore défigurée

καὶ ἀνελθόντα — ἐ μουντᾶ — e mounta

εἰς τοὺς οὐρανούς — ἀο σίελς — ao ciels [1]

καὶ καθεζόμενον — ἐ σκσήστ — e s'assist

ἐν δεξιᾷ — ἀ ντάστρε — a dastre

τοῦ πατρός — ντου πέρ — dou pef

καὶ πάλιν — ἀγκόρα — [e] ancora

ἐρχόμενον — βαινάοντ — venaont

μετὰ δόξης — ἀγλόερα — anglocra

κρῖναι — ντζιουστιζέρ — dziustizer

ζῶντας — βιβᾶς — vivas

καὶ νεκρούς — ἐ μόρς — e mors

ζῶντας καὶ νεκρούς — λε βεῖς ε λε μόρς — lé vis e lé mors

οὗ — τα κί — ta ki [2]

τῆς βασιλείας — ντε λανεατέ — de laneaté [3]

οὐκ ἔσται τέλος — νού νια φίν — nou nia fin

καὶ εἰς το πνεῦμα το ἅγιον — ἐ αλε σπυρίτ σάντ — e ale spirit sant

τὸ κύριον — λε σινιουρέ — le siniouré

καὶ ζωοποιον — ἐ βίε φάστεμ — e vie fastem [4]

τὸ ἐκ τοῦ πατρος — κε ντου πέρ : ντου φίλιι — ke dou per : dou filii.

Ici le copiste s'arrête pour prendre acte de sa propre orthodoxie contre ce qu'il appelle « le blasphème » des chrétiens d'Occident :

Αἱ δύο αὗται λέξεις εἰσὶ τὸ βλάσφημα τῶν Λατίνων· δύνανται γὰρ εἰπεῖν κε ντου πέρ ἤγουν τοῦ πατρος, καὶ τοῦ φίλιοι ἐάσαι, ἤτοι τοῦ υἱοῦ·

par la transcription grecque. (Voir Burguy, *Grammaire de la langue d'oïl,* t. II, p. 364, 365.)

[1] *Ao* pour *au,* ou pour *auls,* en ne tenant compte que des voyelles qui se prononçaient.

[2] *Ta ki* est pour ντα κι = *da ki, de qui.* (Voir plus haut p. 454, note 2.)

[3] λεκτέ, pour ρεκτέ, *realé-realté, royauté,* par suite de la confusion du v et du ρ, confusion fréquente dans le grec oncial de cette époque. (Voir Bast, *Comment. palæogr.,* p. 726, 731, et comparez plus bas, p. 459, note 1.)

[4] *E vie fastem,* transcription grossièrement altérée de *vivificantem* ou *vivifacientem.* On a déjà vu plus haut, par exemple, dans σίελς, pour *ciels,* le c latin transcrit par le σ grec.

ἀλλ' ὡς κληρονόμοι τοῦ Οὐαὶ λέγουσι τὸ ἐκ τοῦ πατρὸς καὶ τοῦ υἱοῦ ἐκπορευόμενον· ἡμεῖς δ' ὀρθοδόξως ἀνατρέπομεν τὸ τούτων βλάσφημον λέγοντες τὸ ἐκ τοῦ πατρὸς ἐκπορευόμενον. Τὸ δὲ ἐκ τοῦ πατρὸς ἐκπορευόμενον δηλοῖ κατὰ τὴν Λατίνων λέξιν σασέιστ — saseist [1].

Puis il reprend :

τὸ σὺν πατρί — χι ἀντριπέρ — ki antreper

καὶ υἱῷ — ἐ φίλιο — e filio

συνπροσκυνούμενον — ἀν τρεσαουρε — antres aouré

καὶ συνδοξαζόμενον — ἐαντρεσανγκλόερε — cantresangloeré [2]

τὸ λαλῆσαν — κὶν παρλᾶ — kin parla

διὰ τῶν προφητῶν — παρλὲ προφαὶς — par lé profes

εἰς μίαν — ἀ ἴναν — a inan

ἀγίαν — σαίντα — senta

καθολικήν — καθόλικ — catholic

καὶ ἀποστολικην — ἐ πύστελικ — e pystelic (?)

ἐκκλησίαν — γκίζε — gcize [3]

ὁμολογῶ — ζι εζαχῆ — zi ezachi [4]

---

[1] En français : « Ces deux mots sont le blasphème des Latins. Ils peuvent dire : qui [procède] du père , et omettre du fils ; mais, en vrais héritiers de l'Imprécation, ils disent : qui procède du père et du fils. Pour nous, conformément à l'orthodoxie, nous renversons leur blasphème, et nous disons: qui procède du père. ce qui, dans la langue des Latins, s'exprime par saneist » On peut comparer, pour plus de détail, le commentaire du Symbole byzantin que G. Phrantzès a inscré dans sa Chronique, IV, 22, p 450 et suiv. de l'édition de Bonn, et celui que renferme le ms. grec nᵒ 1263 de la Bibliothèque impériale, donné en 1276 à M. de Nointel.

[2] Dans ce cas, la particule σύν se trouve trois fois traduite par antre ou entre (de intra?) qui, en effet, avait, dans le vieux français, le sens de conjointement, ensemble, avec. (Voir Burguy, Grammaire de la langue d'oil, t. II, p. 333.)

[3] Comparez ici la forme italienne chiesa, beaucoup plus éloignée de ecclesia que ne l'est la forme usitée dans les dialectes néo-latins du nord.

[4] Ezachi, altération du verbe roman jequi ou jaqui, pour (je) confesse, usité plus tard, et qu'on trouve (ci-dessous, p. 466) dans une rédaction du Credo appartenant au quatorzième siècle. Zi est probablement pour ji ou

εν βάπτισμα — ΐ, μπατίσμε — hin batisme

εἰς ἄφεσιν ἁμαρτιῶν — ἀπαρ τοῦν ντεπύτζεες — apar toun de pytzees

προσδοκῶ — ἐαντένς — e antens

ἀνάστασιν νεκρῶν — ρεσενσίουν [1] ντε μόρς — ressensioun de mors

καὶ ζωήν — ἐ βίε — e vie

τοῦ μέλλοντος αἰῶνος — τοῦ τένς κίν τὲτ βενήρ — tou tens ki det venir

ἀμήν — ἀμάν — aman.

Le copiste continue, sans paraître se douter que la traduction du *Pater* n'est plus dans la même langue que celle
du *Credo* :

TOIOYTOTP'OIIΩΣ ΚΑῚ ΤῸ ΠΆΤΕΡ ῊΜῺΝ. ·

Πάτερ ἡμῶν — Πάτερ νόστρουμ — Pater nostroum

ὁ ἐν τοῖς οὐρανοῖς — κὶ ἔς ὶν τζέλοις — ki es in tzelis

ἁγιασθήτω — σαντιφιτζέτουρς (sic) — santifitzetours

τὸ ὄνομά σου — νόμε τούουμ — nome tououm

ἐλθέτω — ἀμβίνιαθ — amviniath

ἡ βασιλεία σου — ρένουμ τούουμ — rènoum tououm

γενηθήτω — φίαθ — fiath

τὸ θέλημά σου — βολούντας τούαμ — volountas touam"

ὡς ἐν οὐρανῷ — σικούθ ὶν τζέλω — sicouth in tzelo

καὶ ἐν τῇ γῇ — ἐθ ὶν τέρρα — eth in terra

τὸν ἄρτον ἡμῶν — πάνεμ νόστρουμ — panem nostroum

τὸν ἐπιούσιον — κοτήτια — cotitia [noum ?] [2]

je, pronom de la première personne. Au reste, l'altération que je signale
ici, prouve une fois de plus que ce texte du Symbole bilingue ne nous est
parvenu que de seconde main. (Sur le verbe en question, voir M. de Che-
vallet, *Origine de la langue fr.*, I, p. 550, et M. Diez, *Lexicon etym. ling.
rom.*, p. 167, au mot *Gecchire*.)

[1] Ρεσνσίουν est probablement pour ρεσερσίουν, par le changement du
ρ en ν, dont nous avons déjà relevé plus haut un exemple. (Voir p 457,
note 3) On aurait ainsi une contraction grossière, mais encore reconnaissable, du mot *résurrection*, en grec ἀνάστασις.

[2] Sur cette leçon, remplacee dans la Vulgate, par *supersubstantialis*,
consultez M. B. de Xivrey, *Etude sur le texte et le style du Nouveau Testament* (Paris, 1856), p. 23 et suiv.

δὸς ἡμῖν — δδα νόϐϐις (sic) — dda nobbis

σήμερον — ὅδε — ode

καὶ ἄφες ἡμῖν — ἐθ δμίτε νόϐϐις — eth dmite nobbis

τὰ ὀφειλήματα ἡμῶν — δέϐϐιτα νόστρα — debbita nostra

ὡς καὶ ἡμεῖς — σίκουθ ἐθ νός — sicouth eth nos

ἀφίεμεν — διμίτιϐϐους — dimitibbous

τοῖς ὀφειλέταις — δεμϐιτόριϐους — dembitoribous

ἡμῶν — νόστρουμ — nostroum

καὶ μὴ εἰσενέγκῃς — ἐθ νὲ ἰνδούκας — eth ne indoucas

ἡμᾶς — νός — nos

εἰς πειρασμόν — ἰν τεντετζίονε — in tentetzione [1]

ἀλλὰ ῥῦσαι ἡμᾶς — σὲθ [2] λίπερα νός — seth lipera nos

ἀπὸ τοῦ κακοῦ πονηροῦ (sic) — ἀ μάλω — a malo

ἀμήν — ἀμάν — aman.

Après la lecture de ce singulier document, la première

---

[1] Remarquez avec quelle indifférence l'*m* est ajoutée plus haut, dans *touam*, pour *tua*, et supprimée ici dans *tentetzione*, pour *tentationem*. Cela tient évidemment a ce que le son de ces consonnes finales était peu sensible à l'oreille. (Voir ci-dessus, p. 454, note 3.) Le phénomène que nous offre, à cet égard, la décadence du latin, se retrouve dans les plus anciens monuments de cette langue, par exemple, dans les epitaphes des Scipions. L'orthographe qui *n'est pas encore* réglée par les grammairiens et celle *qui ne l'est plus* admettent les mêmes irrégularités (Voir les *Latini sermonis vetustioris Reliquiæ*, p. 100, 104, 305, 208, note; et M. Edmond Le Blant, *Inscr. chrét. de la Gaule*, I, p. 36, 74, 115, 135, etc.) Quintilien (*Instit. or.*, IX, 4, §§ 39 et 40) indique déja combien, de son temps, la prononciation de l'*m* finale était sourde et peu sensible en latin

[2] On ne s'explique guère, dans ce second document, l'attention que met le copiste à rendre le *t* latin par un θ grec, qui certainement n'avait pas le même son. Mais c'est là un usage fort commun, au moyen âge, dans les transcriptions du latin en lettres grecques que renferment les manuscrits latins. Pour n'en citer que deux exemples, le copiste du manuscrit de Saint-Germain, n° 17, qui affecte d'employer souvent l'alphabet grec, écrit χαριθαθῆ pour *caritatem*, et autres semblables. Le manuscrit du même fonds, n° 320, se termine par un *explicit* ainsi transcrit : ηχπλυσυθ. On trouvera des exemples analogues dans l'épigraphie de la décadence. (Voir Olivieri, *Marmora Pisaur.*, n° CLXXI, p. 69 ; Marini, *Papiri diplom.*, n° 110, p. 170.)

observation qui se présente à l'esprit, c'est que nous n'en avons pas sous les yeux la rédaction originale, mais seulement une copie. En effet, 1° l'écriture, malgré quelques traits douteux, qui çà et là nous arrêtent, atteste une main exercée et un certain effort de calligraphie; on n'écrit pas ainsi le brouillon d'une traduction tant soit peu difficile. 2° Diverses syllabes, évidemment omises ou altérées, comme dans les mots qui répondent à οὐρανοῦ καὶ γῆς, à τῶν αἰώνων, à τῆς βασιλείας, à ὁμολογῶ, à καὶ ἀποστολικήν, montrent un copiste qui ne lisait pas sans peine l'original placé sous ses yeux, qui, peut-être même, le lisait quelquefois avec négligence. 3° On a pu remarquer que les mots ζῶντας καὶ νεκρούς sont deux fois répétés, et traduits de deux manières différentes; or, le manuscrit porte en marge, à cet endroit, et d'une écriture semblable à celle du texte, quoique un peu moins grosse, la note que voici : ὧδε διπλάζει ὁ λόγος, par laquelle le copiste prend acte d'une répétition qu'il lisait sur l'original, et dont, apparemment, il ne voulait pas être accusé lui-même. 4° Un indice plus subtil, mais non moins convaincant à mes yeux, c'est que les accents placés par le copiste grec sur un grand nombre de mots romans sont contraires à la prononciation latine, ce qui n'a pu arriver ni à un traducteur connaissant bien la langue dans laquelle il traduit, ni même à un Grec ignorant les langues romanes, mais à qui un Latin aurait dicté cette version de son Symbole. Dans ces deux cas, en effet, les signes d'accents placés sur les mots romains y représenteraient fidèlement l'accentuation usuelle des peuples occidentaux. Or, il n'en est pas toujours ainsi dans notre manuscrit. Pour citer quelques exemples, si dans *a dástre* pour ἐν δεξιᾷ, et dans *sainta* pour ἁγίαν, l'accent roman a été maintenu, il est, au contraire, méconnu et mal placé dans *siniouré* (seigneur) pour κύριον, dans ντεπύτζεες (péchés) pour ἁμαρτιῶν, dans ναιστέ (né) pour γεννηθέντα, etc. Ces infractions n'indiquent-elles pas une personne qui *lisait* le roman, mais qui n'était accoutumée ni à l'entendre ni à le prononcer ?

Des raisons qui précèdent je crois pouvoir conclure que tout ce document ne nous est représenté aujourd'hui que par une transcription très-incorrecte. Or, comme le ms. n° 2408 nous a déjà paru antérieur à l'an 1261, il s'ensuit que l'original sur lequel on l'a copié doit être d'une date plus voisine encore de la prise de Constantinople par les Croisés. Un second point qu'il est facile d'établir, c'est que, dans le document primitif, le Symbole grec a servi de texte à la traduction en dialecte néo-latin, et non le Symbole néo latin à la traduction grecque En effet, non-seulement les mots grecs précèdent toujours ici les mots qui leur correspondent dans la version néo-latine ; mais encore l'ordre des mots, dans cette dernière, pour suivre de plus près l'ordre des mots grecs, devient quelquefois contraire à toute syntaxe romane. Ainsi, dans ce passage : ὁρατῶν τε πάντων καὶ ἀοράτων, *ki se voet te tout enou ki se voet ;* et dans cet autre : οὗ τῆς βασιλείας οὐκ ἔσται τέλος, *da ki de la reatè nou nia fin,* il est évident que l'interprète a voulu, bon gré mal gré, calquer sa phrase sur l'original grec. Peut-être aura-t-il dicté à quelque Grec, qui lui récitait successivement chaque morceau de l'original pour en recueillir la traduction ; et ce Grec lui-même, ignorant, sans doute, les langues de l'Occident latin, a noté, comme il a pu, avec certaines hésitations, les sons qu'il entendait. De là, cette double traduction des mots ζῶντας καὶ νεκρούς, *vivas* (pour *vivants*) *e mors,* puis *le vis et le mors;* de là l'omission fréquente des particules de liaison, comme la conjection καὶ; l'omission, plus grave encore, de la préposition *de* dans les mots qui traduisent οὐρανοῦ καὶ γῆς ; de là, tant d'altérations plus ou moins barbares des mots romans, altérations sous lesquelles ils sont parfois méconnaissables. Tous ces défauts s'expliquent par une égale inexpérience de la part du traducteur et de la part de l'écrivain grec qui recueillait la traduction sous sa dictée.

Quant à la rédaction que nous avons sous les yeux, elle
témoigne aussi d'une grande négligence. Le titre principal :
Τὸ ἅγιον σύμϐολον, etc., n'annonçait que le Symbole de la Foi.
Le rédacteur y ajoute le Πάτερ ἡμῶν, et cela sans s'apercevoir que ce second morceau est traduit, non pas dans la
même langue que le précédent (τοιουτοτρόπως), mais en latin
ancien. Il est vrai que le nombre assez considérable de mots
purement latins que renferme la traduction du *Credo* a pu
causer quelque trouble à un esprit peu lettré, et lui laisser
croire que les deux traductions étaient l'une et l'autre en
langue latine. D'ailleurs, on sait que, pour les hommes
de l'Orient, tous les peuples de l'Occident s'appelaient des
Latins.

On peut, en effet, conjecturer que l'auteur de la rédaction
du Symbole conservée dans le manuscrit 2408 est quelque
moine byzantin qui tenait fermement au dogme oriental, et
que scandalisait dans le Symbole romain l'addition des mots
filioque, objet de tant de controverses entre l'Eglise d'Orient
et le Saint Siége [1]. Lorsque les chefs de la quatrième croisade
arrivèrent devant Constantinople, pour prix des secours
qu'ils promettaient au jeune Alexis Comnène contre l'usur-
pateur, on sait qu'ils imposèrent à ce prince de fort dures
conditions, entre autres, et avant tout, celle d'abjurer le
schisme et de se soumettre à l'Eglise romaine [2]. Si l'empereur

[1] Voir l'*Histoire de Photius*, par M. l'abbé Jager (ouvrage trop souvent
copié sur celui de P. Faucher, 1772). liv. IX, et surtout p. 354-357.

[2] Nicétas Choniates, liv. III, p. 548, éd. du Louvre, énumérant les
concessions promises par le jeune Alexis Comnène à ses trop puissants
alliés, ajoute : Τὸ δὲ μεῖζον καὶ ἀτοπώτατον, παρεκτροπὴν πίστεως ὁποία τοῖς
Λατίνοις ἀσπάζεται καὶ τῶν τοῦ Παπᾶ προνομίων καινισμόν, μετάθεσίν τε καὶ
μεταποίησιν τῶν παλαιῶν Ῥωμαίοις ἐθῶν συγκατέθετο. « Tout premiers mettre
tout votre empire en l'obedience de Rome, » dit à l'empereur le messager
des Croisés, dans Villehardouin, *Conqueste de Constantinople*, § 87. (Cf.
Michaud, *Histoire des Croisades*, t. III, p. 141.)

et le clergé de Constantinople se résignèrent à cette abjuration, ce ne fut pas, on peut le croire, sans protester secrè-
·tement contre la violence qui leur était faite. A plus forte
raison, hors de Constantinople, et dans les cloîtres, où pé-
nétrait moins facilement la tyrannie des Latins, le Symbole
schismatique dut garder toute son autorité sur les conscien-
ces. La résistance des Grecs à l'Église romaine s'accroissait,
d'ailleurs, de toute l'antipathie excitée par la domination
des Francs. Ainsi s'explique assez bien l'anathème lancé
contre l'*hétérodoxie* romaine par le rédacteur de notre symbole bilingue. Ainsi ce document se rattache à l'un des
plus remarquables incidents de la quatrième croisade,
et peut-être n'était-il pas sans intérêt pour l'histoire de
recueillir, parmi les débris de l'érudition byzantine, cette
étrange protestation du patriotisme et de la liberté religieuse
contre la servitude apportée aux Grecs par les armées de
l'Occident.

Mais la version romane du Symbole, que le manuscrit 2408
nous a transmise, a pour nous un autre genre d'intérêt, un
intérêt plus direct et plus national.

Les traductions en langue vulgaire des prières de l'Église
sont assez rares au moyen âge et de date assez récente. Pour
ma part, je n'ai pu retrouver que quatre versions du *Credo*
en langue d'oïl; encore, de ces quatre versions, une seule
reproduit le formulaire canonique de Nicée; les autres se
rapportent chacune à quelqu'un des nombreux textes du
Symbole qui, avant ou même après le célèbre concile, cir-
culaient parmi les chrétiens orthodoxes[1].

Les quatre traductions romanes dont je parle sont un
complément naturel de celle qui fait l'objet principal de ce
mémoire :

1° *Credo*, dit du sire de Joinville, publié en 1837, par la

---

[1] On les trouve énumérées et transcrites dans Bingham, *Origines eccle-
siasticæ*, X, 4, vol. III, p. 335 et suiv., éd. 1840.

Société des bibliophiles français, d'après un manuscrit unique
de la Bibliothèque royale, qui paraît avoir été écrit vers le
même temps que le manuscrit grec 2408. A supposer que ce
document et le commentaire théologique qui l'accompagne
ne viennent pas de Joinville lui-même, ils viennent certainement de quelque autre compagnon du saint roi, qui l'avait
suivi en Palestine[1]. Ce *Credo* français n'est pas rédigé sur le
Symbole de Nicée; il est beaucoup plus court, et il ne mentionne même pas le dogme de la *procession du Saint-Esprit*.
Le commentaire contemporain ne mentionne pas davantage
les difficultés auxquelles ce dogme avait donné lieu, et qui
furent une des causes de la séparation entre l'Eglise de Rome
et celle de Constantinople. Voici le texte, tel qu'il est divisé
dans le manuscrit :

Ie croi en Dieu le pere tout poissant le creator dou ciel et de la terre .
et en Ihesu Crit son fil notre seignor
qui est conceuz dou saint esperit
ne de la virge Marie
qui souffri de souz Ponce Pylate
et fu crucefiez et mor
et fu encevelis
il descendi en anfer
et au tier iour resucita de mort
il monta es ciaux
et siet à la destre lou pere tout poissant
ie croi ou Saint Esperit et si croi en Sainte Eglise
et ou pardon des pechiez qui nous est fait par les sacremens de sainte eglise
et si croi la resurrection de la char
et la vie pardurable. Amen.

2° *Credo,* qu'on lit dans un beau missel de la Biblio-

[1] P. 2, on lit : « Frere Henri li tynois qui mout fu grant clers dist que
nus ne pooit estre sans se il ne sauoit son Credo et se pour esmouoir les
gens acroire ce de quoi il ne se pooient soffar (?) fisie premiers faire ceste
euvre en Acre apres ce que li frere le roi en fussent venuz et deuant que
li roi alast fermer la cite de Cesaire en Palestine. »

thèque impériale, n° 6843², fol. 223, où il m'a été obligeamment signalé par mon savant confrère, M. Paulin Paris. Ce morceau est d'un siècle environ postérieur au précédent; il reproduit le formulaire même que nous offre le manuscrit grec 2408.

LA CREDO QUE ON DIT A LA MESSE.

Je croy en un seul Dieu pere tout puissant faiseur du ciel et de la terre, de toutes choses visibles et invisibles, et en un seul seigneur Ihû Crist seul engendre filz de Dieu et nes du pere devant tous les siecles, Dieu de Dieu, lumiere de lumière, Dieu le vray de Dieu le vray, engendré non pas fait, substancieus au pere par lequel toutes choses sont faites, qui pour nous hommes et pour nostre salut descendi des cielx, et est encharne du Saint Espeıit en la vierge Marie et est fait homme. A de certes icelui crucifié pour nous soubz Ponce Pilate, souffri mort et fu enseveli, et resuscita au tiers jour selonc les escriptures, et monta ou ciel et se siet à la destre du pere, et de rechief est a venir jugier en gloire les vifs et les mors, duquel le royaume n'aura ja fin ; et ou Saint Esprit et vivifiant seigneur qui ist du pere et du filz, qui est aoure ensemble avec le pere et le filz et est aussi glorifie ; qui parla par les prophetes ; et une eglise catholique et apostolique. Je confesse un seul baptesme en la remission des pechiez, et ateus la resurrection des mors et la vie du siecle a venir. Amen.

3° Formulaire de la Foi en douze articles, connu sous le titre de *Credo des douze apôtres*, et dont la première rédaction remonte au moins au quatrième siècle de notre ère; une rédaction de ce formulaire, en français du quatorzième siècle, se trouve dans un petit manuscrit français de format in-4°, récemment acquis par la Bibliothèque impériale, où il porte le numéro 5144 du Supplément français [1].

(Encre rouge.) LI DOUZE ARTICLE.

C]e sont li article de la foy chrestiene [2] que chascuns chrestiens doit

---

[1] M. Fr. Michel, *Recherches sur les étoffes de soie et d'argent*, t. II, p. 392, mentionne un exemplaire de ce *Credo* qui se lisait sur une tapisserie du quatorzième siècle.

[2] La première syllabe du mot, ici et dans la ligne suivante, est représentée par le monogramme grec de Χριστός, c'est-à-dire par XP. Le reste est selon l'orthographe et l'écriture latines.

croire fermement, car autrement il ne puet estre sans plus que il at san et discretion et raison, et sont xii selonc le nombre des xii apostres qui les estaublirent a tenir et a garder a touz ceaus qui vuelent estre sauvei, dont li premiers apartient au pere, li vii[1] au fil et li iiii[2] au saint esperit. Car c'est li fondemens de la foy, croire en la sainte trinitey, c'est ou pere et ou fil et ou saint esperit, un deu en trois persones. Tuit cist article sont contenu [ou] Credo que li xii apostre firent, dont chascun i mist le sien. Li premiers (sic)

L]i premiers est tex. Je croi en Deu le pere tout poissant, le creator don ciel et de la terre. Cest article mist sainz Pieres

L]i secons apartient au fil selonc sa deitei, c'est a dire en ce que il est Deus et est tex Je croy en Jhesu Crist nostre signeur fil Deu le pere et en ce doit on croire et entendre que il est samblans et egaus au pere en toutes choses qui appartienent a la deitei, et est une mismes chose avec le pere, fors la persone qui est autre que la persone dou pere. Cest article mist sains Jehans evvangelistes.

L]i tiers articles et li quins qui s'ensuent apres apartienent au fil selonc lumanitei, cest a dire celonc ce que il est hons mortex, dont au tiers article est contenu qu'il fut conseus dou saint esperit et nez de la virge Marie; cest a entendre que il fut conceus par luevre dou saint esperit non mie pour luevre dome et que la virge Marie demorat toutjors virge et avant et apres. Cest article i mist sainz Jaicques li freres saint Jehan.

L]i quars articles apartient a sa passion, cest a dire que il soffri desouz Ponce Pylaite qui estoit payens et juges en celi tens en Iherusalem de par les Romains; desouz celi juge fu jugiez Jhesu Criz a tors a la requeste des tres fellons juis et crucefiez et mors et mis ou sepulcre Cest article mist sainz Andreus.

L]i quins articles est tex que il descendi en enfer apres sa mort pour traire et delivrer denqui les ames des sains peres et touz ceus qui des le commencement dou monde morurent en vraie foy et en esperance que il seroient sauvei par lui; car par le pechie dou premier pere covenoit que tuit descendessent en enfer et lui atendoient li bon en certainne esperance que Jhesu Criz li fix Deu les vanroit delivrei selonc ce que il avoit promis par ses prophetes, et pour ceste raison volt il apres sa mort descendre en enfer, cest a entendre en cele partie ou estoient li saint, non mie en cele partie ou estoient li dampnei qui estoient mort en lor pechiez et en lor mescreance;

[1] Grattage. On distingue dessous ce qui serait le chiffre VII.

[2] La quatrième barre à droite, descendant un peu au-dessous de la ligne, a été grattée.

iceuls nentroist il mies, car il sont dampnei perduraublement. Cest article
i mist sainz Phelippes.

L]i seisimes articles est de sa resurrection, cest a savoir que il au tiers jour
de sa mort, pour acomplir les escriptures, relevat de mort a vie et s'aparuit
a ces deciples et lour prova sa resurrection en molt de menieres par xl jours.
Cest article i mist sainz Thomas.

L]i septimes articles est que, au quarantisme jour de sa resurrection,
quant il ot maingie avec ces deciples, devant aus apartement il monta ou
ciel, c'est a dire sortoz les cielz, c'est desus toutes creatures que est uns
cielz, dusque à la destre Deu le pere ou il se siet. Cest article i mist sainz
Bertremex.

L]i utimes articles est que il vanra au jor dou jugement jugier les mors
et les vis, les bons et les mavais et randera a chascun celonc ce qu'il aura
deservi en cest ciecle. Se finit li article qui apartienent au fil Cest article
i mist sainz Matheus li evvangelistes.

L]i novimes articles et li ni darrien apartiennent au saint esperit, et est
li novimes tex. Je croi ou saint esperit. Cist articles quiert que je croie que
li sainz esperiz est li dons et li amours dou pere et dou fil, dont nous vient
toz li biens de grace, et que il est uns mismes dex une mismes chose avec le
pere et le fil, fors la persone qui est autre que la personne dou pere et
dou fil. Cest article i mist sainz Jaicques li freres saint Symon et Jude.

L]i desimes articles est tex. Je croi sainte Esglise generaul et la Commune des sainz, c'est a dire la compaignie de touz les sainz et de toz les
prodomes qui sont et seront jusque a la fin ou monde et furent des le co-
mancemant ensamble en la foi Jhesu Crist; et en cest article sont contenu
et entandu li vii sacrement qui sont en sainte Esglise, cest a savoir bap-
tasmes, confirmations, li sacremens de lautel, ordre, mariages, confessions,
la sainte et la darriene onctions. Cest article i mist sainz Symons.

L]i onzimes articles est croire remission des pechiez que Dex done par
la vertu des sainz sacremens qui sont en sainte Esglise. Cest article i mist
sainz Judas qui fut freres saint Symon, non mie cil qui trai nostre Signor.

L]i douzimes articles est croire la generaul resurrection des corps et la
vie perdurauble, c'est la gloire de paradix que Dex donra a cex qui deser-
viront par foi et par bones œuvres. Cis articles doue a entandre son contraire, cest poine perdurauble que Deus a aparilliee au dampnez. Cis articles
doit estre entendus en tel meniere que chascuns, soit boens soit mavais,
serat au jour dou jugement reuscites de mort a vie en son propre cors
et en ame et serat jugies selonc ce que il aura deservi en ceste vie, et
por ce seront li bon a cest jor glorifie en cors et en ame. Cest article i
mist saint Mathies.

4° *Les douze articles de la Foy* se trouvent à la suite d'un beau livre d'Heures, du format in-12, en latin, dans le manuscrit n° 1373 de la même Bibliothèque. C'est une quatrième rédaction, qui paraît dénuée de tout caractère canonique ; elle ne remonte guère au delà des premières années du quinzième siècle.

LES DOUZE ARTICLES DE LA FOY.

Je croy en Dieu le pere tout-puissant, createur du ciel et de la terre : et en Jesus Christ son filz ung seul nostre seigneur : qui fut conceu du sainct esperit, ne de la vierge Marie, souffrit dessoubz Ponce Pylate, fut crucifie mort et ensevely descendit es enfers : le tiers jours resuscita de mort et monta es cieulx : se siet a la dextre de Dieu le pere tout-puissant; en après viendra jugier les vifz et les mors. Amen.

Je croy au sainct esprit, la saincte eglise catholique, la communion des sainctz, la remission des pechiez, la resurrection de la chair, la vie eternelle. Amen.

L'article de la foy actuel et theologal pour avoir paradis :

Je croy en Dieu le pere tout-puissant, qui a cree le ciel et la terre a son plaisir : lequel est le pere et le filz et le saint esperit, qui sont troys personnes en une essence. Je croy en Jesus son filz qui est la seconde personne de la trinité, lequel fut conceu dedans le ventre de la vierge Marie de par le benoist saint esperit : et fut ne au jour de noel.

Je croy qu'il fut crucifie en l'arbre de la croix et mourut par Ponce Pylate et puis mys en sepulture et est descendu aux enfers.

Je croy que au tiers jour il resuscita et croy qu'il monta es cieulx et se siet a la dextre de Dieu son pere, et son royaulme est infiny.

Je croy qu'il viendra joger les vifz et lez mors.

Je croy la mission du benoist saint esperit qui est la tierce personne de la trinite et est vivifiant

Je croy a saincte eglise et croy ce qu'elle croyt et contient, qui est leglise universelle de cretiente et catholique de tout le monde.

Je croy que tous les saintz sont en paradis et communiquent ensemble.

Je croy que tout le monde resuscitera.

Je croy en la remission des pechiez.

Je croy que en ma mesmes chair et chacun en icelle verra Dieu face a face au grand jour du jugement.

Je croy que les saulvez vivront eternellement. Amen.

Le numéro 1403 de la Bibliothèque impériale contient aussi, après les prières en latin, quelques pages de prières françaises; mais aucune de ces pièces n'est, à proprement dire, une traduction du *Credo*.

Au reste, quand des recherches heureuses parmi les manuscrits de Paris, ou dans les bibliothèques de la province et de l'étranger, devraient augmenter le nombre de ces traductions, celle que nous offre, en caractères grecs, le numéro 2408 demeurerait encore une des plus anciennes, et, par conséquent, une des plus dignes d'être étudiées avec attention au point de vue du langage. Il serait intéressant de déterminer auquel des dialectes néo latins appartient, à proprement dire, la langue de ce document. Par malheur, la chose est aussi difficile qu'elle est désirable. Un document fort court, dont il ne nous est resté qu'une copie, et une copie incorrecte, ne peut guère autoriser, à cet égard, que des conjectures.

M. Raynouard soutenait jadis que de la décomposition du latin s'était formée d'abord une seule langue romane, diversifiée plus tard par le génie, de plus en plus distinct, des nationalités modernes. Si une telle hypothèse pouvait se soutenir, ce serait assurément à l'aide de documents comme celui qui nous occupe. Le nom de *langue latinique*, appliqué par le rédacteur byzantin à son texte roman du *Credo*, conviendrait bien à cette langue commune de tous les peuples d'origine latine, ou ralliés aux traditions latines par le travail de la civilisation. L'idiome que nous offre cette traduction n'est décidément ni celui des vieilles poésies populaires de l'Italie, ni celui des troubadours, ni celui de Villehardouin; on y trouve tour à tour des idiotismes qui se rapportent à ces dialectes divers; on y trouve même des expressions purement latines. Il pouvait être également compris, sinon également avoué par un Vénitien, par un Provençal, et par un Français du Nord.

Mais l'hypothèse de M. Raynouard est depuis longtemps abandonnée[1]. On s'accorde à reconnaître aujourd'hui que la corruption du latin a fait naître d'abord des dialectes infiniment divers selon les lieux et les races, et selon les nuances de civilisation ou de barbarie qui distinguent, au moyen âge, les nations de l'Occident chrétien ; on ne dispute plus que sur le nombre de ces dialectes et sur les causes de leur simplification progressive. D'ailleurs, au temps de saint Louis, où nous reporte notre document, la variété des langues romanes est trop apparente pour soulever le moindre doute. Toutefois, dans une réunion comme celle des Croisés en 1204, sous les murs de Constantinople, les dialectes romans, si semblables entre eux par leur origine et par leur physionomie générale, devaient, grâce à leur rapprochement journalier, tendre un peu à se mêler et à se confondre. Les soldats de Dandolo, ceux de Baudoin et du sénéchal de Champagne, sans cesse appelés au même service militaire, dans le camp ou à la brèche, s'entr'aidant chaque jour par les mille besoins de la vie commune, avaient dû se faire comme un patois de circonstance, et c'est ce patois que je reconnaîtrais volontiers dans le *roman* de notre traducteur du Symbole[2]. Au moins,

---

[1] Entre autres refutations de cette opinion, voir celle de M Ampère, *Formation de la langue française*, c. III, p. 23–34 ; le tome II des Leçons de M. Fauriel sur Dante et les origines de la littérature italienne, leçons publiées par M. J. Mohl ; l'*Introduction* de M. Édel. du Méril à son édition de *Floire et Blanceflor* (Paris, 1856), p. ccxxi et suiv., l'Introduction a l'*Histoire littéraire du XIV siècle* (par M. J.-V. Le Clerc), t. XXIV, p. 527 et suiv.

[2] Aujourd'hui encore, dans les Échelles du Levant et sur la côte barbaresque, les marins et les ouvriers des ports, venus de tous les pays, pratiquent naturellement et sans recherche une langue à leur usage, grossier mélange où l'italien, le grec et le français entrent pour des parts inégales : c'est ce qu'on appelle la langue des *Francs* ou la langue *franque* ou *petit mauresque*, dont je connais un court vocabulaire, publié à Marseille en 1830, avec quelques dialogues familiers.

est-il impossible de voir dans son travail l'œuvre d'un savant ou celle d'un interprète officiel.

Si l'humiliante formalité de l'abjuration. que les Croisés imposaient à l'empereur, fut jamais accomplie, tout induit à penser qu'elle exigea la rédaction de formulaires bilingues, et que les Latins ne se contentèrent pas d'entendre réciter en grec l'acte d'union des deux Églises. Mais alors c'est le latin même, la langue de l'Église romaine, qui dut servir à la traduction du Symbole. Déjà le pape Léon III avait fait graver sur deux écussons circulaires, suspendus aux parois de l'église Saint-Pierre, un texte grec et un texte latin du Symbole de Nicée[1]. Les clercs et les dignitaires ecclésiastiques, qui accompagnaient les conquérants de Constantinople, pouvaient facilement préparer la double rédaction nécessaire pour l'abjuration du prince et du clergé grecs; ils pouvaient prendre acte de l'accomplissement de cette formalité. Ainsi le document que nous avons sous les yeux ne saurait être une pièce officielle; mais, pour n'être qu'un essai grossier de version en langue vulgaire, il ne perd pas toute valeur historique ni tout intérêt.

On connaît plus d'un manuscrit où le copiste a naïvement altéré, par des formes particulières à sa propre langue, le style de l'original qu'il copiait; c'est de cette manière que, chez les anciens, le dorisme sicilien des écrits d'Archimède s'est peu à peu effacé, sous la main des scribes, pour faire place aux formes du dialecte attique, ou même du dialecte commun; c'est de même que, chez nous, au moyen âge, le texte de Froissard s'empreignait, sous la plume d'un copiste champenois, des idiotismes de la Champagne. Pour prendre un exemple qui se rapporte de plus près encore à notre version romane du Symbole, on possède une rédaction véni-

---

[1] Labbe, *Concilia*, t. VII, p. 1198, cité par l'abbé Jager, *Histoire de Photius*, p. 356.

tienne de la *Chanson de Roncevaux*, dans laquelle beaucoup
d'italianismes se mêlent au vieux français[1]. Mais le caractère
hybride de notre version du Symbole semble devoir s'expliquer autrement. Le premier Grec qui l'a écrite n'a pu faire
lui-même ce mélange de diverses formes dialectiques. A
moins qu'il n'ait eu sous les yeux, chose peu probable, une copie de quelque version romane transcrite par un italien, ou une
copie de quelque version italienne transcrite par un Français,
il faut reconnaître que le Grec, auteur de la rédaction primitive, a tout simplement recueilli de la bouche d'un Franc ce
spécimen du patois informe qui se parlait dans le camp des
Croisés ; et c'est par là surtout que ce document se recommande à notre attention ; il nous aide à compléter, par un
trait nouveau et piquant, cette vive image de l'armée conquérante, que nous nous formons en comparant le récit
honnête et sincère de Villehardouin avec les descriptions
emphatiques et passionnées de Nicétas.

Peut-être, d'ailleurs, le document que nous faisons connaître s'éclairera-t-il un jour, par la découverte d'autres
documents analogues. Voici, du moins, un fait qui semble,
à cet égard, autoriser nos espérances. Le manuscrit 2570
de la bibliothèque d'Avranches, manuscrit contenant des
œuvres de Boèce et de Bède, et que M. Ravaisson[2] croit
pouvoir être d'origine lombarde, se termine par une sorte de
petit thème grec, où des mots, presque tous grecs-modernes,
écrits en caractères latins, sont placés sous les mots latins
correspondants ; nous y ajouterons, en le reproduisant ci-
dessous, une transcription en caractères grecs :

---

[1] M. Génin en a publié des fragments à la suite de son édition de la
Chanson de Roncevaux, p. 503-536.

[2] *Rapport sur les bibliothèques des départements de l'Ouest*, p. 116-118
— C'est à mon ami et confrère M. Ernest Renan que je dois la communication du texte bilingue qu'on va lire.

da mihi panem, da mihi piscem et caseum et carnem
dos me psomi, dos me opsarin ke tyryn ke kreas
δός μοι ψωμί, δός μοι [1] ὀψάριν καὶ τύρυν (l. τύρον) καὶ κρέας

et faba et poma, da mihi bibere vinum et aquam et lac,
ke fava ke myla [2], dos mi piin inari ke neron ke galan,
καὶ φάβα καὶ μῦλα (l. μῆλα), δός μοι πιεῖν οἰνάρι καὶ νερὸν καὶ γάλαν,

manduca libenter, bibe , sede hic, loquere
fage meta charas, pie meta charas [3], cathison ode, syntichon
φάγε μετὰ χαρᾶς, πίε μετὰ χαρᾶς, κάθισον ὧδε, σύντυχόν

mecum, surge, aula, domus, baculus,
my, egyry, ykos, spiti, rabdin,
μυ (l. μοι), ἐγύρυ (l. ἐγείρει), ὕκος (l. οἶκος), σπίτι, ῥαβδίν,

estimentum, lectus, equus, boves, ovis, agnus,
imati, crevati, yppos, voyou, provato, amnos,
ἱμάτι, κρεβάτι, ὕππος (l. ἵππος), βοΐδι (?), πρόβατο, ἀμνὸς

Dei, vulgo.
tu theu, arni.
τοῦ Θεοῦ, ἀρνί.

A voir ce singulier recueil de phrases et de mots en deux
langues, ne dirait-on pas l'extrait d'un manuel de conversa-

[1] La transcription de la diphthongue grecque αι par ε est insolite, mais non sans exemple. Une inscription, moitié latine, moitié grecque, en lettres latines, publiée par Fabretti, c. vi, p. 465, n° 19 (*Corpus inscr. græc*, n° 6717), offre les mots δείη σοι, écrits *doe se*. (Cf. *Corpus*, n° 6562.)

[2] Μῦλα est pour μῆλα, par une faute d'orthographe très-fréquente dans les manuscrits de cette époque. — L'itacisme a produit de même, plus bas, σύντυχον, pour σύντυχον ; ὕκος, pour εἶκος, etc. — On remarquera aussi de quelle façon tout arbitraire le ν est tour à tour ajouté ou retranché à la terminaison des noms

[3] La copie de M. Renan ne porte aucune traduction pour cette répétition des deux mots μετὰ χαρᾶς.

tion, écrit pour l'usage de quelque clerc qui allait visiter
l'Orient? Le manuscrit d'Avranches est du onzième siècle ;
c'est précisément l'époque de ces pieux pèlerinages qui en-
flammèrent si vivement la foi des chrétiens d'Occident, et
qui préparèrent les croisades. En Italie surtout, où les républiques maritimes, par leur commerce et par leur esprit
d'aventureuse ambition, entretenaient avec l'Orient des relations continuelles, bien des gens avaient besoin de savoir un
peu de grec, et il leur était facile d'en apprendre le peu dont
ils avaient besoin[1]. Or, le grec que l'on vient de lire n'appartient absolument ni à la langue populaire ni à la langue
savante. Autant qu'il est permis d'affirmer, sur un sujet où
nous avons si peu de documents authentiques, le style de ce
petit lexique n'aurait satisfait ni les lettrés d'un monastère
ou d'une grande ville, ni les paysans de l'Attique ou les montagnards de la Morée. *Psomi, opsarin* ou *opsari*, sont de vrais
mots romaïques. D'un autre côté, *vinum* est traduit par *inari*,
οἰνάρι, abrégé de οἰνάριον, qu'on trouve déjà dans les anciens
auteurs, tandis que le nom moderne et vulgaire du vin est
κρασί, pour κρασίον, dérivé de κεράννυμι. Le mot *equus* est
traduit par *ypos* (*hippos*, ἵππος), tandis que, depuis fort longtemps déjà, le peuple, en Grèce, disait ἄλογον pour *cheval :*
ἄλογον se trouve plusieurs fois avec ce sens dans une dépêche
militaire de l'empereur Héraclius[2]. Bien plus, à la fin de ce
petit thème grec, le traducteur rapproche expressément le
grec ancien et le moderne ; après avoir traduit *agnus Dei* par
amnos tu Theu, on a vu qu'il ajoute *vulgo arni,* opposant
ainsi au mot ἀμνός, qu'il trouvait dans l'Évangile et qui est

---

[1] On retrouve dans les romans en vieux français des traces de cette connaissance superficielle et populaire de la langue grecque au moyen âge.
(Voir Édel. du Méril, *Introduction* à l'édition de *Floire et Blanceflor,*
p. cxcvi et suiv.)

[2] *Chronicon paschale,* p. 400, éd. du Louvre, plusieurs exemples ;
p. 401 A : Ἵνα κἄν ζ ἄλογα λόγῳ τῶν πρεσβευτῶν εὐτρεπίσῃ.

usité aussi chez les écrivains classiques, le mot ἀρνί pour ἀρνίον, son synonyme dans la langue populaire. Mais ce langage bigarré, ce jargon demi-savant, demi-barbare, suffisait, sans doute, au négociant vénitien ou au chef de bande qui traversait des pays habités par les Grecs. Muni de son léger bagage d'érudition, il pouvait converser avec le prêtre ou le soldat grec, comprendre, au besoin, le Symbole de la foi rédigé dans la langue de Photius, et en essayer même une traduction en langue vulgaire. Qui sait, enfin, si quelque savant de cette famille ne serait pas l'auteur de la traduction du *Credo* que nous venons de faire connaître? Quoi qu'il en soit, nos observations sur ce sujet pourront engager les paléographes à recueillir avec soin dans les manuscrits, où, en général, ils tiennent peu de place et attirent peu l'attention, les petits documents bilingues du genre de ceux qu'on vient de lire. L'histoire, et particulièrement l'histoire des langues, y trouvent à recueillir d'utiles renseignements. Quelques-uns de ces documents, d'ailleurs, remontent peut-être à une époque bien voisine de l'antiquité, et nous aideraient d'autant mieux à renouer la chaîne, si souvent brisée, qui unit les langues modernes aux langues anciennes dont elles descendent. J'en citerai, par anticipation, un exemple qui bientôt sera mieux connu de l'Académie. Un feuillet de papyrus, faisant partie de notre collection nationale, et, par conséquent, destiné à figurer dans le recueil que prépare en ce moment notre confrère M. Brunet de Presle, le papyrus n° 4 *bis* dans l'ordre fixé par M. Letronne, contient une liste de mots latins et de petites phrases latines, accompagnés de leur traduction grecque en caractères latins [1]. Combien de tels morceaux, si nous en possédions un plus grand nombre, et de plus corrects que n'est le papyrus du Louvre, jetteraient de

---

[1] *Notices et Extraits des manuscrits de la Bibliothèque impériale*, tome XVIII, 2e partie (encore inachevée, et, par conséquent, inédite), p. 125-128.

lumière sur le seul problème, déjà tant de fois discuté, de la prononciation du grec ancien! Combien ils pourraient nous apporter de témoignages imprévus sur les rapports de deux langues, qui, sorties d'une origine commune, vécurent long-temps dans une étroite alliance! L'histoire politique elle-même se complète et s'éclaire par celle de ces luttes et de ces alliances d'idiomes, qui préparent, sur les ruines des anciennes nationalités, l'avénement d'un idiome et d'un génie nouveaux [1].

[1] Voir, en général, sur ce sujet, l'*Introduction à la Grammaire des langues romanes*, de M. Fréd. Diez, traduite en français par M. G. Paris (Paris, 1863), et le tome Ier des Mémoires réunis par M. Littré sous le titre d'*Histoire de la langue française* (Paris, 1862), surtout p 253-255 (extrait du *Journal des Savants* de 1857).

XX [1]

SUR LE RECUEIL DES FRAGMENTS

DE

LA COMÉDIE GRECQUE [2]

Le goût public est sujet parmi nous à de singulières con-
tradictions. En fait de beaux-arts, il est bienséant de s'intéresser aux moindres débris de l'antiquité. Les plus délicats
et les moins savants se plairont à parcourir nos collections
publiques, s'arrêtant devant des fûts de colonnes, des fragments de corniches, des bras ou des jambes de statues, et
devinant tant bien que mal, d'après ces restes mutilés, le
talent d'un architecte ou d'un statuaire ancien. Pour peu
même qu'on jouisse de quelque aisance, on aimera, surtout
en province, à se faire un petit Musée de telles antiquailles.
S'il s'agit de littérature, c'est tout autre chose. A peine a-t-on
le temps de lire quelques chefs-d'œuvre bien conservés dans
les manuscrits, publiés et commentés avec soin par des éditeurs de profession. Malheur aux pauvres écrivains dont les

---

[1] Les deux morceaux qu'on va lire seraient peut-être plus naturellement
joints à ceux qui composent le volume des *Mémoires de littérature ancienne*.
Mais j'ai pensé qu'ils apporteraient une utile variété à ce second recueil,
où dominent les discussions un peu sévères de la critique et de la philologie.

[2] Publié dans le *Journal des Débats* du 9 novembre 1858.

ouvrages ne nous sont pas parvenus en bon état et dont la
lecture coûterait quelque peine ! Malheur à ceux dont il ne
reste que de courts fragments ! Tel admirateur de l'*Énéide*,
qui la lit et la relit sans cesse, s'inquiète fort peu de savoir
s'il nous reste ou non quelques beaux vers d'Ennius, cet in-
correct et pourtant éloquent précurseur de Virgile. Tel magistrat, tel général qui a trouvé le loisir de traduire Horace,
et même de le traduire en vers, sait à peine qu'il existe aussi
de beaux vers de Lucilius, le maître d'Horace dans la satire.
Mais quoi ? Ennius et Lucilius ont eu le tort de laisser détruire
leurs œuvres par le temps. Pour jouir un peu de ce qui a
survécu au naufrage, il faudrait compulser les grammairiens,
aborder au moins quelque gros volume tout hérissé de commentaires et de discussions savantes. Le monde élégant a
peur des discussions et des commentaires ; il renonce vite au
plaisir qu'il faudrait chercher trop loin et payer de quelques
ennuis.

Aussi l'Académie française jetait-elle au goût du public un
défi courageux, quand, il y a quelques années, elle proposait
pour sujet de prix, dans un de ses concours, une étude littéraire et morale sur les comédies de Ménandre. Ménandre, un
bien grand poète sans doute, le premier peut-être de tous
en son genre, mais dont il ne nous reste guère qu'un millier
de fragments, la plupart réduits à un seul vers ou même à un
seul mot. Il est vrai que les érudits s'étaient, depuis longtemps, donné la peine de recueillir, d'épurer et d'éclaircir
ces mille fragments ; il est vrai qu'à force de patience et
d'heureuses conjectures, on avait retrouvé le dessin de deux
ou trois de ces excellentes comédies, et qu'on y avait marqué
la place de quelques pages d'une rare beauté. Mais il restait
beaucoup à faire pour que les simples amateurs pussent apprécier, sans trop de fatigue, les mérites de cette œuvre mutilée. Quoi qu'il en soit, l'Académie a été bien récompensée
de sa confiance, lorsque, dans un concours nombreux, elle a

pu couronner deux livres également dignes, à des titres divers, de l'estime des philologues comme de l'intérêt des gens
du monde : le livre de M. Ch. Benoît [1], ouvrage d'un maître
mûri par l'étude, par l'observation et par l'expérience de la
vie ; celui de M. G. Guizot [2], essai à la fois ingénieux et approfondi d'un jeune esprit destiné par vocation et comme par
devoir de famille au plus noble exercice du talent. C'était un
succès pour l'Académie, pour les deux lauréats, pour tout le
monde. Souhaitons qu'un tel exemple encourage beaucoup
d'entreprises semblables. L'antiquité nous offre tant de ruines
que pourrait encore restaurer une critique intelligente et
discrète !

Le volume que nous avons sous les yeux [3] servira beaucoup
à faciliter ces utiles travaux, et à réconcilier bien des gens avec
une étude dont ils désespèrent trop vite de tirer quelque
plaisir et quelque profit.

Les immenses travaux de M. Meineke et des philologues
de son école sur la comédie grecque, embrassent les trois
périodes durant lesquelles le génie comique a produit, dans
la seule ville d'Athènes, des milliers de pièces, et parmi ces
pièces cent chefs-d'œuvre peut-être. Seuls de tant d'auteurs,
Ménandre et Philémon nous étaient facilement abordables ;
un recueil portatif de leurs fragments se trouvait à la suite
de l'Aristophane dans la Bibliothèque Didot. L'éditeur de

---

[1] *Essai historique et littéraire sur la comédie de Ménandre, avec le
texte de la plus grande partie des fragments du poète* (Paris, 1854, in-8).

[2] *Ménandre ; Étude historique et littéraire sur la comédie et la société
grecques* (Paris, 1855, in-8).

[3] *Poetarum comicorum græcorum fragmenta post* Augustum Meineke
recognovit et latine transtulit F.-H. Bothe. Accessit *index nominum et rerum quem construxit* L. Hundzicker. Parisiis, 1855, gr. in-8 Cette table
historique n'ôte rien à l'utilité d'un autre travail, qui complète la belle collection de M. Meineke, *Index comicæ dictionis* rédigé en deux volumes par
M. H. Jacobi (Berlin, 1857).

cette savante et riche collection d'auteurs grecs ne pouvait tarder à réunir sous le même format les fragments des autres comiques. C'est le travail de patience et de désintéressement qu'il a confié à un helléniste fort habile, mais un peu téméraire, M. Bothe. M. Bothe a fait de son mieux pour se réduire au rôle modeste d'abréviateur et de traducteur, et, sauf quelques échappées d'indépendance que relève doucement certaine préface du savant libraire éditeur, il est parvenu à nous donner assez fidèlement en un volume la substance de quatre. Une excellente table historique, rédigée par M. Hunzicker, complète le bienfait de cette publication méritoire.

J'ai dit bienfait, que l'on me permette de ne pas retirer le mot. Après tout, qui voudrait y contredire? Les philologues? Mais il n'y a pas pour eux une ligne de trop dans ce volume, et tout y est d'un usage commode, textes, traductions, curiosités historiques ou grammaticales, autant du moins que cela se pouvait au milieu des nombreuses difficultés que présentent tant de débris souvent informes du répertoire comique d'Athènes. Les gens du monde? J'ose croire que ceux qui savent le grec ou seulement le latin trouveront peu de fatigue et beaucoup de charme à parcourir le recueil de M. Meineke, abrégé et traduit par M. Bothe. Je l'ouvre au hasard, pour les encourager, et, presque à chaque page, je rencontre quelque trait curieux pour l'histoire, quelque modèle de cette grâce attique qu'on ne peut mieux définir qu'en l'assimilant aux meilleures qualités de l'esprit français.

Voici Antiphane, le plus célèbre des poetes de la Moyenne Comédie, qui expose les misères de son métier :

« La tragédie est sur tout point un bien heureux genre! D'abord les sujets sont connus du spectateur avant qu'un seul personnage ait parlé; le poète n'a qu'à les rappeler au souvenir. Que je nomme seulement OEdipe, chacun sait déjà le reste : son père, Laïus; sa mère, Jocaste ; puis ses filles, ses enfants, ses malheurs, ses crimes. Que l'on nomme Alcméon,

31

et les bambins mêmes vous diront aussitôt que dans un accès
de folie il a tué sa mère. Puis Adraste va venir, puis il s'en
ira..... et lorsque nos hommes n'ont plus rien à dire et qu'ils
sont à bout d'invention, ils vous lèvent une machine comme
on lève le doigt, et voilà les spectateurs satisfaits ! Nous
autres faiseurs de comédies, nous n'avons pas tant de ressources. Il nous faut tout inventer, noms nouveaux, actions
passées, actions présentes, dénoûment, entrée en matière.
Que si un Chrémès ou un Phidon y fait le moindre défaut, il
est chassé à coups de sifflet. On exige bien moins d'un Teucer
et d'un Pélée. »

Ne prenons pas au sérieux cette plainte gracieuse et plaisante ; Antiphane était moins malheureux qu'il ne voudrait
nous le faire croire, car il avait, dit-on, écrit lui seul plus de
deux cents comédies. En général, la verve de ces poètes
athéniens était merveilleuse ; tragiques et comiques luttaient
d'activité. Les comédies surtout sont presque innombrables
dans la période vulgairement appelée *moyenne* ; Athénée, à
qui nous devons les plus beaux morceaux qui nous en sont
parvenus, atteste qu'il avait lu huit cents pièces appartenant
à cette seule période !

Si mutilé qu'il soit aujourd'hui, le répertoire de la Comédie
Moyenne nous laisse deviner quelques secrets de cette fécon-
dité. On y reconnaît sans peine un fond de lieux communs
sur lequel se dessinaient la diversité des intrigues et la nouveauté de quelques caractères originaux ; c'étaient les griphes
ou énigmes, auxquels la société d'alors prenait grand plaisir ;
c'était le rôle de l'aventurier et du soldat fanfaron, personnage devenu fort commun dans le monde depuis que se multipliaient les armées de mercenaires, surtout depuis que les
conquêtes des Macédoniens avaient habitué le soldat grec à
tout espérer de son courage et de son audace [1] ; c'était la vie

---

[1] Voir, sur ce sujet, Boettiger, *Opuscula latina* (Dresde, 1837), p. 266-

des courtisanes; c'était l'éternelle question du célibat et du
mariage : « Trois fois malheur, disait un personnage d'Eu-
bulus, trois fois malheur à celui qui fut le second des maris !
Je plains encore le premier : il ne savait pas quel fléau c'est
qu'une femme. Mais le second savait là-dessus à quoi s'en
tenir. » Et plus bas, dans la même pièce, s'engageait un dialogue contenant l'énumération des femmes célèbres par leur
méchanceté : à Médée on opposait Pénélope, Alceste à Cly-
temnestre; mais arrivé à Phèdre, l'interlocuteur restait court,
ne trouvant plus un troisième exemple à fournir, tant la liste
des femmes vertueuses était vite épuisée. Or, la première
boutade que j'ai traduite se retrouve avec quelques variantes
dans *le Collonidès* d'Aristophon, et plus tard dans *la Fille
vendue* de Ménandre. On dirait une monnaie courante qui
passait de mains en mains, mais que chacun marquait de
son empreinte.

Au reste, si la médisance passait de pièce en pièce comme
par tradition, les honnêtes femmes avaient aussi souvent leurs
défenseurs sur le théâtre attique; on peut le voir sans peine
dans cette commode compilation de Stobée, qui nous offre
sur tant de sujets un résumé si fidèle, dans ses contradic-
tions mêmes, de la morale des poëtes grecs [1].

Mais le sujet le plus familier aux comiques grecs, celui du
moins qui revient le plus souvent dans les fragments de leurs
écrits, c'est la gastronomie et tout ce qui s'y rattache, les
marchands de poisson, les parasites, les cuisiniers. Sur ce
thème, pourtant bien banal, des mœurs athéniennes, rien
n'est plus piquant que les descriptions et les tableaux qui
abondent dans la Comédie Moyenne. Ici des scènes de mar-

284, et la dissertation M. H. Dansin, *de Mercenariis militibus apud anti-
quas civitates a bello Peloponnesiaco ad Lamiaci belli exitum* (Paris, 1857).

[1] Voir surtout les chapitres LXVII et suivants, qui traitent des femmes et
du mariage.

ché : l'orgueil et la fourbe des poissonniers, les convoitises
de l'honnête citoyen ou du paresseux sans argent, qui s'ex-
tasie, le ventre vide, devant les friandises qu'il ne peut acheter. Là des scènes d'intérieur : un parasite qui raconte les
origines de sa profession, la faisant remonter jusqu'aux lois
mêmes de Solon et jusqu'aux exemples des dieux ; un cuisinier, qui expose avec emphase les secrets de son art et la
haute influence de la cuisine sur les affaires humaines. Au
commencement du dix-neuvième siècle, Berchoux a écrit sur
la gastronomie quatre chants qui trouvent encore des amateurs, quoique la prose de Brillat-Savarin lui ait fait quelque
tort. Berchoux, vraiment, était bien mal inspiré quand il
s'écriait :

> Qui nous délivrera des Grecs et des Romains ?

Vers fameux, qui est devenu presque un proverbe, et qui
pourtant prouve autant d'irréflexion que d'ingratitude ; car
si la cuisine romaine semble peu agréable, à en juger par
le Manuel d'Apicius, du moins les gourmands de Rome,
leurs cuisiniers et leurs parasites sont fort amusants dans les
comédies de Plaute. La gloutonnerie latine a fourni à Berchoux quelques-uns des meilleurs traits de l'ironique histoire
qu'il a tracée à cette *science de gueule*, comme l'appelle Mon-
taigne [1]. La cuisine et la gourmandise athéniennes lui en eussent
fourni davantage, si l'on eût pensé, il y a cinquante ans, aux
petits trésors que renferme, en ce genre, la collection des
fragments de la comédie attique. Par exemple, on connaît,
dans le deuxième chant de *la Gastronomie,* les préceptes sur
le choix d'un cuisinier :

> Faites cas de celui qui, fier de son talent,
> S'estime votre égal, et, d'un air important,

---

[1] *Essais,* II, 1; *de la Vanité des Paroles.*

'Auprès de son fourneau que la flamme illumine,
Donne avec dignité des lois dans sa cuisine ;
Qui dispose du sort d'un coq ou d'un dindon
Avec l'air d'un Sultan qui condamne au cordon, etc.;

Et plus bas, l'endroit où Berchoux compare ce personnage à
un général d'armée. Toutes ces aimables bagatelles, tous ces
jolis riens, dont il ne faut ni exagérer l'importance ni méconnaître l'agrément, ont déjà défrayé, il y a deux mille ans,
la verve comique des poëtes grecs. Quelques-uns d'eux, et
même des moins illustres, y ont réussi jusqu'à une perfection dont le poëte français aurait pu être jaloux. Que l'on en
juge par ce morceau extrait du *Législateur* (c'était probablement le législateur de la cuisine), de Dionysius, auquel cependant ma traduction ôtera beaucoup de sa piquante originalité :

« Par les dieux, Simmias, voilà qui me fait plaisir à entendre
d'abord ! Le vrai cuisinier doit savoir qui l'on traite bien avant
de mettre la main à son dîner. Celui qui ne regarde qu'à la
façon de réussir un plat selon les règles, mais qui n'a pas
mûrement réfléchi à la manière de le servir, de le dresser
en son temps, celui-là n'est pas un cuisinier, c'est un manœuvre. Cuisinier et manœuvre (entends-tu?), deux choses
bien différentes. Pour être commandant, il suffit d'avoir une
armée ; mais celui qui sait se retourner et voir toujours clair
dans les choses est plus qu'un commandant, c'est un **général**.
Ainsi, chez nous, le premier venu saura couper et dresser une
pièce, la faire cuire et souffler le feu ; tout cela est du métier. Mais l'art est autre chose. Saisir d'un coup d'œil le lieu,
la saison, l'amphitryon et le convive, quand il faut acheter
et quel poisson acheter ; voilà qui n'est pas d'un homme
ordinaire. On trouve toujours de tout au marché ; mais, d'une
saison à l'autre, pour le goût et le plaisir, la différence est
grande. Archestrate (auteur d'un poëme classique sur la
gastronomie) s'est fait par ses livres une certaine réputation

auprès de certaines gens : le pauvre ignorant ne dit guère chose qui vaille. Ne demande pas tout aux leçons et aux préceptes.....

« SIMMIAS. — Vous êtes un grand homme !

« LE MAITRE CUISINIER [1]. — Ce personnage que tu viens de dire, et qui arrive bien fier de son expérience en festins magnifiques, je lui ferai oublier tout cela, si je lui montre seulement un plat de ma façon, si je lui donne seulement à sentir le fumet d'une table athénienne..... »

La Sicile avait au moins précédé Athènes pour les merveilles culinaires, et son grand poëte Epicharme a créé les rôles de parasites. Mais Athènes se vantait, peut-être avec raison, d'avoir seule le secret d'une élégante frugalité ; elle laissait volontiers aux barbares l'abondance des plats, gardant en gastronomie, comme en littérature, le privilège de son atticisme. Le poëte Alexis nous l'atteste dans quelques vers un peu obscurs aujourd'hui, mais où l'on devine une ironie gracieuse : « Je veux prendre, disait un rustre dans la comédie intitulée *la Rencontre,* les deux plus habiles cuisiniers que je rencontrerai, pour traiter un Thessalien, non pas à la manière attique, en lui comptant les morceaux..... en lui servant les plats l'un après l'autre, mais grandement..... [2] »

Je ferais bien peut-être de suivre ce conseil et de m'arrêter ici pour ne point servir à mes lecteurs un repas thessalien au lieu d'un repas attique. Qu'on me permette pourtant de citer encore un morceau de ce même Dionysius que je rappelais tout à l'heure ; c'est un petit tableau de mœurs qui montrera ce que coûtaient quelquefois à leur maître les Vatel du temps d'Alexandre le Grand.

---

[1] Je suppose ici, dans le texte, un retour au premier personnage qui n'a pas été remarqué jusqu'ici par les éditeurs, mais qu'indique suffisamment la suite même des idées (Fragm du Θεσμοφόρος, p. 595, éd, Bothe).

[2] Fragment des Συντρέχοντες, p. 564, éd. Bothe.

Un chef cuisinier s'adresse à ses élèves. (Pour sentir le sel
de ce morceau, on n'oubliera pas que les cuisiniers athéniens
étaient d'ordinaire non des esclaves à poste fixe, mais des serviteurs loués sur la place publique, selon l'occasion et pour
les besoins du jour.)

« Allons, Dromon ! si tu entends quelque chose aux élé-
gances, aux finesses et aux recherches de ton métier, que
ton maître en ait la preuve ; je veux que tes talents se dé-
ploient au grand jour. Te voilà sur la terre ennemie : courage
et en avant ! On te compte les morceaux et on te surveille :
fais si bien cuire et bouillir le tout, qu'on n'y connaisse plus
rien, c'est moi qui te le dis. Voici un poisson vigoureux : les
entrailles sont pour toi et l'abatis encore ; cela te regarde,
pendant que nous sommes ici. Quand nous serons dehors, tu
mettras ma part de côté, avec le reste, qu'on ne peut compter
ni vérifier..... de quoi faire un bon hachis, pour nous régaler
demain tous deux en bons soldats après la victoire. Surtout
sois généreux (il songe à l'esclave portier), afin que les portes
te soient faciles. Mais pourquoi tant sermonner un brave ? Tu
es mon élève, je suis ton maître, n'oublie rien, et reviens tôt
ici [1]. »

Ai-je assez fait comprendre tout l'intérêt du nouveau volume dont s'est récemment enrichie la Bibliothèque grecque
de M. Firmin Didot ? S'il faut maintenant faire, dans ce rapide
jugement, une part à la critique, sauf les observations de
détail, qui m'entraîneraient bien loin et qui ne peuvent guère
trouver ici leur place, j'exprimerai sur deux points mes regrets. D'abord, il est fâcheux que les fragments de la comédie
sicilienne aient été réservés pour un autre volume de la Biblio
thèque grecque. Épicharme et Sophron précédaient naturellement, dans une telle galerie, les poetes comiques qui furent
non-seulement leurs émules, mais souvent leurs élèves [2].

[1] Fragment des Ὁμώνυμοι, p. 596, éd. Bothe.

[2] Réunis, pour la première fois avec ensemble, par M P. Kruseman

Ensuite, pourquoi n'avoir pas, à l'exemple de M. Meineke, réimprimé quelque part, à côté des principaux fragments, les belles imitations latines de Grotius? Elles aident moins, je le sais, que les traductions de M. Bothe à interpréter la lettre même des textes grecs, mais elles en expriment avec tant de bonheur le sens principal, la franche gaieté, l'heureuse originalité de langage! Le mot à mot a ses trahisons, et l'infidélité apparente n'est quelquefois, chez des imitateurs comme fut Grotius, que l'habile hardiesse du génie. La photographie a beau calquer un chef-d'œuvre, elle ne le reproduit pas. N'en déplaise aux mânes de Daguerre, la meilleure copie d'un tableau de Raphaël sera toujours celle qu'aura signée un bon graveur ou un bon peintre. Les versions d'une exactitude étroitement classique ont leur mérite et leur utilité, mais qui ne doit pas faire tort aux imitations « généreuses, » comme les eût appelées Mᵐᵉ Dacier. Les unes instruisent, ce qui est beaucoup ; les autres forment le goût et elles inspirent, ce qui est mieux encore.

(Harlem, 1834), puis reproduits, comme documents du dialecte dorien, par M. L Ahrens à la suite de son traité, *de Dialecto dorica* (Goetingue, 1843), les fragments d'Épicharme ont pris place (p. 131 et suiv.), parmi les *Fragmenta philosophorum græcorum* que M Mullach publie dans la Bibliothèque grecque de Firmin Didot (1860); mais on se demande ou figureront les fragments de *Mimes* de Sophron qui ne peuvent, à aucun titre, être rangés parmi les restes de la philosophie grecque, et qui ont été exclus, comme ceux d'Épicharme, du Recueil ouvert pour les comiques. — Au sujet d'Épicharme, nous sommes heureux de pouvoir signaler aujourd'hui l'important Mémoire contenu dans le livre posthume du regrettable M Artaud, qui a pour titre : *Fragments pour servir à l'histoire de la Comédie antique* (Paris, 1863).

XXI

UN HISTORIEN GREC DE LA GRECE MODERNE[1].

La génération à laquelle j'appartiens entrait au collége lorsqu'on apprit en Europe le soulèvement des Grecs contre la Turquie ; en même temps qu'elle épelait dans les auteurs anciens les poétiques récits des Thermopyles et de Salamine, elle entendait parler d'autres Thermopyles et d'une autre Salamine. Un vif reflet des événements contemporains venait colorer pour elle cette vieille histoire, et je me souviens encore du charme puissant que de tels rapprochements ajoutaient à nos lectures d'écoliers; à trente ans de distance, je ressens encore l'émotion qui fit couler nos larmes quand éclata parmi nous la nouvelle du désastre de Misolonghi. Les comités philhelléniques n'étaient pas alors tous composés de banquiers libéraux, de pairs ou de députés ; ils n'étaient pas tous présidés par les Eynard et les de Broglie. Nous aussi nous prétendions être des amis de la Grèce ; à défaut d'argent, à défaut de crédit et d'éloquence, nous voulions au moins soutenir de nos innocentes sympathies la cause d'une nation régénérée. Enfants, nous étions fiers de nous tenir à l'unisson avec les grandes voix du philhellénisme européen. Nous relisions et nous commentions, dans le *Lascaris* de M. Villemain, les pages éloquentes où s'épanchent les douleurs de la Grèce esclave et ses rêves d'indépendance.

Depuis cette époque, la nation grecque a traversé bien des

[1] *Journal des Debats* du 31 mai 1857 et du 14 mai 1858.

fortunes. Après le premier élan d'une révolte à peine con-
certée au dedans, et seulement soutenue du dehors par des
souscriptions pécuniaires et par les efforts de quelques volontaires arrivés d'Allemagne, d'Italie ou de France ; après
cette première période, si mêlée de revers et de succès, est
venue la période des alliances nationales et régulières, des
victoires décisives, des traités de pacification : puis l'organisation du nouvel État grec, d'abord sous la présidence du
comte Capodistrias, et ensuite sous la jeune royauté du prince
Othon de Bavière. Cette royauté, même depuis son établissement, a traversé des crises bien diverses, et le laborieux
essai d'un gouvernement moitié bavarois, moitié hellène, et
l'essai non moins laborieux d'un gouvernement tout national
appuyé sur des institutions représentatives. A toutes ces
phases de la renaissance hellénique semblent correspondre
comme autant de phases de l'opinion publique en Europe à
l'égard de la Grèce. Passionnée d'abord pour l'héroïsme de
ce petit peuple qui se jetait si résolûment dans les hasards
d'une lutte inégale avec ses oppresseurs, l'Europe s'est bientôt refroidie au spectacle de ses divisions intérieures, plus
faciles à prévoir qu'à conjurer, et l'on dirait aujourd'hui
qu'elle se reproche par moments ses anciennes sympathies
pour les Grecs, et qu'elle regrette les sacrifices que lui coûte
la reconstitution d'une nationalité chrétienne en Orient.

Triste et douloureux retour, que nulle prudence humaine
n'a pu prévenir, mais qu'on voudrait du moins expliquer. Si
quelque chose peut nous aider à en apprécier les causes et à
y faire la part des préventions comme celle de la justice, c'est
assurément le livre de M. Tricoupi, livre où nous aimons à
reconnaître les plus solides qualités de l'historien [1].

---

[1] Ἱστορία τῆς ἑλληνικῆς ἐπαναστάσεως, 4 volumes in-8°, publiés a
Londres, de 1853 à 1857 On en peut rapprocher aujourd'hui avec intérêt le
Δοκίμιον περὶ τῆς ἑλληνικῆς ἐπαναστάσεως de M. J. Philémon (Athènes,
1859, deux vol. in-8°).

Les documents abondent sur cette histoire moderne de la Grèce. J'en ai sous les yeux toute une bibliothèque, lentement et curieusement amassée par un des plus savants hellénistes de notre pays, mon confrère et ami M. Brunet de Presle. Il y a là, en vers et en prose, de quoi occuper la vie entière d'un historien consciencieux : chants populaires qui ont excité ou entretenu l'enthousiasme belliqueux des Clephtes et des Pallikares ; longs récits rédigés pendant ou après la guerre de l'indépendance par les chefs mêmes qui la dirigeaient, et quelquefois écrits en ce rude langage des montagnards, que répudient maintenant les élèves de l'Université d'Athènes [1] ; statistiques générales du nouveau royaume, témoignant des progrès difficiles, mais constants, de sa prospérité [2] ; histoires spéciales des villes, des institutions ou des grands hommes ; proclamations des patriotes qui levèrent les premiers l'étendard de la révolte, depuis le manifeste du malheureux Alexandre Hypsilantis, daté du 13 mars 1821, et adressé aux *Daces*, c'est-à-dire aux Valaques, jusqu'à celui que Pierre Mavromichalis, général en chef de l'armée insurrectionnelle, et le Sénat de Messène adressent, du camp de Calamata, près Sparte, *aux cours de l'Europe ;* nouvelles à la main qui propageaient à travers les villages le feu de la guerre sainte en racontant les premiers succès des défenseurs de l'indépendance ; journaux improvisés à Hydra, à Nauplie,

---

[1] On comprend que les citations spéciales pourraient ici m'entraîner bien loin ; je ne puis pourtant m'empêcher de signaler le curieux volume intitulé : Ὁ Γέρων Κολοκοτρόνης (Athènes, 1851), et je renverrai pour une plus ample bibliographie au répertoire si utile que M. A. Pappadopoulo-Vreto a publié, à Athènes, en 1854-1857, sous le titre . Νεελληνικὴ φιλολογία ἤτοι Κατάλογος τῶν ἀπὸ πτώσεως τῆς Βυζαντίνης αὐτοκρατορείας μέχρι ἐγκαθιδρύσεως τῆς ἐν Ἑλλάδι βασιλείας τυπωθέντων βιβλίων εἰς τὴν ὁμιλουμένην ἢ εἰς τὴν ἀρχαίαν ἑλληνικὴν γλῶσσαν, 2 parties in-8°.

[2] L'une des plus récentes et des plus instructives est l'ouvrage d'un de nos compatriotes, M. Casimir Leconte (Paris, 1847).

dans chacun de ces petits foyers du patriotisme renaissant,
et qu'on jetait comme une double insulte au muet despotisme
des Turcs. Parmi ces derniers documents, je retrouve et je
ne touche pas sans douleur une gazette qui se publiait dans
Misolonghi assiégée, qui se publiait aux frais de lord Byron,
et dans laquelle la liberté précoce des discussions inquiétait
déjà le noble bienfaiteur de la Grèce. Puis viennent les recueils de traités et autres pièces diplomatiques, dont l'un
s'ouvre par la traduction d'un exposé de la question hellénique, fait à la Chambre des députés, en 1833, par M. le duc
de Broglie [1]; des documents d'un intérêt plus triste, par exemple, les pièces du long procès intenté, en 1833, au célèbre
chef de bande Théodore Kolokotroni, témoignage des discordes après la victoire et des ingrates vicissitudes de l'opinion,
mais témoignage aussi des difficultés que rencontre un gouvernement chargé de fonder l'ordre public avec les éléments
d'une révolution ; enfin (car cette revue pourrait m'entraîner
loin, et je veux m'arrêter) des recueils de discours politiques,
religieux, littéraires, qui nous rappellent à la fois et les
mœurs de l'ancienne Grèce et celles de la Grèce chrétienne ;
l'oraison funèbre de Costas Botsaris, prononcée en 1833,
dans une église d'Athènes, par M. Périclès Argyropoulos ;
celle de lord Byron, improvisée au lendemain de sa mort
(7 avril 1824), dans une église de Misolonghi, par l'auteur
même de l'histoire dont je vais parler, discours où je remarque que M. Tricoupi, bien jeune alors, semblait déjà se
préparer à son futur rôle d'historien.

De cette infinie variété de matériaux, presque tous rares,
souvent empreints des passions du moment, souvent incomplets, M. Tricoupi, en les complétant, en les corrigeant par

---

[1] Le Sénat grec a commencé récemment la publication d'un recueil,
qui paraît n'avoir pas été continué : Ἀρχεῖα τῆς ἑλληνικῆς παλιγγενεσίας
(1re partie, Athènes, 1857, in-folio)

ses propres informations, a fait sortir une véritable *Histoire de l'insurrection grecque*, bien supérieure aux essais du même genre qui l'avaient précédée. Témoin oculaire et souvent acteur dans cette mémorable lutte, successivement appelé depuis trente ans aux postes les plus importants de la politique et de la diplomatie, M. Tricoupi était assurément dans les plus heureuses conditions pour bien écrire une telle histoire. Il déclare l'avoir écrite en juge impartial, et quand je n'aurais pas, pour me rassurer à cet égard, l'approbation de ses compatriotes, j'aurais grande confiance en cette profession de foi. L'impartialité, en effet, tient plus à la justesse de l'esprit et à l'honnêteté du cœur qu'aux circonstances au milieu desquelles un historien peut écrire. Difficile pour les contemporains, on croit trop volontiers qu'elle est facile à la postérité. Mais la postérité, comme les contemporains, a ses préjugés et ses passions; l'histoire de Rome peut être ainsi faussée par la prévention à vingt siècles de distance; l'histoire ancienne d'Athènes n'a-t-elle pas été dans ces derniers temps, surtout en Angleterre et en Allemagne, un champ ouvert à la controverse des partis? Au contraire, l'histoire du dix-neuvième siècle n'a-t-elle pas été racontée par d'éminents écrivains en qui rien n'altère la sévère sincérité du jugement?

Le nouvel historien de la révolution grecque est et se déclare franchement un chaleureux patriote. Il a une foi entière dans l'avenir de sa nation, et il en témoigne tout haut. Point de milieu pour lui entre la cause des Grecs et celle des Ottomans : le Turc, c'est la barbarie; le Grec, c'est la civilisation et la religion chrétienne. Il n'ira pas chercher jusque dans de vieilles fables les titres d'honneur de ses concitoyens; il ne leur rappellera pas, comme le faisait un orateur athénien au moment même de l'insurrection, les victoires de leurs ancêtres et du roi Thésée sur les Amazones; mais il ne craindra pas d'écrire que « l'insurrection grecque a plus que toute

autre honoré la nature humaine ; que le plus brillant, le plus
instructif, le plus touchant de tous les spectacles que nous
offre l'histoire sur la scène du monde, c'est la résurrection
d'un peuple tombé ; que la trompette d'une telle guerre est
une hymne des chérubins à la gloire du Très Haut. » Voilà
de l'enthousiasme, voilà presque du dithyrambe. Mais cette
exaltation patriotique semble ne faire jamais tort ni à l'exactitude des récits, ni à la sagesse des appréciations politiques
et morales. Si nous entrons avec l'auteur dans le détail de
tous ces combats, de toutes ces négociations, de tout ce
désordre d'une lutte où l'indiscipline se mêlait même au
dévouement le plus pur, partout nous le verrons attentif à
faire la part de chacun dans le bien comme dans le mal ; il
ne dissimule ni les faiblesses et les inconstances qui plus
d'une fois ont compromis l'insurrection, ni les trahisons ou
les crimes qui l'ont trop souvent souillée. Par exemple, c'est,
vu de loin, un grand fait d'armes que cette seconde bataille
des Thermopyles, le 20 avril 1821 ; mais dans le récit de
notre historien bien des ombres nous gâtent ce brillant ex-
ploit. Comme par un triste présage, la bataille avait été précédée d'un acte barbare. En apprenant les préparatifs de
l'autorité turque, les Grecs avaient cruellement mis à mort
des musulmans sans défense, restés dans leurs villes et dans
leurs villages sur la foi d'une trêve récente. Au jour même
du combat, tout le monde ne fit pas son devoir ; sur trois
corps qui composaient l'armée grecque, deux se débandèrent
presque sans avoir vu l'ennemi. Le chef des trois cents hommes qui restaient, Diacos, donna l'exemple du courage à sa
petite troupe. Il fut fait prisonnier après des prodiges de
valeur. Vainement pressé par les Turcs de se consacrer désormais à leur service, il mourut dans d'affreux tourments,
avec la fierté d'un soldat et la sérénité d'un martyr. M. Tricoupi trouve de nobles paroles pour honorer cette fin d'un
héros. Mais s'il rencontre chez ses ennemis la vertu mili-

taire, il n'est pas moins empressé à lui rendre hommage.
Ainsi je remarque ailleurs, dans son premier volume, le récit
du siége soutenu contre une armée grecque par des musulmans albanais qui habitaient un petit village de l'Élide, et
j'aime voir l'historien louer sans réserve ces braves montagnards pour leur longue et énergique résistance. Écrite avec
cet esprit de sévère justice, l'histoire peut se tromper encore
sur le détail des faits, surtout des faits secondaires (qui sera
jamais assuré de tout connaître avec une égale précision ?) ;
mais du moins elle ne nous trompera jamais sur le caractère
général des événements et des principaux acteurs[1]. La vénalité
à côté du désintéressement, la petitesse à côté de la grandeur, des trahisons honteuses et des dévouements sublimes,
l'humanité odieusement méconnue par ceux même qui se
battaient pour elle, la guerre civile au milieu des périls et
des exploits d'une guerre à mort contre l'étranger ; mais,
après tout, le retour généreux d'une nation aux sentiments
et aux devoirs du vrai patriotisme, le vif souvenir d'un passé
glorieux, qui oblige les générations nouvelles, une vive ardeur à bien mériter des autres peuples chrétiens par cette
nouvelle croisade contre les musulmans envahisseurs de
notre Europe, voilà les Grecs tels que je les trouve dans le
livre de M. Tricoupi, et je me fie volontiers à l'image qu'il
m'en présente, car je n'y vois pas la moindre trace de flatterie ni de dénigrement, et tels aussi je les vois dépeints, il y

---

[1] On a un exemple des discussions historiques soulevées par l'ouvrage
de M. Tricoupi dans les trois Mémoires suivants, relatifs au rôle de l'île
de Psara durant l'insurrection hellénique : Ἐπανόρθωσις τῶν ἐν τῇ Σ.
Τρικούπη ἱστορίᾳ περὶ τῶν Ψαριανῶν πραγμάτων ἱστορουμένων (Athènes ,
1857), par N. Kotzia : Ἀνασκευὴ τῶν παρὰ τοῦ N. Κοτζιᾶ ἱστορουμένων περὶ
τῶν ψαριανῶν πραγμάτων (Athènes , 1857) ; Ἀνασκευὴ τῆς τοῦ Τσαμάδου
Ἀνασκευῆς (Athènes, 1858), réplique de M Kotzia. Cf l'appréciation générale du livre de M. Tricoupi par un critique éminent, M. Hase dans le
Journal des Savants de 1856 et 1857.

a plus de deux mille ans, dans Hérodote et dans Thucydide.
On se trompe, en effet, quand on croit que l'histoire des
Grecs, écrite par eux-mêmes, ne contient que déclamations
à l'honneur de leurs libertés publiques, de leurs vertus militaires ou civiles. Ces déclamations-là sont de date plus récente ; elles viennent surtout des rhéteurs, et de ceux qui les
ont pillés pour farder l'histoire grecque sous prétexte de l'embellir [1]. Mais, tout bons patriotes qu'ils sont, Hérodote et
Thucydide nous tracent de leurs contemporains un tableau
plus humain et moins idéal. L'un nous raconte sans vains
détours, comment, à leur première rencontre avec la flotte
barbare, les marins grecs eurent peur d'abord et faillirent se
retirer ; comment un intérêt tout accidentel les retint devant
Artémisium et fut ainsi l'occasion d'une victoire qui préparait
celle de Salamine [2]. Lors de l'invasion des Mèdes dans le nord
de la Grèce, il ne craint pas de nous dire que si les Phocidiens
se tournèrent contre les Barbares, cela tient à leur haine pour
les Thessaliens qui avaient pris le parti contraire. Si la Thessalie eût pris le parti de la résistance, aussitôt les Phocidiens
se fussent joints aux ennemis de la cause hellénique. Ainsi,
trahir l'intérêt commun ou le défendre, ce fut, entre les deux
peuples, une question de bon ou de mauvais voisinage [3]. Et
Thucydide, quel moderne jugera jamais plus sévèrement et de
plus haut qu'il n'a fait les violentes passions qui troublaient
dans Athènes la pratique des institutions républicaines ? qui
flétrira mieux qu'il n'a fait l'abaissement moral où tombait,
au milieu de ses dissensions, le plus généreux et le plus ingénieux peuple du monde [4]?

[1] On me permettra de renvoyer là-dessus, pour plus de détails, aux deux
articles que j'ai publiés dans le *Journal des Savants* de 1862, sur le Recueil
des fragments des historiens grecs par M. C. Muller.

[2] Hérodote, VIII, 4 et suiv.

[3] Hérodote, VIII, 30. Cf. VII, 176 et 215.

[4] Voir surtout le morceau (III, 82) que j'ai traduit dans les *Mémoires de
littérature ancienne*, p. 291 et suiv.

Il y a donc (et je suis ramené aux choses du présent par ces souvenirs mêmes), il y a injustice à prêcher la concorde aux Grecs d'aujourd'hui par l'exemple de leurs ancêtres ; car je ne sais pas une époque de cette antiquité, après tout si glorieuse, qui ne soit signalée par bien des désastres et souvent par de grandes fautes. Le siècle qui produisit dans les lettres comme dans les arts tant de chefs-d'œuvre inimitables est aussi celui où Athènes réformait violemment la sage constitution de Solon ; c'est le siècle où des mains de Périclès elle passait aux mains de vingt démagogues indignes de succéder à ce grand homme, où elle traversait, en quelques années, tous les excès de l'oligarchie et de l'état populaire, et cela au milieu des épreuves d'une guerre sanglante ; c'est le siècle enfin où, au lendemain d'une réconciliation et d'une amnistie trop vite violée, elle immolait juridiquement Socrate, le plus vertueux de ses philosophes. Mais quoi ? La Grèce alors écrivit l'*Œdipe roi* et elle bâtit le Parthénon : c'est l'excuse de ses fautes, c'est la rançon de ses crimes. La discorde, uniquement stérile ou désastreuse chez d'autres nations, était féconde chez les Hellènes de l'antiquité ; elle y entretenait comme une heureuse fermentation du génie [1]. Toutefois, et sans vouloir amoindrir tous les droits de ces vieux Hellènes à notre admiration, prenons garde d'être, à cause d'eux encore, injustes envers leurs modernes héritiers, en demandant à la Grèce d'aujourd'hui une littérature qui rachète ses torts dans la vie politique ou dans la guerre. Après tout, les siècles de Périclès et d'Alexandre ne sont pas à recommencer ; ils ont porté leurs fruits, en contribuant pour une bonne part à faire de nous ce que nous sommes, les chefs de la civilisation moderne. Lorsque, non contents de multiplier chez eux les écoles nationales, les Grecs nos contemporains envoient leurs fils dans les écoles de Paris, de Berlin ou de Londres, pour y

---

[1] Voir, dans nos *Mémoires de littérature ancienne*, p 424 et suiv , les *Réflexions sur la tragédie grecque.*

rapprendre l'antiquité classique et pour s'y mettre au courant
des progrès de la science européenne ; quand ils traduisent
nos meilleurs ouvrages, au risque d'écrire le grec un peu à la
façon française ou allemande, comme en convient quelque
part M. Tricoupi, ils font, en vérité, ce qu'il y a pour
eux de plus sage au monde : jadis, nous leur avons emprunté
la lumière, ils viennent nous la demander à leur tour. Ils
savent que le foyer de la civilisation s'est déplacé dans le
cours des âges, et ils le viennent chercher où il est aujour-
d'hui, bien assurés que ce n'est pas là déserter leur patrie,
mais en ressaisir les traditions partout où elles sont vivantes
et fécondes. A chacun son rôle et son devoir ; celui de la Grèce
n'est pas maintenant de nous précéder, mais de nous suivre,
et pour longtemps encore, dans les lettres et surtout dans les
sciences ; ce n'est pas d'inventer, mais de traduire, pour
populariser en Orient les principes et les idées de la civilisation occidentale. Que si, par surcroît, la Grèce nous envoie
quelque œuvre de poésie élégante et originale, nous l'en
féliciterons comme d'un heureux symptôme de renaissance
littéraire. Que si elle prend parfois les devants sur notre érudition pour expliquer les monuments rendus au jour par les
découvertes de ses antiquaires sur un sol inépuisable en vieux
souvenirs[1], nous dirons que c'est bien son droit et qu'elle
s'honore en l'exerçant. L'histoire nous semble surtout le
genre où peut, où doit s'attacher, en Grèce, l'élite des esprits
sérieux. L'histoire est la meilleure école où se reforme l'esprit d'un peuple longtemps corrompu par l'ignorance et
abaissé par la servitude, et c'est aussi l'œuvre où se résume
le mieux ce que j'appellerai sa conscience. A ce titre surtout,
le livre de M. Tricoupi mérite l'attention et l'estime de tous

---

[1] *Antiquités helléniques*, par M. R. Rangabé ; diverses dissertations archéologiques, par M. G.-G. Pappadopoulo, sur le monument de Lysicrate
(1852), sur les jeux des enfants dans l'ancienne Grèce (1854), sur l'icono-
graphie de Démosthène, (1855) ; etc.

ceux qui, en Europe, cherchent à connaître la vérité sur les
affaires de la Grèce. Je rappelais tout à l'heure les grands
historiens des républiques grecques. M. Tricoupi aime à s'en
inspirer et à les citer, mais il le fait avec une juste modestie.
En effet, pour les beautés du langage, un Grec même est
fort embarrassé à imiter Hérodote, Thucydide ou Xénophon.
La langue moderne a secoué la barbarie qui depuis tant
de siècles pesait sur elle, et elle se rattache hardiment à
la belle langue des anciens. Mais ce travail de rénovation
difficile, où le génie du dix-neuvième siècle réclame aussi
sa part, n'est pas encore accompli. Nul ne sait où s'arrêtera le mouvement commencé. A l'heure qu'il est, ce style
qui hésite entre deux écoles, cette prose toute pleine de
mots antiques et tout imprégnée d'idées modernes, offre
un mélange assez bizarre, dont notre goût s'offense ou
tout au moins s'étonne; mais, chez M. Tricoupi, elle a un
mérite qui surpasse bien des qualités littéraires, je veux
dire l'accent austère et persuasif que donnent l'habitude
des méditations studieuses et le sentiment d'une haute probité. De pareils livres sont assurément les meilleurs plaidoyers en faveur de la cause hellénique, dans un débat depuis
si longtemps ouvert devant l'Europe et qui ne semble pas
près de finir; la Grèce n'en saurait trop produire pour désar-
mer ses ennemis et raviver le zèle de ses amis inquiets ou
découragés.

Il nous reste à faire apprécier plus directement par quelques extraits le style et la critique de M. Tricoupi. Voici, par
exemple, en quels termes l'auteur raconte la mort de lord
Byron à Misolonghi :

« Tout le monde était à l'œuvre pour la réussite de ce
projet (l'expédition en Acarnanie) et le lord s'y employait plus
que personne, lorsque le 3 février il eut une syncope, puis
une courte maladie. A peine rétabli, il reprenait sa part dans
les préparatifs de l'expédition. Mais la ville était sans cesse

agitée par le mécontentement des Souliotes, naguère licen-
ciés, et qui réclamaient le reste de leur solde ; ces troubles
agitaient l'esprit autant que le cœur du malade.

« Un de ces Souliotes voulut entrer dans l'arsenal où était
la fabrique d'armes ; comme il n'avait pas de permission, la
sentinelle s'y oppose ; il insiste et l'injurie ; l'officier Sassos
intervient, et une dispute s'engage, où l'officier, ne pouvant
se faire écouter, frappe de la main le soldat ; celui-ci tue
l'officier d'un coup de pistolet et est arrêté comme assassin.
Toute la ville fut mise en émoi par cet événement ; les Souliotes coururent aux armes et demandèrent qu'on élargît leur
compatriote, menaçant, si on ne les écoutait, d'envahir l'édifice où étaient la fabrique d'armes et l'appartement du lord,
qui était le protecteur de l'établissement. Leurs ennemis
aussi s'armèrent pour protéger l'arsenal et l'appartement du
lord, et ils placèrent des canons à l'entrée. Enfin le meurtrier
fut relâché, et le calme se rétablit. Mais le lord, irrité de cet
événement, déclara tout haut que si les Souliotes ne se reti-
raient pas, il se retirerait lui-même dans les Sept-Iles. Toujours intraitables, les Souliotes réclamaient leur solde ; alors
les malheureux chefs de la ville, redoutant les maux qui la
menaçaient, empruntèrent au lord 3,000 talaris d'Espagne,
et avec cette somme ils réussirent à les éloigner. Ce qui restait
de soldats dans Misolonghi sortit également et se réunit
jusqu'à nouvel ordre à Xiromeron. Mais les troubles que je
viens de dire eurent un autre fâcheux effet. Les ouvriers qui
travaillaient sous les ordres de l'ingénieur Sary se retirèrent
chacun chez eux, et les ateliers chômèrent ; enfin un dernier
malheur mit le comble à tous les autres. Au milieu de tant
de soucis et de dégoûts, le lord n'avait pour toute distraction
que la promenade qu'il faisait chaque jour à cheval, et le
malheur voulut que cette distraction le conduisît au tombeau.
Le 28 mars, pendant sa promenade, survint une forte pluie
qui le transperça ; il fut bientôt pris d'une fièvre violente, et

il dut garder le lit; il ne voulut pas se laisser saigner à temps, et l'inflammation s'étant aggravée, il expira le 7 avril au soir, le lendemain de Pâques. «Je bois, disait-il à son mé-
« decin qui insistait pour qu'il se laissât saigner et qui ne
« pouvait d'abord le convaincre, je bois toutes vos drogues,
« mais que du moins je ne verse pas sur ce lit une goutte de
« mon sang; je suis prêt à en verser jusqu'à la dernière
« goutte sur le champ de bataille. »

« Le grand nom de cet homme, sa générosité à soutenir la lutte au milieu d'une extrême détresse, les maux qu'il avait endurés par amour de la Grèce, les brillantes espé-rances qu'il avait paru sur le point de réaliser, suffisent à faire comprendre tout ce que perdaient les Grecs en sa per-sonne et la douleur que leur causa sa mort. Chacun regarda, chacun pleura comme un malheur personnel ce malheur de la patrie. En réglant la pompe funéraire, le commandant de la ville disait : « Cette fois les joyeuses journées de la Pâque
« sont devenues pour nous tous des journées de deuil. » Il avait raison. Tous oubliaient la Pâque devant l'événement qui les privait d'un tel homme...

« Byron était enthousiaste comme poète, mais son enthou-siasme était profond comme sa poésie; sa politique en Grèce était profonde aussi , et intelligente; point de rêves comme ceux de bien des philhellènes; point d'utopies démocratiques ou antidémocratiques; le journalisme même lui semblait chose intempestive. L'essentiel à ses yeux, c'était l'affranchis-sement de la Grèce; et pour cela il prêchait aux Grecs la con-corde, avec le respect des cours étrangères. Son principal souci était d'organiser l'armée et de trouver les ressources nécessaires pour l'entretenir. Il aimait la gloire, mais la gloire solide. Il refusa le titre de commandant général de la Grèce continentale, que lui offrit le gouvernement, d'accord avec toute la population. En général, il détestait la politique et fuyait les discussions parlementaires, même dans sa patrie... »

Ces pages rencontrent dans notre littérature une comparaison redoutable, car elles rappellent le tableau qu'un philhellène français, éloquent entre tous, a tracé du dernier dévouement et de la mort de lord Byron [1]. La prose grecque n'a pas encore, sous la plume de M. Tricoupi, l'éclat que donne à notre prose le talent d'un maître tel que M. Villemain. Nous avons là-dessus déjà fait nos réserves. Mais à chaque temps ses devoirs et l'ambition qui lui convient. Le plus urgent pour la Grèce n'est pas d'avoir d'éminents écrivains, c'est d'avoir des publicistes judicieux qui l'intéressent sans la flatter et qui l'encouragent sans l'enivrer par de vaines fanfares de patriotisme. A ce titre, M. Tricoupi est un bon historien, cherchant et disant de son mieux la vérité, sans trop songer aux agréments supérieurs du langage, visant au nécessaire et réservant le reste pour des temps plus heureux. A ce titre, on appréciera, je n'en doute pas, la discrète simplicité du récit qui précède, surtout si l'on songe qu'il est écrit par un témoin oculaire des événements, que dis-je? par un acteur et par celui même que la confiance de ses compatriotes avait désigné pour prononcer l'oraison funèbre de Byron [2].

On n'appréciera pas moins l'hommage rendu, dans le morceau suivant, par M. Tricoupi au caractère de Jean Capodistrias, dont il blâme d'ailleurs, presque sur tous les points, la politique.

« Capodistrias, ayant grandi à la cour de Russie, était considéré non-seulement comme l'ami, mais comme le chaleu-

---

[1] *Biographie universelle* de Michaud, Supplément, au mot *Byron*. Quelques divergences de détail sur le fond du récit entre les deux historiens pourraient être, à l'occasion, utilement discutées.

[2] Le lecteur curieux d'y recourir trouvera le texte de cette oraison funèbre, non pas dans l'*Histoire de la révolution grecque*, où l'auteur ne s'est pas même nommé à ce propos, mais dans le recueil de ses *Discours*, publié à Paris en 1850, aux frais de M. P. Rhalis, et dans le volume intitulé : *Selections from modern greek writers*, par Fulton, Cambridge, 1856, in-8.

reux partisan de la politique russe en Grèce. En vain, lorsqu'il
fut appelé au gouvernement de sa patrie, refusa-t-il tout
traitement russe pour garder de ce côté son entière indépendance ; personne ne crut à la sincérité de sa conduite : c'était
lui faire tort. En effet, quelle que fût son inclination pour la
cour de Russie, il n'est pas un Hellène qui eût le cœur plus
hellène que lui. Son influence en Russie fut toute employée
au service de la Grèce, et non son pouvoir en Grèce au service de la Russie. Placé à la tête d'un peuple, et cela non par
l'influence des Russes ou de quelque autre nation étrangère,
ni par quelque intrigue intérieure, mais par la libre volonté
du peuple même, il n'avait aucune raison pour embrasser les
intérêts d'une autre puissance au détriment de sa patrie. S'il
paraissait incliner vers la cour de Russie, il faut avouer que,
comme gouverneur de la Grèce, il devait à cette cour beaucoup de reconnaissance, car elle accueillait avec empressement toutes ses demandes en faveur des Grecs ; elle avait
bien disposé à son égard le gouvernement de la France, et
elle l'avait protégé contre l'opposition malveillante du mi-
nistère anglais ; en un mot, elle n'avait rien épargné pour
soutenir son gouvernement, sans jamais rien lui demander
en échange pour elle-même, et ses bonnes relations avec
Capodistrias furent un vrai bienfait pour le pays. Le but principal que poursuivit le président fut l'amélioration matérielle
du peuple grec, amélioration qu'il considérait comme la base
et la condition de toutes les autres ; autant il s'occupait de ce
progrès-là, autant il était froid pour le progrès intellectuel.
Beaucoup de vertus honoraient cet homme : ses mœurs
étaient graves, son caractère intègre et bienveillant. Il res-
pectait la religion de ses ancêtres, et le dimanche, comme les
autres jours de fête publique, il aimait à rendre à Dieu ses
devoirs. Sa vie était simple, modeste, sans apparat ; ses manières étaient gracieuses et dignes, son désintéressement reconnu de tous. Parmi les diplomates de son temps, il se

distinguait par la finesse de son esprit, par son activité au
travail, par une habileté conciliante. Sa parole n'avait pas
moins de séduction que sa plume ; et pendant qu'il charmait
Nicolas par ses opinions monarchiques, il fascinait La Fayette
par son libéralisme. Sous sa vigilante autorité, le gouvernement coûtait peu d'argent au pays (que, d'autre part, il enrichit
fort, comme l'avoue un peu plus loin notre auteur) ; mais
quelques taches gâtent cette brillante figure. Il aimait beaucoup parler de lui-même, se vanter lui-même, rabaisser les
hommes de la lutte, et, ce qu'il y a de plus inconvenant, il
les persiflait en face, tandis qu'il les louait dans sa correspondance avec l'étranger, etc. »

Mais je m'arrête, car si les éloges de M. Tricoupi disent
beaucoup dans leur brièveté, ses griefs tiennent une bien
large place dans la seconde moitié de ce volume. Il est vrai
que, par un scrupule où je vois quelque prudence (une prudence, il est vrai, légitime), M. Tricoupi, prenant à la lettre
le titre même de son ouvrage, s'arrête au moment où fut tiré
le dernier coup de canon pour l'indépendance, et où le choix
d'un *prince souverain* consomma l'affranchissement des Grecs,
au moins dans le droit public de l'Europe. De cette façon, il
n'a pas eu à raconter la mort tragique de Capodistrias. Autrement, avec la même sympathie pour ses vertus, il eût
montré peut-être plus d'indulgence pour des fautes en partie
contestables et, en tout cas, cruellement expiées. Mais je n'ai
pas voulu entrer à ce propos dans un débat difficile. Un mot
seulement avant de finir.

A la fin de l'ouvrage nous espérions trouver une table
alphabétique des matières, secours si utile dans un livre tout
plein de faits, de dates, de noms propres. Au lieu de cela,
nous y avons trouvé une liste des souscripteurs qui en ont
encouragé la publication. A la bonne heure. Il y a toujours
quelque chose d'instructif dans cette liste où figurent en si
grand nombre les Grecs de Bucharest, de Jassy, de Marseille,

de Manchester et de Liverpool. Quelques noms y figurent
pour quarante, cinquante et jusqu'à cent exemplaires. On
aimera cette alliance de tous les Hellènes, hommes d'État,
littérateurs et négociants, pour soutenir une œuvre d'intérêt
tout national. Ce n'en est pas le premier exemple ; ce ne sera
pas le dernier, et rarement, je pense, la libéralité hellénique
aura trouvé un meilleur emploi.

FIN.

TABLE ALPHABÉTIQUE

DES NOMS HISTORIQUES,

DES MOTS FRANÇAIS ET DES MOTS LATINS.

E.

F.

G.

TABLE ALPHABÉTIQUE

DES MOTS GRECS.

33

www.ingramcontent.com/pod-product-compliance
Lightning Source LLC
Chambersburg PA
CBHW061326050726
47504CB00013B/270